Bianca Iosivoni

Sturmtochter

Für immer verboten

Bianca Iosivoni

Sturmtochter

Für immer verboten

Band 1

Ravensburger

Als Ravensburger Taschenbuch
Band 58531-1
erschienen 2018

MIX
Papier aus verantwortungsvollen Quellen
FSC® C111262

2 3 4 5 6 E D C B A

Originalausgabe

Dieses Werk wurde vermittelt durch die
Literaturagentur Langenbuch & Weiß, Hamburg.

Umschlaggestaltung: Carolin Liepins unter Verwendung von Fotos
von © Nejron Photo, © Maksimilian, © Khomenko Maryna, © Aperture75,
© nuttakit und © conrado (alle: Shutterstock)

Herstellung: Ulrike Schneider
Lektorat: Nadja Korthals

Printed in Germany

ISBN 978-3-473-58531-1

www.ravensburger.de

Für Ada und Bobby

PLAYLIST

Ruelle – Monsters (Acoustic Version)
AC/DC – Back In Black
Breaking Benjamin – Follow
Two Steps From Hell – Flameheart
AC/DC – Thunderstruck
Kings of Leon – Use Somebody
Jack Trammell – Crushing Blow
FAMY – Ava
MILCK – Quiet
Nightwish – Planet Hell
Two Steps From Hell – Earth Rising
Within Temptation – See Who I Am
ARIZONA – Oceans Away
David Garrett – They Don't Care About Us
MILCK – Devil Devil
Two Steps From Hell – Protectors of the Earth
Ruelle – Madness
Sleeping Wolf – Demons at the Door
Future World Music – Aqua Vitae
Anna Christelle – Lighthouse
Fall Out Boy – The Last Of The Real Ones

Breaking Benjamin – Who Wants To Live Forever
Nightwish – Ghost Love Score
Nightwish – Bye Bye Beautiful
RAIGN – When It's All Over
Ciara – Paint It, Black
Within Temptation – Ice Queen
Karmina – All The King's Horses
J2 feat. Lola – Somewhere over the Rainbow (Epic Trailer Version)

PROLOG

JULIANA

KIRKWALL, ORKNEYINSELN, SCHOTTLAND

War es nicht seltsam, jemanden zu beerdigen, der gar nicht tot war? Wie nahm man Abschied von jemandem, von dem man wusste, dass er noch immer irgendwo dort draußen war? Verloren, unerreichbar, aber am Leben. Sofern man das überhaupt als Leben bezeichnen konnte.

»Juliana …« Die Stimme ihres Bruders war leise und hing zugleich schwer in der Luft. Er blieb schräg hinter ihr stehen, sein Schatten fiel auf den Grabstein.

Auch wenn sie sich nicht zu ihm umdrehte, konnte sie Elijah genauso spüren wie die warmen Strahlen der untergehenden Sonne auf ihrem Rücken. Seine Macht wurde von Tag zu Tag größer. Er versuchte, es vor ihr zu verbergen, speiste sie mit Beschwichtigungen und lockeren Sprüchen ab, doch sie wusste es besser. Sie wusste es, weil sie es schon mehrfach erlebt hatte. Wieder und wieder, bis kaum noch jemand von ihrer Familie übrig geblieben war. Und bald würde sie allein sein. Allein in diesem großen Schloss, das ihrem Clan seit Jahrhunderten gehörte und ihr Zuhause war. Doch mit jedem weiteren Tag verwandelte es sich mehr und mehr in ein Mausoleum.

»Sie ist nicht tot«, murmelte Juliana, während ihr Blick den eingravierten Buchstaben im Stein folgte. »Mum ist irgendwo dort draußen.«

»Ich weiß.« Elijah machte einen Schritt nach vorn, bis er auf einer Höhe mit seiner Schwester war.

Er überragte sie deutlich – mit seinen beinahe ein Meter neunzig und den breiten Schultern, die er früher beim Rugbyspielen in der High School stets zu seinem Vorteil eingesetzt hatte. Sein Haar hatte dieselbe Farbe wie ihres, war so dunkel wie verbranntes Holz und schimmerte im Sonnenlicht in einem warmen Braunton. Auch seine Augen ähnelten ihren, nur waren seine fast schwarz, während ihre dieselbe Farbe wie ihr Haar hatten. Dazu kamen die dichten Brauen, die ihren feinen Gesichtszügen etwas Markantes verliehen.

Schweigend standen sie vor dem Grab, in dem niemand lag. Kein Sarg. Kein Körper. Es war nur ein Symbol, nur eine Geste des Abschieds, auf die ihr Bruder bestanden hatte. Und mit der Zeit waren es immer mehr solcher Symbole geworden, immer mehr leere Gräber, bis aus dem Garten, in dem sie als Kind mit ihren Geschwistern, ihren Cousins und Cousinen gespielt hatte, ein Friedhof geworden war.

Die kühle Brise zerrte an ihren Haaren. Juliana fasste sie auf einer Seite zusammen und hielt sie auf Brusthöhe fest. Anders als Elijah brachte sie es nicht über sich, sich zu verabschieden. Das sattgrüne Gras dämpfte seine Schritte, als er auf den Stein zu- und davor in die Hocke ging. Sekundenlang verharrte er in dieser Position und murmelte etwas, was der Wind davontrug, dann stand er auf und drehte sich zu ihr um.

Obwohl er mit zwanzig gerade mal zwei Jahre älter war als Juliana, wirkte es, als wäre er in den letzten Monaten um Jahre gealtert. Denn während sie lange Zeit nicht mitbekommen hatte, was in ihrer Familie passierte, hatte er alles zusammenzuhalten versucht. Zumindest das, was noch übrig war.

»Sie ist nicht tot.« Juliana wusste, wie trotzig sie klang, aber sie musste es wiederholen, musste die Worte aussprechen, um das Gefühl von Leere und Verlust zu vertreiben. Von Verrat. »Es muss einen Weg geben, sie zurückzuholen.«

»Jules …« Seufzend fuhr sich Elijah durch das Haar. Erschöpfung lag in seinen Augen. Sie konnte ihm ansehen, dass er es müde war, für diese Familie zu kämpfen. Aber vor allem war er es müde, gegen sich selbst zu kämpfen. Gegen die Kräfte, die in ihnen beiden schlummerten und sie zu tickenden Zeitbomben machten. Zumindest hatten ihre Verwandten sie vor nicht allzu langer Zeit so genannt. Aber die konnten auch leicht reden, denn bei ihnen hatten sich bisher keine Anzeichen der Elementarmagie gezeigt, die in ihrem Clan von Generation zu Generation weitervererbt wurde.

Elijah schien etwas sagen zu wollen, schüttelte dann aber nur den Kopf. Juliana ahnte bereits, was er dachte. Diese Diskussion führten sie schon, seit sie mit dieser waghalsigen Theorie angekommen war. Seit auch ihre Lieblingstante Augustine dem Fluch ihres Clans erlegen war. Tatsächlich hatten sie es bis dahin immer als den Fluch der MacKays bezeichnet, weil es ihre Familie besonders häufig traf. Doch die Wahrheit war viel grausamer: Es betraf alle Clans. Nur waren die anderen wesentlich besser darin, ihre verlorenen Familienmitglieder zu verbergen.

Oder sie auszulöschen.

Etwas, was Juliana einfach nicht über sich brachte.

»Lass uns wieder reingehen.« Elijah deutete auf das Schloss, das sich in graubraunem Sandstein hinter ihnen erhob.

Sie nickte, wollte sich bereits abwenden, als ihr Blick an seiner Ellenbeuge hängen blieb, genau dort, wo der hochgekrempelte Ärmel seines Flanellhemds endete. Ein kleiner Riss zog sich durch seine Haut, als wäre sie eine Granitplatte, die einen Sprung hatte. Julianas Magen zog sich schmerzhaft zusammen. Sie wusste, welches Bild sich ihr bieten würde, wenn sie näher treten und es sich genauer ansehen würde: das gleiche wie schon unzählige Male zuvor.

Kleine Risse in der obersten Hautschicht waren das erste Anzeichen. Darunter schimmerte die Elementarmagie in allen Nuancen von Grün bis Braun. Mit der Zeit wurden die Risse größer, das Schimmern stärker. Es könnte wie ein Kunstwerk anmuten, wäre es nicht das Zeichen für das Ende. Das Zeichen dafür, dass die Macht zu stark für den Körper wurde. Zu stark für ihren Bruder. Genau wie für ihre Tante. Ihren Onkel. Ihren Großvater. Ihre Mutter. Und bald für sie selbst.

Tränen brannten in Julianas Augen, als sie zu ihrem Bruder hochsah. Sie schluckte hart und kämpfte gegen das Gefühl der Machtlosigkeit an, das mit jedem Tag nur noch schlimmer zu werden schien.

Hastig schob er sich den Ärmel hinunter, als könnte er so verdecken, was sie bereits gesehen hatte. Was sie beide wussten. Sorge zeichnete seine Gesichtszüge und Falten bildeten sich zwischen seinen Augenbrauen.

»Seit wann?«, brachte sie mühsam hervor.

»Es wird nicht passieren. Ich habe es unter Kontrolle.«

Sie lächelte, auch wenn es schmerzte. Weil die Erinnerung daran schmerzte. »Das hat Mum auch gesagt …«

»Jules.« Ein kaum wahrnehmbares Beben ließ den Boden erzittern. »Ich hab es im Griff. Ich werde zu keinem von ihnen.«

Sie wollte ihm glauben. Sie wollte es so sehr, dass es wehtat. Aber sie wusste auch, dass der Prozess nicht mehr aufzuhalten war, wenn er einmal begonnen hatte. Niemand in ihrer Familie hatte es geschafft, dem Machtrausch zu widerstehen. Jeder von ihnen hatte sich der unbezähmbaren Magie in seinem Inneren hingegeben, war von ihr übermannt worden und hatte jede Menschlichkeit verloren. Trotzdem weigerte Juliana sich, ihre Familie aufzugeben.

»Ich weiß«, wisperte sie und legte die Hand auf seinen Arm. »Du bist der Stärkste von uns. Wenn es jemand schaffen kann, dann du.«

Er lächelte und bedeckte ihre Hand mit seiner. Doch als die Erde erneut unter ihren Füßen zu vibrieren begann, brach sein Lächeln. Grashalme zitterten, Bäume ächzten und Staub rieselte von den Mauern des Schlosses herab.

»Das bin ich nicht.« Panik lag in Elijahs Stimme. Er grub die Finger so fest in ihre Haut, dass es schmerzte. »Bitte, Jules, du musst mir glauben. Das bin ich nicht!«

»Ich weiß.« Sie legte ihm die Hände auf die Schultern und versuchte, seinen Blick einzufangen. »Ich weiß, Eli. Bleib bei mir.«

Sein gesamter Körper wurde von dem Beben erfasst, und als die Beine unter ihm nachgaben, sank Juliana zusammen mit ihm auf die Knie. Sie würde es nicht ertragen, ihn auch noch zu verlieren. Seit sie denken konnte, war er immer ihre Konstante, ihr Fels in der Brandung gewesen. Wie sollte sie ohne ihn weitermachen?

»Sieh mich an.« Sie umfasste sein Gesicht. Die Haut war kalt unter ihren Fingern. Immer mehr Risse begannen, seinen Körper zu zeichnen, und breiteten sich genauso auf seiner Haut aus wie im Erdboden um sie herum. Pure Macht leuchtete in einem grellen Grün dazwischen auf. »Bitte bleib bei mir!«

Aber es war zu spät.

KAPITEL 1

AVA

QUIRAING, ISLE OF SKYE, SCHOTTLAND
VIER WOCHEN SPÄTER

Ich schlug die Augen auf – und starrte in das Gesicht der Kreatur. Dicke Wurzeln zogen sich wie Narben darüber und ließen nur schwarze Höhlen für Augen und Mund frei. Arme und Beine bestanden aus Holz mit langen Ästen anstelle von Fingern und einem Rumpf aus massivem Gestein. Dazwischen schimmerte es strahlend Grün auf. Der faulige Atem brannte auf meiner Haut und machte jedes Luftholen unmöglich. Als das Monster das Maul öffnete, presste ich die Hände reflexartig auf die Ohren, aber nicht einmal das konnte mich vor dem ohrenbetäubenden Brüllen schützen. Die Wucht schleuderte mich rücklings ins Gras.

Mein Kopf schwirrte, meine Ohren klingelten. Kein Wunder, dass Dad nicht wollte, dass ich allein Jagd auf diese Wesen machte. Die Dinger waren furchterregend – und tödlich. Und was tat ich, gleich nachdem er mir verboten hatte, meinem Lieblingshobby nachzugehen? Das, was jede vernünftige Siebzehnjährige an meiner Stelle getan hätte. Ich hatte mich mitten in der Nacht rausgeschlichen.

Ganz großartige Idee, Ava.

Ich sprang auf die Beine. Gerade rechtzeitig, um einer herannahenden Klaue auszuweichen. Wie mein Vater es mir schon vor Jahren beigebracht hatte, packte ich das Wesen an Arm und Rumpf und nutzte seinen Schwung, um es zu Boden zu schicken. Das verschaffte mir wenigstens ein paar Sekunden Zeit.

Ich riss eine Metallkette aus meinen Gürtelschlaufen. Schwer landete sie auf dem weichen Gras, aber das Klirren blieb aus. Denn um die einzelnen Glieder war Stoff gewickelt, der jedes Geräusch dämpfte – und dank des Benzins hoch entzündlich war. Der Edelstahl blitzte im fahlen Mondlicht auf, das sich sonst nur in den Lochs um uns herum widerspiegelte. Als hätte das Elementarwesen nur darauf gewartet, drehte es seinen knorrigen Kopf zu mir und rannte los. Direkt auf mich zu. Obwohl alles in mir danach schrie, auszuweichen oder davonzulaufen, zwang ich mich dazu, stehen zu bleiben. Mein Herz begann zu rasen. Adrenalin pumpte durch meine Adern, immer stärker, je näher das Monster kam. Als ich seinen widerwärtigen Atem erneut riechen konnte, duckte ich mich unter seiner Klaue weg.

Ich hechtete zur Seite, rollte mich über den Boden und kam hinter der Kreatur wieder auf die Beine. Im selben Moment wirbelte sie zu mir herum. Hastig zog ich das Feuerzeug aus der Tasche meines kurzen Rocks. Die Flamme tanzte einen Moment lang zwischen uns in der Dunkelheit, bevor ich sie an die Edelstahlkette hielt. Sofort brannte der Stoff lichterloh. Ich packte den feuersicheren Griff fester, holte aus und schleuderte die Waffe wie eine Peitsche durch die Luft.

Zorniges Brüllen erfüllte das Tal. Schweißperlen traten mir auf die Stirn und mein Arm begann zu schmerzen, während ich die

Kette wieder und wieder durch die Luft sausen ließ. Funken stoben auf und der Geruch von verbranntem Holz begann sich auszubreiten, als das Elementarwesen an einer Stelle Feuer fing. Doch so leicht gab es nicht auf. Es wich aus, ließ sich auf alle viere fallen und raste auf mich zu. Hatte seine Statur zuvor noch der eines Menschen geähnelt, wirkte es jetzt genau wie das, was es war: ein Monster. Von einem animalischen Instinkt getrieben, der nur ein Ziel kannte: mich zu töten.

Als das Wesen erneut auf mich zustürzte, warf ich mich ins Gras, rollte weg und sprang wieder auf. Diesmal erwischte die Edelstahlkette es richtig. Die trockenen Blätter und Äste seines Körpers begannen zu brennen. Erst waren es nur kleine Flammen, doch sie breiteten sich rasend schnell aus. Der Elementar schrie auf, so laut und wütend, dass ich ein paar Schritte zurückstolperte.

Und dann war es vorbei. Vor meinen Augen zerfiel er zu Asche, bis nur noch der steinerne Rumpf übrig blieb, der sich kurz darauf ebenfalls in Staub auflöste. Ich lächelte, während sich Erleichterung und Triumph gleichermaßen in mir ausbreiteten. Einer weniger. Und eines musste man diesen Mistviechern lassen: So gefährlich sie auch waren, sie hinterließen wenigstens keinen Spuren, wenn man sie aus der Welt schaffte.

Ich trat die Flammen an der Edelstahlkette mit meinen flachen Stiefeln aus, die bereits von anderen Ausflügen dieser Art gezeichnet waren. Spuren prangten im Leder und verschmorte Stellen an den dicken Sohlen. Aber es waren meine Lieblingsstiefel und solange sie nicht auseinanderfielen, würde ich auch weiterhin darin kämpfen. Die Kette zog ich durch das Gras zu einem kleinen Rinnsal, das zwischen den Steinen hervorsprudelte. Das Metall zischte im kalten Wasser und Dampf stieg auf. Ich wusch mir die Finger, die aus den fingerlosen Handschuhen herausragten, und wischte sie anschließend an meinen schwarzen Leggings trocken.

Als ich mich wieder aufrichtete, kam eine Windböe auf und brachte einen salzigen Geruch mit sich. In der Ferne, hinter den bizarr geformten Hügeln und Schluchten von Quiraing, spiegelte sich der Mond auf einer dunklen Fläche wider. Das Meer. Ich lächelte. Wie jedes Mal wenn ich auf die Wellen hinausblickte, spürte ich das vertraute Ziehen, dieselbe Sehnsucht in meiner Brust.

Ich pustete mir eine dunkle Haarsträhne aus der Stirn, die sich aus meinem Pferdeschwanz gelöst hatte, und zog mein Handy aus dem Stiefelschaft. Zehn Uhr dreiundzwanzig. Na also. Mehr als zufrieden steckte ich es zurück. Wenn ich jetzt nach Hause fuhr, würde Dad niemals erfahren, wo ich in dieser Nacht gewesen war, denn wenn er aus dem Pub kam, würde ich schon brav in meinem Bett liegen und schlafen. Wenn ich noch länger hier draußen blieb hingegen …

Ein kaum wahrnehmbares Vibrieren erfasste mich und bahnte sich einen Weg von meinen Fußsohlen die Beine hinauf. Ich blinzelte überrascht. Das konnte nicht sein. Oder?

Langsam ging ich in die Hocke und legte eine Hand auf den Stein, aus dem die Quelle entsprang. Das Vibrieren kam eindeutig aus dem Boden. Mein Puls begann zu rasen. *Ein* Elementar war nichts Außergewöhnliches, aber gleich mehrere? Am selben Ort? Das war nicht normal – und konnte tödlich enden.

Bedächtig wickelte ich mir die jetzt nutzlose Edelstahlkette wieder um die Hüften und zog die beiden Silberdolche aus den Lederholstern an meinen Oberschenkeln. Sie waren ein Geschenk von Dad zu meinem sechzehnten Geburtstag gewesen. Er hatte mir nicht nur von klein auf von den Elementaren erzählt, sondern mich auch mein Leben lang auf einen Moment wie diesen vorbereitet. Selbst wenn er mir den Kopf abreißen würde, wenn er wüsste, dass ich es gleich mit mehreren dieser Wesen aufnehmen wollte. Mitten in der Nacht. Allein. Mal wieder.

Mit hämmerndem Herzen sah ich mich um. Tagsüber wirkte die Landschaft von Quiraing im Norden von Skye geradezu märchenhaft: grüne Hügel, kleine Seen und steile Felsen, so weit das Auge reichte. Bei Nacht wurde sie jedoch zu einem Ort, der einem Albtraum entsprungen sein könnte. Groteske Hügelformationen ragten in den Himmel. Dazwischen lagen Schluchten, so schwarz wie das Wasser der Lochs. Außer dem Pfeifen des Windes und dem leisen Gluckern war nichts zu hören, nicht einmal das Blöken der Schafe, die hier ständig grasten. Die Menschen glaubten, die Natur hätte diese Landschaft geschaffen, aber das war nicht wahr. Elementarwesen hatten die vielen Erdrutsche verursacht, die sie auf diese Weise geformt hatten, genau wie sie oft auch für die abrupten Wetterumschwünge auf der Insel verantwortlich waren. Und sie waren auch heute noch hier zu finden. Man musste nur wissen, worauf man achten musste. Oder die richtigen Informationsquellen haben.

Ich legte meine andere Hand auf den Boden neben das Gestein und grub die Finger ins feuchte Gras. Das Vibrieren wurde stärker, aber ich konnte noch immer nicht ausmachen, aus welcher Richtung es kam.

Dann riss es mich von den Füßen.

»Echt jetzt?«, zischte ich und rappelte mich wieder auf. Wenigstens war ich auf der Wiese gelandet und nicht ein paar Meter weiter auf den Steinen aufgeschlagen. Oder in die Schlucht hinuntergerollt. Trotzdem hatte ich mir diesen Ausflug irgendwie anders vorgestellt.

Der Boden bebte noch immer, doch jetzt kam er wellenartig auf mich zu, bis ich das Gefühl hatte, das Vibrieren in meinem ganzen Körper spüren zu können. Es war, als wäre die Erde lebendig geworden. Instinktiv umfasste ich die Dolchgriffe fester, brachte mich in Position … und spürte einen kalten Windhauch im Nacken. Im ersten Moment erstarrte ich, dann wirbelte ich herum – und wich aus. Die Pranke sauste haarscharf an meiner Wange vorbei.

Schweiß brach mir aus und ließ den schwarzen Rollkragenpullover an meinem Rücken kleben. Ich passte einen günstigen Moment ab und rannte los, rutschte im feuchten Gras aus, hievte mich hoch und hetzte weiter. Dass der Boden hier so uneben war, wie er auf der Isle of Skye nur sein konnte, war nicht gerade hilfreich. Genauso wenig die Tatsache, dass es mitten in der Nacht war und ich ohne Taschenlampe kaum Details ausmachen oder Entfernungen einschätzen konnte.

Hinter einem kleineren Hügel ging ich in Deckung. Mit angehaltenem Atem lauschte ich auf die Geräusche um mich herum, während sich die Feuchtigkeit der Grashalme in meine Leggings fraß. Die Kälte kroch die Beine hinauf und ließ mich schaudern. Immerhin war ich hier windgeschützt, sodass mir das dunkle Haar nicht weiter ins Gesicht peitschte. Das war doch mal ein Fortschritt. Das schnelle Hämmern in meiner Brust ließ trotzdem nicht nach.

Verdammt, ich musste nachdenken. Bis zu meinem Wagen mussten es noch drei-, vielleicht auch vierhundert Meter sein, der Großteil der Strecke bestand jedoch aus Felsen und Hügeln, die ich zunächst überwinden musste. Ganz davon abgesehen, dass mir die Elementare nicht dabei zusehen würden, wie ich davonrannte, widerstrebte es mir auch, die Flucht zu ergreifen. Ich hatte noch immer all meine Waffen und keine schwerwiegenden Verletzungen. Ich konnte es schaffen. Nicht unbeschadet und definitiv nicht schnell genug, um rechtzeitig wieder zu Hause zu sein, aber es war möglich.

Es *musste* möglich sein.

Ich lauschte in die Nacht hinein. Der Elementar, der mich angegriffen hatte, war noch ganz in der Nähe und suchte nach mir. Der andere war irgendwo unter der Erde. Ich konnte das Vibrieren noch immer unter den Füßen spüren. Und es kam näher. Ich holte tief Luft, dann trat ich hinter dem Hügel hervor.

In diesem Moment schlang sich etwas Kaltes um meine Fußgelenke und riss mich zu Boden. Ich landete im Gras, doch das schien plötzlich ein Eigenleben entwickelt zu haben. Es wuchs in unglaublicher Geschwindigkeit und legte sich wie Schlingpflanzen um meine Beine. Dann um die Arme. Feucht glitten die Ranken bis zu meinem Hals und zogen sich immer weiter zu. Die Kreatur unter der Erde musste das Gras kontrollieren – und jetzt kontrollierten die Ranken mich.

Röchelnd schnappte ich nach Luft. Blätter streiften meine Haut, Dornen bohrten sich durch meine Kleidung. Instinktiv wollte ich mich wehren, mich befreien, aber ich zwang mich dazu, die beginnende Panik zu unterdrücken und still liegen zu bleiben. Hektisch tastete ich nach meinen Dolchen. Ich musste sie beim Sturz verloren haben. Ganz langsam drehte ich den Kopf zur Seite und versuchte, die Waffen in der Dunkelheit zu erkennen. Vergebens. Dafür nahm ich das grüne Leuchten überdeutlich wahr. Der zweite Elementar hatte sich zu mir umgedreht und kam nun näher.

Weiße Punkte begannen vor meinen Augen zu tanzen. Ich bekam keine Luft mehr. Meine Hände zitterten. Ich konnte den modrigen Atem des Monsters bereits riechen, als mir die Klinge an meinem Unterarm wieder einfiel. Sie war noch ganz neu und ich hatte sie bisher nie in der Praxis eingesetzt. Jetzt hing mein Leben davon ab.

Ohne die Kreatur aus den Augen zu lassen, bewegte ich mein Handgelenk und versuchte so, die Klappmechanik auszulösen. Nur noch ein kleines bisschen. Nur noch ein bisschen mehr strecken …

Das Wesen kam näher, ragte bereits über mir auf.

Die Klinge klappte auf. Diesmal konnte mich nichts aufhalten. In einer fließenden Bewegung zerschnitt ich die Ranken an meinem Handgelenk und wollte mich losreißen. Doch die übrigen Schlingpflanzen schlossen sich fester um mich, zogen und zerrten, während der Elementar über mir mit seiner Pranke ausholte.

Unvermittelt blitzte etwas Silbernes auf und wirbelte durch die Luft. Das Monster über mir schrie vor Schmerz auf und für einen winzigen Moment ließ der Druck um meine Kehle nach. Aber das reichte aus. Ich riss mir die Schlingen vom Hals, setzte mich auf und zerschnitt die Ranken an meinen Beinen, dann sprang ich auf.

Die Welt drehte sich. Hustend rannte ich zu einer Reihe von Felsblöcken und ging dahinter in Deckung. Wenige Sekunden später landete jemand neben mir im Gras. Als ich aufblickte, erkannte ich ein vertrautes Gesicht. Braunes, leicht gelocktes Haar, das ihm in die Stirn fiel und an den Seiten kürzer war. Tief liegende Brauen über ebenso dunklen Augen, eine kleine Narbe an der Schläfe, volle Lippen und ein Bartschatten. Kaum eines dieser Details war in der Finsternis deutlich auszumachen, aber ich kannte jedes einzelne davon, weil ich ihn Tag für Tag in der Schule sah, seit er vor einem Jahr in diese Gegend gezogen war. Und alle paar Nächte trafen wir uns hier draußen in den Weiten der Isle of Skye, wo er genau wie ich Jagd auf Elementare machte.

»Wieso hat das so lange gedauert?«, brachte ich keuchend hervor.

Er fing das Chakram auf, das wie ein Bumerang zu ihm zurückgeflogen kam, und ging dann neben mir in Deckung. »Ich wollte dir nicht die Show stehlen.«

Gegen meinen Willen musste ich lächeln. »Aww, Sir Lancelot, mein Held und Retter.«

Im schwachen Licht des Mondes blitzte sein Grinsen auf, bevor er das Chakram seitlich am Gürtel befestigte und die Claymores, zwei schottische Breitschwerter, aus der Halterung an seinem Rücken zog. Wie ich war er dunkel gekleidet und verschmolz mit der Nacht. »Wann wird dir endlich klar, dass das nicht mein richtiger Name ist?«

»Mir egal. Ich nenne dich trotzdem so.«

Lance widersprach nicht. Wir wussten beide, dass es sinnlos gewesen wäre, außerdem hatten wir gerade ganz andere Dinge, um die wir uns kümmern mussten. Am Leben zu bleiben, zum Beispiel.

»Du hättest auf mich warten können«, murmelte er und spähte an den Steinen vorbei.

Ich folgte seinem Blick, doch von dem Elementar, der das Beben verursacht und mich mit den Gräsern beinahe erwürgt hatte, war nichts zu sehen. Genauso wenig von dem anderen, den Lance attackiert hatte. »Und mir von dir den ganzen Spaß verderben lassen?«

»Eigentlich dachte ich, wir hätten immer Spaß miteinander.« Er warf mir einen amüsierten Blick zu, dann wurde seine Miene wieder ernst. »Mit wie vielen haben wir es zu tun?«

»Zwei. Vielleicht auch mehr. Einen von ihnen konnte ich vorhin ausschalten.«

»Welche Art?«

»Erde.«

Er fluchte unterdrückt.

»Was denn?«, spottete ich. »Nicht dein Wunschelement?«

»Nein.« Er prüfte das Gewicht seiner beiden Schwerter. Ich hatte ihre Wirkung im vergangenen Jahr mehr als einmal aus nächster Nähe gesehen und wusste, dass sie sowohl als Wurfgeschosse als auch im Nahkampf tödlich sein konnten. Genau wie meine Dolche. »Hier sind sie im Vorteil«, murmelte er. »Wir liegen praktisch auf dem Servierteller.«

»Erzähl mir was Neues.«

Wieder versuchte ich, etwas in der Dunkelheit auszumachen. Im Mondlicht waren aber nur Konturen zu erkennen, und Erdelementare waren wahre Meister darin, wie Chamäleons mit ihrer Umgebung zu verschmelzen. Kein Wunder, da sie selbst vor allem aus Gestein, Moos, Ästen und Blättern bestanden. Dennoch meinte ich zwischen dem ganzen Graugrün ein metallisches Funkeln auszumachen, das nicht hierher gehörte.

»Ich sehe zwei.« Lance warf mir einen vielsagenden Blick zu. »Einen für jeden von uns.«

Herausfordernd zog ich die Mundwinkel hoch. »Versuch mitzuhalten, Campbell.«

»Du genauso, Coleman.«

Ich sparte mir eine Antwort, befreite die Klinge aus der Vorrichtung an meinem Unterarm, holte aus und warf sie auf das Monster, das uns am nächsten war. Normalerweise missbrauchte ich meine Waffen nicht als Wurfgeschosse, da es im Kampf zu schwierig war, sie zurückzuholen, aber viele Erdelementare waren langsam und die Chance, sie zu treffen, ziemlich hoch.

Heute nicht. Die Klinge wirbelte durch die Luft, streifte das Biest aber lediglich. Es kreischte auf, ließ sich auf alle viere fallen und sprintete in unsere Richtung.

Oh verdammt …

»Du warst auch schon mal besser in Form.« Lance stieß sich vom Boden ab und stürzte sich auf die andere Kreatur. Natürlich nahm er es nicht mit meinem Gegner auf, um mir ein zweites Mal zu helfen. So viel Ritterlichkeit passte nicht einmal zu ihm. Und wenn es nach mir ging, würde dieser Abend sowieso damit enden, dass ich *ihm* den Hintern rettete statt umgekehrt. Denn ich hasste es, jemandem etwas schuldig zu sein.

Ich wartete, bis das Wesen ganz nahe war, dann warf ich mich seitlich zu Boden, sprang wieder auf und rannte los. Im Laufen hob ich die beiden Dolche auf, die ich vorhin verloren hatte. Als ich mich umdrehte, war das Mistding bereits hinter mir. Ich riss die Arme hoch und wehrte die Attacke mit den verstärkten Lederarmbändern ab, die meine Unterarme schützten. Die Wucht ließ uns beide zurückstolpern.

Für einen Erdelementar war er ungewöhnlich schnell, aber das konnte daran liegen, dass er weniger aus Gestein als vielmehr aus Ranken und Zweigen bestand und dadurch leichter war. Und verdammt wendig. Schlingpflanzen schossen aus dem Boden und direkt auf mich zu.

»Oh nein. Nicht noch mal.« Ich wirbelte herum und zerschnitt sie mit beiden Dolchen in der Luft. Dann holte ich aus und ließ die Klinge auf die Kreatur herabsausen. Ich streifte ihren Rumpf, aber es war nicht genug. Nicht tödlich. Stattdessen schien es meinen Gegner nur noch wütender zu machen. In seinen dunklen Augenhöhlen glühte es grünbraun auf und spiegelte die schiere Macht, die darin lag, wider. Ich wich einem Hieb aus, rollte mich über den Boden und sprang wieder auf. Die Kreatur kreischte ohrenbetäubend. Ich kniff die Augen zusammen, hielt mich aber auf den Beinen.

Sie schlug ein weiteres Mal nach mir. Erst mit der einen, dann mit der anderen Pranke. Wieder und wieder und drängte mich dabei über einen winzigen Bach immer weiter zurück in Richtung einer Felskante. Aus dem Augenwinkel sah ich Lance mit dem anderen Elementar ringen, aber ich konnte ihm nicht zu Hilfe kommen. Erst musste ich mir selbst helfen.

Kleine Steine lösten sich unter meinen Stiefeln, als ich den Rand des Plateaus erreichte. Der Abgrund war nicht tief genug, um durch den Sturz zu sterben, aber auf ein paar Knochenbrüche konnte ich gut verzichten.

Ich wehrte den nächsten Schlag mit meinem Dolch ab. Ein Teil des knorrigen Arms landete zu meinen Füßen, wo er sich umgehend zu Staub auflöste. Na also. Ich wollte schon aufatmen, doch dann lösten sich plötzlich weitere Gestalten aus dem Boden, krochen wie Untote aus der Erde herauf und brachen aus den Felsen hervor. Die Erde zitterte erneut, Gestein knirschte und ein Riss begann sich im Boden auszubreiten.

»Oh Shit«, keuchte ich.

»Was war das?«, rief Lance. Mitten in der Drehung schnitt er seinem Gegner den Kopf ab. Das Wesen erstarrte in der Bewegung und das grünbraune Leuchten aus seinem Inneren verstärkte sich einen Herzschlag lang, dann zerfiel es zu kleinen Steinbrocken.

Ich konnte nicht antworten, sondern musste zur Seite ausweichen, um einem Schwall an Wurzeln zu entgehen, die wie Geschosse auf mich zurasten. Aber ich gönnte mir keine Pause, sondern sprang sofort wieder auf. Die Erschütterung wurde stärker, der Riss immer größer und kam geradewegs auf mich zu. Ich hechtete auf die andere Seite, hob die schmale Klinge auf, die ich auf die Kreatur geworfen hatte, und ging hinter einem Felsen in Deckung. Wurzeln und Ranken schnellten über meinen Kopf hinweg. Einen Atemzug später warf sich Lance neben mich.

»Wir sollten verschwinden.«

»Ach wirklich?«, rief ich, während kleine Steine und Blätter auf uns herabregneten und der Boden so stark bebte, als würde etwas aus seinen Tiefen hervorbrechen wollen. Oder jemand.

Lance warf einen Blick am Fels vorbei und hielt warnend die Hand hoch. Zwei Sekunden später hallte seine tiefe Stimme durch die Nacht. »Jetzt!«

Ich steckte die Waffen ein und rannte, ohne zu zögern, los. Weg von diesen Kreaturen und Richtung Straße. Richtung Sicherheit. Ohne zurückzusehen, kletterte ich Abhänge hinauf, rutschte im feuchten Gras aus, hievte mich an Steilwänden hoch und hetzte durch eine kleine Quelle. Wasser spritzte auf. Hinter mir brüllten die Elementare.

Das Knarren von Holz und Schaben von Steinen erfüllten die Luft. Wenn diese Wesen so weitermachten, würde es einen Erdrutsch geben, der der Landschaft eine neue bizarre Form verlieh.

Als die Straße in Sicht kam, atmete ich erleichtert auf, verlangsamte mein Tempo etwas, als es bergab ging, und sah mich nach Lance um. Er war direkt hinter mir.

Glücklicherweise verfolgten uns die Elementare nicht mehr, aber sie tobten und wüteten noch immer durch die Natur. Schwer atmend blieb ich am Rand der Klippe stehen und starrte auf die zerklüfteten Hügel und Schluchten, die sich vor mir ausbreiteten. Die Erde bewegte sich, verformte sich und ließ einen weiteren Beweis dafür zurück, dass es diese Monster tatsächlich gab. Nur wusste niemand außer uns die Zeichen richtig zu deuten.

»Ava …« Lance blieb schräg hinter mir stehen. Er musste nicht mehr als meinen Namen sagen, damit ich ahnte, was gerade in seinem Kopf vorging. Er war genauso wütend und frustriert wie ich, aber uns noch mal in den Kampf zu stürzen, wäre lebensmüde gewesen. Diese Kreaturen waren zu stark und wir in der Unterzahl.

Nach und nach konnten wir von dem Plateau aus beobachten, wie sich die Elementare zurückzogen, wieder in der Dunkelheit verschwanden und mit den Hügeln verschmolzen, bis nichts mehr von ihnen zu sehen war. Nichts, außer der neuen Felsformation, die sich in dieser Nacht hier gebildet hatte.

Aus dem Augenwinkel bemerkte ich, wie sich Lance mit der Hand über den Nacken rieb. Aber es war nicht die Bewegung an sich, die meine Aufmerksamkeit auf sich zog, sondern das Blut, das an seinem Hals klebte.

»Du bist verletzt.«

»Was?« Er starrte erst mich an, dann seine rot gefärbten Finger. »Shit.«

»Lass mich sehen.«

Bevor er protestieren konnte, packte ich Lance am Arm und zog ihn mit mir zu meinem Wagen.

Er hatte sein Auto direkt dahinter abgestellt. Ich ließ ihn los und kletterte in den Jeep, um an den Erste-Hilfe-Kasten zu kommen, dann kehrte ich zu ihm zurück.

Inzwischen hatte er sich gegen die Motorhaube gelehnt und tastete erneut nach der Wunde an seinem Hals. »Es ist nichts«, murmelte er.

»Und mein verstauchter Knöchel vor ein paar Wochen war auch

nichts«, erwiderte ich trocken, denn damals waren unsere Rollen vertauscht gewesen.

Wortlos ließ Lance die Hand sinken und beobachtete mich dabei, wie ich näher trat, seinen Kragen beiseiteschob und mir die Verletzung im Licht meines Handys ansah. Er hatte recht: Es war wirklich nur eine Kleinigkeit. Nur ein Kratzer eines dieser Biester, aber auch ein Kratzer konnte gefährlich werden, wenn man ihn nicht richtig behandelte.

»Hast du gewusst, dass es so viele sein würden?«, fragte er und atmete gleich darauf scharf ein, als ich seine Wunde desinfizierte.

»Nein«, gab ich zu und hielt seinen Blick einen Moment lang fest. »Sonst hätte ich auf dich gewartet.«

Seine Mundwinkel zuckten. »Von wegen.«

»Das wirst du jetzt wohl nie erfahren.« Vorsichtig legte ich eine selbstklebende Kompresse auf die Wunde.

»Was ist mit dir?«, fragte er, als ich fertig war und die Verpackung zusammenknüllte.

Überrascht sah ich auf. »Was soll mit mir sein?«

Statt einer Antwort hob er die Hand an meinen Hals. Er berührte die Stelle, an der mich die Schlingpflanzen gewürgt hatten, nicht, dennoch hatte ich das Gefühl, seine Wärme spüren zu können.

Ich schluckte hart und machte einen schnellen Schritt zurück. »Schon gut. Nur ein paar blaue Flecken, mehr nicht.«

Fragend runzelte er die Stirn. »Sicher? Wenn du wieder eine Verletzung verschweigst, nur um weiterkämpfen zu können …«

»Keine Sorge. Ich lerne aus meinen Fehlern.«

Letzten Winter waren wir an einem Loch auf Skye auf zwei Wasserelementare gestoßen. Die ganze Wasseroberfläche war zugefroren gewesen. Und obwohl ich Schlittschuhfahren liebte, hatten die beiden Wesen für eine ungewollte Schlitterpartie gesorgt, bei der ich ungünstig gefallen war. Aber ich hatte mir nichts anmerken lassen wollen, bis wir die Kreaturen besiegt hatten. Erst danach war Lance aufgefallen, dass mein Arm blutete, und so wie ich mich heute um ihn gekümmert hatte, hatte er mich damals verarztet. Inzwischen war das beinahe zu einem ungewollten Ritual zwischen uns geworden.

Ich warf den Verbandskasten auf den Beifahrersitz des Jeeps und kehrte zu Lance zurück. Gemeinsam blickten wir ein letztes Mal auf die hügelige Landschaft vor uns, dann machte ich auf dem Absatz kehrt, setzte mich hinters Steuer und startete den Motor. Auch Lance stieg in seinen Wagen. Und während Quiraing im Rückspiegel immer kleiner wurde, wusste ich, dass das hier nicht das Ende war.

Es war erst der Anfang.

KAPITEL 2

»Avalee Coleman!«

Erschrocken zuckte ich zusammen, als die Stimme meiner besten Freundin von draußen hereinschallte und all meine Pläne zerstörte, mich am Morgen unbemerkt aus dem Haus zu schleichen. Die Stiefel noch in den Händen, um ja kein Geräusch zu verursachen, war ich die Treppe hinuntergeschlichen und wollte gerade nach der Türklinke greifen, als auch schon mein Vater – von Brianna aufgeschreckt – aus der Küche dröhnte: »Avalee!«

»Ich muss los!«, rief ich über die Schulter, rannte nach draußen und warf die Haustür hinter mir zu. Ich zog die kniehohen Stiefel an und schlüpfte noch im Gehen in die Ärmel meines weinroten Blazers. Dass diese Dinger aber auch immer so unpraktisch sein mussten. Eilig glättete ich die dazugehörige weiße Bluse, als könnte ich damit die Falten wegzaubern, und rückte die Krawatte zurecht, die anscheinend nur dazu gedacht war, arme Schülerinnen und Schüler zu quälen. Dummerweise war sie Pflicht und gehörte genau wie die schwarze Strumpfhose und der karierte Rock in Grün, Lila und Weinrot zu unserer Schuluniform.

Direkt neben der Tür stand meine beste Freundin Brianna im gleichen Outfit, allerdings saß bei ihr wie immer alles perfekt. Das hellblonde Haar endete zwischen Kinn und Schultern und umrahmte ihr Gesicht in sanften Wellen. Abgesehen von dem großen silbernen Anhänger in Form einer Feder, der an einer langen Kette hing, die sie so gut wie nie abnahm, trug sie keinen Schmuck. Oder Waffen – wie ich. Nur dass ich meine Metallkette sicher in der Tasche verstaut hatte. Sie offen zu meiner Schuluniform zu tragen, wäre vielleicht doch ein bisschen zu auffällig gewesen. Aus demselben Grund hatte ich meine Unterarmklinge zu Hause gelassen – und weil ich noch an ihrer Funktionsweise arbeiten musste. Wenn sie aus Versehen mitten im Unterricht hervorschoss, gab es mit Sicherheit einen weiteren Verweis, und darauf konnte ich gut verzichten.

Brianna stemmte die Hände in die Hüften und holte tief Luft. »Eines Tages wird dich …«

»Wird mich keiner wecken und ich werde zu spät zur Schule kommen«, beendete ich ihren Satz. »Ich weiß, ich weiß.«

Zwei, drei Sekunden lang schaffte Brianna es, streng auszusehen, dann erhellte ein Lächeln ihr Gesicht. »Stimmt. Guten Morgen!«

»Nichts an diesem Morgen ist gut«, brummte ich, während wir Seite an Seite zu meinem Jeep gingen und Brianna ihr Fahrrad neben sich herschob, bevor wir es auf den Wagen luden. Eigentlich gehörte der Jeep meinem Vater, aber er hatte ihn mir überlassen, als ich den Führerschein als eine der Ersten aus unserer Klasse gemacht hatte, um allein zur Schule fahren zu können. Oder zum Schutz der Schafe, die ich in Todesangst versetzt hatte, als ich mit dem Rad querfeldein über die Weiden gerast war, um es rechtzeitig zum Unterricht zu schaffen. Dabei war das nur ein Mal passiert. Ein Mal!

Na gut, vielleicht auch zwei … oder zwölf Mal.

»Du siehst aus, als hätte dir jemand das Kakaopulver für deinen Cappuccino geklaut«, stellte Brianna amüsiert fest und stieg auf der Beifahrerseite ein. »Ich verstehe sowieso nicht, wie du das Zeug in dich reinschütten kannst.«

»Koffein und Zucker. Menschen brauchen es zum Überleben«, gab ich trocken zurück.

Die frühe Uhrzeit war eine Qual, und da ich letzte Nacht ungeplant um mein Leben gerannt war und daraufhin kaum Schlaf gefunden hatte, sehnte ich mich heute ganz besonders nach einem schönen heißen Kaffee. Mal ganz davon abgesehen, dass mein Hals an diesem Morgen wehtat und ein paar kleine rote Male zu sehen waren, die ich in aller Eile mit etwas Make-up überschminkt hatte.

»Soll ich fahren?«, schlug Brianna mit Unschuldsmiene vor.

Ich kniff die Augen zusammen und schob den Schlüssel ins Zündloch. »Wenn du willst, dass wir beide im Gefängnis – oder im nächsten Graben – landen, dann klar. Nur zu.«

Sie blies die Backen auf. »Hey, ich habe mit Mum geübt. Ich kann fahren!«

Ich schnaubte belustigt. So war Brianna, seit ich denken konnte. Sie wollte alles erreichen, alles schaffen, alles tun – und das am besten sofort. Ihre Zukunft war bereits in Stein gemeißelt – oder vielmehr in Briannas Zehnjahresplan festgehalten –, während ich noch immer nicht wusste, was ich machen wollte, wenn wir im Sommer mit der High School fertig waren. Seit Weihnachten drängte Dad mich dazu, ins Ausland zu gehen und in den Vereinigten Staaten oder auf dem europäischen Festland zu studieren, dabei waren meine Noten wirklich nicht überragend und ein Auslandssemester nicht gerade günstig. Davon mal ganz abgesehen, hatte ich keine so klaren Vorstellungen wie meine beste Freundin. Ich hatte zwar vorab ein paar Online-Collegekurse in Psychologie und Philosophie belegt, aber wirklich weiter brachten sie mich in meiner Zukunftsplanung nicht. Brianna war da ganz anders. Schon seit wir Kinder waren, hatte sie den Traum, nach der Schule zu studieren, Lehrerin zu werden, sich ein kleines Cottage zu kaufen, einen Hund anzuschaffen und früher oder später eine eigene Familie zu gründen. Nicht zwangsläufig in dieser Reihenfolge, aber sie arbeitete hart für ihre guten Noten und hatte sich schon vor Monaten an der Universität in Edinburgh beworben.

Ich dagegen wusste nicht mal, ob ich Porridge oder Müsli zum Frühstück essen wollte, ganz zu schweigen davon, wo ich in fünf, zehn oder zwanzig Jahren sein würde. Im besten Fall noch immer auf der Jagd nach Elementaren. Und zwar in einem Szenario, in denen ich ihnen in den Hintern trat und nicht andersherum.

Kopfschüttelnd schob ich diese Gedanken beiseite. Für solche tiefgründigen Fragen war es eindeutig noch zu früh, und ich brauchte Koffein, um richtig wach zu werden, aber an diesem Morgen hatte ich leider keine Zeit für einen Kaffee oder Schwarztee gehabt, also würde ich mit dem Zeug in der Cafeteria vorliebnehmen müssen.

Während Brianna am Radio herumdrehte und einen anderen Sender einstellte, wendete ich den Jeep und folgte dem unbefestigten Pfad von unserem Haus zur Straße hinunter. Im Rückspiegel wurden das weiße Cottage mit den grünen Fensterrahmen ebenso wie Dads Wagen immer kleiner, bis sie schließlich ganz verschwanden. Von Neals Auto war nichts zu sehen, also schien er schon zur Arbeit gegangen zu sein. Seltsam, wo Dad doch normalerweise immer in aller Frühe zur Whiskydestillerie aufbrach, während sein Lebensgefährte den Pub erst gegen Mittag öffnete.

Meine beste Freundin kannte mich gut genug, um mich morgens nicht zuzutexten, also schwiegen wir während der folgenden knapp zwanzigminütigen Fahrt die meiste Zeit über. Und so erfüllte nur das Trällern der Radiomusik das Wageninnere. In Gedanken war ich weit abgedriftet, als mich plötzlich die Stimme des Nachrichtensprechers wieder in die Gegenwart zurückholte: »… hat es gestern Nacht einen Angriff in Quiraing gegeben.«

Mit klopfendem Herzen hörte ich zu, wie er davon berichtete, dass ein Camper von einem wilden Tier angefallen worden war, das sich seinem Zelt genähert hatte. Zumindest, wenn man der Aussage des verstörten Mannes Glauben schenken konnte, der von einem *Biest* sprach.

Nur dass dieses *Biest* kein wildes Tier gewesen war, sondern ein Elementar, da war ich mir sicher. Eines der Wesen, die Lance und ich nicht hatten unschädlich machen können. Ich biss mir auf die Zunge, um jede Reaktion zu verhindern. Brianna wusste nichts von alledem und das war auch gut so. Sie war zu fokussiert, zu nett und zu normal, um ein Leben in ständiger Gefahr zu führen. Früher waren Dad und ich gemeinsam auf die Jagd nach diesen Mistviechern gegangen, doch seit seiner Verletzung und seit er Neal kennengelernt hatte, waren unsere Ausflüge immer seltener geworden. So selten, dass ich es schließlich selbst in die Hand genommen hatte, mich um dieses Problem zu kümmern. Zähneknirschend hatte mein Vater akzeptiert, dass ich hin und wieder einen Elementar allein ausschaltete, doch davon, dass ich mich dafür nachts heimlich aus dem Haus schlich, wusste er nichts. Früher oder später würde er es herausfinden und mir die Hölle heißmachen, da war ich mir sicher. Aber bis es so weit war, würde ich nicht einfach nur herumsitzen und zusehen, wenn ich stattdessen etwas tun konnte, damit nicht noch mehr unschuldige Menschen von diesen Bestien angegriffen wurden.

Nach einer Weile kam Portree mit seinen vielen bunten Häusern und der weitläufigen Küste in Sicht und ich stellte den Jeep auf dem Parkplatz hinter der Schule ab. Schon beim Aussteigen waren das Tosen der Wellen und die typischen Geräusche des Hafens zu hören. Obwohl ich verschlafen hatte, betraten Brianna und ich das Gebäude pünktlich und trennten uns an der Tür, da sich unsere Spinde in verschiedenen Gängen befanden.

Gleich würde es zur ersten Stunde klingeln – Mathe. Und obwohl ich das Fach mochte, fragte ich mich wie an jedem Donnerstagmorgen, wer unseren Stundenplan verbrochen hatte. So früh aufzustehen, war schon schlimm genug, aber dann auch noch höhere Mathematik in der allerersten Unterrichtsstunde? Unsere Direktorin musste uns hassen.

Seufzend öffnete ich die Tür zu meinem Spind. Während ich noch meine Bücher zusammensuchte, bemerkte ich aus dem Augenwinkel, wie sich jemand mit der Schulter gegen den benachbarten Spind lehnte.

»Wie geht's deinem Hals?«

»Gut.« Ohne aufzusehen, sortierte ich meine Unterlagen weiter, damit ich für den Vormittag gerüstet war. Erst als ich damit fertig war, blickte ich zu Lance hinüber.

Wie alle anderen trug er die Uniform in den Schulfarben, die für die Jungs ein weißes Hemd und eine schwarze Bügelfaltenhose vorsah. Normalerweise gingen wir uns in der Schule aus dem Weg, aber er hatte wohl ebenfalls von dem Überfall auf den Camper gehört.

Ich musterte Lance von oben bis unten. Er war fast einen Kopf größer als ich, dabei war ich auch nicht gerade klein. Seine breiten Schultern füllten das dunkelrote Jackett aus und die gleichfarbige

Krawatte hing eine Spur zu locker um seinen Hals. Für einen kurzen Moment tauchte ein anderes Bild in meinem Kopf auf – der nächtliche Lance, ganz in Schwarz gekleidet und mit den beiden Schwertern auf dem Rücken. Er schien sich in seinem Kampfoutfit wohler zu fühlen als in der Schuluniform. Noch eine Sache, die wir gemeinsam hatten.

»Wie geht's deinem Ego?«

Seine Mundwinkel zuckten. »Seit gestern etwas angeschlagen.«

»Gut so«, murmelte ich mit einem spöttischen Unterton und drückte die Tür meines Spinds zu.

Lance zog die dunklen Brauen hoch. Bei Tageslicht war die etwa drei Zentimeter lange Narbe direkt neben seinem rechten Auge deutlich zu erkennen. Er hatte mir nie erzählt, wie das passiert war, und ich hatte nie danach gefragt, aber mit Sicherheit war es schmerzhaft gewesen und hatte genäht werden müssen. Ob Elementare daran schuld waren oder er als Kind einfach nur unglücklich hingefallen war, wusste ich nicht. Wie so vieles über ihn, war auch dieses Detail selbst nach dem ganzen Jahr, das wir uns schon kannten, weil er an dieselbe Schule ging und Nacht für Nacht mit mir über die Insel streifte, ein Geheimnis geblieben.

»Dass mein Ego angeschlagen ist, gefällt dir also?«, wiederholte er. Ungläubigkeit und Belustigung schwangen in seiner Stimme mit. Er beugte sich ein Stückchen zu mir herunter und senkte die Stimme. »Wieso überrascht mich das nicht?«

Ich hielt seinem Blick stand, wich nicht zurück. »Du kennst mich eben schon zu gut.«

Und das stimmte. Auch wenn ich kaum etwas über seine Familie wusste oder warum er allein nach Skye gezogen war, so war Lance doch von allen Menschen derjenige, der mich am besten kannte.

Weil er alle Seiten von mir gesehen hatte. Er kannte nicht nur mein Schul-Ich, sondern auch die Ava, die nachts Jagd auf Elementare machte – wovon außer ihm niemand wusste.

»Das gestern war ungewöhnlich.« Er wurde eine Spur leiser.

Trotzdem sah ich den Gang hinunter, um sicherzugehen, dass uns niemand belauschte. Aber unsere Mitschüler waren vollauf damit beschäftigt, den neuesten Klatsch und Tratsch auszutauschen, über die Hausaufgaben zu meckern und sich auf den Weg in ihren ersten Kurs zu machen.

»Ich weiß.« Ich lehnte mich mit dem Rücken gegen meinen Spind, die Bücher noch in den Händen. Kurz zögerte ich, sprach die Worte dann aber doch aus. »Ich will noch mal hin.«

»Ich weiß.«

Ein, zwei Sekunden lang war ich von seinem Lächeln abgelenkt, dann sah ich ihm wieder in die Augen. Böser Fehler. Denn dort zeigte sich ein Funkeln, das mir nur zu vertraut war.

Bevor ich etwas sagen konnte, kam er mir zuvor. »Okay, Vorschlag.« Er fuhr sich mit der Hand durchs Haar, das ihm sofort wieder in die Stirn fiel. »Du. Ich. Heute Abend. Am selben Ort, aber nicht ganz so spät wie gestern.«

»Warte kurz, so viel Romantik ertrage ich nicht auf einmal.«

Er warf einen Blick an mir vorbei Richtung Uhr. »Du hast ungefähr zehn Sekunden, bis es klingelt.«

»Und jetzt auch noch Erpressung.« Ich zog die Nase kraus und tat, als müsste ich ernsthaft über sein Angebot nachdenken. »Wie kann ich da widerstehen?«

»Kannst du nicht.« Er stieß sich von dem Spind ab und schob den Rucksackgurt auf seine Schulter. »Ich schreibe dir später, wann wir uns treffen. Bis dann.«

»Bis später, Lancelot.«

Kopfschüttelnd ließ er mich stehen und war kurz darauf zwischen all den anderen verschwunden, die in ihre Klassen hetzten. Wie vorgewarnt, schrillte es kurz darauf und ich musste zusehen, dass ich es rechtzeitig in die erste Stunde schaffte.

»Was wollte er von dir?« Wie aus dem Nichts tauchte Brianna neben mir auf und starrte Lance stirnrunzelnd nach.

»Mit mir flirten?« Ich tat es mit einem Schulterzucken ab, auch wenn sich ein ungutes Gefühl in mir ausbreitete, meiner besten Freundin etwas vorzumachen. Aber es war zu ihrer eigenen Sicherheit. Außer uns schien niemand von den Elementaren zu wissen und so sollte es auch bleiben. »Keine Ahnung.«

»Hm.« Sie wirkte nicht überzeugt, während sie neben mir den Gang hinunterlief.

»Pst!« Mit einem Nicken deutete ich auf jemanden wenige Schritte von uns entfernt. »Dein Schwarm auf zwölf Uhr.«

Wie auf Kommando blieb sie stehen. Ihre blasse Haut nahm sofort einen knallroten Farbton an.

»Sag das nicht so!«, zischte sie und funkelte mich böse an.

Ich biss mir auf die Lippe, konnte mir das Grinsen aber kaum verkneifen, als Rick an uns vorbeiging und sie mit einem Lächeln begrüßte.

»Hey, Bri.«

»Guten Morgen!«, rief sie etwas zu überschwänglich, nur um mich wenige Sekunden später so fest am Arm zu packen, dass ich zusammenzuckte. »Oh mein Gott! Kneif mich bitte mal, damit ich glauben kann, dass er wirklich gerade mit mir gesprochen hat.«

»Würde ich ja, wenn du nicht *mich* schon kneifen würdest.« Ich löste ihre Finger einen nach dem anderen von meinem Arm.

Brianna wedelte ungeduldig mit der Hand. Sie hatte wieder diesen wild entschlossenen Ausdruck im Gesicht, der sogar unsere Lehrer in Angst und Schrecken versetzen konnte. »Eines Tages, in nicht allzu ferner Zukunft, werde ich ihn heiraten.«

»Weil du ihn ja so gut kennst und er die Liebe deines Lebens ist?«, warf ich trocken ein.

»Nein. Weil ich weiß, was ich will und wie ich es bekomme.«

Eines musste man diesem Mädchen lassen. So süß und unschuldig sie auch wirkte, wenn sie sich etwas vorgenommen hatte, konnte nichts und niemand sie davon abhalten, ihr Ziel zu erreichen. Armer Rick. Er hatte nicht die geringste Chance.

Amüsiert beobachtete ich Brianna dabei, wie sie das Haar zurückwarf, auf dem Absatz kehrtmachte und mit einer Zielstrebigkeit in das Klassenzimmer marschierte, als ginge es darum, gleich eine Bombe zu entschärfen oder einen hochkomplexen Computercode knacken zu müssen. Ich folgte ihr nicht mal halb so motiviert, aber wenigstens konnte ich mich auf eine Revanche in Quiraing heute Abend freuen. Das machte diesen Morgen fast schon wieder erträglich. Aber auch nur fast.

Einige Unterrichtsstunden später ließ ich den Degen sinken, nahm die Maske ab und wischte mir über das verschwitzte Gesicht. Fechten war nicht der beliebteste Sport an meiner Schule, aber ich mochte ihn. Vor allem mochte ich es, all meine überschüssige Energie am Ende eines langen Schultags beim Fechtunterricht rauslassen zu können.

Mir gegenüber nahm auch Brianna die Maske ab. Ihr blonder Zopf hatte sich halb gelöst und Strähnen hingen ihr in die Stirn. Die Wangen glühten und sie atmete schwer, aber ihre Augen leuchteten.

»Du hast schon wieder gegen die Regeln verstoßen«, stellte sie fest, während wir unsere Waffen abgaben und uns auf den Weg in die Umkleide machten.

»Du auch«, konterte ich. »Was war es diesmal?«

»Körperkontakt, um einen Treffer zu vermeiden«, erwiderte Brianna sofort, blieb dann jedoch irritiert stehen. »Moment mal. Was habe *ich* falsch gemacht?«

Ich warf ihr ein zuckersüßes Lächeln zu. »Mir den Rücken zugewandt.«

»Was? Gar nicht! Außerdem ist das kein offizieller Regelverstoß, sondern …«

»Bringt dir aber trotzdem eine Gelbe Karte ein«, erinnerte ich sie gnadenlos und zog mir die Handschuhe aus. Wenn es eine Sache gab, die Dad mir wieder und wieder eingetrichtert hatte, dann war es, meinen Gegner nicht aus den Augen zu lassen und ihm niemals den Rücken zuzukehren – es sei denn, es gehörte zu meiner Taktik, ihn in Sicherheit zu wiegen. Andernfalls konnte schon ein kleiner Moment der Unachtsamkeit den Tod bedeuten.

Brianna streckte mir jedoch nur die Zunge raus und stapfte in den Umkleideraum. Wasserdampf und der Geruch verschiedener süßer Duschgels erfüllte die Luft. Die anderen Mädchen waren schon fast fertig und packten ihre Sachen zusammen, während wir gerade erst die Sportkleidung auszogen. Als ich den Spind öffnete, registrierte ich das Blinken meines Handys. Ich rechnete mit einer Nachricht von Lance, in der er mir die Uhrzeit für unser Treffen mitteilte, aber es war nicht sein Name, der auf dem Display erschien.

»Alles in Ordnung?«, fragte Brianna neben mir und zog ein großes Handtuch und ihr Shampoo aus dem Schrank.

»Mein Dad hat mir geschrieben. Ich soll nach der Schule im Pub vorbeikommen«, murmelte ich und legte das Handy zurück in den Spind, um meinerseits ein Handtuch und mein liebstes Erdbeerduschgel hervorzuholen.

Kleine Falten erschienen auf Briannas Stirn. »Was will er denn?«

»Keine Ahnung.« Es könnte alles bedeuten. Angefangen damit, dass eine riesige Horde Touristen angekommen war und sie meine Hilfe brauchten, bis hin zu der sehr wahrscheinlichen Möglichkeit, dass ihm mein kleiner Ausflug letzte Nacht tatsächlich nicht entgangen war.

Ich schob die Gedanken daran beiseite, trat in eine freie Duschkabine und ließ mich ein paar herrliche Minuten lang von heißem Wasser und Erdbeerduft einhüllen. Nach einem ausgiebigen Training gab es nichts Besseres – außer vielleicht einem Schaumbad und einem guten Buch. Oder meinen Lieblingstee und selbst gebackene Scones, während der Regen gegen die Fensterscheiben prasselte. Aber die Dusche kam dem auch ziemlich nahe.

Als ich endlich fertig und meine Haut schon ganz rot war, kehrte ich in die Umkleide zurück. Brianna hatte bereits ihr nächstes Sportoutfit angezogen: schwarze Leggings und ein eng anliegendes Shirt. »Und ich wollte gerade fragen, ob ich dich nach Hause fahren soll.«

Brianna richtete sich auf. »Nicht nötig. Ich muss noch zum Tanzunterricht«, erwiderte sie und begann sich das Haar zu einem französischen Zopf zu flechten.

»Verrenk dir nichts«, neckte ich sie und zog meine Schuluniform wieder an. Als Kind hatte ich auch Ballettstunden genommen, aber schnell gemerkt, dass ich Pliés hasste und zu wenig Rhythmusgefühl besaß. Also hatte ich es sein lassen und mich anderen Hobbys gewidmet: Kampfsport mit meinem Vater, Wandern, Klettern und, wenn es im Winter tatsächlich kalt genug wurde, Schlittschuhfahren. Ich liebte das Gefühl, über das Eis zu gleiten, auch wenn es ewig her war, seit ich das letzte Mal meine Schlittschuhe angezogen hatte.

Brianna zog eine Grimasse. »Wenn du wirklich im Pub aushelfen sollst, wirst du später mehr Muskelkater haben als ich.«

»Stimmt.« Ich grinste und winkte ihr zum Abschied. »Bis dann!«

Ich verließ die Sporthalle und sog die klare Luft ein, dann machte ich mich auf den Weg zum Pub. Da es nur wenige Minuten zu Fuß waren, ließ ich den Wagen auf dem Schulparkplatz stehen und stellte Briannas Fahrrad für sie in einen der Ständer. Portree war eher ein großes Dorf als eine richtige Stadt. Zur Hochsaison gab es hier mehr Touristen als Einheimische, aber daran hatte ich mich schon vor langer Zeit gewöhnt. Ich liebte die frische Meeresbrise und die bunten Häuser, den Hafen und die kleinen Geschäfte.

Ein Busfahrer ließ mich vor ihm die Straße überqueren und ich hob zum Dank die Hand, bevor ich auf die andere Seite wechselte. Der Boden glänzte noch vom Regen, aber zwischen den Wolken strahlte bereits wieder die Sonne herab. Hätte es da nicht den kühlen Wind von der Küste gegeben, wäre es für Anfang Juni an diesem Nachmittag geradezu warm gewesen. Beim Gedanken daran schüttelte es mich. Ich mochte Hitze nicht und war heilfroh, dass es hier im Norden selten extrem heiß wurde.

Auf dem Weg entdeckte ich eine Gruppe Backpacker, die gerade in einem der vielen Hostels eincheckte. Gut möglich, dass sie später in den Pub kommen würden. Doch als ich diesen schließlich erreichte und die Tür aufstieß, war nicht übermäßig viel los. Der vertraute Geruch von altem Holz, Bier, Whisky, Kaffee und frisch zubereitetem Essen strömte mir in die Nase. Zu der Musik, die in angenehmer Lautstärke im Hintergrund lief, mischten sich die Stimmen der Gäste. Manche saßen an der Bar, andere an den Tischen und blätterten durch die Karte. In einer Ecke hatte es sich eine junge Familie gemütlich gemacht. Der Vater hielt ein Baby auf dem Schoß und tunkte Pommes in den Ketchup auf seinem Teller, während die Mutter einen Burger vor sich hatte und die beiden vergnügt beobachtete.

Neal stand hinter der Bar, die Ärmel seines Hemds bis zu den Ellbogen hochgekrempelt, wodurch die Tattoos auf seiner dunklen Haut erkennbar wurden. Obwohl er gerade dabei war, ein frisches Bier zu zapfen und sich gleichzeitig mit einem Besucher unterhielt, bemerkte er mich und zwinkerte mir zur Begrüßung zu. Ich lächelte. Alles wirkte wie ein typischer Nachmittag im Pub. Es gab keinen ersichtlichen Grund, mich hierher zu zitieren. Also blieb nur noch …

»Avalee!«

Ich erstarrte. Dieser Tonfall hatte nichts Gutes zu bedeuten.

Mein Vater war aus einer Sitznische aufgestanden und blieb mit in die Hüften gestemmten Händen vor mir stehen. In dieser Pose kamen seine Arme, die sowieso schon Baumstämmen ähnelten, noch deutlicher zur Geltung und er wirkte beinahe Furcht einflößend. Sein rotbraunes Haar, der Vollbart, der wütende Blick und die tiefen Falten in seiner Stirn verstärkten diesen Eindruck nur noch.

»Wo warst du gestern Nacht?«

»Im Bett …?«, versuchte ich es mit dem gleichen unschuldigen Lächeln, mit dem Brianna immer durchkam.

Sein Stirnrunzeln vertiefte sich. »Glaub ja nicht, ich wüsste nicht, dass du überall, *außer* in deinem Bett warst, junge Dame.«

Junge Dame? Autsch. Wenn er mich so nannte, dann steckte ich wirklich in Schwierigkeiten.

Seufzend ließ ich mich auf die gepolsterte Bank fallen. Sie befand sich in einer Ecke des Raums mit Blick auf die gesamte Bar und war dennoch abgeschieden genug, dass niemand unser Gespräch mithören konnte. Auf dem dunklen Holztisch standen bereits ein angefangenes Bier und ein Glas Cola, das auf mich wartete. Koffein. Endlich! Das Zeug, das sie in der Cafeteria servierten, war zum Davonrennen.

»Ich war in Quiraing«, gestand ich.

Dad und ich waren schon immer ehrlich miteinander gewesen. Er hatte mir von Neal erzählt, noch bevor sie richtig zusammengekommen waren, er ließ mich an den Schwierigkeiten in der Destillerie ebenso teilhaben wie an den Erfolgen. Und ich hatte ihm schon als Siebenjährige von dem Jungen erzählt, den ich toll fand, der sich später jedoch als Idiot entpuppte, als er mich von einer Schaukel schubste. Genauso wie von meinen Problemen, in der Schule richtig Anschluss zu finden. Denn obwohl ich wie die meisten meiner Mitschüler auf Skye aufgewachsen war, würde ich für immer das Mädchen bleiben, das im Alter von sechs Jahren beinahe ertrunken war und nur überlebt hatte, weil ein kleiner Junge ihm das Leben gerettet hatte. Das Mädchen, das seine Mutter bei dem schlimmsten Schiffsunglück der letzten zweihundert Jahre verloren hatte. Und Kinder konnten grausam sein.

Mein Vater setzte sich mir gegenüber an den Tisch und schob sein Glas zur Seite. »Du warst jagen.«

Ich nickte.

»Wie oft habe ich dir gesagt, dass du nachts nicht allein rausgehen sollst?«

Ich hätte schwören können, dass die Gläser und Flaschen hinter der Bar erzitterten, so zornig klang er. Ein Knoten begann sich in meinem Magen zu bilden, aber ich zuckte nicht zusammen, wich seinem Blick nicht aus. Stattdessen reckte ich das Kinn vor. »Dann hättest du mir nichts von diesen Wesen erzählen und mich nicht trainieren sollen. Was soll ich deiner Meinung nach sonst tun? Zu Hause herumsitzen und Däumchen drehen?«

Es war meine Standardantwort. Inzwischen hatte ich es aufgegeben zu zählen, wie oft wir diese Diskussion schon geführt hatten. Und sie endete immer damit, dass wir beide laut wurden. Aber egal wie sehr wir uns stritten, ich wusste trotzdem ohne jeden Zweifel, dass mein Vater immer für mich da war. Sollte ich mir zehn Sekunden nach unserem Streit den Arm brechen oder wegen einer schlechten Note zu ihm kommen, wäre alles andere sofort wieder vergessen.

»Das habe ich getan, um dich zu beschützen!« Seufzend rieb er sich über den breiten Nacken. Seine Hände waren schwielig von der jahrelangen Arbeit in der Destillerie, dem Mithelfen in Neals Pub und dem Kampf gegen Elementare. »Das haben wir doch schon durch. Du sollst dich verteidigen können – und nicht plötzlich ständig allein auf die Jagd gehen. Und das auch noch jede Nacht.«

»Nicht *jede* Nacht …«

Es war nur jede dritte. Meistens.

»Avalee!«

Diesmal zuckte ich zusammen, aber nicht aufgrund seines scharfen Tonfalls, sondern weil ich neben der Wut noch etwas anderes in seinen Augen lesen konnte: Sorge. Er hatte sich gestern wirklich Sorgen um mich gemacht. Ich öffnete den Mund, um ihm zu versichern, dass ich auf mich aufpasste und er sich keine Gedanken machen müsste, weil ich den besten Trainer gehabt hätte, den man sich wünschen könnte. Und weil ich nicht allein unterwegs sei, sondern in den meisten Nächten Unterstützung bekäme. Doch dann schloss ich den Mund unverrichteter Dinge wieder. Dad wusste nichts von Lance – und daran würde ich nichts ändern. Es war nicht mein Geheimnis, sondern seines, und außerdem nicht meine Aufgabe, meinem Vater davon zu erzählen. Ich wusste nicht, warum Lance tat, was er tat, aber ich würde ihn nicht verraten. Genauso wenig wie er mich. Wenn ich auf eine Sache zählen konnte, dann darauf.

»Avalee …«, wiederholte er, diesmal eine Spur leiser und eindringlicher. »Genug ist genug. Ich möchte, dass du damit aufhörst. Ein für alle Mal.«

»Was?« Meine Stimme klang schrill. Hohl. Unnatürlich. Sekundenlang konnte ich ihn nur anstarren. Er wollte, dass ich mit dem Jagen aufhörte? Für immer? Mit der einzigen Sache in meinem Leben, derer ich mir absolut sicher war und die mir das Gefühl gab, etwas zu bewirken?

Ein bedrückter Ausdruck legte sich auf seine Miene, doch das täuschte nicht über die Entschlossenheit hinweg. »Ich möchte, dass du mit der Jagd aufhörst. Es war ein Fehler, dir alles zu erzählen und beizubringen. Ich dachte, ich würde dich damit beschützen, aber in Wahrheit habe ich dich damit einer viel größeren Gefahr ausgesetzt.«

War es wegen der Sache mit dem Camper, die heute in allen Nachrichten kam? Sicher, das Thema Jagd war schon länger ein Streitpunkt zwischen Dad und mir gewesen, aber nie zuvor hatte er von mir verlangt, dass ich es gänzlich aufgab. Er hatte mir immer nur zu verstehen gegeben, dass er es nicht guthieß, was ich tat, und dass ich auf mich aufpassen sollte. Aber da war ich meistens auch tagsüber an den Wochenenden losgezogen und nicht mitten in der Nacht, wenn ich am nächsten Tag zur Schule musste.

»Das ist nicht dein Ernst!«, platzte ich heraus.

»Doch, ist es. Wenn wir zu Hause sind, gibst du mir deine gesamte Ausrüstung. Kein heimliches Wegschleichen, kein Aus-dem-Fenster-Klettern, keine nächtlichen Ausflüge mehr. Zwing mich nicht dazu, dir den Autoschlüssel wegzunehmen«, fügte er hinzu, als ich schon nach Luft schnappte, um zu protestieren.

»Das kannst du nicht machen«, stieß ich hervor. »Warum jetzt? Weil ich mich ein Mal nachts weggeschlichen habe?«

»*Ein* Mal?«, wiederholte er ungläubig. »Ich kann gar nicht mehr zählen, wie oft du nicht da warst, wenn wir aus dem Pub gekommen sind, oder wie oft ich mitten in der Nacht aufgewacht bin und der Jeep weg war. Du gibst nicht Bescheid und gehst unnötige Risiken ein. Wie oft bist du in letzter Zeit mit blauen Flecken heimgekommen, hm? Und was ist das da an deinem Hals?«

Ich unterdrückte den Impuls, mir an die Kehle zu fassen. Nur bei genauem Hinsehen entdeckte man die roten Spuren, die größtenteils vom Kragen meiner Bluse und einer Schicht Make-up verdeckt wurden. Die meisten Leute würden sie vielleicht für Knutschflecken halten, aber Dad wusste es besser. Er wusste es, weil er es ebenfalls mit dieser Sorte von Elementaren aufgenommen hatte und diese Begegnung ihn fast das Leben gekostet hätte. Mich auch, wenn Lance nicht aufgetaucht wäre … Aber im Gegensatz zu Dad war ich nur mit ein paar Schrammen nach Hause gekommen, nicht mit einem Knochenbruch, der ihn monatelang auf Krücken hatte gehen lassen, nachdem er eine Klippe hinuntergestürzt war. Danach war er immer seltener jagen gegangen und als er kurze

Zeit später Neal kennengelernt hatte, hatte er ganz damit aufgehört.

»Tut mir leid«, murmelte ich zwischen zusammengebissenen Zähnen.

Er seufzte tief und streckte die Hand nach mir aus. »Du weißt, dass ich für den Rest der Woche in Aberdeen und Edinburgh auf Geschäftsreise bin. Ich muss mich darauf verlassen können, dass du wenigstens so lange nicht auf die Jagd gehst.«

Sorry, Dad. Aber ich war noch lange nicht fertig. Und irgendeine Geschäftsreise war kein Grund, mir das Jagen zu verbieten.

»Tut mir leid, dass ich nicht einfach daheim rumsitzen und diese Mistviecher weiter morden lassen kann. Ich weiß, nach Mums Tod war das genau das, was du dir für mich erhofft hast, als du mir von ihnen erzählt und mich trainiert hast.« Meine Stimme triefte nur so vor Ironie.

Obwohl der Pub mit Leben, Lachen und Musik erfüllt war, herrschte für einige Sekunden eine eisige Stille zwischen uns.

»Du hörst damit auf. Das ist mein letztes Wort.«

»Meins auch.« Ich packte meine Schultasche und stand auf. Wut ballte sich in mir zusammen und ließ meine Hände zittern, aber ich würde jetzt auf keinen Fall klein beigeben. Wozu sollte all das denn gut gewesen sein, wenn er mir nicht erlauben wollte, Jagd auf Elementare zu machen? Wozu das jahrelange Training und die gemeinsamen Ausflüge? Warum weihte er mich in diese Sache ein, wenn er nicht wollte, dass ich etwas dagegen unternahm? So wie er es früher getan hatte – und vielleicht auch heute noch tun würde, wenn die verbliebenen Schmerzen in seinem Bein ihn nicht daran hindern würden.

»Avalee!«, rief er mir nach, aber ich reagierte nicht darauf.

Ich stürmte durch den Pub, ignorierte Neals fragenden Blick von der Bar aus, stieß die Tür auf und lief zum Schulparkplatz zurück, wo ich in meinen Jeep stieg. Ich musste hier weg und kannte genau den richtigen Ort, um wieder einen klaren Kopf zu bekommen.

Doch vor Dads Worten konnte ich nicht so einfach davonlaufen. Sie hatten sich in meinem Bewusstsein verankert und hallten in meinen Gedanken nach.

Das habe ich getan, um dich zu beschützen! Damit du dich verteidigen kannst.

Denn Mum hatte sich nicht verteidigen können.

Und sie hatten sie getötet.

KAPITEL 3

REID

Hitze knisterte und Flammen tanzten über seine Haut, aber sie verbrannten ihn nicht. Als er die Augen öffnete, zogen sie sich genauso schnell wieder zurück, wie sie aufgetaucht waren. An ihre Stelle trat ein kühler Wind, der den salzigen Geruch des Meeres zu ihm trug. Es war Monate her, seit er zuletzt am Meer – und Jahre, seit er das letzte Mal hier gewesen war. Langsam begann Reid sich umzuschauen. Seine roten Chucks versanken im goldgelben Sand. Ein Rauschen drang an sein Ohr, und als er den Kopf hob, sah er, wie die Wellen kamen und gingen. Nicht allzu weit entfernt brachen sie sich an den Klippen und Gischt spritzte meterhoch in die Luft.

Obwohl es über ein Jahrzehnt her war, seit er diesen Ort besucht hatte, erkannte er ihn sofort wieder. Skye hatte etwas an sich, was man nur schwer vergaß. Selbst wenn man von der Insel nur einen Strand und ein paar Klippen kennengelernt hatte. Auch wenn er damals noch ein Kind gewesen war – gerade einmal sechs Jahre alt – hatte sich dieser abgelegene Platz in sein Gedächtnis eingebrannt. Zusammen mit dem Mädchen, das er an jenem Tag entdeckt hatte – leblos, blass und inmitten der stürmischen See, bevor er es herausgezogen hatte.

Er drehte sich zu der Stadt um, die sich hinter ihm erhob, obwohl man diese kleine Ansammlung von Häusern kaum als solche bezeichnen konnte. Seine Heimat Glasgow war eine Stadt mit unendlich vielen Facetten und groß genug, um sich darin zu verlieren. Aber hier kannte bestimmt jeder jeden. Und auch er war kein Unbekannter. Zumindest die Mitglieder der fünf großen Clans wussten, wer er war. Reid verzog das Gesicht. Die Clans waren auch der Grund für seinen Besuch. Genauer gesagt sein Vater, der ihn hierher geschickt hatte, um ein weiteres Mal mit den verbliebenen MacLeods in Verhandlungen zu treten. Wie immer ging es um Ländereien und Politik.

Seufzend machte Reid sich auf den Weg, schließlich war er nicht zum Vergnügen hier. Wahrscheinlich empfand sein Dad irgendeine perfide Freude daran, seinen ältesten Sohn auf diese Weise zu bestrafen. Dabei hatte er gar nicht vorgehabt, den Stall anzuzünden. Er hatte nur Willa, diese unfassbar attraktive und freche junge Frau beeindrucken wollen, nachdem sie ihn förmlich dazu herausgefordert hatte. Es hatte ja keiner ahnen können, dass sich das Ganze zu einem Häuserbrand entwickeln würde, der sogar die Feuerwehr auf den Plan rief. Glücklicherweise waren alle Pferde bereits auf der Weide gewesen und niemand war verletzt worden, aber die wütende Stimme seines Vaters hallte noch immer in Reids Ohren nach.

Mit jedem Schritt versanken seine Schuhe im Sand und er fragte sich unwillkürlich, warum er ausgerechnet hier gelandet war, als er in Gedanken die Insel angepeilt hatte. Vielleicht, weil dieser Strand die stärksten Erinnerungen barg, die er von Skye in sich trug. Und von dem Mädchen … Ein letztes Mal drehte er sich um, aber der Strand war noch immer menschenleer. Doch als er sich abwenden wollte, blieb sein Blick an den Klippen hängen. Hoch oben erkannte er einen dunklen Wagen, der vor wenigen Sekunden noch nicht da gewesen war. Wer fuhr freiwillig bis an den Rand der Klippen hinauf? Niemand – außer diese Person hatte eine ganz bestimmte Absicht.

Reid wartete. Zögerte. Sein impulsives Handeln und seine schnell gefällten Entscheidungen hatten ihm schon mehr als einmal Ärger eingebracht. Bestimmt malte er sich gerade nur das Schlimmste aus, und das auch nur, weil er auf dieser Insel schon einmal jemanden gerettet hatte. Doch dann tauchte eine schmale Gestalt am äußersten Rand der Klippe auf – und er dachte nicht länger nach. Er handelte.

Wieder züngelte Feuer über seine Haut und schloss ihn in eine wärmende Umarmung, ohne ihn zu verbrennen, denn er *war* das Feuer. Für den Bruchteil einer Sekunde bestand er nur noch aus Hitze und zerstörerischer Gewalt. Als er die Augen öffnete, war es vorbei und er stand hinter der Gestalt auf den Klippen. Wie sich nun herausstellte, handelte es sich um ein Mädchen in seinem Alter.

»Das ist eine ganz miese Idee.«

Sie drehte sich zu ihm um – und für einen Moment stockte ihm der Atem. Der Wind peitschte ihr das rötlich schimmernde Haar ins Gesicht. Sie hatte einen so intensiven Blick, dass er fast einen halben Schritt zurückgewichen wäre. Aber da war noch mehr. Etwas, das ihm erschreckend vertraut vorkam. Die Schuluniform konnte es nicht sein, denn die war ihm fremd. Sie musste von der Insel stammen. Aber dieses Gesicht … diese stürmischen Augen …

»Was ist eine miese Idee?«, fragte sie.

»Zu springen.« Er sah zum Wasser hin. Viel konnte er von hier aus nicht erkennen, aber er wusste sehr genau um die Kraft des Meeres und die spitzen Steine da unten. Mit sehr viel Glück würde sie den Sprung überleben, sich dabei aber sämtliche Knochen brechen. Und er wusste, wovon er sprach, da er vor ein paar Jahren bei einer Mutprobe von einer Klippe gesprungen war und den restlichen Sommer im Krankenhaus hatte verbringen müssen.

Die Fremde schnaubte nur. »Ich will nicht springen. Ich brauche auch keinen Retter und auch niemanden, der mir sagt, was ich tun oder lassen soll. Davon habe ich schon mehr als genug.«

Vorsichtig trat er neben sie. Das Land endete nur wenige Zentimeter vor seinen Füßen und fiel abrupt ab. Zornig krachten die Wellen gegen das Gestein und die Gischt spritzte so hoch auf, dass er das Salz fast schmecken konnte. Dazu die wilden Böen, die an Haaren und Kleidung zerrten. Langsam drehte er den Kopf wieder zu der Fremden.

Sie war ziemlich groß, nur ein paar Zentimeter kleiner als er selbst, und zeigte nicht die geringste Spur von Furcht. Sie zitterte nicht, und wenn sie angespannt war, dann nur, um sich gegen den Wind zu stemmen, der hier oben toste. Für einen Moment konnte er seinen Blick nicht von ihren vollen Lippen lösen. Dann sah er auf.

Sie musterte ihn misstrauisch, bis sich ihr Gesichtsausdruck auf einmal veränderte. Von abwehrend zu ungläubig – und verwirrt.

»Ich kenne dich …«, stieß sie hervor und ihre Augen weiteten sich.

Und plötzlich erinnerte auch er sich. Diese riesigen Augen, so blau wie der Atlantik, der sie mit all seiner Macht an den Strand gespült hatte, nur um sie gleich darauf wieder mit sich fortzureißen.

Seine Mundwinkel verzogen sich zu einem angedeuteten Lächeln, obwohl sein Puls zu rasen begann. »Ziemlich lange her, was?«

Damals waren sie beide Kinder gewesen. Wie hoch war die Wahrscheinlichkeit, dass er sie bei seinem zweiten Besuch auf der Insel wieder treffen würde? Und dann auch noch am Meer? Nicht weit von der Stelle entfernt, an der das Schicksal sie vor so langer Zeit zusammengeführt hatte?

»Das kann nicht sein …« Ihre Worte waren kaum mehr als ein Flüstern. »Du warst das damals, oder?«

Sie wich einen halben Schritt zurück, stolperte, und er streckte instinktiv die Hände aus, um sie festzuhalten. Als hätte seine Berührung sie selbst durch den Stoff ihres Blazers verbrannt, riss sie sich ruckartig los und kam dem Rand der Klippe gefährlich nahe.

»Pass lieber auf, wo du hintrittst. Außer du willst jetzt doch springen«, warnte er sie in lockerem Tonfall, aber tief in seinem Inneren herrschte ein einziges Chaos. Hatte sein Vater ihn deshalb hergeschickt? Um sie zu treffen? Wusste er, was sein Sohn vor so vielen Jahren getan hatte? Aber warum hatte er ihn dann nicht längst darauf angesprochen? Oder ahnte Arran, das Oberhaupt der Kelvins, nichts von dem, was damals passiert war? Konnte das alles nur ein einziger großer Zufall sein?

Frage um Frage schoss durch seinen Kopf, bis Reid von etwas anderem abgelenkt wurde. An dem fassungslosen Gesichtsausdruck des Mädchens hatte sich nichts verändert – aber an der unmittelbaren Umgebung schon. Hatte das Meer zuvor schon wütend auf ihn gewirkt, schien es jetzt zu toben. Die Wellen brachen sich mit aller Gewalt an den Steinen und spritzten neben ihnen auf. Automatisch machte er ein paar Schritte zurück, aber das Mädchen blieb, wo es war. Ein Teil ihrer Uniform war bereits durchnässt, genau wie ihr schulterlanges Haar, aber sie schien es kaum wahrzunehmen. Genauso wenig wie die dunklen Wolken, die urplötzlich hinter ihr aufzogen. Eine Sekunde später spürte er die ersten Tropfen auf seinem Gesicht. Aber es war kein warmer Sommerregen, sondern Eis.

Verblüfft streckte er die Hand danach aus, dann schnellte sein Blick zu dem Mädchen zurück. Nein … Das konnte nicht sein. Das war unmöglich. Der Wasserclan existierte nicht mehr. Er war schon vor Jahren ausgelöscht worden – zumindest die Mitglieder des Clans, die Magie in sich trugen. Aber wenn sie kein Mitglied des Wasserclans war … was war sie dann? Eine Ausgestoßene? Hastig ließ er seinen Blick über sie gleiten, konnte auf die Schnelle jedoch keine der typischen Merkmale ausmachen. Keine geballte Macht, die aus ihrem Körper ausbrechen wollte. Keine Risse in der Haut, unter denen die bläulich weiße Magie des Wassers schimmerte. Keine zersprungene oder verfärbte Iris. Nichts, was darauf hindeutete, dass sie zu dem wurde, was alle Clans hassten und zugleich am meisten fürchteten: ein Elementar.

Zu seiner Überraschung starrte sie ihn mit demselben Misstrauen an wie er sie. Sie wirkte verblüfft, ja, aber vor allem argwöhnisch. Und sie schien nicht die leiseste Ahnung zu haben, dass sie für diesen plötzlichen Wetterwechsel verantwortlich war.

»Wer bist du?« Ihre Stimme war so frostig wie der Eisregen, der noch immer auf sie beide herabprasselte und sie längst durchweicht hatte.

»Roderick Kelvin«, stellte er sich vor. »Aber du kannst mich Reid nennen.«

Das Tosen der Wellen an den Klippen verstärkte sich. Trotz des Regens begann sich eine dünne Eisschicht auf dem Boden auszubreiten. Verdammt. Sie musste tatsächlich zum Wasserclan gehören. Eine andere Erklärung gab es nicht. Vor all diesen Jahren hatte er ausgerechnet das letzte Mitglied der MacLeods gerettet, war, ohne nachzudenken, ins Meer gelaufen und hatte ihren leblosen Körper an Land gebracht – und jetzt war *er* der Grund, warum ihre Kräfte erwachten? Es benötigte eine Schocksituation, damit die Elementarmagie sich zeigte. Reid hatte es als Vierjähriger selbst erlebt, als er einen kurzen Moment der Unachtsamkeit seiner Mutter genutzt hatte und aus dem Fenster geklettert war. Einem normalen Menschen hätte der Sturz das Genick gebrochen, aber in der entscheidenden Sekunde hatten sich seine Fähigkeiten gezeigt, und statt draußen im Garten zu landen, hatte er sich instinktiv durch Feuerkraft zurück in sein Zimmer teleportiert. Dieser Schockmoment hatte nicht nur seine eigenen Kräfte erweckt, sondern ihm auch das Leben gerettet. Und zu einer ungesunden Faszination für Gefahr und Nervenkitzel jeglicher Art geführt.

Aber nicht mal er stand auf so viel Nervenkitzel, sich mit seinem eigenen Clan anzulegen. Und genau das würde passieren, sollte sein Vater je erfahren, dass *er* der Grund dafür war, dass der Wasserclan doch nicht ausgelöscht war, wie sie alle so lange geglaubt hatten.

»Und du bist …«, begann er, nur um sich dann blinzelnd umzusehen. Wow. Sie war verflucht schnell. In der einen Sekunde stand sie noch am Rand der Klippen, in der nächsten hatte sie bereits den schwarzen Jeep erreicht und eine silberne Klinge hervorgezogen. »… bewaffnet«, stellte er ruhig fest.

Sie sagte kein Wort, kam nur mit dem Dolch auf ihn zu und wirkte nicht so, als würde sie zögern, ihn einzusetzen.

»Hey …« Langsam hob er die Hände. »Ich wollte dich gerade

davon abhalten zu springen, schon vergessen? Und ich habe dich damals aus dem Meer gefischt.«

»Und jetzt tauchst du hier auf und wir haben einen plötzlichen Wintereinbruch.«

Wie auf Kommando schwebten zwischen all den Regentropfen einzelne Schneeflocken zu Boden. Reid schüttelte den Kopf. Das war verrückt. Das war einfach unmöglich. Sie schien nicht die geringste Ahnung zu haben, was das hier zu bedeuten hatte. Wenn sie sich nicht schleunigst wieder beruhigte und ihre Kräfte in den Griff bekam, würden auch andere auf dieses Wetterphänomen aufmerksam werden. Und das würde eine Lawine lostreten, die niemand mehr aufhalten konnte. Am wenigsten er selbst. Denn sollte es allen Informationen zum Trotz doch noch Nachfahren der MacLeods mit Magie auf der Insel geben, konnte kein anderer Clan ihre Ländereien für sich beanspruchen, und Reid würde wieder einmal als Enttäuschung nach Hause zurückkehren. Nicht dass er inzwischen nicht schon daran gewöhnt wäre.

Verdammt, er musste mit jemandem über das reden, was hier passierte. Jemand, der im Gegensatz zu ihm eine Ahnung davon hatte. Er konnte nicht zurück nach Glasgow, bevor er nicht herausgefunden hatte, was hier vor sich ging. Und ob er ungewollt tatsächlich alle Expansionspläne seiner Familie zunichtegemacht hatte, weil er einem kleinen Mädchen vor elf Jahren das Leben gerettet und jetzt auch noch ihre Kräfte erweckt hatte.

»Ich habe nichts damit zu tun.« Er bemühte sich um Ruhe und sprach jedes Wort klar und deutlich aus. Vielleicht fiel ihr dann ja auf, dass er keine Merkmale eines Ausgestoßenen trug. Denn irgendetwas musste sie wissen, andernfalls würde sie viel mehr Angst zeigen. Aber Angst war es nicht allein, was sich in ihren Augen widerspiegelte. Da waren Skepsis, Wut, Ungläubigkeit. Und eine beginnende Panik, von der er überzeugt war, dass sie sie mit aller Kraft unterdrückte.

Leider machte es dieses Unwetter nur noch schlimmer.

»Ach ja? Und wer soll sonst dafür verantwortlich sein, wenn nicht du? Ich sehe hier niemanden sonst.« Mit der freien Hand deutete sie um sich.

Sie waren allein auf der Klippe und auch am Strand und auf der gewundenen Straße, die zurück Richtung Stadt führte, war niemand zu sehen. Jeder mit ein bisschen gesundem Menschenverstand hatte aufgrund des schlechten Wetters längst Schutz gesucht. Sie waren die Einzigen hier draußen.

»Schon mal daran gedacht, dass du es selbst sein könntest?«

Ihre Lippen verzogen sich zu einem spöttischen Lächeln. »Ich bin kein Elementar.«

Also wusste sie von ihnen. Blieb nur noch herauszufinden, wie viel sie sonst wusste.

»Aber vielleicht ein Clanmitglied?«, schlug er vor.

Ihr Lächeln verschwand und wurde von einem Stirnrunzeln ersetzt. Es wirkte nicht gestellt, sie schien ehrlich verwirrt zu sein. »Was zum Teufel soll das heißen?«

»Clans. Elemente. Jahrhundertealte Kriege.« Reid starrte sie verständnislos an. »Wie kannst du von den Elementaren wissen, aber nicht von den Clans?«

Konnte das wirklich möglich sein? Konnten die MacLeods sie jahrelang im Unwissen gelassen haben? Aber warum wusste sie dann von den Ausgestoßenen, den Elementaren? Warum hielt sie den Dolch so, als wäre sie es gewohnt, ihn einzusetzen?

Plötzlich vibrierte das Handy in seiner Hosentasche. *Na toll.*

Ausgerechnet jetzt. Wahrscheinlich wollte sein Vater wissen, wie es lief und ob er schon etwas herausgefunden hatte.

Ja, Dad. Alles super. Ich bin über die letzte Überlebende des Wasserclans gestolpert, und es scheint meine Schuld zu sein, dass ihre Kräfte erweckt wurden. Also könnt ihr Skye und die anderen Inseln des Westens nicht für euch beanspruchen, wie wir es geplant hatten. Zufrieden?

Allein beim Gedanken daran zog sich alles in Reid zusammen. Aber den Anruf zu ignorieren, war keine Option. Wenn er ihn nicht entgegennahm, würde sein Vater jemanden herschicken, um herauszufinden, was los war und ob sein ältester Sohn versagt hatte. Persönlich würde Arran es nicht wagen, die Insel ohne eine offizielle Einladung des hier herrschenden Clans zu betreten. Das käme einer Kriegserklärung gleich. Die MacLeods mochten über keine Wassermagie mehr verfügen, aber diese Inseln gehörten ihnen noch immer. Und wie es vor langer Zeit zwischen den Clans vereinbart worden war, durfte kein Chief das Land eines anderen ohne ausdrückliche Einladung betreten. Aber Reid als Sohn und Erbe des Anführers der Kelvins war noch nicht an diese Regel gebunden. Ihm stand es frei, zu kommen und zu gehen, wie er wollte. Und genau das sollte er jetzt tun. Gehen. Und sich an die einzigen Personen wenden, die ihm vielleicht weiterhelfen konnten: die Dundas.

»Sorry«, murmelte er laut genug, dass das Mädchen ihn hörte, und ließ die Hände sinken. »Das wird dir jetzt nicht gefallen.«

Sie öffnete den Mund und sagte etwas, was er nicht mehr hörte, denn sie verschwamm vor seinen Augen, als die Flammen ihn mitrissen.

KAPITEL 4

AVA

Mein Herz hämmerte, trommelte hart gegen meine Rippen, während mein Verstand zu begreifen versuchte, was gerade passiert war. Ich stand noch immer am Rand der Klippen, aber in Gedanken war ich weit weg, tief in meiner Erinnerung, wo die Wellen krachend über mir zusammenschlugen und mich mit sich fortrissen. Wieder und wieder, weiter in die Dunkelheit, bis jeder Funken Tageslicht unendlich weit weg schien. Meine Finger zuckten, als wollten sie nach der Hand meiner Mutter greifen. Aber das konnte ich nicht. Nicht heute. Nicht damals. Weil mir Mums Hand entglitten war, als das Chaos um uns herum ausbrach.

Ein Chaos genau wie hier, genau wie heute, denn mit Reids Verschwinden hatte dieses Wetterphänomen nicht aufgehört. Im Gegenteil. Es schien von Sekunde zu Sekunde schlimmer zu werden, genau wie sich mein Herzschlag immer weiter beschleunigte. Der Regen prasselte wie Tausende kleiner Nadelspitzen auf mich herab und grub sich durch die Kleidung in meine Haut. Hinter mir war das Meer so aufgewühlt, wie ich es nie zuvor gesehen hatte. Es peitschte Welle um Welle gegen die Klippen, als wollte es die Insel gewaltsam auseinanderreißen.

Ein leises Knistern drang an mein Ohr. Frost zog sich über den kahlen Boden. Zwar wusch ihn der Regen fort, aber er tauchte immer wieder auf, legte sich auf die Steine und überzog jeden einzelnen Grashalm. Kälte breitete sich aus, bis ich jeden meiner schnellen Atemzüge sehen konnte.

Ich riss meinen Blick davon los und starrte auf die Stelle, an der bis eben noch dieser Kerl gestanden hatte. Kurzes rötlich blondes Haar, breite Schultern und nur in T-Shirt und Jeans. Kaum älter als ich. Er war so fremd, als hätte ich ihn nie zuvor getroffen, und gleichzeitig so vertraut, dass sich alles in mir zusammenzog. Es sollte unmöglich sein, ihn nach all der Zeit wiederzuerkennen, aber sein Gesicht, seine Augen, die ganze Art ... all das hatte sich in mein Gedächtnis eingebrannt. Er war das Erste, was ich damals gesehen hatte, als ich die Augen aufschlug. Nicht länger im tosenden Meer, sondern am Strand, hustend, Wasser spuckend und mit vom Sand aufgeschürfter Haut. Über mir nur der weite Himmel und das Gesicht des Jungen, der mir das Leben gerettet hatte.

Und jetzt war er fort. Verschwunden in einer Flammensäule, die so plötzlich aufgetaucht war, dass mir keine Zeit geblieben war, um zu reagieren. Ich hatte nicht einmal mit dem Dolch ausholen können, um ihn auf den Typ zu werfen, weil er einen Wimpernschlag später bereits verschwunden war.

Ursprünglich war ich nach dem Streit mit meinem Vater hierher gefahren, um runterzukommen und wenigstens zu versuchen, ihn zu verstehen, aber nun verstand ich noch weniger als zuvor. Ein Junge, der sich in Feuer auflösen konnte, jedoch kein Elementar war? Denn er sah definitiv nicht so aus wie die Monster, die ich Nacht für Nacht jagte. Aber das ganze Wetterchaos, ohne dass Elementare in der Nähe waren? Wie war das möglich?

Ich war mit dem Wissen um diese Wesen aufgewachsen wie andere Kinder mit den Geschichten von Feen, Nessie, Königen und epischen Schlachten. Nur wusste ich, dass es diese Kreaturen wirklich gab. Dass sie gefährlich waren. Dass sie Mörder waren. Sie hatten das Schiffsunglück ausgelöst, das meine Mutter getötet hatte, und beinahe hätten sie auch mich erwischt, wenn Reid mich nicht gefunden und in Sicherheit gebracht hätte.

Reid ... Wer oder was war er? Und was hatte es mit diesen Clans auf sich, von denen er gesprochen hatte?

Ich riss mich aus meiner Starre und lief zu meinem Jeep, doch selbst als ich einstieg und den Motor startete, wollte sich das Wetter nicht beruhigen. Ich zitterte am ganzen Körper, meine Schuluniform war völlig durchnässt und das Haar klebte mir kalt an Kopf und Nacken. Im Rückspiegel warf ich einen letzten Blick auf das Tosen und die aufspritzende Gischt, bevor ich den Motor startete und davonfuhr.

Die See hatte schon immer eine besondere Wirkung auf mich gehabt. Ich konnte stundenlang davorsitzen und auf das endlose Blau starren. Es war der einzige Ort, an dem ich wirklich zur Ruhe kam. Das stete Kommen und Gehen der Wellen tröstete mich und fühlte sich seltsam vertraut an. Vielleicht weil es der einzige Weg war, mich meiner Mum verbunden zu fühlen. Doch gleichzeitig machte mir das unbarmherzige Wasser auch Angst, denn es hatte mir meine Mutter genommen, bevor ich die Chance gehabt hatte, sie richtig kennenzulernen. Die wenigen Erinnerungen, die ich noch an sie hatte, schienen von Tag zu Tag blasser zu werden. Doch wenn ich an den Klippen oder am Strand saß, konnte ich wieder ihr Lächeln vor mir sehen. Genau wie ihre strahlend blauen Augen, die ich geerbt hatte. Nur in diesen Momenten hatte ich das Gefühl, den

Klang ihrer Stimme hören und ihren blumigen Duft einatmen zu können. Zumindest war das bis jetzt so gewesen. Aber als ich die Küste an diesem Nachmittag hinter mir ließ, blieben nur Beklommenheit und eine beginnende Panik in mir zurück.

Ich sah kurz auf mein Smartphone, das blinkend auf dem Beifahrersitz links von mir lag. Wahrscheinlich eine Menge Nachrichten von Dad. Vielleicht auch von Brianna. Kaum tauchte sie in meinen Gedanken auf, wusste ich, dass sie diejenige war, mit der ich reden wollte, selbst wenn sie nichts von Clans und Elementaren wusste. Aber ich musste mich jemandem anvertrauen. Ich brauchte meine beste Freundin.

An der nächsten Kreuzung fuhr ich nicht wie gewohnt weiter, sondern bog ab, um den direkten Weg zum Haus von Briannas Familie einzuschlagen. Ich hatte schon immer viel Zeit dort verbracht, denn unsere Eltern hatten sich bereits gekannt, bevor es uns gab. Unsere Mütter waren Freundinnen gewesen und früher hatten wir Briannas Familie oft in der Nähe von Aberdeen besucht. Nach Mums Tod waren sie sogar nach Skye gekommen, um Dad und mir zur Seite zu stehen – und dann hier geblieben. Zum Glück, denn so konnten Brianna und ich wie Schwestern miteinander aufwachsen. Von ihrer Mum hatte ich backen gelernt und ihr Vater war mit Dad, Bri und mir in den Ferien immer wandern gegangen.

Ich liebte diese Familie, als wäre sie meine eigene … doch hin und wieder gab es Situationen, in denen ich diese Glückseligkeit nicht ertrug, besonders dann nicht, wenn ich sah, wie liebevoll Mutter und Tochter miteinander umgingen. An anderen Tagen brauchte ich ihre Gemeinschaft so sehr, dass es wehtat. Ich war glücklich zu Hause, ich liebte meinen Dad, und Neal war ein großartiger Stiefvater. Aber manchmal vermisste ich meine Mum. Es war beinahe so, als wäre nicht nur sie an jenem Tag im Meer gestorben, sondern auch ein Teil von mir. Und dieser Teil fehlte mir, ohne dass ich überhaupt wusste, was genau er war. Gerade deshalb sehnte ich mich jetzt nach der Zuflucht bei Brianna zu Hause, nach der gemütlichen Küche und dem wärmenden Kaminfeuer, dem Tee und die selbst gebackenen Scones ihrer Mum, um die kreisenden Gedanken aus meinem Kopf und die Kälte aus meinen Knochen zu vertreiben.

Obwohl die Sonne zwischen den Wolken am Horizont aufleuchtete, folgte mir der Eisregen, als würde eine dunkle Wolke über meinem Wagen schweben. Nie zuvor hatte ich erlebt, dass Elementare zu so etwas imstande waren – und dabei auch noch wie ganz normale Menschen aussahen. Ohne die geringsten Anzeichen, ohne die gruselig leuchtenden Augen und den Körperbau aus Ästen, Flammen oder Steinen, durch die ihre Magie hindurchschimmerte.

Aber dieser Reid konnte nicht für das Naturphänomen verantwortlich sein. Er hatte sich vor meinen Augen in Flammen aufgelöst und dennoch hatte sich das Wetter nicht beruhigt. Feuer musste sein Element sein.

Ich nahm den Fuß vom Gas und ging hart auf die Bremse, als ich mich der nächsten Kurve näherte. Bedeutete das etwa, dass er recht hatte? Dass *ich* die Ursache für den Regen, den Schnee und das wilde Meer war? Wurde ich selbst zu einem Elementar? Aber wie? Wie sollte das möglich sein?

Panik wollte mir die Kehle zuschnüren, doch ich zwang mich dazu, tief durchzuatmen und weiterzufahren. Ich musste mich auf den Verkehr konzentrieren. Nicht dass viele Autos unterwegs waren, aber die Straßen auf Skye waren gewunden und es gab so viele Hügel, dass hinter jeder Kurve ein entgegenkommendes Fahrzeug auftauchen konnte. Oder eine Herde Schafe, die in aller Seelenruhe mitten im Weg herumstand. Doch ich hatte Glück und erreichte das Cottage ohne Zwischenfälle. Ich schaltete den Motor aus und lief zur Haustür. Noch bevor ich anklopfen konnte, wurde sie von innen geöffnet.

»Oh mein Gott! Ava …« Brianna betrachtete mich von Kopf bis Fuß und nahm jedes tropfnasse Kleidungsstück wahr. Ihr ohnehin schon besorgter Gesichtsausdruck wurde noch alarmierter. »Komm rein. Ich hole dir ein Handtuch und etwas zum Anziehen.«

»D-danke«, brachte ich bibbernd hervor, da mir inzwischen auch die Zähne klapperten.

Ich folgte ihr ins Haus. Im Vergleich zu draußen war es hier drinnen kuschelig warm, beinahe so, als hätten sie mit den kühleren Temperaturen gerechnet und den Kamin rechtzeitig angefeuert. War es vielleicht doch kein übernatürliches Phänomen, sondern ein ganz normaler Wetterumschwung in Schottland? Aber Schnee und Eis im Juni? Das war selbst für unsere wechselhaften Verhältnisse ungewöhnlich.

Ich schüttelte den Kopf. Nein, irgendetwas ging hier vor sich, das konnte ich spüren. Jetzt musste ich nur noch herausfinden, was los war. Aber vor allem musste ich wissen, ob *ich* tatsächlich die Ursache dafür war.

Brianna hatte bereits die Treppe nach oben in ihr Zimmer genommen. Doch als ich ihr folgen wollte, fielen mir zum ersten Mal die Stimmen auf, die aus dem Wohnzimmer in den Flur drangen. Ihre Mutter erkannte ich sofort, aber da war noch jemand anders. Eine zweite Person. Ich blieb an der Tür zum Wohnzimmer stehen und erstarrte.

»Reid …«

Er wirbelte zu mir herum. Überraschung zeichnete sein Gesicht, doch der Ausdruck verschwand ebenso schnell, wie er sich vor meinen Augen in Luft aufgelöst hatte. Oder eher in Feuer.

»Was geht hier vor?« Meine Stimme zitterte, trotzdem klang sie eisig in der plötzlich eingetretenen Stille. »Was macht *er* hier?«

Auch Reid schien alles andere als glücklich über diese Situation zu sein. Ungläubig wandte er sich an Mrs Dundas. »Sie wussten davon, oder?«

»Wovon?«, wiederholte ich und machte einen Schritt in den Raum hinein.

Tropfen hämmerten mit aller Härte gegen die Fensterscheiben. Es wirkte beinahe so, als stünde der Weltuntergang bevor. Oder die Sintflut, wenn man die Regenmassen bedachte, die in der letzten halben Stunde auf die Insel niedergegangen waren.

Niemand sagte ein Wort. Eine Uhr tickte. Irgendwo im Haus ächzte etwas.

»Hier.« Brianna tauchte im Türrahmen auf, in den Händen ein paar trockene Klamotten und ein Handtuch. »Zieh dich um, bevor du krank wirst, okay?«

Ich wollte widersprechen, wollte sie zur Rede stellen und verdammt noch mal erfahren, was dieser Reid hier machte. Hallo? Der Kerl hatte Feuerkräfte! Aber niemand schien auch nur das kleinste bisschen Angst vor ihm zu haben. Niemand behandelte ihn wie einen Elementar oder wie … was auch immer er war. Bis zu diesem Moment war ich mir zu hundert Prozent sicher gewesen, dass die Familie Dundas nichts von alledem ahnte. Nichts von den übernatürlichen Kreaturen, die das Wetter beeinflussten, ganze Landschaften veränderten und unschuldige Menschen und Tiere töteten. Doch jetzt war ich mir da nicht mehr so sicher …

Nur weil ich wusste, dass Brianna recht hatte, nahm ich die Sachen, die sie mir entgegenstreckte. Doch das mulmige Gefühl in meinem Bauch blieb, genau wie das Entsetzen, das angesichts all der unbeantworteten Fragen wieder in mir aufstieg.

Ich ging nach oben, zog mich hastig in Briannas Zimmer um und trocknete mir die Haare mit dem Handtuch. Da wir so oft beieinander übernachteten, hatte ich stets ein paar Klamotten bei ihr deponiert, genau wie sie bei mir, sodass ich jetzt meine eigene Unterwäsche, einen karierten Rock, ein T-Shirt und trockene Strümpfe anziehen konnte. Es war nicht das erste Mal, dass ich völlig durchnässt vor ihrer Tür aufgetaucht war. Wie immer hatte ich mit Tee, selbst gebackenen Leckereien und einem warmen Kaminfeuer als Begrüßung gerechnet. Nicht mit einem Kerl, der sich in Feuer auflösen konnte.

Ein Blick in den Spiegel genügte, um festzustellen, dass ich so blass aussah wie eine Wasserleiche. Oder wie das kleine Mädchen, das damals gegen die tosenden Wellen angekämpft und beinahe verloren hatte. Ich musste nur die Augen schließen, um alles wieder vor mir zu sehen. Wie das Tageslicht in immer weitere Ferne rückte, während ich in die kalte Tiefe sank. Wie ich mich nach oben kämpfte, den Mund aufriss und nach Luft schnappte, während um mich herum die Hölle losbrach. Schreie. Feuer. Wind. Riesige Wellen, die auf das Schiff krachten und es entzweirissen.

Ein Knall ließ mich zusammenzucken. Mit hämmerndem Herzen schaute ich mich um. Auf den ersten Blick schien alles beim Alten zu sein. Briannas Zimmer war nicht besonders geräumig. Direkt neben dem Bett drang trübes Tageslicht durch das einzige Fenster. Der Schrank war geschlossen, der Ganzkörperspiegel sauber und voller bunter Aufkleber. Wir hatten damit angefangen, als wir noch klein gewesen waren, und inzwischen war beinahe die ganze rechte Seite mit Stickern beklebt.

Ich drehte mich zum Tisch um. Dort, wo normalerweise Bücher und ein Laptop lagen, standen nun zwei Gläser und Flaschen, als hätte Brianna nur auf mich gewartet. Zwei der drei Flaschen waren zersprungen. Weiße und gelbe Flüssigkeit sprudelte daraus hervor, ergoss sich über das helle Holz und tropfte auf den Teppich hinunter.

Was um alles in der Welt …?

Mit einem Satz war ich beim Tisch, riss Kosmetiktücher aus einer Packung und versuchte die immer größer werdende Lache wegzutupfen.

»Was war das? Oh …« Brianna tauchte hinter mir auf, dann entfernten sich ihre Schritte wieder. Kurz darauf kehrte sie mit einem Lappen und Putzzeug zurück. »Schon gut. Ich mache das.«

»Was geht hier vor, Bri?«, fragte ich um Ruhe bemüht, während wir beide vor ihrem Schreibtisch hockten und die Limonade aufzuwischen versuchten.

Ein gequälter Ausdruck huschte über ihr Gesicht. »Das ist nicht so einfach …«

»Kennst du ihn?« Mit dem Kopf deutete ich Richtung Tür. Richtung Wohnzimmer.

»Ich nicht, aber meine Eltern. Also irgendwie. Es ist kompli…«

»Wenn du jetzt *kompliziert* sagst, raste ich aus.« Ich sprang auf und warf die nassen Tücher in den Papierkorb.

»Komm erst mal mit nach unten.« Brianna stand ebenfalls auf und wischte ein letztes Mal über ihren Schreibtisch. »Mum hat Tee aufgesetzt.«

»Wisst ihr überhaupt, wer er ist? *Was* er ist?«, hakte ich nach.

Schuldbewusst zog Brianna die Schultern hoch, griff dann jedoch nach meiner Hand und führte mich ohne ein weiteres Wort in die Küche hinunter. Dort standen bereits drei dampfende Teetassen rund um einen Teller mit Scones, Butter und Konfitüre. Unter anderen Umständen hätte ich mich sofort darauf gestürzt, doch jetzt konnte mich nicht mal der köstliche Duft des Gebäcks locken.

Mrs Dundas saß bereits am Tisch, eine Tasse in den Händen, und lächelte uns entgegen. Reid lief in der Küche auf und ab und blieb abrupt stehen, als wir hereinkamen. Von Briannas Vater war noch immer nichts zu sehen. Wahrscheinlich war er noch bei der Arbeit.

»Setzt euch doch.« Mrs Dundas deutete auf die freien Plätze. Mit ihrem blonden Haar, das sie zu einem Dutt zusammengebunden trug, den leuchtenden graublauen Augen und den Lachfalten um Augen und Mundwinkel wirkte sie wie eine ältere Version meiner besten Freundin. Nur dass sich nun auch kleine Sorgenfalten in ihre Stirn gegraben hatten, über die nicht einmal ihr Lächeln hinwegtäuschen konnte.

Statt ihrer Bitte Folge zu leisten, wandte ich mich an Reid, der sich ebenfalls nicht vom Fleck rührte. »Was willst du hier?«

Ein herablassendes Lächeln erschien auf seinem Gesicht. »Das könnte ich dich genauso gut fragen … MacLeod.«

MacLeod? Was meinte er damit? Wohl kaum die Familie, der das Schloss Dunvegan und einiges an Land auf Skye gehörte, oder?

Der Wasserkessel begann zu brodeln, aber ich ignorierte ihn ebenso wie das Rumoren in den Wänden.

»Ach, komm schon« Reid machte einen Schritt auf mich zu. »Tu nicht so unschuldig. Du weißt genau, wer du bist.«

»Ich habe keine Ahnung, wovon du da redest. Viel interessanter fände ich die Frage, wer zur Hölle *du* eigentlich bist – und ob du gleich das ganze Haus anzündest.«

Etwas flackerte in seinem Blick auf, verschwand aber sofort wieder, als wäre es nie da gewesen.

»Nicht bevor du hier alles unter Wasser setzt«, konterte er gepresst. »Warum wussten wir nichts von dir? Warum hat uns niemand …«

»Sie weiß es nicht!«, schaltete sich Brianna ein. Ein Windstoß pfiff ums Haus, dann wurde es schlagartig wieder still und bis auf den Regen war nichts mehr zu hören.

Wir starrten sie an. Mrs Dundas war aufgestanden und hatte den Arm um ihre Tochter gelegt.

»Was weiß ich nicht?«

Brianna sah mich unglücklich an. »Woher du kommst. Welche Kräfte du besitzt und …«

»Kräfte?«, wiederholte ich fassungslos.

»Du musst dich beruhigen, Ava.«

»Ich muss gar nichts. Außerdem *bin* ich ruhig!« Doch noch während ich die Worte aussprach, bohrte ich die Fingernägel in meine Handflächen.

»Nein, das bist du nicht.« Reid deutete auf den pfeifenden Kessel und den Wasserhahn links von ihm, aus dem unvermittelt Wasser herausschoss. »Du tust nur so, als ob, und das wäre vielleicht sogar überzeugend, wenn nicht jeder Tropfen Wasser in diesem Haus verrücktspielen würde. Genau wie dort draußen«, fügte er hinzu.

Ich musste nicht aus dem Fenster schauen, um zu wissen, dass der Regen noch stärker gegen die Scheiben und auf das Dach trommelte. Ich konnte es fühlen, als würden die Tropfen wie ein Echo in meinem Kopf nachhallen.

Brianna griff nach meinen Händen. »Ich wollte es dir schon so lange sagen, aber ich durfte nicht.«

Verwirrt sah ich von ihr zu Mrs Dundas, die gleichermaßen reumütig wirkte.

»Wir haben vor langer Zeit eine Vereinbarung mit deinem Vater getroffen«, erzählte sie leise.

»Mit Dad ...?«

Er *wusste* davon? Er wusste, dass ich irgendwelche ... irgendwelche Kräfte besaß, die denen der Elementare so ähnlich waren, dass es mir vor Angst die Kehle zuschnürte? Hatte er mich mein Leben lang darauf vorbereitet, nicht gegen diese Monster zu kämpfen, sondern gegen mich selbst? Weil ich zu einem von ihnen wurde ...?

Wenn überhaupt möglich, verstärkte der Regen sich noch.

Wie Pfeilspitzen donnerten die Tropfen auf das Dach und übertönten jedes andere Geräusch.

»Es gibt fünf große Clans«, begann Brianna hastig und so nervös, wie ich sie nur bei ihrem allerersten Referat in der sechsten Klasse erlebt hatte. »Es heißt, die ersten Menschen, die nach Schottland kamen, erhielten ein Geschenk von den Feen. Eine ganz besondere Gabe. Jeder von ihnen bekam die Macht über ein Naturelement. Feuer«, sie deutete mit einem Kopfnicken auf Reid, »Erde, Energie, Luft und ... Wasser.«

Sie musterte mich so erwartungsvoll, als würde ihre Erklärung auch nur den geringsten Sinn für mich ergeben. Aber das tat sie nicht. Ich verstand gar nichts mehr. Vielleicht wollte ich es auch nicht verstehen. Denn das Einzige, was sich immer deutlicher herauskristallisierte, war die Tatsache, dass mich alle belogen hatten. Nein, nicht *belogen*. Sie hatten etwas so Immenses wie das hier jahrelang vor mir geheim gehalten. Meine beste Freundin. Ihre Eltern, die wie eine zweite Familie für mich gewesen waren. Und mein eigener Vater.

Hilfe suchend blickte Brianna zu ihrer Mutter, sprach dann aber weiter. »Aus diesen ersten Menschen wurden die Begründer der fünf Elementeclans. Du gehörst zu einem dieser Clans. Du gehörst zu den MacLeods.«

»Und du bist die Letzte, die das Wasser beherrschen kann«, warf Reid mit schneidender Stimme ein.

Unwillig zog Brianna die Brauen zusammen. »Sie ist nicht die Letzte. Es gibt …«

»Das sind nur Gerüchte.« Reid trat vor und zum ersten Mal spürte ich die Hitze, die von ihm ausging. Als würde seine bloße Anwesenheit die Macht des Feuers widerspiegeln. Die Macht seines Elements. »Oder hast du in letzter Zeit jemanden von den MacLeods mit übernatürlichen Kräften getroffen?«

Brianna presste die Lippen aufeinander und schwieg.

»Na also. Der Teil des Clans, der über Elementarmagie verfügt, existiert nicht mehr.« Sein Blick landete auf mir. »Zumindest dachten wir das alle. Und wenn ich damals nicht …«

»Wenn du mich damals nicht aus dem Wasser gezogen und mir nicht geholfen hättest, wäre es immer noch so, oder? War es das, was du sagen wolltest? Bist du deshalb so wütend?«

Allerdings war er damit nicht allein, denn ich war genauso wütend. So sehr, dass sich das Tosen des Wassers um mich herum immer mehr verstärkte. Der Wasserkocher zitterte, die Kaffeekanne gluckerte, die Flüssigkeiten in den Flaschen brodelten so laut, als würden sie gleich explodieren. Aber nicht Reid war der Grund dafür, sondern ich. Weil ich nicht mehr wusste, was ich noch denken, was ich noch glauben oder fühlen sollte.

Reid musste es nicht aussprechen, denn seine eigene Wut stand ihm ins Gesicht geschrieben. Sie glomm in seinen bernsteinfarbenen Augen auf wie die Flammen eines Lagerfeuers. Abrupt wandte er sich an Briannas Mum. »Ich muss das Tribunal darüber informieren.«

Das Tribunal? Was für ein Tribunal?

»Oh nein, das wirst du nicht tun.« Mrs Dundas war so schnell bei ihm, dass sogar ich einen halben Schritt vor ihr zurückwich. Sie baute sich vor Reid auf, und obwohl er ihre kleine Gestalt um etwa dreißig Zentimeter überragte, versteifte er sich. »Niemand weiß von ihr, nicht einmal ihr eigener Clan. Wenn sie herausfinden, dass noch jemand mit der Macht über Wasser existiert …«

»Ich kann das nicht geheim halten.«

»Glaubst du etwa, ich wüsste nicht genau, warum du wirklich hier bist, Roderick Kelvin?«

Bei der Erwähnung seines vollen Namens zuckte Reid zusammen. Doch Mrs Dundas war noch nicht mit ihm fertig.

»Ihr Kelvins wart schon immer ein machthungriges Pack. Aber Skye und die Inseln gehören den MacLeods. Sie stehen unter ihrem Schutz. Das war schon immer so und wird auch immer so bleiben. Selbst wenn meine Familie und ich seit Jahren hier leben, wissen wir, dass wir lediglich geduldet werden. Dieses Land gehört uns nicht, genauso wenig wie euch.«

»Und wer soll es verteidigen, wenn Elementare hier alles überrennen?«, schleuderte Reid ihr entgegen. »Ihr drei? Ist das die großartige Verteidigung von Skye? Im Gegensatz zu euch haben wir genügend Leute, um jeden einzelnen Ausgestoßenen von den Inseln zu vertreiben. Scheiße, wir haben eine Truppe Sturmkrieger. Ihr habt gar nichts!«

»Sprich ja nicht in diesem Tonfall mit mir, junger Mann.« Mrs Dundas stemmte die Hände in die Hüften, wodurch sie sogar noch Furcht einflößender wirkte. »Du bist hier nur zu Gast, also benimm dich auch entsprechend, sonst muss ich deinen Vater über deine mangelnde Diplomatie und dein vorlautes Mundwerk in Kenntnis setzen. Außerdem konnten wir die Inseln bisher sehr gut ohne die Hilfe der Kelvins verteidigen.«

»Dann hattet ihr Glück, nichts weiter. Aber das bedeutet nicht, dass das für immer so bleiben wird. Denn wenn erst …«

Mein Kopf schwirrte. Ihre Stimmen wurden lauter, aber ich hörte nicht länger zu. Ich *wollte* nicht länger zuhören. Während die beiden noch immer miteinander diskutierten und sich jetzt auch Brianna einschaltete, um ihre Mutter zu unterstützen, entfernte ich mich langsam von ihnen.

Draußen tobte inzwischen ein Sturm, doch das war mir egal. Ohne zurückzusehen, zog ich mir die Stiefel an, verließ das Haus und stapfte durch den schlammigen Boden zu meinem Wagen. Ich war mit der Hoffnung hergekommen, die Geschehnisse an der Klippe vergessen zu können, stattdessen hatte ich mehr Erklärungen bekommen, als mir lieb war. Doch keine davon ergab Sinn. Denn wenn sie wahr waren, würde das bedeuten, dass mich jeder Mensch, an dem mir etwas lag, angelogen hatte.

Ja, ich hatte die Jagd auf Elementare auch vor den Dundas geheim gehalten, aber doch nur, um Brianna zu schützen, und weil Dad mir schon als Kind verboten hatte, darüber zu reden. Ich hatte sie belogen – aber sie hatten mir verheimlicht, woher ich kam und wer ich wirklich war. *Was* ich wirklich war.

KAPITEL 5

Das Meer war tödlich, täuschend und besänftigend zugleich. Diese Eigenschaften hatten mich schon immer fasziniert. Ich suchte seine Nähe, seit ich denken konnte. Ängstlich zuerst, mit der Furcht, dass es mich wieder verschlingen und diesmal nicht mehr freigeben würde, dann immer mutiger, immer herausfordernder. Manchmal wünschte ich mir sogar, wieder in die Tiefe gesogen zu werden, nur um mir selbst und aller Welt beweisen zu können, dass das Wasser mich nicht besiegen würde. Dass ich als Siegerin aus diesem Kampf hervorgehen konnte. Gleichzeitig wusste ich, dass meine Angst vor dem Ertrinken viel zu groß war. Es hatte ewig gedauert, bis Dad mich dazu überredet hatte, schwimmen zu lernen. Mittlerweile traute ich mich zwar auch in tiefere Gewässer, doch ein Teil der Angst, ein Teil der Erinnerungen daran, wie es sich anfühlte, wenn alles um mich herum verstummte und ich keine Luft mehr bekam, war stets präsent. Es war nur eine Frage der Zeit, bis diese Angst wieder zuschlagen würde.

Seit ich das Haus der Dundas fluchtartig verlassen hatte und einfach drauflosgefahren war, war über eine Stunde vergangen. Autofahren hatte schon immer eine beruhigende Wirkung auf mich gehabt. Dad zufolge waren Mum und er abwechselnd mit mir durch die Gegend gefahren, wenn ich als Baby geschrien hatte.

Mittlerweile hatte sich der Sturm gelegt. Es regnete nicht mehr, aber der Himmel war noch immer wolkenverhangen. Ich saß am Strand auf der Motorhaube meines Wagens, konnte aber weder das Rauschen der Wellen noch das Pfeifen des Windes hören, da AC/DC mir über die Kopfhörer *Thunderstruck* in die Ohren brüllten. Trotzdem bemerkte ich das Vibrieren neben mir. Es war nicht das erste Mal, dass mein Smartphone sich meldete, seit ich hier am Meer saß, und eigentlich war es ein Wunder, dass der Akku noch hielt, schließlich war es schon Abend und die Sonne würde bald untergehen. Ich schob mir eine Haarsträhne hinters Ohr, die mir der Wind ins Gesicht geweht hatte, und griff nach dem Handy.

Brianna hatte sich nicht gemeldet, aber das überraschte mich nicht. Sie wusste von allen am besten, dass sie nichts damit erreichte, wenn sie mich zu drängen versuchte. Anders als Dad. Seit unserem Streit im Pub hatte er mir ganze sieben Nachrichten hinterlassen, dazu noch einige verpasste Anrufe. Ich biss die Zähne zusammen. Wenn nur dieser Streit um die nächtliche Jagd auf Elementare zwischen uns stehen würde, hätte ich mich längst bei ihm zurückgemeldet. Aber er hatte mich belogen. Er hatte mir mein Leben lang etwas vorgemacht, hatte mir verheimlicht, wer ich wirklich war und woher ich kam. Wozu ich in der Lage war. Und ich hatte nicht die geringste Ahnung, wie ich damit umgehen sollte.

Die neueste Nachricht war jedoch nicht von Dad. Sie war von Lance.

Oh verdammt. Ich hatte völlig vergessen, dass wir zurück nach Quiraing fahren wollten, um die Elementare, auf die wir gestern gestoßen waren, endgültig auszuschalten. Bevor ich auf seine Nachricht reagieren konnte, vibrierte das Smartphone ein weiteres Mal in meiner Hand. Wieder Lance.

Wo steckst du?

Ich tippte eine Antwort, dann legte ich das Handy zurück auf die Motorhaube und starrte wieder aufs Meer hinaus. Bald würde dieser Strand mit Touristen überfüllt sein, die wie jeden Sommer herkamen, aber noch hatte ich diesen kleinen Fleck Erde ganz für mich allein. Tief sog ich die salzige Seeluft ein und stieß sie genauso langsam wieder aus. Kein Tropfen fiel vom Himmel und auch keine Schneeflocken. Das war ein gutes Zeichen, oder? Es musste eines sein. Genau wie die Tatsache, dass ich mich noch nicht in eines der Monster verwandelt hatte, auf die ich für gewöhnlich Jagd machte.

Ich biss mir auf die Unterlippe. Fast im selben Augenblick krachte eine Welle so heftig an den Strand, dass die Gischt beinahe meinen Jeep erreichte. Oh ja. Alles hatte sich beruhigt. Ich schnaubte. Von wegen!

Reid hatte behauptet, ich würde zu einem Clan gehören. Doch was auch immer das bedeutete – mal ganz davon abgesehen, ob es überhaupt die Wahrheit war –, ich wollte nichts damit zu tun haben. Ich wollte keine mysteriösen Kräfte. Ich wollte keine Kontrolle über das Meer, den Regen und jede verdammte Flüssigkeit in meiner Nähe. Aber vor allem wollte ich nicht zu einem der Wesen werden, die ich mein Leben lang gejagt und getötet hatte. Die Monster, die meine Mutter auf dem Gewissen hatten. Wie hatte Dad mir all das nur verschweigen können?

Drei Wiederholungen von *Thunderstruck* später hörte ich das Knirschen von Reifen auf dem Sand. Ich zog mir die Kopfhörer von den Ohren, drehte mich aber nicht um. Der Motor wurde ausgeschaltet, dann ging eine Tür auf und wurde wieder zugeschlagen. Jemand stapfte durch den Sand in meine Richtung. Gleich darauf setzte sich Lance neben mich auf die Motorhaube. Er musste in der Nähe gewesen sein, sonst hätte er nicht so schnell hier sein können.

»Die Leute reden …«, sagte er nach einem kurzen Moment des Schweigens.

»Worüber?«

»Über den ungewöhnlichen Wetterumschwung heute Nachmittag. Es soll sogar geschneit haben.«

Mein Magen zog sich zusammen, aber ich tat alles, um mir nichts anmerken zu lassen. Kein Muskelzucken, keine Bewegung, bis Lance den Kopf zu mir drehte.

»Hast du davon gehört?« Der Blick aus seinen braunen Augen war forschend. Und bildete ich mir das nur ein oder lag eine Spur von Misstrauen in seiner Miene?

Ich zögerte. Wenn es jemanden gab, mit dem ich über all das reden konnte, was an diesem Tag geschehen war, dann war er es. Er wusste um die Elementare und ihre Kräfte. Er bekämpfte sie. Doch genau da lag das Problem. Lance war ein Jäger. Wie würde er reagieren, wenn ich ihm erzählte, dass ich plötzlich selbst übernatürliche Kräfte besaß und Einfluss auf das Wasser nehmen konnte? Wäre er geschockt? Verständnisvoll? Oder würde es damit enden, dass er mir eine Klinge an den Hals hielt?

An seiner Stelle würde ich genau das tun. Ich würde ihm meinen Dolch gegen die Kehle drücken und Antworten verlangen. Aber ob ich es auch zu Ende bringen könnte …? Ob *er* es konnte? Das wusste ich nicht. Dad behauptete immer, ich wäre todesmutig und in gewisser Weise hatte er auch recht damit. Aber ich war nicht völlig bescheuert.

»Nein«, antwortete ich daher und hasste mich dafür, wie brüchig meine Stimme klang. Bevor er etwas von meinen Gedanken in meinem Gesicht lesen konnte, sah ich wieder aufs Meer hinaus. »Ich habe nichts gehört.«

Denn ich hatte nichts von diesem Naturphänomen *gehört* – ich hatte es erlebt. Und es, wenn man Reid und Brianna Glauben schenken wollte, sogar selbst verursacht.

»Wirklich?« Diesmal nahm ich die Skepsis in seiner Stimme deutlich wahr. »Dabei bist du doch sonst so gut informiert.«

Ich zwang mich dazu, mit den Schultern zu zucken. »Sieht so aus, als hättest du diesmal die besseren Informationsquellen.«

Er gab einen undeutlichen Laut von sich.

Obwohl alles in mir danach drängte, wagte ich es nicht, zu ihm zu schauen. Denn ich wusste, dass ein einziger Blick genügen würde, um mich zu verraten. Lance und ich mochten uns noch nicht allzu lange kennen, aber dort draußen, wenn es um Leben und Tod ging, waren wir ein eingespieltes Team. Ich konnte ihn nicht anlügen. Nicht nachdem wir uns unzählige Male gegenseitig das Leben gerettet hatten. Nicht nachdem wir in manchen Nächten bis zum Morgengrauen auf meinem Jeep gesessen, Snacks gegessen und gemeinsam geschwiegen hatten, während wir auf das Auftauchen weiterer Elementare gewartet hatten. Nicht nachdem ich einmal sogar neben ihm eingeschlafen war und er mich rechtzeitig geweckt hatte, damit ich zurück nach Hause fahren konnte, bevor Dad und Neal mein Verschwinden bemerkten.

Wenn er jetzt erfuhr, was mit mir passierte … Nein. Einfach nein. Das konnte ich nicht zulassen.

Lance stützte sich auf den Händen ab und atmete tief durch. Aber er drängte mich nicht, hakte nicht weiter nach. »Und was ist der Plan? Willst du lieber aufs Meer starren, statt Elementare zu jagen?«

Ich schnaubte. »Ich weiß nicht, was ich tun will.« Um genau zu sein, hatte ich nicht die geringste Ahnung, wie es weitergehen sollte. Ich wusste ja nicht mal mehr, wer ich eigentlich war. Oder *was* ich war. »Aber nur aufs Meer starren, ist sicher nicht der Plan.«

Jetzt spürte ich seinen Blick ganz deutlich auf mir. »Was willst du dann?« Seine Stimme war eine Spur leiser geworden. Eine Spur tiefer.

Ich schloss die Augen und atmete tief durch. Neben der salzigen Meeresluft konnte ich noch etwas anderes wahrnehmen. Einen Geruch, der genauso frisch und vertraut war, den ich aber nicht benennen konnte. Kopfschüttelnd öffnete ich die Augen wieder und sprang von der Motorhaube.

»Lass uns schwimmen gehen.«

Lance starrte mich an. »Du willst schwimmen? Jetzt?«

Ich will einfach nur vergessen.

»Was denn?«, spottete ich und drehte mich zu ihm um. »Bist du neuerdings wasserscheu? Oder hast du Angst vor der Kälte?«

Noch während ich sprach, zog ich nacheinander die Reißverschlüsse meiner Stiefel hinunter und kickte sie mir von den Füßen. Anschließend schob ich den Rock hinunter und griff an den Saum meines T-Shirts, um es mir über den Kopf zu ziehen. Lance folgte jeder meiner Bewegungen mit seinem Blick. Ein nicht zu deutender Ausdruck lag in seinen Augen, doch wenn das Zucken in seinen Mundwinkeln ein Indiz war, dann gefiel ihm, was er da sah. Genau wie diese Herausforderung.

Gut möglich, dass das nicht meine klügste Entscheidung war, aber das war mir egal. Nach diesem beschissenen Nachmittag hatte ich mir eine Pause verdient. Ein, zwei Stunden, in denen ich nicht nachdenken musste, sondern so tun konnte, als wäre alles noch beim Alten. Als wäre mein Leben nicht ein einziges Chaos geworden. Und vielleicht wollte ich mir damit auch selbst beweisen, dass ich wenigstens eine Sache kontrollieren konnte, wenn mir schon alles andere zu entgleiten drohte.

Langsam schüttelte Lance den Kopf. »Von wegen Angst.« Er sprang neben mir in den Sand. »Nur fürs Protokoll: Du hast es nicht anders gewollt.«

In einer fließenden Bewegung zog er sich das Shirt über den Kopf und warf es hinter sich auf die Motorhaube. Eine längliche Narbe zeichnete seinen Oberkörper direkt unter den Rippen auf der rechten Seite und hob sich hell von der Haut ab. Und das war nicht die einzige Narbe. Als Nächstes streifte er die Schuhe ab, dann war die Jeans an der Reihe. Ich biss mir auf die Unterlippe, während ich ihn dabei beobachtete, wie er sich vor meinen Augen entkleidete. Ich hatte ihn schon ein paarmal in Badehose gesehen, genau wie er mich nur im Bikini, aber das hier war etwas anderes. Aus irgendeinem Grund war es plötzlich … intim.

Er hielt meinen Blick fest, während er den Knopf seiner Hose öffnete, den Reißverschluss hinunterzog und die Jeans schließlich ganz auszog. Noch immer wehte ein kalter Wind, aber ich merkte kaum noch etwas davon. Mir war warm. Warm genug, um mich nach der Abkühlung im Meer zu sehnen. Oder nach ganz anderen Dingen. Dinge, die ich auch in seinen Augen lesen konnte.

»Genug geschmachtet?« Ein amüsierter Tonfall schwang in seiner Stimme mit, aber auch eine weitere Provokation.

»Nicht ganz.« Herausfordernd zog ich eine Braue hoch. »Du könntest dich noch drehen, damit ich alles von dir sehen kann.«

Er lachte auf – und tat mir den Gefallen. Man sah ihm an, dass er trainierte, aber auch, dass er seine Nächte damit verbrachte, gegen

Monster zu kämpfen. Denn neben den definierten Muskeln entdeckte ich die Wunde an seinem Hals. Sie war noch frisch und die Haut rundherum gerötet, aber wenigstens blutete sie nicht mehr, nachdem ich sie vor nicht einmal vierundzwanzig Stunden versorgt hatte. Doch was meinen Blick heute wie damals auf sich zog, war das Tattoo, das sich von seinem Nacken die Wirbelsäule hinunterwand. Ich unterdrückte den Impuls, die Hand auszustrecken und die geometrischen Symbole nachzufahren, die seine Haut mit schwarzer Tinte zeichneten. Als Lance sich wieder zu mir umdrehte, lag ein belustigter Ausdruck auf seinem Gesicht.

Ich wünschte, ich könnte behaupten, dass die plötzliche Spannung zwischen uns wieder abnahm, doch als er seinen Blick an mir hinab- und wieder hinaufgleiten ließ, verstärkte sie sich nur noch. Sie kribbelte auf meiner Haut, brodelte unter der Oberfläche und ließ sich auch nicht durch das eisige Wasser abkühlen, als wir ins Meer wateten. Gänsehaut breitete sich auf meinem Körper aus, aber ein Gutes hatte die Kälte: Sie lenkte mich ab. Genau wie Lance.

Als mir das Wasser bis zu den Oberschenkeln reichte, hielt ich es nicht länger aus. Ich holte tief Luft, dann warf ich mich hinein. Die Wellen schlugen über mir zusammen, und wie vor so langer Zeit war die Panik sofort da, regte sich tief in mir, doch sie beherrschte mich nicht. Ich rang sie nieder und schwamm nach oben. Keuchend schnappte ich nach Luft und wischte mir die Tropfen aus den Augen. Wahrscheinlich verschmierte ich damit auch die letzten Reste Mascara und Eyeliner, die ich nach den heutigen Ereignissen noch trug, aber das war gerade meine geringste Sorge.

Ich paddelte auf der Stelle. Das Meer war hier tief genug, um meinen Puls jedes Mal in die Höhe schnellen zu lassen, wenn eine neue Welle herannahte. Unbewusst hielt ich die Luft an und wagte erst wieder weiterzuatmen, wenn sie mich umspült hatte, ohne mich fortzureißen.

»Ich dachte, du wolltest schwimmen.« Mit ein paar kräftigen Zügen war Lance bei mir. Im Gegensatz zu mir war er schon weiter draußen gewesen, dort wo das klare Wasser immer dunkler wurde, bis man nicht mal mehr den Grund erkennen konnte.

Ich unterdrückte einen Schauder und reckte stattdessen das Kinn vor. »Tu ich doch.«

»Das sehe ich.« Da er mich um einen Kopf überragte, konnte er hier problemlos stehen, obwohl mir das Wasser bis zum Hals reichte und ich mit den Zehen nach dem sandigen Boden tasten musste. Als ich ihn unter mir spürte, stieß ich mich ab und begann, Lance in langsamen Schwimmzügen zu umrunden, während er mir mit seinem Blick folgte. Wieder kehrte die Wärme zurück, gleichzeitig stellten sich die Härchen auf meinen Armen auf. »Was hat es mit dem Tattoo auf sich?«

Lance drehte den Kopf zur Seite, blieb aber mit dem Rücken zu mir stehen. »Warum fragst du?«

Er sprach die Worte zwar aus, aber ich merkte ihm an, dass er in Wirklichkeit etwas anderes meinte. Warum fragte ich ihn *jetzt* danach?

Ich zog die Schultern hoch. »Reines Interesse.«

In Wahrheit hatte ich schon lange überlegt, wofür diese Zeichen stehen könnten – und ob sie überhaupt eine Bedeutung für ihn hatten. Vielleicht gefielen ihm einfach geometrische Formen. Auch wenn die Symbole in einer seltsamen Reihenfolge angeordnet waren. Denn das Tattoo begann mit einem etwa zwei Zentimeter großen Kreis in seinem Nacken, darunter befand sich ein gleichseitiges Dreieck, dessen Spitze nach oben zeigte, gefolgt von einem weiteren Dreieck, nur dass dieses nach unten zeigte und sich eine gerade Linie durch den unteren Teil zog. Diesmal unterdrückte ich den Impuls nicht, streckte die Hand aus und fuhr den Strich nach. Eine Gänsehaut bildete sich unter meinen Fingerspitzen und ich hielt unbewusst die Luft an. Langsam strich ich weiter. Auch das letzte Zeichen war ein Dreieck, ein exaktes Spiegelbild des dritten Symbols, wenn man so wollte, nur dass diese Spitze nach oben zeigte. Falls das Ganze eine Bedeutung hatte, kannte ich sie nicht. Und allem Anschein nach wollte Lance sie mir auch nicht verraten.

Langsam drehte er sich zu mir um und stand auf einmal so dicht vor mir, dass ich jede Nuance in seinen braunen Augen erkennen konnte. Sie waren weder hell noch richtig dunkel, sondern eine Mischung aus beidem, was seinen Blick nur noch intensiver machte.

Eine Falte erschien zwischen seinen Brauen, während er mich betrachtete. »Irgendetwas ist heute anders an dir …«

Mein Puls begann zu rasen, aber ich zwang mich zu einem unbekümmerten Lächeln. »Vielleicht die Tatsache, dass ich halb nackt bin?«

»Glaub mir, das ist nicht zu übersehen.« Seine Mundwinkel zuckten. »Und mindestens genauso spannend, wie Elementare zu jagen.«

»Ach wirklich?« Ich gab mir keine Mühe, gegen mein Grinsen anzukämpfen. »Wow! Und das von einem Kerl, der sich nicht so leicht beeindrucken lässt.«

Fragend legte er den Kopf schief. »Tatsächlich? Woher willst du das wissen?«

»Weil es stimmt.« Ich hielt den Atem an, als die nächste Welle kam und an uns vorüberzog. Erst dann sprach ich weiter: »Wenn wir einen Überraschungstest schreiben müssen?« Ich deutete auf ihn. »Unbeeindruckt. Wenn dich das beliebteste Mädchen der Schule zu seiner Party einlädt? Unbeeindruckt. Und wenn plötzlich ein Feuerelementar vor dir auftaucht? Unbeeindruckt.«

Sein Lächeln verblasste, dafür nahm die Intensität seines Blickes nur noch zu. »Du bist ganz schön aufmerksam …«

»Für jemanden, der so von sich selbst eingenommen ist?«, beendete ich seinen Satz. »Na los, sag es!«

Er schüttelte den Kopf. »Das wollte ich nicht sagen.«

Ich beugte mich ein Stückchen vor. »Lügner«, formte ich mit den Lippen, ohne das Wort tatsächlich auszusprechen.

Lance verstand es trotzdem. Wieder zuckten seine Mundwinkel. Doch als ich mich zurücklehnen wollte, hielt er mich fest.

Mein Herz setzte einen Schlag lang aus, verpasste ihn einfach, nur um anschließend mit doppelter Geschwindigkeit weiterzuhämmern, während seine Finger über meinen Arm strichen. Die Berührung war wie ein kleiner Stromschlag. Die Härchen auf meinen Armen richteten sich auf, aber ich wich nicht zurück, versuchte nicht, mich loszumachen.

Ich war ihm so nahe, dass ich jeden einzelnen Wassertropfen auf seiner Haut erkennen konnte. Er hatte sich das nasse Haar aus der Stirn gestrichen, trotzdem lief ihm ein einzelner Tropfen über die Schläfe und seitlich das Gesicht hinab. Ohne darüber nachzudenken, streckte ich die freie Hand danach aus. Er packte sie, bevor ich ihn berühren konnte.

Seine Augen weiteten sich. Ich atmete zittrig aus. Hitze breitete sich in mir aus und vertrieb das letzte bisschen Kälte. Sachte zog er mich näher, bis mein Brustkorb seinen bei jedem Einatmen streifte. Ich musste die Arme um seinen Hals legen, um mich über Wasser zu halten, während seine Hände an meinen Seiten hinab bis zu meiner Taille wanderten. Das Gefühl seiner Finger auf meinem fast ganz nackten Körper bescherte mir eine Gänsehaut.

Etwas veränderte sich in seinem Blick, wurde dunkler, aber auch zögernd. Fragend. Ich schluckte hart. Bis Lance hier aufgetaucht war, war ich mir sicher gewesen, dass dieser Tag nicht noch verrückter werden könnte. Aber ich hatte mich getäuscht. Denn das hier war eindeutig verrückt. Völlig wahnsinnig. Und damit genau das, was ich tun wollte. Ich wollte ihn küssen und alles um mich herum vergessen, aber vor allem wollte ich herausfinden, wie sich seine Lippen auf meinen anfühlen würden, wie seine Haut unter meinen Händen und sein Haar zwischen meinen Fingern. All meine Sinne waren auf ihn gerichtet. So sehr, dass ich das Beben unter uns zu spät bemerkte.

Gewaltsam schlug die Welle über uns zusammen und riss mich mit sich. Lance entglitt mir. Ich riss die Augen auf, konnte aber nichts sehen. Wasser drang mir in den Mund und ich verschluckte mich. Ein, zwei Herzschläge lang war ich gleichzeitig das kleine Mädchen, das beinahe genau wie seine Mutter ertrunken wäre, und die junge Frau, die kurz davor gewesen war, ihren besten Freund zu küssen. Vergangenheit und Gegenwart spielten keine Rolle mehr, verschmolzen miteinander, wurden eins.

Panik explodierte in meiner Brust und breitete sich rasend schnell in mir aus. Ich strampelte, schlug um mich, versuchte wieder an die Oberfläche zu gelangen. Bis ich den Strand erreicht hatte und endlich wieder nach Luft schnappen konnte. Sauerstoff füllte meine Lunge. Hustend richtete ich mich auf Händen und Knien auf, doch das Meer war unbarmherzig. Es zerrte an mir, wollte mich zurück in seine Tiefen ziehen. Instinktiv warf ich mich nach vorne, grub die Finger in den Sand, suchte nach irgendetwas, um mich daran festzuhalten. Vergeblich.

Als ich den Kopf hochriss, vergaß ich für eine Sekunde, mich gegen die Wellen zu wehren. Zwei Elementare standen am Strand. Der eine schien nur aus Ranken, Ästen und Blättern zu bestehen, der andere aus Gestein, Sand und knorrigen Zweigen. Ich kannte die beiden, hatte sie aus nächster Nähe gesehen. Warum zum Teufel waren sie hier und nicht mehr in Quiraing, wo wir sie letzte Nacht zurückgelassen hatten?

Bevor ich darüber nachdenken konnte, ließ eine der beiden Kreaturen eine Ranke durch die Luft peitschen. Sie schoss blitzschnell auf mich zu und schlang sich um mein linkes Handgelenk. Ein harter Ruck und ich verlor das Gleichgewicht und landete im Sand. Mir blieb keine Zeit, mich nach Lance umzusehen. Instinktiv hielt ich gegen die Gewalt des Elementars an, der mich zu sich reißen wollte, nahm all meine Kraft zusammen und steuerte auf ein paar Felsen, kaum einen Meter von mir entfernt, zu. Der Stein war rutschig unter meinen bloßen Füßen, trotzdem schaffte ich es, ihn für einen Sprung zu nutzen. Durch die plötzliche Wucht riss die Schlingpflanze entzwei und fiel von meinem Arm. Im Sand wand sich das kleine Stück für einen Moment wie eine Schlange, dann löste es sich zu Staub auf und wurde im nächsten Augenblick von den Wellen weggespült.

Schwer atmend hob ich den Kopf und sah mich um. Mein Hals brannte noch immer von dem Wasser, das ich geschluckt hatte. Meine Muskeln zitterten vor Kälte und meine Augen tränten.

Lance war nur ein paar Schritte von mir entfernt und blockte die Angriffe der zweiten Kreatur ab. Zwecklos. Die Elementare waren zu stark, zu mächtig, um sie ohne Waffen und ohne jede Vorbereitung zu besiegen. Ich sah mich nach meinem Jeep um. In meiner Schultasche hatte ich wenigstens noch die Metallkette, aber ich konnte den Gedanken kaum zu Ende bringen, als auch schon weitere Ranken in meine Richtung schossen. Ich ließ mich zu Boden fallen, ignorierte das Brennen meiner aufgescheuerten Haut und versuchte, hinter dem Stein in Deckung zu gehen.

Eine Schlingpflanze raste nur Millimeter über meinen Kopf hinweg. Verflucht. Hier draußen gab es nichts, was uns Schutz bieten würde, und das Meer war zu gefährlich, um sich hineinzuflüchten. Zumal wir dort in der Falle sitzen würden, denn die Elementare mussten nur am Strand warten, bis wir ertranken oder von allein wieder herauskamen.

Ich biss die Zähne zusammen, als es auch noch zu regnen anfing. Erbarmungslos prasselten die Tropfen auf uns nieder, während die Wellen hinter mir wütend an den Strand donnerten. Die Elementare hielten kurz inne, als würden sie die Veränderung bemerken, aber das konnte nicht sein. Sie waren nur gewalttätige Monster. Instinktgesteuert. Ohne Verstand. Ohne Gefühle. Ohne Reue.

Wieder flogen Ranken über mich hinweg, tasteten und suchten nach mir. Ich musste zu meinem Wagen. Noch einen Blick auf den Elementar, dann rollte ich mich über den Sand und blieb geduckt hocken. Lance war mit Sicherheit besser mit Waffen ausgestattet als ich, aber sein Auto stand noch weiter weg. Ich musste es wenigstens bis zu meinem Jeep schaffen. Das war unsere einzige Chance.

Gerade als ich mich aufrichten wollte, erzitterte der Boden unter mir. Ich geriet ins Straucheln, verlor das Gleichgewicht und musste mich am Gestein abstützen, um nicht hinzufallen. Schmerz zuckte durch meinen Körper. Auch Lance stolperte, hielt sich aber auf den Beinen. In diesem Moment löste sich eine dritte Gestalt aus der

Felswand links von ihm. Sie sog Sand, kleine Steine und Zweige in sich auf, bis sie eine beinahe menschenähnliche Form angenommen hatte. Arme, Beine und ein Kopf, der von Schwemmholz, Treibgut und sandigen Blättern bedeckt war.

»Lance!«

Meine Stimme hallte über den Strand – und auf einmal spürte ich, wie das Meer reagierte. Wie es meine Wut und Angst widerspiegelte. Eine riesige Flutwelle türmte sich vor meinen Augen auf und drohte uns alle fortzuspülen: die Elementarwesen – aber auch Lance und mich.

Ich sprang auf. Rannte los.

Das Blut rauschte mir in den Ohren. Alles schien sich wie in Zeitlupe und gleichzeitig wahnsinnig schnell abzuspielen. Zu schnell. Ich war nur noch zwei, drei Schritte von ihm entfernt, als ich selbst vom Wasser erfasst und fortgesogen wurde.

Hektisch schlug ich um mich, wehrte mich mit aller Macht gegen die Kraft des Meeres, die ich selbst heraufbeschworen hatte, aber es nützte nichts. Das Wasser riss mich gnadenlos in die Tiefe. Sollte es so enden? Bevor ich die Chance gehabt hatte, den Tod meiner Mutter zu sühnen? Bevor ich herausfinden konnte, wer ich wirklich war?

Nein. Ich zwang die Panik zurück und begann zu schwimmen. Schneller, immer schneller, bis ich die Oberfläche durchbrach und wieder nach Luft schnappen konnte.

Orientierungslos sah ich mich um. Ich war nicht weit vom Strand entfernt. Von den drei Elementaren waren nur noch zwei zu sehen: das Gesteinsmonster und das aus Sand und Treibgut. Lance richtete sich gerade wieder auf, hustend und völlig durchnässt, nachdem die Wellen ihn zurück an Land gespült hatten. Auch die

Kreaturen schienen verwirrt zu sein, doch die Wirkung hielt nur kurz an.

Ich öffnete den Mund, wollte Lance etwas zurufen, aber er ging bereits auf die Wesen zu. Seine Haltung veränderte sich, wurde mit jedem Schritt entschlossener, die Tropfen verschwanden von seiner Haut und der Sand verfärbte sich unter ihm. Erst wurde er schwarz, dann grau, als hätte man ihm jede Farbe entzogen. Ich atmete tief ein und versuchte Richtung Strand zu schwimmen, doch das Meer tobte noch immer und machte es mir beinahe unmöglich, überhaupt vom Fleck zu kommen.

Der Puls donnerte mir in den Ohren, meine Arme und Beine begannen zu schmerzen, aber aufgeben kam nicht infrage. Ich schwamm weiter, bis ich endlich wieder festen Boden unter den Füßen ertasten konnte. Im selben Moment erreichte Lance eines der Monster. Es holte aus – aber statt der Attacke auszuweichen, fing Lance sie mit beiden Händen ab.

Die Kreatur erstarrte in ihrer Bewegung. Sie riss das Maul auf, doch der Schrei ertönte nie. Ohne jede Vorwarnung zerbrach sie in Tausende kleine Teilchen und löste sich auf. Blitze zuckten über den Himmel, so nahe, dass ich ihr Knistern beinahe hören konnte. Mein Überlebensinstinkt übernahm die Kontrolle. Ich dachte nicht nach, als ich so schnell wie möglich an Land schwamm. Ich wusste nur, dass ich aus dem Wasser rausmusste.

Kein Donner war zu hören. Abgesehen von meinen eigenen keuchenden Atemzügen und dem Rauschen der Wellen war es gespenstisch still. Zu still. Das letzte Elementarwesen griff Lance an. Er streckte den Arm aus. Und als würden die Blitze seinem Kommando folgen, sausten sie zu Lance herab, tanzten auf seiner Haut und sammelten sich in seiner Hand. Das elektrische Knistern schien mit einem Mal so laut, dass es mir in den Ohren wehtat.

Als ich aus dem Meer watete, schleuderte Lance die geballte Ladung auf die Kreatur. Wie erstarrt verfolgte ich das Geschehen. Die Elektrizität riss das Wesen entzwei, bis nur noch Staub zurückblieb. Und eine seltsame Formation im Sand, ganz so, als hätte ein Blitz an dieser Stelle eingeschlagen.

Wellen umspülten meine Beine bis zu den Knien und nahmen immer mehr Sandkörner mit sich, bis meine nackten Füße darin versanken. Trotzdem konnte ich mich nicht rühren. Mein Herz pochte so laut, dass es alles um uns herum zu übertönen schien. Langsam drehte Lance sich zu mir um. Sein Gesichtsausdruck war nicht zu deuten. Während es mir bei unseren nächtlichen Begegnungen so leichtfiel, in ihm zu lesen, weil wir uns gut genug kannten, um uns ohne Worte zu verstehen, hatte ich jetzt nicht die geringste Ahnung, was in ihm vorging.

Oder in mir.

War das gerade wirklich passiert? Hatte er tatsächlich zwei Elementare vernichtet? Einen mit bloßen Händen und den anderen mit Blitzen? Was hatte Brianna gesagt? Fünf Familien. Fünf Elemente. Feuer, Erde, Luft, Wasser … und Energie.

Energie.

Wir starrten einander an, als würden wir uns zum ersten Mal sehen. Langsam schüttelte ich den Kopf. Aber wie sollte ich nicht glauben, was ich gerade mit eigenen Augen gesehen hatte? Wie sollte ich mich noch gegen diese neue Wahrheit wehren können, wenn ich plötzlich Dinge erlebte, die ich vorher für unmöglich gehalten hatte? Wenn plötzlich jeder in meinem Umfeld etwas zu wissen schien, das mir jahrelang verborgen geblieben war?

»Du gehörst zu einem Clan …« Der Satz kam mir kaum über die Lippen, so sehr musste ich ihn hervorpressen und genauso heiser klang meine Stimme.

Lance kniff die Augen zusammen. Seine Miene war völlig leer, völlig ausdruckslos, als er exakt die Worte aussprach, die ich nicht hören, die ich nicht wahrhaben wollte: »Genau wie du.«

KAPITEL 6

Genau wie du.

Seine Worte hallten in mir wider und riefen all das in mir wach, was Reid, Brianna und Mrs Dundas gesagt hatten. Über die Elemente, die Clans, die Elementare und die Lüge, die sie mir mein Leben lang erzählt hatten. Und jetzt stieß mich ausgerechnet der Kerl, der mich für einen unglaublichen Moment alles andere hatte vergessen lassen, erbarmungslos wieder in die Realität zurück.

Während ich zu geschockt und zu keiner Reaktion fähig war, drehte Lance sich um und ging zu unseren Autos zurück. Erst als er sich sein Shirt überstreifte, kam wieder Leben in mich. Ich setzte mich in Bewegung und folgte ihm. Als ich ihn erreichte, zog er sich bereits die Hose an.

»Warum hast du es mir nicht gesagt?«, platzte ich heraus und griff nach meinen eigenen Klamotten, die auf der Motorhaube meines Jeeps lagen.

»Dir was gesagt?« Lance warf mir einen harten Blick zu.

»Das!« Mit dem Oberteil in der Hand deutete ich auf die grauschwarzen Spuren im Sand und auf die Stelle, an der der Blitz eingeschlagen hatte. Selbst jetzt stieg noch eine dünne Rauchfahne empor.

Ich schüttelte den Kopf, versuchte mich auf das Wesentliche, auf das Hier und Jetzt zu konzentrieren, aber es fiel mir so unheimlich schwer. Weil es wehtat. Aus irgendeinem Grund tat es so viel mehr weh, zu wissen, dass Lance mir etwas vorgemacht hatte. Mehr als Brianna, die nichts von meinen nächtlichen Ausflügen gewusst hatte. Mehr als Dad, der mich zwar ausgebildet hatte, aber dort draußen nicht dabei war. Der nicht immer wieder an meiner Seite kämpfte. Auch wenn Lance und ich uns anfangs mehr in die Quere gekommen waren, als uns gegenseitig zu helfen, waren wir inzwischen aufeinander eingespielt. Wir waren ein Team. Zumindest hatte ich das bis heute geglaubt.

»Dazu gibt es nichts zu sagen«, erwiderte er brüsk und richtete sich auf, nachdem er sich auch die Schuhe wieder angezogen hatte. »Außerdem hast du genauso ein Geheimnis daraus gemacht. Sogar noch mehr als ich. Denn ich benutze wenigstens keinen falschen Nachnamen, um anderen etwas vorzumachen. Ich stehe dazu, wer ich bin. Wer meine Familie ist.«

Wie bitte? Bis vor wenigen Stunden hatte ich nichts von alledem gewusst und nicht einmal etwas davon geahnt, dass nicht nur Elementare Kräfte haben konnten, sondern auch Menschen. Ganze Clans. Aber wenn auch Menschen derartige Fähigkeiten besaßen … Was sagte das dann über uns aus? Was unterschied uns von den mordenden Kreaturen?

»Ich wusste nichts davon!«, stieß ich hervor, überrascht und gleichermaßen entsetzt darüber, wie erstickt meine Stimme klang.

Lance bemerkte es ebenfalls, denn er zögerte, schien mit sich zu hadern, doch dann nahm seine Wut wieder überhand. »Denkst du wirklich, dass ich dir das abkaufe? Zum Teufel, Ava, du hast mit mir Elementare gejagt! Du wusstest von ihren Kräften und wozu sie fähig sind.«

»Was nicht bedeutet, dass ich von irgendwelchen Clans wusste oder dass ich selbst Kräfte besitze!«, schleuderte ich ihm entgegen. »Dachtest du etwa die ganze Zeit, ich würde zu irgendeinem verdammten Clan gehören?«

»Nein«, gab Lance nach einem Moment zu. »Ich dachte nicht, dass ausgerechnet du zu dem Clan gehörst, mit dem meine Familie seit Jahrhunderten eine Blutfehde führt. Ich dachte, du wärst nur ... nur ...« Er stockte, suchte nach Worten – und gab auf. Kopfschüttelnd wandte er sich ab. »Vergiss es. Es spielt keine Rolle, was ich gedacht habe.«

»Warum?« Ich stellte mich ihm in den Weg, als er am Jeep vorbei zu seinem Wagen gehen wollte. Mein Herz hämmerte mindestens so heftig in meiner Brust wie bei dem Angriff gerade. Vielleicht sogar noch stärker. »Warum spielt es keine Rolle?«

»Weil es nicht wichtig ist.«

»Aber vielleicht ist es für *mich* wichtig!«

Die Worte wurden von plötzlich einsetzendem Regen begleitet. Ein Blitz zuckte über uns, erhellte den Strand und Lance' Gesicht, in dem so viel Zorn und Bedauern lagen. Aber das war es nicht, was bewirkte, dass sich alles in mir zusammenzog, sondern die Enttäuschung in seinen Augen.

»Ist es nicht.« Seine Stimme war so scharf, dass ich mich daran hätte schneiden können. »Glaub mir, das ist es nicht.«

Und damit ließ er mich stehen. Ohne ein weiteres Wort ging Lance an mir vorbei. Ich hörte, wie er in seinen Wagen stieg, die Tür hinter sich zuschlug und den Motor startete, aber ich konnte mich nicht zu ihm umdrehen, konnte mich nicht dazu überwinden, ihm nachzusehen. Stattdessen starrte ich auf den Punkt in der Ferne, an dem Meer und Horizont aufeinanderprallten. Ich fixierte ihn so lange, bis mir die Augen tränten und ich blinzeln musste. Erst dann wandte ich mich um, nur um die Bestätigung für das zu erhalten, was ich bereits geahnt hatte.

Ich war allein. Lance war fort.

Und zum allerersten Mal hatte ich das Gefühl, doch nicht so unverwundbar zu sein. Ich hatte mich immer unbesiegbar gefühlt, hatte die Gefahr gesucht und mich den Elementaren entgegengestellt – nicht ohne eine ungesunde Prise Todessehnsucht. Vielleicht weil es mir nie so vorgekommen war, als hätte ich irgendetwas zu verlieren.

Das war jetzt anders. Denn während ich die Reifenspuren im Sand betrachtete, wurde mir bewusst, dass ich durchaus etwas verlieren konnte. Oder jemanden. Meinen nächtlichen Begleiter, meinen Kampfpartner, Mitschüler und … Freund. Aber wie konnte mich der bloße Gedanke daran, ihn zu verlieren, in solche Panik versetzen, wenn er doch nie wirklich zu mir gehört hatte?

Dicke Tropfen donnerten gegen die Scheibe und übertönten sogar die leise Klaviermusik aus meinem Smartphone, als ich mich tiefer in die Badewanne sinken ließ. Seit dem erneuten Wetterumschwung am Strand hatte es nicht mehr aufgehört zu regnen, und ich fragte mich, ob ich der Grund dafür war oder ob es eine natürliche Ursache gab. Es war ja nicht so, als ob Regen in Schottland eine Seltenheit wäre.

Nach dem kleinen Schwimmausflug war ich völlig durchnässt zu Hause angekommen und sofort in die Wanne gestiegen. Wieder mal machte es sich bezahlt, zwei Elternteile zu haben, die von morgens bis mitten in der Nacht arbeiteten, denn mein Vater war bereits auf seiner Geschäftsreise und Neal noch im Pub. Dads Nachrichten auf meinem Handy ignorierte ich weiterhin. Ich hatte ihm nur kurz geschrieben, dass ich zu Hause war, damit er sich nicht unnötig Sorgen machte, aber ich konnte nicht mit ihm reden. Nicht jetzt. Nicht nach allem, was heute geschehen war.

Hatte er es mir verbieten wollen, Elementare zu jagen, weil er wusste, was passieren würde? Welche Kräfte ich auf einmal entwickeln würde?

Ich kniff die Augen zusammen und richtete meine ganze Konzentration auf das vom Badezusatz pink gefärbte Wasser, aber nichts passierte. Keine wilden Wellen, kein plötzlicher Regenschauer mitten im Badezimmer. Nicht mal ein kurzes Überschwappen oder Blubbern.

Vielleicht hatte ich mir ja nur eingebildet, diese Fähigkeit zu haben? Doch dann fielen mir wieder die Worte von Brianna und ihrer Mum ein, dazu die Reaktionen von Lance und Reid. Offenbar war es eine große Sache, plötzlich über irgendwelche Wasserkräfte zu verfügen, doch wenn ich ehrlich sein sollte, konnte ich darauf verzichten. Ich war wunderbar ohne ausgekommen, genauso wie ohne irgendeinen Clan, der auf einmal meine Familie sein sollte. *Familie …* Ich schnaubte. Ich hatte schon eine Familie. Ich hatte Dad und Neal und Brianna und brauchte keine zweite Familie. Schon gar keine, die nichts von mir wusste oder wissen wollte.

Seufzend rutschte ich noch etwas tiefer, bis mich das nach Erdbeeren duftende Wasser am Kinn kitzelte. Im Haus war es ruhig. Abgesehen vom steten Prasseln gegen die Fensterscheibe, die leise Musik und das gleichmäßige Tropfen des Wasserhahns war alles still. Wie so oft waren keine Autos in der Nähe, keine anderen Menschen, und nur wenn ich ganz genau hinhörte, konnte ich hier und da das Blöken eines Schafs wahrnehmen. Hoffentlich hatten die armen Tiere irgendwo Unterschlupf gefunden. Obwohl ich es liebte, dem Regen zu lauschen, stand ich nicht gern im Freien, wenn die Wolken aufbrachen. Und für meinen Geschmack war das heute ein paarmal zu oft passiert.

Geistesabwesend malte ich mit den Fingern Muster in das Wasser und ließ meine Gedanken wandern. Was, wenn Brianna recht hatte und ich tatsächlich diese Kräfte besaß? Was, wenn ich sie wie Reid und Lance zu beherrschen lernte? Ich hielt in meinen Bewegungen inne und starrte auf meine Finger hinab. Die Haut war ganz schwammig, weil ich schon seit zwei Stunden in der Wanne lag und dreimal heißes Wasser hatte nachlaufen lassen. Probeweise streckte ich die Finger aus, als wollte ich einen Schuss abfeuern. Nichts geschah.

Hm. Ich zog den Arm zurück, dann ließ ich ihn nach vorn schnellen, wie immer wenn ich mit der Edelstahlkette durch die Luft peitschte. Nichts. Nur das Wasser schwappte etwas gegen den Wannenrand, was aber auch daran liegen konnte, dass ich mich so abrupt bewegt hatte. Seufzend lehnte ich mich wieder zurück. Mit einer solchen Kraft könnte ich viel effektiver gegen Elementare vorgehen. Es war schon seltsam gewesen, auf mehrere Wesen in Quiraing zu treffen – aber heute am Strand? Und dann auch noch auf dieselben Kreaturen? *Ein* Zufall ging in Ordnung, aber zwei? Konnte es sein, dass sie sich tatsächlich zusammenschlossen? Dass sie zusammenarbeiteten? Doch das würde irgendeine Form von Intellekt voraussetzen und bisher hatte ich ihnen das immer abgesprochen. Vielleicht waren sie aber auch auf der Jagd nach etwas. Oder nach jemandem.

Bei der Erinnerung daran, wie Lance die beiden Elementare erledigt hatte, breitete sich eine Gänsehaut auf meinen Armen aus. Nein, korrigierte ich mich in Gedanken. Er hatte sie nicht erledigt – er hatte sie ausgelöscht. Erst mit seinen bloßen Händen, als hätte er ihnen jede Lebenskraft entzogen, dann mit Elektrizität, die durch ihn hindurchgeflossen war und ihr Ziel in der Kreatur gefunden hatte.

Ich schauderte. War es das? Jagten sie ihn? Oder waren sie hinter mir her? Aber im Gegensatz zu Lance hatte ich letzte Nacht noch keine besonderen Kräfte gehabt. Das ganze Wasser um mich herum hatte erst angefangen verrücktzuspielen, als Reid heute nach der Schule auf der Klippe aufgetaucht war.

Reid … Er mochte anders aussehen als damals, aber ich hätte diese Augen und diesen Blick überall wiedererkannt. Als wäre er heute noch genauso hin- und hergerissen zwischen seinem Pflichtgefühl und dem, was er als richtig empfand. Vielleicht ging gerade aber auch nur mein Psychologiekurs mit mir durch. Es war einer der wenigen Collegekurse, die ich vorab besucht hatte, auch wenn Dad immer wieder betont hatte, ich solle mich ausprobieren und verschiedene Fächer belegen, um herauszufinden, was ich wirklich tun wolle. Dabei wusste ich das schon längst. Zumindest teilweise. Ich wollte Elementare jagen, ich wollte sie vernichten, und das so lange, bis ich diejenigen fand, die Mum umgebracht hatten. Selbst wenn es möglicherweise mein ganzes Leben lang dauern würde, sie ausfindig zu machen. Es spielte keine Rolle. Ich musste die Monster ausschalten, die mir meine Mutter genommen hatten.

Ein Brodeln drang mir ans Ohr. Ich riss die Augen auf und starrte auf den kleinen Strudel, der sich am Ende der Wanne gebildet hatte. Rasend schnell wirbelte er herum und sog immer mehr

Wasser in sich hinein, bis sogar die frei im Raum stehende Wanne erzitterte.

»Wow …«, hauchte ich. Ein Lächeln bildete sich auf meinen Lippen. Unter meiner Hand wurde der Strudel innerhalb von Sekunden schneller. Und größer. So groß, dass ich das Gefühl hatte, er würde auch mich gleich einsaugen. Ich riss die Hand zurück und etwas Weißes zog sich über die Oberfläche, die knirschend erstarrte. Eis. Heilige Scheiße, ich hatte tatsächlich Eis erschaffen! Und es wurde von Sekunde zu Sekunde mehr.

Vor Schreck zuckte ich zurück, sprang auf – und rutschte aus. Heißkalt schlug das Wasser über mir zusammen, während sich die Eisschicht immer weiter ausbreitete. Panik zerrte an mir, wollte mich nach unten ziehen, aber ich ertastete den Wannenrand und hievte mich hoch. Keuchend schnappte ich nach Luft.

Mein Herz hämmerte wie verrückt. Zu dem Prasseln des Regens gegen die Scheibe mischte sich ein schnelles Trommeln in meinen Ohren. Ich starrte auf die Eisscholle, die um meine Füßen schwamm und nach und nach zu schmelzen begann. Und auf die kleine Blutspur, die sich im Wasser auflöste. Mein rechtes Knie brannte. Anscheinend hatte ich mich am Eis gestoßen, als ich unfreiwillig untergetaucht war.

Inzwischen war das Badewasser deutlich kälter geworden und jedes bisschen Entspannung, das ich hier gefunden hatte, war wieder verschwunden. Fröstelnd stieg ich aus der Wanne, nahm mir ein Handtuch und wickelte es um mich, ohne das Wasser aus den Augen zu lassen. Was zum Teufel war da gerade passiert? Was passierte mit *mir?*

Nichts rührte sich in der Wanne. Nichts deutete darauf hin, dass sich darin gerade ein kleines Naturwunder abgespielt hatte.

Oder dass ich beinahe in meiner eigenen Badewanne ertrunken wäre.

Meine Hände zitterten, als ich das Handtuch verknotete und nach meinen Sachen griff. Egal, ob es mir gefiel oder nicht, ich musste herausfinden, was hier los war.

Ich brauchte Antworten.

KAPITEL 7

Wenn es eines gab, was für Schottland so typisch war wie Dudelsäcke, Gälisch und Kilts, dann waren es die spontanen Wetterwechsel. Ich war das gewohnt und störte mich nicht daran, da ich schon vor langer Zeit gelernt hatte, dass wir immer gutes Wetter hatten, solange es nicht regnete.

Dummerweise regnete es an diesem Morgen.

Seit ich mit dem Wagen die Stadt verlassen hatte, war der Himmel wolkenverhangen und das Schwarz der Nacht wich nur langsam einem Grau, als der Tag begann. Trotzdem fand ich den Weg problemlos, weil ich im Lauf meines Lebens schon so oft hier gewesen war. Ich hielt nicht auf dem Parkplatz am Haupteingang des Schlosses, sondern an einem nahe gelegenen Aussichtspunkt und schaltete den Motor aus.

Der Regen prasselte gegen die Scheibe, während sich vor mir das Meer und Dunvegan Castle erstreckten – das Schloss auf Skye, das dem Clan der MacLeods gehörte. Jeder hier wusste, dass es unbewohnt war und die Tore an den meisten Tagen im Jahr für Besucher geöffnet waren. Ich war selbst schon in der Ausstellung gewesen, war durch imposante Zimmer mit antiken Möbeln und vielen Porträts an den Wänden geschlendert. Aber nie im Leben hätte ich mir träumen lassen, dass ich ein Teil dieses Clans sein könnte.

Wie auch? Ich war eine Coleman, war mit dem Namen meines Vaters aufgewachsen und hatte das nie infrage gestellt. Doch jetzt sollte ich plötzlich zu einem uralten Clan gehören, dessen Mitglieder zumindest teilweise Macht über Wasser besaßen? Wie war das möglich?

Mein Blick fiel auf die aufgewühlte Oberfläche des Loch Dunvegan. Die Wellen brachen sich an der Anhöhe, auf der das Schloss stand. Hatten sie damals gewusst, welche Fähigkeiten ihre Familie besaß? Hatten sie das Schloss deshalb genau an dieser Stelle errichtet? Briannas Worte fielen mir wieder ein. Die ersten Menschen in Schottland und das Geschenk der Feen. Bis heute erzählte man sich, die MacLeods hätten eine besondere Beziehung zu den Feen. Ich hatte das immer abgetan, doch jetzt war ich mir da nicht mehr so sicher.

Ich starrte auf meine Hände hinab und dann zurück zum Schloss. Es war noch zu früh für Besichtigungen, aber die Gärten müssten geöffnet sein. Dad hatte mich das erste Mal mit sechs Jahren, kurz nach Mums Tod, hergebracht und wir waren zusammen durch die Anlage spaziert. Jetzt erinnerte ich mich wieder daran, wie magisch dieser Ort schon damals auf mich gewirkt hatte. Die vielen Blumen, die Sträucher und Pflanzen, deren Namen ich nie zuvor gehört hatte und zum Teil bis heute nicht aussprechen konnte. Hatte er es gewusst? Hatte er damals schon gewusst, dass ich möglicherweise zu diesem Clan gehörte? Hatte er mich deshalb hierher mitgenommen?

Später war ich allein hergekommen und die Gärten waren zu einem meiner Rückzugsorte auf der Insel geworden, genau wie die Klippen über dem Meer, der Strand in der Nähe der Schule oder Fairy Glen, die Feenhügel mit den Steinformationen. Stundenlang war ich den verschlungenen Pfaden der Dunvegan Gardens gefolgt, hatte auf der versteckten Bank neben dem Wasserfall oder im Pavillon inmitten des Gartens gesessen. Und wie bei meinem allerersten Besuch war da immer diese Faszination, dieses Gefühl gewesen. Als würde ein Teil von mir um die besondere Verbindung wissen, die ich zu diesem Ort hatte. Nein, dachte ich jetzt, nicht zu diesem Ort. Zu dieser Familie.

Meiner Familie?

Auch wenn der Familiensitz des Clans mit all seinen geschichtsträchtigen Sandsteinmauern direkt vor mir lag, war keiner da, der meine Fragen beantworten konnte. Niemand, der mir sagen konnte, ob das, was Reid und Brianna erzählt hatten, tatsächlich stimmte. Ob ich die Letzte meines Clans mit magischen Fähigkeiten war. Während ich in meinem Jeep saß und auf das Schloss starrte, bis meine Augen brannten, drängten sich mir unweigerlich weitere Fragen auf.

Wussten die MacLeods von mir? Wusste mein eigener Clan von meiner Existenz und hatte beschlossen, mich zu ignorieren? Hatten sie mich verbannt, bevor ich überhaupt eine Ahnung davon hatte, was das Wort *Clan* bedeutete? Oder hatten sie keine Ahnung davon, dass es mich gab? Hatte meine Mutter mich vor ihrer eigenen Familie geheim gehalten? Doch das ergab keinen Sinn. Warum sollten meine Großeltern, Tanten und Onkel nichts von mir wissen? Ich war sechs Jahre alt gewesen, als Mum gestorben war. Zu jung, um mich noch an allzu viele Details zu erinnern. Vielleicht hatte ich Mums Seite der Familie damals gekannt, vielleicht auch nicht. Bis gestern hatte ich nicht einmal geahnt, dass es da überhaupt eine Familie auf ihrer Seite gab.

Dad hatte nie von selbst über meine Mutter gesprochen und sein trauriger Blick, wenn ich anfing, Fragen zu stellen, hatte mich irgendwann ganz davon abgehalten, weiter nachzubohren. So wusste ich kaum etwas über ihre Familiengeschichte. Jetzt aber juckte es mir in den Fingern, mein Handy herauszuholen und mehr über die MacLeods in Erfahrung zu bringen. Doch die wirklich interessanten Dinge würde ich nicht online finden. Es gab wohl kaum eine Liste mit allen magischen Familien, ihren Fähigkeiten und ihren Mitgliedern im Internet. Nicht mal auf dem Blog, der alle seltsamen Wetterphänomene und Sichtungen von Elementaren in ganz Schottland akribisch auflistete, stand irgendetwas über Clans oder magische Kräfte. Mal ganz davon abgesehen war der Empfang hier draußen stellenweise miserabel.

Es war dieses Unwissen, das mich frustrierte. Nicht die neuen Kräfte, nicht die ungewohnte Macht, die durch mich hindurchpulsierte, sondern die Tatsache, dass alle um mich herum mehr gewusst hatten als ich. Sie hatten ein Geheimnis aus meiner Vergangenheit, meiner Herkunft und meiner ganzen Existenz gemacht. Sogar Lance war mir gegenüber nicht ehrlich gewesen. Auch wenn er anscheinend der Einzige war, der nichts von meiner Verbindung zu den MacLeods gewusst hatte – so hatte er mir dennoch alles andere verheimlicht. Seine eigene Herkunft und seinen Clan. Die Campbells. Offenbar die Familie mit der Macht über Energie.

In Gedanken begann ich die wenigen Fakten zu sortieren, die ich hatte. Roderick Kelvin, besser bekannt als Reid. Er gehörte allem Anschein nach zum Feuerclan. Und Briannas Familie? Sie wussten Bescheid, aber welches Element beherrschten die Dundas? Und was hatte Mrs Dundas überhaupt damit gemeint, dass sie hier nur geduldet wurden und ein Abkommen mit meinem Vater hatten? Welche Rolle spielte er in dem Ganzen? Hatte er etwas damit zu tun, dass ich keinen Kontakt zu den MacLeods hatte? Denn er musste irgendetwas wissen, schließlich war er derjenige gewesen, der mir von den Elementaren erzählt, mich trainiert und eine Weile bei der Jagd begleitet hatte. In den Medien hieß es, meine Mutter wäre wie so viele andere bei einem tragischen Schiffsunglück gestorben, aber ich wusste es besser. Es war kein normaler Unfall gewesen. Und obwohl meine Erinnerungen nur bruchstückhaft und verschwommen waren, konnte ich mich daran erinnern, dass an jenem Tag irgendetwas seltsam gewesen war. Das Gefühl, dass etwas nicht stimmte. Da war ein Surren in der Luft gewesen, eine zerstörerische Macht in den Wellen. Es hatte lange gedauert, bis mein Vater mir die Wahrheit erzählt hatte: Elementare hatten sie getötet. Sie hatten meine Mum in die Tiefe des Meeres gezogen und nie mehr freigegeben.

Und nun fragte ich mich, ob sie selbst über Elementarmagie verfügt hatte und ob diese Wesen uns deshalb angegriffen hatten. Ob sie irgendwann einmal dasselbe durchlebt hatte, als ihre Kräfte erwacht waren, wie ich in den letzten Stunden. Und obwohl mir der Gedanke an all das eine höllische Angst einjagte, fühlte ich mich meiner Mum damit auf seltsame Weise verbunden. Zum ersten Mal seit so langer Zeit hatte ich nicht das Gefühl, dass sie mit jedem Tag ein Stückchen mehr aus meinen Erinnerungen verblasste, sondern mir ganz nah war. Auch wenn dieselbe Magie sie möglicherweise umgebracht hatte.

Fröstelnd rieb ich die Hände aneinander. Draußen regnete es noch immer, aber die Intensität hatte etwas nachgelassen. Trotzdem war es hier drinnen unnatürlich kalt. Zögernd sah ich in den Rückspiegel – und atmete zischend ein. Die ganze Heckscheibe war von Eisblumen überzogen, die sich Stück für Stück weiter ausbreiteten. Ein Schauder kroch mein Rückgrat hinab. Ich brauchte nicht nur Antworten, ich brauchte jemanden, der mir diese Kräfte erklären konnte. Der mir zeigte, wie ich sie stoppen konnte. Oder ganz nach meinem Willen einsetzen.

Dad kam nicht infrage. Nicht nur, dass er mir all das vorenthalten hatte und auf Geschäftsreise war, in unserem letzten Gespräch hatte er auch verlangt, dass ich die nächtlichen Ausflüge endgültig sein ließ. Aufhören hatte schon vorher nicht zur Debatte gestanden – aber jetzt? Nun, da ich plötzlich selbst über irgendwelche Elementarkräfte verfügte, die im Kampf durchaus praktisch sein konnten? Jetzt würde ich erst recht Jagd auf diese Monster machen. Und ich würde herausfinden, was es mit den MacLeods auf sich hatte, das schwor ich mir, als ich ein weiteres Mal auf das Schloss in der Ferne blickte.

Das Vibrieren meines Handys war so laut, dass ich vor Schreck zusammenzuckte. Ich tastete in meiner Tasche danach und fluchte leise. Es war der Alarm, der mich daran erinnerte, dass ich zur Schule musste. Okay, die Jagd würde warten müssen. Denn gerade war ich, wie so oft, wieder mal zu spät dran.

Brianna saß bereits an ihrem Platz, als ich in den Chemiesaal hetzte und mich auf den Stuhl neben sie fallen ließ. Ich war außer Atem, weil ich die Strecke vom Dunvegan Castle zur Schule und vom Schulparkplatz ins Klassenzimmer in Rekordzeit zurückgelegt hatte. Brianna hingegen wirkte blass und hatte Augenringe, als hätte sie zu wenig geschlafen.

»Hey.« Ich warf die Tasche auf den Tisch, wo sie beinahe die sorgsam aufgebaute Versuchsanordnung umwarf, aber ich hatte kaum einen Blick dafür übrig. Stattdessen musterte ich meine beste

Freundin von der Seite. »Du hast gar nicht Bescheid gegeben, ob ich dich heute wieder mitnehmen soll …«

Sie schien ein bisschen in sich zusammenzusinken. »Ich bin mit dem Fahrrad hier. Du hast dich nicht mehr gemeldet, und ich wusste nicht, ob du mich nach gestern überhaupt noch sehen willst …«

»Du meinst, du hattest Angst, ich würde dich einfach zurücklassen, dein Fahrrad einpacken und es von der nächstbesten Klippe werfen?«

Sie presste die Lippen aufeinander, zog dann jedoch überrascht die Brauen hoch. »Das klingt erstaunlich detailliert.«

»Ich hatte genug Zeit, um darüber nachzudenken.«

»Hast du schon mit deinem Vater gesprochen?«

»Darüber, dass mein ganzes Leben eine Lüge war?« Ich zuckte mit den Schultern, schälte mich aus meinem bordeauxfarbenen Blazer und zog einen Laborkittel an. »Nein, dazu hatten wir noch keine Zeit. Er ist für ein paar Tage weggefahren, und als Neal aus dem Pub gekommen ist, habe ich schon geschlafen.« Oder zumindest so getan, als er leise an meine Tür geklopft und nach mir gesehen hatte. Aber selbst danach hatte ich keine allzu erholsame Nacht gehabt. Denn wie es aussah, schlief man nicht besonders gut, wenn man wenige Stunden vorher herausfand, dass man plötzlich über magische Kräfte verfügte und von allen Menschen, die einem wichtig waren, belogen worden war.

»Was ist mit Reid?«, hakte ich nach.

Seufzend sortierte Brianna ihre Unterlagen und zog eine Schutzbrille zu sich heran. »Er ist nicht mehr auf der Insel. Wahrscheinlich ist er wieder in Glasgow bei seiner Familie.«

Dem Feuerclan. Ich hätte nicht geglaubt, wozu er imstande war, wenn ich nicht mit eigenen Augen gesehen hätte, wie er in einer Feuersäule verschwand.

Aber bevor ich Brianna weitere Fragen stellen konnte, betrat Mr Lambert den Saal und Schweigen breitete sich aus. Während unser Lehrer mit dem Unterricht begann, drehte ich einen Stift zwischen den Fingern und ließ meinen Blick durch den Raum wandern. Alles wirkte wie immer. Übermüdete und gelangweilte Schüler neben den wenigen, die sich tatsächlich freuten, hier zu sein, und schon bei der ersten Frage die Hand hoben. Ich war mir ziemlich sicher, dass wir auch irgendwelche Hausaufgaben aufgehabt hatten. Wenn ich nur wüsste, was …

»Ich kann verstehen, dass du wütend auf mich bist«, wisperte Brianna nach einer Weile, ohne mich anzusehen, da sie mit scheinbarem Interesse nach vorn schaute und so tat, als würde sie zuhören.

»Ich bin nicht wütend …«, murmelte ich automatisch, seufzte dann aber und warf den Stift auf meinen Block. »Okay, bin ich. Aber vor allem bin ich … enttäuscht. Ich begreife einfach nicht, wie du mir etwas so Wichtiges verschweigen konntest!«

Sie zuckte zusammen. »Ich weiß. Und es tut mir unendlich leid …«

Ja, das tat es mir auch. Es tat mir leid, dass ich dem Mädchen, mit dem ich aufgewachsen und das wie eine Schwester für mich war, vertraut hatte, während sie mir die ganze Zeit etwas vorgemacht hatte. Andererseits hatte ich Brianna auch nichts von Dads Training und meinen nächtlichen Ausflügen erzählt, aber doch nur, weil ich davon ausgegangen war, dass sie nichts von diesen Kreaturen wusste. Wie hätte ich ahnen sollen, dass meine beste Freundin, mit der ich schon als Babys Schnuller getauscht hatte, noch bevor sie mit ihren Eltern nach Skye gezogen war, zu einem mächtigen Clan mit magischen Kräften gehörte?

Doch jetzt rückte vieles auf einmal in ein neues Licht. Unsere Mütter waren so lange befreundet gewesen, aber ich hatte nie verstanden, warum Brianna mit ihren Eltern nach Mums Tod von Aberdeen auf die Isle of Skye gezogen waren. Allerdings hatte ich es auch nie infrage gestellt. Mit gerade mal sechs Jahren war man einfach nur dankbar dafür, seine beste Freundin bei sich zu haben. Doch wenn es irgendein Abkommen zwischen den Dundas und den MacLeods gab und Erstere von Anfang an über die Wassermagie meiner Mutter Bescheid gewusst hatten, ergab es plötzlich Sinn. Da von meinem eigenen Clan niemand mehr hier wohnte, hatten sie vermutlich den Auftrag, in meiner Nähe zu bleiben, für den Fall, dass ich eines Tages selbst Kräfte entwickeln würde. Oder aber sie wollten sichergehen, dass ich nicht selbst zu einem dieser Monster wurde, die ich jagte. Falls das überhaupt möglich war, aber irgendeine Verbindung musste es geben, oder? Die Elementare hatten nichts Menschliches mehr an sich, aber sie verfügten über dieselben Kräfte wie Reid, wie Lance – und wie ich.

Die Flüssigkeit im Reagenzglas gluckerte vor sich hin. Ich hatte nicht mal mitbekommen, wie Brianna und meine anderen Mitschüler mit dem Experiment begonnen hatten, ganz zu schweigen davon, was wir überhaupt tun sollen. Vor mir standen Reagenzgläser, ein Becherglas, eine Holzklammer, ein Spatel und diverse Chemikalien, von denen ich zumindest zwei sofort identifizieren konnte: Natronlauge und Glucose.

Stirnrunzelnd sah ich von unserem Reagenzglas mit dem Zuckerwasser nach links und rechts, aber die Gläser auf den anderen Tischen blieben allesamt ruhig. Kein Gluckern. Keine winzigen

Bläschen, die aufstiegen, als würde die Lösung gleich vor sich hin köcheln. Ich bemerkte Briannas forschenden Blick auf mir und biss die Zähne zusammen. Das war ich nicht. Ich beeinflusste *nicht* diese verdammte Flüssigkeit. Doch egal, wie oft ich mir das sagte, es änderte nichts an den Tatsachen.

Die Jungs am Nebentisch murmelten irgendetwas, hinter uns stöhnte jemand frustriert auf. Ich griff nach dem brodelnden Reagenzglas. Als wäre es ein weiterer ganz normaler Tag in der High School warf ich einen schnellen Blick auf die Versuchsanleitung, dann hielt ich meiner Laborpartnerin die Pipette mit der Natronlauge und anschließend das Benedict-Reagenz hin. Brianna zögerte, nahm sie dann jedoch und träufelte den Inhalt vorsichtig zu der anderen Flüssigkeit. Die Chemikalien vermischten sich miteinander, aber irgendetwas stimmte nicht. Mein Herz begann zu rasen. Noch bevor Brianna das Reagenzglas in den Becher mit heißem Wasser stellen konnte, schäumte die Flüssigkeit auf.

Es klirrte. Ich zuckte zusammen und wich automatisch zurück, doch das Reagenzglas war bereits zerbrochen und das Gemisch verteilte sich über den Tisch. Hastig schob ich Unterlagen und Tasche beiseite.

»Was ist hier los?« Mit großen Schritten kam Mr Lambert auf uns zu. Seine schmale Brille war ihm hinter der Schutzbrille auf der Nase verrutscht und er hatte die dichten weißen Augenbrauen zusammengezogen.

Ich öffnete bereits den Mund, um ihm eine Erklärung aufzutischen.

»Das war ich«, rief Brianna plötzlich und zog entschuldigend die Schultern hoch. »Ich habe nicht aufgepasst und das Reagenzglas fallen gelassen.«

Ich starrte sie von der Seite an. Es war nicht runtergefallen. Es war explodiert. Ich wusste es, weil ich die Druckwelle in meiner Brust genauso deutlich gespürt hatte wie das Hämmern meines Herzens. Als hätte sich die Flüssigkeit ausgedehnt, bis das Glas nachgab und zerbrach. Trotzdem nahm Brianna die Schuld auf sich.

»Machen Sie das sauber.« Mr Lambert fuchtelte mit der Hand in Richtung Tisch. »Und kommen Sie nach dem Unterricht zu mir.«

Autsch. Ich sah zu Brianna hinüber, die alles andere als glücklich wirkte.

»Das hättest du nicht tun müssen«, murmelte ich und holte einen Lappen, um ihr beim Aufwischen zu helfen. »Es war meine Schuld.«

»Ich weiß«, erwiderte sie leise und ohne mich anzusehen. »Du hast es nicht im Griff. Das ist ganz normal am Anfang.«

Die Erinnerung an das Erlebnis gestern Abend in der Wanne tauchte in meinem Kopf auf und verhöhnte mich. Ich biss die Zähne zusammen und erwiderte nichts darauf, sondern räumte nur die Scherben weg und brachte sie zum Mülleimer, bevor ich mich wieder an den Tisch setzte. Unsere Mitschüler hatten das Experiment inzwischen beendet und schrieben die Ergebnisse auf. Theoretisch könnten wir es noch mal versuchen, aber, um ehrlich zu sein, traute ich keiner Flüssigkeit mehr. Oder mir selbst.

An diesem Tag entdeckte ich Lance weder in einem unserer gemeinsamen Kurse noch in den Fluren der High School. Für gewöhnlich hatten wir mehrmals am Tag Kontakt, und sei es nur ein kurzer Blick im Gang, bevor wir weiterhin so taten, als würden wir uns kaum kennen.

Seit gestern Abend am Strand hatte ich ihn nicht mehr gesehen, und ein ungutes Bauchgefühl sagte mir, dass sich so schnell nichts daran ändern würde. Er hatte so wütend, so enttäuscht gewirkt, als wäre es meine Schuld, dass wir beide plötzlich über Kräfte verfügten. Kräfte, von denen ich bis zum gestrigen Tag nicht einmal etwas geahnt hatte.

Die restlichen Schulstunden zogen sich ewig in die Länge. Dass ich unkonzentriert war, war schon lange nichts Neues mehr, aber dass ich völlig abdriftete, schon. Während meine Gedanken in alle möglichen Richtungen wanderten, kritzelte ich auf meinem Block herum, statt irgendetwas von dem mitzuschreiben, was die Lehrer erzählten, auch wenn es für die Abschlussprüfungen wichtig sein könnte. Als es endlich zur Mittagspause klingelte, hatte ich einen vollgemalten Block mit Strichmännchen und Kreaturen, die gruselig aussehen sollten, aber stattdessen ziemlich niedlich wirkten. Dazu das Meer, der Strand, die Klippen und immer wieder ein Name – MacLeod.

Seufzend packte ich meine Sachen zusammen und verließ das Klassenzimmer. An jedem anderen Wochentag würden wir jetzt die Mensa ansteuern, aber es war Freitag, somit entfiel das Mittagessen und wir hatten bereits Schluss. Obwohl mir der Kopf dröhnte und ich dringend frische Luft brauchte, ließ ich mir Zeit damit, die Bücher in meiner Tasche und im Spind neu zu sortieren. Im Grunde war es sinnlos, weil ich am Wochenende sowieso nicht darin lesen würde. Davon, irgendwelche Hausaufgaben zu machen, ganz zu schweigen. Wie sollte ich mich auf die Schule konzentrieren, wenn es Kreaturen gab, die Menschen und Tiere töteten? Wie konnte ich mich ruhigen Gewissens an einen Englischaufsatz setzen, wenn ich doch genau wusste, welche Gefahr dort draußen lauerte? Wenn ich eine der wenigen war, die etwas dagegen unternehmen konnte? Oder vielleicht nicht ganz so wenige, wenn man bedachte, dass es anscheinend ganze Clans mit magischen Kräften gab. Kämpften auch sie gegen Elementare? Und wenn es tatsächlich so war, wie hatte mir das all die Jahre über entgehen können?

Ich schlug die Tür des Spinds zu. Das Geräusch hallte genau wie meine Schritte von den Wänden wider. An Freitagen war es nach Schulschluss beinahe gespenstisch leer hier. Und kalt.

Die Härchen in meinem Nacken stellten sich auf. Mit klopfendem Herzen sah ich mich um, ließ meinen Blick in beide Richtungen den Gang hinuntergleiten, aber da war nichts. Keine Schüler mehr, nur noch vereinzelte Lehrer, die sich auf den Weg ins Wochenende machten. Aber vor allem: keine Elementare. Ich unterdrückte ein Frösteln, schob mir den Riemen meiner Tasche auf die Schulter und ging durch die Flügeltüren, die auf den Parkplatz hinter der Schule hinausführten. Inzwischen standen hier kaum noch Autos. Im Vorbeigehen winkte mir ein Mädchen zu, das mit ihren Freundinnen zusammen neben einem Wagen stand.

Sie warf mir ein Lächeln und ein Hey-wie-geht's zu.

Ich kannte sie kaum und wusste nur, dass wir zusammen Sport hatten, aber wahrscheinlich war sie die Bekannte einer Bekannten eines Bekannten.

»Prima«, rief ich im Vorbeigehen. Die Standardantwort für *Geht dich nichts an, lass mich in Ruhe* – nur in britischer Höflichkeit. Ich wollte gerade einsteigen, als jemand um das Auto herum kam und vor mir stehen blieb.

Brianna sah zwischen mir und dem Jeep hin und her. »Hey, du bist ja noch da …?«

»Du auch?« Irritiert drückte ich die Fahrertür wieder zu. Den ganzen Vormittag über hatten wir keine Zeit mehr gehabt, um weiter über das zu reden, was vorgefallen war. Im Unterricht ließ es sich nun mal schlecht über Clans und Elementarmagie diskutieren, selbst wenn man nebeneinandersaß. Ich presste die Lippen aufeinander. Es sollte mir egal sein. Ich hatte nichts mit den MacLeods zu tun. Zum Teufel, ich kannte diese Leute nicht einmal und bisher war es mir immer nur um meine Mum gegangen.

Seufzend lehnte Brianna sich neben mich gegen den Jeep. »Mr Lambert hat mir eine Strafarbeit aufgedrückt. Die ganzen Reagenzgläser putzen.« Sie zog eine Grimasse. »Als ob das so ewig dauern würde. Hör mal, wegen gestern und wegen Reid …«

Ich hob die Brauen. »Willst du mir jetzt sagen, dass ich mir keine Sorgen machen muss?«

Sie lächelte, als hätte sie genau diese Reaktion von mir erwartet. Und vermutlich stimmte das sogar. Wir kannten uns schließlich lange genug. »Nein«, erwiderte sie und wurde wieder ernst. »Du solltest dir Sorgen machen.«

»Warum?«

»Sein Auftauchen hier war kein Zufall. Es ist ewig her, seit ein Kelvin zuletzt auf Skye oder einer der anderen Inseln des Westens war. Mum zufolge will seine Familie sie für sich beanspruchen.«

»Wie bitte?« Stirnrunzelnd wandte ich mich ihr ganz zu. »Können sie das überhaupt?«

»Wenn es niemanden mehr von den MacLeods mit Wassermagie gibt und sie Skye und die Inseln der Äußeren Hebriden nicht mehr beschützen können, darf ein anderer Clan Anspruch auf das Gebiet erheben. So lautet das Gesetz. Und die Kelvins sind neben den Campbells der stärkste Elementeclan. Sie könnten die Menschen vor den Elementaren beschützen, aber …«

»Aber dann würden sie über all das hier herrschen«, beendete ich ihren Satz.

Brianna nickte, hob aber auch beschwichtigend die Hände. »Das muss nichts Schlechtes sein. Doch dann hätte deine Familie keine Rechte mehr. Sie würden über die MacLeods bestimmen, obwohl ihr seit Jahrhunderten hier lebt. Außerdem haben die Kelvins ziemlich viel Geld. Das wäre sicher gut für die Infrastruktur, aber in ein paar Jahren würde ihnen hier alles gehören, genau wie in Glasgow. Dann könnte aus der Isle of Skye ziemlich schnell die Isle of Kelvin werden.«

Die Vorstellung, dass ein fremder Clan hier einmarschieren und alles an sich reißen könnte, löste Übelkeit in mir aus. Ich mochte mich nicht als eine MacLeod sehen und hatte die Insel nie als meinen Besitz betrachtet, aber Skye war immer noch mein Zuhause. Völlig egal, mit wie vielen Elementaren ich es hier Nacht für Nacht aufnehmen musste.

»Es muss nicht so weit kommen«, versuchte sie mich zu beruhigen. »Bisher konnte deine Familie die Stellung sehr gut halten, auch ohne Wassermagie. Nur weil Reid hier war, muss das nicht heißen, dass sein Clan, die Campbells oder irgendjemand anders tatsächlich Ansprüche erheben will.«

Moment mal. Die Campbells? So wie … Lance Campbell.

»Lass mich raten: Die Spezialität dieses Clans sind … Blitze? Strom?«

»Sie können Energie in jeglicher Form manipulieren. Elektrizität ist nur eine Variante, wenn auch die, die am häufigsten auftritt. Eine andere ist Lebensenergie.«

Langsam stieß ich die Luft aus. »Großartig …« Nachdenklich betrachtete ich sie von der Seite, während sie geradeaus auf den inzwischen fast leeren Parkplatz starrte. »Magst du ihn deswegen nicht?«, fragte ich, da ich mich sehr gut an ihre Reaktion erinnern konnte, als sie uns im Gang miteinander reden gesehen hatte. »Weil eure Familien irgendwie verfeindet sind?«

Doch Brianna schüttelte den Kopf. »Ich kenne ihn nicht gut genug, um ihn zu mögen oder nicht zu mögen. Aber unsere Familien sind nicht gerade die besten Freunde. Eure übrigens auch nicht.«

Dass ausgerechnet du zu dem Clan gehörst, mit dem meine Familie seit Jahrhunderten eine Blutfehde führt …

Ein Ziehen machte sich in meiner Brust bemerkbar. Ich versuchte, es zu ignorieren, aber das Gefühl blieb hartnäckig.

Ich räusperte mich. »Was ist mit dir? Was ist euer Element?«

Ihre Mundwinkel hoben sich. »Luft«, erwiderte sie und atmete tief durch. »Meine Familie kann so ziemlich alles beeinflussen, was damit zu tun hat.«

»Und du?«, hakte ich nach.

Statt einer Antwort hob sie die Augenbraue. Plötzlich wirbelte eine Windböe mein Haar durcheinander.

»Hey!«, protestierte ich, musste aber dennoch grinsen.

»Ich kann Stürme herbeirufen«, fügte Brianna hinzu, als wäre es eine Kleinigkeit.

Ich schob mir das Haar hinter die Ohren. In derselben Sekunde ließ der Wind nach.

»Die Clans haben schon immer gegeneinander gekämpft und sind seit Ewigkeiten verfeindet.« Sie senkte die Stimme, als die Mädchen von vorhin an uns vorbeiliefen und uns ein schönes Wochenende wünschten. Brianna warf ihnen ein Lächeln zu und ich hob die Hand zum Abschied. »Meine Familie hält sich aus den politischen Machenschaften raus, so gut sie es kann, und versucht, neutral zu bleiben. Einige Jahrzehnte lang gab es sogar ein Abkommen mit den MacLeods.«

»Was für ein Abkommen?«

»Um die freundschaftlichen Beziehungen zu pflegen und zu vertiefen, wurden einzelne Familien oder Jugendliche für ein Jahr ins Herrschaftsgebiet des anderen Clans geschickt. Wie ein Schüleraustausch. So haben sich auch deine und meine Mum kennengelernt.«

Dunkel erinnerte ich mich daran, wie Mrs Dundas mir bei unserer ersten Backstunde erzählt hatte, dass sie früher zusammen mit meiner Mum ein heilloses Chaos in der Küche angerichtet hatte. Eine schöne Vorstellung.

Ich seufzte leise.

»Wegen dieser Freundschaft und weil wir unparteiisch sind, dürfen meine Eltern und ich auch auf Skye leben, obwohl es das Gebiet eines anderen Clans ist. Ich glaube, deine Mum wollte, dass wir zusammen aufwachsen«, sagte sie leise. »Und dass wir Freundinnen werden.«

Ich musste lächeln, auch wenn es wehmütig war. Weil ich Mum und Mrs Dundas so gern noch immer zusammen erleben würde. Genau wie Mum und Dad. Neal war großartig, und ich war froh, dass er mein zweiter Dad war und meinen Vater glücklich machte, aber das änderte nichts daran, dass es hin und wieder Momente in meinem Leben gab, in denen ich meine Mutter vermisste. Momente wie diesen hier. Sie hätte gewusst, was mit mir passierte und was zu tun wäre. Sie hätte mir die Wahrheit gesagt. Zumindest hoffte ich, dass es so gewesen wäre, denn erfahren würde ich es nie. Ich wusste nicht, was sie sich für mich gewünscht hatte, und ich konnte sie nicht danach fragen, weil sie nicht mehr zurückkehren würde. Nie mehr.

Seufzend lehnte ich mich gegen die Autotür. Sekundenlang

blickte ich ins Leere und versuchte zu verarbeiten, was ich in der letzten Zeit alles erfahren hatte.

Ein kurzes Klingeln zerschnitt die Stille. Fragend sah ich zu Brianna hinüber.

Die starrte ein, zwei Sekunden lang auf ihr Handy und verdrehte dann die Augen. »Meine Tante und mein Onkel kommen am Wochenende zu Besuch. Mum hat mich heute bestimmt schon zehnmal daran erinnert, den Tee zu kaufen, den meine Cousine so gern trinkt.« Sie deutete auf die andere Straßenseite, wo sich ein bunt gestrichenes Haus an das andere reihte. Neben einem Supermarkt und einem Schmuckladen gab es da diesen unscheinbaren kleinen Teeladen, in dem ich auch hin und wieder einkaufte, da er die besten Sorten führte.

»Wer kommt denn?«, hakte ich nach, denn im Gegensatz zu mir hatte Brianna unzählige Cousins und Cousinen. Wobei – sollte ich tatsächlich zu den MacLeods gehören, hatte ich vielleicht auch mehr Verwandtschaft, als ich je für möglich gehalten hätte. »Die Cousine, die du nicht leiden kannst?«

»Ich kann Sloan schon leiden.« Brianna lächelte gequält. »Nur sie bitcht dauernd herum.«

»Ach, Sloan …«, wiederholte ich lang gezogen, denn der Name tauchte nicht zum ersten Mal auf. Seit ich denken konnte, machte sie Brianna das Leben schwer. Dabei waren die beiden im selben Alter und als Kinder anscheinend unzertrennlich gewesen. Doch dann war Bri mit ihren Eltern nach Skye gezogen und seither schien Sloan sie nicht mehr ausstehen zu können. Obwohl ich ihr nie persönlich begegnet war, hatte Brianna mir genug erzählt, dass ich keinen Wert darauf legte, das zu ändern. Vermutlich würden mir sonst ein paar Dinge rausrutschen, die die gute Sloan sicher nicht hören wollte.

»Und da kommt auch schon Nachricht Nummer elf.« Ein weiteres Mal zog Brianna ihr lärmendes Handy aus der Tasche ihres Blazers und presste die Lippen aufeinander. »Ich soll noch Kuchen mitbringen. Wieso sendet sie mir nicht gleich eine ganze Liste, statt mir zehntausend Erinnerungen zu schicken?«

»Du könntest die Sachen ja eine nach der anderen rüberfliegen. Mit deinen Kräften müsste das doch möglich sein.«

Ihre Mundwinkel zuckten. Aber das angedeutete Grinsen verschwand sofort wieder, als sich ihr Smartphone erneut meldete. Zischend stieß sie die Luft aus. »Oh Gott. Sie sind schon da. Ich muss los. Tut mir leid.« Sie zögerte einen Herzschlag lang. »Kann ich morgen vorbeikommen und wir reden ganz in Ruhe?«

Egal, wie wütend ich auf sie war oder wie enttäuscht, auf diese Frage gab es nur eine Antwort. Denn ein Leben ohne meine beste Freundin konnte ich mir nicht vorstellen. »Klar.«

Brianna erwiderte mein Lächeln, dann machte sie auf dem Absatz kehrt und überquerte die Straße, um schleunigst einkaufen zu gehen. Keine Minute später verschwand sie im Teeladen und ich war wieder allein.

KAPITEL 8

Der Schwarztee brodelte in meiner Tasse. An diesem Freitagabend saß ich allein am Küchentisch, nachdem ich die letzte halbe Stunde damit verbracht hatte, Blaubeer-Zitronen-Scones zu backen und die dazugehörige Clotted Cream vorzubereiten. Jetzt nahmen sie im Backofen langsam Farbe an, und ich wischte mir etwas Mehl vom Rock, während ich die kleinen Bläschen beobachtete, die sich in meinem Tee bildeten und an der Oberfläche zerplatzten. Erst waren es nur wenige gewesen, doch als ich mich hingesetzt und angefangen hatte, über all das nachzudenken, was in den letzten zwei Tagen passiert war, waren es immer mehr geworden. Mit einem Platschen verteilte sich das heiße Wasser auf der dunklen Tischplatte. Ich biss die Zähne zusammen und versuchte, meine Frustration in den Griff zu bekommen, doch das führte nur dazu, dass auch der Rest über den Tassenrand schwappte.

»Echt jetzt?«

Konnte ich nicht mal mehr in Ruhe einen Tee trinken? Wobei von Ruhe kaum die Rede sein konnte, wenn ein einziges Chaos in mir tobte, das sich als Miniversion in meiner Tasse entlud. Und im Brodeln der Flaschen auf der Küchentheke. Und dem Rumoren der Wasserleitungen im Haus, die alle paar Sekunden ächzten und quietschten, als würden sie gleich explodieren.

»Ich tue überhaupt nichts!«, rief ich mit Blick nach oben, ohne zu wissen, mit wem ich eigentlich redete. Prima. Jetzt führte ich also auch noch Selbstgespräche. Kopfschüttelnd stand ich auf und ging zum Backofen hinüber, um nach den Scones zu sehen.

»Es ist also wirklich passiert. Du hast deine Kräfte entdeckt …«

Ich hielt mitten in der Bewegung inne, das Backbleck noch in den Händen, während ich von Flüssigkeiten umgeben war, die vor, hinter und neben mir auf den Boden tropften.

Neal stand in der Tür, die Jacke nass vom Regen, genau wie sein Gesicht und die Halbglatze, die Stiefel schlammverspritzt, die Miene voller Sorge und … Bedauern?

Ich schluckte das bittere Gefühl von Enttäuschung hinunter. Hastig stellte ich das Blech ab, zog die Topfhandschuhe aus und machte mich daran, das heiße Wasser vom Tisch aufzuwischen. »Das kannst du an einer Tasse Tee ausmachen?«

Statt einer Antwort blickte er von der Sauerei auf dem Tisch zur Küchenanrichte, wo jede einzelne Plastikflasche übergelaufen war und eine Mischung aus Wasser und Limonade auf die Fliesen tropfte. Dann sah er zum Wasserhahn, aus dem in diesem Moment ein Strom herausschoss, ohne dass er aufgedreht war. Als Letztes legte er den Kopf in den Nacken und richtete seine Aufmerksamkeit nach oben, wo der Regen gewaltsam gegen das Dach trommelte.

Erst jetzt wurde ich mir seiner Worte richtig bewusst. Genauso wie der Tatsache, dass da keine Überraschung in seiner Miene war. Etwas in mir zerbrach. Ich wusste nicht, was es war, aber ich spürte, wie es kaputtging.

»Du wusstest davon …«, flüsterte ich.

Bedächtig nahm Neal seine Jacke ab und legte sie über einen

Stuhl. »Dein Vater hat es mir vor ein paar Jahren erzählt. Er hat immer gehofft, dass es nie so weit kommen würde.«

Ich schnaubte. Fantastisch. Eine Person mehr, die Bescheid gewusst und mir nichts gesagt hatte. So langsam konnte ich mir eine Liste zum Abhaken zulegen.

»Hat einer von euch vielleicht mal darüber nachgedacht, *mir* etwas davon zu erzählen?«, zischte ich, während ich das Tuch über der Spüle auswrang und versuchte, den Wasserstrom aus dem Hahn mit bloßer Willenskraft zu stoppen. Ohne Erfolg.

»Die ganze Zeit.« Neal nahm sich ebenfalls ein Tuch und begann den Boden zu wischen. »Aber es lag nicht an mir, dir die Wahrheit zu sagen. Und dein Vater … Er wollte dich nur beschützen.«

»Mich beschützen?«, wiederholte ich ungläubig.

Hinter mir explodierte etwas, was sich verdächtig nach dem Wasserkessel anhörte. Bis eben war er noch halb voll gewesen, jetzt hörte ich ein Plätschern von der Küchenzeile her. »Wie denn? Indem er mir verschweigt, dass ich diese … diese Kräfte habe? Genau wie Elementare sie haben? Dass ich … oh Gott, bitte sag nicht, dass ich selbst eine von diesen Kreaturen werde.«

Dieser Gedanke war bisher nur flüchtig aufgetaucht, doch jetzt kehrte er mit voller Wucht zurück und drängte sich unbarmherzig in den Vordergrund. Würden mich diese seltsamen Fähigkeiten selbst zu einem Monster machen? Würde es darauf hinauslaufen?

»Das wirst du nicht.« Neal trat vor mich. Ich spürte seine Hände auf meinen Schultern, noch bevor ich den Kopf hob und ihn ansah. »Das werden wir nicht zulassen. Du musst dich nur …«

»Wenn du jetzt *beruhigen* sagst …«

Er lächelte gequält.

Der Knall war ohrenbetäubend. Plötzlich spritzte eine Fontäne unter dem Waschbecken hervor. Wir sprangen beide zur Seite. Trotzdem war innerhalb von Sekunden alles durchnässt, uns eingeschlossen. Das Wasser breitete sich in einer immer größer werdenden Lache auf dem Boden aus.

»Oh Gott …« Ich wich zurück, geschockt von dem, was sich da vor meinen Augen abspielte. Was ich getan hatte. »Das wollte ich nicht. Das wollte ich wirklich nicht!«

»Ich weiß.« Neal war sofort beim Waschbecken, doch die schiere Wucht des Strahls stieß ihn zurück. »Atme tief durch … Beruhige dich. Und dann erzähle ich dir alles, was du wissen willst. Okay?«

Nichts war okay. Ich konnte nicht mal eben tief durchatmen und mich dann mit einer Tasse Tee zu ihm an den Tisch setzen und plaudern. Ich musste hier raus. Nur so konnte ich verhindern, dass jedes Wasserrohr in diesem Haus platzte. Ohne nachzudenken, wirbelte ich herum, riss im Flur meine Regenjacke vom Haken und hetzte nach draußen.

»Ava!«

Ich reagierte nicht darauf. Die Autoschlüssel klimperten in meiner Hand, als ich zum Jeep rannte und dabei fast auf dem glitschigen Weg vor dem Haus ausrutschte. War das etwa Eis auf dem Boden? Ich weigerte mich, genauer nachzusehen, stieg stattdessen in den Wagen und zog die Tür zu. Sekunden später erwachte der Motor mit einem Röcheln zum Leben. Ich schaltete die Scheinwerfer ein und fuhr los.

Ohne Ziel. Bloß weg von hier.

Ich musste irgendwohin, wo es kein Wasser gab. Der Regen prasselte so heftig herab, dass ich kaum noch etwas erkennen konnte, und die Dunkelheit machte es nicht besser. Wieder und wieder wischten die Scheibenwischer die Tropfen beiseite, doch beinahe in derselben Sekunde zerplatzten neue auf dem Glas. Ich wusste nicht, wohin ich wollte, hatte keine Orientierung, sondern fuhr einfach nur drauflos.

Erst als ich den Wagen anhielt und den Motor ausschaltete, wurde mir bewusst, wo ich gelandet war. Nicht am Strand, nicht an meinem Lieblingsplatz bei den Klippen und auch nicht vor dem Dunvegan Castle wie heute Morgen. Zum Glück, denn dieses Schloss stand auf einem Plateau, das in den Loch Dunvegan mündete. Sollte ich wirklich zum Clan der MacLeods gehören, gab es sicher bessere Wege, sich der Familie vorzustellen, als damit, ihren Stammsitz im Meer zu versenken. Ein Lachen kitzelte in meiner Kehle, auch wenn mir überhaupt nicht danach zumute war. Wahrscheinlich war es nur die Verzweiflung, aber es kam mir dennoch über die Lippen. Es klang hohl und leer und … panisch. Ich biss die Zähne zusammen und stieg aus. Die Tür drückte ich mit mehr Schwung als nötig zu und schloss das Auto ab. Dann begann ich mit dem Aufstieg.

Für gewöhnlich wimmelte es am Fairy Glen nur so von Touristen, doch an diesem düsteren Abend war niemand zu sehen. Auch keiner der typischen Busse, aus denen die Besucher immer scharenweise strömten. Ich war allein. Allein mit der Natur und dem peitschenden Regen.

Ich stapfte an den Steinkreisen vorbei, die seit Jahrhunderten unverändert aussahen. Es hieß, die Feen würden die Steine wieder in ihre richtige Position bringen, nachdem die Menschen sie entfernt und woanders hingelegt hatten. Einmal hatte ein Mädchen aus meiner Klasse einen kleinen Stein mit nach Hause genommen. Sie war neu gewesen und hatte es nicht besser gewusst. Doch von da an war sie so von Pech verfolgt worden, dass ihre Eltern beschlossen, von der Insel wegzuziehen. Was aus ihr geworden war, wusste ich nicht, aber sie hatte den Stein zurückgebracht und ab da schien ihre Pechsträhne ein Ende zu haben.

Ich hatte nie daran gezweifelt, dass es Übernatürliches auf der Welt gab. Zum Teufel, ich kämpfte gegen Elementarwesen, die aussahen, als wären sie den schlimmsten Albträumen entsprungen. Aber ob sich das Übernatürliche nur in Elementaren oder auch in anderen Wesen aus den alten Mythen und Legenden zeigte, wusste ich nicht. Ich hatte mir nie Gedanken darüber gemacht, denn ich war mit diesem Wissen ebenso aufgewachsen wie mit dem sonntäglichen Besuch in der Kirche. Doch dass ich ein Teil dieser übernatürlichen Welt sein könnte, hätte ich nie für möglich gehalten. Dad hatte mich auf den Kampf dort draußen vorbereitet, aber nicht auf den Kampf gegen mich selbst.

Das Gewässer rechts von mir begann zu brodeln und zu blubbern, als ich daran vorbeiging. Ich presste die Lippen aufeinander und schluckte hart, kam aber nicht gegen die Enge in meiner Kehle an. Oder die in meinem Brustkorb, die mir das Atmen erschwerte.

Wie konnte ich zu einem Clan gehören, ohne jemals etwas davon gewusst zu haben? Und nicht nur zu irgendeinem Clan. Gerüchten zufolge waren die MacLeods eine der mächtigsten Familien der Insel. Und sie hatten es nicht für nötig gehalten, mich als eine von ihnen anzuerkennen. Dad hatte es nicht für nötig gehalten, mir davon zu erzählen. Ich war mein ganzes Leben lang belogen worden. Von meinem Vater. Meiner besten Freundin und ihrer Familie, die wie Ersatzeltern für mich waren. Sogar von Neal. Und von Lance …

Ich schloss die Augen, aber das Brodeln hörte nicht auf, sondern wurde immer lauter. Ich beschleunigte meine Schritte, rutschte im

Matsch aus und fing mich gerade noch ab, bevor ich ganz zu Boden ging. Hinter mir schoss eine Fontäne wie ein Geysir in die Höhe. Ich zuckte zurück, stolperte und fiel. Feuchtes Gras rieb über meine schwarzen Leggings und den Rock. Steine kratzten meinen Handballen auf.

Ich holte tief Luft, versuchte, ruhig zu atmen, aber es funktionierte nicht. Ich hasste es, die Kontrolle zu verlieren. Ich hasste es so sehr wie nichts anderes auf der Welt. Mehr als diese Monster da draußen. Mehr als das Wissen, von allen angelogen worden zu sein.

Wieder schoss eine Fontäne aus dem kleinen See in die Höhe, doch diesmal wurde das Schauspiel von einem heftigen Windstoß begleitet. Wahrscheinlich wäre es mir kaum aufgefallen, wäre der Wind nicht so unerwartet aufgekommen. Doch so spürte ich ihn am ganzen Körper und erkannte, dass die feinen Grashalme nicht nur vor der Wucht des Regens erzitterten.

Langsam richtete ich mich auf. Kalter Matsch klebte mir an Händen und Knien. Ich fröstelte und mein Herz raste noch immer unkontrolliert, aber mein Verstand hatte sich wieder eingeschaltet. Eigentlich müsste ich dem Elementar dankbar sein. Meine eigenen Kräfte spielten noch immer völlig verrückt, aber nun, da ich wusste, dass eines dieser Wesen ganz in der Nähe war, konnte ich zumindest wieder klar denken. Und meine Wut dorthin lenken.

Automatisch tastete ich nach meinen Dolchen – und fasste ins Leere. Ich trug keine einzige Waffe bei mir. Die Klingen lagen noch immer zu Hause in meinem Zimmer, genau wie die Metallkette. Aber im Jeep unter dem Sitz müsste noch ein Dolch sein, den ich nie benutzt hatte, weil er für den Notfall gedacht hatte. Und *Notfall* traf es gerade sehr gut.

Ich sah zurück und versuchte, die Entfernung abzuschätzen.

Theoretisch machbar, ich müsste nur den Abhang wieder hinunterlaufen, aber bei Regen, Eis und dem ganzen Matsch wäre jede Bewegung, die schneller war als ein langsames Vortasten, glatter Selbstmord.

Mein Blick zuckte zum Fairy Castle über mir. Zwischen den Felsen wäre ich sicher – gleichzeitig aber auch ein leichtes Ziel für Angriffe aus der Luft. Kurz überlegte ich, das Risiko einzugehen, entschied mich jedoch dagegen. Statt nach oben auf die Gesteinsbrocken zu steigen, schlug ich eine andere Richtung ein, kletterte den nächsten Abhang hinauf und presste mich gegen den feuchten Stein. Was aus der Ferne wie ein Höhleneingang ausgesehen hatte, entpuppte sich jedoch nur als eine Einbuchtung im Felsen, die nicht einmal vor dem peitschenden Regen schützte. Aber von hier aus hatte ich einen guten Überblick über alles, was um mich herum geschah.

Der See beruhigte sich, je weiter ich mich von ihm entfernte, bis das Brodeln schließlich ganz aufhörte. Jetzt lag er still da. Fast schon zu still. Ich kniff die Augen zusammen, als ich das Glitzern auf der Oberfläche bemerkte. War das eine Eisschicht …?

Ein plötzliches Krachen unterbrach jeden meiner Gedanken. Kies, Erdklumpen und Grünzeug spritzten auf. Instinktiv drückte ich mich noch weiter in die Einbuchtung im Felsen und hielt den Arm schützend vors Gesicht. Der pfeifende Wind nahm zu und ich spürte die Macht des Elementars so deutlich in der Luft, dass es mich von den Füßen gerissen hätte, hätte ich mich nicht an den Stein gepresst. Als ich den Kopf wieder hob, sah ich geradewegs in das Gesicht der Kreatur. Sofern man dieses Etwas überhaupt als Gesicht bezeichnen konnte. Vor mir türmte sich ein Wesen auf, das einem Wirbelsturm glich und ständig die Form wechselte. In der einen Sekunde wirkte es wie ein Riese aus Wolkenbergen, in der nächsten fast wie ein Greifvogel, dann wie eine bedrohliche Gewitterfront. Allerdings ohne die dazugehörigen Blitze. Als hätte es nur darauf gewartet, dass ich es bemerkte, riss es das Maul auf und brüllte los. Das Kreischen war das Letzte, was ich wahrnahm, bevor ich von der Wucht des Schreis zur Seite geschleudert wurde und den Abhang hinunterrollte.

Reflexartig streckte ich die Hände aus, versuchte, mich an irgendetwas festzuhalten, fand aber nur Gras, das mir durch die Finger glitt. Dornen bohrten sich in meine Haut. Ich begann zu strampeln und ertastete mit den Füßen etwas, um mich abzustützen. Gerade noch rechtzeitig griff ich nach den Ästen eines Strauchs und bremste so den Sturz ab. Ein Blick zurück verriet mir, dass tatsächlich eine dicke Eisschicht auf dem See lag. Das hätte böse enden können.

Wieder war ein Brüllen zu hören, doch diesmal zog ich den Kopf ein und ging in Deckung. Windböen peitschten über mich hinweg, zerrten an meinen Haaren und pressten die feuchte Kleidung gegen meinen Körper. Meine Gedanken rasten. Wenn ich es nicht zum Wagen schaffte, brauchte ich irgendetwas, was ich als Waffe verwenden konnte. Einen spitzen Ast oder etwas anderes, um dieses Mistding zu erledigen. Am besten etwas, was ich anzünden konnte. Luftelementare tauchten nicht so häufig auf wie Erde oder Wasser, dafür waren sie verflucht wendig und nur schwer zu besiegen.

Ein Rumoren drang an mein Ohr. Ich rollte mich zur Seite weg. Ein Felsbrocken flog durch die Luft und fiel krachend zu Boden, genau dort, wo ich bis vor einer Sekunde noch gelegen hatte. Verdammt, war diese Kreatur stark. Wieder flogen Steine durch die Luft und direkt auf mich zu. Ich hechtete zur Seite und sprang auf. Das Wesen war jetzt ganz nah. Um seinen Körper herum tobte so viel Wind, dass mir das Atmen schwerfiel. Aber statt wegzulaufen, machte ich eine halbe Drehung und nutzte den Schwung, um dem Wesen einen Tritt in die Eingeweide zu verpassen. Wenn es denn welche hatte. Denn statt zu treffen, spürte ich keinen Widerstand. Mein Fuß ging einfach durch den Elementar hindurch, als hätte er keine feste Gestalt.

»Hey«, stieß ich schwer atmend hervor und kämpfte um mein Gleichgewicht. »Das ist unfair.«

Woraus bestand dieses Ding eigentlich? Luft?

Doch dafür, dass es keinen richtigen Körper hatte, war es trotzdem gefährlich. Die nächste Windattacke riss mich beinahe von den Beinen. Gerade so sah ich noch, wie sich das Wesen vor mir aufbaute, um mich erneut anzugreifen, doch diesmal war ich schneller. Instinktiv holte ich aus und schlug mit letzter Verzweiflung zu. Wie zuvor mein Fuß versank meine Hand in dem kalten, durchlässigen Körper – doch dann geschah etwas Merkwürdiges.

Eis begann sich von der Stelle auszubreiten, an der ich die Kreatur berührte. Knisternd fraß es sich durch die Luft, bis das Wesen vor mir zu einer Eisskulptur erstarrte. Und dann zerbrach es, zerfiel in Millionen winziger Teile, die im Boden versickerten.

Mein Puls raste. Ich atmete erstickt aus, ohne überhaupt bemerkt zu haben, dass ich vor Schreck den Atem angehalten hatte. Fassungslos starrte ich auf meine Hände hinab. Sie waren feucht vom Regen, genau wie der Rest von mir, aber da war noch mehr. Wenn ich genau hinsah, konnte ich das Eis erkennen, das meine Finger bedeckte. Ich hatte dieses Wesen zu Eis verwandelt und es mit einer einzigen Berührung vernichtet.

Genau wie Lance am Strand – und doch so anders.

Etwas knirschte hinter mir. Ich wirbelte herum, riss die Hände in die Höhe, erwartete den nächsten Kampf. Allerdings war ich nicht diejenige, die attackiert wurde. Ich war diejenige, die angriff. Ein Eiszapfen, so dick, dass ich ihn kaum mit beiden Händen umfassen konnte, raste durch die Luft und direkt auf den Neuankömmling zu. Aber es war kein Elementar, der mir aufgelauert hatte.

Es war Lance.

Ich öffnete den Mund, wollte schreien und ihn warnen, aber ich konnte gerade mal nach Luft schnappen, als ein Blitz vom Himmel herabschoss und den Eiszapfen zerstörte. Die Überreste fielen wie winzige Schneeflocken zwischen uns zu Boden. Er war ebenfalls völlig durchnässt. Einzelne Tropfen perlten von seiner Jacke ab, die genauso dunkel war wie sein Haar und der Bartschatten. Dazu trug er eine Jeans, Boots – und eines seiner Schwerter in der rechten Hand.

»Ich brauche keinen Retter, Lancelot.«

»Nein«, bestätigte er grimmig und schob die Waffe zurück in die Halterung an seinem Rücken. »Du kannst gut auf dich selbst aufpassen. Was du brauchst, ist jemand, der dich im Umgang mit deinen Kräften trainiert.«

Sekundenlang starrten wir uns stumm an. Ich schwer atmend wie nach einer Fechtstunde in der Schule, er völlig ruhig. Wie lange war er schon da? Hatte er mich beobachtet? Hatte er gesehen, was passiert war? Was ich getan hatte?

Ich schob mir eine feuchte Haarsträhne hinters Ohr. »Wie hast du mich überhaupt gefunden?«

»Ich glaube, die Frage sollte eher lauten, wie man dich *nicht* finden kann.« Mit einer einzigen Handbewegung schloss er die gesamte Umgebung mit ein. Den strömenden Regen. Das Eis, das Boden und Gewässer überzog, die trotz des Regens immer wieder zufroren, und die Kälte, die in der Luft lag. Und jetzt fiel auch noch

Schnee in immer größeren Flocken vom Himmel, als hätten wir plötzlich Winter.

»Deine Kräfte sind so außer Kontrolle, weil du ausflippst.« Lance betrachtete mich mit gerunzelter Stirn. »Du musst dich beruhigen.«

Bevor ich darauf reagieren, etwas sagen oder auch nur denken konnte, schossen neue Fontänen aus dem See hinter mir. Ich konnte nichts dagegen tun, konnte sie weder steuern noch aufhalten.

»Weißt du, was ich nicht mehr hören kann?«, fragte ich, wartete seine Antwort aber nicht ab, sondern stapfte auf ihn zu. »Genau das. Was meinst du denn, was ich hier draußen mache? Ein Picknick veranstalten? Ich versuche runterzukommen!«

Beim letzten Wort stieß ich ihn mit beiden Händen zurück, aber Lance geriet nicht mal ins Wanken. Sein Blick lag die ganze Zeit auf mir, als würde er den Regen und das Chaos um uns herum kaum wahrnehmen.

»Nein, tust du nicht. Du versuchst, dich zu beherrschen und diese Kraft zu kontrollieren, aber das funktioniert nicht. Die Fähigkeiten deines Clans werden durch Gefühle gesteuert, also hör auf, sie mit bloßer Willenskraft oder deinem Verstand lenken zu wollen!«

Ich rechnete mit Blitzen, mit einem elektrischen Knistern in der Luft – irgendetwas, was darauf hindeutete, dass seine Fähigkeiten genauso verrücktspielten wie meine. Aber da war nichts. Lance hatte sich perfekt unter Kontrolle. Was mich nur noch wütender machte.

»Wie denn?« Ich breitete die Arme aus. »Nichts von dem, was ich versucht habe, funktioniert.«

Keine ziellose Fahrt über die Insel, kein beruhigender Tee, kein Backen, keine sanfte Musik, kein Schaumbad und nicht mal einer meiner Lieblingsplätze hatten mir dabei geholfen, diese Fähigkeit in den Griff zu bekommen. Stattdessen hätte ich mich gestern Abend beinahe selbst in der Badewanne ertränkt und unser Cottage heute fast geflutet. Die Erinnerung daran ließ mich schaudern. Wie auf Kommando wurde der Regen noch stärker, trommelte so heftig herab, dass ich kaum mein eigenes Wort verstand.

»Okay, sieh mich an.« Mit einem Schritt war Lance bei mir. »Atme tief durch. Langsam ein und dann wieder aus. Noch mal.«

Ich tat, was er sagte, hielt mich an dem Blick aus seinen braunen Augen fest und atmete bemüht langsam. Ein und aus. Ein und aus. Ein … Aus …

An den Wetterverhältnissen änderte sich nichts.

»Klappt nicht?«

»Wonach sieht es denn aus?«, knurrte ich.

Seine Mundwinkel zuckten. »Habe ich auch nicht erwartet. Das hat bei mir auch nie funktioniert. Versuchen wir es anders.« Bevor ich protestieren konnte, packte er mich an den Schultern und drehte mich um. »Lass es raus. Lass die ganze Wut, den Frust, die Panik und alles, was in dir vorgeht, einfach raus.«

Jetzt, da er direkt hinter mir stand, war seine Stimme tief und leise. Ich hätte schwören können, seinen warmen Atem in meinem Nacken zu spüren, aber das musste ich mir einbilden, denn da war nur das kalte Prasseln des Schneeregens.

»Hier ist niemand. Keine Menschenseele. Niemand, den du verletzen und nichts, was du zerstören könntest«, sprach er weiter. »Lass es raus.« Ein letztes Mal drückte er meine Schultern, dann trat er zurück. Vielleicht, um mir den nötigen Freiraum zu geben, vielleicht ging er aber auch nur in Deckung.

Ich schloss die Augen und konzentrierte mich auf das riesige Chaos in meinem Inneren. Als ich diesmal Luft holte, wusste ich, dass es nicht dazu gedacht war, genauso ruhig und gleichmäßig wieder auszuatmen. Ich wollte schreien, ich wollte toben und mir die Kontrolle über meine Gedanken, meine Gefühle und meinen Körper zurückholen.

Und genau das tat ich.

Mein Schrei hallte über die Feenhügel, die immergrünen Wiesen bis zu den Bergen in der Ferne. Ich schrie meinen Schmerz, meine Verzweiflung, diese Machtlosigkeit und schreckliche Angst hinaus. Ich trat und schlug um mich, griff nach dem ersten Stein, den ich zu fassen bekam, und warf ihn mit aller Kraft weg. Wieder und wieder, bis mein Arm wehtat, meine Knie nachgaben und ich völlig heiser war. Erst dann erlaubte ich es mir, innezuhalten und wieder auf meine Umgebung zu achten.

Für einen Moment war es ganz still, als würden Bäume, Sträucher, der Himmel über uns und sogar die Vögel den Atem anhalten. Dann kam wieder der für Skye typische Wind auf und wirbelte meine Haare durcheinander, doch die Wolken brachen kein zweites Mal. Der Regen hörte so abrupt auf, wie er angefangen hatte. Ohne hinzusehen, tastete ich neben mich und setzte mich auf einen Stein. Die Erleichterung war so groß, so überwältigend, dass ich einen Moment brauchte, um zu begreifen, was gerade passiert war.

Ich hatte es geschafft. Der Regen, das Eis, das Brodeln der Lochs in der Nähe waren verschwunden. Jetzt gab es nur noch die abendlichen Geräusche auf der Insel. Das Rascheln der Blätter. Das Kreischen der Möwen. Das Blöken der Schafe und Ziegen. Das Pfeifen des Windes.

Langsam hob ich den Kopf und sah zu Lance. Er stand nur ein paar Schritte von mir entfernt, die Arme vor der Brust verschränkt und genauso durchnässt wie ich. Er lächelte nicht, doch ich meinte, eine Spur von Zufriedenheit in seiner Miene lesen zu können. Eine Spur von Stolz.

»Danke …«, krächzte ich und räusperte mich, damit meine Stimme wieder normal klang.

Was auch immer ich gerade eben in seinem Gesicht gesehen hatte, verschwand in diesem Moment wieder. Ganz so, als wäre es nie da gewesen.

»Das war erst der Anfang.«

Ich nickte, auch wenn ich mir wünschte, dass es nicht die Wahrheit wäre. Ich wollte mich an die Vorstellung klammern, mit diesem einen Schrei, mit dieser ganzen Aktion meine Kräfte losgeworden zu sein. Aber ich wusste es besser. So einfach war es nicht. So einfach war es nie.

»Es sind mehr geworden.« Lance trat neben mich und starrte in die beginnende Dunkelheit hinaus. »Mehr Elementare auf der Insel.«

Ich stand auf und unterdrückte ein Ächzen, als meine Muskeln gegen die Bewegung protestierten und die aufgeschrammte Handfläche zu brennen begann. »Erst in Quiraing, danach am Strand und jetzt hier. Was wollen sie?«

Er sah mir geradewegs in die Augen. »Dich.«

Mein Magen zog sich krampfartig zusammen. Ob vor Wut oder Angst konnte ich nicht sagen.

»Warum?«, presste ich hervor und ballte die Hände zu Fäusten.

»Sie werden von unkontrollierter Macht angezogen, weil sie selbst daraus bestehen. Macht ist wie eine Droge für sie, und du hast viel davon, kannst sie aber noch nicht steuern.«

»Warte mal.« Abwehrend hob ich die Hände. »Soll das etwa heißen, solange ich diese Kräfte nicht im Griff habe …«

»… werden sie dich jagen, genau.«

Und dabei alles niederwalzen, was ihnen in die Quere kam. Und einfach so, von einem Moment auf den anderen, war aus der Jägerin die Gejagte geworden. Eine verflucht wütende Gejagte.

»Du musst lernen, deine Fähigkeiten zu beherrschen, sonst beherrschen sie dich.«

Ich schnaubte. »Und wie soll ich sie deiner Meinung nach beherrschen lernen, wenn ich keine Ahnung davon habe? Wenn ich nicht mal weiß, woher sie kommen oder warum ich sie besitze? Wenn ich nicht mal weiß, wer meine verdammte Familie ist?«

Wer *ich* bin. Doch diese Worte sprach ich nicht aus.

Das musste ich auch nicht, er schien sie mir vom Gesicht ablesen zu können, genau wie so oft in all den Nächten, in denen wir Seite an Seite gegen die Elementare gekämpft hatten. Wir verstanden uns ohne Worte. Oftmals genügte ein einziger Blick. Jetzt wurde mir das zum Verhängnis.

»Dann solltest du es herausfinden«, sagte er und deutete mit einem Kopfnicken in Richtung meines Jeeps. »Rede mit deinem Vater. Er muss etwas wissen und vielleicht hat er die Antworten, die du suchst.«

»Falls er schon wieder zurück ist und mir nicht wieder irgendwelche Märchen erzählt«, murmelte ich trocken, dann musterte ich Lance von oben bis unten. »Was ist mit dir? Du hast gesagt, dass ich einen Trainer brauche.«

Ein Schatten legte sich auf seine Miene. »Ich bin der Letzte, der dich trainieren sollte.«

»Warum? Angst, dass dir statt Lügen ein paar Wahrheiten rausrutschen könnten?«

Er presste die Lippen aufeinander, und ich konnte sehen, wie sein Kiefer arbeitete. Na also. Ich hatte einen wunden Punkt getroffen. Nur leider fühlte sich das bei Weitem nicht so gut an, wie ich es mir erhofft hatte.

»Weil ich nicht der Richtige dafür bin«, presste er hervor. »Für das Kampftraining vielleicht, aber nicht für deine Kräfte.«

Ich schnaubte. »Ich brauche kein Kampftraining. Ich kann dich jederzeit ohne Probleme auf die Matte schicken.«

Vielleicht ein bisschen übertrieben, denn Lance war ein außergewöhnlicher Kämpfer. Er bewegte sich so schnell und geschmeidig, wie es nur jemand konnte, der sein Leben lang trainiert hatte. Gut für mich, dass Dad schon früh damit begonnen hatte, mich auszubilden. Damals war es noch ein Hobby für mich gewesen, eine gemeinsame Aktivität mit meinem Vater. Später, als ich über die Elementare Bescheid wusste, war bitterer Ernst daraus geworden.

»Übernimm dich nicht«, gab er spöttisch zurück. »Du wärst eine der Ersten, die das schafft.«

Da war es wieder. Es blitzte etwas von dem Lance auf, den ich kannte. Oder zu kennen geglaubt hatte. Unter anderen Umständen wäre ich auf diese indirekte Herausforderung eingegangen, ohne auch nur eine Sekunde lang darüber nachzudenken. Aber jetzt war es anders. Er war ein anderer. Und ich …

»Geh zu deinem Vater«, wiederholte er, als hätte er den Stimmungsumschwung ebenfalls bemerkt. Das kleine bisschen des alten Lance, das ich hinter seiner Fassade gesehen hatte, war verschwunden. Er hatte wieder die unnahbare Maske aufgesetzt, die ich mehr und mehr zu hassen begann.

Wortlos drehte ich mich um und begann mit dem Abstieg. Ich rutschte mehr, als einen Fuß vor den anderen zu setzen, aber das war mir egal. Es war mir auch egal, dass ich seinen Blick auf mir spüren konnte, bis ich den Wagen erreicht hatte. Und selbst als ich die Tür hinter mir zuzog und den Motor startete, war es, als würde er mich noch immer beobachten.

Warum? Um dafür zu sorgen, dass ich auf ihn hörte und nach Hause fuhr? Um sicherzugehen, dass ich nicht wieder ausrastete und meine Kräfte verrücktspielten? Der Regen hatte aufgehört und von dem plötzlichen Wintereinbruch war nichts mehr zu spüren, aber es war nur eine Frage der Zeit, bis wieder etwas passieren würde. Ich wusste es, spürte es ebenso wie das schnelle Hämmern in meinem Brustkorb.

Zumindest in einem Punkt waren Lance und ich uns einig: Ich musste mehr erfahren. Und die Antworten auf meine Fragen würde ich ihm zufolge nur zu Hause finden.

KAPITEL 9

Das stürmische Wetter hatte sich vollständig gelegt, als ich den Jeep vor unserem Cottage zum Stehen brachte und den Motor ausschaltete, aber ich war mir sicher, dass es nicht allzu lange dauern würde, bis es wieder regnete. Oder schneite. Oder Eiszapfen durch die Luft flogen. Mit kalten Fingern rieb ich mir über Stirn und Schläfen. Dahinter hatte sich ein ekelhaftes Ziehen breitgemacht, und ich freute mich auf eine Kopfschmerztablette und einen Tee, den ich diesmal hoffentlich auch wirklich trinken konnte.

Hinter den Fenstern brannte Licht. Ich biss mir auf die Unterlippe, zwang mich aber dazu auszusteigen. Außerdem musste ich mich bei Neal dafür entschuldigen, dass ich so ausgerastet war. Aber vor allem dafür, dass ich unser Zuhause beinahe geflutet hätte.

Wärme empfing mich, als ich das Haus betrat und die Tür hinter mir zudrückte. Von irgendwoher drang leise Musik, gespickt mit den Klängen mehrerer Dudelsäcke, und der Geruch von Tee, Kaffee, Scones und einem Hauch Whisky lag in der Luft.

Schwere Schritte näherten sich, dann tauchte mein Vater im Flur auf. Seine Stirn war gerunzelt, der Blick voller Sorge. »Da bist du ja, Avalee!«, rief er und zog mich in seine Arme.

Einen Moment lang genoss ich die wärmende Umarmung, dann

schob Dad mich auf Armeslänge von sich. »Himmel, du bist ja ganz durchnässt. Was ist passiert?«

»Du bist hier …«, stellte ich überrascht fest, denn auch wenn ich darauf gehofft hatte, war ich davon ausgegangen, dass er noch auf seiner Geschäftsreise war.

»Mrs Dundas hat mich angerufen und mir alles erzählt. Ich bin sofort zurückgefahren.« Er schob mich Richtung Treppe. »Zieh dich um und wärm dich erst mal auf, dann können wir reden.«

Ich nickte dankbar und machte mich auf den Weg nach oben. Seltsam, dass ich vorhin kaum gefroren hatte, denn jetzt zitterten meine Hände, als ich mir die Stiefel in meinem Zimmer auszog. Meine Klamotten waren völlig dahin. Klamm, durchgeschwitzt, mit Grasflecken und einem Loch am Knie. Nacheinander schlüpfte ich aus Pullover, Rock und Leggings und sah an mir herunter. Meine Arme und Knie waren schlammverschmiert, ein Bluterguss zeichnete sich an der linken Wade ab und eine Schramme brannte am Handballen. Zu allem Überfluss war bei dem Wetter nicht mal meine Unterwäsche trocken geblieben. Obwohl ich mich nach einem heißen Bad sehnte, widerstand ich der Versuchung und duschte stattdessen nur kurz, um mich wieder menschlich zu fühlen. Anschließend zog ich mir bequeme schwarze Leggings, meinen pinken Hoodie und Plüschsocken an, dann war ich bereit, mich dem Gespräch mit meinem Vater zu stellen. Zumindest nach außen hin. Innerlich sah die Sache ganz anders aus.

Langsam tappte ich nach unten. Aus der Küche waren gedämpfte Stimmen und das Klappern von Geschirr zur hören. Ich folgte den Geräuschen und blieb in der Tür stehen. Von dem Durcheinander, das ich angerichtet hatte, war nichts mehr zu sehen. Kein nasser Fußboden, keine Pfützen. Alles wirkte wie immer, nur dass keine

Getränkeflaschen mehr herumstanden. Entweder hatte ich sie alle ermordet oder Neal hatte sie vor mir in Sicherheit gebracht. Jetzt saß er zusammen mit meinem Vater am Küchentisch. Beide hatten eine dampfende Tasse und ein Glas vor sich. Neben ihnen stand ein Teller mit den Scones, die ich erst vor wenigen Stunden gebacken hatte. Bei diesem Anblick begann mein Magen zu knurren.

Wie auf Kommando drehten sich beide zu mir um. Neal mit einem nachsichtigen Gesichtsausdruck und einem beruhigenden Lächeln auf den Lippen, Dad noch immer voller Sorge.

»Du wusstest davon, oder?« Meine Stimme war brüchig und mein Hals brannte von den Schreien. Sollte es am Fairy Glen tatsächlich Feen geben, hatte ich sie vorhin alle aus ihrem Schönheitsschlaf gerissen.

Dad blieb vor mir stehen, aber ich wich zur Seite aus, als er mir die Hand auf die Schulter legen wollte.

Stirnrunzelnd sah er mich an.

»Du wusstest von den Clans. Von mir. Wer ich bin? *Was* ich bin?«, fügte ich hinzu, als er noch immer schwieg.

Ein kurzes Zögern. Ich konnte sehen, wie er mit sich haderte, und ein Teil von mir wünschte sich, dass er nichts mit alledem zu tun hatte, obwohl ich es doch besser wusste. Aber er tat mir den Gefallen nicht.

Er warf seinem Partner einen kurzen Blick zu, dann nickte er knapp.

Und mit dieser winzigen Bewegung brach eine ganze Welt für mich zusammen. Ich hatte es bereits geahnt, Briannas Mutter und Lance hatten es angedeutet, aber hier zu stehen und es von ihm selbst zu erfahren? Die Bestätigung dafür, dass er mir mein Leben lang etwas vorgemacht hatte?

»Du hast mich angelogen …«, flüsterte ich.

»Ich habe gehandelt, wie ein Vater handeln sollte, und alles in meiner Macht Stehende getan, um dich zu beschützen. Selbst wenn das heißt, dass ich dich vor dir selbst beschützen musste.«

Ja, das hatte er. Seit ich denken konnte, hatte Dad mich immer beschützt, hatte mein Glück immer über seins gestellt. Aber wir waren immer ehrlich zueinander gewesen. Zumindest hatte ich das geglaubt. Aber die größte und wichtigste Wahrheit hatte er mir verschwiegen.

Ein Rumoren ging durch die Wasserrohre im Cottage. Sekunden später donnerten Regentropfen so heftig aufs Dach, als wollten sie das ganze Haus durchdringen. Ich biss die Zähne zusammen und zwang mich dazu, tief durchzuatmen, auch wenn ich am liebsten geschrien hätte. Die Methode von Lance schien zwar funktioniert zu haben, aber die Ruhe war nur von kurzer Dauer gewesen.

Sachte berührte Dad meinen Arm. »Ich hatte gehofft, dass es nie so weit kommt. Es bestand immer die Möglichkeit, dass du keine Kräfte entwickeln würdest. Es gibt kein festgelegtes Alter und es heißt, dass ein Schockmoment dafür nötig sei. Und da du bisher keinerlei Anzeichen gezeigt hast, habe ich gehofft und gebetet, dass dir das erspart bleibt.«

Ich schnaubte innerlich. Da waren wir schon zu zweit.

»Mum … War sie …?«

»Sie war eine MacLeod«, bestätigte er. »Offiziell die Letzte mit übernatürlichen Fähigkeiten.«

»Offiziell?«

»Bei dir wussten wir es nicht. Die Magie wird nicht an jedes Clanmitglied weitervererbt und war beinahe ausgerottet. Bis vor Kurzem war ich mir nicht sicher, ob du je Kräfte entwickeln würdest.«

Er legte eine Hand auf meinen Rücken und schob mich behutsam zum Tisch, wo bereits ein frisch aufgebrühter Tee auf mich wartete. Ich war so auf Dad konzentriert gewesen, dass ich nicht einmal gemerkt hatte, wie Neal im Hintergrund am Wasserkessel herumhantiert hatte. Jetzt lächelte er mir ermutigend zu und deutete auf die Tasse. Obwohl er bei uns sitzen blieb, hielt er sich aus dem Gespräch heraus und überließ es mir und meinem Vater, diese Sache zu klären.

Dad setzte sich mir gegenüber und verschränkte die Finger auf dem Tisch. »Ich habe dich trainiert, weil es Elementare auf unserer Insel gibt. Weil die Gefahr real ist, ganz egal, ob du magische Kräfte hast oder nicht. Ich habe versucht, dich so gut wie möglich auf das vorzubereiten, was dir eines Tages bevorstehen könnte. Und weil es das ist, was sich deine Mum für dich gewünscht hatte: ein normales Leben, solange es möglich ist.«

Ich rieb mir über die Augen, die plötzlich brannten, und griff nach einem Blaubeer-Zitronen-Scone, auch wenn mir jeder Appetit vergangen war. Meine Mutter hatte sich ein normales Leben für mich gewünscht? Obwohl ihr eigenes so anders gewesen war?

»Aber sie wollte auch, dass du das Land der MacLeods kennenlernst und eines Tages erfährst, von welchem Clan du abstammst«, fuhr er fort. »Deshalb hat sie damals mit dir die Fähre nach Harris genommen. Sie wollte dir die weiteren Inseln zeigen, über die die MacLeods herrschen.«

»Der Bootsausflug, bei dem uns Elementare angegriffen haben …«, murmelte ich. Der Ausflug, von dem Mum niemals zurückgekommen war. Ich hatte es immer für einen Zufall gehalten, seit Dad mir zum ersten Mal von diesen Kreaturen erzählt hatte. Ein tragisches Unglück, das unsere Familie genauso wie viele andere getroffen hatte, denn an jenem Tag waren Dutzende Menschen mit dem Schiff untergegangen und in den Tiefen des Meeres ertrunken. Aber ich hätte nie vermutet, dass ein gezielter Angriff dahinterstecken könnte. Jetzt war ich mir da nicht mehr so sicher.

Ich zwang mich dazu, meine Vermutung auszusprechen, auch wenn es mir schwerfiel: »Dass Schiffsunglück damals … Es war kein Unfall, oder? Die Elementare waren wegen uns dort. Wegen Mum.«

Schmerz zuckte über Dads Gesicht, aber er nickte stumm.

Ich klammerte mich an meiner Teetasse fest, aus der ich noch keinen einzigen Schluck getrunken hatte. Langsam fügte sich alles zusammen, als hätte jemand die Puzzleteile neu gemischt und plötzlich ergab sich ein ganz anderes Bild.

Es war nicht bloß ein tragischer Unfall gewesen. Die Elementare hatten die Fähre nicht wahllos angegriffen. Sie waren hinter Mum her gewesen. Möglicherweise auch hinter mir. Aber warum?

Und Reid … Was zum Teufel hatte Reid vor elf Jahren auf Skye gemacht? Er war damals noch ein Kind gewesen. Hatte er sich wirklich ganz allein auf die Insel gebeamt? Genau im richtigen Moment, um mich aus dem Wasser zu ziehen und mir so das Leben zu retten? Das konnte nicht sein. Seine Anwesenheit an jenem Tag konnte kein Zufall gewesen sein. Aber das würde im Rückschluss bedeuten, dass noch mehr Mitglieder des Feuerclans vor Ort gewesen waren. Vielleicht sogar von anderen Clans.

Meine Hände zitterten, als ich die Tasse an die Lippen führte, aber diesmal konnte ich daraus trinken. Der Tee gluckerte etwas, schwappte aber nicht über. Ich nahm einen vorsichtigen Schluck. Sofort spürte ich die Wärme, die meine Kehle hinabfloss und sich in meinem Bauch ausbreitete.

»Was, wenn es nicht nur Elementare waren?«, fragte ich und zwang mich dazu, die Tasse ohne das geringste Klirren abzustellen. Dann nahm ich einen Bissen von dem Scone. »Was, wenn noch etwas anderes dahintersteckt? Jemand anders?«

»Die Clans?« Dad runzelte die Stirn. »Ich weiß nicht viel über sie. Deine Mutter hatte schon seit Jahren keinen Kontakt mehr zu den MacLeods, aber ich kann mir nicht vorstellen, dass irgendjemand aus ihrer Familie sie tot sehen wollte. Oder von den anderen Clans. Die Zeiten der offenen Kriege zwischen ihnen sind längst vorbei. Heute kooperieren und verhandeln sie. Es müssen Elementare gewesen sein. Du kennst die Berichte.«

Ich nickte, denn im Laufe der Jahre hatte ich alle Zeitungsberichte und Nachrichtenmeldungen dazu recherchiert. Offiziell hieß es, ein Sturm sei aufgezogen und der Wellengang wäre überraschend hoch gewesen. Das Wetter hatte sich innerhalb von wenigen Sekunden verändert und am Hafen war jeder Schiffsbetrieb eingestellt worden. Nur diese eine Fähre war noch draußen gewesen. Es hatte ein Gewitter gegeben, und auf der Fähre war ein Brand ausgebrochen, möglicherweise durch Blitzeinschläge. Augenzeugen wollten seltsame Gestalten oder sogar Monster gesehen haben. Nicht dass ich mich daran erinnern konnte, denn der Tag war für mich völlig verschwommen. Doch an das Gefühl, ins Meer zu fallen und von jemandem oder etwas in die Tiefe gezogen zu werden, erinnerte ich mich viel zu deutlich.

Der Moment, in dem ich Mums Hand losließ, war meine allerletzte Erinnerung an sie. Keine Schreie. Kein Kampf. Kein Angriff. Nur dieser eine Moment.

»Avalee.«

Ich riss den Kopf hoch und starrte Dad und Neal an. Es war kalt geworden und unsere Atemzüge kondensierten in der Luft. Ich wandte den Kopf nach rechts und bemerkte das Glitzern von Eis an der Wand neben uns.

»Ich … es tut mir leid.«

»Schon gut.« Dad legte seine Hand auf meine und drückte sie. Seine Wärme ging auf mich über, befreite mich von dem Frösteln, das meinen Körper erfasst hatte. Gleich darauf zog sich die dünne Eisschicht zurück und der Raum hatte wieder Normaltemperatur. Ein weiteres Mal drückte Dad meine Hand und nickte mir zu.

Irgendwie brachte ich ein Lächeln zustande, obwohl mir nicht danach zumute war, und versuchte, mich wieder auf das Thema zu konzentrieren, ohne dabei alles einzufrieren. »Mum ist nie wieder aufgetaucht …«, murmelte ich. Sie war einfach fort gewesen. Vom Meer verschlungen. Doch jetzt, mit all diesen neuen Informationen und dem Wissen, dass sie selbst über Wassermagie verfügt hatte, begannen sich erste Zweifel in mir auszubreiten. Und Hoffnung. »Was, wenn sie irgendwie überlebt hat? Wenn sie …?«

Mein Vater schwieg. Er schwieg so lange, dass es unerträglich wurde. Dann fuhr er sich durch das Haar. »Anfangs hatte ich die Hoffnung, sie würde eines Tages vor unserer Tür stehen und zu uns zurückkehren. Ihre Leiche wurde nie gefunden. Das Grab ist leer. Aber als ihr beide auf der Fähre wart …« Er schüttelte den Kopf. »So einen Sturm habe ich nie zuvor gesehen. In der einen Sekunde war alles ruhig, in der nächsten kam das schlimmste Unwetter auf, das die Inseln je erlebt haben.«

Dad sah von mir zu meiner Tasse, und ich zwang mich dazu, einen Schluck zu trinken. Nicht nur ihm und Neal zuliebe, sondern auch, weil ich wieder zu zittern begonnen hatte. Die Flüssigkeit legte sich wie Balsam auf meinen überreizten Rachen und wärmte meinen Körper innerhalb von Sekunden wieder auf. Trotzdem fühlte ich mich innerlich kalt und hohl. So viele Fragen schwirrten durch meinen Kopf, dass es mir schwerfiel, auch nur eine davon festzuhalten. Lebte meine Mutter allen Umständen zum Trotz doch noch? Und wenn es so war, warum hatte sie dann nie einen Versuch unternommen, zurück nach Hause zu kommen? Zurück zu ihrer Familie? Oder hatte Dad recht und sie war an jenem Tag tatsächlich gestorben, auch wenn ihre Überreste nie gefunden wurden? Wer war für den Angriff auf die Fähre verantwortlich? Waren es tatsächlich Elementare gewesen, wie ich mein halbes Leben lang geglaubt hatte? Oder steckte mehr dahinter? Ein anderer Clan? Ein alter Feind meiner Mutter?

Erst als ich den Tee zur Hälfte geleert und den Scone aufgegessen hatte, sprach Dad weiter. »Deine Mum hatte Angst. Sie hat mir nie verraten, wer oder was die große Bedrohung ist, aber ich konnte ihr die Panik ansehen.«

Ich versuchte, es mir vorzustellen, versuchte, mir ihre Gesichtszüge ins Gedächtnis zu rufen, auch wenn meine Erinnerungen an sie mit der Zeit immer blasser geworden waren. Aber wenn ich an sie dachte, dann war da stets Wärme. Ich wusste, dass sie nach Flieder roch, dass sie sich vor Lachen oft verschluckte und die besten Umarmungen gab, die sich ein Kind von seiner Mutter wünschen konnte. Sie hatte dasselbe dunkle Haar wie ich, nur ein bisschen kürzer, und ohne den roten Schimmer, den ich von Dad geerbt hatte. Ich hatte es ihr dauernd flechten wollen und so hatten wir ganze Nachmittage damit verbracht, uns gegenseitig Zöpfe zu machen.

Ich erinnerte mich aber auch daran, dass sie das Meer geliebt hatte. Stundenlang war ich mit ihr und Dad am Strand spazieren gegangen und hatte Muscheln und Steine gesammelt. Ein paar davon hatte ich bis heute, nur war meine Sammlung inzwischen wesentlich größer geworden.

Sie war ein guter Mensch gewesen. Eine tolle Mum. Ich wünschte nur, ich hätte sie besser kennenlernen können.

»Warum bist du nach Mums Tod auf Skye geblieben?« Ich räusperte mich, weil meine Stimme auf einmal so krächzend klang. »Warum hast du die Insel nicht verlassen und bist mit mir weggegangen?«

»Weil das hier trotz allem dein Zuhause ist und du hierher gehörst. Ich weiß, dass ich dich in letzter Zeit etwas gedrängt habe, wenn es darum geht, was du nach der High School machen willst …« Seufzend rieb er sich über den Bart. »Ich wollte dich weit weg von den Elementaren wissen. Von den Clans und …«

Den MacLeods. So viele Leute hatten mir jetzt schon gesagt und geradezu vorgeworfen, dass ich zu dieser Familie gehörte, aber ich sah mich einfach nicht als jemand, der zu einem riesigen Clan gehörte. Ich weigerte mich, das einfach hinzunehmen. Nicht ohne Beweise. Denn wenn ich akzeptierte, dass ich eine MacLeod war, müsste ich auch akzeptieren, dass ich plötzlich über diese Kräfte verfügte und den Elementaren, die ich jagte, so viel ähnlicher war, als ich je für möglich gehalten hatte.

Ich rieb mir über die Schläfen, aber das Ziehen ließ nicht nach, sondern wurde nur noch stärker, je mehr ich erfuhr und je mehr Fragen damit einhergingen.

»Ich muss es wissen …« Erst als ich meine eigene Stimme hörte, merkte ich, dass ich meine Gedanken laut ausgesprochen hatte. Ich hob den Kopf und begegnete zwei fragenden Blicken. »Ich muss wissen, was damals wirklich passiert ist. Ob ich tatsächlich eine

MacLeod bin …« Ob ich genauso wurde wie die Elementare. Ich biss mir fest auf die Lippen. »Einfach alles.«

Er nickte langsam, erwiderte aber nichts darauf.

Ich atmete tief durch und blickte von einem zum anderen. »Wie geht es jetzt weiter?«

»Ich weiß es nicht, Avalee.« Dad griff nach meiner Hand und drückte sie. »Aber was auch geschieht, wir werden das durchstehen. Gemeinsam.«

KAPITEL 10

Ich hatte keine Ahnung, wie spät es war, aber ich hatte mich schon fürs Bett umgezogen. Gerade als ich hineinklettern wollte, klopfte es an meiner Zimmertür. Ich erstarrte, einen Zipfel der Decke bereits in der Hand.

»Ja?«

Dad öffnete die Tür mit dem Ellbogen und kam herein. Er trug einen Karton und stellte ihn mitten im Zimmer auf dem Boden ab.

»Was ist das?«, fragte ich stirnrunzelnd. Selbst im schwachen Licht meiner Nachttischlampe konnte ich erkennen, dass der Karton randvoll war.

»Das hat deiner Mutter gehört.« Er richtete sich wieder auf und rieb die Hände seitlich an seinen Oberschenkeln, wie er es immer tat, wenn er nervös war oder sich unsicher fühlte. Als Neal und er sich vor ein paar Jahren gerade erst kennengelernt hatten, hatte er es ständig getan. »Ich weiß nicht, ob etwas dabei ist, was dir weiterhilft, aber sie hätte gewollt, dass du die Sachen bekommst.«

Ich musste schlucken, weil meine Kehle auf einmal so eng war. Statt einer Antwort ließ ich die Decke los, ging zu ihm hinüber und umarmte ihn. Zunächst war er zu überrascht, um zu reagieren, dann schloss er die starken Arme um mich, und für einen Moment war ich wieder das kleine Mädchen, das sich an seinen Vater schmiegte.

»Tut mir leid, dass ich dir nichts von meinen nächtlichen Ausflügen erzählt habe«, murmelte ich an seiner Brust.

Er atmete tief ein und langsam wieder aus, dann spürte ich seine große Hand an meinem Hinterkopf. »Schon gut. Mir tut es leid, dass ich dir nie die Wahrheit über deine Mum und dein Erbe gesagt habe.«

Ich nickte nur, weil ich kein weiteres Wort hervorbrachte. Vielleicht verzieh ich ihm in dieser Sekunde, aber es tat noch immer weh, von allen belogen worden zu sein. Wie eine offene Wunde, die irgendwann verheilen würde, aber nicht von einem Tag auf den anderen.

Ein letztes Mal strich er mir über den Kopf, dann löste er sich von mir. Obwohl Dad immer das Sinnbild für Tatendrang und Jugendlichkeit gewesen war, wirkte er jetzt um Jahre älter. »Versuch zu schlafen. Und keine Jagdtrips.«

Ich schnaubte, musste aber auch lachen. »Heute nicht mehr, keine Sorge.«

Für morgen, übermorgen und alle Nächte, die noch folgen würden, konnte ich keine Versprechungen machen. Dafür erinnerte ich mich zu deutlich daran, wie ich diesen Elementar in Eis verwandelt hatte und er vor meinen Augen zersplittert war. Wie viele es von ihnen auf einmal in Quiraing gegeben hatte. Allein deswegen musste ich zurück. Und wenn Lance recht behielt, würden sie mich von nun an jagen. Weil ich wie sie wurde? Ein Schauder kroch mein Rückgrat hinunter, aber ich unterdrückte die Empfindung ebenso schnell wie die aufkeimende Angst. Ich würde jetzt sicher nicht damit anfangen, mich zu verstecken.

»Schlaf gut, Kleines.«

Ich sah meinem Vater nach und wartete, bis er die Tür leise hinter sich zugezogen hatte und ich hörte, wie sich seine Schritte entfernten. Erst dann wanderte mein Blick zu dem Karton in der Mitte des Raums. Es kribbelte mir in den Fingerspitzen, hinüberzugehen und mir alles anzusehen. Obwohl meine Muskeln nach diesem Tag schmerzten und mir vor Erschöpfung fast die Augen zufielen, kniete ich mich langsam hin, öffnete den Karton und nahm den Gegenstand heraus, der ganz oben lag: ein gerahmtes Foto.

Es zeigte Mum mit ihrem beinahe blauschwarzen Haar, das ihr bis auf die Schultern fiel. Sie trug ein Kleid und kniehohe Stiefel – eine Vorliebe, die ich anscheinend von ihr geerbt hatte – und dazu einen langen schwarzen Mantel. An ihrer Hand hielt sie mich, warm eingepackt mit Mütze und Schal. Es war das letzte Bild von ihr. Ich wusste es, weil ich es schon unzählige Male gesehen hatte. Es war an dem Tag aufgenommen worden, als wir zum Hafen gegangen waren. Am Tag ihres Todes. Wenn sie denn wirklich tot war …

Das war der letzte Gedanke, bevor ich zurück ins Bett krabbelte und mit dem Bilderrahmen in der Hand einschlief. Nachts träumte ich von Schifffahrten, vom alles verschlingenden Ozean, von Stürmen, Monstern aus Eis und von zwei Typen, die Blitze und Feuer erschaffen konnten.

Am nächsten Morgen wachte ich schon im Morgengrauen auf. Das Foto lag noch immer neben meinem Kissen. Nachdenklich strich ich darüber, dann nahm ich es aus dem Rahmen und schob es in das Lichternetz, das neben meinem Bett hing. Darin waren bereits einige Fotos befestigt: von Brianna und mir als Kinder, von Dad, Neal und mir bei unserem Städtetrip nach Paris, ein altes Bild von Mum und Dad, eins von meiner ersten Klettertour, als ich es auf den Gipfel geschafft hatte, und ein paar von Ausflügen und Partys bei meinen Mitschülerinnen und -schülern. Jetzt hing das

Bild von Mum und mir auf Augenhöhe dazwischen, als hätte es schon immer dort hingehört.

Ich stand auf, ging kurz ins Bad und holte mir Kaffee und einen Scone von gestern, dann kehrte ich in mein Zimmer zurück. Wenige Stunden später stand beides noch immer fast unangetastet neben mir auf dem Boden. Um mich herum hatte ich all die Dinge ausgebreitet, die ich im Laufe des Vormittags aus dem Karton hervorgezogen hatte: alte Bilder und Briefe, Kohlezeichnungen meiner Mutter von Skye, Aberdeen und Edinburgh, Notizzettel, Kleidungsstücke und einen leeren Parfümflakon, der mich selbst jetzt, elf Jahre später, noch immer an meine Mum erinnerte sowie eine Karte Schottlands mit eingezeichneten Grenzen, die das Land in fünf Abschnitte unterteilte. Für die fünf großen Clans? Die Karte war nicht beschriftet, aber das war das Einzige, was Sinn ergab.

Der obere Teil umfasste die Orkneyinseln und erstreckte sich bis nach Inverness. Dort grenzte er an das mittlere Gebiet an, das die Highlands und Ben Nevis, den höchsten Berg Großbritanniens, einschloss. Rechts davon gehörten die Ostküste und das ganze Land bis nach Inverness und Dundee einem weiteren Clan. Links waren Skye und die anderen Inseln – der Herrschaftsbereich der MacLeods. Selbst bei allen, die nicht um die Magie und Elementare wussten, war diese Familie hier bekannt, nicht zuletzt wegen ihres Stammsitzes Schloss Dunvegan. Der letzte Teil umfasste den Süden Schottlands ab Edinburgh. Hier musste der Feuerclan leben. Es war nur eine Vermutung, aber da war etwas an Reids Art zu reden gewesen, ein ganz leichter Akzent, den ich zuerst nicht hatte zuordnen können. Heute Morgen war es mir endlich eingefallen, weil Brianna es mal erwähnt hatte: Glasgow. Nirgendwo sonst sprachen die Leute wie dort. Auch wenn es bei ihm kaum wahrnehmbar gewesen war.

Ich schrieb beide Namen auf Post-its und klebte sie auf die Karte. Blieben nur noch Luft, Erde und Energie.

Leider gab mir nichts aus der Kiste einen Hinweis darauf, welche Gebiete diesen Familien gehörten. Wobei … Ich kramte ein Foto hervor, das Brianna und mich als Babys in den Armen unserer Mütter zeigte. Es war nicht auf Skye aufgenommen worden, sondern … Ich drehte das Bild um. *Aberdeen.* Natürlich. Die Dundas herrschten über den Osten. Damit blieben nur noch zwei Gebiete offen: der Norden und die Highlands in der Mitte des Landes.

Seufzend griff ich nach meiner Tasse und trank einen Schluck von dem kalten Kaffee, dann ging ich noch mal die Notizbücher und einzelnen Zettel durch und versuchte, sie zu sortieren. Das meiste davon ergab kaum einen Sinn für mich. Nicht einmal das Tagebuch meiner Mutter. Darin erzählte sie von Dad und mir und von Elementaren – aber kaum etwas von ihrer eigenen Familie. Warum hatte sie mit ihnen gebrochen? Was war damals passiert?

Doch dann stolperte ich über ein Wort, das ich gerade schon mal irgendwo gelesen hatte: Archiv. Ich blätterte durch die Unterlagen und Einträge, bis ich auf den richtigen stieß. Darin war von einem Archiv in Edinburgh die Rede. Angeblich wurden hier alle Unterlagen und Dokumente der Clans aufbewahrt, von Geburts- über Heiratsurkunden bis hin zu Totenscheinen. Ich erstarrte. Dad und ich mochten nicht genau wissen, was mit meiner Mutter passiert war. Wir waren immer davon ausgegangen, dass sie genau wie all die anderen Menschen damals im Meer ertrunken war. Doch ihr eigener Clan musste etwas wissen. Insbesondere, wenn er Unterlagen über alle Mitglieder in diesem Archiv beherbergte. Aber wo genau war es? Edinburgh war eine große Stadt, und ich hatte keine Ahnung, wo ich mit der Suche überhaupt beginnen sollte.

Es war Jahre her, seit ich das letzte Mal dort gewesen war. Damals noch als kleines Mädchen, das an der Hand seines Papas lief, um zwischen den vielen Einwohnern, Touristen und Straßenkünstlern nicht verloren zu gehen. Und jetzt konnte ich dort alles über die Ursprünge der MacLeods herausfinden?

Alles über meine Mum?

Über *mich?*

Ich musste dorthin. Völlig egal wie, ich musste dieses Archiv finden. Ich musste herausfinden, ob meine Mutter wirklich an jenem Tag gestorben war, und ich musste es schwarz auf weiß sehen, dass ich ebenfalls eine MacLeod war.

Ich zuckte zusammen, als es plötzlich klopfte. »Ja?«

Die Tür ging einen Spaltbreit auf, aber es war nicht Dad und auch nicht Neal, der den Kopf hereinsteckte, sondern Brianna. Überrascht ließ ich die Tasse sinken.

»Hey …«, begann sie zögernd, schlüpfte herein und drückte die Tür hinter sich zu. Sie trug eine helle Hose und eine geblümte Bluse. Etwas unsicher deutete sie hinter sich. »Dein Dad hat mich reingelassen.«

»Bri …«

»Ja?«, fragte sie hastig.

Meine Mundwinkel wanderten nach oben. »Ich bin zwar sauer auf dich, aber du bist hier trotzdem immer willkommen.«

»Oh, Gott sei Dank.« Sie setzte sich neben mich auf den flauschigen weißen Teppich, der einen Teil des dunklen Hartholzbodens bedeckte.

»Dachtest du etwa, wir wären keine Freundinnen mehr?«

»Vielleicht …?« Sie sah mich nicht an und wickelte eine blonde Haarsträhne um den Finger.

Ich griff nach ihrer Hand, damit sie damit aufhörte, so wie ich es schon seit Jahren tat, nachdem Brianna mich gebeten hatte, ihr dabei zu helfen, sich diesen Tick abzugewöhnen. Sacht drückte ich ihre Finger. »Du bist meine beste Freundin, auch in Momenten, in denen ich dich am liebsten erwürgen oder aus dem Fenster werfen würde. Aber das ändert nichts. Abgesehen davon kann ich nicht die zukünftige Braut töten. Ich will deine und Ricks Hochzeit schließlich noch erleben.«

»Erleben?« Brianna lachte auf. »Du wirst Trauzeugin sein.«

»Bitte nicht.«

»Oh doch. Du wirst eines dieser hässlichen Brautjungfernkleider tragen und du wirst mir mit der Planung helfen. Bei jedem einzelnen Detail.«

Ich zog eine Grimasse. »Das mit der Freundschaft überlege ich mir noch mal.«

Grinsend schüttelte sie den Kopf. »Zu spät.« Dann fiel ihr Blick auf den Boden. Sie griff nach der Karte und betrachtete sie irritiert. »Woher hast du die?«

»Das hat alles meiner Mum gehört.« Mit einer Handbewegung deutete ich auf die ganzen Sachen. Die Klamotten lagen zusammengefaltet auf einem Stapel. Bislang war ich noch nicht dazugekommen, sie anzuprobieren, aber ganz oben lag eine Lederjacke, die ich mir unbedingt näher ansehen musste. »Dad kam gestern mit diesem Karton an und seither wühle ich mich hindurch. Du weißt nicht zufällig etwas von einem Archiv in Edinburgh?«

»Ich schon. Aber woher weißt du davon?« Brianna sah mich an, als hätte ich sie soeben gefragt, ob es Schafe auf Skye gab. »Jeder Clan hat ein Archiv unterhalb von Greyfriars Kirk in Edinburgh.«

Diesmal war ich diejenige, die sie anstarrte. Mein Puls beschleunigte sich und mein Magen zog sich vor Aufregung zusammen. »Ist das dein Ernst? Du weißt, wo es ist? Warst du schon mal dort?«

»Ich weiß, wo das der Dundas' ist und auch das der Kelvins, weil die Grabmale nicht weit voneinander entfernt stehen. Das sind die Zugänge zum Mausoleum und ins Archiv.«

Meine Gedanken rasten. Die ganze Stadt abzusuchen, würde ewig dauern – aber einen Friedhof? Wie lange konnte das schon dauern? Ohne weiter darüber nachzudenken, begann ich, Mums Sachen zusammenzupacken, und legte sie zurück in die Kiste. Wie lange fuhr man von hier bis nach Edinburgh? Fünf Stunden? Sechs? Wie spät war es überhaupt? Konnte ich es heute noch schaffen, wenn ich mich sofort auf den Weg machte?

»Was hast du vor?«, fragte Brianna, die jede meiner Bewegungen beobachtete.

»Wonach sieht es denn aus?« Ich sprang auf. »Ich fahre nach Edinburgh.«

»Was? Jetzt sofort?« Sie zupfte am Ärmel und zog mich wieder neben sich auf den Boden. »Du kannst da nicht einfach so aufkreuzen. Das Problem an der Sache ist, dass du nicht so ohne Weiteres ins Archiv kommst. Du musst dich am Grabmal deines Clans mit deiner Magie und deinem Blut identifizieren. Aber selbst wenn ich dich begleiten würde, wäre es schwierig, überhaupt so weit zu kommen.«

»Warum? Jetzt weiß ich, wo ich mit der Suche beginnen kann. Also muss ich nur noch hinfahren, den richtigen Grabstein für den Eingang finden und …«

»Es gibt Wachen«, unterbrach sie mich. »Der Friedhof ist öffentlich, jeder, vom Clanmitglied bis hin zum Touristen, darf dorthin, aber die Archive der Clans werden von Sturmkriegern bewacht.«

Ich starrte sie an. Blinzelte. Starrte weiter. »Was um alles in der Welt sind Sturmkrieger?«

»Ursprünglich haben die Dundas – der Luftclan – sie ins Leben gerufen. Daher auch der Name«, fügte sie mit einer Spur von Stolz in der Stimme hinzu. »Inzwischen hat jeder Clan eine Truppe ausgebildeter Krieger, die Jagd auf Elementare machen, die Bevölkerung vor Übergriffen dieser Wesen schützen und wichtige Orte wie das Archiv bewachen: die Sturmsöhne und -töchter. Normalerweise durchstreifen sie die Gebiete ihrer Clans oder auch das ganze Land, aber einige von ihnen sind in Edinburgh stationiert. Sie sollen dafür sorgen, dass die Stadt neutrales Territorium bleibt, und verhindern, dass Unbefugte zu nahe an die Archive der Clans herankommen.«

Und mit einem Mal war mein schöner Plan so viel komplizierter geworden.

»Woher weißt du das alles überhaupt?«

»Zwei meiner Cousins ersten Grades sind Sturmsöhne.« Sie zuckte mit den Schultern, als wäre das völlig selbstverständlich.

Seufzend rieb ich mir über das Gesicht. »Und wenn ich hingehe, ihnen sage, dass ich zu den MacLeods gehöre und nett darum bitte, dass sie mich ins Archiv meines Clans hinuntersteigen lassen?«

Brianna hielt einen Finger hoch. »Erstens: Du kannst gar nicht nett um etwas bitten.«

Ich verdrehte die Augen, auch wenn ich ihr im Stillen recht geben musste. Nettigkeit gehörte nicht gerade zu meinen Stärken. Ich bekam auf anderen Wegen meinen Willen.

»Zweitens«, fuhr sie fort, »ist der Zutritt zum Archiv selbst nicht das Problem, den erhältst du wie gesagt mit etwas Blut und deiner Magie. Vorher müsstest du allerdings den Sturmkriegern deine Zugehörigkeit beweisen. Offiziell gibt es aber niemanden mehr mit Wassermagie, und deine ist noch so unkontrolliert, dass sie …«

»Mich für ein Elementar halten werden«, beendete ich ihren Satz und fluchte leise. Daran, wie wahr diese Möglichkeit werden konnte, wollte ich nicht denken. Ich weigerte mich schlichtweg, darüber nachzudenken. Nicht bevor ich nicht mehr Fakten und den Beweis dafür hatte, wirklich eine MacLeod zu sein. »Es kann doch nicht so schwer sein, in dieses verdammte Archiv und an die Infos dort zu kommen!«

»Vielleicht gibt es eine Möglichkeit …«

Überrascht hob ich den Kopf. »Welche?«

»Nicht welche, sondern *wer*. Und *wann*.«

Ich runzelte die Stirn. »Du redest komisches Zeug. Dabei ist Rick gar nicht in der Nähe.«

Wie auf Kommando färbten sich ihre Wangen rosa und sie gab mir einen Klaps gegen den Arm. »Lass das, sonst helfe ich dir nicht.«

»Würde ich ja, wenn du mir endlich sagst, was du vorhast.«

Doch Brianna hörte gar nicht mehr zu. Sie war aufgesprungen und schon an der Tür, als sie sich noch einmal zu mir umdrehte. »Nimm dir zur Sicherheit ein paar Klamotten mit. Wir machen einen kleinen Roadtrip. In einer Stunde. Auf dem Schulparkplatz.«

Ich öffnete den Mund, um etwas zu erwidern – und klappte ihn unverrichteter Dinge wieder zu, denn Brianna war bereits verschwunden. Was zum Teufel hatte meine beste Freundin vor? Und warum beschlich mich das Gefühl, dass es mir nicht gefallen würde?

Ich stellte den Jeep auf dem Schulparkplatz ab und schaltete den Motor aus. Noch schien die Sonne an diesem Samstagvormittag, aber dunkle Wolken begannen sich bereits über der Stadt zu sammeln. Ich stieg aus und sah mich um. Mein Wagen war das einzige Fahrzeug weit und breit. Von zwei vergessenen Fahrrädern mal abgesehen, die am Ständer angekettet waren und vor sich hin rosteten.

Stirnrunzelnd prüfte ich die Uhrzeit auf meinem Smartphone. Jepp, es war exakt eine Stunde her, seit Brianna gegangen war. Kurz darauf bog jemand auf das Gelände ab. Blondes Haar flatterte im Wind. Brianna stieg von ihrem Fahrrad und schloss es an den verlassenen Ständer an, bevor sie mit einem Rucksack in der Hand zu mir joggte.

»Du bist ja schon da«, begrüßte sie mich überrascht. Das Mädchen kannte mich einfach zu gut.

Ich schnaubte. »Wenn ich gewusst hätte, dass du sowieso damit rechnest, dass ich zu spät komme, hätte ich mir vorher einen Cappuccino geholt.«

»Noch hast du Zeit dazu«, erwiderte sie und warf einen Blick auf die schmale Armbanduhr an ihrem Handgelenk.

»Worauf warten wir eigentlich?«

Oder vielmehr auf *wen.* Mir fielen so einige Kandidaten ein, die Brianna für unseren spontanen Kurztrip rekrutiert haben könnte, und keiner davon gefiel mir. Nicht ihre Eltern, nicht ihre schreckliche Cousine, die ich noch nie persönlich getroffen hatte, nicht mein Dad und schon gar nicht Lance oder Reid. Bevor ich noch länger darüber nachdenken oder mir tatsächlich einen Kaffee holen konnte, waren Motorengeräusche zu hören, dann bog jemand auf den Parkplatz ein. Ich folgte dem schwarzen Wagen mit meinem Blick, während es in meiner Brust plötzlich viel zu schnell pochte.

»Oh nein, das hast du nicht getan …«

Hatte sie doch.

Das Auto kam direkt neben meinem Jeep zum Stehen und niemand Geringeres als Lance Campbell stieg aus. »Bereit?« Er sah von mir zu Brianna und wieder zurück, als würden wir uns jedes Wochenende hier für einen Roadtrip treffen.

Ein, zwei Sekunden lang konnte ich ihn nur anstarren. Heute trug er eine Jeans im Used-Look und einen schwarzen Rollkragenpullover. In den Sachen könnte er problemlos in die Stadt fahren oder auch Elementare jagen. Aus irgendeinem Grund traf seine Anweisenheit einen Nerv bei mir. Aber noch mehr dieser unbeteiligte Gesichtsausdruck, den er aufgesetzt hatte, während mich sein Auftauchen eiskalt erwischte.

»Was machst du hier?«, brachte ich schließlich hervor.

»Brianna hat mich angerufen.«

Ohne mich vorzuwarnen? Ich drehte mich zu meiner besten Freundin, die alles dafür tat, wie die Unschuld in Person zu wirken, während ich sie in Gedanken erwürgte. Langsam und qualvoll. Dieses kleine Biest.

Ich sah wieder zu Lance. »Ich will deine Hilfe immer noch nicht.«

Nicht von diesem Kerl, der so tat, als würden wir uns gar nicht kennen, als hätten wir nicht ein Jahr lang unzählige Nächte damit verbracht, gemeinsam auf die Jagd zu gehen, als hätten wir nicht Rücken an Rücken gestanden und um unser Leben gekämpft.

Er wirkte völlig unbeeindruckt. »Nein, aber du bekommst sie trotzdem. Und du wirst sie bitter nötig haben, weil du nicht so einfach in das Archiv reinkommst.«

Ich hasste es, wenn er recht hatte und ich nicht. Ich hasste es allein schon aus Prinzip, völlig egal, ob es sich dabei um versteckte

Archive, um Elementare oder um eine Matheaufgabe handelte, die er schneller an der Tafel löste als ich. Was bisher nur einmal vorgekommen war. Doch das war einmal zu viel.

Trotzig reckte ich das Kinn vor. »Und du kennst einen anderen Weg ins Archiv?«

»Nein. Aber Brianna und ich können die Sturmkrieger ablenken, während du dich hineinschleichst.«

Fassungslos blickte ich von ihm zu Brianna und wieder zurück. Echt jetzt? Deswegen hatte sie ihn über diese ganze Aktion informiert? Damit er für Ablenkung sorgen konnte?

Ich kniff die Augen zusammen. »Und was hast du davon?«

Er seufzte. »Vielleicht spiele ich einfach gern den Retter in der Not. Schon mal daran gedacht?«

»Jeder Mensch will irgendetwas. Du bildest da keine Ausnahme, Lancelot.«

Bei der Erwähnung des Spitznamens zuckten seine Mundwinkel. Es war eine so winzige Bewegung, dass ich sie beinahe übersehen hätte, denn gleich darauf hatte er wieder eine distanzierte Miene aufgesetzt.

»Steigt ein.« Er deutete hinter sich.

Ich verschränkte die Arme vor der Brust. »Wer hat gesagt, dass wir deinen Wagen nehmen?«

»Niemand«, erwiderte er gedehnt. »Aber die hundertzwanzig PS sprechen dafür.«

Ich presste die Lippen aufeinander, denn – verdammt! – Lance hatte recht. Mein alter Jeep mochte noch einiges auf dem Kasten haben, aber für eine so lange Fahrt wie nach Edinburgh und zurück war er nicht gemacht. Sein Geländewagen sah dagegen deutlich neuer aus und war leider auch schneller.

»Dann sind wir umso früher wieder zurück«, warf Brianna in dem Versuch ein, hilfreich zu sein.

Ich warf ihr einen vernichtenden Blick zu. Über diese Aktion würden wir noch reden. Ohne ein weiteres Wort holte ich meinen Rucksack aus dem Jeep, umrundete Lance' Wagen und ließ mich auf die Rückbank fallen. Brianna und Lance wechselten noch ein paar Worte, dann stiegen auch sie ein und wir fuhren los.

Ich rutschte etwas tiefer in den Sitz, bis mein Kopf an der Lehne lag, und zog mein Handy aus der Jackentasche. Das würde der längste Roadtrip meines Lebens werden.

KAPITEL 11

Es regnete. Natürlich regnete es, jeder andere Empfang in Edinburgh hätte mich auch überrascht – selbst im Juni. Wenigstens war ich diesmal nicht für dieses Wetter verantwortlich. Zumindest hoffte ich das. Ich setzte mir die Kapuze meines Hoodies auf, rührte mich aber nicht vom Fleck, sondern starrte weiter auf das Eisentor zum Friedhof, das leicht geöffnet war. Der Himmel schien von Sekunde zu Sekunde dunkler zu werden, ganz so, als würde uns jemand da oben von dieser Aktion abhalten wollen.

Die Fahrt hatten wir größtenteils schweigend und mit nur einer kurzen Pause hinter uns gebracht, auch wenn Brianna mehrmals versucht hatte, die angespannte Stimmung aufzulockern. Leider vergebens.

Obwohl ich Lance in gewisser Weise dankbar dafür war, dass er uns hergebracht hatte und helfen wollte, traute ich dem Frieden nicht. Nein, Korrektur: Ich traute *ihm* nicht. Ein Jahr lang hatte er vorgegeben, ein ganz normaler Mensch zu sein, hatte nie Anzeichen irgendwelcher Kräfte gezeigt – und dann, als ich selbst plötzlich welche entwickelte, offenbarte er auch seine, nur um mich dann einfach stehen zu lassen. Nur um mir kurz darauf zu helfen und mich gleichzeitig von sich zu stoßen. Was zur Hölle war sein Problem? Bloß, weil ich auf einmal zu irgendeinem uralten Clan gehören sollte, machte mich das doch nicht zu einem anderen Menschen. Es änderte rein gar nichts.

»Du musst das nicht tun«, murmelte ich.

Lance trat neben mich und folgte meinem Blick zu Greyfriars Kirk, von dem man noch nicht viel erkennen konnte, da uns die Kapelle am Eingang die Sicht versperrte. »Dafür ist es ein bisschen zu spät, meinst du nicht? Außerdem ist das nicht so selbstlos, wie es vielleicht aussieht.«

»Das habe ich auch nicht erwartet.« Ich schob die Hände in die Taschen meiner kurzen Lederjacke. Sie fühlte sich noch immer fremd an. Fremd und gleichzeitig vertraut, weil sie meiner Mum gehört hatte. Es war das einzige Kleidungsstück aus der Kiste, das ich anprobiert – und anbehalten – hatte.

Lance schien etwas sagen zu wollen, entschied sich jedoch dagegen, als Brianna zu uns stieß. Sie war vorausgegangen, um die Lage zu erkunden und herauszufinden, mit wie vielen Sturmkriegern wir es zu tun hatten.

»Es sind drei Wachen«, informierte sie uns und schob sich eine feuchte blonde Haarsträhne aus der Stirn. »Eine am Eingang, die anderen sind auf der rechten und linken Seite des Friedhofs postiert.

»Ich kümmere mich um die zwei hinteren«, sagte Lance ohne weitere Erklärung. »Sorg dafür, dass die am Eingang beschäftigt ist und keine Touristen reinkommen.«

Sie zog eine Grimasse. »Bei dem Wetter müssen wir uns darüber keine Sorgen machen.« Dann straffte sie die Schultern, setzte ein entschlossenes Lächeln auf und ging zurück zum Eisentor.

Lance deutete mir an, ihm zu folgen. »Es gibt noch einen Seiteneingang, der kaum benutzt wird. Sobald die Wachen abgelenkt sind, schleichst du dich rein. Du findest das Grabmal im Westen mit dem Symbol des Wassers: ein Dreieck, das mit der Spitze nach unten zeigt.«

Ich hatte das Zeichen bereits auf den Briefen und in den Unterlagen meiner Mum gesehen, die ich an diesem Morgen weiter durchforstet hatte, ihm aber keine besondere Bedeutung beigemessen. Dabei hätte ich es besser wissen müssen. *Alles* schien auf einmal eine Bedeutung zu haben.

Statt einer Antwort, nickte ich nur, ging zur Seite und tat so, als würde ich mich für das Schaufenster einer kleinen Buchhandlung interessieren, die sich direkt neben Greyfriars Kirk befand. Lance steuerte den Seiteneingang an. Ich wartete ein paar Sekunden, dann folgte ich ihm möglichst unauffällig. Mit dem blauen Rock, der schwarzen Strumpfhose, den Stiefeln, der Lederjacke und einer tief in die Stirn gezogenen Kapuze fiel ich bei diesem Wetter sowieso kaum auf.

Der Friedhof befand sich auf einem Hügel, wobei die paar Schritte aufwärts lächerlich waren verglichen mit den Höhen und Tiefen auf Skye. Lance war nirgends zu sehen, aber er wusste hoffentlich, was er tat. Genau wie Brianna.

Zwischen ein paar Steinen und Bäumen blieb ich stehen und drehte mich langsam im Kreis. Verdammt, wo war hier Westen? Der Himmel war wolkenverhangen und von der Sonne war nichts zu sehen. Stirnrunzelnd sah ich mich um, lief an den Grabreihen entlang, entdeckte aber keinen Stein, der besonders hervorstach. Sie waren alle unterschiedlich in ihrer Größe, ihrer Form und den Verzierungen, hatten jedoch eine Sache gemeinsam: Sie waren alt und verwittert.

Seufzend zog ich mein Handy hervor und rief die Kompass-

App auf. Mit dem Gerät in der Hand drehte ich mich einmal im Kreis, dann hatte ich Westen gefunden und lief los. Das Knirschen der Kieselsteine unter meinen Stiefeln fügte sich nahtlos in das gleichmäßige Prasseln des Regens ein, der glücklicherweise langsam schwächer wurde. Nacheinander ging ich die einzelnen Reihen ab und blieb vor jedem größeren Grabmal stehen. Nirgendwo konnte ich das Zeichen entdecken, das ich zum ersten Mal in Mums Unterlagen gesehen hatte. Bis ein Name an einer mannshohen Platte meine Aufmerksamkeit auf sich zog: *MacLeod*.

Mein Puls begann zu rasen. Ich legte den Kopf in den Nacken und starrte von den Säulen, die das Grabmal trugen, zurück zu den Namen und Jahreszahlen, die darin eingemeißelt waren. Für wen auch immer es errichtet worden war, derjenige war bereits vor über siebenhundert Jahren gestorben, genauso wie seine Frau und Kinder.

Erste Sonnenstrahlen durchbrachen die Wolken. Kurz wandte ich den Blick ab und blinzelte gegen die Helligkeit, dann versuchte ich, zwischen all den Symbolen, der Schrift und den Ornamenten das Zeichen des Wasserclans ausfindig zu machen.

Mit den Fingern strich ich über den Stein. Er ragte wie ein dunkles Mahnmal in den Himmel, beinahe einschüchternd und dennoch faszinierend. Als ich das Dreieck mit der Spitze nach unten endlich fand, hätte ich beinahe aufgelacht. Es war kein kleines Symbol, das irgendwo eingeritzt war, sondern zog sich kaum merklich über die ganze Breite des Steins. Nur, wenn man bewusst danach suchte und die einzelnen Markierungen in Gedanken miteinander verband, erhielt man das Dreieck.

»Clever«, murmelte ich, sah mich ein letztes Mal um und zog ein Taschenmesser aus der Jackentasche. Mit meinen üblichen Waffen hierherzukommen, wäre ein bisschen zu auffällig gewesen, vor allem da Edinburgh Brianna zufolge neutrales Territorium war. Was auch immer das bedeuten sollte.

Mit der Messerspitze stach ich mir in den Daumen, bis ein Tropfen Blut auf meiner Haut auftauchte. Ich hatte keine Ahnung, wie genau das Ganze funktionieren sollte. In der Theorie klang es einfach: Magie und Blut. Nur leider gab es nirgendwo ein Schild mit der Aufschrift: *Hier drücken!*

Probehalber presste ich den Daumen in die Mitte des Grabsteins, was auch der Mitte des Dreiecks entsprach, und wartete. Sekunden verstrichen, aber nichts passierte. Der Himmel klärte sich zusehends und Vögel begannen zu zwitschern. Bald würden auch wieder Besucher über den Friedhof schlendern oder eine Gruseltour mit einem Guide ihre Runde machen. Ich musste mich beeilen. Und das würde ich auch, wenn ich wüsste, was zum Teufel ich hier eigentlich tat.

Man musste sich mit Blut und Magie identifizieren, hatte Brianna gesagt. Schön und gut, aber wie identifizierte ich mich mit Magie? Bevor ich weiter grübeln konnte, spürte ich etwas Kühles auf meiner Haut. Es legte sich wie ein kalt prickelnder Film auf meinen Arm, wanderte zu meiner Hand und von dort aus bis in meine Fingerspitzen. Automatisch legte ich die ganze Handfläche auf den Stein. Ich rechnete mit Wasser, aber es war Eis, das sich knisternd ausbreitete.

Ein Vibrieren erfasste mich. Das Grabmal erzitterte, bis auch die Erde unter meinen Füßen kaum merklich bebte. Dann begann sich der Stein zu bewegen. Ich wich zurück und wartete mit klopfendem Herzen, bis er sich vollends zur Seite geschoben hatte. Vor mir lag ein Eingang und eine Treppe führte in die Dunkelheit hinab.

Eine Bewegung rechts von mir ließ mich herumwirbeln. Lance hob abwehrend die Hände.

»Schon gut. Ich bin's.« Er sah von mir zu dem offenen Tor und wieder zurück. »Es stimmt also wirklich. Du bist eine MacLeod. Die Letzte deines Clans mit Wassermagie.«

Bildete ich mir das ein, oder schwang so etwas wie Enttäuschung und Wut in seinen Worten mit? Ich hatte bereits geahnt, dass ich tatsächlich zu diesem Clan gehörte, aber es jetzt als Tatsache präsentiert zu bekommen, war etwas völlig anderes. Ich schüttelte den Kopf, ohne zu wissen, was genau ich eigentlich verneinte. Dass ich eine MacLeod war? Dass ich plötzlich über magische Kräfte verfügte? Ich wusste es nicht. Das Einzige, was ich wusste, war, dass ich die Wahrheit erfahren musste. Die Wahrheit über meine Herkunft und Mums Tod. Oder ihr Verschwinden, falls sie diesen Angriff damals tatsächlich überlebt haben sollte.

Ich wollte mir den Gedanken daran ebenso wenig erlauben wie die aufkeimende Hoffnung, aber ich konnte nicht verhindern, dass mein Herz vor Aufregung schneller pochte und ich mir vorzustellen begann, wie es wäre, meine Mutter zurückzubekommen. Wenn ich die Augen schloss, konnte ich noch immer ihr helles Lachen hören.

»Ich warte hier«, sagte Lance. »Es ist nur den Mitgliedern des eigenen Clans erlaubt, in ihr Archiv hinunterzusteigen.«

Ich öffnete die Augen und starrte ihn an. Seine Miene zeigte keine Emotionen. Ich hasste es, ihn so zu sehen, da ich genau wusste, wie anders er sein konnte, wenn er mir einen Blick hinter diese Mauer erlaubte. Wenn er *mich* sah – und nicht nur ein neues Mitglied der MacLeods. Aber statt all das auszusprechen, nickte ich nur.

Ein letztes Mal atmete ich tief durch, dann schaltete ich die Taschenlampenfunktion meines Handys ein und machte mich auf den Weg hinunter.

Ein modriger Geruch und eine plötzliche Stille hüllten mich ein. Die Stufen waren ungleichmäßig und manche glänzten im Lichtschein. Auch die Wände waren feucht. Je tiefer ich hinabstieg, desto erdrückender wurden die Steinmauern um mich herum. Das hier war tatsächlich ein Grab und wenn ich nicht rechtzeitig wieder rauskam … Nein. Ich verbot mir jeden Gedanken daran und konzentrierte mich wieder auf meine Atmung. Ich war nie klaustrophobisch gewesen, aber die Dunkelheit, die Stille und dieses Gefühl, hier unten gefangen zu sein – all das erinnerte mich zu sehr an jenen Tag im Meer, als ich genau dasselbe empfunden hatte.

Ich schluckte hart und setzte einen Fuß vor den anderen. Ich hatte keine Ahnung, wie viele Meter es in die Tiefe ging, und hatte jedes Zeit- und Raumgefühl schon nach den ersten paar Stufen verloren. Gegen Ende wurde der Gang zwar nicht breiter, aber ich entdeckte so etwas wie einen Lichtschein, was mich einerseits aufatmen, andererseits aber auch kurz zögern ließ. Er kam aus einem Raum am Fuß der Treppe. Ich schob ein vereinzeltes Spinnennetz beiseite und trat durch einen Torbogen hindurch.

Ich wusste nicht, was ich erwartet hatte. Vielleicht eine Grube voller Knochen oder Wände voller Schädel wie in den Katakomben in Paris, die ich vor zwei Jahren zusammen mit Dad und Neal besucht hatte. Aber das, was sich vor mir auftat, war nicht damit zu vergleichen.

Fackeln? Im Ernst? Sie erhellten einen Raum, den man nur als Saal bezeichnen konnte, weil er sich so weit erstreckte, dass das andere Ende nicht zu erkennen war. Anders als im Treppenaufgang war es hier nicht feucht. Die Luft war trocken und an den Wänden rechts und links von mir befanden sich ins Mauerwerk eingelassene Grabsteine voller Inschriften. Ich hob mein Handy und ließ den Lichtstrahl wandern. Die Grabplatten hörten nicht auf. So viele Menschen … So viele Mitglieder eines einzigen Clans.

Die Härchen auf meinen Armen und in meinem Nacken stellten sich auf, aber ich fühlte mich auch auf seltsame Weise ruhig. Ganz so, als hätte ich das Recht darauf, an diesem Ort zu sein. Das hier war meine Familie. Mein Erbe. Ich schaltete das Smartphone aus und schob es in die Jackentasche, nahm die Kapuze ab und eine der Fackeln aus der Wandhalterung – auch wenn ich nicht die geringste Ahnung hatte, wie es sein konnte, dass sie überhaupt brannten. Gab es jemanden, der regelmäßig herunterkam und sie anzündete?

Es war, als wäre ich in eine andere Welt gestolpert. Die Stille hatte etwas Unheimliches, aber auch Besänftigendes. Nichts drang von außen herein, die Welt dort oben war weit weg. Dafür waren meine eigenen Gedanken umso lauter, genau wie meine Schritte auf dem Boden.

Ein einziger Moment, eine einzige Begegnung hatte mein Leben verändert – und das gleich zweimal. Ich erinnerte mich an den Jungen mit den großen Augen, die so intensiv und hell waren wie Bernstein. Auf einmal war er da gewesen, als ich nach dem Schiffsunglück zitternd, klatschnass und mit aufgeschürften Händen, Knien und Ellbogen am Strand wieder zu Bewusstsein kam. Auf einmal war etwas Warmes um mich herum gewesen, eine Decke oder vielleicht auch eine Jacke und … ich blinzelte verblüfft. Ein Lagerfeuer. Reid musste schon damals dieselben Kräfte besessen haben wie heute. Aber er konnte nicht gewusst haben, wer ich war oder zu welcher Familie meine Mum gehörte, sonst hätte er vor ein paar Tagen nicht so überrascht reagiert. Und vielleicht hätte er mich damals gar nicht gerettet, wenn er es gewusst hätte … Doch so hatte er mich zum nächsten Hafen gebracht.

Ein nasses, halb erfrorenes Mädchen und ein fremder Junge, die ganz allein herumliefen, erregten schnell Aufmerksamkeit. Die Stimmen der Leute, die sich um uns geschart hatten, waren wie ein Echo in meinen Ohren, und ich konnte die absolute Hilflosigkeit des kleinen Mädchens von damals noch immer tief in mir spüren. Bis Dad aufgetaucht war. Einer der Inselbewohner musste mich erkannt und ihn angerufen haben. Er hatte mich in seine Arme geschlossen und mir versprochen, dass alles gut werden würde. Aber das war es nicht. Denn Mum war nie wieder zu uns zurückgekehrt.

Ich schüttelte den Kopf, versuchte, die Erinnerungen loszuwerden, aber sie waren wie die einzelnen Spinnweben hier unten. Kaum wahrnehmbar, bis sie mich mit ihren kalten Fäden streiften. Schaudernd ging ich weiter.

Das Licht der Fackel tanzte über die vielen Namen, die in die Steine eingemeißelt waren. Keiner davon gehörte meiner Mutter. Ich kannte ihr Grab, hatte es unzählige Male besucht und Stunden dort verbracht, da es sich auf einem verlassenen Friedhof auf der Insel befand. Die dazugehörige Kapelle war nur noch eine Ruine. Es hatte keinen Abschied gegeben. In der einen Sekunde war sie noch da, in der nächsten einfach fort gewesen.

Mein Brustkorb zog sich zusammen und ich musste innehalten, um durchzuatmen. Die Luft an diesem Ort war stickig und abgestanden. Egal wie friedlich es auch wirken mochte, hier zu sein, tat mir nicht gut. Es weckte Gedanken und Gefühle, die ich tief vergraben hatte, und ließ sie viel realer wirken, beinahe so, als wäre all das erst gestern passiert, statt Jahre zuvor. Doch in diesen Mauern schienen die Geister der Vergangenheit zu wohnen. Und mit jedem weiteren Schritt drang ich nicht nur tiefer in den Saal, sondern auch in meine eigenen Erinnerungen vor.

Mums weiche Stimme war auf einmal wieder ganz nah, und ich erinnerte mich daran, wie sie mir Gutenachtgeschichten von starken Kriegerinnen und ihren Prinzen erzählt hatte. Von Magiern und Magierinnen, die die Elemente beherrschen konnten, und von einem Feenvolk, das freundlich, aber auch listig war. Vielleicht waren es gar keine Märchen gewesen, dachte ich jetzt mit hämmerndem Herzen, während ich mich dazu zwang weiterzugehen. Vielleicht hatte sie mir schon damals die Geschichte ihres Clans erzählt. *Meines* Clans. Die Geschichten all jener Menschen, deren Überreste nun hier begraben lagen.

Endlich kam das Ende der Halle in Sicht. Das Feuer flackerte und malte bizarre Muster an die Wände. Doch auch hier entdeckte ich nur Grabsteine. Ich war umringt von ihnen. Sie waren vor und hinter mir, genau wie rechts und links. Ein dunkler Verdacht begann sich in mir auszubreiten.

Ich wollte nicht hinsehen, senkte den Blick aber trotzdem nach unten. Meine schwarzen Schnürstiefel waren staubbedeckt und an meinem Rock hing ein Fetzen Spinnweben. Aber der Boden war nicht so kahl, wie ich gedacht hatte, denn auch hier waren Namen in den Granitplatten verewigt.

»Oh Gott«, stieß ich hervor. Mir drehte sich der Magen um. Ich war die ganze Zeit über Gräber gelaufen. Das hier war kein Archiv – es war ein Mausoleum. Und ich war mittendrin.

Gänsehaut breitete sich auf meinem Körper aus. Ich wirbelte herum, bereit, so schnell wie möglich wegzurennen, als mein Blick an einem Stein hängen blieb, der irgendwie anders aussah. Ich schluckte mehrmals, dann ging ich hinüber. Ich war hier unten doch schon lebendig begraben. Was sollte mir also noch passieren?

Ausgerechnet jetzt musste ich an all die Action- und Horrorfilme denken, die ich mir zusammen mit Neal angesehen hatte. Da geschah auch immer etwas, wenn alles ruhig zu sein schien. Zu ruhig. Zögernd streckte ich die Hand aus und strich über den Stein. Kein Name, keine Buchstaben, nur Zahlen. Jahreszahlen. Unter meiner Berührung gab die Platte nach und schob sich knirschend nach außen, als würde sich eine Versiegelung lösen.

Ich sprang vor Schreck zurück. Langsam schien sich eine Art Geheimfach vor mir aufzutun. Darin befanden sich in dunkelrotes Leder gebundene Bücher, die mit goldenen Jahreszahlen versehen waren. Ich steckte die Fackel in eine freie Halterung und nutzte mein Handy, um mir den Inhalt genauer anzuschauen. Neben Büchern lagen auch Ordner darin, ebenfalls fein säuberlich beschriftet und nach Jahren sortiert.

Wer kümmerte sich um all das hier? Gab es so etwas wie einen Archivar? Und wenn ja, wo konnte ich ihn oder sie finden?

Die Unterlagen reichten vom siebzehnten bis ins sechzehnte Jahrhundert zurück, und obwohl sie sicherlich spannend waren, war es nicht das, wonach ich suchte. Vorsichtig legte ich die Dokumente wieder hinein und schob das Fach zurück in die Wand, dann nahm ich die Fackel aus der Halterung und sah mich nach anderen auffälligen Steinen um. Ein paar Schritte weiter fand ich noch einen für das neunzehnte und einen für das zwölfte Jahrhundert. Es gab keine erkennbare Reihenfolge, die Granitplatten tauchten scheinbar wahllos überall an den Wänden auf, aber immer in einer der untersten drei Reihen und einmal sogar im Fußboden. Erst als ich den Weg auf der anderen Seite der Halle fast zur Hälfte wieder zurückgelegt hatte, fand ich den richtigen Stein. Zwanzigstes und einundzwanzigstes Jahrhundert.

Mein Herz hämmerte wie verrückt, als ich die Fackel ein weiteres Mal weglegte und gegen die Platte drückte. Im Gegensatz zu der ersten kam diese nicht knarrend heraus, sondern so fließend, als wären die Rollen und Scharniere frisch geölt worden. Das hier war eindeutig der Aufbewahrungsort für die aktuellsten Dokumente. Auch in diesem Fach befanden sich chronologisch sortierte Bücher und Ordner. Nacheinander ging ich die einzelnen Unterlagen durch und zwang mich dazu, langsam zu blättern, um ja nichts zu übersehen. Ich zog eine große Papierrolle heraus und breitete sie auf dem Boden aus. Das Symbol der MacLeods, das ich bereits von Schloss Dunvegan kannte, weitverzweigte Linien mit Namen, Zahlen und Symbolen starrten mir entgegen. Ich fuhr mit dem Zeigefinger über den Stammbaum, bis ich zwischen den vielen oberen Zweigen den Namen meiner Mutter gefunden hatte. Eloise MacLeod. Verziert mit einem silbernen Dreieck, dessen Spitze nach unten deutete. Neben ihr stand der Name meines Vaters und darunter … *Avalee Coleman MacLeod.*

Mein Atem wurde sichtbar. Ein Knistern erfüllte die Luft. Ich sah an mir herab, bemerkte, wie sich eine feine Eisschicht in alle Richtungen ausbreitete, den Boden bedeckte und über die Wände kroch. Die Erde begann zu zittern und Staub fiel von der Decke. War ich der Grund dafür? Löste ich das aus? Oder waren auf dem Friedhof Elementare aufgetaucht? Aber selbst wenn es so wäre, Lance und Brianna hatten die Sache im Griff.

Oder nicht?

Mein Puls raste. Es wurde immer kälter, aber ich konnte nicht einfach aufstehen und gehen. Nicht jetzt. Nicht wenn ich so kurz davor war, endlich die Wahrheit zu erfahren.

Mit zitternden Fingern griff ich nach den restlichen Dokumenten und legte sie neben den Stammbaum. Zum ersten Mal sah ich meine Geburtsurkunde. Auch hier waren die Namen meiner Eltern eingetragen, doch mein offizieller Nachname lautete nicht wie im Stammbaum Coleman MacLeod, sondern einfach nur Coleman. Bedeutete das etwa, dass meine Mutter von Anfang an vorgehabt hatte, meine Herkunft geheim zu halten? Aber vor wem? Vor mir oder vor dem Rest der Welt?

Außer der Geburtsurkunde und dem Eintrag im Stammbaum gab es keine weiteren Unterlagen über mich, ganz so, als hätte der Clan meine Geburt zwar registriert, aber meine Existenz ansonsten ignoriert. Und das, obwohl ich eine Unmenge an Informationen über andere MacLeods fand: Geburts- und Heiratsurkunden, Schulanmeldungen, Belege über Umzüge sowie Sterbeurkunden. Wie konnte das sein? Wussten die verbliebenen Clanmitglieder ohne Wassermagie nichts von mir? Oder interessierte es sie einfach nicht? Brianna zufolge hatten nur diejenigen Zugriff auf das Archiv, die selbst über Magie verfügten. Wie meine Mum. Zögerlich fuhr ich das silberne Dreieck nach, das ihren Namen schmückte. Es gab noch jemanden auf derselben Höhe mit diesem Symbol, alle anderen trugen kein solches Zeichen. Und über die Jahrzehnte hinweg waren diese Markierungen immer seltener bei den MacLeods geworden …

Ich biss mir auf die Lippen, als ich den nächsten Stapel Papiere hervorzog. Weitere Dokumente von Verwandten unterschiedlichen Grades. Ich strich über die Zahlen, die den Geburtstag meiner Mum aufzeigten. Sie hatte Schwestern, einen Bruder und Cousinen gehabt. So viele Menschen, die mit ihr verwandt gewesen waren. Und mit mir.

Sorgsam legte ich die Schriftstücke beiseite und griff nach den nächsten Unterlagen. Unzählige Namen und Papiere später entdeckte ich, wonach ich gesucht und von dem ich dennoch gehofft hatte, es nie zu finden: einen Totenschein, der vor elf Jahren ausgestellt worden war.

Übelkeit regte sich in mir und das Vibrieren in den Wänden, im Boden und in der Decke nahm zu. Vielleicht war aber auch nur ich es, die zitterte. Es dauerte mehrere Sekunden, bis ich die geschwungene Schrift entziffern konnte. Was auch immer ich da gefunden hatte, war keine offizielle Sterbeurkunde, sondern sah aus wie ein Formular aus einem Krankenhaus. Falls das überhaupt möglich war, denn bei der Todesursache stand *nicht natürlich.*

Wieder und wieder las ich die Sätze, die ein Arzt in aller Eile verfasst haben musste. Erst als ich jedes einzelne Wort auswendig konnte, wagte ich es, zum Namen zu sehen. Dabei hätte ich es bereits wissen müssen, denn das Datum war dasselbe wie das des Tages, an dem ich fast ertrunken wäre.

Eloise MacLeod.

Jede noch so kleine Hoffnung, die sich in mir aufgebaut hatte, fiel in sich zusammen. Ich hätte es wissen müssen, hätte mir diesen verdammten Wunschtraum nicht erlauben dürfen, aber er war da gewesen, war mit jeder Minute stärker geworden. Vielleicht hatte es daran gelegen, dass ich mich meiner Mum durch die erwachenden Kräfte näher gefühlt hatte als je zuvor. Das einzig Gute, was diese Wassersache mit sich gebracht hatte. Aber diese Hoffnung war nur eine Illusion gewesen. Denn sie war tot.

Meine Mutter war tot.

KAPITEL 12

Wasser brach explosionsartig durch die Wand am Ende der Halle. Ich zuckte zusammen. Mein Puls raste. Ein, zwei Sekunden lang konnte ich nur in die Richtung starren, aus der die Flut auf mich zustürzte, dann kam wieder Leben in mich. Hastig stopfte ich die Dokumente zurück und schob die Steinplatte wieder in die Wand. Gerade rechtzeitig, denn das Wasser kam unaufhaltsam näher. Zuerst bedeckte es nur den Boden, dann reichte es mir bis zu den Knöcheln.

Panik begann sich in mir auszubreiten. Ich versuchte, sie zu unterdrücken, aber sie kehrte immer wieder zurück. Und mit ihr stieg der Pegel immer weiter an. Ich konnte keinen Moment länger hier unten bleiben. Nicht wenn der Boden und die Wände unter der Macht des hereinströmenden Wassers erzitterten. Nicht einmal, um nach dem Grab meiner Mutter zu suchen. Nach ihrem echten Grab. Denn wenn ich nicht sofort von hier verschwand, würde dies *mein* Grab werden.

Ich rannte los, erreichte die Treppe und nahm immer zwei Stufen auf einmal. Doch der Stein war feucht und glitschig. Ich rutschte aus und schlug mir das Knie auf. Schmerz explodierte an der Stelle und schoss durch mein Bein.

»Gottverdammt …!«

Ich biss die Zähne zusammen und zwang mich dazu, weiter zu laufen, weiter, immer weiter, aber statt hereinströmenden Tageslichts, war nur Dunkelheit über mir. War ich so lange hier unten gewesen, dass es Nacht geworden war? Oder war das Tor verschlossen?

Das Plätschern kam immer näher. Ich hörte es hinter mir, konnte mit all meinen Sinnen spüren, wie es die Halle flutete und die Treppe erreichte. Ich versuchte das aufsteigende Entsetzen zu unterdrücken und kämpfte mich die letzten Stufen hinauf. Meine Befürchtung bestätigte sich: Das Tor war zu. Ich suchte nach einem Griff, einem Öffnungsmechanismus, nach irgendetwas, was mir helfen konnte. Vergeblich. Mit beiden Händen trommelte ich gegen den Stein, aber er gab keinen Zentimeter nach. Probehalber drückte ich mein Ohr dagegen. Nichts.

Ich musste hier raus. Es musste irgendeinen Weg geben, diesen Ort wieder zu verlassen. Alle anderen vor mir hatten es doch auch geschafft, oder nicht? Wieder tastete ich das Tor ab, ging diesmal jedoch systematisch vor: von oben nach unten, von links nach rechts. Leider war ich nicht groß genug, um den oberen Türrahmen ertasten zu können. Was, wenn sich der Mechanismus ausgerechnet dort befand? Oder musste ich mich wieder mit Blut und Magie identifizieren, um hier rauszukommen?

Ich quetschte meinen Daumen, aber es kam kein Blut heraus. Die winzige Wunde musste sich bereits geschlossen haben. Ich stieß ein Lachen aus, das so verzweifelt klang, dass ich eine Gänsehaut bekam. Vielleicht rührte sie aber auch daher, dass ich inzwischen kniehoch im Wasser stand. Hier stieg es noch viel schneller als in der Halle. Wenn ich die Arme ausstreckte, konnte ich die Wände berühren. Und jetzt reichte mir das Wasser schon bis zu den Oberschenkeln.

Ich suchte in meinen Taschen nach dem Messer, doch als ich es fand, glitt es mir aus den Fingern.

»Komm schon!«, rief ich und versuchte, etwas in dem Zwielicht zu erkennen. Der einzige Lichtschein drang durch die Ritze des Tors herein. Ich zog mein Handy hervor und schaltete mit zitternden Fingern die Taschenlampen-App ein. Dann ließ ich den Schein über die Wasseroberfläche wandern. Doch es war kaum etwas zu erkennen. Das Wasser war eiskalt und dunkel. Es war so verflucht dunkel hier. Genau wie damals im Meer …

Nein. Ich zwang meine Gedanken zurück in die Gegenwart. Nicht in Panik ausbrechen. Jetzt bloß nicht in Panik ausbrechen. Wenn ich die Kontrolle über meine Gefühle verlor, war ich so gut wie tot. Niemand konnte mich hier rausholen, weil es niemanden mehr mit Wassermagie gab. Ich war die Einzige. Also war ich auch die Einzige, die mich retten konnte.

Ich atmete tief ein und langsam wieder aus, während ich den Schein des Handys noch immer über das Wasser schweifen ließ. Nichts. Nur Dunkelheit und Steine und … Ich hielt abrupt inne. Da war ein kurzes Glitzern gewesen. Ich stürzte mich auf die Stelle, tauchte unter und tastete nach dem Taschenmesser, das auf einer Stufe lag. Beim ersten Mal rutschte es mir aus der Hand, doch dann bekam ich es zu fassen.

Keuchend kam ich wieder an die Oberfläche. Inzwischen war das Wasser so hoch, dass ich auf der Stelle schwimmen musste. Ich wusste nicht mehr, ob das Rauschen, das ich hörte, vom Wasser stammte oder ob es meine eigene Angst war, die meinen Puls donnern und das Blut in meinen Ohren dröhnen ließ.

Ich nahm das Smartphone zwischen die Zähne und klappte das Messer mit zitternden Händen auf. Ich musste hier raus. Es musste einen Weg geben – und das hier war meine letzte Chance. Ohne darüber nachzudenken, ohne zu zögern, schnitt ich mir in die linke Handfläche. Dann presste ich sie gegen das Tor.

Bitte, flehte ich innerlich, während mir das Wasser bis zum Hals reichte. *Bitte, bitte, bitte.* Ich wollte nicht sterben. Nicht so. Nicht hier. Nicht in einer verdammten Gruft auf einem Friedhof, auf dem all meine Vorfahren begraben lagen. Und nicht durch Ertrinken. Alles, nur das nicht …

Es passierte nichts. Die Tür gab nicht nach, kein Eis überzog sie wie beim letzten Mal. Es funktionierte nicht. Mein Herz setzte einen Schlag lang aus, nur um noch heftiger weiterzupochen. Angst schnürte mir die Kehle zu. Zwischen mir und der steinernen Decke war nur noch eine Handbreit. Die Kälte umschloss mich von allen Seiten, lähmte meine Muskeln und machte es mir schwer, mich an der Oberfläche zu halten. Aber ich musste oben bleiben, musste das letzte bisschen Sauerstoff ausnutzen.

Tränen traten mir in die Augen und behinderten meine Sicht. Es musste eine Lösung geben. Das hier war keine Todesfalle. Es war ein Archiv. Eine Gedenkstätte. Aber was, wenn ich es zu einer Todesfalle gemacht hatte? Wenn ich der Auslöser dafür war, dass das Wasser durch die Wände hereingebrochen war und alles geflutet hatte? Gab es dann noch ein Entkommen? Oder würden mich meine eigenen Kräfte töten? Kräfte, die ich nie gewollt hatte und genauso wenig kontrollieren konnte wie meine Gefühle.

»Nein …«, flüsterte ich von einer neuen Entschlossenheit gepackt. Ich würde nicht sterben. Nicht so. Nicht heute. Nicht bevor ich die ganze Wahrheit erfahren hatte.

Ich drückte mich gegen die Decke, holte ein letztes Mal tief Luft, dann tauchte ich unter.

Stille empfing mich. Sie hatte beinahe etwas Tröstendes, aber ich ließ mich nicht von ihr einlullen. Im Dunklen tastete ich erneut die Tür ab, suchte nach einem Hebel, einem Mechanismus, nach irgendetwas, um dieses verdammte Ding zu öffnen. Aber wie zuvor fand ich nichts. Nur Stein, so rutschig und voller Dellen, als hätten schon andere vor mir hier um ihr Leben gekämpft. Schaudernd wandte ich mich ab und begann die Wände um mich herum abzutasten. Die Decke. Den Boden.

Die Luft wurde immer knapper. Ein Brennen begann in meiner Brust. Ich musste atmen.

Meine Finger glitten über eine Einbuchtung im Boden. Fast wäre sie mir nicht aufgefallen, weil der einzige Gedanke in meinem Kopf Sauerstoff war, doch dann fuhr ich erneut darüber. Das musste es sein! Ich bohrte die Finger in die Ritzen, bekam einen Hebel zu fassen und zerrte daran, bis er aus der Wand klappte. Dann stemmte ich mich mit den Füßen gegen den Boden, nahm all meine Kraft zusammen und zog, so fest ich konnte.

Das Wasser bewegte sich. Tageslicht strömte herein und plötzlich war da ein Sog, der mich mit sich riss. Ich ließ los, ließ mich davontreiben, bis ich hart aufkam und instinktiv den Mund aufriss. Sauerstoff füllte meine Lunge. Gierig schnappte ich nach Luft, auch wenn ich husten musste, und richtete mich auf Händen und Knien auf.

»Ava!«

Mein Name drang durch das Hämmern in meinen Ohren zu mir durch, und es dauerte einen Moment, bis ich begriff, wo ich mich befand.

»Ava. Sieh mich an.« Lance tauchte vor mir auf und hob mein Kinn an. »Was ist passiert?«

»Alles okay«, keuchte ich und versuchte, seine Hand abzuschütteln. »Mir war nur nach ein bisschen schwimmen.«

»Ava …« Lance musterte mich, als würde er mich zum ersten Mal sehen. Da war etwas in seiner Miene, das ich nie zuvor darin gelesen hatte: Sorge. Und Angst.

»Was ist?« Stirnrunzelnd hob ich den Kopf und wischte mir das nasse Haar aus dem Gesicht.

»Deine Augen …«, wisperte er. »Sie leuchten eisblau.«

»Was?!« Noch immer nach Luft schnappend starrte ich ihn an, konnte nicht begreifen, was er damit meinte, worauf er hinauswollte. Aber Lance schüttelte den Kopf und sah nach oben. Ich folgte seinem Blick. Wolkenberge türmten sich über unseren Köpfen. Eisiger Schneeregen fiel auf uns herab.

»Das bin ich nicht«, stieß ich hervor und bohrte die Fingernägel in seinen Arm. »Ich mache überhaupt nichts!«

Schritte näherten sich. Laute Stimmen.

»Hör mir gut zu. Du tust jetzt genau das, was ich dir sage, verstanden?« Lance legte seine Hände an mein Gesicht und hielt meinen Blick fest. Dann zog er mich so plötzlich an sich, dass ich gar nicht anders reagieren konnte, als die Arme um ihn zu legen. Seine Lippen waren an meinem Ohr, als er ein einziges Wort hineinraunte. Ein Wort, das alles veränderte. »Lauf!«

Im ersten Moment erstarrte ich. Mir stockte der Atem und sogar mein Herz schien kurzzeitig ins Stolpern zu geraten, dann riss ich mich von Lance los und tat genau das, was er gesagt hatte. Ich rannte los. An den Gräbern vorbei Richtung Seitenausgang. Ohne Fragen zu stellen, ohne das geringste Zögern, weil ich ihm trotz all meiner Zweifel noch immer vertraute. Es gab nur wenige Menschen, in deren Hände ich mein Leben legen würde. Lance war einer davon gewesen. Und trotz aller Lügen, trotz aller Geheimnisse zwischen uns hatte sich nichts daran geändert.

Im Laufen hob ich meinen Rucksack auf und warf ihn mir über die Schulter. Ich war völlig durchnässt. Meine Schuhe quietschen bei jedem Schritt und die feuchten Klamotten klebten kalt an meinem Körper. Wenigstens waren die Sachen im Rucksack trocken und sobald wir hier weg waren, würde ich mich umziehen können. Dieser Gedanke trieb mich fast mehr an als die Schritte, die hinter mir ertönten. Zumindest bis ein Feuerball an mir vorbeisauste und in die Sandsteinmauer vor mir krachte, wo er eine schwarze Rußspur hinterließ. Ich strauchelte, wäre fast in einen Grabstein hineingerannt und schlug einen Haken. Verdammt, die Wachen mussten mich für einen Elementar halten. Und ich konnte ihnen schlecht beweisen, dass ich keiner war. Meine Augen leuchteten wie bei einem Wasserelementar und meine Kräfte waren völlig außer Kontrolle. Ich wusste nicht, wie ich sie steuern sollte, aber noch weniger wusste ich, wie ich sie stoppen konnte.

Ich erreichte den Seitenausgang und rannte erst auf die Straße, dann einige Stufen hinunter. Meine Muskeln brannten genau wie mein Brustkorb bei jedem Atemzug, aber ich wurde nicht langsamer, sondern beschleunigte meine Schritte nur noch. Vielleicht hätte ich doch frühmorgens mit Neal joggen gehen sollen, statt sein Angebot ständig auszuschlagen, um noch eine Stunde im Bett liegen zu bleiben, weil ich so gern schlief. Aber bis eben hatte ich auch geglaubt, dass meine Ausdauer gut genug war. Jetzt wurde ich eines Besseren belehrt.

Die Wolken hingen so tief und dunkel über der Stadt, als wäre es bereits Nacht. Dicke Regentropfen fielen herab und ein kalter Wind peitschte sie mir ins Gesicht. Ich hatte keine Ahnung, wo ich hinrannte, hatte jede Orientierung verloren. Links von mir war ein Fluss, rechts ragten düstere Bauten mit weißen Sprossenfenstern in den Himmel. Dazwischen führten schmale Gassen entlang.

Ich fand eine weitere Treppe und nahm die glitschigen Stufen nach oben. Diesmal wurde ich etwas langsamer und versuchte, auf meine Umgebung zu achten. Waren sie noch immer hinter mir her? Würden sie mir glauben, falls sie mich zu fassen bekamen? Wohl kaum. Ich an ihrer Stelle hätte es auch nicht getan. Leuchtende Augen, ungewöhnlich heftige Wetterwechsel und ein Chaos aus Schnee, Eis und Regen. Niemand würde mir abnehmen, dass ich keine dieser Kreaturen war. Dass ich mich nicht selbst gerade in ein Monster verwandelte. Wieder und wieder hatte ich diesen Gedanken von mir geschoben, ihn, so gut es ging, ignoriert, obwohl er immer unter der Oberfläche gelauert, stets präsent gewesen war. Aber ich hatte es nicht wahrhaben wollen. Und jetzt … jetzt wusste ich überhaupt nichts mehr.

Auf halber Höhe blieb ich stehen und drückte mich gegen die Wand. Ein paar Schritte weiter vorn befand sich ein kleiner Pub. Das Prasseln des Regens, mein eigener keuchender Atem und die gedämpfte Musik aus dem Pub waren alles, was ich hören konnte. Hatte ich es geschafft? Hatte ich meine Verfolger abgeschüttelt? Ich wagte einen Blick zurück. Niemand zu sehen. Keine Schritte, die immer näher kamen. Aber da waren Stimmen und … Scheiße, waren das Polizeisirenen? War jetzt etwa auch noch die verdammte Polizei hinter mir her? Wohl kaum wegen Grabschändung durch einen Wasserschaden.

In diesem Moment kam jemand aus dem Pub und erstarrte, als er mich in der engen Gasse entdeckte. Völlig durchnässt, verdreckt und mit einer blutigen Hand, die mittlerweile höllisch brannte. Der

Kerl hatte dunkles, angegrautes Haar und einen Bart, schien in den Fünfzigern und eher kein Tourist zu sein. Auch er hörte die Sirenen, dann die Stimmen. Sein Kopf ruckte herum und ich folgte seinem Blick die Stufen hinunter, wo jetzt definitiv ein paar Gestalten auftauchten.

»Hier!«, brüllte er plötzlich. »Hierher!«

Gottverdammter Dreckskerl. Insgeheim wünschte ich ihm die Pest an den Hals. Ich stieß mich von der Wand ab und rannte erneut los, nahm die Stufen nach oben und begriff, welchen Fehler ich gemacht hatte. Ich würde auf der Royal Mile herauskommen. Auch wenn bei dem Wetter nicht viele Menschen unterwegs waren, war es eine der meist besuchten Straßen der Stadt. Mit etwas Glück konnte ich in der Menge untertauchen – oder aber ich fiel auf und konnte nicht schnell genug weiterrennen.

Die Schritte hinter mir wurden lauter. Befehle wurden gebrüllt. Dann tauchte plötzlich jemand am Ende der Gasse auf und versperrte mir den Weg. Ich war gefangen. Ich war …

Ein Arm schoss links von mir hervor, packte mich und zerrte mich in eine enge Gasse. Jemand drückte mir die Hand auf den Mund und zwang mich dazu, still zu sein. Ich starrte in ein fremdes Paar brauner Augen, in ein Gesicht, das von dunklem Haar umrahmt wurde. Ich konnte keine Details erkennen, weil die Person eine Kapuze trug, aber es war eindeutig eine Frau. Der Duft von Blumen zusammen mit dem holzigen Geruch eines Herbstwalds drang mir in die Nase. Sie zog mich tiefer in den Seitengang, der zwei Meter weiter in einer Sackgasse endete. Wir saßen in der Falle.

Mit hämmerndem Herzen wartete ich ab, lauschte auf die Schritte und die Stimmen der Sturmkrieger. Sie suchten nach mir, hatten unser Versteck aber bisher nicht entdeckt. Als einer von ihnen direkt an uns vorbeimarschierte, zuckte ich vor Schreck zusammen, gab aber keinen Laut von mir. Ich wagte kaum zu atmen, aus Angst, irgendein Geräusch zu verursachen, das sie auf unsere Spur bringen würde.

Ich kniff die Augen zusammen und versuchte, das Chaos in meinem Inneren wieder in Ordnung zu bringen. Doch das Einzige, was ich damit erreichte, war eine plötzliche Kälte, die sich um mich herum ausbreitete. Das inzwischen vertraute Knistern drang an mein Ohr. Ich musste nicht hinsehen, um zu wissen, dass eine Eisschicht die Wand in meinem Rücken bedeckte und sich immer weiter ausbreitete.

»Willst du uns umbringen?«, zischte die Fremde mit einer überraschend tiefen, melodischen Stimme. »Hör auf damit!«

»Ich kann nicht«, presste ich hervor.

Einen Moment lang starrte sie mich nur an, dann nahm ihre Miene einen entschlossenen Ausdruck an. »Komm mit.«

Sie schob sich an mir vorbei und spähte vorsichtig auf die Treppe hinaus. Die Stimmen waren noch immer da, aber ich hatte keine Ahnung, wie nahe oder wie weit entfernt sie waren. Sekunden tickten vorbei, in denen der Regen noch immer auf uns herabströmte und Eis die Mauer hinter mir bedeckte. Dann hob die Fremde die Hand und bedeutete mir, ihr zu folgen.

Ich zögerte. Ich kannte diese Frau nicht, aber im Gegensatz zu den Friedhofswächtern hatte sie zumindest keinen Feuerball auf mich geschleudert. Also stieß ich mich von der Wand ab und folgte ihr.

Zusammen schlichen wir aus dem Versteck und eilten die Stufen hinunter. Der Stein war vom vielen Regen glitschig und wir rutschten beide mehrmals aus, schafften es aber heil bis ganz nach unten.

Doch statt auf die Straße zu rennen, packte die Frau mich am Arm und zog mich mit sich in die nächste Gasse. Der gepflasterte Weg führte steil bergauf. Zurück zur Royal Mile.

Mir blieb keine Zeit, um Fragen zu stellen. Und, ganz ehrlich? Das Ziel war mir egal, solange wir die Sturmkrieger abhängten und das Unwetter aus Eis- und Schneeschauern endlich aufhörte. Schlitternd kamen wir oben auf der Royal Mile zum Stehen. Geschäfte, Cafés, Pubs und Restaurants waren geöffnet, und ich konnte sogar zwei Straßenkünstler entdecken, die ihre Tricks trotz des Unwetters aufführten. Hier und da waren ein paar Menschentrauben zu sehen, doch die meisten hielten sich am Rand der Straße und suchten Schutz vor den herabprasselnden Tropfen.

»Hier entlang.« Die Fremde winkte mir und schob sich an ein paar Leuten vorbei.

Ich tauchte nach ihr in der Menge unter. Jetzt konnte ich die Unbekannte auch besser erkennen. Sie trug einen langen Mantel mit einer Kapuze, die ihr tief ins Gesicht hing. Der Mantel war dunkelgrün und wies goldene Borten an den Ärmeln auf. Nichts, was man jeden Tag sah. Ich folgte ihrem Beispiel und schob mir die Kapuze meines Hoodies über den Kopf. Das änderte zwar nichts an der Feuchtigkeit und der Kälte, die mir bis in die Knochen gedrungen war, aber vielleicht verhinderte es, dass mich die Wachen sofort erkannten.

Ob es Brianna und Lance gelungen war, ihnen zu entkommen? Oder hatten sie sich ihnen entgegengestellt und sie aufzuhalten versucht? Das würde zu ihnen passen, vor allem zu Lance. Der ewige Retter in der Not. Ich nagte an meiner Unterlippe, bis der Schmerz mich zusammenzucken ließ. Kurz glaubte ich, die Frau verloren zu haben, dann entdeckte ich ihren Mantel neben einem Schmuckgeschäft und beschleunigte meine Schritte. Der Regen schien uns zu folgen, wohin wir auch gingen. Ich wusste, dass ich mich beruhigen musste, weil ich die Einzige war, die das Ganze stoppen konnte. Aber ich hatte keine Ahnung, wie. Und irgendwie bezweifelte ich, dass ein Schrei mitten auf der Royal Mile meine Verfolger von unserer Spur abbringen würde.

Wir hasteten weiter, bis ich abrupt stehen blieb, als meine Begleiterin ohne Vorwarnung abbog. Ich hatte den Torbogen kaum wahrgenommen, weil er völlig zwischen den anderen Gebäuden unterging. Eine weitere Gasse? Treppen, die wieder nach unten führten? Von dort aus könnte ich mich zum Hauptbahnhof durchschlagen und in den nächsten Bus springen, der mich von hier wegbringen würde. Aber was dann? Außerdem konnte ich Lance und Brianna nicht einfach zurücklassen.

Der Torbogen führte in keine weitere Gasse, sondern zu einem vergitterten Eisentor. Mit den verschnörkelten Stäben ähnelte es dem des Friedhofs, doch statt zwischen Grabsteinen stand ich auf einmal zwischen Bäumen und liebevoll angelegten Blumenbeeten. Ein Gluckern drang an mein Ohr. Ein Springbrunnen? Wo um Himmels willen war ich hier gelandet?

Hinter mir ertönte ein Klicken. Ich drehte mich um. Die Unbekannte schob gerade einen großen schwarzen Schlüssel in ihre Manteltasche und trat vom Tor zurück. Ob das unsere Verfolger aufhalten würde? Ich wusste es nicht. Aber fürs Erste schienen wir in Sicherheit zu sein. So sicher man in dieser Stadt sein konnte, wenn man von aller Welt für ein Elementarwesen gehalten wurde.

»Alles okay?«, fragte die Fremde und schob sich die Kapuze vom Kopf. Darunter kamen endlos lange dunkelbraune Haare und ein eckig geschnittenes Gesicht mit energischem Kinn zum Vorschein.

Sie war etwa so groß wie ich und schien in meinem Alter zu sein. Ihre Brauen waren dicht und hingen tief über dunklen Augen. Ihre Lippen waren ungewöhnlich voll, wobei die obere sogar noch ein klein wenig voller zu sein schien als die untere. Wenn dieses Mädchen einen Schmollmund zog, konnte ihm wahrscheinlich keiner etwas abschlagen.

Ich nickte schwer atmend und ließ meinen Rucksack zu Boden gleiten. Auch er war inzwischen völlig durchnässt, aber vielleicht hatte ich Glück und ein paar der Sachen waren trocken geblieben. Als Schottin, die auf der Isle of Skye lebte, war ich es gewohnt, durch spontane Regenschauer nass zu werden, aber die Ereignisse der letzten Tage überstiegen sogar meine Wetterfestigkeit.

»Gut.« Die junge Frau sah wieder zum Tor, dann winkte sie mich ein paar Schritte weiter in den Garten hinein, bis wir von draußen nicht mehr zu sehen waren. »Das sollte sie fürs Erste aufhalten.«

Ich konnte sie nur anstarren. »Wer um alles in der Welt bist du?«

KAPITEL 13

JULIANA

Sie konnte gar nicht anders, als zu lächeln. Da stand dieses Mädchen vor ihr, völlig abgehetzt und nass bis auf die Knochen und sprach die Frage wie einen Befehl, wie einen Vorwurf aus. Kurz huschte ihr Blick zu dem Kräuterbeet mit Messer und Beutel daneben, dann zurück zu der wartenden Unbekannten.

»Juliana. Mein Name ist Juliana MacKay. Erdclan«, fügte sie hinzu, denn die junge Frau vor ihr war eindeutig eine Angehörige des Wasserclans. Was sie zu einer MacLeod machte. Sie waren schon gemeinsam vor den Wachen der Sturmkrieger weggelaufen, da musste es keine unnötigen Geheimnisse zwischen ihnen geben. Genau genommen hatte Juliana Geheimnisse endgültig satt. Wenn ihre Mum und ihr ältester Bruder Caleb die Veränderungen an sich nicht geheim gehalten hätten, dann hätten sie ihnen vielleicht noch helfen können. Vielleicht hätte es dann noch eine Chance gegeben …

»Ich bin Ava«, stellte die Fremde sich zögernd vor. »Avalee Coleman.«

»Freut mich, Ava.« Juliana ging nicht auf den Nachnamen ein. Ava würde schon ihre Gründe dafür haben. »Darf ich mir deine Hand ansehen?«

»Meine … was?« Verblüfft sah sie auf ihre Hand hinab, auf der sich ein hässlicher roter Strich zeigte. Eindeutig ein Schnitt. Und das an einer Stelle, die aufgrund der ständigen Bewegung nicht so schnell verheilen würde. Zumindest nicht ohne ein bisschen Hilfe.

Zu ihrer Überraschung hielt ihr Ava die verletzte Hand hin, allerdings nicht ohne ein gewisses Misstrauen in den Augen. Augen, die jetzt wieder ihre normale Farbe angenommen hatten. Das unheimliche Eisblau, das Juliana in der Gasse zunächst erschreckt hatte, war verschwunden und von einem natürlichen Blau ersetzt worden. Wie nebenbei ließ Juliana ihren Blick über die Gestalt der jungen Frau wandern, aber es war zu wenig Haut zu sehen, um nach anderen Anzeichen eines Elementars zu suchen. Sie schien bei Sinnen zu sein, auch wenn sie ihre Kräfte überhaupt nicht kontrollieren konnte.

»Setz dich.« Juliana deutete auf eine der steinernen Bänke mit den geschwungenen Füßen, die zwischen den Beeten standen. Der Großteil des Gartens war überdacht, sodass sie das schwächer werdende Prasseln hören konnten, aber nichts mehr davon abbekamen.

Ava setzte sich auf die Bank, streckte die Beine aus und verzog leicht das Gesicht. Offenbar war der Schnitt auf ihrer Handfläche nicht ihre einzige Verletzung. Juliana griff nach ein paar Kräutern, die sie gerade erst geerntet hatte, und zog das Erste-Hilfe-Set, das sie immer bei sich trug, aus der Manteltasche. Sie war keine Heilerin, aber die Zeit und Dutzende Verletzungen – eigene und von anderen – hatten sie einiges gelehrt. Sie ließ sich neben Ava nieder und rührte die Heilpflanzen unter eine Salbe, bevor sie das Gemisch auf Avas Hand auftrug, eine sterile Kompresse darauflegte und das Ganze dann verband.

»Danke«, sagte Ava, beobachtete aber trotzdem jede ihrer Bewegungen genau.

»Kein Problem.« Juliana fixierte den Verband mit zwei Klammern, dann packte sie die Utensilien wieder ein. »Hast du etwas zum Umziehen dabei? Wenn nicht, ist hier in der Nähe ein Laden, der …«

Ihrer Familie gehörte und in dem sie ein paar saubere, aber vor allem trockene Sachen für Ava besorgen könnte. Doch die unterbrach sie, bevor sie zu Ende sprechen konnte.

»Ich habe etwas dabei.« Ihr misstrauischer Blick studierte sie von oben bis unten. »Warum hilfst du mir? Du kennst mich doch überhaupt nicht.«

»Stimmt. Aber ich weiß, wie es ist, vor den Sturmkriegern wegzurennen.« Und wie es war, wenn man seine Kräfte nicht unter Kontrolle hatte. Zumindest am Anfang. Aber sie hatte auch bei so vielen gesehen, wie es war, wenn diese Machtlosigkeit eines Tages zurückkehrte. Sie wusste um den Schmerz, die Panik, den Zorn. Und schließlich die Akzeptanz. Das war es, was sie so wütend machte und was sie nicht verstand. Wie konnten sie einfach aufgeben? Wie hatten Mum, Caleb und Elijah einfach aufgeben und sie zurücklassen können?

Ava betrachtete sie einen Moment lang forschend, dann hob sie ihren Rucksack auf und ging zu den Büschen hinüber, die beinahe mannshoch waren. Wahrscheinlich fiel ihr nicht mal auf, dass sie ein wenig hinkte. Juliana tippte auf eine Verletzung am Knöchel oder am Knie. Eine akute, nichts chronisches, denn so wie Ava gerannt war, schien sie es nicht gewöhnt zu sein, von irgendetwas zurückgehalten zu werden.

Während Ava sich umzog, sah Juliana auf ihre Armbanduhr. Sie war zu groß für ihr Handgelenk, aber sie hatte ihrem Bruder gehört und sie würde sie nicht ablegen. Denn so trug sie wenigstens noch einen Teil von ihm bei sich, auch wenn er irgendwo dort draußen war.

Seufzend legte sie den Kopf in den Nacken und betrachtete die Lampions, die einer nach dem anderen flackernd angingen, während es um sie herum immer dunkler wurde. Die Regentropfen waren kaum noch zu hören und es war auch kein Eis mehr zu sehen oder zu spüren. Als in der Gasse die ganze Wand plötzlich von Eis bedeckt gewesen war, hatte sie einen riesigen Schreck bekommen. In jedem Clan gab es Kräfte, die verboten waren, die man niemals einsetzen durfte. In ihrem eigenen war es die Fähigkeit, Dinge in ihre Ursprungsform, also in Erde, zurückzuverwandeln. Und keiner, nicht einmal ihr Clan-Chief durfte diese Kraft gegen ein Lebewesen, Mensch, Tier oder Pflanze, einsetzen. Beim Wasserclan waren Eis- und Blutmagie verboten. Blutmagie, weil sie anderen Lebewesen schadete, und Eis, weil es die Gefühle der Person erkalten lassen konnte, die es einsetzte. Und wer keine Gefühle mehr hatte, der konnte viel zu leicht von seiner Macht übernommen werden.

Juliana wusste, was mit Ava passierte, wahrscheinlich sogar besser als diese selbst. Sie kannte die Anzeichen – genau wie den einzig möglichen Ausgang. Auch wenn sie sich nach wie vor weigerte, das zu akzeptieren. Es musste einen anderen Weg, eine Lösung geben. Für Ava, aber vor allem für ihren eigenen Bruder.

Etwas Warmes streifte sie wie einen Lufthauch, der auf ihrer Haut prickelte. Juliana setzte sich kerzengerade auf und atmete scharf ein. All ihre Sinne waren in Alarmbereitschaft. Elijahs Macht war stärker geworden, das spürte sie genau. Zu stark, um die Kräfte noch in sich verschlossen zu halten? Mit bedächtigen Bewegungen, um ihn nicht zu verschrecken, erhob sie sich und drehte sich um. Er stand zwischen den Bäumen an der steinernen Mauer, die den Garten vor der Welt verbarg. Wie sie trug ihr Bruder einen Mantel mit den goldenen Insignien ihrer Familie und einer Kapuze, die er jetzt zurückschob.

Ihr Herz stockte einen Moment lang, dann brach es erneut. Elijahs Blick war völlig klar, doch das intensiv grüne Schimmern darin war nicht zu übersehen, auch wenn es längst nicht so stark war wie Avas blaues Leuchten vorhin. Aber seine Haut … Zögernd ging Juliana auf ihn zu. Er rührte sich nicht, wich nicht vor ihr zurück, sondern blieb stumm stehen und sah ihr entgegen. Selbst als sie die Hand hob und über seine Wange streichelte, bewegte er sich nicht. Seine Haut war heiß, aufgerissen und so trocken wie Sandpapier. Seine Macht pochte und kribbelte unter ihren Fingerspitzen. Hastig ließ sie die Hand wieder sinken.

»Warte kurz.« Bevor er etwas erwidern konnte, suchte sie in den tiefen Taschen ihres Umhangs nach einem kleinen Fläschchen. Für einen normalen Menschen konnte eine Mixtur aus diesen Pflanzen und in dieser Dosierung tödlich sein, aber Elijah war nicht normal. Nicht mal unter den Mitgliedern der fünf Clans. Keiner hatte es so lange ausgehalten wie er. Niemand war so lange in der Zwischenphase gewesen, kurz davor, von seinen Kräften übermannt zu werden und trotzdem noch ausreichend bei Verstand, um weiter dagegen anzukämpfen.

Elijah fiel aus dem Raster, auch wenn die Clans sich weigerten, das anzuerkennen und gnadenlos Jagd auf ihn machten. Genauso wie sie Ava jagen würden. Allem Anschein nach hatten sich bisher nur ihre Augen verfärbt, aber das würde sich ändern, wenn sie nicht schleunigst lernte, ihre Kräfte zu kontrollieren. Die Elementarmagie war zu gewaltig, um in einer Hülle gefangen zu sein, ganz besonders am Anfang, wenn man diese Fähigkeiten erst entwickelte. In dieser Phase verfügte man über das gesamte Spektrum an Kräften seines Clans. Elijah hatte damals ungewollt ein Erdbeben verursacht, das in allen Nachrichten erwähnt wurde, und Juliana selbst hätte fast ihr Zuhause zu Staub verwandelt.

Niemand war sicher. Nicht die Menschen in der unmittelbaren Umgebung, aber vor allem nicht man selbst. Die Gefahr, von seiner Magie überwältigt und davon übermannt zu werden, war nie größer als in dieser Anfangszeit. Und alles, was sie von Ava mitbekommen hatte, deutete darauf hin, dass sie ihre Magie gerade erst entwickelt hatte. Eine andere Möglichkeit gab es nicht, denn sie beherrschte Wassermagie. Sie war eine MacLeod.

Es hieß, der Clan sei ausgelöscht, aber Juliana gab schon lange nichts mehr auf solche Aussagen. Sonst müsste sie auch daran glauben, dass ihr eigener Clan ausstarb – und sie weigerte sich, das zu akzeptieren. Nicht solange sie noch eine Chance hatte, es zu verhindern.

»Hier.« Sie nahm Elijahs Hand, legte das Fläschchen mit der dunklen Tinktur hinein und schloss seine Finger darum. »Das ist alles, was ich herstellen konnte.«

Ein angedeutetes Lächeln und Nicken seinerseits. Auch wenn sie es nicht wahrhaben wollte, er war nicht mehr der junge Mann, den sie in Erinnerung gehabt hatte. Er war mager geworden, seine einst breiten Schultern hingen herab und seine ganze Haltung drückte Schmerz aus. Wenn die Kapuze sein Gesicht bedeckte, könnte man ihn problemlos für einen alten Mann oder einen Bettler halten. Einzig die goldenen Bordüren an den Ärmeln und am Saum seines

Mantels verrieten ihn. Er hätte das Kleidungsstück längst eintauschen oder wegschmeißen sollen, um nicht aufzufallen, aber Juliana konnte verstehen, dass er sich ebenso sehr daran klammerte wie an sein altes Leben. Es war der Mantel ihrer Familie. Das nach unten zeigende Dreieck, das im letzten Drittel von einer Linie durchschnitten wurde, war ebenso in die Verzierungen eingewebt wie die Tartanfarben ihres Clans. Doch es würde ihm nichts nutzen, wenn die Sturmkrieger ihn fanden. Sie mussten nur einen Blick auf ihn werfen, um genau zu wissen, was mit ihm los war. *Was* er war.

»Du musst noch ein kleines bisschen durchhalten«, flehte sie und wollte erneut nach seiner Hand greifen, doch diesmal entzog er sie ihr und versteifte sich. »Hörst du?«

Die Kräuter würden ihm dabei helfen, länger bei Verstand, länger ein Mensch zu bleiben. Aber ihre Wirkung ließ immer schneller nach. Bald würde nichts mehr die Verwandlung aufhalten können.

»Keine Bewegung.« Die Worte waren leise ausgesprochen, aber umso eindringlicher.

Juliana erstarrte. Sie hatte Ava völlig vergessen.

»Tritt langsam zurück«, wies Ava sie an und kam dabei Schritt für Schritt näher. »Ich kümmere mich darum.«

»Nein.« Juliana wirbelte zu ihr herum. »Das wirst du nicht. Du wirst ihm nichts tun, sondern ihn gehen lassen.«

Zwei kleine Falten bildeten sich zwischen Avas Brauen. Jetzt, da ihr Haar langsam zu trocknen begann, erkannte Juliana den roten Schimmer darin. Sie schien sich wieder beruhigt zu haben, denn das unmenschliche Leuchten war nicht in ihre Augen zurückgekehrt. Was sie nicht weniger gefährlich machte, wie Juliana jetzt feststellen musste, als ihr Blick auf das Taschenmesser in Avas Hand fiel. Einer Hand, die kein bisschen zitterte. Wer auch immer dieses

Mädchen war, sie hatte es schon mal mit Ausgestoßenen zu tun gehabt.

»Er ist ein Elementar!«, zischte Ava und machte einen weiteren Schritt auf sie zu.

»Und mein Bruder.« Schützend breitete Juliana die Arme aus. Denn sie wusste nur zu genau, was Ava sah. Die gekrümmte Gestalt, die intensiv grün leuchtenden Augen mit der zersprungenen Iris. Die Risse in seiner Haut, zwischen denen dasselbe Schimmern zu erkennen war wie in seinen Augen. Seine Magie brach aus ihm heraus, und es war nur noch eine Frage der Zeit, bis er sie nicht mehr im Griff hatte. Bis aus ihm tatsächlich ein Elementar wurde. Aber solange es ihnen möglich war, nein, solange sie noch einen einzigen Atemzug übrig hatte, würde sie versuchen, es zu verhindern. Er war das Letzte, was ihr geblieben war. »Wenn du an ihn ranwillst, musst du erst an mir vorbei.«

Ava zögerte. Die Verwirrung stand ihr geradezu ins Gesicht geschrieben. Genau wie das Misstrauen, als sie die Augen zusammenkniff. »Wie kann er dein Bruder sein?«

Einen Moment lang starrte Juliana sie fassungslos an, dann ließ sie die Arme sinken. »Das ist nicht dein Ernst …«

Doch Ava schien es todernst zu meinen. Und sie hatte das Taschenmesser noch immer nicht weggesteckt.

»Wieso weißt du nicht, woher Elementare kommen? Das ist eines der ersten Dinge, die man in seinem Clan lernt.«

»Vielleicht weil ich in keinem Clan aufgewachsen bin«, gab Ava unbeeindruckt zurück und deutete mit der Klinge auf ihren Bruder. »Also sei so nett und klär mich auf.«

»Jules …«, murmelte Elijah hinter ihr. Allein seine Stimme, ihr Name auf seinen Lippen ließ etwas in ihr zerbrechen. Er klang so müde, so kraftlos. Als könnte er nicht länger gegen die Macht in seinem Inneren ankämpfen. »Es ist okay.«

»Nichts ist okay!« Sie wirbelte zu ihm herum. »Ich werde nicht zulassen, dass sie dir wehtut. Dir wird nichts passieren. Das habe ich dir doch versprochen.«

Ihr ganzes Leben lang war Elijah für sie da gewesen und hatte auf sie aufgepasst. Er hatte sie in den Arm genommen, wenn sie als Kind gestürzt war und sich die Knie aufgeschlagen hatte. Er hatte sie mit lustigen Grimassen zum Lachen gebracht, wenn sie erkältet im Bett lag. Er hatte sie vor ihren Mitschülern verteidigt, die sich über sie lustig gemacht hatten, weil sie das friedliebende Hippiemädchen gewesen war, das gern Blumen sammelte und Gedichte las, statt die ganze Zeit vor dem Computer zu hocken oder nur Augen für ihr Handy zu haben. Er war immer da gewesen, ganz besonders in den schlimmsten Momenten ihres Lebens. Als Mum von ihrer Magie übermannt und zu einer Ausgestoßenen geworden war. Als sie ihren großen Bruder Caleb beerdigt hatten. Als Dad sie verlassen hatte, weil er mit den ganzen Verlusten nicht mehr klarkam. Elijah war immer an ihrer Seite gewesen, war immer für sie eingestanden. Und jetzt war es an ihr, sich für ihn einzusetzen und ihn zu schützen.

Er hielt ihren Blick fest, und einen Moment lang schien er sie vom Gegenteil überzeugen zu wollen, gab dann aber nach. Sein rechter Mundwinkel wanderte in die Höhe, wie sie es früher so oft bei ihm gesehen hatte, und er nickte. Er würde nicht gehen und sich Ava nicht einfach ausliefern. Schweigend setzte er sich auf eine Steinbank, während sie sich langsam wieder zu Ava umdrehte, die Elijah keine Sekunde lang aus den Augen ließ.

»Elementare sind ehemalige Mitglieder der Clans. Ausgestoßene, die ihre Macht nicht kontrollieren konnten und von ihr übernommen wurden. Sie sind keine Monster, keine Kreaturen der Finsternis oder was auch immer du dir eingeredet hast. Es sind Menschen! Sie waren mal Menschen ...«

»Wie bitte?« Ava wurde blass. Mit einem Mal wirkte sie so verloren, so verwirrt, dass sie ganz von selbst die Hand mit dem Messer senkte. Sie hatte zwar wieder trockene Kleidung an, aber unter ihren Augen hatten sich schwarze Mascaraspuren gesammelt und auf der Lederjacke schimmerten noch ein paar Tropfen im Schein der Lampions.

»Was ist mit dir passiert?« Die Frage entschlüpfte Juliana, bevor sie sie aufhalten konnte. Aber sie hatte Mitgefühl mit dem Mädchen, das ein Teil dieser Welt war, jedoch nicht alle Fakten zu kennen schien. Und schon gar nicht alle Details.

»Ich war auf Greyfriars Kirk im Archiv meines Clans.« Ein zynisches Lächeln umspielte ihre Lippen. Sie warf einen kurzen Blick in Elijahs Richtung und sah dann wieder zu ihr zurück. »Und wäre dort fast ertrunken.«

»Oh mein Gott ...«

»Als ich rauskam, waren diese Typen plötzlich da und La...« Sie schloss den Mund und presste die Lippen aufeinander.

»Und ...?«, hakte Juliana behutsam nach.

Als Ava den Kopf hob, war jedes bisschen Zerbrechlichkeit aus ihrer Miene verschwunden. Sie wirkte nicht mehr wie das Mädchen auf der Flucht, sondern wild entschlossen. So entschlossen, dass Juliana sich unbewusst wieder zwischen sie und ihren Bruder schob. Nur zur Sicherheit.

»Zwei Freunde von mir haben sie aufgehalten, so lange sie konnten. Aber es waren wohl zu viele.«

Oder die Wachen hatten sie überwältigt. Ava sprach diese Möglichkeit zwar nicht aus, aber das musste sie auch nicht. Trotz dieser steinernen Miene konnte man ihr jede Emotion von den Augen ablesen. Und daran, dass das Prasseln des Regens wieder stärker geworden war. Die MacLeods beeinflussten jede Art von Flüssigkeit mit ihren Gefühlen. Kein Wunder, dass sie der erste Clan waren, der untergegangen war. Und ihre Familie drohte, der nächste zu werden, wenn sie es nicht irgendwie stoppte. Es musste einen Weg geben. Juliana war fest davon überzeugt, auch wenn ihr die Zeit zwischen den Fingern zerrann. Mit jedem Tag, mit jeder Stunde sanken ihre Chancen, Elijah und ihre Mutter zu retten, wo auch immer sie gerade sein mochte. Die anderen Clans glaubten nicht daran, dass eine Heilung möglich war. Sie jagten und vernichteten jeden einzelnen Ausgestoßenen. Sie waren davon überzeugt, dass ein Weg zurück unmöglich war. Aber Juliana wusste es besser. Sie musste einfach daran glauben, weil sie sonst an all diesen Verlusten zerbrechen würde.

»Lass ihn gehen«, sagte sie leise, aber bestimmt.

Ava sah an ihr vorbei und fluchte unterdrückt. »Das hat sich jetzt wohl erledigt …«

Juliana wirbelte herum – aber die Bank war leer. Von ihrem Bruder keine Spur.

So schnell und unbemerkt wie Elijah aufgetaucht war, war er auch wieder verschwunden. Und sie hatte sich nicht mal verabschieden, ihn nicht mal fragen können, wie es ihm ging und ob er noch etwas brauchte.

Schritte.

Juliana riss den Kopf hoch. Im selben Moment zog Ava wieder ihr Messer, aber es war zu spät. Sie waren bereits umzingelt.

Bevor sie etwas sagen oder sich zur Wehr setzen konnte, stülpte man ihr einen schwarzen Sack über den Kopf und fesselte ihre Hände.

Sie waren gefangen.

KAPITEL 14

AVA

Ich hatte jede Orientierung verloren. Wir waren eine Ewigkeit unterwegs gewesen, waren bergauf, bergab, nach links, nach rechts und geradeaus gelaufen. Irgendwie bezweifelte ich, dass wir den direkten Weg wohin auch immer nahmen, sondern ging davon aus, dass unsere Entführer absichtlich Umwege einschlugen, um uns zu verwirren. Oder mich, denn ich hatte keine Ahnung, ob Juliana noch bei mir war oder sie uns getrennt hatten. Zum Teufel, ich wusste ja nicht mal, wer dieses Mädchen eigentlich war, nur dass sie zum Erdclan gehörte und einen Bruder hatte, der … ein Elementar war? Nein, so sahen die Wesen, die ich gejagt hatte, nicht aus. Das waren Monster gewesen, die nichts Menschliches mehr an sich hatten. Und doch war Julianas Bruder auf dem besten Weg, zu einer solchen Kreatur zu werden.

Genau wie ich.

Panik legte sich schwer auf meine Brust, aber ich versuchte, dagegen anzukämpfen und meine Atmung ruhig zu halten. Wenn ich jetzt ausflippte, würde das erneut ein Unwetter nach sich ziehen und diese Leute hätten einen Grund mehr, mich für eine Ausgestoßene zu halten und an Ort und Stelle zu exekutieren. Wären die

Rollen vertauscht gewesen, hätte ich es genauso gemacht. Ein Grund mehr, jetzt verdammt noch mal ruhig zu bleiben.

Ein weiteres Mal ging es bergauf, doch diesmal war irgendetwas anders. Es dauerte einen Moment, bis ich den Unterschied bemerkte – und prompt stolperte. Wir liefen nicht mehr über Kopfsteinpflaster oder Kies, sondern über Gras. Es fühlte sich weich unter meinen Stiefeln an. Weich und matschig. Hätte ich nicht diesen blöden Sack auf dem Kopf, wäre mir das schon eher aufgefallen, doch der Stoff ließ kein Licht und keine Gerüche zu mir durch. Als wir oben ankamen, ging es ein paar Schritte auf der anderen Seite nach unten. Ein Tor quietschte. Metall knirschte. Dann hörte ich, wie eine weitere Tür geöffnet wurde. Die kühle Abendluft und der Wind verschwanden. Hier drinnen war es zwar auch nicht gerade kuschelig, aber wenigstens etwas wärmer als draußen. Stimmen drangen an mein Ohr, die dann jedoch abrupt innehielten.

»Sir«, sagte der Kerl, der mich die ganze Zeit über am Oberarm gepackt gehalten und durch die Gegend gezerrt hatte. »Wir haben die Verdächtige. Und sie war nicht allein.«

»Nehmen Sie das ab, Kingston«, ertönte eine männliche Stimme. Älter. Distinguiert. Vielleicht ein Professor oder Politiker, auch wenn ich den Akzent nicht zuordnen konnte.

Man befreite mich von den Fesseln und riss mir den Sack vom Kopf. Blinzelnd öffnete ich die Augen und rieb meine schmerzenden Handgelenke. Zuerst war alles verschwommen, doch als ich mich an die Lichtverhältnisse zu gewöhnen begann, musterte ich den Fremden. Er trug einen Anzug, der schon bessere Zeiten erlebt hatte, dazu eine Krawatte und ein Einstecktuch in der Brusttasche. Wer trug heutzutage noch ein Stofftuch mit sich herum? Sein Gesicht war von den Jahren gezeichnet und die filigrane Brille verlieh ihm etwas Erhabenes, aber sie täuschte nicht über die Lachfalten in Mund- und Augenwinkeln hinweg. Genauso wenig entgingen mir die Sorgenfalten auf seiner hohen Stirn, die in einer Halbglatze verschwand. Sein Haar war bereits ergraut und so kurz geschnitten, dass es fast schon militärisch wirkte und so gar nicht zu dem Professorenimage passen wollte.

Ich öffnete schon den Mund, aber sein Blick wanderte von mir zu der zweiten Person, die gegen ihren Willen hergebracht worden war. Auch ihr riss man jetzt den Sack herunter und löste die Fesseln an den Händen.

»Juliana McKay. Es ist lange her.« Der Fremde neigte den Kopf zur Begrüßung, dann wandte er sich mir zu. Seine schmalen Lippen verzogen sich zu einem winzigen Lächeln. »Ich glaube, wir beide kennen uns noch nicht.«

Du wirst mich gleich kennenlernen. Die Worte brannten mir auf der Zunge, aber ich zwang sie zurück. Ich wusste nichts über diesen Kerl, genauso wenig wie über die Leute, die uns hergeschleppt hatten. Bevor ich mich auf sie stürzte, war es vielleicht klüger, erst mal mit ihnen zu reden. Zumindest für den Anfang.

»Avalee Coleman.«

»Nein.« Er musterte mich so intensiv, als wäre ich eine Schatzkarte, die er zu entschlüsseln versuchte. »Das ist nicht ganz richtig.«

Ich grub die Fingernägel in meine Handflächen und biss die Zähne zusammen. Nicht vor Wut, sondern in dem Versuch, mein Temperament zu zügeln. Und um nicht wieder einen fremden Ort zu fluten.

»MacLeod«, stieß ich kaum hörbar hervor. »Mein Name … ist Avalee MacLeod.«

Ein Wispern erfüllte den Raum und hallte von den Wänden

wider. Erst jetzt wurde mir bewusst, dass wir nicht allein waren. Es mussten mindestens fünf, sechs andere Leute anwesend sein, vielleicht auch mehr. Der Raum war lang gezogen und schlecht beleuchtet. Ich erkannte einen Tisch, an dem mehrere Personen saßen und allesamt in unsere Richtung blickten. Wer waren sie? Und warum hatte man uns hierher gebracht?

Juliana stand unbeweglich neben mir. Sie hatte das Kinn vorgereckt, sagte aber kein Wort. Entweder hatte sie tatsächlich keine Angst oder sie wusste genau, wo wir uns befanden und welchen Sinn diese Versammlung hatte.

Eine Bewegung zog meine Aufmerksamkeit auf sich. Zwei Gestalten lösten sich aus den Schatten an der Wand und kamen auf mich zu. Mein Herz setzte einen Schlag lang aus und pochte dann so schnell, dass es beinahe wehtat.

»Lance … Bri …«

Meine beste Freundin fiel mir um den Hals. »Bist du okay?«, fragte sie so leise, dass nur ich es hören konnte.

Ich nickte stumm und betrachtete sie von oben bis unten. Sie wirkte unverletzt, etwas zerzaust und blass vielleicht, aber ich konnte keine Wunden an ihrem Körper finden und keine Angst in ihren Augen lesen. Vor Erleichterung sanken meine Schultern herab. Dann heftete ich meinen Blick auf Lance. Er war zwei Schritte von mir entfernt stehen geblieben und rührte sich nicht, sondern schien auf Sicherheitsabstand zu bleiben. Zu mir? Oder zu dem Kerl, der sich noch immer nicht mit Namen vorgestellt hatte?

»Wie ich sehe, kennt ihr euch bereits«, stellte der Fremde ohne jede Überraschung fest.

»Komm zur Sache, Lynden«, ertönte die dröhnende Stimme eines Mannes vom Tisch. »Nicht jeder hat so viel Zeit wie du.«

Kurz hielt er inne, dann lachte er auf. »Du hast natürlich recht. Wo bleiben nur meine Manieren? Ich bin Lord Lynden Dundas, Chief des Luft-Clans.« Lynden deutete auf die Leute am Tisch. »Das sind Lord Arran Kelvin, Oberhaupt der Kelvins im Süden, Lady Saorsa Campbell von den Campbells aus den Highlands und Bartholomew MacKay, der neue Chief der MacKays aus dem hohen Norden.«

MacKay? Ich starrte Juliana von der Seite an, aber sie zeigte keine Regung. Stattdessen blickte sie den Mann, der ihr nicht im Geringsten ähnlich sah, nur mit stoischer Ruhe an.

Lyndens Blick wurde forschend. »Und du beanspruchst für dich, eine MacLeod zu sein? Damit wärst du die Erste seit über einem Jahrzehnt, die wieder einen Fuß in diese heiligen Hallen gesetzt hat.«

Was und wo auch immer *diese Hallen* waren, denn bis auf den Tisch am anderen Ende war kaum etwas zu erkennen. Es gab auch keine Fenster, die einen Blick nach draußen ermöglicht hätten. Immer noch nicht zu wissen, wohin sie uns gebracht hatten, machte mich nervös. Aber es wäre dumm gewesen, das zu zeigen. Dieser Lynden wirkte nicht wie ein Krieger, sondern wie ein Stratege, der jede Schwäche ausnutzen würde und einem jedes Wort im Mund verdrehen konnte.

Ich reckte das Kinn vor und fixierte ihn. »Die Unterlagen im Archiv der MacLeods bestätigen, dass ich zur Familie gehöre. Sonst wäre ich wohl kaum dort reingekommen.«

»Das ist eine Lüge!« Der Mann, den Lynden als Arran Kelvin vorgestellt hatte, schob seinen Stuhl zurück und erhob sich. Selbst auf die Entfernung wirkte er riesig. Lange Beine, ein breites Kreuz, trainierte Arme und große Hände. Sein Haar war von einem dunklen Blond und im Nacken zusammengebunden. Seine Kleidung wirkte jedoch nicht so vornehm wie die von Lynden, sondern wesentlich alltagstauglicher. Eine dunkle Hose, Stiefel, ein kariertes Hemd, dessen Ärmel bis zu den Ellbogen hochgekrempelt waren. »Woher sollen wir wissen, dass sie die Wahrheit sagt? Sie könnte sich das genauso gut ausdenken. Wir haben nur ihr Wort.«

»Und meins«, schaltete sich nun auch Lance ein, der sich bisher im Hintergrund gehalten hatte. Er machte einen Schritt nach vorn, auf den Tisch zu, wodurch er die Blicke aller auf sich zog.

»Wirklich?« Lynden schnaubte höhnisch und ging zu seinem Platz. Lässig lehnte er sich zurück und faltete die Hände auf dem Tisch. »Hast du mit eigenen Augen gesehen, wie sie das Archiv betreten hat?«

»Lance …« Saorsa warf ihm einen warnenden Blick zu. Wie Lance hatte sie dunkles Haar, doch ihres reichte mindestens bis zur Taille und sie trug es auf der Seite zusammengebunden. Dazu silbernen Schmuck, der die Form von Kreisen hatte. Niemandem entging die stumme Kommunikation zwischen Lance und ihr.

»Sie sagt die Wahrheit«, ertönte plötzlich eine tiefe Stimme von der Tür her.

Ich versteifte mich. Diese Stimme … Erst nach allen anderen drehte auch ich mich zur Doppeltür um, die nun wieder ins Schloss fiel. Dort stand Reid, die Arme in die Hüften gestemmt, und blickte in die Runde. Regentropfen hingen in seinem kurzen rotblonden Haar und ließen es eine Spur dunkler wirken, doch die Ähnlichkeit zu Arran war unverkennbar. Sie hatten die gleichen Augen, den gleichen Gesichtsausdruck und die gleichen breiten Schultern.

»Sie ist die Letzte ihres Clans mit Wassermagie. Ich weiß es, weil ich dabei war, als sie ihre Kräfte bekommen hat.«

Sein Blick fand meinen und er nickte mir zu, als würden wir ein Geheimnis teilen. Ich runzelte die Stirn. Was wollte er mit diesem Auftritt bewirken? Warum sollte er sich für mich einsetzen? Wir kannten uns im Grunde doch gar nicht und er war mir nichts schuldig. Wenn überhaupt, war ich ihm etwas schuldig, denn er hatte mir das Leben gerettet.

»Das kann nicht sein …«

»Unmöglich!«

»Ihre Kräfte sind völlig außer Kontrolle! So starke Regenschauer gab es seit Jahren nicht mehr in Edinburgh.«

»Eine Ausgestoßene!«

Die Rufe wurden lauter. Aus Skepsis wurde Misstrauen. Aus Misstrauen Angst – und schließlich Wut. Wut, die sich gegen mich richtete.

Reflexartig wollte ich zurückweichen und dem Fluchtinstinkt nachgeben, doch in diesem Moment spürte ich eine Hand auf meinem Arm. Ich sah von der Stelle hoch in Briannas Gesicht. Sie lächelte nicht, aber ihr Blick war eindeutig: *Wenn du jetzt abhaust, bestätigst du sie nur in ihren Anschuldigungen.* Ich biss die Zähne zusammen, dann nickte ich leicht und zwang mich dazu, an Ort und Stelle stehen zu bleiben. Brianna hatte recht. Diese Leute waren die Anführer ihrer Clans. Wenn sie glaubten, dass ich eine Gefahr darstellte, würde ich für den Rest meines Lebens eine Gejagte sein.

»Er sagt die Wahrheit.« Ohne auf den Einwand seines Chiefs zu achten, trat Lance bis an den Tisch und stützte sich mit beiden Händen auf. Zu meiner Überraschung hielt ihn niemand auf. »Ihr kennt mich. Ihr wisst, wofür ich stehe und für wen ich kämpfe. Ich kenne Ava seit einem Jahr. Sie hat ihre Kräfte erst seit Kurzem und weist keinerlei Anzeichen einer Ausgestoßenen auf.«

Er log. Mein Herz begann zu hämmern. Auf dem Friedhof hatte er selbst gesagt, dass meine Augen geleuchtet hatten. Nur die Augen von Elementaren leuchteten so stark, weil sie die Macht in ihrem Inneren widerspiegelten. Ich hatte es selbst gesehen, genauso wie das Erlöschen dieses Lichts, wenn das Wesen starb.

Elementare sind ehemalige Mitglieder der Clans. Ausgestoßene, die ihre Macht nicht kontrollieren konnten und von ihr übernommen wurden. Julianas Worte hallten wie ein Echo in meinem Kopf wider. Passierte genau das jetzt auch mit mir?

»Wenn das wirklich wahr ist, dann braucht sie Training, um ihre Kräfte beherrschen zu können.« Saorsas Stimme war leise, aber als sie sprach, verstummten alle anderen.

»Ihr Clan wird ihr nicht helfen können.« Lynden deutete in meine Richtung. »Dort verfügt niemand mehr über die Macht des Wassers.«

Und doch musste es noch eine Person geben. Nämlich genau die, die meinen Namen in den Stammbaum eingetragen, meine Geburtsurkunde und Mums Totenschein ins Archiv gelegt hatte. Das konnte kein normales Mitglied der MacLeods gewesen sein, denn ohne Wassermagie kam man nicht hinein. Oder lebend hinaus. Das hatte ich mehr als deutlich am eigenen Leib erfahren. Aber wer war es? Lebte diese Person überhaupt noch? Seit Mums Tod waren schließlich elf Jahre vergangen und in dieser Zeit konnte viel passiert sein. Dennoch musste irgendjemand die Fackeln im Archiv entzündet haben, also musste es noch eine oder einen MacLeod mit Wassermagie geben. Aber wenn dem so war, warum hielt sich diese Person dann versteckt?

Im Archiv hatte ich zwar Antworten gefunden, aber ich würde mit so viel mehr Fragen nach Hause zurückkehren. Wer hatte meine Mutter getötet? Wie war sie gestorben? Steckten wirklich die Elementare dahinter oder könnte es ein verfeindeter Clan gewesen sein? Saß ihr Mörder vielleicht sogar hier an diesem Tisch? Übelkeit breitete sich bei diesem Gedanken in mir aus. War es jemand von den Campbells? Nur allzu deutlich erinnerte ich mich daran, was Lance darüber gesagt hatte, dass unsere Familien eine Blutfehde führten. War es das? War meine Mutter dieser Auseinandersetzung zum Opfer gefallen? Oder musste ich die Schuld woanders suchen? Bei Reids Familie vielleicht? Denn er war an jenem Tag als kleiner Junge mit Sicherheit nicht allein auf Skye gewesen, selbst wenn er damals schon die Feuerteleportation beherrscht hatte. Also mussten auch andere Mitglieder des Feuerclans in der Nähe gewesen sein. Hatten sie meine Mutter umgebracht? Und was war mit den Dundas und den MacKays? Welche Rolle spielten sie in alldem?

»Vielleicht wäre es sinnvoll, erst mal mit ihrem Clan zu sprechen«, meldete sich eine neue Stimme zu Wort. Bartholomew MacKay, der sich bisher in Schweigen gehüllt hatte.

Juliana spannte sich neben mir an. Ich warf ihr einen fragenden Blick zu, aber sie reagierte nicht darauf.

Lynden machte eine wegwerfende Handbewegung. »Unnötig. Wenn sie wirklich eine MacLeod ist, wie sie behaupten, wird sich ihr Clan von selbst bei ihr melden. Die nicht magischen Mitglieder gehen uns nichts an.«

»Und dennoch ist es ein Zeichen des Wohlwollens und der Freundschaft, wenn wir sie über ihr neues Mitglied mit Wassermagie unterrichten«, warf Saorsa nachdenklich ein.

Lynden zögerte kurz, dann nickte er bekräftigend. »Natürlich. Da stimme ich dir zu. Glücklicherweise lebt schon seit vielen Jahren ein kleiner Teil meiner Familie auf Skye«, fuhr er fort und sah dabei zu Brianna. »Ich bin sicher, die Dundas werden die MacLeods informieren und sich zusätzlich auch um dieses kleine … Problem mit Avalees Kräften kümmern.«

»Ja, und dabei die Inseln des Westens für sich einnehmen. Heimlich, still und leise aus dem Verborgenen, so wie ihr es immer tut«, warf Arran trocken ein, doch in seiner Stimme lag ein stahlharter Unterton.

»Das ist eine Unterstellung.« Lynden glättete sein Jackett. »Ich berufe mich nur auf die Fakten.«

»Fakt ist, dass wir alle scharf auf das Land sind«, unterbrach Arran ihn erneut und warf ein entwaffnendes Lächeln in die Runde. »Seien wir doch mal ehrlich.«

»Nicht alle«, wandte Bartholomew ein.

»Alle, die nicht damit beschäftigt sind, ihrer Familie beim Aussterben zuzusehen.«

Juliana machte einen halben Schritt nach vorn, zügelte sich jedoch in letzter Sekunde. Jeder Muskel in ihrem Körper schien aufs Äußerste angespannt zu sein, trotzdem hielt sie den Mund. Alles blieb ruhig. Kein Staubkorn erzitterte, vom Erdboden ganz zu schweigen. Beeindruckend.

»Was ist mit Campbell?« Bartholomew nickte in Richtung Lance. »Wie man hört, ist er schon seit einer ganzen Weile auf der Insel.«

Saorsa lächelte kühl. »Wir wissen alle, dass die Treue meines Jüngsten an erster Stelle nicht bei seinem Clan liegt, sondern bei den Sturmtöchtern und -söhnen.«

Ich riss die Augen auf. Wie bitte? Bedeutete das etwa, dass Lance … ein Sturmsohn war? Hatte er uns deshalb in Greyfriars Kirk geholfen? Weil er die Wachen am Friedhof kannte?

»Aber dieser Sturmsohn gehört zu eurem Clan«, spann Lynden den Faden weiter. »Also handelt er im Auftrag der Campbells?«

»Nein«, widersprach Lance grimmig. »Ich handle nur in meinem eigenen Auftrag. Mein Aufenthalt auf Skye hat nichts mit Ava zu tun.«

Autsch. Ich presste die Lippen aufeinander. Obwohl ich wusste, dass es stimmte, löste die Art, wie er es sagte, ein unangenehmes Ziehen in meiner Brust aus. Ganz so, als wäre ich nur ein lästiges Anhängsel bei seinen Abenteuern gewesen, dabei konnte ich gar nicht mehr zählen, wie oft wir uns gegenseitig den Hintern gerettet hatten. Und das ohne irgendwelche übernatürlichen Kräfte.

»Ganz egal, was deine Ziele sind«, sprach Arran weiter. »Wir müssen uns den Tatsachen stellen. Es gibt nun wieder jemanden mit Wassermagie von den MacLeods. Und wenn sie kein Training erhält, verschwindet diese unerwartete Chance für den Clan genauso schnell wieder, wie sie aufgetaucht ist.«

Ich lehnte mich zu Brianna hinüber und senkte die Stimme. »Ich werde gar nicht gefragt, oder?«

»Nein«, erwiderte sie tonlos.

»Hier hört man dir nicht zu. Man richtet über dich«, fügte Juliana leise hinzu.

»Toll«, murmelte ich und legte den Kopf in den Nacken. Zu meiner Überraschung war die Decke niedriger als erwartet, von dunklen Holzbalken durchzogen und … nach oben gebogen? Standen wir etwa in einem Berg?

»Du hast also nicht mit der Tochter aus dem Hause MacLeod

Jagd auf Elementare gemacht und sie Seite an Seite mit ihr vernichtet?«, wollte Lynden plötzlich wissen.

Irritiert sah ich zu Juliana. »Woher weiß er das?«

»Windhören«, flüsterte sie und drehte sich leicht, damit niemand etwas von unserem Gespräch mitbekam. »Eine seltene Gabe im Luftclan.«

Brianna nickte. »Wenn der Wind richtig weht, kann er Gespräche mit anhören, die kilometerweit von ihm entfernt stattfinden. Manchmal sogar welche, die vor Tagen oder Wochen stattgefunden haben.«

Ach du Schande. Das war übel. Der Kerl war ein Spion, den niemand sah, weil er nicht einmal vor Ort sein musste, um alles über dich zu erfahren.

Ich senkte meine Stimme. »Wenn ich jetzt also sage, wie gruselig ich ihn finde, kriegt er das mit?«

In diesem Moment drehte Lynden den Kopf zu uns. Ich pflasterte ein Lächeln auf mein Gesicht und nickte ihm zu. Er kniff die Augen zusammen, konzentrierte sich dann aber wieder auf die Diskussion am Tisch, in die sich inzwischen auch Reid eingemischt hatte.

»Ich würde sagen, das heißt ja«, wisperte Juliana.

»Er kann aber keine Gedanken lesen oder so?«

Brianna schüttelte den Kopf. »Nein. Wieso?«

Ich rollte mit den Schultern, um die Anspannung in meinem Nacken loszuwerden. »Weil ich in Gedanken gerade nicht sehr nett zu ihm bin.«

Die beiden lächelten stumm.

Irgendwann hielt ich es nicht mehr aus. Die Stimmen am Tisch waren von Minute zu Minute lauter geworden, das Gespräch immer absurder und wir wurden einfach weiter ignoriert, als wären wir gar nicht da.

»Und?«, rief ich schließlich, als sich Lynden zum wiederholten Male zu Wort meldete, eine Einigung aber noch immer nicht in Sicht war. »Habt ihr jetzt endlich über mein Schicksal entschieden oder müssen wir die ganze Nacht hier verbringen?«

KAPITEL 15

REID

Sie war mutig, das musste man ihr lassen. Aber auch vorlaut – und das war gefährlich. Niemand wagte es, so mit den Mitgliedern des Tribunals zu sprechen, die Richter, Geschworene und Henker zugleich waren. Aber das konnte Ava nicht ahnen. Allem Anschein nach war sie mit irgendeinem Halbwissen aufgewachsen und hatte nichts von ihrem Erbe gewusst. Anders als in seiner Familie, in der man all das von klein auf eingetrichtert bekam. Vor allem als ältester Sohn des Clan-Chiefs.

Reid hielt sich im Hintergrund, obwohl er den Blick seines Vaters nur zu deutlich auf sich spürte. Seine Einmischung in eine Sitzung des Tribunals würde noch eine Diskussion zur Folge haben, so viel war klar. Er straffte die Schultern und verschränkte die Finger hinter dem Rücken, während er breitbeinig dastand, ganz wie der Soldat, der er sein sollte.

Ein Teil von ihm fürchtete sich vor dem, was gleich kommen würde. Dem Tribunal konnte er vielleicht die ganze Wahrheit verschweigen – und das musste er auch, weil hier keiner dem anderen traute –, aber seinem Vater musste er die Wahrheit sagen. Eine Wahrheit, die er erst jetzt in ihrem gesamten Ausmaß begriff.

Indem er Ava damals gerettet hatte, hatte er eine Kettenreaktion ausgelöst, die niemand hätte vorausahnen können. Alle hatten geglaubt, der Wasserclan wäre ein für alle Mal vernichtet worden. Sein Vater und dessen rechte Hand, der Chieftain, der zugleich auch Reids Onkel war, planten schon seit Jahren, wie sie die Inseln der Äußeren Hebriden einnehmen und für sich nutzen konnten. Es wäre die erste nicht kriegerische Erweiterung eines Herrschaftsgebiets seit Jahrhunderten. Und es stand ihnen zu. Die Kelvins waren der mächtigste und stärkste Clan von allen. Die MacKays gingen an ihrer eigenen Macht zugrunde, weshalb auch ihr Chief alle paar Jahre oder sogar monatlich wechselte. Bald würden keine Familienmitglieder mehr übrig sein, um seinen Platz einzunehmen. Die Dundas waren keine Bedrohung, auch wenn Reids Vater ihnen nur mit Misstrauen begegnete und stets behauptete, sie würden etwas im Schilde führen. Aber wenn dem so war, verbargen sie das sehr gut hinter einer pseudofreundlichen Fassade. Und die Campbells …

Reids Blick wanderte zu Lance. Das strahlende Vorbild für jeden, völlig egal, ob man zu den Sturmkriegern seines eigenen Clans gehören wollte oder nicht. Reid biss die Zähne zusammen. Wie oft hatte er dieselbe alte Leier zu hören bekommen? Wie oft hatten sein Vater, seine Trainer und sogar die Bediensteten auf Kelvingrove ihm geraten, sich ein Beispiel an ihm zu nehmen? Genauso wie – oder noch besser als der Jüngste aus dem Hause der Campbells zu sein? Verantwortungsbewusst. Objektiv. Klug. Stark. Wenn er den Namen dieses Kerls noch einmal hören musste, konnte er für nichts mehr garantieren.

Auch jetzt zeigte sich Lance von seiner besten Seite und diskutierte mit den Oberhäuptern der Clans. Er wusste sich durchzusetzen, behandelte aber jedes Mitglied des Tribunals voller Respekt. Wahrscheinlich ging sein Temperament nie mit ihm durch. Reid konnte gerade so ein Augenrollen unterdrücken. Die Tatsache, dass der Typ schon so lange auf Skye war, konnte nichts Gutes bedeuten, völlig egal, was er und Saorsa Campbell behaupteten. Sie hatten einen Plan. Warum sonst würde der Goldjunge seine Zeit auf einer trostlosen Insel voller Touristen verschwenden?

»Ihr dürft jetzt gehen.« Die Stimme seines Vaters schallte durch den Saal, den das Tribunal für seine vierteljährlichen Sitzungen benutzte. In der Regel nahmen weitaus mehr Clanmitglieder daran teil. Das hier war eine Ausnahme, ein spontan zusammengetrommeltes Treffen. So etwas geschah vielleicht einmal pro Jahrzehnt und war nur möglich, da sich die Chiefs entweder selbst mithilfe ihrer Magie hierher teleportieren konnten oder weil jemand mit dieser Gabe aus ihrem eigenen Clan sie hergebracht hatte. Und diesmal war Ava der Grund dafür. Weil ihre Kräfte mit ihr durchgegangen waren. Mitten in Edinburgh. Wenn das Mädchen es darauf angelegt hatte, die Aufmerksamkeit aller Clans auf sich zu ziehen, dann herzlichen Glückwunsch. Sie hatte es geschafft.

»Tatsächlich?« Avas Stimme war die pure Provokation.

Andere erzitterten vor der Macht und Grausamkeit des Anführers der Kelvins, aber sie bot ihm die Stirn. In diesem Fall war Unwissen ein Segen. Denn sie wäre sicher nicht so trotzig, wenn sie wüsste, wozu Arran in der Lage war. Wenn es in seinem Sinn stand, könnte er sofort eine ganze Armee nach Skye schicken und die Insel in Schutt und Asche legen. Und es gab nichts, was Ava oder irgendjemand sonst dagegen unternehmen könnte. Aber Arran Kelvin wollte keinen Krieg anzetteln. Noch nicht.

Ohne auf Avas Einwurf einzugehen, wurde sie mit Lance,

Brianna und dem Mädchen mit den langen braunen Haaren, dessen Namen Reid nicht mitbekommen hatte, aus der Halle geführt. Saorsa verschwand mit einem geheimnisvollen Lächeln aus der Tür, gefolgt vom neuen Chief der MacKays. Auch seinen Vornamen hatte er verpasst, aber das war nicht weiter schlimm. Schon bald würde ein anderer auf seinem Stuhl sitzen. Oder gar keiner mehr.

»Reid.«

Verdammt. Er hatte nicht zugehört und daher auch nicht mitbekommen, welche Entscheidung das Tribunal getroffen hatte. Aber was es auch war, dem finsteren Blick seines Vaters nach zu urteilen, konnte es nichts Gutes sein. Arran deutete seinem Sohn an, ihm zu folgen. Seite an Seite gingen sie durch die Doppeltür in den Gang hinaus, die Stufen hinauf bis ins Freie. Der Anführer der Kelvins und sein Nachfolger. Die Luft war kalt und noch immer feucht, auch wenn es inzwischen aufgeklart hatte. Sterne funkelten über dem Calton Hill und ein kalter Wind wehte zwischen den Säulen des National Monuments. Reid schlug den Kragen seiner Jacke hoch.

»Wir sehen uns zu Hause. Sofort.« Vor seinen Augen loderte eine Flammensäule aus dem Boden und verschlang Arran. In der einen Sekunde stand seine große Gestalt noch neben ihm, in der nächsten war er allein.

Reid atmete tief durch, dann folgte er seinem Vater auf dieselbe Weise. Das Feuer tanzte über seine Haut, wurde zu einem Teil von ihm, unterlag aber nach wie vor seiner Kontrolle.

Als Reid die Augen wieder aufschlug, war er nicht länger in Edinburgh, sondern zu Hause in Glasgow. Seiner Familie gehörte mehr als die Hälfte aller Gebäude in der Stadt, darunter auch Kelvingrove. Die Bevölkerung kannte das riesige rote Backsteingebäude nur als Museum. Dass in den oberen Etagen die wichtigsten Mitglieder des Feuerclans wohnten, wusste kaum jemand.

»Reid.« Arran saß auf dem erhöhten Stuhl, der etwas von einem Thron hatte, in seinem Arbeitszimmer und blickte auf seinen Sohn hinab. »Du kennst also den Grund, warum wir ein Problem mit dem Wasserclan haben.« In seinen Worten schwang kein Vorwurf mit, nur eine gefährliche Ruhe. Arran war schon immer gut darin gewesen, die Fakten festzuhalten, ohne etwas von seinen Emotionen preiszugeben.

Reid trat ein paar Schritte vor. »Ich wusste nicht, wer sie war, Vater. Vor elf Jahren, an dem Tag, an dem der Wasserclan zugrunde ging, habe ich dieses Mädchen im Meer gesehen und einfach gehandelt. Ich habe nicht nachgedacht und sie gerettet. Bei meinem letzten Besuch auf Skye habe ich sie durch Zufall wieder getroffen. Sie hat sich noch an mich erinnert und mich erkannt. Das muss ihre Kräfte erweckt haben. Es tut mir leid.«

Wenn er damals gewusst hätte, was er heute wusste … hätte er dann dasselbe getan? Hätte er das Mädchen gerettet? Oder hätte er Ava am Strand zurückgelassen, bis die Fluten sie erneut ins Meer rissen und für immer in seinen Tiefen behielten? Hätte er mit dieser Tat leben können?

Arran betrachtete seinen Sohn schweigend. Reid kannte diese Taktik, hatte sie oft genug gesehen und am eigenen Leib erfahren. Es sollte den Gegenspieler nervös machen. Und nervöse Menschen neigten dazu, sich zu verplappern oder Fehler zu machen. Aber sein Vater hatte ihn Besseres gelehrt. Reid biss die Zähne zusammen und hielt der Musterung stand, ohne dass ihm ein weiteres Wort über die Lippen kam.

Schließlich zog Arran die Brauen hoch und nickte, ganz so, als wäre er zufrieden mit dem, was er da sah. »Mein Sohn ...« Er stand auf, kam zu Reid und legte ihm die Hand auf die Schulter. »Du warst ein Kind, das es nicht besser wusste. Indem du dem kleinen Mädchen geholfen hast, hast du vielleicht einen ganzen Clan gerettet. Deine Mutter wäre stolz auf dich.« Er drückte Reids Schulter eine Spur zu fest und kniff die Augen zusammen. »Aber du hast uns auch einer Bedrohung ausgesetzt, die noch niemand einschätzen kann. Du bist zu jung, um dich noch daran erinnern zu können, wie instabil der Wasserclan einst war. Sie lassen sich nur von ihren Gefühlen leiten ...« Er schnalzte abfällig mit der Zunge. »Kein Wunder, dass sie an ihrer eigenen Macht zugrunde gegangen sind ...«

Reid schwieg. Er hatte die Geschichte der MacLeods ebenso studiert wie die der anderen großen Clans. Es gehörte zu seiner Ausbildung als zukünftiger Chief, denn in seiner Familie ging das Recht, den Clan zu leiten, noch von Vater auf Sohn über. Selbst wenn Reid eine ältere Schwester gehabt hätte, wäre sie niemals an diese Position gekommen. Glücklicherweise stellte sich diese Frage nicht, denn von Arrans fünf Kindern war er der Erstgeborene.

»Trotzdem darf uns das nicht in unseren Plänen zurückwerfen«, fuhr Arran unbeirrt fort. »Wir müssen uns den neuen Gegebenheiten anpassen, ohne unser Ziel aus den Augen zu verlieren. Du hast das Urteil des Tribunals gehört.«

Nein, hatte er eben nicht. Reid versteifte sich, nickte aber knapp. Einen Fehler vor seinem Vater zuzugeben, war keine gute Idee.

Ein letztes Mal klopfte Arran ihm auf die Schulter. »Du hast jetzt die Verantwortung für sie, Roderick. Trainiere sie. Sorg dafür, dass sie ihre Kräfte zu beherrschen lernt, und berichte mir und deinem Onkel alles, was auf der Insel vor sich geht. Wir erfahren es als Erstes, noch vor dem Tribunal. Hast du das verstanden?«

Etwas regte sich in ihm. Verwunderung. Irritation, dass ausgerechnet er die Aufgabe übertragen bekommen hatte, Ava zu trainieren. Und ein Widerwille, den er hinunterschluckte, auch wenn es ein bitteres Gefühl in seinem Mund hinterließ. Reid hatte schon vor Jahren beschlossen, niemals so unbarmherzig und mit harter Hand zu regieren wie sein Vater, wenn er an der Reihe war. Doch bis es so weit war, musste er den Befehlen seines Chiefs Folge leisten, sonst würde er diesen Rang nie einnehmen. Denn Arran hätte kein Problem damit, seinen Erstgeborenen zu enterben und Reids nächstjüngeren Bruder als Nachfolger einzusetzen. Das hatte sein Vater ihm unmissverständlich klargemacht, als er ihn das erste Mal enttäuscht hatte und die Konsequenzen dafür tragen musste.

Das Urteil des Tribunals gefiel ihm genauso wenig wie die Extraaufgabe seines Vaters, ihm stets Bericht zu erstatten. Trotzdem neigte er den Kopf und deutete ein Nicken an. »Verstanden.«

KAPITEL 16

AVA

Die Fahrt zurück nach Hause verlief größtenteils schweigsam. Reid war bei seinem Clan-Chief zurückgeblieben und Juliana, kurz nachdem man sie hatte gehen lassen, verschwunden. Ich hatte nur einmal woanders hingesehen und schon war sie weg gewesen. Genau wie ihr Bruder wenige Stunden zuvor. Ihr Bruder, der zu einem Elementar wurde.

Selbst jetzt, über zweieinhalb Stunden später, schwirrte mir noch immer der Kopf. Während Lance am Steuer saß, lag Brianna schlafend auf der Rückbank, und auch mir fielen die Augen immer wieder zu. Ich steckte Briannas Handy weg, nachdem ich Dad kurz Bescheid gegeben hatte, dass ich mit ihr unterwegs war und es spät werden würde. Mein eigenes Smartphone war dank der Überflutung im Archiv völlig im Eimer. Mittlerweile war es schon Nacht geworden, aber zumindest regnete es nicht mehr. Hin und wieder schoben sich Wolken vor den Mond, doch davon abgesehen leuchtete er uns den Weg durch die kurvenreichen Straßen. Wir hatten die Lowlands vor Kurzem hinter uns gelassen und waren nun mitten in den Highlands. Dem Gebiet der Campbells. Lance' Zuhause.

Aber er wirkte nicht entspannt, während wir an den bewaldeten

Bergen und Lochs vorbeifuhren, über denen Nebel hing. Nur an manchen Stellen, wo die Schwaden nicht allzu dicht waren, glitzerte das tiefdunkle Wasser im Mondlicht. Lance starrte geradeaus, eine Hand am Lenkrad, die andere auf dem Schaltknüppel zwischen uns. Ich sah nur sein Profil im schwachen Lichtschein des Armaturenbretts, aber ich kannte ihn gut genug, um zu wissen, dass es in ihm arbeitete. Dass er nachdachte. Sich einen Plan zurechtlegte. Zumindest war es das, was er bei einem Kampf tat, wenn wir einen Moment Ruhe hatten. Irgendwie wünschte ich mir sogar, wir wären irgendwo in den Hügeln von Skye statt hier im Auto. Dann könnten wir beide unsere Anspannung und Wut loswerden, statt sie in uns zu vergraben.

Als im Radio nur noch Nachrichten kamen, streckte ich die Hand aus und schaltete es ab. Stille breitete sich im Wagen aus.

»Warum hast du mich nach Edinburgh gebracht?«, fragte ich schließlich leise, um Brianna nicht zu wecken. »Warum hast du überhaupt eingewilligt, bei der ganzen Sache mitzumachen?«

Lance warf mir einen Seitenblick zu, bevor er seine Aufmerksamkeit wieder auf die Straße richtete und die nächste Kurve nahm. »Weil ich wissen wollte, ob du tatsächlich zu den MacLeods gehörst.«

»Zu dem Clan, mit dem deine Familie eine Blutfehde führt.«

Es war mehr eine Feststellung als eine Frage, dennoch nickte er knapp.

»Warum? Was ist passiert?«

»Zu viel, als dass je so etwas wie Frieden zwischen unseren Clans herrschen könnte. Oder überhaupt zwischen den Clans.« Er sah wieder kurz zu mir, dann seufzte er. »Meine Vorfahren waren in den letzten Jahrhunderten nicht gerade ein Paradebeispiel für Teamwork.«

Ich kannte die historischen Fakten, hatte sie mehr als einmal im Geschichtsunterricht durchgenommen. Der Kampf der schottischen Clans untereinander und gegen England. Der Kampf um die Freiheit der Clans. Die Campbells spielten eine tragende Rolle in der Geschichte unseres Landes, aber es war keine schöne. Statt für die Freiheit der Clans zu kämpfen, hatten sie sich auf die Seite des Königshauses gestellt, was ihnen sicher viele Vorteile einbrachte – aber auch viele Feinde. Und wenn diese Leute dann auch noch über Elementarmagie verfügten …

»Es gab unzählige Tote auf allen Seiten. Nach der Schlacht von Culloden, als das Clanwesen offiziell zerschlagen wurde, zogen sich unsere Familien zurück. Manche agierten im Vordergrund und bauten ihre Macht aus, wie die Kelvins, andere blieben im Hintergrund, bis sie fast in Vergessenheit gerieten, wie die MacKays auf den Orkneyinseln oder die Dundas im Osten. Aber was die Campbells getan haben, wird nicht in Vergessenheit geraten. Und niemand wird die unzähligen Kämpfe zwischen unseren beiden Familien vergessen.« Wieder warf er einen Blick in meine Richtung, und der Schmerz in seinem Gesicht wich einer harten Entschlossenheit. »Es ist unsere Pflicht, es nicht zu vergessen.«

»Ist es auch unsere Pflicht, Krieg gegeneinander zu führen?«, fragte ich herausfordernder als beabsichtigt.

Lance schnaubte leise. »Wenn du ein paar der Clan-Chiefs fragst? Dann ja.«

Ich wandte mich auf dem Sitz zu ihm um und beobachtete ihn genau. »Und wenn ich dich frage? Jetzt, wo du die Bestätigung hast, dass ich eine MacLeod bin.«

»Ich weiß es nicht, okay?« Er schüttelte den Kopf. »Ich weiß gar nichts mehr.«

Ich hatte keine Ahnung, welche Antwort ich erwartet oder was ich erhofft hatte, aber das war es nicht. Wenn nicht mal Lance, der mit alldem aufgewachsen war, wusste, wie es weitergehen würde, wer dann? Ich konnte mir nicht mal vorstellen, was das alles zu bedeuten hatte, denn ich war nie darauf vorbereitet worden wie er oder Brianna. Auch Reid und Juliana, die ihren Bruder so verzweifelt zu beschützen versuchte, wussten mehr als ich. Und doch schien auch Juliana völlig hilflos zu sein.

War es uns vorherbestimmt, gegeneinander zu kämpfen, weil unsere Familien es seit jeher taten? Weshalb hatte sie mir dann geholfen? Ich hatte das Tribunal erlebt, aber ich glaubte keine Sekunde lang, dass die Clan-Chiefs wirklich zusammenarbeiteten. Oder an den guten Willen des Tribunals, mir ausgerechnet Reid zur Seite zu stellen, damit er mich im Einsatz meiner Kräfte trainieren sollte. Dafür erinnerte ich mich noch zu genau an das, was Mrs Dundas ihm an den Kopf geworfen hatte. Als ein machthungriges Pack hatte sie seine Familie bezeichnet und Lord Arran hatte offen zugegeben, dass sie alle die Macht über die Inseln des Westens ergreifen wollten. Über das Land der MacLeods. Nein, die Clans mochten oberflächlich betrachtet miteinander verhandeln und als Tribunal gemeinsame Entscheidungen treffen, aber sie arbeiteten auch gegeneinander. Das war deutlich spürbar gewesen. Und jetzt sollten wir es genau so weiterführen? Warum? Nur weil wir einen ganz bestimmten Nachnamen trugen und verschiedenen Clans angehörten?

Nein. Ich weigerte mich, das einzusehen. Aber noch mehr weigerte ich mich, einem Weg zu folgen, den meine Vorfahren schon vor Jahrhunderten für all ihre Nachkommen festgelegt hatten. Das war Wahnsinn. Vor allem wenn wir alle denselben Feind hatten, der noch immer dort draußen lauerte: Elementare. Unwillkürlich wanderten meine Gedanken zu der Begegnung in dem geheimen Garten in Edinburgh und zu Julianas Bruder zurück. Die Befürchtung war immer da gewesen, aber ich hatte sie nicht zugelassen, hatte nicht gewagt, intensiver darüber nachzudenken oder diese Möglichkeit auch nur auszusprechen. Aber jetzt hatte ich meine Antwort. Dieser Kreaturen waren früher einmal Menschen gewesen. Menschen mit Plänen, Hoffnungen, Ängsten und einer Macht, die zu viel für sie geworden war. Ich versuchte, das bittere Gefühl zu unterdrücken, das bei dieser Vorstellung meine Kehle hinaufkroch. Selbst wenn ich schon früher geahnt hätte, dass Elementare ursprünglich Menschen gewesen waren, hätte ich nicht anders handeln können. Sie waren zu gefährlichen Monstern geworden, die die Natur und das Wetter beeinflussten und ohne Gewissensbisse mordeten. Julianas Bruder mochte noch keines dieser Wesen sein, aber er war nur eine Frage der Zeit. Das wusste sie genauso gut wie ich.

»Versuch, ein bisschen zu schlafen. Es dauert noch ein paar Stunden, bis wir da sind«, sagte Lance plötzlich und schaltete das Radio wieder ein.

Leise Popmusik erfüllte das Wageninnere und begann mich einzulullen, obwohl ich mich dagegen wehrte. Ich wollte nicht schlafen, ich wollte all das hier verstehen, aber vor allem wollte ich, dass es wieder wie früher zwischen uns war. Dass nicht all diese Lügen und Familienfehden zwischen uns stehen würden wie ein ganzer Ozean. Aber ich kam nicht gegen die Erschöpfung an, die meinen Kopf immer schwerer werden ließ. Ich lehnte ihn gegen die Scheibe links von mir und atmete tief durch. Ich hörte noch, wie das Lied endete, dann schlief ich ein.

Als ich wieder aufwachte, fuhren wir gerade über die Brücke, die Skye mit dem Festland verband. Ich rieb mir die Müdigkeit aus den Augen und, nach einem Blick in den Spiegel, auch die verschmierten Kajalspuren weg. Noch immer trällerte Musik aus dem Radio, aber Lance schien sie noch leiser gedreht zu haben. Zwischen uns stand eine offene und vermutlich leere Energydrinkdose.

»Ich kann auch fahren«, bot ich an, aber Lance schüttelte den Kopf.

»Wir sind fast da.«

»Mich wollte er auch nicht fahren lassen«, kam es von hinten. Als Brianna meinen Blick bemerkte, warf sie mir ein Lächeln zu, obwohl sie ebenfalls völlig erledigt sein musste.

Seufzend lehnte ich mich auf dem Beifahrersitz zurück, während die ersten Häuser von Skye an uns vorbeizogen. Lance brachte Brianna zuerst nach Hause, weil das Cottage ihrer Familie auf dem Weg lag. Nach einem aufmunternden Lächeln in meine Richtung winkte sie zum Abschied, und wir warteten, bis sie sicher im Haus war, bevor wir weiterfuhren.

Ohne Brianna als Puffer zwischen uns schien sich das Schweigen auszudehnen, noch dichter, noch schwerer zu werden. Lance sprach kein Wort und, um ehrlich zu sein, wusste auch ich nicht, was ich noch hätte sagen können. Erst als wir auf den unbefestigten Weg abbogen, der uns zu meinem Zuhause bringen würde, durchbrach ich die Stille.

»Es wird nicht mehr wie früher sein, oder?«

Lance schwieg so lange, dass ich schon glaubte, keine Antwort mehr von ihm zu erhalten. Doch dann hörte ich ihn leise seufzen. »Nein. Wird es nicht.«

Etwas, von dem ich gar nicht gewusst hatte, dass es da war, bekam einen Riss. Vielleicht war es unsere Freundschaft, vielleicht das Vertrauen ineinander. Vielleicht so viel mehr, was jetzt nie zu *mehr* werden würde.

Ich räusperte mich und löste den Sicherheitsgurt, als er den Wagen vor dem Cottage anhielt. Dads Auto stand in der Auffahrt und hinter den Fenstern brannte Licht. Sobald ich durch diese Tür ging, würde es Ärger geben, so viel war klar. Aber das war es nicht, was mich zögern ließ.

Ich sah zu Lance hinüber. »Danke, dass du mich nach Edinburgh gefahren und zurückgebracht hast. Und dass du dich vorhin für mich eingesetzt hast.«

Er nickte nur.

Ich wartete zwei Sekunden, drei, vier, aber als er mir keine Antwort gab, blieb mir nichts anderes übrig, als nach dem Türgriff zu tasten und auszusteigen.

»Ava …?«

»Ja?« Mit der Hand an der Tür drehte ich mich zu ihm um. Aus irgendeinem Grund raste mein Herz. Aber es war kein freudiges Herzklopfen, kein aufgeregtes, sondern ein warnendes. Weil ich bereits ahnte, was gleich kommen würde.

Für einen kurzen Moment ließ Lance die Maske fallen und erlaubte mir einen Blick auf den Jungen, den ich kannte. Der mir mindestens genauso oft das Leben gerettet hatte wie ich ihm. Dessen Wunden ich versorgt hatte, während er sich um meine kümmerte. Mit dem ich stundenlang zusammensitzen und schweigen oder über Gott und die Welt reden konnte. Mit dem ich schwimmen gegangen war, obwohl ich noch immer Angst vor tiefen Gewässern hatte, der sich für mich eingesetzt hatte … und der mir die ganze Zeit über verheimlicht hatte, wer er wirklich war. Das Bedauern stand ihm so deutlich ins Gesicht geschrieben, wie ich es gerade ebenfalls empfand.

Aber da war noch mehr in seinen Augen. Eine Sehnsucht, die ich schon einmal darin gesehen hatte. Als wir zusammen im Meer gewesen waren. Und auch das erkannte ich nur so deutlich, weil ich in diesem Moment exakt dasselbe fühlte. Wenn er mich gefragt hätte, ob ich wieder einsteigen würde, hätte ich keinen einzigen Gedanken an das Für und Wider verschwendet, und es einfach getan.

Aber er fragte nicht.

»Pass auf dich auf.«

Ich presste die Lippen aufeinander und zwang mich dazu, ein Lächeln aufzusetzen, auch wenn sich das hier wie ein Abschied anfühlte. Keiner bis morgen in der Schule, sondern für so viel länger. Vielleicht für immer.

»Du auch auf dich«, brachte ich hervor und schlug die Autotür zu. Ich machte einen Schritt zurück, dann noch einen, aber Lance fuhr nicht sofort los. Natürlich nicht. Wie bei Brianna würde er warten, bis ich im Haus war.

Ich sollte ihm dankbar sein, es akzeptieren und einfach reingehen. Aber ich konnte es nicht. Zu viel Ungesagtes lag noch immer zwischen uns und dieser Abend, dieser … Abschied hatte es nur noch schlimmer gemacht. Wie konnte man etwas Lebewohl sagen, von dem man nicht wusste, was es war? Denn in einem Punkt hatte Lance recht: Dieses Etwas zwischen uns würde nie wieder so sein wie früher.

Ich drehte mich mit einem bitteren Gefühl um und lief auf das Cottage zu. Bei jedem Schritt spürte ich seinen Blick auf mir, selbst dann noch, als ich es betreten hatte und mich mit dem Rücken gegen die Tür lehnte. Ich wagte erst wieder zu atmen, als ich das

Knirschen der Reifen auf dem Weg hörte und das Motorengeräusch in der Dunkelheit verklang. Einen Moment lang blieb ich reglos stehen, die Augen geschlossen, dann schlug ich sie auf, holte tief Luft und stellte mich der wütenden Tirade, die mich gleich erwarten würde.

Zwei Tage später saß ich auf dem Schulparkplatz in meinem Jeep und starrte auf meine Hände. Sie umklammerten das Lenkrad so fest, dass die Knöchel weiß hervortraten. Seit meiner Rückkehr aus Edinburgh hatte ich nur noch mein Zimmer, die Schule und den Pub gesehen, weil Dad mir Hausarrest gegeben und mir zusätzlich auch noch Arbeit im Pub aufgebrummt hatte. Aber das war es nicht, was mich so aufwühlte, dass sich ein vertrautes kaltes Knistern im Wageninneren ausbreitete, sondern die Erinnerung an das, was in Edinburgh passiert war.

Als sich eine eisige Kälte unter meinen Fingern zu bilden begann, riss ich sie zurück. Winzige Eisblumen schmolzen in meinen Handflächen und auf dem Lenkrad. Ich zwang mich dazu, tief durchzuatmen. Einmal. Zweimal. Dreimal. Zehnmal, bis nichts mehr zu sehen war. Da war nur die Kälte in meiner Brust, die mich seit dem Besuch im Archiv unter Greyfriars Kirk begleitete.

Fing es so an? War das die Konsequenz dafür, dass ich die Eismagie immer wieder eingesetzt hatte? Begann es mit einer Kälte tief in mir, die sich immer weiter ausbreiten würde? Oder spielten mir meine eigenen Gefühle schon Streiche, während alles um mich herum noch immer völlig normal wirkte? Aber obwohl mich der Alltag mit Schule, Fechten und Im-Pub-Aushelfen wiederhatte, war nichts mehr normal. Nichts fühlte sich noch so an, aber am allerwenigsten fühlte *ich* mich normal. Da war etwas in mir, das ich nicht kontrollieren konnte. Eine Macht, die in jeder Bewegung und jedem Atemzug mitschwang, nur darauf wartend, wieder hervorzubrechen und die nächste Katastrophe zu verursachen.

Ein letztes Mal holte ich tief Luft, dann löste ich den Sicherheitsgurt, stieg aus und schloss den Wagen ab. Es war kurz vor dem ersten Klingeln, dementsprechend war viel los auf dem Schulparkplatz. Die letzten Autos, Fahr- und Motorräder trafen ein, und während manche meiner Mitschüler hektisch ins Gebäude rannten, lehnten andere lässig an ihren Wagen oder rauchten in aller Ruhe eine Zigarette zu Ende.

Ich gehörte zu keiner dieser Gruppen. Den Blick stur geradeaus gerichtet, die Tasche umgehängt, steuerte ich die Doppeltür an, als ich plötzlich meinen Namen hörte. Verwundert hielt ich inne und drehte mich um.

»Guten Morgen!« Reid blieb vor mir stehen.

Sekundenlang konnte ich ihn nur anstarren – statt der lässigen Lederjacke und einem T-Shirt wie bei unserer letzten Begegnung trug er unsere Schuluniform.

»Was zur Hölle soll das?« Ich deutete an ihm auf und ab und blinzelte mehrmals in der Hoffnung, dass meine Augen mir nur einen Streich spielten.

»Hast du es noch nicht gehört?« Er zwinkerte mir gut gelaunt zu. »Ich bin der Neue.«

»Du verarschst mich.«

»Nein.« Er sah an sich herunter. »Zugegeben, die Uniform meiner alten Schule ist cooler, aber eure ist auch nicht schlecht. Ich denke, ich kann mich daran gewöhnen.«

»Toll. Einfach toll«, murmelte ich und ließ ihn stehen. Schlimm genug, plötzlich über seltsame Kräfte zu verfügen und von Monstern gejagt zu werden. Dank Reid musste ich mich mit der ganzen Sache jetzt auch noch an meiner Schule herumschlagen. Lance und ich hatten wenigstens die unausgesprochene Vereinbarung gehabt, dieses Thema nie mit in die High School zu nehmen. Aber allem Anschein nach waren diese Zeiten vorbei.

»Jetzt warte doch mal!« Reid holte auf und lief neben mir her.

»Worauf?«, knurrte ich. »Dass du wieder dahin verschwindest, wo du hergekommen bist?« Ich riss die Tür auf und ließ sie sofort wieder zufallen.

Dummerweise waren seine Reflexe verdammt schnell, und er fing sie mit der Hand ab, bevor sie ihm ins Gesicht knallen konnte. Zu schade. Das hätte mir bestimmt den Morgen versüßt.

»Du brauchst Training. Deshalb bin ich hier.«

Ich rollte die Augen. Was kam als Nächstes? Der beliebte Spruch: *Du musst dich beruhigen?* Hatte irgendjemand eigentlich mal daran gedacht, mich zu fragen, was *ich* wollte, statt mir ständig vorzuschreiben, was ich tun und lassen sollte?

»Komm schon. Das wird lustig. Außerdem kannst du deine Zeit mit mir verbringen. Das heißt, es wird doppelt spaßig.«

Mitten im Gang wirbelte ich zu ihm herum. »Für wie blöd hältst du mich eigentlich?«

Reid bremste ab und hob abwehrend die Hände, aber ich war noch nicht fertig. Ich hatte gerade erst angefangen.

»Glaubst du echt, dass ich euch diese ganze Trainingsnummer abkaufe? Dass ihr das nur aus der Güte eures Herzens tut? Du und dein Clan, ihr wollt mich nicht trainieren, weil ihr ach so gute Menschen seid, sondern weil ihr das Land der MacLeods wollt. Ihr seid scharf auf die Inseln, und im Moment bin ich die Einzige, die zwischen euch und diesem Ziel steht.«

Er schob die Hände in die Hosentaschen und wippte auf den Fersen vor und zurück. »In dem Fall wäre es sinnvoller, dich einfach aus dem Weg zu räumen, meinst du nicht?«

»Damit alle wissen, dass ihr es wart?« Ich schnaubte. »Ihr wärt nicht der mächtigste Clan geworden, wenn ihr so dämlich wärt.«

Reid stieß einen leisen Pfiff aus. »Sieh an, da hat jemand seine Hausaufgaben gemacht.« Er grinste. »Macht- und Herrschaftsansprüche hin oder her, du brauchst eine richtige Ausbildung und jemand, der dir beibringt, wie du diese neuen *Talente* beherrschen kannst. Und da dein eigener Clan nicht dazu in der Lage ist, übernehmen wir diese Aufgabe. Genauer gesagt ich. Und glaub mir, ich wäre gerade auch lieber woanders als auf einer Insel voller Schafe.«

»Und Ziegen«, fügte ich bissig hinzu. »Du hast die Ziegen vergessen.«

»Ziegen auch noch?« Er zog eine leidende Miene. »Siehst du? Dir bleibt gar nichts anderes übrig, als mich zu beschäftigen, damit ich hier nicht durchdrehe. Ich bin aus Glasgow. Skye ist … ist …«

»Zu viel Natur für dich, Stadtjunge?«

»Zu viel frische Luft. Und Tiere. Gibt es hier überhaupt eine U-Bahn? Einen Supermarkt? Internet?«

»Nein, Reid, hier gibt es kein Internet«, erwiderte ich todernst, nur um gleich darauf die Augen zu verdrehen. »Also beam dich einfach nach Glasgow zurück.«

Das Klingeln verschluckte meine letzten Worte. Um uns herum wurde es hektischer. Leute stürmten an uns vorbei, Türen gingen auf und Spinds wurden zugeschlagen.

»Hey.«

Ich sah von Reids Hand an meinem Arm hoch in sein Gesicht.

Einen Herzschlag später zog er seine Hand zurück und räusperte sich.

»Ich bin genauso unglücklich damit wie du, aber wir haben keine andere Wahl. Du würdest es uns beiden leichter machen, wenn du kooperierst. Außerdem sind wir dann umso schneller fertig und du bist mich los.«

Für einen Moment dachte ich tatsächlich darüber nach. Seine Worte ergaben Sinn. Aber wenn ich an das Tribunal zurückdachte, an die Zweifel in den Gesichtern dieser Leute und an ihre herablassende Art, wollte ich am liebsten etwas zerstören. Andererseits hatte Reid recht. Je schneller wir mit dem Training begannen, desto schneller würden sich unsere Wege wieder trennen. Und im besten Fall konnte ich meine neuen Kräfte dann gegen Elementare einsetzen und sie jagen, statt von ihnen gejagt zu werden. Trotzdem sträubte sich alles in mir dagegen, es ihm so leicht zu machen.

»Schön. Wie du willst. Du kannst mich trainieren.«

»Na also, geht doch. Dann treffen wir uns heute direkt nach der letzten Stunde.«

Ich setzte ein zuckersüßes Lächeln auf. »Da habe ich Fechtunterricht.«

»Dann eben danach.«

»Da muss ich leider im Pub meines Stiefdads aushelfen.«

Ein Muskel begann in Reids Kiefer zu zucken. »Und wann bist du fertig?«

Ich zuckte mit den Schultern. »Gegen Mitternacht? Irgendwann muss ich aber auch noch Hausaufgaben machen und die Nächte sind fürs Schlafen und die Jagd reserviert.«

Er starrte mich an, als hätte ich soeben verkündet, mit ein paar Elementaren frühstücken gehen zu wollen. Inzwischen waren wir fast allein auf dem Gang, dennoch rührte sich keiner von uns. Keiner wollte zuerst nachgeben. »Du kannst nicht ernsthaft noch jagen gehen wollen. Deine Kräfte sind …«

»Nur während unserer Trainingsstunden *dein* Problem. Viel Glück damit, einen Termin dafür zu finden.«

»Oh, keine Sorge, das kriege ich schon irgendwie hin. Und als Allererstes arbeiten wir an deinem Temperament.«

Ich zeigte ihm sehr deutlich, was ich davon hielt, denn als ich mich auf dem Absatz umdrehte und ihn stehen ließ, sah er nur noch meinen Mittelfinger.

KAPITEL 17

Ich brauchte keine Hilfe. Okay, vielleicht brauchte ich eine helfende Hand dabei, zehn Gläser gleichzeitig auf einem Tablett zu balancieren, aber das bedeutete nicht, dass ich Reids Hilfe brauchte. Oder sein Training. Schon gar nicht, wenn er das genauso unfreiwillig machte wie ich, sondern nur im Auftrag dieses Tribunals handelte. *Tribunal.* Wer hatte sich diese lächerliche Bezeichnung überhaupt ausgedacht?

Während meine Gedanken immer wieder dorthin zurückwanderten, ging ich zu den Tischen, lieferte das bestellte Essen ab und nahm die leeren Gläser und Flaschen wieder mit. Inzwischen hatte ich so oft in Neals Pub ausgeholfen, dass ich mich beinahe blind auskannte. Ich wusste, wo die Stammgäste saßen, wer von ihnen besonders gutes Trinkgeld gab, wen ich besser in Ruhe ließ, und konnte die Touristen ohne Probleme herauspicken. Eine Gruppe von ihnen hatte sich an einem großen Ecktisch versammelt. Sie trugen Wanderstiefel, Rucksäcke und hatten ihre Regenjacken ausgezogen. Jetzt ließen sie den Tag in der herzlichen Atmosphäre eines schottischen Pubs ausklingen.

Ich räumte das Geschirr ab und leitete die neuen Bestellungen an Neal weiter. Er stand hinter der Bar, polierte gerade ein paar Gläser und nickte mir gut gelaunt zu. Dad saß direkt vor ihm auf einem der Hocker, tief über irgendwelche Unterlagen der Destillerie gebeugt. Bis vor ein paar Minuten hatte er ebenfalls Getränke verteilt, da heute eine Mitarbeiterin ausgefallen war. Mary war krank geworden, während Ben sich schon vor Wochen ein paar Tage freigenommen hatte, um zur Hochzeit eines Familienmitglieds nach Inverness zu fahren. Blieben also nur noch Neal, Daniel in der Küche, Dad und ich.

Mein Vater glaubte, er würde mich damit bestrafen, aber in Wahrheit mochte ich die Arbeit im Pub. Ich mochte die Musik, den Gesang, die Stimmen, das Lachen und den ganzen Trubel, der hier Tag für Tag und Abend für Abend herrschte. Ich mochte die Neckereien zwischen den Einheimischen und die lockere Art, mit der Fremde sofort in die Gemeinschaft aufgenommen wurden. Und selbst wenn die Stammkunden zum siebzehnten Mal dieselbe Geschichte erzählten, hörte ich ihnen auch weiterhin gern zu. Vor allem weil ihre Erzählungen mit jedem Mal ausgeschmückter und noch ein bisschen verrückter wurden als zuvor. Da konnte schon mal etwas mit zehn Schafen anfangen und am Ende waren es fünfzig.

Ich stellte die nächsten Getränke auf das Tablett und band mir das Haar neu zusammen, da sich ein paar Strähnen aus dem Pferdeschwanz gelöst hatten. Meine Arbeitskleidung bestand aus einer dunklen Jeans und einem schlichten schwarzen T-Shirt. Und obwohl es abends zu dieser Jahreszeit noch etwas frisch werden konnte, war ich froh um die kurzen Ärmel meines Shirts, denn hier drinnen schien es mit jeder Stunde noch wärmer zu werden. Ich sprang hinter der Bar ein, schenkte aus, kassierte ab und nahm eine Bestellung von der Gruppe Backpacker auf. Auf dem Rückweg kam ich an einem Tisch mit Einheimischen vorbei, die eine Runde Karten spielten, und stellte einige Gläser vor ihnen ab.

Der alte MacDonald hob ruckartig den Kopf, sah von mir zu seinem Bier und strahlte mich dann an. »Du bist ein Goldstück. Heirate mich!«

Ich lachte auf. »Nächstes Mal vielleicht.«

»Aye, lass dir nicht zu viel Zeit!«, rief er mir mit seiner krächzenden Stimme nach. »Sonst bin ich bald tot und du hast immer noch nicht Ja gesagt!«

Grinsend kehrte ich zur Bar zurück. Ich hatte schon Dutzende dieser Anträge von ihm bekommen. Glücklicherweise nahm seine Frau, die neben ihm saß, es mit Humor und scherzte immer darüber, dass sie den sturen Kerl dann endlich los sein würde. So sehr wie sich die beiden zankten, könnte man denken, sie würde das ernst meinen. Aber sie war immer die Erste, die aufstand und Servietten holte oder ein Taschentuch aus ihrer Jacke hervorzog, wenn seine vom Alter zitternden Hände das Bier verschütteten. So wie jetzt auch wieder. Ich beobachtete das Schauspiel, ohne mich einzumischen, denn Mrs MacDonald sah es als ihre Pflicht an, sich um ihren Mann zu kümmern. Selbst wenn er sie regelmäßig in den Wahnsinn trieb.

»Avalee.«

Ich sah zu Dad hinüber, der mich zu sich winkte. Kurz ließ ich meinen Blick durch den gut gefüllten Pub wandern. Die dunklen Holzmöbel waren älter als ich, hielten sich aber noch immer gut und trugen zur gemütlichen, rustikalen Atmosphäre bei. Selbst wenn die Stühle quietschten, wenn man sich zurücklehnte, und die Tische nicht mehr ganz gerade standen. Was aber niemanden zu stören schien. Alle waren in Gespräche versunken, lauschten der Musik, die aus den Lautsprechern kam, oder verfolgten das stumm geschaltete Fußballspiel im Fernseher. Die Gäste schienen so weit zufrieden zu sein, also ging ich zu meinem Vater hinüber.

»Hier.« Er schob mir ein Glas zu. »Setz dich und trink etwas.«

»Oh, Gott sei Dank.« Ich stürzte mich auf die Cola und trank sie in wenigen Schlucken zur Hälfte aus. Erst dann kletterte ich auf den Hocker neben ihm. »Gibt es Probleme?« Mit dem Glas in der Hand deutete ich auf die Unterlagen, die er vor sich verteilt hatte. Auf den ersten Blick erkannte ich nicht, worum es darin ging. Ich sah nur jede Menge Listen mit Zahlen, Namen und Produktbezeichnungen.

Dad rieb sich über den Bart. »Ein Lieferant ist ausgefallen, der andere krank geworden und in der Destillerie gab es ein kleines Problem mit dem Wasserdruck.«

Ich verspannte mich ganz automatisch. »Ich war's nicht, versprochen.«

Ein Lächeln blitzte in seinem Gesicht auf, bevor er wieder seine strenge Miene aufsetzte. »Das weiß ich. Aber danke, dass du es noch mal extra betonst.«

Langsam atmete ich aus und ließ die hochgezogenen Schultern wieder sinken. Diese ganze Kräftesache war noch neu, nicht nur für mich, sondern auch für Dad und Neal. Es hatte Stunden gedauert, das Abflussrohr in der Küche wieder zu reparieren, nachdem ich neulich eine halbe Sintflut zu Hause ausgelöst hatte. Aber das war nicht der Grund dafür, weshalb ich heute Abend hier war und im Pub aushalf, sondern weil ich, ohne Bescheid zu geben oder um Erlaubnis zu fragen, nach Edinburgh gefahren und mich mit dem Tribunal angelegt hatte. Ein freies Wochenende in diesem Monat hatte Dad mir zwar gelassen, aber das würde ich Reid sicher nicht auf die Nase binden. Selbst wenn ich mit ihm hätte trainieren wollen – was ich trotz aller Argumente noch immer nicht wirklich wollte –, hätten wir kaum Zeit dafür gefunden.

»Hey, Ava!« Daniel winkte aus der Küche.

Ich trank meine Cola aus, klopfte Dad im Vorbeigehen auf die Schulter und schlängelte mich an den Gästen vorbei zur Küche. »Was gibt's?«

Daniel wischte sich mit dem Unterarm über die Stirn. Er hatte die Ausmaße eines Grizzlys, aber in Wahrheit war er ein Teddybär. Wenn man es sich nicht mit ihm verscherzte. Einmal hatte ich es gewagt, ihm zu sagen, dass seine Tagessuppe noch etwas Salz vertragen könnte. Er hatte vier Tage lang nicht mehr mit mir gesprochen und mich komplett ignoriert, aber seltsamerweise hatte seine Suppe beim nächsten Mal genügend Salz. Ich schnaubte innerlich. Diese Diva.

»Ich weiß, das gehört eigentlich nicht zu deinen Aufgaben«, begann er und deutete auf die Müllsäcke in der Ecke. »Aber uns fehlen die Leute und ich komme kaum mit den Bestellungen nach. Die Backpacker wollen alle etwas essen. Und die Jungs vom Hafen kommen auch gleich und erwarten ein deftiges Abendessen.« Er warf die Hände in die Luft.

»Ich mach das schon.« Noch während er weiter aufzählte, wer alles etwas essen wollte, durchquerte ich die Küche und griff nach den Müllsäcken. Drei brachte ich auf einmal nach draußen, öffnete die Tür mit dem Ellbogen und warf sie ächzend in die Tonne. Dann holte ich den vierten.

Ein kühler Wind wehte durch den Hinterhof und brachte den Geruch nach Meer und Fisch mit sich. Feuchtigkeit glänzte auf den Hausmauern und Nebel waberte über den Boden, aber zum Glück war nichts mit Eis überzogen. Und auch am Nachthimmel türmten sich keine Wolkenberge, die Regen oder Schnee mit sich brachten.

Erleichterung und eine Spur von Stolz breiteten sich in mir aus. Seit dem Besuch in Edinburgh war nichts mehr geschehen. Zumindest nichts Erwähnenswertes. Ich hatte kein Wetterchaos mehr angerichtet, hätte mich nicht beinahe wieder selbst ertränkt und die Wasserrohre im Haus schienen auch sicher vor mir zu sein. Ich warf den letzten Müllsack in die Tonne und versuchte, sie zu schließen, aber die Klappe klemmte.

»Komm schon«, murmelte ich und zerrte daran. »Stell dich nicht so an.«

Sie gab ein Stück nach, nur um sofort wieder zu haken.

»Ernsthaft?« Ich blies mir eine Haarsträhne aus der Stirn. Ich konnte das Ganze auch so lassen, aber wenn es heute Nacht regnete, wäre morgen alles eingeweicht und ich würde Ärger mit Neal bekommen. Vielleicht sollte ich Hilfe holen, aber mein blöder Stolz verbot es mir, als armes kleines Mädchen auf die Suche nach einem Ritter zu gehen, der stärker war als ich. Ich würde das allein schaffen. Wäre doch gelacht, wenn nicht.

Nachdenklich umrundete ich die Tonne auf der Suche nach der Ursache für das Problem. Auf der einen Seite ging sie problemlos zu, aber auf der anderen … aha! Ich rüttelte etwas daran, dann zog ich ein Stück Karton heraus, das die Mechanik behindert hatte. Mit einem lauten Knall fiel die Klappe zu.

Na also.

Mein Lächeln bröckelte jedoch, als ich etwas Heißes in meinem Rücken spürte. Blitzschnell drehte ich mich um. Gerade rechtzeitig, um einem Feuerschwall auszuweichen. Die Flammen prallten gegen die Mülltonne und hinterließen eine schwarze Rußspur.

»Was um alles in der Welt …?« Ich sprang wieder auf und starrte meinen Angreifer an.

Flammen tanzten über seinen Körper, schienen sich mit jedem Atemzug auszudehnen und wieder zusammenzuziehen. Licht und Schatten zuckten über die Hauswände, und wäre dieses Wesen nicht so beängstigend, wäre das sicher ein faszinierendes Schauspiel gewesen. Doch bei genauerem Hinsehen erkannte ich die Haut, die mich an eine Kraterlandschaft erinnerte. Uneben, gräulich, voller Risse und Schluchten. Sollte die Kreatur je Haare besessen haben, waren sie den Flammen zum Opfer gefallen, die auch seinen ganzen Kopf einnahmen. Aber am schlimmsten war das Gesicht. Keine Vertiefungen für Mund und Nase, nur zwei tiefe Löcher, in denen seine Macht loderte wie frische Glut.

Ein Feuerelementar. Hier? Mitten in der Stadt? Hinter dem Pub, wo jeden Moment Leute vorbeikommen konnten? Das war doch wohl ein Witz.

Mein Herz begann zu hämmern, als ich Geräusche aus der Küche wahrnahm. Stimmen und Schritte, die näher kamen und sich wieder entfernten. Daniel könnte jeden Moment den Kopf rausstrecken, um mich mit einer neuen Aufgabe zu betrauen, oder Dad fragte sich, wo ich so lange blieb. Oder aber ein nichts ahnender Tourist stolperte durch die falsche Tür.

»Du willst nur mich, oder?«

Lance hatte mich davor gewarnt, dass sie hinter mir her sein würden, und ich hatte es selbst gespürt. Erst am Strand und dann am Fairy Glen. Aber nie hätte ich damit gerechnet, dass sie mich während einer Schicht im Pub heimsuchen würden. Und schon gar kein Feuerelementar. Diese Viecher waren am schwersten zu besiegen. Wenn man ihnen zu nahe kam, drohten schwere Verbrennungen.

Ohne das Wesen aus den Augen zu lassen, drehte ich mich etwas zur Seite und begann dann langsam rückwärtszugehen. Meine Knie zitterten, aber ich versuchte, mir nichts anmerken zu lassen. Elementare konnten Angst förmlich riechen. Vom Hinterhof führte eine schmale Gasse auf die Hauptstraße und von dort waren es nur eine Seitentreppe und ein paar Meter zu Fuß bis zum Hafen. Bis zum Meer. Da ich keinerlei Waffen zur Hand hatte, schien Wasser die beste Wahl zu sein. Außerdem dürften sich dort nach Einbruch der Dunkelheit kaum noch Menschen tummeln.

»Komm und hol mich!«

Ein Zischen war die Antwort darauf. Funken flogen durch die Luft und der Elementar setzte sich in Bewegung.

Dann ging die Tür zum Pub auf.

Nicht Daniel, nicht Neal und auch nicht Dad, die nach mir suchten, sondern MacDonald, der mit zittrigen Händen nach seinen Zigaretten tastete. Die Kreatur riss den Kopf herum.

»Nein!«

Mein Schrei ließ uns alle zusammenzucken. MacDonald starrte mich verständnislos an, dann bemerkte er das Flammenwesen und stolperte vor Schreck zurück gegen die Tür. Hektisch tastete er nach der Türklinke, griff in seiner Panik aber daneben, während das Monster Stück für Stück näher kam.

Ich sprintete los und warf mich zwischen die beiden. »Ich habe Nein gesagt!« Meine Stimme bebte vor Angst und unterdrücktem Zorn. »Du willst mich. Lass ihn in Ruhe.«

Einen Moment lang schien es so, als würde es tatsächlich darüber nachdenken. Der Blick aus den Augen, die wie tosende Vulkane aussahen, zuckte zwischen mir und dem alten Mann hin und her. Ich machte einen Schritt nach vorn. Hitze schlug mir entgegen und brannte auf meiner Haut. Kurzzeitig stockte mir der Atem, aber ich zwang mich dazu, weiter gleichmäßig ein- und auszuatmen. Das Mistding würde ihn nicht bekommen. Es war meinetwegen hier. Wenn es mich haben wollte, sollte es mich gefälligst holen.

Ich streckte die Arme aus, stieß die Hände vor, aber nichts passierte. Kein Wasserstrahl, keine Eiszapfen, nicht einmal ein paar Regentropfen. Gar nichts. Das Wesen ließ sich nicht davon beeindrucken. Mit irrsinniger Geschwindigkeit raste es auf uns zu.

Ich stolperte zurück und riss MacDonald mit mir zu Boden. Er protestierte, wehrte sich aber nicht. Seine Zigaretten fielen ihm aus der Hand und rollten über das Kopfsteinpflaster. Hitze explodierte über uns. Als ich den Kopf wieder hob, entdeckte ich dasselbe schwarze Muster an der Tür wie an der Mülltonne. Hektisch sah ich mich um. Es musste doch irgendetwas geben, was ich als Waffe verwenden konnte. Irgendeinen Gegenstand, eine alte Flasche, ein Stück Metall, aber da war nichts. Neal und seine Leute hielten den Hinterhof absolut sauber.

Gerade als ich mich aufrappeln wollte, schoss ein neuer Flammenstrahl über unsere Köpfe hinweg. Ich ging in Deckung und versuchte, den alten Mann mit meinem Körper zu schützen. Ich spürte sein Zittern unter mir. Er sagte irgendetwas, was in dem Zischen des Feuers unterging. Erst als die Attacke über uns hinweggefegt war, wagte ich es, mich aufzurichten.

»Rein da!«, befahl ich und deutete auf die Tür, dann stellte ich mich dem Elementar entgegen. Ich hatte keine Waffen, nichts, was mich vor den zerstörerischen Flammen schützen würde, und keine Macht über meine eigenen Kräfte. Ich konnte sie nicht so zielgerichtet einsetzen wie Lance oder ganz nach Belieben wie Reid.

»Und dich hier allein lassen?«, kam es krächzend von hinten. Aus dem Augenwinkel registrierte ich, wie MacDonald ächzend aufstand. »Auf keinen Fall, Mädchen. Ich habe schon einiges gesehen, aber das …« Mit bebenden Fingern deutete er auf die Kreatur vor uns.

Bildete ich mir das ein oder hatte das Ding doch einen Mund? Und verzog sich dieser gerade zu einem gefährlichen Lächeln? Panik begann sich in mir auszubreiten, aber anders als sonst verlieh sie mir keine neue Kraft. Sie fachte meine Wut nicht an, sondern lähmte mich. Schweiß brach mir aus, während ich MacDonald hinter die Mülltonne in Sicherheit zog. Fieberhaft überlegte ich, suchte nach einem Ausweg, aber es blieb nur ein einziger. Auch wenn ich es hasste, war Flucht unsere einzige Option. Zumindest, bis ich eine brauchbare Waffe hatte und den Elementar von hier weglocken konnte. Dad hatte sicher irgendwo etwas, was ich verwenden konnte. Oder ich kam an meinen Jeep und konnte mir den Dolch holen, obwohl der nur wenig gegen dieses Feuerwesen ausrichten konnte. Ein Wasserschlauch oder ein Feuerlöscher wäre wesentlich hilfreicher.

Ein Feuerlöscher. Das war die Lösung! Im Flur neben der Küche stand einer. Das wusste ich genau, weil ich mir an meinem allerersten Abend hier den Zeh daran gestoßen hatte. Seither machte ich immer einen großen Bogen um das Teil, doch jetzt konnte es uns das Leben retten.

Ich sah zu MacDonald zurück. »Nicht bewegen«, flüsterte ich so leise, dass er hoffentlich der Einzige war, der mich hörte. Dann richtete ich meine Aufmerksamkeit wieder auf den Elementar.

Immer wieder schoss er Feuer in unsere Richtung, verfehlte uns aber um Haaresbreite. Als wäre es Absicht. Das Mistding schien es nicht eilig zu haben, uns zu töten. Ich musste nur den richtigen Moment abpassen, um zur Tür zu laufen und den Feuerlöscher zu holen. Das Ganze durfte nur Sekunden dauern, sonst würde er MacDonald angreifen – oder mir in den Pub hinein folgen. Bei dem ganzen Holz dort drinnen würde es nur ein paar Funken brauchen, bis alles in Flammen stand. Und dann käme jede Hilfe zu spät.

Ich wartete den nächsten Flammenstrahl ab und wandte das Gesicht von den umherfliegenden Funken ab. Dann holte ich tief Luft und sprintete zur Tür. Ich packte den Griff und rutschte ab. Beim zweiten Mal erwischte ich ihn und riss die Tür auf. Doch diese winzige Verzögerung war zu viel gewesen. Ich spürte die Hitze in meinem Rücken und reagierte nur. Erst als ich flach auf den Steinen lag und das Feuer über mich hinwegschoss, realisierte ich, was passiert war. Ich war zu langsam gewesen. Jetzt hatte mich der Elementar im Visier.

Als das Feuer versiegte, sprang ich auf und versuchte es noch einmal. Doch als ich den Türgriff diesmal packte, schossen die Flammen direkt auf mich zu. Fluchend ließ ich den Griff los und warf mich zur Seite. Die Tür fiel beinahe lautlos ins Schloss. Verflucht. Diese Kreatur war zu stark, zu mächtig und ich hatte ihr nicht das Geringste entgegenzusetzen.

Auf einmal fielen Tropfen herab, langsam zunächst, dann immer mehr, immer schneller. Ich wagte einen kurzen Blick nach oben. Es gab etwas, was ich tun konnte. Ich begann mich auf den Regen zu konzentrieren und versuchte, ihn nach meinem Willen zu lenken.

Wie Geschosse donnerte der Hagel herab – und traf dabei beinahe MacDonald. In letzter Sekunde zog ich ihn zur Seite, wodurch ich den Hagelschauer abbekam. Mist, verdammter! Ich biss die Zähne zusammen und versuchte es erneut. Diesmal klappte es. Wenigstens ein Teil davon erwischte den Feuerelementar. Er zischte und krümmte sich. Rauch stieg auf. Die Flammen auf seiner Haut erloschen nach und nach. Die Kreatur wand sich, sprang an die Hausmauer, wo es wie eine Fledermaus hängen blieb, aber es nützte ihm nichts. Schwer atmend streckte ich die Hand aus, um auf das Wesen zu zielen, wo auch immer es hinsprang. Der Regen folgte ihm wie eine dunkle Wolke.

Schweißperlen rannen mir den Rücken hinab. Mein Sichtfeld begann zu verschwimmen. Ich blinzelte mehrmals, versuchte, mich zu konzentrieren, um das Monster endgültig zu vernichten. Aber es nutzte meinen Moment der Schwäche gnadenlos aus.

Ein Zischen an meinem Ohr. Der Geruch von Rauch. Dann schrie MacDonald hinter mir auf.

Ich wirbelte herum. Die Kreatur war ihm so nahe gekommen, dass sein Hemd Feuer fing. Schützend hielt MacDonald sich den Arm vors Gesicht.

Der Elementar wollte ihn töten. Einen Menschen. Jemand, der nichts mit alldem zu tun hatte und nichts davon wusste. Jemand ohne eigene Elementarmagie. Es gab keinen Grund auf der Welt, den alten MacDonald anzugreifen. Er war völlig harmlos.

Eiskalter Zorn breitete sich in meinem Bauch aus, pulsierte durch meine Adern und donnerte in meinen Ohren. Ich rannte zu den beiden und packte den Elementar an den Schultern. Kleine Flammen züngelten noch immer über seine Haut und jetzt auch über meine Hände, aber ich spürte keinen Schmerz, da sie von Eis überzogen waren. Das Einzige, was ich fühlte, waren Wut und Panik. Gewaltsam riss ich die Kreatur von dem alten Mann und stieß sie zurück. Als es mich diesmal ansah, war ich mir sicher, puren Hass in ihren glühenden Augen erkennen zu können. Hinter mir ertönte ein Wimmern. MacDonald kauerte am Boden und hielt sich den verbrannten Arm.

Ich ging auf das Monster zu. Schritt für Schritt näherte ich mich ihm, und auch wenn es nicht vor mir zurückwich, meinte ich, ein Flackern von Furcht zu erkennen. Was es auch war, es spielte keine Rolle. Eine einzige Berührung und ein kaltes Knistern erfüllte die Luft. Das Eis breitete sich rasend schnell aus, kämpfte gegen die winzigen Flammen an und besiegte sie. Innerhalb von Sekunden war der Elementar zu Eis erstarrt und zerbrach in tausend Stücke. Zurück blieb nur ein Funkeln wie von winzigen Schneeflocken in der Luft.

Die Knie wollten unter mir nachgeben und jedes bisschen Kraft schien aus meinen Gliedmaßen gewichen zu sein, aber ich zwang mich dazu, aufrecht stehen zu bleiben. Mit ein paar schnellen, wackligen Schritten war ich bei MacDonald. Er war kalkweiß im Gesicht, murmelte wirres Zeug von einem Feuermonster und bebte am ganzen Körper.

»Sie müssen durchhalten.« Ich versuchte, ihm hoch zu helfen, aber er zitterte so stark, dass er sofort wieder in sich zusammensackte. »Ich bin gleich zurück.«

Hastig richtete ich mich auf, riss die Tür auf und rannte in die Küche. Daniel hatte das Radio eingeschaltet und rührte in einem Topf, während er Neal mit halbem Ohr zuhörte, der irgendetwas über die morgige Tagessuppe erzählte.

»Wir brauchen einen Krankenwagen!« Ich lief zu Neal, der mich anstarrte, als hätte ich den Verstand verloren. »Wo ist Dad?«

»Hinter der Bar. Mein Gott, Ava! Was ist denn passiert?« Er

streckte die Hände nach mir aus. Erst jetzt fiel mir auf, dass meine eigenen feucht und gerötet waren – aber nicht verbrannt.

»Ein Arzt! MacDonald liegt draußen und ist verletzt.«

Ich konnte ihm nicht erklären, was passiert war. Dafür blieb keine Zeit. Außerdem hatte ich keine Ahnung, wie ich das überhaupt erklären sollte. Nicht hier, nicht in einem Pub voller nichts ahnender Gäste.

Neal rannte an mir vorbei nach draußen, während Daniel bereits zum Telefon griff. Ich holte den Erste-Hilfe-Kasten und folgte Neal. Zusammen schafften wir es, MacDonald in die Küche zu bringen und seinen Arm unter einen Strahl kühlen Wassers zu halten. Ein einziger Blick auf seine Verletzung genügte, damit Neal wusste, was dort draußen geschehen war. Er sah mit zusammengepressten Lippen zu mir, sagte jedoch nichts. Neben seiner großen Gestalt wirkte der ältere Mann ganz klein und zerbrechlich. Mir war klar, dass man nicht an einer einzigen Brandwunde sterben konnte und dass MacDonald durchkommen würde. Trotzdem hörte ich nicht auf zu zittern.

Ich blieb bei ihnen, während Neal beruhigend auf seinen Stammgast einredete und MacDonalds Frau zu uns stieß. Gemeinsam warteten wir auf den Krankenwagen, der wenige Minuten später eintraf. Ich trat in den Gastraum und versuchte, in dem Durcheinander all dieser Menschen zu Dad durchzukommen, konnte aber nur seinen Blick auffangen.

Was sollte ich tun? Was sollte ich sagen? Wie verhielt man sich, wenn Elementare plötzlich offen auf Menschen losgingen? Schlimmer noch: wenn man selbst die Schuld daran trug, dass jemand verletzt worden war?

KAPITEL 18

Am nächsten Morgen vor der ersten Stunde ließ ich Brianna vorausgehen und blieb auf dem Parkplatz zurück. Ich lehnte an meinem Jeep, die Hände in den Taschen meines Blazers vergraben und behielt den Eingang im Blick, da ich auf eine ganz bestimmte Person wartete. Bisher hatte ich ihn noch nicht mit einem Wagen hier herumfahren gesehen, also ging ich nicht davon aus, dass sich jetzt etwas daran ändern würde. Wozu Autofahren, wenn man sich mittels Feuermagie von Ort zu Ort beamen konnte?

Doch statt Reid bog plötzlich ein Auto auf den Parkplatz ab, das mir nur zu bekannt vorkam, und parkte schräg gegenüber von mir. Seit unserem Ausflug nach Edinburgh hatte ich Lance nicht mehr gesehen. Als er jetzt ausstieg, wirkte er völlig gelassen und wieder ganz wie der Kerl, der sich von nichts und niemandem beeindrucken ließ. Nicht mehr wie der Kerl, der mich nach Edinburgh und dann nach Hause gefahren hatte. Und schon gar nicht wie der Typ, der mich mitten im Meer beinahe geküsst hätte.

Eine Sekunde lang hielt er meinen Blick fest, dann wandte er sich ab und ging zum Eingang, ohne sich ein einziges Mal zu mir umzudrehen. Ganz so, als würden wir uns nicht kennen. Als wäre all das in Edinburgh nie passiert. Als hätten wir nicht ein Jahr lang Seite an Seite gekämpft. Als hätte es diesen Moment im Meer nie zwischen uns gegeben.

Ich schluckte hart, lief ihm aber nicht nach. Ich hatte keine Ahnung, was sein verdammtes Problem war, aber ich hatte genug eigene, um die ich mich kümmern musste.

Wenigstens musste ich nicht lange warten. Reid tauchte plötzlich zwischen den anderen Leuten auf und schlenderte über den Parkplatz Richtung Eingang, als wäre er schon immer hier zur Schule gegangen.

Als er in die Nähe meines Jeeps kam, stieß ich mich davon ab und trat auf ihn zu. »Okay.«

Reid blieb stehen, die Augenbrauen irritiert gehoben. »Dir auch einen guten Morgen. Okay zu was?«

»Zum Training.«

Fragend legte er den Kopf schief. »Woher der plötzliche Sinneswandel?«

Bilder tauchten in meinem Kopf auf. Erinnerungen an gestern Abend. Und mit ihnen das Schuldgefühl, das sich schwer auf meine Brust legte. Wenn ich nicht dort draußen gewesen wäre, dann wäre der Elementar wahrscheinlich gar nicht aufgetaucht. Lance zufolge wurden sie von meinen unkontrollierten Kräften angezogen. Normalerweise hätte ich kein Problem damit, da ich diese Kreaturen jagte und es mir die Arbeit nur erleichtern würde, wenn sie von allein zu mir kamen. Aber wenn Unschuldige dabei verletzt wurden? Dann musste ich etwas dagegen tun. Der alte MacDonald lag meinetwegen im Krankenhaus. Dad zufolge musste er nur eine Nacht zur Beobachtung da bleiben, und sie würden ihn heute schon wieder entlassen, nachdem alle von einer ganz normalen Brandwunde ausgingen. Aber es hätte schlimmer ausgehen können. Sehr viel schlimmer.

»Sagen wir einfach, ich habe eingesehen, dass ihr recht habt und ich lernen muss, diese …« Ich senkte die Stimme, als ein paar Mitschülerinnen an uns vorbeigingen und Reid ein Lächeln zuwarfen. »… diese Kräfte zu beherrschen.«

»Weise Worte.« Seine Mundwinkel zuckten. »Für jemanden, der fast eine ganze Woche gebraucht hat, um das einzusehen.«

Ich verdrehte die Augen. »Wann und wo?«

»Nach der Schule. An der Klippe.«

Ich musste nicht nachfragen, um genau zu wissen, welche er meinte. Die Klippe, an der er so plötzlich aufgetaucht war und an der ich meine Kräfte bekommen hatte. Beim Gedanken daran, dorthin zurückzukehren, ach was, beim Gedanken an dieses ganze Training, zog sich mein Magen zusammen. Aber ich würde es durchziehen. Ich musste es tun.

»Okay.«

Er lächelte. »Okay.« Dann deutete er auf die Eingangstüren. »Nach dir.«

Kopfschüttelnd machte ich mich auf den Weg, obwohl Schule gerade das Letzte war, wonach mir der Sinn stand.

Am späten Nachmittag hielt ich den Wagen ein paar Schritte von den Klippen entfernt und schaltete den Motor aus. Reid war schon da, stand ganz nah am Rand und starrte auf das Meer hinaus. Seltsam, diese Situation jetzt aus vertauschten Perspektiven zu erleben. Kein Wunder, dass er damals geglaubt hatte, ich wollte springen. Niemand ohne eine ordentliche Portion Todessehnsucht würde sich so nahe an den Abgrund stellen.

Als ich ausstieg, erfasste der Wind meine Haare, wirbelte sie durcheinander und ließ den Rock meiner Schuluniform wehen. Stück für Stück arbeitete ich mich zu Reid vor und blieb neben ihm stehen. Sofort breitete sich eine angenehme Ruhe in mir aus. So gefährlich das Meer auch war, so besänftigend wirkte das Kommen und Gehen der Wellen auf mich. Heute war das Wasser jedoch aufgewühlt und brach sich krachend an den Felsen unter uns. Gischt spritzte meterhoch auf. Der Himmel über uns bildete einen starken Kontrast zum tosenden Meer. Leuchtend blau, mit nur ein paar kleinen Wolken und strahlendem Sonnenschein, obwohl der Wind hier oben recht kühl war.

Ich richtete den Blick auf Reid und musterte sein Profil. Aus der Nähe bemerkte ich ein paar Sommersprossen auf seiner Nase, die mir zuvor nicht aufgefallen waren. Genauso wie die Stoppeln in seinem Gesicht oder die Narbe an seinem rechten Ohr.

»Spring nicht«, sagte ich in Erinnerung an unser erstes Treffen an genau dieser Stelle.

Seine Mundwinkel zuckten, dann wandte er mir das Gesicht zu. »Und wenn doch?«, fragte er herausfordernd. »Springst du dann hinterher, um mich zu retten?«

Ich lachte auf. »Für wie lebensmüde hältst du mich? Du kannst dich von einem Ort zum nächsten beamen, ich nicht. Wenn ich springe, bin ich tot.«

»Keine Sorge.« Er zwinkerte mir zu. »Ich würde dich retten.«

»Wie heldenhaft von dir. Dein Vater wäre sicher enttäuscht, wenn du die einzige verbliebene MacLeod mit Wassermagie sterben lässt, statt sie zu trainieren.«

»Als würde ich dich einfach so sterben lassen … Außerdem:

Denkst du wirklich, ich würde dich nur meinem Vater zuliebe retten?« Er wirkte ehrlich verblüfft.

Mit einem Mal erinnerte er mich so sehr an den kleinen Jungen von damals, dass ich für einen Moment nicht mehr wusste, wo wir uns befanden. In der Gegenwart oder wieder in der Vergangenheit, an jenem stürmischen Nachmittag am Strand.

»Nein«, gab ich leise zu und machte einen Schritt zurück, weg von ihm und vom Abgrund. »Aber wir wissen beide, dass du das hier nur tust, weil du keine andere Wahl hast.«

Reid schob die Hände in seine Hosentaschen und betrachtete mich aufmerksam. »Du doch auch nicht. Wir sitzen im selben Boot, ob es uns gefällt oder nicht. Und, ganz ehrlich? Ich will nicht, dass du stirbst. Oder zu einer Ausgestoßenen wirst.«

Wieder musste ich an Julianas Bruder denken. An seine zerfurchte Haut und die pochende Macht, die er mit jedem Atemzug verströmte. An den gebrochenen jungen Mann, der jeden Lebenswillen aufgegeben hatte und nur seiner Schwester zuliebe noch zu kämpfen schien. Stand mir das bevor? Würde ich genau wie er werden? Und schließlich aufgeben und mich in eines der Monster verwandeln, die ich sonst jagte? Eines der Monster, die den alten MacDonald angegriffen hatten?

Ich schluckte die Übelkeit hinunter und nickte Reid zu. »Lass uns anfangen.«

»Zuerst ein paar Basics.« Auch er trat von der Klippe zurück und kam mir entgegen. »Jeder Clan hat seine eigenen Regeln. Ich bin nicht vom Wasserclan, also kann ich nur weitergeben, was ich weiß oder gehört habe.«

»Okay.«

Er blieb vor mir stehen. »Es gibt in jedem Clan Ausprägungen unserer Kräfte, die verboten sind. Bei euch sind das Blutmagie«, er hielt erst einen Finger hoch, dann einen zweiten und einen dritten. »Eismagie. Lebewesen das Wasser zu entziehen. Generell ist es nicht erlaubt, seine Fähigkeiten zum Schaden an Mensch und Tier einzusetzen.«

Das ergab Sinn. Auch wenn sich bei seiner Aufzählung eine Gänsehaut auf meinen Armen ausbreitete. »Blut und Wasserentzug verstehe ich ja. Aber was spricht gegen Eis?«

Eis war mächtig und ausgesprochen effektiv im Kampf gegen Elementare. Ich hatte diese Fähigkeit bislang zwar nicht bewusst eingesetzt, aber hätte ich die Wahl, würde ich mich immer für Eis entscheiden, nachdem ich damit schon zwei dieser Wesen vernichtet hatte.

»Im Grunde spricht nichts dagegen. Aber bei den MacLeods wird die Magie durch Gefühle gesteuert und wer Eis oder auch Schnee einsetzt, läuft Gefahr, dass seine Gefühle erkalten.«

»Was passiert dann?«

»Schon mal was von der Schneekönigin gehört?«

»Das Märchen oder den Disneyfilm?«

Er grinste. »Das Märchen. Nur dass es auf wahren Begebenheiten beruht.«

»Willst du damit etwa sagen, dass es so jemanden wirklich mal gab? Und dass es jemand aus …«

»Aus deinem Clan war, der sich der Eismagie zugewandt hat, genau.« Reid sah kurz aufs Meer hinaus. Am Horizont bildeten sich die ersten Regenwolken, die in unsere Richtung geweht wurden. »Mehrere Clans mussten sich verbünden, um sie zu stoppen.«

»Aber sie war keine Ausgestoßene, oder? Sie ist zu keinem Monster geworden?«

»So genau kenne ich die Details nicht. Aber wenn du mich fragst, war sie auf dem besten Weg dahin.«

Die Gänsehaut auf meinen Armen verstärkte sich, und das hatte nichts mit dem Wind zu tun, der an meinen Haaren und meiner Kleidung zerrte.

Reid rieb sich über den Nacken. »Du musst verstehen, dass jedes Clanmitglied am Anfang über das ganze Spektrum der jeweiligen Elementarmagie verfügt. In der jetzigen Phase kannst du jede Art von Wassermagie anwenden, daher ist die Gefahr auch so groß, dass du von deinen Kräften übernommen wirst, die Kontrolle verlierst und dadurch zu einer Ausgestoßenen wirst.«

»Zu einem Elementar.«

Er nickte. »Erst mit der Zeit kristallisieren sich die eigenen Fähigkeiten richtig heraus. Am Anfang konnte ich auch alles, jetzt habe ich mich darauf spezialisiert, Feuer aus dem Nichts zu erschaffen und mich im Feuer zu bewegen. Oder zu beamen, wie du es nennst.«

»Wann hast du deine Kräfte bekommen?«, fragte ich. Seite an Seite gingen wir zurück zu meinem Jeep und lehnten uns dagegen, das Gesicht dem Meer zugewandt.

»Mit vier.« Reid zog eine Grimasse. »Ich bin aus dem Fenster geklettert, als Mum nicht hingesehen hat und dann abgerutscht.«

Diesmal war ich es, die das Gesicht verzog. »Autsch.«

»Ich bin nicht gefallen, oder zumindest nicht tief, weil ich in dem Moment meine Kräfte bekommen habe. Und bevor Mum überhaupt gemerkt hat, was los ist, kam ich in einem Feuerschwall zurück ins Zimmer. Ohne einen einzigen Kratzer.«

»Beeindruckende Story.«

»Nicht jeder ist so ein Spätzünder wie du.«

»Wie bitte?« Ich konnte gar nicht anders, lachend verpasste ich ihm einen Schubs, der ihn ein, zwei Schritte zurücktaumeln ließ. »Was soll das denn heißen?«

»Die Elementarmagie wird genetisch weitergegeben, aber manchmal überspringt sie auch Generationen. Daher weiß man nie so genau, ob jemand die Fähigkeiten bekommen wird oder nicht«, erklärte er.

Ich musste an das denken, was Dad und Neal gesagt hatten. Mein Vater hatte gehofft, dass es nie so weit kommen, dass ich nie Kräfte entwickeln würde. Aber er hatte mich dennoch auf dieses Leben vorbereitet. Auf seine Weise. Ja, er mochte mir vieles verheimlicht haben, aber so langsam begann ich, seine Beweggründe zu verstehen. Er hatte versucht, mich zu beschützen. Ich an seiner Stelle hätte es vermutlich nicht anders gemacht.

»Es ist ein Schockmoment nötig, um die eigenen Kräfte auszulösen. Wie mein Sturz aus dem Fenster. Oder in deinem Fall mein Auftauchen hier auf Skye.«

Ich zog die Brauen hoch. »Du denkst, deine Anwesenheit hier hat meine Kräfte ausgelöst?«

Wow, da war jemand aber sehr von sich selbst eingenommen.

»Komm schon.« Er stieß mich mit der Schulter an. »Du kannst ruhig zugeben, dass mein Aussehen dich umgehauen hat.«

Ich schnaubte. Jepp, Reid war eindeutig zu sehr von sich selbst überzeugt. Allerdings tippte ich eher darauf, dass es das Wiedersehen, das Wiedererkennen gewesen war, was meine Kräfte geweckt hatte.

»Aber wenn ein Schock nötig ist, warum hat es bei mir dann so lange gedauert? Ich hätte diese Fähigkeiten schon viel früher bekommen müssen. Schon als Mum …« Ich hielt inne.

Etwas Mitfühlendes trat in seine Augen. »Als deine Mum gestorben ist?«

Ich nickte mit zusammengepressten Lippen.

»Ich kann dir nicht sagen, warum das erst jetzt passiert ist. Das ist bei jedem von uns anders. Manche erhalten ihre Kräfte schon als Kinder, andere erst Jahre später und mein Großonkel Steve hat mit siebzig plötzlich angefangen, Feuer zu spucken.«

»Das meinst du nicht wörtlich, oder?«

»Oh doch.« Er lächelte herausfordernd. »Der Kerl spuckt Feuer. Wie ein Drache. Er wird jetzt von allen Drachenopa genannt.«

Ich presste mir die Finger gegen die Lippen, konnte mein Lachen aber nicht unterdrücken. »Das ist nicht dein Ernst.«

»Ich sag's dir, in meiner Familie gibt es lauter solche Geschichten. Wir haben einen Drachenopa, eine Flammentante, den Explosiven Mike, Lava-Ludwig und ein Baby, das alles anzündet.«

»Komm schon, du verarschst mich doch«, behauptete ich und schob mir ein paar Haarsträhnen hinters Ohr, die mir der Wind ins Gesicht geweht hatte.

»Nein, ich schwöre dir, das ist die Wahrheit und nichts als die Wahrheit.«

Ein ungewohntes Gefühl breitete sich in mir aus, während Reid von seinen Verwandten erzählte, und es dauerte eine Weile, bis ich es als Wehmut erkannte. Es musste schön sein, so eine große Familie zu haben und mit den Elementarkräften und dem Wissen darum aufzuwachsen. Aber vor allem musste es schön sein, nicht die Einzige mit diesen Fähigkeiten zu sein.

»Normalerweise zeigt dir dein Clan, wie du deine Magie beherrschen kannst«, fuhr er fort und runzelte leicht die Stirn. Sofort war da aber wieder der belustigte Gesichtsausdruck. »Aber du hast etwas Besseres. Du hast mich als deinen Lehrer.«

»Ich weiß nicht, ob das so viel besser ist.«

»Hey, nicht frech werden. Wir haben noch nicht mal richtig angefangen.«

»Stimmt.« Ich stieß mich vom Wagen ab. »Wann legen wir los?«

»Genau jetzt.« Er richtete sich ebenfalls auf. »Wann hast du deine Kräfte bisher eingesetzt? Wenn du aufgewühlt warst?«

Ich dachte kurz darüber nach und nickte dann. »Und wenn ich wütend war. Und panisch.«

»Gut, dann setzen wir da an.« Er rieb sich die Hände aneinander. Kleine Funken wie von Flammen stoben in die Luft und ich wich unwillkürlich einen halben Schritt zurück.

»Was hast du vor?«, fragte ich, ohne ihn aus den Augen zu lassen.

»Ganz einfach.« Er lächelte verschwörerisch. »Dich in Panik versetzen.«

»Komm schon, Ava! Das kannst du besser«, rief Reid eine Stunde später und warf einen Feuerball zwischen seinen Händen hin und her. »Ich will etwas Wassermagie sehen.«

Hinter mir bröckelten kleine Steinchen von der Klippe. Reid hatte mich inzwischen mit seinen Attacken so weit in die Enge getrieben, dass ich nun am Abgrund stand. Hinter mir krachte das Meer gegen das Gestein und ließ es unter meinen Füßen erzittern.

»Wenn ich sie irgendwie steuern könnte, hätte ich sie schon längst eingesetzt«, stieß ich hervor und warf einen Blick zurück. Das waren locker zwanzig, dreißig Meter und unten würden mich nicht nur reißende Wellen erwarten, sondern auch Felsen, die vom Meer so geformt worden waren, dass sie mich aufspießen würden.

Wenn ich fiel, würde ich mich nicht einfach wegbeamen können wie Reid. Oder etwa doch? Wollte er genau das testen?

»Sorry, aber das glaube ich dir nicht.« Noch während er sprach, holte er aus.

Eine Sekunde später flog der Feuerball durch die Luft. Ich reagierte instinktiv – und genau wie schon Dutzend Mal zuvor. Ich warf mich auf die Seite, um der Attacke auszuweichen, statt meine Kräfte einzusetzen. Reid fluchte. Mit einem Schnauben richtete ich mich auf. Meine schwarze Strumpfhose war bereits an den Knien eingerissen, der Rock dreckig, Schlamm klebte an meinen Stiefeln und mit der einst weißen Bluse wollte ich gar nicht erst anfangen. Es würde ewig dauern, den Dreck aus der Schuluniform zu bekommen. Und bisher hatte dieses sogenannte *Training* mir rein gar nichts gebracht.

Reid war frustriert? Was sollte ich dann erst sagen? Ich war genervt und wütend auf mich selbst und ihn, auf diese ganzen Clans und alles, was damit zu tun hatte, dass ich gerade zum wiederholten Mal aufstand, nachdem ich mich auf den Boden geworfen hatte.

»Okay, versuchen wir es noch mal.«

Ächzend streckte ich mich. Mein Nacken und Rücken knacksten. »Das sagst du schon zum hundertsten Mal.«

»Und ich werde es auch noch in drei Wochen, fünf Tagen und zehn Stunden sagen, wenn du nicht endlich auf mich hörst und deine Fähigkeiten einsetzt. Beeinflusse das Meer, gib mir Regen, Hagel, meinetwegen auch nur ein paar Tropfen, aber tu irgendetwas!«

»Was meinst du denn, was ich hier die ganze Zeit versuche?«, rief ich gegen den Wind an. »Es funktioniert nicht!«

Er schüttelte den Kopf. Er war blasser geworden, seit wir mit dem Training begonnen hatten. Das einzige Anzeichen dafür, dass ihn die ständigen Feuerangriffe anstrengten. »Es funktioniert nicht, weil du es nicht willst.«

»Denkst du etwa, ich verbringe die Zeit hier nur zum Spaß mit dir?« Ich starrte ihn ungläubig an, während die Meeresbrise wieder an meinen Haaren zerrte.

Ein selbstbewusstes Grinsen erhellte sein Gesicht. »Da wärst du nicht die Erste und definitiv nicht die Einzige.«

Ich schnaubte. »Du bist so ein Großmaul. Ich würde dir lieber eine runterhauen, als dich mit irgendwelchen Wasserattacken anzugreifen.«

Er winkte mich zu sich. »Na los, dann tu's doch.«

»Nein.« Ich lächelte honigsüß. »Mein Dad hat mir beigebracht, niemanden zu schlagen, der schwächer ist als ich.«

»Schwächer?«, wiederholte er ungläubig. »Baby, wenn du deine Kräfte endlich einsetzen würdest, könnte ich dir zeigen, *wer* hier schwächer ist.«

»Ich brauche keine magischen Kräfte, um dich fertigzumachen, Kelvin. Das schaffe ich auch so.«

Und das war nicht mal übertrieben. Reid mochte größer sein als ich, aber er wirkte nicht so trainiert wie Lance. Seine Bewegungen waren nicht so geschmeidig, nicht so schnell. Wenn ich wetten müsste, würde ich darauf tippen, dass Reid sich im Kampf mehr auf seine Feuerkraft verließ, als auf Waffen oder seinen eigenen Körper. Würden wir ohne irgendeine Form von Elementarmagie gegeneinander antreten, würde er schneller auf der Matte liegen, als er mich mit irgendeinem seiner Sprüche provozieren konnte.

Leider ging es hier nicht um Kampfsport, sondern um unsere Fähigkeiten. Und in dem Bereich versagte ich gerade haushoch.

»Dann zeig es mir, verdammt noch mal«, konterte Reid. »Wie kann man dich wütend machen? Oder in Panik versetzen?«

Indem jemand, den ich kannte, vor meinen Augen angegriffen wurde und ich nichts dagegen tun konnte, weil ich keine Waffen und auch sonst nichts zur Hand hatte. Oder wenn ich hilflos vom Meer aus dabei zusehen musste, wie Lance von mehreren Elementaren angegriffen und beinahe besiegt wurde. War es das? Waren Angst und das Gefühl von Machtlosigkeit die Auslöser für meine Kräfte? Bisher hatte es nie funktioniert, wenn ich sie bewusst einzusetzen versucht hatte. Nicht in der Badewanne und auch nicht hinter dem Pub. Erst als ich keine andere Wahl gehabt hatte, als ich nicht mehr darüber nachdachte, sondern nur noch handelte, nur noch reagierte, traten meine Fähigkeiten zutage. Und dann war es meistens Eis, das ich einsetzte. Genau die Art von Wassermagie, die ich Reid zufolge besser meiden sollte.

»Ich *will* es lernen«, sagte ich und stellte mich breitbeinig hin. »Ich *muss* es lernen«, fügte ich leiser hinzu. Die letzten Worte waren mehr an mich selbst gerichtet. Denn wenn ich nicht lernte, diese Kräfte zu beherrschen und nach meinem Willen einzusetzen, würden noch mehr Unschuldige darunter zu leiden haben. Und irgendwann würde ich selbst zu einem dieser Monster werden. Denselben Monstern, die meine Mum getötet hatten.

Wut begann in meinem Inneren zu brodeln. Zuerst war es nur ein bisschen, doch dann weitete sie sich aus, je mehr ich an diesen Tag dachte. An die Elementare, die Mum ermordet hatten. Die das Schiffsunglück verursacht hatten. Meine Mutter war nicht die Einzige, die an jenem Tag gestorben war. Aber diese Wesen hatten einmal zu einem der Clans gehört, genau wie meine Mutter. Einem Clan, den ich wegen dieser Kreaturen nie kennengelernt hatte, den man mir mein Leben lang vorenthalten hatte, genau wie mein Erbe.

Ich inhalierte die salzige Luft und schloss die Augen. Obwohl ich mit dem Rücken zum Meer stand, spürte ich plötzlich das Kommen und Gehen der Wellen. Ihre zerstörerische Macht pulsierte in meinen Adern, wurde eins mit meinem Herzschlag, meinen Bewegungen und jedem einzelnen Atemzug. Ich konnte körperlich spüren, wie das Meer hinter mir tobte, wie es sich an den Klippen brach, sich zurückzog und erneut gegen das Gestein prallte. Ein Zittern lief durch meinen Körper.

»Ava.«

Ich schlug die Augen auf. Reid hatte sich nicht von der Stelle gerührt, aber zwischen seinen Fingern tanzten erneut die Flammen. Seine Augen weiteten sich. Sein Blick wanderte an mir hinauf und höher, bis er den Kopf in den Nacken legen musste. Hinter mir hörte ich es plätschern und rauschen.

»Heilige Scheiße …«, murmelte Reid und das Feuer erlosch in seiner Hand. »Was du auch tust, lass diese Riesenwelle jetzt bloß nicht auf uns los.«

Ich folgte seinem Blick, drehte mich um und starrte auf das Meer, das sich vor der Klippe erhoben hatte. Automatisch wich ich einen Schritt zurück, überwältigt von der Macht, der ich direkt ins Auge sah. Hatte ich das bewirkt? Hatte ich das Meer gerufen, bis es sich zu einer Riesenwelle aufbäumte und in der Luft verharrte, bereit, sich wieder zurückzuziehen oder alles und jeden wegzuspülen.

»Wie mache ich das wieder rückgängig?«, rief ich über meine Schulter, ohne auch nur eine Sekunde lang den Blick abzuwenden. Das Schauspiel war überwältigend. Das Wasser türmte sich auf und schillerte in allen Grün- und Blaunuancen in der Sonne. Kleine Tropfen spritzten wie ein leichter Sommerschauer herab.

»Woher soll ich das wissen?«, kam es von Reid. »Das ist deine Kraft. Setz sie ein und schick das Ding zurück ins Meer.«

Ich atmete tief durch und versuchte, mich nicht auf das Gebilde vor mir zu konzentrieren, sondern auf mich. Ich suchte und fand die Wut in meinem Inneren, die mit der Macht des Wassers verbunden zu sein schien. Wieder spürte ich das gleichmäßige Pochen in meiner Brust, das im Einklang mit dem Auf und Ab der Wellen war. Sekundenlang stand ich so da, während der Wind an mir zerrte und vereinzelte Tropfen auf mich herabfielen, bis ich das Gefühl hatte, eins mit dem Wasser zu sein.

Dann öffnete ich die Augen wieder und hob langsam die Arme. Ich hatte keine Ahnung, ob meine Bewegungen irgendetwas mit dieser Beeinflussung zu tun hatten, aber es erschien mir richtig, das, was ich erreichen wollte, auch mit meinem Körper auszudrücken. Den Blick auf das Wasser konzentriert, senkte ich die Hände langsam wieder, als würde ich etwas nach unten drücken.

Mir stockte der Atem, als die Welle der Bewegung folgte. Rauschend, zischend, tosend, aber sie begann sich vor meinen Augen wieder ins Meer hinabzusenken. Meine Gliedmaßen zitterten und Schweiß brach mir aus, weil es mich alles kostete, diese gewaltige Masse nach meinen Vorstellungen zu lenken.

Als die Welle nicht mehr bis über die Klippe ragte, ließ ich los. Sofort krachte sie gegen das Gestein. Gischt spritzte meterhoch auf und tropfte auf mich herab. Ich fiel auf die Knie. Der Atem kam mir nur noch keuchend über die Lippen, ganz so, als wäre ich kilometerweit gerannt, dabei hatte ich mich nicht von der Stelle gerührt. Aber ich hatte eine Monsterwelle herbeigerufen und wieder fortgeschickt.

Hinter mir ertönte ein langsames Klatschen, dann war Reid an meiner Seite. »Respekt, MacLeod. Ich hatte an ein paar harmlose Wasserattacken oder ein bisschen Regen gedacht, aber du musstest natürlich gleich aufs Ganze gehen.«

Ich lächelte atemlos und stand wieder auf. Ich zitterte noch immer am ganzen Körper, aber viel überwältigender war der Stolz, der sich nun in mir ausbreitete. Zum allerersten Mal hatte ich meine Kräfte bewusst und ganz nach meinem Willen eingesetzt, statt nur in blanker Panik oder aus Versehen. Vielleicht würde ich ja doch noch lernen, sie zu steuern.

»Gute Arbeit.« Reid klopfte mir auf die Schulter. »Aber das war erst der Anfang. Wir haben noch viel vor uns.«

»Sscht«, zischte ich. »Mach mir diesen Sieg nicht kaputt.«

Er lächelte, erwiderte aber nichts darauf. Auch wenn er seine Kräfte viel früher erhalten hatte als ich, schien er nachempfinden zu können, wie es mir ging.

Nachdenklich betrachtete ich ihn von der Seite. »Wie lange hat es gedauert, bis du es unter Kontrolle hattest?«

Er zuckte mit den Schultern. »Ein paar Jahre.«

»Jahre?«

»Na ja. Ich war vier und kein Wunderkind. Natürlich hat es ein paar Jahre gedauert, bis ich überhaupt gewusst habe, was ich da tue und es einigermaßen im Griff hatte.« Etwas veränderte sich in seinem Gesicht, ganz so als würde er sich an Dinge erinnern, an die er lieber nicht denken wollte. Aber vielleicht bildete ich mir das auch nur ein, denn im nächsten Moment war er wieder ganz er selbst. Gut gelaunt und unermüdlich. »Lass uns weitermachen.«

Am liebsten hätte ich aufgestöhnt. Das Zittern hatte in der Zwischenzeit nachgelassen, aber meine Muskeln schmerzten noch immer, als hätte ich die Grippe. Trotzdem nickte ich, denn ich war fest entschlossen, nicht Jahre dafür zu brauchen.

»Was schwebt dir vor?«

Reid legte mir den Arm um die Schultern und führte mich von der Klippe weg in Richtung meines Jeeps. »Was hältst du von einem kleinen Praxistest?«

»Gegen Elementare?«

Damit hatte er meine Aufmerksamkeit sicher. Seit jener Nacht in Quiraing vor einer Woche war ich nicht mehr auf der Jagd gewesen. Doch diesmal zögerte ich. Was machte es aus uns, wenn wir Wesen jagten, die einst Menschen gewesen waren? Ich biss die Zähne zusammen. Nein, sie mochten vielleicht früher zu den Clans gehört haben, aber mittlerweile hatten sie jedes bisschen Menschlichkeit verloren und waren nichts als mordende Bestien. Bestien, die meine Mutter getötet und den alten MacDonald angegriffen hatten und die sich nun auf der Insel breitmachen wollten. Höchste Zeit, etwas daran zu ändern.

»Gegen Elementare«, bestätigte Reid und ließ mich los, als wir meinen Wagen erreicht hatten. »Wie sieht's aus, MacLeod? Bereit, ein paar dieser Wesen in den Hintern zu treten?«

KAPITEL 19

Es war seltsam, mit Reid auf die Jagd zu gehen. Seltsam mit ihm in meinen Jeep zu steigen und zu den Cuillin Hills zu fahren. Aber vor allem war es seltsam, unbewaffnet loszuziehen. Keine entflammbare Edelstahlkette, keine Messer, keine Waffen aus dem kleinen Arsenal zu Hause. Ich hatte nicht mal Wechselklamotten dabei, sondern nur meine inzwischen verdreckte Schuluniform. Trotzdem spürte ich das vertraute Kribbeln in den Fingerspitzen, wie jedes Mal wenn ich Elementare jagen ging.

Wie bereits vermutet, nutzte Reid keine Waffen, sondern verließ sich auf seine Feuermagie. Im Gegensatz zu ihm hatte ich nicht so viel Vertrauen in meine neuen Kräfte und nahm zumindest den Dolch mit, den ich im Jeep unter dem Beifahrersitz für Notfälle oder Situationen wie diese angebracht hatte. Reid warf einen kurzen Blick darauf, sagte aber nichts dazu. Musste er auch nicht. Sein Gesichtsausdruck sprach Bände.

»Nicht jeder kann ein Feuerteufel sein«, murmelte ich beim Aussteigen. »Manche von uns brauchen Waffen.« Vor allem da ich bis vor ein paar Tagen noch überhaupt keine eigenen Kräfte gehabt hatte.

»Ich habe nichts gesagt.«

»Aber gedacht.« Ich deutete mit dem Dolch auf ihn.

Er hob die Hände in einer beschwichtigenden Geste, dann vergrub er sie in den Taschen seines Jacketts und richtete den Blick nach vorne. Vor uns ragten die Cuillin Hills in die Höhe. Dunkles Gestein, steile Klippen und zerklüftete Felsen, die nur von den besten Kletterern bezwungen wurden. Obwohl ich schon das eine oder andere Mal hier klettern gewesen war, hatte ich den höchsten Punkt mit neunhundertzweiundneunzig Metern noch nie erreicht. Davon, die Tour über die gesamte Gipfelkette zu machen, ganz zu schweigen. Aber ich hatte es vor. Irgendwann.

Schützend hielt Reid sich die Hand über die Augen, damit ihn die Sonne nicht blendete. »Du willst hoffentlich nicht da rauf, oder? Wie kommt man da überhaupt hoch? Gibt es eine Seilbahn?«

Ich folgte seinem Blick zu den schneebedeckten Bergspitzen. »Du bist süß. Man klettert.«

»Ganz nach oben?« Er legte den Kopf in den Nacken. »Ich könnte mich auch einfach hinaufbeamen.«

»Wo wäre da der Spaß?«

»Spaß?«, wiederholte er ungläubig und schüttelte sich. »Da hochzulaufen nennst du Spaß? Wow, ihr braucht hier echt ein paar mehr Pubs, Kinos und Clubs.«

Belustigt sah ich zu ihm rüber. »Wir haben es heute schon mit einer Riesenwelle zu tun gehabt. Stell dich nicht so an, Großstadtjunge.«

Er straffte die Schultern, als würde er sich innerlich darauf einstellen, tatsächlich bis ganz nach oben zu klettern. Und das nur, um zu beweisen, dass er kein verweichlichtes Stadtkind war.

»Woher weißt du überhaupt, dass wir hier Elementare finden werden?«, wollte er wissen.

»Ich habe meine Quellen.« Auf seinen fragenden Seitenblick hin, fügte ich hinzu: »Die typischen spontanen Wetteränderungen, aber ich folge auch einem Blog, in dem das Auftauchen von Elementaren in ganz Schottland aufgelistet wird.«

»Ein Blog?«, wiederholte er mit gerunzelter Stirn. »Wer würde so etwas öffentlich ins Internet stellen?«

»Keine Ahnung. Aber die Informationen sind gut und ziemlich aktuell.«

»Dann wurde dieser Ort also dort genannt?«

Ich nickte. »Vor ein paar Tagen soll es hier zu ungewöhnlichen Erschütterungen gekommen sein. Vermutlich durch Erdelementare. Gut möglich, dass sie noch da sind. Und falls nicht …« Ich breitete die Arme aus und begann langsam rückwärtszugehen. »Sie machen doch sowieso Jagd auf mich. Hier draußen sind wir wenigstens allein.«

Keine Menschen weit und breit, höchstens der ein oder andere Wanderer, der aber sicherlich schon seit heute früh in den Bergen unterwegs und damit weit genug entfernt war, falls hier unten gleich die Hölle losbrach.

Kopfschüttelnd folgte Reid mir. »Und ich dachte, ich wäre übermütig …«

»Mache ich dir Konkurrenz?«

Er schnaubte. »Erst, wenn du es geschafft hast, ein ganzes Haus anzuzünden.« Schmerz zeichnete seine Stimme, auch wenn er sich um einen leichten Tonfall bemühte.

Ich musterte ihn genau. »War das, als du deine Kräfte noch nicht im Griff hattest?«

»Nein.« Er hielt meinen Blick fest und streckte die Hand nach mir aus, um mich zu stabilisieren, aber ich hatte die leichte Absenkung im Boden bereits gemerkt und wich aus. Reid ließ die Hand wieder sinken. »Ich hatte meine Kräfte bestens unter Kontrolle. Aber Elemente sind so eine Sache. Wir beherrschen sie nur bis zu einem gewissen Grad. Sie können sich auch jederzeit gegen dich richten. In meinem Clan ist es üblich, Privatlehrer und Aufpasser zu haben, die für unsere Sicherheit sorgen sollen. Meine Familie ist in Glasgow ziemlich bekannt«, fügte er an mich gewandt hinzu. Seine Atmung änderte sich kaum, als wir mit dem Aufstieg begannen. »Ich habe den Leuten als Kind ständig irgendwelche Streiche gespielt. Aber irgendwann kam ich auf die glorreiche Idee, ihnen mit Feuer Angst zu machen. Da gab es einen Lehrer, MacRury, der für Mathe und Physik zuständig war und meine Geschwister und mich ständig wegen Kleinigkeiten bestraft hat. Er wollte uns wohl Manieren beibringen, und da er das mit Prügeln nicht tun konnte, haben wir ständig Strafarbeiten aufgebrummt bekommen. Ich habe den Kerl gehasst.«

Ich erwiderte nichts darauf, aber bei seinen Worten breitete sich eine böse Vorahnung in mir aus. Das lag vor allem an der Art, wie Reid davon sprach. Gepresst und voller Schuldgefühle. Gleichzeitig versuchte ich, auf unsere Umgebung zu achten. Bisher gab es keine Anzeichen für Elementaraktivitäten. Aber das musste nichts bedeuten. Sie konnten trotzdem jederzeit wie aus dem Nichts auftauchen, sich aus einem Baumstamm lösen, aus der Erde kriechen oder ein Teil des Gesteins sein.

»Also habe ich mir eines Tages vorgenommen, ihm den Schreck seines Lebens zu verpassen. Ich bin frühmorgens zu seinem Haus geschlichen und eingebrochen. Er hat noch geschlafen, und ich wollte ihn mit einer Feuershow und dem Rauchmelder wecken und dann wieder verschwinden, bevor er herausfinden konnte, dass ich es war.«

Ich warf ihm einen mitfühlenden Blick zu. »Was ist dann passiert?«

Ein Fluss versperrte uns den Weg und wir begannen an seinem Ufer entlangzugehen.

»Es ist ziemlich schiefgegangen.« Er zuckte mit den Schultern. »Die Vorhänge, die Tapeten, die Möbel … alles hat Feuer gefangen. Und obwohl ich die Flammen heraufbeschwört habe, konnte ich sie nicht mehr zurückrufen. Ich hatte keine Kontrolle mehr darüber. Sie haben sich ausgebreitet, und bis die Feuerwehr ankam, war das ganze Haus abgebrannt.«

»Und MacRury?«

»Er hat überlebt, aber schlimme Verbrennungen davongetragen. Er hat seinen Job bei uns gekündigt. Es wurde unter den Teppich gekehrt, dass ich dahintersteckte. Mein Vater hat ihm viel Geld gezahlt, damit er den Mund hält und die Stadt verlässt.« Reid warf mir ein bitteres Lächeln zu. »Du siehst, selbst wenn man lernt, seine Kräfte zu beherrschen, kann es danebengehen. Diese Magie ist ein Geschenk, kein Recht, das wir besitzen, auch wenn einige Leute das vielleicht anders sehen.«

Seine Worte hallten in mir nach, während wir weitergingen. Kurze Zeit später erreichten wir eine schmale Brücke, die über den Fluss führte. Gluckern erfüllte die Luft. Ich hatte das Gefühl, das Wasser spüren zu können, als würde es auch durch mich hindurchfließen. Ich wusste, wie es sich anfühlte, wenn es über die Steine, über Schlamm und Pflanzen im Grund glitt, wie es aus seiner Quelle hoch in den Bergen hervorsprudelte, sich einen Weg durch die Landschaft erkämpfte, um schließlich im Meer zu münden. Die Empfindungen nahmen mich ein, schlossen mich in eine kühle Umarmung, bis …

»Ava.«

Ich blieb abrupt stehen und blinzelte. Wir hatten das Ende der Brücke erreicht. Vor uns erhob sich das dunkle Gestein wie ein Mahnmal in den Himmel, aber auf der linken Seite führte ein Weg in ein grünes Tal. Rechts und links ragten steile Felswände in die Höhe. Ich konnte die Bergpflanzen und blauen Wiesenblumen erkennen – und die Bewegungen im hohen Gras.

Reid und ich wechselten einen Blick, dann schlichen wir uns langsam näher. Als wir den Rand des Tals erreicht hatten, blieben wir stehen. Ich drückte mich gegen den Felsen, während er neben mir in die Hocke ging.

Keiner von uns sagte ein Wort, keiner wagte es, sich zu rühren. Ich hatte mit zwei, vielleicht auch drei Elementaren gerechnet. Die Begegnung in Quiraing war eine Ausnahme gewesen. Normalerweise versammelten sich diese Wesen nicht und schlossen sich auch nicht zusammen.

Das sah jetzt anders aus.

Mit angehaltenem Atem beobachtete ich die Szene. Das Tal erstreckte sich vor uns und war so groß, dass locker zwei Fußballfelder hineingepasst hätten. Mit den Blumen, die im Wind die Köpfe neigten, den umherwirbelnden grünen Blättern und dem sanften Gluckern des Flusses hätte dieses Bild etwas Beruhigendes haben müssen. Wären da nicht diese ganzen Monster gewesen, die im Gras lauerten.

Keines glich dem anderen, jede Kreatur hatte eine andere Gestalt. Manche schienen nur aus Ästen und Blättern zu bestehen und hatten beinahe menschliche Form mit überlangen Gliedmaßen. Andere hatten nichts Menschliches mehr an sich und glichen vielmehr wilden Tieren.

Daneben gab es auch Wesen, die aus Schlamm und Steinen bestanden und so schwer waren, dass jeder ihrer Schritte den Boden erzittern ließ. Manche waren so schwarz wie Asche, andere passten sich wie Chamäleons der bunten Wiese an und wieder andere blitzten in der Sonne auf. Ich kniff die Augen zusammen, um es besser erkennen zu können. War das etwa Metall? Bestanden diese Dinger neuerdings auch noch aus *Metall?*

»Scheiße«, murmelte Reid beinahe lautlos. »Ich wusste ja, dass ihr hier langsam ein Problem mit den Viechern bekommt, aber das?«

»Es sind fünf«, gab ich genauso leise zurück. »Nein, sieben. Acht«, fügte ich hinzu, als ich eine Bewegung weiter hinten ausmachte. Ich schob mich langsam an dem Stein entlang zurück, um nicht mehr in Sichtweite der Elementare zu sein. Reid drehte sich um, einen irritierten, fragenden Ausdruck im Gesicht, dann folgte er mir in geduckter Haltung.

»Was hast du vor?«, zischte er. »Willst du einfach abhauen?«

Ich schnaubte und zog ein Handy aus dem Stiefelschaft. Neal war so nett gewesen, mir sein altes zu geben, da mein eigenes nach dem Ausflug in Edinburgh völlig unbrauchbar geworden war.

Ich tippte eine schnelle Nachricht und steckte das Smartphone wieder ein. »Ich bin zwar immer für einen Kampf zu haben, aber das da ist lebensmüde.«

»Also tweetest du es erst mal, bevor wir losschlagen?«

»Ich rufe Verstärkung.«

Eine Falte erschien zwischen seinen Augenbrauen. »Und an wen hast du gedacht?«

Knapp dreißig Minuten später bekam er seine Antwort. Während wir warteten, versuchten wir, das Tal genau im Auge zu behalten, ohne selbst entdeckt zu werden. Der Wind stand günstig und wehte in unsere Richtung. Die Elementare waren unruhig, rührten sich aber kaum vom Fleck. Kurz ging ich zu meinem Wagen zurück, um nach weiteren Waffen zu suchen. Leider nicht sehr erfolgreich. Aber zumindest konnte ich einen selbst gebastelten Flammenwerfer, bestehend aus Deo und Feuerzeug, wieder zum Einsatz bringen, auch wenn mir meine restliche Ausrüstung fehlte.

»Das hätte ich mir denken können …« Der Wind trug Reids Stimme zu mir.

Ich schlich zur Brücke zurück. Wenige Schritte von Reid entfernt stand Lance, in Jeans und T-Shirt, was wesentlich besser für einen Kampf geeignet war als unsere Schuluniformen, und er war mit seinen beiden schottischen Breitschwertern und Dolchen an den Seiten vollständig ausgerüstet.

»Danke, dass du hergekommen bist.« In meiner Nachricht hatte ich ihm unseren genauen Standpunkt durchgegeben.

Lance sah von mir zu Reid und wieder zurück. »Du hast nicht gesagt, dass *er* hier sein würde.«

Reid verschränkte die Arme vor der Brust. »Wenigstens war ich gleich zur Stelle, als es Ärger gab.«

»Seltsamerweise bist du immer zur Stelle, wenn es irgendwo Ärger gibt, Kelvin.«

Reid machte einen wütenden Schritt auf ihn zu. »Was willst du damit sagen, Campbell?«

»Im Ernst?« Ich deutete zwischen den beiden hin und her. »Könntet ihr das Machogehabe vielleicht auf später verschieben? Vielleicht bis wir die Elementare erledigt haben? Nur so als Vorschlag«, fügte ich bissig hinzu. »Aber hey, macht sonst ruhig weiter. Ich gehe in der Zwischenzeit schon mal an die Arbeit.«

Ohne ihre Reaktion abzuwarten, machte ich auf dem Absatz

kehrt und schlich zurück zu dem Durchgang, der auf das Tal hinausführte. Mein Puls raste gleichermaßen vor Frustration wie Ungeduld … als auch vor Anspannung. Nie zuvor hatte ich es mit so vielen dieser Kreaturen zu tun gehabt. Und jetzt trug ich kaum Waffen bei mir und besaß Kräfte, die ich nicht kontrollieren konnte. Ich schnaubte innerlich. Das waren die besten Voraussetzungen für einen schnellen, schmerzhaften Tod.

Schritte näherten sich mir von hinten. Ich drehte mich nicht um, konnte aber gleich darauf Lance hinter mir spüren, während Reid wieder neben mir in die Hocke ging.

»Drei gegen … was hatten wir gesagt? Sieben? Acht? Neun?«, überlegte er leise.

»Ist doch ein fairer Kampf«, kam es trocken von Lance. »Drei für jeden von uns.«

Sein warmer Atem streifte meinen Nacken und ich verspannte mich unwillkürlich. Meine Sinne begannen sich auf ihn zu richten, statt auf die Gefahr, die vor uns lauerte – und das konnte ich in diesem Moment absolut nicht gebrauchen.

»Hast du zusätzliche Ausrüstung dabei?«, fragte ich, wagte es jedoch nicht, einen Blick über die Schulter zurückzuwerfen. Stattdessen konzentrierte ich mich auf die Wiese vor uns und darauf, nicht entdeckt zu werden.

Auf einmal tauchte eine schmale Klinge vor mir auf. Ich sah auf den Dolch in Lance' Hand und runzelte die Stirn.

»Echt jetzt?« Diesmal hielt mich nichts davon ab, mich zu ihm umzudrehen und ihn anzufunkeln. »Du trägst zwei Schwerter mit dir rum und gibst mir das Babymesser?«

Ich hörte ein ersticktes Lachen neben uns, das Reid schnell als Schnauben tarnte.

Lance erwiderte meinen Blick mit einem amüsierten Funkeln in den Augen. »Bisher habe ich dich nie mit einem Schwert kämpfen gesehen.«

»Ich fechte seit fünf Jahren!«

»Das ist nicht dasselbe.«

Ich kniff die Augen zusammen und starrte ihn so lange an, bis er das Messer wegsteckte und eine lange Klinge aus seinem Stiefelschaft hervorzog. Es mochte keines seiner beiden Schwerter sein, aber zumindest auch keine Waffe mit der Reichweite eines Klappmessers.

»Besser?«, fragte er mit einem neckenden Unterton.

»Wir werden sehen.« Ich schloss die Finger darum und für einen kurzen Moment berührten sich unsere Hände. »Danke.«

Dann drehte ich mich wieder um.

»Wenn ihr das geklärt habt«, mischte Reid sich ein, »können wir jetzt vielleicht endlich losschlagen, bevor die Mistviecher uns bemer… Shit. Zu spät.«

Ein ohrenbetäubendes Brüllen erfüllte die Luft und ließ sogar die Berge um uns herum erzittern.

»So viel zum Überraschungsmoment«, murmelte ich, als das Brüllen abrupt aufhörte und ein Klingeln in meinen Ohren zurückließ. Gleich mehrere Augenpaare nahmen uns ins Visier.

Wir lösten uns von unserer Position am Eingang des Tals und teilten uns auf. Lance entfernte sich ein paar Schritte von mir und nahm die rechte Seite, ich übernahm die linke, während Reid in einem Feuerschwall verschwand und am anderen Ende der Wiese wieder auftauchte.

»Angeber«, hörte ich Lance leise knurren.

Bevor ich fragen konnte, was überhaupt das Problem zwischen

den beiden war – abgesehen davon, dass sie aus verschiedenen Clans stammten und sich allein deswegen schon nicht leiden konnten –, wurden wir angegriffen.

Ich hechtete zur Seite, als eine monströse Kreatur aus Stein und Schlamm wie ein Rhinozeros auf mich zustürmte und dabei den Boden erbeben ließ. Genauso schnell, wie ich im weichen Gras landete, sprang ich auch wieder auf. Nur zu deutlich war mir in Erinnerung geblieben, wie gefährlich diese Gräser sein konnten, wenn ein Elementar sie beeinflusste und zu seiner Waffe machte. Und ich hatte keine Lust auf eine Wiederholung.

Unbewusst begann ich den langen Dolch in meiner Hand zu drehen, während mein eigenes Messer sicher verstaut in meinem Stiefel steckte.

Mein Blick glitt über die Wesen. Zwei weitere näherten sich mir, eines davon zögerlich, das andere wesentlich angriffslustiger. Die erste Kreatur wirbelte herum und raste ein weiteres Mal auf mich zu. Ich wich der erneuten Attacke aus, holte mit dem Dolch aus und schlug zu. Der Elementar zuckte vor mir zurück, aber sein Schrei erfüllte das Tal. Aus dem Augenwinkel sah ich, wie Lance es ebenfalls mit drei Gegnern auf einmal aufnahm und dabei zunehmend in Bedrängnis geriet. Von Reid war nichts zu sehen, abgesehen von den Flammen, die immer wieder in alle Himmelsrichtungen schossen.

Ich spürte einen Luftzug und warf mich erneut zur Seite. Sofort sprang ich wieder auf die Beine, machte eine Drehung und kickte dem Monster aus Ästen und Blättern die Beine weg. Im nächsten Moment glitt die Klinge sauber durch das Wesen hindurch und trennte den Kopf von seinem Körper. Sofort zerfiel es zu Staub. Na also. Einer weniger.

Kaum hatte ich den Gedanken zu Ende gebracht, tauchte ein weiterer Elementar neben mir auf.

»Echt jetzt?«, zischte ich und nahm das Messer in beide Hände. Ich war mehr als dankbar für meinen Fechtunterricht, der mir nun sehr zugutekam, weil er mich Disziplin und Durchhaltevermögen gelehrt hatte. Zuerst war es nur darum gegangen, diese Wesen zu vernichten, doch je mehr sie mich zurückdrängten, desto deutlicher wurde, dass es um etwas ganz anderes ging. Ums Überleben. Nicht ihres, sondern meines.

Ich stieß die Klinge in ein Monster, riss den Dolch aus meinem Stiefelschaft und warf ihn auf das nächste. Dann hechtete ich zu Boden, rollte mich weg und sprang gerade rechtzeitig wieder auf, bevor mich eine riesige Pranke erwischen konnte. Der Boden begann zu zittern. Irgendeines der Wesen setzte ein Erdbeben gegen uns ein. Ich geriet ins Straucheln und musste mich mit dem Dolch abstützen, um nicht umzufallen. Als ich den Kopf hochriss, traf mich etwas hart im Gesicht. Ich flog herum, fiel seitlich auf den Boden und schrammte mir den Arm an ein paar Steinen auf. Es war mein Instinkt, der mich sofort wieder auf die Beine zwang. Liegen zu bleiben, war gleichbedeutend mit sterben. Das war eine von Dads allerersten Lektionen gewesen. Meine Wange brannte, aber darum konnte ich mich jetzt nicht kümmern. Ich hechtete auf mein Messer zu, riss es aus dem Boden und warf es erneut auf einen Gegner. Noch in der Hocke holte ich mit dem Dolch aus und zerschnitt den nächsten Angreifer, der sich auf mich stürzte. Doch als ich diesmal aufstehen wollte, sank ich zurück.

Irritiert sah ich an mir herab. Keine Ranken, die sich um meine Knöchel schlangen. Der Boden schien unter mir nachzugeben, Gras und Moos wurden weicher, schlammiger.

»Verdammt.« Ich stieß mich ab und rannte los. »Der Boden!«, rief ich, so laut ich konnte, um Lance und Reid zu warnen. »Er wird zum Moor!«

Lance wirbelte zu mir herum. In seinen Händen die beiden Schwerter, doch jetzt warf er eins davon ins Gras und griff nach dem Chakram, das an seiner Seite baumelte. Einen Atemzug später wirbelte es durch die Luft, ließ Elementare ausweichen und riss zwei von ihnen in Stücke, bevor es zu Lance zurückgeflogen kam. Er hatte sich etwas Freiraum erkämpft. Und mir.

Ich rannte so schnell, wie der morastige Boden es zuließ, doch eines der riesigen Rhinozerosmonster heftete sich an meine Fersen. Entgegen jedem bisschen gesunden Menschenverstand ließ ich mich noch im Laufen zu Boden fallen. Der Elementar konnte nicht rechtzeitig stoppen und reagierte reflexartig, indem er über mich hinwegsetzte. Ich rammte ihm den Dolch den Bauch und rappelte mich wieder hoch.

Das Wesen war nicht besiegt, aber es schrie vor Schmerz auf. Wütend schnaufend kam es zum Stehen und drehte sich zu mir um. Der Dolch, den ich von Lance bekommen hatte, steckte noch immer in seiner Vorderseite fest. Und ich war nun unbewaffnet. Als würde der Elementar das spüren, rannte er auf mich zu.

KAPITEL 20

Ich riss das Deo aus meiner Tasche, schaltete das Feuerzeug ein und warf das Mistviech mit einem Flammenstrahl zurück. Es schüttelte sich, doch das Feuer schien ihm kaum etwas auszumachen. Dafür war es zu sehr aus Stein und zu wenig aus Holz gebaut. Es funkelte mich aus dunklen Augenhöhlen an, in denen es neongrün flackerte.

Ich wich einen halben Schritt zurück, sank jedoch nicht mehr ein. Der Boden schien nur noch stellenweise nachzugeben. Trotzdem raste mein Herz. Meine Atmung kam keuchend. Das Blut rauschte mir so laut in den Ohren, dass es fast wie das Tosen des Meeres klang. Ich konzentrierte mich auf dieses Geräusch, suchte nach der Wut in mir, wie ich es beim Training mit Reid getan hatte – und ließ das Wesen auf mich zukommen.

»Ava!«

Jemand brüllte meinen Namen, aber ich hörte nicht hin. Ich blieb einfach stehen. Bewegungslos, während der Elementar immer näher und näher kam. Das Vibrieren im Boden verstärkte sich, aber es war kein Erdbeben, und die Erde erzitterte auch nicht vor der Kreatur, die auf mich zustürmte. Ich konnte das Wasser unter mir spüren, fühlte es in meinen Adern pochen, als wären wir eins. Das Wesen hatte mich fast erreicht, war schon so nahe, dass ich seinen fauligen Atem riechen konnte. Ich streckte die Arme aus – und ein massiver Wasserstrahl schoss aus der Erde und riss das Monster mit sich.

Mit ausgesteckter Hand stapfte ich weiter und ließ weitere Wasserattacken hervorbrechen. Die Wucht schwemmte die Elementare, die mir am nächsten standen, fort – aber das Wasser weichte auch den Boden auf. Beim nächsten Schritt sank mein Fuß ein und ein heißer Schmerz zog sich durch meinen Knöchel. Verflucht.

Ich versuchte, mich zu befreien, aber der Schlamm schien mich unnachgiebig festzuhalten. Als hätten die Kreaturen auch darüber Kontrolle.

»Setz deine Kräfte ein, verdammt noch mal!« Reid hatte sich vorgekämpft, bis er nur noch ein paar Meter von Lance und mir entfernt war.

»Was meinst du denn, was ich hier tue?«, rief ich zurück.

Panik begann sich in mir auszubreiten. Ich konnte mich unter einer Pranke wegducken, aber ich kam nicht vom Fleck. Hektisch tastete ich nach einem Ast, rammte ihn neben mir in den Boden und versuchte, mich daran hochzuziehen. Erde und Schlamm spritzten auf, dann war ich plötzlich frei.

Erleichtert hob ich den Kopf. Gerade rechtzeitig, um gleich zwei Monster auf mich zukommen zu sehen. Reflexartig hob ich die Hände, aber es passierte nichts. Keine Fontänen mehr, die meine Angreifer wegspülten. Kein Schauer. Nicht mal ein Regentropfen.

In letzter Sekunde versuchte ich, die Attacke mit den Unterarmen abzublocken, aber die Wucht riss mich mit zu Boden. Gleichzeitig hörte ich ein Knirschen, dicht gefolgt von einem so lauten Brüllen, dass ich mir die Ohren zuhalten musste. Als das Brüllen verebbte, wagte ich es wieder, die Arme sinken zu lassen und mich aufzusetzen.

Zu meinen beiden Seiten lagen zwei groteske Eisskulpturen. Meine Wange und meine Arme brannten von dem Angriff, aber die Berührung musste die Wesen eingefroren haben. Noch während ich mich wieder hochhievte, zerfielen sie zu winzig kleinen Eisstücken und dann war nichts mehr von ihnen übrig.

Ein Luftzug war die einzige Warnung. Ich wirbelte herum und sah, wie ein weiterer Elementar seine Ranken in meine Richtung schoss. Bevor ich reagieren konnte, zerschnitten Blitze die Luft und löschten das Wesen aus.

Sekundenlang war ich vor Überraschung und Schreck wie erstarrt, dann sah ich zu Lance hinüber. Einen Herzschlag lang hielt er meinen Blick fest, dann zog er wieder seine Schwerter und stürzte sich in den Kampf. Kurz darauf standen Lance, Reid und ich Rücken an Rücken im Tal, von unseren Feinden eingekreist.

»Bilde ich mir das ein …«, begann Reid und spuckte Blut auf den Boden. »Oder werden es mehr?«

»Es werden mehr«, bestätigte Lance, der eine Kreatur mit seinem Schwert durchbohrte und schon den nächsten Angriff abwehrte.

Ich schnitt mit dem Dolch durch die Luft, duckte mich, trat dem Wesen vor mir die hölzernen Beine weg und schickte es Richtung Reid, der es mit einem Feuerball in Flammen setzte. »Irgendwo muss ein Nest sein.«

»Dann sollten wir das ausräuchern.« Reid kickte einen Elementar weg und wirbelte herum. »Campbell! Wir könnten hier ein bisschen Hilfe gebrauchen!«

Ich sah zu Lance hinüber. Etwas veränderte sich in seinem Gesichtsausdruck, wurde dunkel, wild entschlossen. Den nächsten Angriff wehrte er nicht mit seinen Schwertern ab, sondern warf sie neben sich in den Boden, wo sie stecken blieben, und streckte die Hände aus. Ich rechnete mit Blitzen, mit Elektrizität – doch nichts passierte. Stattdessen erstarrte das Wesen in seinem Griff urplötzlich und zerfiel gleich darauf zu Staub wie damals am Strand. Auf einmal türmten sich über uns Wolken und warfen ihre Schatten auf das Tal. Blitze zuckten über den Himmel.

»Ihr geht besser in Deckung«, stieß Lance gepresst hervor und ließ gleich die nächste Kreatur in ihre Einzelteile zerfallen.

Bevor ich reagieren oder etwas sagen konnte, zog Reid mich weg. Im Laufen hob ich die beiden Schwerter auf, duckte mich unter durch die Luft peitschende Ranken hindurch und wich aus dem Boden schießenden Attacken aus. Die Erde war noch immer schlammig und rutschig. Jeder Schritt konnte in einem Loch enden – oder schlimmer noch: in einem Moor. Einmal hatte ich mich befreien können. Aber ein zweites Mal?

Ich sprang über einen dunklen Fleck vor mir, kletterte über Steine, die plötzlich hervorschossen, und versuchte, Reid zu folgen. Erst als mir eine Sekunde blieb, um aufzusehen und mich zu orientieren, erkannte ich, wohin er uns führte: zurück an den Rand des Tals zu dem Felsdurchgang, durch den wir hergekommen waren. Das Gestein würde uns Schutz bieten. Falls es uns nicht unter sich begrub, weil ein Elementar es zum Einsturz brachte.

Immer öfter blitzte es auf. Hinter uns hörte ich das Traben und Keuchen der Monster, die uns verfolgten. Ich spürte etwas an meinen Haaren und warf mich kopfüber nach vorn. Ich rollte über den Boden, sprang wieder auf und stellte mich der Kreatur, die mich an das Wesen aus Quiraing erinnerte. Sein ganzer Körper schien nur aus Wurzeln und Ästen zu bestehen, die dunkle Höhlen für Augen und Mund freiließen. Doch bei diesem Elementar bewegten sich die Wurzeln schlangenartig über seinen ganzen Körper. Und griffen mich im nächsten Moment an.

Ich sprang zurück, holte aus und durchschnitt die Wurzeln mit Lance' Schwert, bevor ich erneut herumwirbelte und mit dem zweiten ausholte. Doch der Elementar war schnell. Er duckte sich und stieß seine Äste in meinen Bauch. Ich wurde von den Füßen gerissen und flog durch die Luft. Hart landete ich auf dem Boden und spürte einen brennenden Schmerz in der Körpermitte. Autsch. Dieser Trick war so mies, er hätte von mir sein können.

Mithilfe der Schwerter rappelte ich mich wieder hoch. Weiter vorn kämpfte uns Reid den Weg frei. Hinter uns stoben Flammen auf und Qualm stieg in den immer dunkler werdenden Himmel auf. Von überall ertönten Kampfgeräusche. Ein elektrisches Knistern lag in der Luft, wie kurz vor einem Gewitter, wenn sich die ganze Luft vor Spannung zusammenzog. Ich wollte meine Kräfte einsetzen, wollte meinen Angreifer zurückschlagen, aber mein Instinkt hielt mich davon ab. Wenn sich schon die Luft so aufgeladen anfühlte, als könnte ein einziger Funke sie zum Explodieren bringen, wäre eine Wasserattacke tödlich. Nicht nur für meinen Gegner, sondern auch für mich selbst. Also nutzte ich die Schwerter und alles, was ich in den vergangenen Jahren gelernt hatte. Alles, was mein Vater mir beigebracht hatte.

Ich sprang zurück, parierte und griff an. In der einen Sekunde duckte ich mich, in der nächsten ließ ich mich auf die Knie fallen und schlug meinem Gegner die Beine weg. Er strauchelte und fiel zu Boden. Ich verschwendete keine Zeit. Bevor er sich wieder aufrappeln konnte, stieß ich mit dem Schwert zu. Einen Wimpernschlag später zerfiel das Wesen vor mir zu Staub. Keuchend sah ich mich um. Reid hatte es bis zum Rand des Tals geschafft. Inzwischen erhellten so viele Blitze den dunklen Himmel, dass ich geblendet wurde. Die Luft war noch dichter geworden, die Atmosphäre aufgeladen. Ich sprintete los.

Doch noch immer verfolgten mich zwei Elementare, rannten mir nach und versuchten, mich im Laufen zur Seite zu stoßen. Ich wich aus, hechtete über Steine und hervorschießende Wurzeln. Flammen zuckten an mir vorbei, als mir Reid zu Hilfe kam und versuchte, den Weg für mich frei zu räumen. Gleichzeitig merkte ich es jedes Mal, wenn Lance die geballte Macht seines Clans auf unsere Angreifer losließ. Ich wusste es, ohne mich umzublicken, weil das Knistern in der Luft überdeutlich zu spüren war.

Ein letztes Aufflackern über uns, dann sausten Blitze auf die Erde. Wie ein zorniger Gott entluden sie sich in den Kreaturen, bohrten sich in den Boden und zerrissen alles, was ihnen in die Quere kam.

»Ava!« Reid schrie meinen Namen, doch es war zu spät. Er streckte die Hand nach mir aus, aber ich war noch immer zu weit weg.

Statt weiter zu rennen, warf ich mich reflexartig der Länge nach auf den Boden und stieß die Waffen von mir. Um mich herum schlugen Blitze ein. Kein Donnerschlag war zu hören, nur das Jaulen und Brüllen der Monster, das Knacken von Holz und das Explodieren von Gestein. Ich hielt mir die Hände über den Kopf und presste das Gesicht ins Gras, während um mich herum die Hölle tobte.

Dann wurde es schlagartig still.

Kreischen und Brüllen verebbten. Das Flackern der Blitze erlosch. Feiner Staub, Blätter und kleine Steine rieselten herab. Vorsichtig hob ich den Kopf, dann richtete ich mich auf allen vieren auf. Von den Elementaren war nichts mehr zu sehen. Dafür gab es unzählige Einschlaglöcher, Risse im Boden und in den Bergwänden um uns herum. Rauchsäulen stiegen in den Himmel, an einem gespaltenen Baum züngelten kleine Flammen und der Geruch nach Verbranntem lag schwer in der Luft.

»Scheiße, ja!« Reid stieß die Faust in die Luft und joggte wieder aufs Feld. »Wir haben es geschafft.«

Mein Blick wanderte von ihm zu Lance, der mitten im Tal stand. Seine Brust hob und senkte sich schwer. Ich konnte mir nicht mal ausmalen, wie viel Kraft ihn das gekostet hatte. Als er auf die Knie sank, sprang ich instinktiv auf. Ich wollte zu ihm rennen, aber etwas hielt mich auf, bevor ich auch nur einen einzigen Schritt machen konnte.

Zuerst wusste ich nicht, was es war, dann bemerkte ich die winzige Bewegung in meinem Augenwinkel. Ich wirbelte herum. Dort rappelte sich nicht ein einzelner, übrig gebliebener Elementar wieder auf, sondern gleich mehrere. Irgendwie hatten sie die Blitzattacke überlebt. Und jetzt wirkten sie noch wütender als zuvor. Ihre Augen glühten und ihre geballte Macht schien aus jeder einzelnen Pore zu dringen.

»Weg hier!« Reids Schrei riss mich aus meiner Starre.

Ich sprang auf und rannte los. Aber nicht ans Ende der Wiese, sondern auf Lance zu. Reid schien denselben Gedanken zu haben. Wir erreichten ihn, als er sich gerade wieder aufrappelte, und halfen ihm hoch. Gemeinsam hetzten wir den Weg zurück, den wir gekommen waren. Lance ganz vorn, ich in der Mitte und Reid am Ende, um uns Rückendeckung zu geben. Ich konnte zwar nicht sehen, was er tat, aber ich spürte die Hitze seiner Feuerenergie und konnte das Zischen der Flammen hören.

Noch im Laufen warf ich mich zur Seite, machte eine Rolle und hob die beiden Schwerter auf, die ich zurückgelassen hatte. Dann kehrte ich zu den Jungs zurück.

Hinter uns donnerten die Schritte. Ein Brüllen erfüllte das Tal, so laut, dass es auf ganz Skye zu hören sein musste. Aber die Kreaturen erwischten uns kein zweites Mal. Wir erreichten den schmalen Durchgang, der zum Tal führte, und rannten weiter, den Weg am Fuß des Bergs und am Fluss entlang, über die Brücke und zurück zu unseren Autos. Erst als sie in Sicht kamen, wagte ich es, langsamer zu werden.

Ich warf einen Blick zurück. Keine Verfolger. Keine Angreifer. Aus irgendeinem Grund hatten sie das Tal nicht verlassen. Schwer atmend blieb ich stehen, stützte die Hände auf den Oberschenkeln ab und versuchte, wieder zu Atem zu kommen. Wir hatten es geschafft. Wir waren lebend aus dieser Sache rausgekommen – und hatten doch versagt. Denn wie um alles in der Welt sollte irgendjemand oder irgendetwas gegen diese Überzahl an Kreaturen ankommen? Wie sollten wir die Insel noch länger vor ihnen verteidigen können?

»Das war wohl nichts.« Reid klang genauso frustriert, wie ich mich gerade fühlte.

Keuchend richtete ich mich wieder auf und hielt mir die stechende Seite. »Niemand hat damit rechnen können, dass so viele von ihnen hier sein oder dass sie diese Blitzattacke überleben würden.«

»Es war dumm von uns, es überhaupt zu versuchen.« Lance schob die Schwerter mit mehr Nachdruck als nötig zurück in die Halterung.

»Dumm?«, wiederholte Reid stirnrunzelnd. »Hätten wir lieber

nichts tun sollen? Du bist doch der Sturmsohn hier. Macht ihr so Jagd auf Elementare?«

»Vorsicht«, knurrte Lance. Er war erschreckend blass, aber in seinen Augen lag ein mörderisches Glitzern. »Du hast keine Ahnung, wovon du da redest, also halt lieber deine Klappe.«

»Wie bitte?«

»Jungs …« Ich stellte mich zwischen die beiden, bevor hier gleich ein zweiter Kampf losbrach. Das konnten wir jetzt wirklich nicht gebrauchen, ganz egal, wie gereizt wir alle waren.

Reid hielt meinen Blick einen Moment lang fest, dann hob er abwehrend die Hände und wandte sich ab. Ich sah wieder zu Lance, der sich nicht vom Fleck gerührt hatte. Er stand noch immer neben seinem Wagen, die Brauen zusammengezogen und starrte Reid finster nach.

Ich ging zu ihm hinüber und lehnte mich neben ihn gegen die Motorhaube. »Danke, dass du hergekommen bist.«

Denn nach allem, was passiert war, war das keine Selbstverständlichkeit. Früher hatte ich auf ihn zählen können, doch inzwischen wusste ich nicht mehr, ob er für oder gegen mich war. Oder ob ich ihm einfach egal war. Diese Vorstellung war am schlimmsten, denn gegen Wut oder Hass konnte ich etwas tun. Aber nicht gegen Gleichgültigkeit.

Ich zögerte. Dann legte ich vorsichtig meine Hand auf seine. Die Berührung verursachte einen kurzen Stromschlag. Automatisch wollte ich die Hand zurückziehen, aber ich ignorierte das schmerzhafte Pochen in meinen Fingern.

Lance richtete seinen Blick auf mich. Er musste es ebenfalls gespürt haben, doch auch er zog seine Hand nicht zurück. Ich versuchte, in seinen Augen zu lesen, was er dachte, was in ihm vorging, aber was es auch war, er war ein Meister darin, es vor aller Welt zu verheimlichen. Und vor mir.

Ich öffnete den Mund, um noch etwas zu sagen, aber Lance kam mir zuvor.

»Bedank dich nicht bei mir«, erwiderte er brüsk und riss seine Hand zurück. »Es war lebensmüde von dir, mit *ihm* auf die Jagd zu gehen.«

Ich presste die Lippen aufeinander, bevor ich ihm die Antwort um die Ohren hauen konnte, die mir auf der Zunge lag. Oder vielmehr die Vorwürfe. Denn mit wem sollte ich bitte schön auf die Jagd gehen, wenn mich mein Partner von einem Tag auf den anderen fallen gelassen hatte? Ich verstand diesen Kerl einfach nicht. Er stieß mich von sich, machte immer wieder deutlich, dass da absolut nichts zwischen uns war – und trotzdem war er immer da, wenn ich ihn brauchte. Selbst in Momenten, in denen ich mir nicht einmal eingestehen wollte, ihn zu brauchen, wie auf dem Friedhof in Edinburgh.

»Du weißt doch«, brachte ich sarkastisch vor. »Lebensmüde ist mein Stil.«

Er kniff die Augen zusammen, schien etwas sagen zu wollen, hielt seine Reaktion aber genauso zurück wie ich meine. Am liebsten hätte ich ihn geschüttelt, ihn geohrfeigt … oder umarmt, damit er mir endlich sagte, was los war. Was er dachte. Was er wirklich sagen wollte. Aber ich tat nichts davon, sondern blieb bewegungslos stehen, als Lance mich von oben bis unten musterte und sich dann umdrehte und zur Fahrerseite hinüberging.

Ich atmete tief ein und langsam wieder aus. Die Luft fühlte sich kalt und feucht an, aber ich würde nicht zulassen, dass meine Kräfte ausgerechnet jetzt verrücktspielten. Diesen Sieg würde ich ihm nicht gönnen.

Ohne ein einziges Wort, ohne zurückzusehen, ging ich zu meinem Jeep hinüber und stieg ein. Aber ich spürte seinen Blick auf mir, ganz besonders, als Reid sich mit einem selbstzufriedenen Ausdruck auf den Beifahrersitz fallen ließ.

»Sag jetzt nichts«, warnte ich ihn.

»Hatte ich nicht vor.«

Ich hatte den Schlüssel bereits in der Hand und visierte das Zündloch an, als sich warme Finger um mein Handgelenk schlossen und mich aufhielten. Irritiert hob ich den Kopf und sah geradewegs in Reids Augen. Ein nicht zu deutendes Lächeln umspielte seine Lippen. Dann kam er näher.

Ich wich nicht zurück, obwohl ich es vielleicht hätte tun sollen. Aber da war ein kleiner Funke Neugier in mir, wie es wohl sein würde, obwohl ich nie bewusst darüber nachgedacht hatte, ihn zu küssen. Aber gleich darauf wusste ich es.

Sein Mund war warm auf meinem. Warm und überraschend weich. Ich schloss die Augen, krallte die Hand in sein Shirt, noch unentschlossen, ob ich ihn für diese Aktion aus dem Auto werfen sollte oder ob es mir zu sehr gefiel, um so schnell schon aufzuhören. Reid zu küssen, war wie zu nahe an einem Feuer zu stehen. Faszinierend, prickelnd, heiß und gleichzeitig so gefährlich, dass ich mich jeden Moment verbrennen konnte. Trotzdem öffnete ich die Lippen unter seinen und vertiefte den Kuss. Seine Zunge fand einen Weg in meinen Mund und die Hitze in mir und um mich herum nahm überhand.

Es war kein stürmischer oder aggressiver Kuss, er war ruhig, langsam, fast schon verspielt, auch wenn ich das Gefühl hatte, er würde mich von innen heraus verbrennen lassen. Ein letztes Mal strichen seine Lippen über meine, dann löste er sich ein Stück von mir. Seine Hand lag noch immer an meinem Kinn und sein Daumen strich über meine Haut.

Mein Herz raste. Das war nicht mein erster Kuss. Sehr zu Briannas Missfallen kannte ich einige gute Orte in unserer Schule, wo man ungestört ein bisschen herumknutschen konnte. Und das nicht nur in der Theorie. Trotzdem dauerte es ein paar Sekunden, bis ich wieder einen vollständigen Satz formulieren konnte.

»Was war das?«, stieß ich hervor.

Reid lächelte. »Ich wollte nur etwas deutlich machen.«

Ich zog die Brauen hoch. Ich hatte ihn noch immer nicht weggestoßen. »Mir? Dir?« Fragend legte ich den Kopf schief. »Oder *ihm?*«

Jetzt lehnte Reid sich wieder auf die Beifahrerseite zurück und gab den Blick auf unsere Umgebung frei. Doch wo zuvor noch Lance' dunkler Wagen gestanden hatte, war nun nichts mehr. Er war weggefahren, ohne dass ich ihn gehört hatte. Vielleicht, weil es noch immer in meinen Ohren rauschte und ich das schnelle Pochen meines Pulses fühlen konnte.

Reid folgte meinem Blick und schüttelte den Kopf. War es Wut, die da in seiner Miene aufblitzte? Oder etwas anderes?

Ich startete den Motor und begann, den Jeep zu wenden. »Auch wenn du ein wirklich guter Küsser bist«, begann ich und sah kurz zu ihm rüber, »mag ich es nicht, benutzt zu werden.«

»Was meinst du?«

Ich umklammerte das Lenkrad fester, während wir über den einspurigen Weg holperten. »Du hast mich nur geküsst, um Lance eins auszuwischen, oder?«

Gespielt schockiert sog er die Luft ein. »Wie kommst du bloß darauf?«

Ich schnaubte. »Komm schon. Es ist offensichtlich, dass ihr euch nicht ausstehen könnt, auch wenn ich nicht weiß, wieso. Aber ich bin sicher nicht der einzige Grund dafür. Obwohl ich mich geschmeichelt fühlen würde.« Ich warf ihm ein amüsiertes Lächeln zu.

Reid lachte kurz auf. »Wow. Das ist das erste Mal, dass mir ein Mädchen einen Korb gibt, nachdem ich sie geküsst habe.«

»Oh, kratzt das an deinem Ego?«

Er legte sich die Hand aufs Herz. »Sehr. Du könntest es küssen, damit es besser wird.«

Diesmal war ich diejenige, die laut auflachte. »Ich glaube, wir werden gute Freunde, du und ich.«

»Und jetzt auch noch die Friendzone. Autsch.« Er tat zwar so, als würde ihm das etwas ausmachen, aber ich konnte das Funkeln in seinen Augen und das Zucken seiner Mundwinkel nur zu deutlich erkennen. Reid hatte genauso viel Spaß an diesem Geplänkel wie ich.

»Warum hasst du ihn eigentlich so sehr?« Ich setzte den Blinker und bog auf eine befestigte Straße ab. »Oder eher, warum hasst ihr euch gegenseitig?«

»Keine Ahnung.« Reid verdrehte die Augen und rieb sich über die Schulter, als wollte er sie wieder einrenken. Anscheinend hatten wir alle etwas bei diesem Kampf abbekommen, sogar der Feuerleger. »Unsere Familien kennen sich und er hat bei den Sturmkriegern meines Clans trainiert. Der Kerl ist einfach so …«

»Verbissen?«

»Perfekt.« Er zog eine Grimasse, als wäre das etwas Verabscheuungswürdiges. »Er kann nichts falsch machen. Alle Clans lieben ihn, besonders die Chiefs, und die Sturmkrieger loben ihn in den höchsten Tönen. Was meinst du, wie oft ich von meinem Vater zu hören bekommen habe, ich solle mir doch mal ein Beispiel am tollen Lance Campbell nehmen, an seinem Verantwortungsbewusstsein, seinem Heldenmut, seiner Stärke, bla, bla, bla …«

»Hm«, machte ich. Das war zwar Reids Version der Geschichte, aber unweigerlich fragte ich mich, wie die von Lance wohl aussehen würde.

»Nur die wenigsten trainieren auch bei anderen Clans«, fuhr Reid fort. »Natürlich ist Lance eine dieser wenigen Ausnahmen. Als er zu uns kam, hatte er gerade die Ausbildung in seinem eigenen Clan absolviert. Ich war noch am Anfang bei unseren Sturmkriegern. Wir haben miteinander trainiert, gegeneinander gekämpft …« Er zuckte mit den Schultern. »Lance hat bestanden, ich bin rausgeflogen.«

Ich löste den Blick kurz von der Straße, um zu ihm hinüberzusehen. »Also bist du kein Sturmsohn?«

Er schüttelte den Kopf. »Und das will ich auch gar nicht sein. All diese Regeln und Verpflichtungen. Wenn man einmal einer von ihnen ist, gehört man sein Leben lang dazu. Sie können dich jederzeit rufen und sonst wohin schicken – wo auch immer gerade Ärger im Anmarsch ist.«

»Wie eine Art Armee mit übernatürlichen Kräften?«

»Eher wie eine Mafia.« Reid schnaubte und starrte aus dem Fenster, wo die wilde Landschaft von Skye an uns vorbeizog. »Wer möchte schon freiwillig einer von denen sein? Ich will mir nicht mein ganzes Leben vorschreiben lassen, was ich zu tun habe …«

Bei den letzten Worten war seine Stimme leiser geworden und ein bitterer Unterton hatte sich dazugemischt. Aber er sprach nicht weiter, sondern schien ganz in Gedanken versunken zu sein.

Ich räusperte mich. »Tja, mit diesem Kuss hast du es ihm echt gezeigt.«

»Oh ja, er soll leiden.« Reid gluckste und rieb sich über das Gesicht. Dabei verteilte er eine Rußspur auf seiner Wange.

Ich bog ein weiteres Mal ab, bevor ich noch etwas hinzufügte: »Netter Plan, aber ich glaube nicht, dass er den gewünschten Effekt hat.«

»Es ärgert ihn. Das ist alles, was ich wollte. Und herausfinden, wie es ist, dich zu küssen«, fügte er grinsend hinzu.

Gegen meinen Willen musste ich lächeln, sagte aber nichts dazu.

»Wo fahren wir überhaupt hin?«, fragte Reid nach einer Weile.

»Rate mal.« Ich hielt den Jeep an einem abgelegenen Strand und schaltete den Motor aus.

Reid starrte mich von der Seite an. »Du willst weiter trainieren? Hast du noch nicht genug für heute?«

»Nope.« Ich öffnete die Tür und stieg aus. »Bist du dabei, oder willst du weiter deine Wunden lecken?«

Er seufzte klaftertief, stieg dann aber auch aus. »Nur Verrückte auf dieser Insel …«

KAPITEL 21

Jeder Muskel in meinem Körper tat weh. Nein, falsch. Jeder Muskel, jedes Gelenk und jeder Knochen, einfach alles tat weh – und das, obwohl ich seit zwanzig Minuten in der Badewanne lag. Im Hintergrund war die angenehme Stimme von *Sleeping Wolf* zu hören, während Dampf und der Duft nach meinem Erdbeerbadezusatz den Raum erfüllten. Probeweise drehte ich mein rechtes Handgelenk und verzog das Gesicht. Irgendwann im Laufe des Tages war ich ungünstig darauf gelandet und seither spürte ich ein ekelhaftes Ziehen an der Außenseite. Seufzend ließ ich mich tiefer in die Wanne sinken und stieß dabei mit dem Fuß gegen den Wannenrand. Ein heißer Schmerz schoss mir durch den linken Knöchel. Reflexartig zuckte ich zurück und setzte mich auf. Wasser schwappte über den Rand und landete platschend auf dem Boden.

Mein Herz hämmerte, aber ich zwang mich dazu, mich wieder zurückzulehnen, und versuchte, mich zu entspannen. Und vor allem nicht daran zu denken, was beim letzten Mal passiert war, als ich gebadet hatte. Obwohl ich mich fühlte, als wäre ich von einem Bus angefahren worden, begann sich nach und nach eine angenehme Ruhe in mir auszubreiten. Vielleicht, weil ich so erschöpft war, dass ich kaum noch einen klaren Gedanken fassen konnte. Nach dem Training an der Klippe und dem Kampf in den Cuillin

Hills hatten Reid und ich bis spätnachts am Strand trainiert. Wieder und wieder hatte er mich angegriffen und so dazu gezwungen, mich mit meinen Kräften zu verteidigen. Erst hatte er Feuerbälle auf mich geworfen, dann Messer und zum Schluss waren wir in den Nahkampf übergegangen. Reid mochte nicht ein so intensives Training absolviert haben wie Lance, aber er konnte sich verteidigen. Und mit seiner Feuerteleportation war es fast unmöglich, ihn zu fassen zu bekommen. Trotzdem hatte ich es nach unzähligen Versuchen geschafft, ihm ein paar kleinere Verkühlungen zuzufügen.

Bei der Erinnerung daran musste ich lächeln. Ja, ich hatte nicht um diese Kräfte gebeten und wollte kein Teil irgendeines Clans sein – aber wenn sie mir dabei halfen, in Zukunft noch effektiver gegen Elementare vorzugehen, würde ich mich nicht beschweren. Zumindest, solange ich sie unter Kontrolle hatte.

Mein Blick wanderte an meinen Armen hinab. Rote Flecken auf der Haut, Aufschürfungen an den Ellbogen und Händen, aber keinerlei Anzeichen, die darauf hindeuteten, dass ich zu einem Monster wurde. Die Magie brach nicht aus mir hervor.

Ein paar Minuten genoss ich noch das warme Wasser, dann stand ich ächzend auf. Ich trocknete mich ab, wickelte mein Haar in ein Handtuch und rieb mich gleichermaßen mit Bodylotion wie mit Wundsalbe ein. Manche Verletzungen, wie die am Ellbogen und am Knie, musste ich verbinden, damit ich die Salbe heute Nacht nicht überall im Bett verschmierte. Um meinen linken Knöchel wickelte ich einen elastischen Stützverband samt Kühlpack in der Hoffnung, morgen wieder ohne Probleme auftreten zu können. Mein rechtes Handgelenk bekam eine Schiene, die ich irgendwo im hintersten Winkel meiner Schreibtischschublade fand. Durch das viele Fechten, das Training und die Jagd auf Elementare hatte ich meine Handgelenke mehr als einmal überlastet. Die meisten Leute bekamen eine Sehnenscheidenentzündung durch zu viel Computerarbeit oder weil sie beim Umzug halfen – ich, weil ich zu gern mit scharfen Gegenständen hantierte.

Ich warf einen Blick auf mein Handy. Keine neuen Nachrichten. Seufzend warf ich es zurück aufs Bett und griff nach einem Nagellackfläschchen. Gar nicht mal so sehr, weil ich eine neue Farbe wollte, sondern weil mich diese simple Tätigkeit normalerweise genau wie das Baden entspannte. Ich hatte Lance in einer kurzen Trainingspause geschrieben, aber bisher hatte er sich nicht zurückgemeldet. Nicht dass ich das erwartete. Ich wollte nicht das Mädchen sein, das irgendwelchen Typen nachhing. Das war ich nie gewesen, weil mir bisher nie jemand mehr bedeutet hatte – und daran würde auch kein Typ mit braunen Haaren, braunen Augen und einem mystischen Tattoo im Nacken etwas ändern. Außerdem gab es gerade wesentlich wichtigere Dinge, auf die ich mich konzentrieren sollte. Überleben zum Beispiel. Kein Elementar zu werden. Beim Nägellackieren nicht zu kleckern. Das waren wichtige Ziele. Und wenn ich das geschafft hatte, konnte ich immer noch darüber nachdenken, was zum Teufel Lance Campbells Problem war.

Ich sah kein weiteres Mal auf mein Handy und es blieb stumm, während ich mir die Nägel fertig lackierte, darauf wartete, dass sie innerhalb weniger Minuten trockneten, mir das Haar föhnte und mich anschließend ins Bett kuschelte. Ich hatte keine Ahnung, wie spät es war, aber als ich das Licht ausschaltete, hörte ich die Haustür unten aufgehen. Es musste schon deutlich nach Mitternacht sein, wenn Dad und Neal gerade nach Hause kamen. Das war der letzte Gedanke, bevor ich einschlief, kaum dass mein Kopf das Kissen berührt hatte.

Am nächsten Morgen fühlte ich mich, als hätte ich es gegen ein Dutzend Elementare gleichzeitig aufgenommen. Allein. Ohne Waffen. Ich leistete Dad und Neal beim Frühstück Gesellschaft. Der Schuluniform mit den langen Ärmeln sei Dank sahen sie nichts von den Schrammen und Kratzern, denn auf noch mehr Hausarrest und Strafarbeit im Pub als ohnehin schon konnte ich verzichten. Stattdessen konnte ich an diesem Morgen für eine halbe Stunde sogar vergessen, was in der letzten Woche alles geschehen war. Was mit mir passiert war und immer noch passierte. Es gab keine Wasserunglücke, und wir sprachen auch nicht über das Thema, sondern über den Pub, über Dads allmonatlichen Angelausflug mit einigen Bekannten aus der Stadt, Briannas Vater eingeschlossen, und darüber, wie der alte MacDonald seinen Krankheitsstatus gnadenlos ausnutzte, um sich von seiner Frau verhätscheln zu lassen.

Nach dem Frühstück packte ich meinen Rucksack, stieg in den Jeep und machte mich auf den Weg zur Schule. Immerhin hatten wir freitags nur bis mittags Unterricht, auch wenn ich am liebsten gar nicht hingegangen wäre. Mit jedem Tag wurde deutlicher, dass ich dort nichts lernen würde, was ich fürs Leben gebrauchen konnte. Niemand erklärte, wie man Elementare entdecken und vernichten konnte. Zwar lernten wir viel über die Geschichte Schottlands, in der auch die Namen einiger der fünf großen Clans auftauchten – aber nicht die ganze Wahrheit. Keiner erzählte uns von der Elementarmagie dieser fünf Clans und wie sie all die Zeit über aus dem Verborgenen heraus geherrscht hatten. Von im Alltag nützlichen Tipps ganz zu schweigen. Wieso mussten wir uns mit Stilmitteln, Formeln und chemischen Experimenten herumschlagen, statt eine Anleitung dafür zu bekommen, wie man einen Wagen am schnellsten aus einem Schlammloch befreien konnte, nachdem es wieder mal so heftig geregnet hatte, dass sich der Boden in Matsch verwandelte?

Lance und Reid fehlten an diesem Tag. Zumindest sah ich keinen der beiden in den Gängen und Klassenzimmern. Insgeheim beneidete ich sie darum, einfach so wegbleiben zu können. Mein Vater würde mir den Hals umdrehen, wenn ich schwänzen würde. Ich hatte alle Freiheiten, die ich mir nur wünschen konnte, aber was das Thema Schule anging, war er unerbittlich.

Nach der letzten Stunde packten wir Briannas Fahrrad ein und fuhren zu ihr. Meine Bücher hatte ich im Spind gelassen – stattdessen steckten in meinem Rucksack jede Menge Süßigkeiten und ein paar bequeme Klamotten. Unser letzter Serienmarathon war schon Monate her und es war höchste Zeit, die alte Tradition wiederaufleben zu lassen. Außerdem war es genau das Richtige, um mich auf andere Gedanken zu bringen.

»Spuck es endlich aus«, sagte Brianna und stellte das Tablett mit den beiden Tellern und der Popcornschüssel auf dem Nachttisch neben dem Bett ab, während ich ihre Zimmertür hinter uns schloss. »Du bist den ganzen Tag so angespannt und humpelst. Außerdem sind deine Fingerknöchel aufgeschürft. Was ist passiert?«

»Nichts.« Ich warf den Rucksack aufs Bett und zog ein paar Klamotten heraus. Ich musste dringend aus dieser Schuluniform raus. Das war mein drittes und letztes Set, die anderen beiden hatte ich diese Woche ruiniert.

»Ava …« Brianna verschränkte die Arme vor der Brust. Sie hatte wieder diesen Tonfall angeschlagen, mit dem sie als Lehrerin jede Menge Schüler und Schülerinnen in Angst und Schrecken versetzen würde.

»Reid und ich haben gestern trainiert. Lange«, fügte ich hinzu und zerrte an der Krawatte, um meinen Hals zu befreien. Als ich sie endlich runterbekommen hatte, schlüpfte ich aus dem weinroten Blazer. »Und dann waren wir Elementare jagen.«

Sie blinzelte. Starrte mich an. »Wie bitte? Hast du nicht Hausarrest?«

Ich zuckte mit den Schultern. »Wir sind zu den Cuillin Hills gefahren. Es sollte nur ein kleiner Test für meine Kräfte werden, ehrlich.« Ich knöpfte meine Bluse auf und zog mir ein T-Shirt an, dann tauschte ich Rock und Strumpfhose gegen Leggings.

»Aber …?«, hakte Brianna nach.

»Aber es waren doch mehr Elementare dort, als wir gedacht haben. Also habe ich Lance als Verstärkung dazu geholt. Dummerweise waren die Mistviecher in der Überzahl und auch noch extrem stark. Wir konnten einige von ihnen ins Jenseits befördern, mussten uns dann aber zurückziehen. Oh, und Reid hat mich geküsst.«

»Wie bitte, was? Warte mal.« Sie hielt beide Hände in die Höhe. »Wieso erfahre ich das erst jetzt? Da bin ich einmal nicht dabei und schon passieren die verrücktesten Sachen! Wurde jemand verletzt? Abgesehen von den Prellungen und Kratzern, die ich gerade gesehen habe.«

»Das sind nur ein paar blaue Flecken.« Ich grinste. »Du hast nichts verpasst. Außer einem Kampf gegen Elementare, bei dem es ziemlich gut für uns aussah – bis wir total versagt haben.«

»Und der Kuss?« Sie wedelte ungeduldig mit der Hand. »Vergiss den Kuss nicht.«

»Vergiss du ihn lieber, denn er hatte nichts zu bedeuten. Reid wollte damit nur Lance eins auswischen.«

Sie ließ sich aufs Bett sinken und tastete nach der Popcornschüssel. »Das wird ja immer interessanter.«

Ich gluckste, löste mein Haar aus dem geflochtenen Zopf und setzte mich zu ihr. »Anscheinend kennen sich die beiden schon von früher und sind so was wie Erzfeinde.«

»Und dann küsst Reid dich, um Lance eins reinzuwürgen?«, nuschelte sie mit vollem Mund. »Wow. Das ist so mies, das könnte von dir sein.«

Ich verschluckte mich an meiner Cola. »Wie bitte?«

»Komm schon.« Sie klopfte mir etwas zu fest auf den Rücken. »Ich dachte, die Zeiten, in denen du hilflose Kerle im Büro der Bibliothekarin verführt hast, wären vorbei, aber anscheinend habe ich mich geirrt.«

»Oh Gott«, krächzte ich, musste dann aber doch lachen. »Erstens habe ich niemanden verführt. Zweitens war keiner davon hilflos – sie waren alle älter als ich. Und drittens fällt Reid ganz sicher nicht in diese Kategorie.«

»Warum nicht?« Der neckende Unterton war verschwunden. In ihren Augen lag nichts als ehrliches Interesse.

»Weil …« Ich suchte nach Worten, nach irgendeiner Erklärung – und fand nichts. Reid mochte nicht ganz mein Typ sein – ich mochte die geheimnisvollen, stillen Kerle lieber –, aber ihn zu küssen hatte mir gefallen. Genug, um es irgendwann zu wiederholen, nur verspürte ich seltsamerweise nicht den geringsten Wunsch danach. Vielleicht weil es dabei gar nicht um ihn oder um mich gegangen war. Und vielleicht weil ich all meinen Bemühungen zum Trotz immer wieder an den Ausdruck in Lance' Gesicht denken musste, als er dabei zugesehen hatte, wie Reid zu mir in den Wagen gestiegen war.

»Ist es wegen der Verbote?«, hakte Brianna nach einer Weile leiser nach.

»Welche Verbote?«

»Die der Clans. Du …« Sie stockte und ihre Augen weiteten sich. »Ah, das kannst du ja gar nicht wissen.« Seufzend lehnte sie den Kopf gegen die Wand und begann zu rezitieren: »Es ist verboten, Ausgestoßenen zu helfen oder ihnen Unterschlupf zu gewähren. Sie müssen gejagt und vernichtet werden. Es ist verboten, die Elementarkräfte der Clans bewusst oder unbewusst miteinander zu kombinieren. Und es ist verboten, die Blutlinien der Clans zu vermischen.«

Ich blinzelte. »Das denkst du dir doch gerade aus.«

Sie schüttelte den Kopf. »Es ist eines der ersten Dinge, die man lernt, abgesehen davon, was es mit den Ausgestoßenen auf sich hat.«

»Wow, das ist …«

»Ziemlich altmodisch?«, schlug Brianna vor. »Zu konservativ?«

»Das und außerdem auch ziemlich krass, findest du nicht?« Ich schüttelte den Kopf, fassungslos darüber, was sich diese Leute dabei gedacht hatten.

Nachdenklich wiegte Brianna den Kopf hin und her. »Kann sein. Aber das mit den Blutlinien hat mit dem Verbot zu tun, dass man seine Fähigkeiten nicht kombinieren darf. Wenn ich einen Sturm herbeirufen und du gleichzeitig das Meer beeinflussen würdest, könnten sich diese Mächte miteinander vermischen und es würde zu unkontrollierbaren Naturkatastrophen kommen. Und das nur, weil wir beide gleichzeitig unsere Kräfte einsetzen. Jetzt stell dir vor, was passieren würde, wenn es Kinder gäbe, die die Fähigkeiten zweier Clans in sich tragen. Sie könnten diese Magie noch weniger beherrschen, wenn sie sie überhaupt überleben würden.«

»Du meinst, ein Kind aus, sagen wir, dem Luft- und Feuerclan, würde sich quasi selbst entzünden?«

»Oder implodieren oder explodieren oder weiß Gott was.«

»Oder auch gar nichts, weil sich keine Kraft oder nur eine durchsetzt«, warf ich ein.

Brianna zog die Schultern hoch. »Ich kenne keine Berichte darüber, dass es so etwas wirklich schon mal gegeben haben soll, aber das Risiko ist viel zu groß. Deshalb ist es streng verboten, Magie und Blutlinien zu vermischen. Es wird nur innerhalb des weitläufigen Clans geheiratet oder jemand ganz ohne Elementarmagie.«

Nachdenklich presste ich die Lippen aufeinander, während Brianna sich streckte und mir einen Teller vom Nachttisch gab. Wir hatten Pizza gebacken, auch wenn ihre Mum vehement dagegen protestiert hatte und uns lieber etwas Gesünderes gekocht hätte. Nein, danke. Jetzt lagen bunt belegte Pizzastücke mit extraviel Käse vor uns und warteten nur darauf, gegessen zu werden. Aber obwohl mein Magen knurrte, war ich mit den Gedanken woanders. Nämlich bei dem, was Brianna mir soeben erzählt hatte. In gewisser Weise ergaben diese Verbote sogar Sinn, wenn man die schwer kontrollierbaren Kräfte bedachte. Die Clans mussten solche Angst vor den Ausgestoßenen haben, dass sie diese Regeln erlassen hatten. Jemand mit den Kräften aus zwei oder mehr Clans wäre praktisch unbesiegbar – als Mensch, aber noch viel mehr als Elementar. Wobei ich mich sowieso fragte, wieso es Elementare bis zum heutigen Tag gab. Wie hatten die Clans in all den Jahrhunderten keinen Weg finden können, zu verhindern, dass es überhaupt Ausgestoßene gab?

»Bri?«

»Ja?« Sie sah mich mit der Fernbedienung in der Hand an.

»Wieso gibt es noch immer Elementare?«

Fragend legte sie den Kopf schief. »Was meinst du? Solange es die Clans gibt, wird es auch immer Elementare geben. Sie waren mal Clanmitglieder.«

»Ich weiß. Und das ist schon gruselig genug. Aber wieso gibt es so viele von ihnen? Müssten sie nicht … keine Ahnung … irgendwann aussterben?«

Noch während ich sprach, begann sie den Kopf zu schütteln. »Elementare entstehen dadurch, dass die Magie zu stark wird und die Clanmitglieder überwältigt. Wenn du nicht lernst, sie zu beherrschen, beherrscht sie dich. Und leider gab es bislang immer Personen, die ihre Kräfte nicht bändigen konnten – und die wird es wohl auch immer geben. Dagegen kann niemand etwas unternehmen.«

Ich erinnerte mich daran, dass Lance auf den Hügeln des Fairy Glen etwas ganz Ähnliches zu mir gesagt hatte. Nur hatte ich da gerade mal einen Bruchteil dessen gewusst, was ich heute wusste. Wie konnte das gerade mal eine Woche her sein?

»Es gibt eine Art Transformationsphase, in der man weder richtig Mensch noch richtig Ausgestoßener ist«, erklärte Brianna und schaltete den Fernseher ein. »Danach verlierst du all deine Menschlichkeit und wirst zu einem Elementar. Diese … Wesen sind nicht wie wir. Sie haben eine viel längere Lebensdauer. Manche behaupten sogar, sie würden niemals eines natürlichen Todes sterben, solange die fünf Elemente noch auf der Welt existieren. Deshalb müssen wir sie ausschalten.«

Eine Gänsehaut begann sich auf meinen Armen auszubreiten. »Und je mehr Clanmitglieder die Kontrolle verlieren …«

»Desto mehr Elementare gibt es.« Sie schüttelte ihr Kissen auf und machte es sich wieder gemütlich. »Deshalb gibt es die Sturmkrieger. Nur die stärksten Kämpfer und diejenigen, die am besten mit ihren Kräften umgehen können, werden bei den Sturmsöhnen und -töchtern aufgenommen und ausgebildet. Jeder Clan hat seine eigene Truppe. Sie handeln nur auf Befehl ihres Chiefs oder auf einen gemeinsamen Beschluss des Tribunals hin.«

Ich nickte langsam, denn einen Teil davon hatte mir Reid bereits erzählt. Er war rausgeflogen, während Lance zu einem Vorzeige-Sturmsohn der Campbells geworden war. Ich unterdrückte den Impuls, nach meinem Handy zu greifen und nachzuschauen, ob ich eine neue Nachricht hatte. Nicht nur, weil es langsam erbärmlich wurde und mich selbst nervte, sondern weil ich genau wusste, dass er sich nicht gemeldet hatte. Lance mochte mir über ein Jahr lang seine wahre Herkunft und seine Kräfte verschwiegen haben, aber ich kannte ihn. Zumindest einen Teil von ihm. Er würde sich nicht bei mir melden, völlig egal, ob ich ihm eine oder hundert Nachrichten schickte. Und nach dem, was Brianna mir gerade über die Sturmkrieger und die Verbote der Clans erzählt hatte, konnte ich sein Verhalten sogar ein kleines bisschen verstehen. Was es nicht besser und mich nicht weniger wütend machte. Aber wenigstens schien er gute Gründe zu haben, auch wenn sie mir nicht gefielen.

»Bereit?« Brianna hielt die Fernbedienung hoch.

»Sekunde.« Ich nahm mir noch etwas zu trinken und machte es mir gemütlich. »Jetzt bin ich be… hey, was ist das?« Mit dem Glas in der Hand deutete ich auf den zusammengefalteten Brief, der unter dem Tablett auf dem Nachttisch hervorlugte.

»Oh. Das …« Sie strahlte mich an. »Das ist ein Conditional Offer aus Edinburgh. Ich hab's geschafft! Ich werde Französisch studieren und darf später dann auch für ein Semester nach Paris!«

»Was?«, rief ich und ließ beinahe mein Glas fallen. »Ist das dein Ernst?«

Sie nickte heftig.

»Oh mein Gott! Wieso erfahre ich das erst jetzt?«, imitierte ich ihre Reaktion von vorhin und fügte dann hinzu: »Herzlichen Glückwunsch!«

Sie fiel mir um den Hals. »Danke! Ich freue mich so, das glaubst du gar nicht!«

»Doch, weil du mich fast erwürgst.«

»Ich weiß und das ist mir so was von egal!« Sie umarmte mich noch fester, bis wir beide so lachen mussten, dass unsere Teller und Gläser fast auf den Teppich fielen.

»Das heißt, du ziehst das wirklich durch?«, fragte ich und nahm einen Schluck von meiner Cola.

»Ja. Ich fange im Herbst mit dem Studium in Edinburgh an und im dritten Jahr geht es an eine Universität in Paris.« Sie quietschte vor Freude und schlug sich die Hände vors Gesicht. »Ich bin so aufgeregt!«

Bis zu diesem Moment hatte ich mit dem Gedanken gespielt, sie zu fragen, warum sie nicht auch zu den Sturmkriegern gegangen war, doch jetzt lag die Antwort auf der Hand. Brianna war nie eine Kriegerin gewesen. Aber definitiv eine Kämpferin. Sie war die Zweitbeste in unserem Fechtkurs, und wenn sie sich erst mal etwas vorgenommen hatte, zog sie das auch durch, völlig egal, wer oder was ihr dabei in die Quere kam. Nicht mal eine Sturmflut oder Grippe konnten sie davon abhalten, ihre Pläne in die Tat umzusetzen. Und sie hatte einen Plan für ihr Leben, sie wusste genau, wie es aussehen sollte und mit wem sie es teilen wollte. Sturmkrieger und Elementare hatten keinen Platz darin.

Ich freute mich für sie, konnte das bittersüße Gefühl in meiner Brust aber nicht unterdrücken. In wenigen Monaten würde meine beste Freundin wegziehen, erst nur ein paar Stunden entfernt und dann würde ein ganzer Ozean zwischen uns liegen. Sie würde ihre Träume verwirklichen, während ich … noch immer hier sein und Elementare jagen würde. Ich hatte mir nie groß Gedanken darum gedacht, was ich mit dem Rest meines Lebens anfangen wollte, aber Brianna machte es mir schwer, nicht darüber nachzudenken. Was nicht bedeutete, dass ich zu einem Ergebnis kam. Aber vielleicht musste ich das auch gar nicht. Denn für den Moment war ich völlig damit zufrieden, den Freitag damit zu verbringen, mit meiner besten Freundin Serien zu schauen, Pizza und Süßkram zu essen und die Welt mit all ihren Elementaren, Clans und Magie einfach zu vergessen. Die Realität würde mich ohnehin schneller wieder einholen, als mir lieb war.

Am darauffolgenden Montag riss mich die Klingel aus den Gedanken – und den Kritzeleien auf meinem Block. Nur weil ich Mr Stevens vorn stehen sah und etwas über die Kapitel sagen hörte, die wir bis zur nächsten Stunde lesen sollten, wusste ich, in welchem Fach ich gerade saß. Würde man sich meinen Block anschauen, könnte man auch von der Kunst der Kriegsplanung ausgehen. Wieder und wieder hatte ich das Szenario in den Cuillin Hills skizziert und nach einem Weg gesucht, all diese Elementare auszuschalten. Leider erfolglos. Welche Idee ich auch ausprobierte, es endete immer damit, dass wir die Flucht ergreifen mussten.

Seufzend packte ich meine Sachen zusammen, hängte mir die Tasche um und folgte Brianna aus dem Klassenzimmer. Mir knurrte der Magen und ich steuerte bereits die Kantine an. Erst als ich mitten im Gang war, fiel mir auf, dass meine beste Freundin plötzlich nicht mehr da war. Irritiert drehte ich mich um. Ich wollte sie schon rufen und daran erinnern, dass der Schokopudding weg sein würde, wenn wir uns nicht beeilten, aber dann bemerkte ich, mit wem sie da etwas seitlich im Gang stand. Mit niemand Geringerem als Rick. Und sie redeten miteinander. *Na endlich.* Grinsend wandte ich mich ab und ging weiter. Doch neben meinem Spind wartete eine weitere Überraschung auf mich: Reid.

»Hi.« Er lächelte, als wäre es völlig selbstverständlich, dass er mich zur Mittagspause abholte.

»Hey …«, erwiderte ich gedehnt und machte mich daran, die Bücher loszuwerden.

»Bereit für das nächste Training?«

»Oh, ich war das ganze Wochenende bereit. Du aber nicht.«

»Ja, klar.« Er sah auf die Schiene an meinem rechten Handgelenk und schüttelte kurz den Kopf. »Ich war zu Hause in Glasgow. Und außerdem ein bisschen angeschlagen nach unserem letzten Training und dem kleinen Ausflug in die Berge«, fügte er eine Spur leiser hinzu.

»Armer Kerl. Ich hoffe für dich, du hattest jemanden, der sich um deine schweren Wunden gekümmert hat.«

»Oh ja, die hatte ich.« Sein Grinsen wurde breiter. »Und jetzt bin ich mehr als bereit dazu, dich wieder zu unterrichten.«

Ich schlug die Tür meines Spinds zu und steuerte wie alle anderen die Cafeteria an. Reid hielt problemlos mit mir Schritt. »Du genießt diese ganze Trainingssache ein bisschen zu sehr.«

»Wieso auch nicht? Ich kann dich mit Feuerbällen bewerfen und Campbell gleichzeitig zur Weißglut treiben.«

Ich verdrehte die Augen, kommentierte das aber nicht weiter.

Von Lance hatte ich seit Donnerstagnachmittag in den Cuillin Hills nichts mehr gesehen oder gehört. Er könnte vom Erdboden verschluckt worden sein – im wahrsten Sinne des Wortes – oder gleich um die Ecke kommen.

»Meinetwegen, dann trainieren wir heute eben wieder«, gab ich nach und warf ihm einen überraschten Blick zu, als er mir die Tür zur Mensa aufhielt. »Unter einer Bedingung.«

Ein paar kleine Falten erschienen auf seiner Stirn. »Die da wäre?«

»Es gibt noch immer einige von ihnen in den Bergen. Beim nächsten Mal bist du wieder dabei.«

Ich ging weiter und holte mir ein Essenstablett, aber Reid blieb stehen und sah mir entrüstet nach. Gleich darauf war er bei mir und starrte mich an.

»Das ist nicht dein Ernst. Du willst da wieder hin? Bist du lebensmüde?«

Ich seufzte und schob mich an einem Mitschüler vorbei, um an den Schokopudding zu kommen. »Wieso sagen das immer alle?«

Reid schnaubte. »Wenn das so ist, muss ja was dran sein.«

Ich warf ihm einen vernichtenden Blick zu. »Bist du dabei, oder nicht?«

»Bei einer Kamikaze-Aktion mit null Aussichten auf Erfolg?« Er tat einen Moment lang so, als müsste er darüber nachdenken, dann reckte er den Daumen in die Höhe. »Klar.«

Ich hatte nicht einmal gemerkt, wie angespannt ich gewesen war, bis ich die Erleichterung spürte, die sich nun in mir ausbreitete. Um ehrlich zu sein, hatte ich nicht mit seiner Hilfe gerechnet. Brianna hatte bisher nichts mit der Jagd auf Elementare zu tun, und ich wollte sie auch nicht in diese Sache reinziehen, obwohl sie mir sofort zur Seite gestanden hätte. Und Lance … Ich schüttelte den

Kopf, ohne diesen Gedanken zu Ende zu bringen. Sonst würde ich noch jemandem meinen Cappuccino ins Gesicht schütten und dafür war er zu schade. Vor allem weil sie endlich wieder Kakao darüberstreuten, nachdem der letzte Woche schon am Dienstag ausgegangen war.

»Warte kurz.« Reid zog sein Smartphone aus der Hosentasche. »Da muss ich rangehen. Bring mir einen Schokopudding mit!«

Bevor ich etwas darauf erwidern konnte, ließ er mich stehen und entfernte sich mit dem Handy am Ohr ein paar Schritte. Ich stellte mein Tablett kurz ab und lief an der Schlange vorbei zurück zu den Desserts, dann bezahlte ich mein Mittagessen, den Kaffee und den Nachtisch. Mit dem Tablett in den Händen steuerte ich unseren Tisch an, doch von Brianna war noch nichts zu sehen. Entweder ließ sie das Mittagessen ausfallen, um weiter mit Rick zu flirten, stand weiter hinten in der Schlange oder besprach noch irgendetwas mit einem Lehrer wegen ihrer zusätzlichen Leistungen. So war ich die Erste an unserem Tisch, stellte das Tablett und meine Tasche ab und setzte mich. Bevor ich nach den Pommes greifen konnte, ließ sich Brianna schwungvoll auf den Stuhl gegenüber fallen.

»Und?«, fragte ich und zog das Wort in die Länge. »Was wollte Rick?«

Sekundenlang starrte Brianna ins Leere, dann breitete sich ein strahlendes Lächeln auf ihrem Gesicht aus. »Ein Date. Er hat mich nach einem Date gefragt! Er will am Wochenende mit mir ausgehen!«

»Oooh …« Ich legte mir die Hand auf die Brust. »Ich bestelle schon mal mein Kleid für die Hochzeit.«

Doch Brianna reagierte nicht auf meinen Scherz. Stattdessen zerfiel ihr Lächeln innerhalb von Sekunden. »Ich kann nicht mit ihm ausgehen.«

»Was?«, rief ich eine Spur zu laut. »Du musst! Davon redest du doch schon seit über einem Jahr.«

»Aber bei allem, was gerade los ist …«

»Kein Aber! Du gehst jetzt sofort zu ihm zurück und sagst, dass du mitkommst. Sonst mache ich das und, glaub mir, das willst du nicht erleben.«

Sie verzog das Gesicht, als würde ihr allein die Vorstellung Schmerzen bereiten. Gut so. Denn ich würde es so peinlich wie möglich für sie machen, wenn sie nicht selbst den Mut aufbrachte, ihm zuzusagen.

»Los!« Ich wedelte mit der Hand, bis sie seufzend aufstand.

»Ich hasse dich gerade ein bisschen dafür.«

»Ich weiß. Eines Tages wirst du mir dankbar sein.«

Sie streckte mir die Zunge raus, dann straffte sie die Schultern, ging in den Ich-kann-alles-schaffen-Modus und marschierte aus der Kantine. Ich sah ihr amüsiert nach.

Wieder griff ich nach den Pommes, doch meine Hand erstarrte mitten in der Luft. Völlig lautlos hatte jemand Briannas Platz eingenommen. Sekundenlang starrte ich mein Gegenüber an, dann nahm ich die Gabel, spießte die Pommes mit mehr Gewalt als nötig auf und schob sie mir in den Mund.

»Gestern Nacht gab es einen Angriff in Uig.« Lance stützte sich mit den Unterarmen auf dem Tisch auf. »Zwei Verletzte, ein Toter. Die Polizei weiß nicht, was sie davon halten soll, weil die Leute etwas von Meereswesen erzählt haben.«

Ich hielt im Kauen inne. Meereswesen? Mein Puls beschleunigte sich. Gleichzeitig fragte ich mich, wie er das wissen konnte, während ich nichts davon mitbekommen hatte.

»Sie kommen näher«, fuhr er eine Spur leiser fort. »Jetzt machen sie nicht mal mehr vor den Städten halt.«

Ich aß weiter, ohne etwas dazu zu sagen. Wenn er mir Informationen geben wollte, dann bitte, nur zu. Aber das hieß noch lange nicht, dass wir wieder Freunde oder … was auch immer … waren.

Eine Falte erschien zwischen seinen dunklen Brauen. »Hörst du mir eigentlich zu?«

»Jepp«, erwiderte ich und trank einen vorsichtigen Schluck von meinem Cappuccino. So viel besser mit Kakaopulver. Ich nahm noch einen Schluck und stellte die Tasse ab, erst dann richtete ich meine Aufmerksamkeit wieder auf Lance. »Ich weiß nur nicht, was du eigentlich von mir willst.«

Erst als ich die Worte ausgesprochen hatte, wurde mir bewusst, wie zweideutig sie klangen, aber ich würde einen Teufel tun und sie zurücknehmen. Er schien es ebenfalls zu bemerken, denn er holte schon Luft, um etwas erwidern, hielt dann jedoch inne. Etwas veränderte sich in seinem Blick, doch was auch immer dieses kurze Aufflackern gewesen war, verschwand im nächsten Moment wieder, als er auf einen Punkt hinter mir starrte.

»Mit wem telefoniert er da?«

Ich biss die Zähne zusammen und gab mir alle Mühe, mir nichts anmerken zu lassen. Nichts von meiner Wut, aber vor allem nichts von meiner Enttäuschung. »Keine Ahnung«, murmelte ich und schob mir weitere Pommes in den Mund.

Lance richtete seine Aufmerksamkeit wieder auf mich. Die Stirn gerunzelt, die Lippen zu einer schmalen Linie zusammengepresst.

»Du weißt, dass du ihm nicht vertrauen kannst, oder? Er arbeitet für das Tribunal.«

Ein Knallen erfüllte den Raum, dicht gefolgt von entsetzten Schreien. Ich musste nicht hinsehen, um zu wissen, dass gleich mehrere Getränkeflaschen explodiert waren. Lance hielt meinen Blick fest, als würden wir einen stummen Kampf austragen.

»Wirklich?«, stieß ich schließlich hervor. »Du tauchst komplett unter, reagierst auf keine Nachricht und dann ist *das* eine deiner größten Sorgen?«

Hektisches Chaos brach um uns herum aus. Unsere Mitschüler und -schülerinnen versuchten, die Scherben aufzusammeln und die Getränkepfützen aufzuwischen. Aus dem Augenwinkel bemerkte ich, wie eine Mitarbeiterin der Cafeteria mit Wischmopp und Eimer herbeieilte.

Lance rückte keinen Zentimeter ab, gab kein bisschen nach. »Es ist die Wahrheit.«

Gekreische aus dem Gang. Ohne dort zu sein, wusste ich, dass die Wasserspender verrücktspielten und meterhohe Fontänen in die Luft sprühten. Ich spürte es mit jedem Pochen meines Pulses.

»Ava …« Ein warnender Tonfall schlich sich in seine Stimme.

Betont ruhig legte ich die Gabel ab und lehnte mich zu ihm hinüber. So nahe, dass ich jede einzelne Braunnuance in seinen Augen erkennen konnte. »Na los«, forderte ich ihn leise auf. »Sag es schon!«

Er wusste genau, welche Wirkung es auf mich hatte, wenn man mir befahl, mich zu beruhigen. Lance hatte es selbst erlebt – gleichzeitig war er der Einzige, dem es bisher gelungen war, dass ich meine Kräfte in diesem Zustand tatsächlich wieder in den Griff bekam.

Aber er sprach die Worte nicht aus.

»Du wirst sie hierher locken«, sagte er stattdessen. »Willst du das?«

Zum ersten Mal löste ich meinen Blick von ihm und ließ ihn durch die Cafeteria wandern. Vor mir breitete sich ein völliges Chaos aus. Lance und ich waren die Einzigen, die noch ruhig am Tisch saßen. Alle anderen waren längst aufgesprungen, redeten wild durcheinander, wischten auf den Tischen herum oder wrangen ihre Blusen und Hemden aus. Nach und nach wurde ich mir der Zerstörung bewusst, die ich angerichtet hatte, weil ich mich nicht unter Kontrolle gehabt hatte.

Mein Atem wurde für einen winzigen Moment sichtbar und verschwand dann wieder, doch um uns herum war es merklich kälter geworden. Ich öffnete den Mund, ohne zu wissen, was ich sagen oder tun konnte, als ich plötzlich eine warme Hand auf meiner spürte. Ruckartig sah ich nach unten und dann in Lance' Gesicht. Er hielt mich fest und auf eine seltsame Weise schien mich diese Berührung zu erden. Zumindest ein bisschen. Genug, damit die Kälte wieder nachließ, aber ich konnte noch immer jeden einzelnen Wassertropfen in diesem Gebäude spüren, als wäre er ein Teil von mir.

»Lass uns verschwinden.« Er zog mich hoch.

Ich wehrte mich nicht dagegen, weil er genau das tat, was er tun musste, um unsere Mitschüler und Lehrer nicht länger zu gefährden. Und weil es genau das war, was ich gerade am dringendsten brauchte. Ich musste hier weg, weg von all den Menschen, denen ich wehtun konnte, auch wenn ich das nicht wollte. Ich konnte meine Emotionen nicht zurückdrängen, konnte sie nicht runterschlucken und diese Kräfte mit bloßer Willenskraft beherrschen, egal, wie sehr ich es versuchte. Jedes Mal wenn ich gegen meine Gefühle ankämpfte, entglitt mir die Kontrolle über meine Fähigkeiten ein Stückchen mehr.

Lance verschränkte seine Finger mit meinen und bahnte uns einen Weg durch die Mensa. Mein Puls raste. Ich hatte ein Rauschen in den Ohren, aber ich war mir nicht sicher, ob es mein eigenes Blut war, oder ob ich tatsächlich Wasser rauschen hörte. Irgendwo in diesem Gebäude, darunter oder vom Meer her. Bei der Erinnerung an die Riesenwelle, die ich hervorgerufen hatte, wurde mir schlecht. Ich mochte nicht die beste Schülerin, Freundin oder die vorbildlichste Tochter sein, aber ich wollte nicht, dass jemand meinetwegen verletzt wurde. Sei es durch meine Kräfte oder dadurch, dass meine bloße Anwesenheit Elementare herbeilockte.

Reid ließ das Handy sinken und sah uns nach, doch außer ihm schenkte uns niemand Beachtung. Lance stieß die Flügeltüren auf, die in den Gang führten. Am anderen Ende, nur ein paar Schritte entfernt, befand sich ein Seitenausgang.

»Es ist okay …«, brachte ich zwischen zusammengebissenen Zähnen hervor, als wir nach draußen traten, aber Lance reagierte nicht darauf, sondern zog mich weiter. Über den Parkplatz und in Richtung seines Autos. Erst als ich erkannte, was er vorhatte, nämlich mich so schnell wie möglich von hier wegzubringen, stemmte ich mich gegen ihn. »Warte!«

Er blieb stehen, ließ mich aber nicht los. Sein Blick tastete mich ab, obwohl die Schuluniform mit den langen Ärmeln und der dunklen Strumpfhose nicht viel preisgab. Zuletzt blieb sein Blick an meinen Augen hängen und verharrte dort.

»Ich werde zu keinem von ihnen«, sagte ich leise, aber meine

Stimme zitterte. Ich hatte keine Ahnung, wen das mehr schockierte – ihn oder mich. Aber eines stand fest: Ich würde mich nicht in eine dieser Kreaturen verwandeln. Niemals. Ganz egal, was ich dafür tun musste.

»Das weißt du nicht«, erwiderte er rau und legte seine Hand an meine Wange. Sie war warm und hatte denselben Effekt auf mich wie vorhin in der Kantine. Das Rauschen in meinen Ohren wurde schwächer und mein Puls pochte nicht mehr so heftig wie zuvor. »Das kannst du gar nicht wissen …«

Da war so viel, was ich ihn fragen wollte, so viel, was ich erfahren musste. Wie konnte er das behaupten? Warum war da plötzlich diese Panik in seinen Augen? Nicht nur Angst und Sorge, wie ich es auf dem Friedhof in Edinburgh gesehen hatte, sondern so viel mehr. Als hätte er es schon mal erlebt. Als hätte er schon mal dabei zusehen müssen, wie jemand von seinen Kräften überwältigt worden und zu einem Elementar geworden war.

Ich öffnete den Mund, wollte ihm all diese Fragen stellen, aber ich brachte keinen Ton hervor. Denn es spielte keine Rolle. Für diesen winzigen unendlichen Moment spielte nichts mehr eine Rolle. Nur die Art, wie er mich ansah, wie sich etwas in seinem Blick veränderte, wie ihm der Atem genauso stockte wie mir. Hatte er zuvor noch eine besänftigende Wirkung auf mich gehabt, passierte jetzt das Gegenteil. Mein Herzschlag beschleunigte sich. Mein Puls raste. Aber es begann nicht zu regnen, es gab keine Wasserexplosionen und auch das Eis blieb aus. Mein ganzes Denken, mein ganzes Fühlen konzentrierte sich nur auf ihn.

Ein Räuspern ließ uns zusammenzucken und brachte uns in die Gegenwart zurück. Ich stolperte einen Schritt nach hinten und kniff die Augen zusammen, als sich mein verstauchter Knöchel mit einem schmerzhaften Ziehen meldete. Erst dann registrierte ich, wer da ganz in der Nähe stand.

»Juliana …?«

Wie in Edinburgh trug sie den dunkelgrünen Mantel mit den goldenen Verzierungen an den weiten Ärmeln, allerdings hatte sie vor einer Woche nicht so verloren gewirkt wie jetzt. Ihr taillenlanges dunkelbraunes Haar hing wirr herab und Blätter hatten sich in den Strähnen verfangen. Ihr Gesicht war gerötet und die Haut an der linken Wange etwas aufgeschrammt. Die Hose hatte Grasflecken an den Knien, die Stiefel waren schlammig und die Haut rund um ihre Fingernägel blutig aufgerissen und verdreckt.

»Was tust du hier?« Ich wagte es kaum, einen Schritt auf sie zuzumachen.

»Ich will nicht zu dir.« Ihr Blick wanderte an mir vorbei zu Lance. »Ich will zu ihm.«

KAPITEL 22

»Was macht sie hier?« Reid lief vor dem Klassenzimmer auf und ab. Vor wenigen Minuten waren Lance und Juliana darin verschwunden, um in Ruhe zu reden. Um die Mittagszeit war der Raum leer und dieser Teil der Schule wie ausgestorben, weil alle beim Essen oder in der Stadt waren. Aber viel Zeit blieb uns nicht.

Ich sah zur Uhr, die mitten im Gang hing, und runzelte die Stirn. In zwanzig Minuten würde es zur nächsten Stunde läuten, aber irgendwie bezweifelte ich, dass sie diese Sache so schnell klären konnten. Wenigstens ein Gutes hatte Julianas Auftauchen: Meine Wut von vorhin war völlig verraucht. Alle Wasserspender, Rohre, Toiletten und Getränkeflaschen waren wieder sicher vor mir. Zumindest fürs Erste.

»Warum fragst du sie nicht einfach selbst, was sie hier will, Reid?« Brianna saß neben der Tür auf dem Boden, mit dem Rücken gegen einen Spind gelehnt, die Nase in einem Buch vergraben.

Oh, verdammt, war das etwa Englisch? Hatten wir Hausaufgaben aufgehabt? Ich biss mir auf die Unterlippe und schob diesen Gedanken wieder von mir. Jetzt war es sowieso zu spät, um noch irgendetwas zu tun. Außerdem war das hier wichtiger.

Als ich zum wiederholten Mal durch die Glastür in das Klassenzimmer schaute, hob Lance den Kopf. Einen Atemzug lang trafen sich unsere Blicke und ich wurde an den kurzen Moment draußen auf dem Parkplatz erinnert, dann deutete er uns an, dass wir reinkommen sollten. Ich räusperte mich und betrat den Raum als Erste, dicht gefolgt von Reid und Brianna, die ihr Buch hastig in die Tasche stopfte.

»Was ist los?«, fragte Reid in die Runde.

Lance lehnte an einem Tisch, die Arme vor der Brust verschränkt. Juliana hatte ihren Mantel inzwischen ausgezogen und über einen Stuhl gelegt. Darunter trug sie eine hochgeschlossene helle Bluse, deren Ärmel sie hochgekrempelt hatte. Automatisch schaute ich auf ihre Hände, aber die Haut wies keinerlei Anzeichen eines Elementars auf.

Zögernd sah Juliana von Lance zu mir und dann zu den anderen. Ich nickte ihr zu. Sie mochte Reid und Brianna kaum kennen, aber ich vertraute ihnen.

»Meine Familie …«, begann sie langsam und räusperte sich, weil ihre Stimme so krächzend klang. »Wie die meisten von euch wissen, stirbt mein Clan aus. Die Macht ist zu groß, kaum jemand kann sie beherrschen. Es gibt noch ein paar entfernte Verwandte, aber … mein Bruder … Elijah und ich sind die Letzten unseres Zweigs. Er befindet sich seit fünf Wochen in der Transformation.«

»Seit fünf Wochen?«, wiederholte Reid fassungslos. »Das ist unmöglich.«

Sie runzelte die Stirn. »Glaubst du wirklich, dass ich den ganzen Weg hierhergekommen bin, um euch etwas vorzulügen?« Verblüfft nahm sie die Flasche Wasser, die Brianna ihr hinhielt, und schenkte ihr ein dankbares Lächeln. Nach ein paar Schlucken klang ihre Stimme wesentlich fester. »Seine Magie ist zu stark, aber er kämpft dagegen an. Er wartet.«

»Worauf?«, warf ich ein.

Julianas gefasste Miene drohte zu zerfallen. Ein Zittern lief durch ihren Körper, ihre Augen begannen zu glänzen und sie blinzelte heftig, bevor sie leise antwortete: »Darauf, dass ich ein Heilmittel finde. Deshalb bin ich hier.« Damit wandte sie sich wieder an Lance. »Abgesehen von Connor bist du der einzige Sturmsohn, der bei fast allen Clans trainiert hat. Und zu ihm als Anführer der Dundas-Sturmkrieger kann ich nicht gehen. Wenn es jemanden gibt, der alles über Elementare weiß und uns helfen kann, dann bist du das.«

Lance seufzte tief. »Es gibt kein Heilmittel. Das gab es nie. Ich weiß, dass deine Familie mit Pflanzenmagie heilen kann, aber bisher hat niemand je etwas gefunden, was den Prozess stoppen könnte.«

»Natürlich nicht.« Reid schnaubte. »Die Sturmkrieger sind auch an keiner Heilung interessiert, sonst wären sie ja arbeitslos, nicht wahr? Warum solltet ihr irgendwelche Forschungen unterstützen?«

»Vorsicht, Kelvin. Rede nicht von Dingen, von denen du keine Ahnung hast.«

»Meine Familie fördert wenigstens Wissenschaft und Forschung und versucht, etwas zu verändern. Was tut deine, außer ihresgleichen zu verraten und sich in den Highlands zu verkriechen?«

»Jungs«, mischte sich Brianna ein, bevor ich es tun konnte. »Klärt das gern unter euch, aber darum geht es hier nicht, okay?« Sie sah von den beiden zu Juliana. »Wie können wir dir helfen?«

Doch die schüttelte den Kopf. »Ihr könnt mir nicht helfen. Wenn es kein Heilmittel gibt … Wenn nicht mal die Sturmkrieger einen Weg kennen, die Transformation aufzuhalten …« Ein Schluchzen entkam ihr. Sofort presste sie sich die Finger auf die Lippen und kämpfte um ihre Fassung, aber sie zerbrach trotzdem vor unseren Augen. Wenn dieser Besuch hier, wenn Lance ihre letzte Hoffnung gewesen war, hatte sie diese nun verloren.

Ich ging zu Juliana hinüber, legte ihr vorsichtig den Arm um die Schultern und führte sie um den Tisch herum zu einem Stuhl. Aber erst als sich unsere Blicke trafen, konnte ich das ganze Ausmaß ihres Schmerzes darin erkennen.

»Er ist alles, was ich noch habe …«, flüsterte sie kaum hörbar. »Ich kann Elijah nicht auch noch verlieren … ich … ich kann einfach nicht …«

Schweigen breitete sich aus, während ich ihr beruhigend über den Arm strich. Aber wir wussten beide, dass das kein Trost war. Nicht wenn sie dabei war, ihre Familie zu verlieren.

»Es gibt nichts, was wir für sie tun können.« Reids Stimme durchbrach die Stille in der Bibliothek. »Wir sollten zusehen, dass wir …«

»Geht's noch?«, unterbrach ich ihn und richtete mich wieder auf. »Wie wär's mit ein bisschen Mitgefühl?«

Seine Miene verhärtete sich. »Mitgefühl wird ihren Bruder nicht retten. Oder einen von uns, wenn wir schon dabei sind.«

»Was willst du damit sagen?«, fragte Brianna.

»Die Elementare in den Bergen? Und dann der Angriff letzte Nacht in der Hafenstadt?«

Ich blickte von ihm zu Lance. Woher wusste Reid davon? Und wieso um alles in der Welt erfuhren sie beide diese Dinge noch vor mir? Ich war schließlich diejenige, die hier schon seit Jahren lebte und Elementare jagte.

»Das war erst der Anfang«, fuhr Reid unbeirrt fort. »Sie wissen jetzt, dass sie sich hier ungehindert ausbreiten können. Und deine Kräfte ziehen sie an, solange du sie nicht kontrollieren kannst.«

»Was meinst du, wofür dein Training da ist?«, konterte ich bissig.

»Dann scheint es nicht zu funktionieren. Oder noch nicht genug zu sein«, erwiderte er unbeirrt. »Oder meinst du, irgendjemandem im Umkreis von zehn Kilometern ist diese Wasserexplosion in der Mensa entgangen?«

Ich ballte die Hände zu Fäusten und ignorierte den scharfen Schmerz, der durch mein rechtes Handgelenk schoss. Bandage hin oder her, wenn Reid noch ein einziges Wort sagte, würde ich liebend gern einen gebrochenen Knöchel riskieren.

»Hey.« Brianna hob den Zeigefinger. »Mach sie nicht wütend, wenn du nicht schwimmen gehen willst. Und mich nicht, wenn du nicht per Luftexpress nach Glasgow zurück willst.«

Ich musste mir das Lächeln verbeißen und sah zu Lance hinüber. Auch seine Mundwinkel zuckten, aber er mischte sich nicht ein. Reid wirkte im ersten Moment verblüfft darüber, Kontra aus dieser unerwarteten Ecke zu bekommen, hob dann jedoch geschlagen die Hände.

»Ich sage nichts, was wir nicht alle wissen«, behauptete er. »Und wenn die Elementare hier erst mal alles überrennen …«

»Das Tribunal wird das nicht zulassen«, meldete sich Brianna wieder zu Wort.

Juliana zögerte. »Woher willst du das wissen …?«

Brianna seufzte tief. »Weil sie Bescheid wissen. Sie kennen die Bedrohung. Sie haben Skye, Harris und die anderen Inseln hier schon lange auf dem Radar und wissen von dem gehäuften Auftauchen in den entlegeneren Gebieten ebenso wie von dem Angriff hinter einem Pub in Portree vor ein paar Tagen.« Bei diesen Worten fixierte sie mich, als ahnte sie, dass ich dabei gewesen war.

Lance stieß sich vom Tisch ab und richtete sich zu seiner vollen Größe auf. Obwohl ich nicht unbedingt klein war, überragte er mich genauso wie alle anderen im Raum. Reid eingeschlossen. »Das Tribunal kennt die Bedrohung auf Skye und den anderen Inseln und hat sie bisher ignoriert. Warum sollte es jetzt auf einmal seine Hilfe anbieten wollen? Es sei denn, jemand hat sie ganz genau darüber informiert, was hier passiert.«

»Sieh mich nicht an«, wehrte Reid ab. »Ich habe nichts damit zu tun.«

»Und mit wem hast du vorhin telefoniert?«

»Oh, du meinst vorhin, als du Ava so auf die Pelle gerückt bist, dass beinahe die ganze Cafeteria hochgegangen ist?«

Ein Muskel zuckte in Lance' Kiefer und seine Augen funkelten vor Wut. Aber es tauchten keine Blitze auf. Da war kein Knistern von Energie in der Luft.

Ich stieß einen Pfiff aus, der alle Aufmerksamkeit auf mich lenkte. »Ich brauche keinen Retter, Pyro, aber danke für deinen Einsatz. Können wir uns jetzt vielleicht auf das konzentrieren, was wirklich wichtig ist?«

Nämlich einen Weg zu finden, um Julianas Bruder zu helfen und gleichzeitig die Elementare von der Insel zu verjagen. Und uns am besten auch noch dieses Tribunal vom Hals zu halten. Ich hatte zwar keine Vorstellung davon, wie seine Pläne aussahen, aber es konnte nichts Gutes sein, wenn die Chiefs aller Clans zusammenkamen und über das Schicksal der westlichen Inseln bestimmen wollten. Genauso wenig wie die Vorstellung, dass ein einzelner Clan hier die Macht ergreifen würde.

Reid schaute von einem zum anderen. »Wir müssen uns an das Tribunal wenden. Das ist das Einzige, was wir tun können.«

»Das Einzige?«, wiederholte ich ungläubig und verschränkte die Arme vor der Brust. »Hast du gerade nicht zugehört?«

»Das Tribunal wird uns nicht helfen«, schaltete sich Juliana ein. Sie klang müde, aber nicht weniger überzeugt von dem, was sie da sagte. »Es tut nie irgendetwas.«

»Wenn sie wirklich etwas gegen die Elementare unternehmen wollten, hätten sie dann nicht schon längst Verstärkung geschickt?«, spann ich den Gedanken weiter. »Sie wussten über die bisherigen Angriffe Bescheid. Sie wussten, dass Lance und ich Jagd auf Elementare gemacht haben. Und jetzt sollen sie keine Ahnung haben? Mit einem Kerl, der Gespräche über Kilometer hinweg belauschen kann?«

Reid warf mir einen vernichtenden Blick zu.

»Sie hat recht«, kam es ruhig von Lance. »Was auch der Grund dafür ist, dass wir die Sturmkrieger der Campbells informieren müssen. Das ist der beste und schnellste Weg, um diese Kreaturen loszuwerden.«

»Kreaturen?«, echote Juliana fassungslos. »Das sind Menschen!«

»Das waren sie mal. Aber jetzt ist nichts Menschliches mehr an ihnen.«

Sie sprang auf und stieß dabei fast den Stuhl um. »Woher willst du das wissen? Hast du auch nur ein einziges Mal versucht, mit ihnen Kontakt aufzunehmen, statt sie sofort anzugreifen? Natürlich nicht. Du bist ja ein Sturmsohn.«

»Sorry, MacKay, aber in dem Punkt stimme ich Campbell zu.« Reid deutete mit dem Daumen von ihr zu ihm. »Die Dinger sind keine Menschen mehr. Das sind Monster. Sie jagen, sie fressen und sie töten.«

Seufzend rieb ich mir über die Stirn, hinter der es langsam zu pochen begann. »Können wir die Diskussion darüber, wie viel Prozent Mensch noch in einem Elementar stecken könnte, vielleicht auf ein andermal verschieben? Wenn wir nicht gerade von ihnen überrannt werden?«

»Ich brauche nur Sekunden, um in Glasgow zu sein.« Reid stemmte die Hände in die Hüften. »Mein Vater kann das Tribunal zu einer Notfallsitzung zusammenrufen.«

»Damit sie die Kelvins damit beauftragen, hier für Recht und Ordnung zu sorgen?« Bisher hatte sich Brianna größtenteils aus dem Gespräch herausgehalten, doch jetzt schüttelte sie entschieden den Kopf. »Ich weiß, dass die Inseln des Westens den MacLeods gehören, trotzdem ist Skye auch mein Zuhause. Und ich werde nicht zulassen, dass irgendein Clan daherkommt und sie für sich einnehmen will. Völlig egal, ob Kelvin, Campbell oder jemand anders.«

Reid seufzte tief. »Niemand wird irgendwas einnehmen. Es geht um die Sicherheit der Menschen hier. Darum, dieses Land zu verteidigen, bevor es so viele Elementare werden, dass niemand mehr etwas gegen sie unternehmen kann!«

»Ach wirklich?« Jedes bisschen Ruhe, das Juliana noch ausgestrahlt hatte, fiel von ihr ab. »Du hältst das Tribunal also für die Lösung für alles? Ist es das? Was hat das Tribunal getan, als mein Clan immer mehr auseinandergebrochen ist? Als ein Chief nach dem anderen gefallen ist? Was hat das Tribunal für die Orkneyinseln und den Norden des Landes getan, als Elementare die Menschen dort immer mehr vertrieben haben? Was hat dein beschissenes Tribunal getan, als wir unsere eigenen Familienmitglieder töten mussten, weil sie die Kontrolle über ihre Kräfte verloren haben?«

Reid zuckte mit keiner Wimper. »Es ist nicht meine Schuld –

oder die des Tribunals –, dass euer Clan zu schwach für eure Magie ist.«

»Du verdammter …«

»Okay, Halbzeit!« Ich ging zwischen die beiden, bevor sich Juliana auf ihn stürzen konnte. Denn das traute ich ihr durchaus zu. Sie wirkte zwar nicht besonders trainiert auf mich, und Reid konnte sich mit Feuerbällen verteidigen, aber keiner von uns wusste, welche Kräfte in Juliana schlummerten. Und ich war nicht scharf darauf, es auf diese Weise herauszufinden. Vor allem nicht weil mir das kaum merkbare Zittern des Bodens nicht entgangen war. Wenn nicht zufällig gerade ein Elementar in der Nähe war, dann löste Juliana das leichte Beben aus. Ich legte die Hände auf ihre Schultern und schob sie etwas zurück. Erst als ich sicher war, dass sie sich einigermaßen im Griff hatte, wirbelte ich zu Reid um. »Und was dich angeht …«

»Hey, ich habe nur die Wahrheit gesagt«, behauptete er und hielt abwehrend die Hände hoch.

»Die Wahrheit, na klar«, wiederholte Brianna schnaubend und starrte aus dem Fenster Richtung Hafen. »Wie wär's mit ein bisschen Taktgefühl?«

»Mit Taktgefühl werden wir diese Wesen nicht besiegen.«

»Und damit, ein Arschloch zu sein, auch nicht«, schoss ich zurück.

Reid funkelte mich an, aber es ging nichts in Flammen auf. Anscheinend hatte sich jeder hier besser unter Kontrolle als ich mich, auch wenn man mir zugutehalten musste, dass ich bisher nichts geflutet hatte.

»Dann verrate uns doch mal deinen tollen Plan, wenn du gegen das Tribunal und gegen die Sturmkrieger bist«, fügte er mit einem Seitenblick in Richtung Lance hinzu.

»Ich habe nie behauptet, gegen die Sturmkrieger zu sein«, korrigierte ich ihn mit gefährlich leiser Stimme. »Aber ich kenne sie nicht. Ich weiß nicht, was sie vorhaben, darum traue ich ihnen im Moment genauso wenig wie dem Tribunal.«

»Das ist nicht dein Ernst.« Lance starrte mich entgeistert an. »Die Sturmkrieger wurden nur aus dem Grund ins Leben gerufen, um Elementare zu jagen und Menschen zu beschützen. Und du zweifelst daran?«

Er sprach die Worte zwar nicht aus, aber wir wussten beide, was er mich wirklich fragte: Ob ich *an ihm* zweifelte, denn er gehörte zu ihnen. Er war ein Sturmsohn.

Ich wich seinem stechenden Blick nicht aus, als ich ruhig darauf antwortete: »Ja.«

Ein, zwei Herzschläge lang hielt er meinen Blick fest, dann wandte er sich fluchend ab.

Ich atmete zittrig aus und löste meine zu Fäusten geballten Hände. Die Innenflächen brannten an den Stellen, wo sich meine Fingernägel hineingebohrt hatten.

»Na los«, forderte Reid mich ungeduldig auf. »Verrate uns deinen Plan, um ganz Skye vor diesen Kreaturen zu retten. Und dann die anderen Inseln.«

»Das sind immer noch Menschen, von denen wir hier reden«, mischte sich Juliana wieder ein. »Können wir endlich damit aufhören, sie als Monster oder Kreaturen zu bezeichnen?«

»Ich habe keinen Plan!«, stieß ich hervor, ohne auf Julianas Einwand einzugehen. »Wolltest du das hören? Aber hier stehen fünf Vertreter von allen großen Clans. Jeder von uns hat Kräfte. Wenn wir zusammenarbeiten und gegen sie vorgehen würden …«

»Weil das ja beim letzten Mal in den Bergen so gut funktioniert hat«, warf Lance trocken ein.

Wut ballte sich heißkalt in mir zusammen.

»Was ist eigentlich dein verdammtes Problem?«, zischte ich.

»Mein Problem?« Mit wenigen Schritten stand er vor mir. So dicht, dass ich zu ihm hochsehen musste, um seinem Blick weiterhin standzuhalten. »Mein Problem ist, dass du das Leben von Hunderten von Menschen gefährdest, nur weil du zu stolz bist, um Hilfe anzunehmen, und alles unbedingt allein regeln musst.«

»Allein?«, stieß ich zwischen zusammengebissenen Zähnen hervor. »Falls du gerade nicht anwesend warst, ich habe vorgeschlagen, dass wir fünf zusammenarbeiten. Nicht dass ich einen auf Lara Croft mache und allein losziehe. Ich weiß, dass ich ohne Unterstützung keine Chance gegen diese Viecher habe.«

»Tatsächlich?« Ein herausfordernder Tonfall schwang in diesem einen Wort mit und er kam noch einen halben Schritt näher.

Ein Schauer lief durch meinen Körper und ich ballte die Hände wieder zu Fäusten.

»Ähm … Leute?« Briannas Stimme drang durch das Pochen in meinen Ohren zu mir durch. »Ich will mich ja echt nicht einmischen, aber wenn ihr so weitermacht, sind Elementare unser kleinstes Problem. Dann wird Skye nämlich im Meer versinken und das neue Atlantis werden.«

Blinzelnd wich ich zurück. Brianna deutete durch das Fenster nach draußen. Nicht mal bei Ebbe zog sich das Wasser so weit zurück wie jetzt. Das Meer war nicht aufgewühlt, sondern völlig ruhig – weil es sich an einer einzigen Stelle sammelte. Eine meterhohe Welle baute sich mitten im Ozean auf und würde mit aller Macht auf uns zukommen.

Oh Gott. Ich lief zum Fenster, aber das war nicht genug, ich musste ins Freie. Ohne auf die anderen zu achten, verließ ich das Klassenzimmer und stieß die Tür nach draußen auf. Niemand hielt mich auf, als ich über die Straße und die Stufen hinunter Richtung Hafen rannte.

Der Strand war völlig leer. Keine Menschenseele war zu sehen, als wären alle Hafenarbeiter, Einwohner und Touristen bereits geflüchtet. Die Boote waren auf Grund gelaufen und steckten im matschigen Boden fest. Der Geruch von Algen, Fisch und Öl hing in der Luft, aber es wehte kein Wind. Es schien, als würde selbst die Natur den Atem anhalten.

Bis das Schrillen einer Sturmsirene die Stille kreischend unterbrach. In der Stadt hinter mir brachten sich die Menschen in Sicherheit, aber ich konnte nur auf die Welle starren, die sich am Horizont zusammenbraute, und ungläubig den Kopf schütteln. Wie zur Hölle war das passiert? Bis eben war ich mir sicher gewesen, keine Flüssigkeiten mehr in meiner Nähe zu beeinflussen. Flaschen und Wasserrohre waren noch heil. Es hatte nicht zu regnen begonnen und kein Eis hatte sich ausgebreitet. Stattdessen hatte ich etwas erschaffen, was viel zu sehr an einen Tsunami erinnerte. Allein bei diesem Gedanken drehte sich mir der Magen um.

Reid tauchte zwei Schritte von mir entfernt in einer Flammensäule auf. »Jetzt wäre ein guter Zeitpunkt, um zu beweisen, dass unser Training nicht ganz umsonst war.«

»Machst du Witze?«, fauchte ich. »Wie zum Teufel soll ich *das da* aufhalten!?«

Das Rauschen in meinen Ohren verstärkte sich wie ein Echo der Wellen, während es in meiner Brust immer heftiger zu pochen begann. Ich versuchte, die plötzliche Panik loszuwerden, die meine Kehle hochkroch und sie zuschnürte.

»Du hast es schon mal geschafft«, erinnerte Reid mich.

»Das war eine Babywelle im Vergleich zu … dem da!«

Der Horizont verschwand hinter einer meterhohen Wand aus Wasser. Einer Welle, die jetzt geradewegs auf uns zukam.

Oh Gott. Ich musste es versuchen. Wenn ich es nicht tat, würden Briannas Worte wahr werden. Dann wären Elementare, das Tribunal und machthungrige Clans unser letztes Problem – weil Skye nicht mehr existieren würde.

»Okay …«, brachte ich hervor und ließ die Schultern kreisen, um die Anspannung loszuwerden, die meinen ganzen Körper ergriffen hatte. Dann erneut, diesmal entschlossener: »Okay.«

»Du kriegst das hin«, redete Reid mir gut zu. »Glaub an dich.«

»Lass diese Motivationsscheiße.«

Ich holte tief Luft und stieß sie langsam wieder aus. Dann versuchte ich, alles andere auszublenden und meine ganze Konzentration auf das Meer zu richten. Ich konnte die Wellen so deutlich hören, als stünde ich mittendrin. Ich nahm die Kälte des Wassers wahr, als würde es durch meine Adern fließen. Und ich spürte die Wut in meinem Inneren, die all das überhaupt erst ausgelöst haben musste.

Schritte näherten sich, aber ich ignorierte sie. Wie beim Training hob ich die Hände, langsamer diesmal, um die Welle nicht brechen zu lassen. Ihre Macht pochte im Gleichtakt meines Herzens. Ich konnte sie fast auf meiner Haut fühlen, eine kühle, ungezügelte Kraft, die nur darauf wartete, auf die Welt losgelassen zu werden. Langsam senkte ich die Hände wieder und spreizte die Finger. Vorsichtig öffnete ich die Augen und fixierte den Punkt in der Ferne.

Im ersten Moment blieb mir das Herz stehen, dann hämmerte es umso schneller weiter. Es schien zu funktionieren. Die Welle wurde Stück für Stück kleiner. Es klappte!

Doch dann stieß ich auf einen Widerstand, auf etwas Kaltes, Eisiges, was sich nicht von mir beherrschen lassen wollte. In der einen Sekunde hatte ich noch alles unter Kontrolle, in der nächsten wurde ich von einer unsichtbaren Macht weggestoßen und strauchelte.

»Verdammt!« Meine Arme und Beine zitterten und das schmerzhafte Ziehen im Handgelenk und Knöchel schien sich verdreifacht zu haben. Ganz so, als hätte die Wassermagie meine Schwachpunkte gesucht und würde sie mir jetzt nur zu deutlich vor Augen führen. »Es funktioniert nicht.«

»Weil du diese Welle nicht mehr beherrschst«, kam es von Lance, der plötzlich neben mir zum Stehen kam. »Elementare sind in der Nähe. Sie müssen gespürt haben, was hier passiert, bevor wir es überhaupt bemerkt haben.«

»Soll das heißen, sie haben sich einfach eingeklinkt und meine Flutwelle geklaut?«

Diese Mistviecher. Alles in mir wehrte sich gegen diese Vorstellung, aber da war ein Widerstand gewesen. Eine fremde und doch ähnliche Magie, die mich zurückgestoßen hatte.

Lance' Kiefermuskeln arbeiteten, als er die Zähne zusammenbiss, aber er nickte. »Ich kann versuchen, der Welle genug Energie zu entziehen, damit es die Insel nicht ganz so hart trifft. Aber ich muss diese Energie wieder entladen und das wird nicht schön.«

Bevor ich fragen konnte, was er genau damit meinte, meldete sich Brianna zu Wort. Sie war mir genau wie die anderen aus der Bibliothek nach draußen gefolgt. »Wenn du Energie absorbierst und Ava die Welle so lange wie möglich zurückhält, könnte ich mit einem Sturm vom Strand aus dagegen angehen. Vielleicht reicht das, um eine Überflutung zu verhindern.«

»Habt ihr sie noch alle?«, rief Reid. »Ich bin ja immer fürs Regelbrechen, aber niemand weiß, was passiert, wenn wir unsere Kräfte kombinieren. Das könnte das Ganze noch schlimmer machen.«

Brianna starrte ihn an. »Schlimmer als Atlantis?«

»Es könnte uns genauso gut alle retten«, wandte auch Juliana ein. Von uns allen schien sie am gefasstesten zu sein. Aber sie musste mit ihren Kräften ja auch keine Monsterflut aufhalten.

»Habt ihr alle den Verstand verloren? Campbell, sag gefälligst auch etwas dazu!«

Doch Lance schüttelte den Kopf. »Es könnte funktionieren.«

»Nein.« Reid kniff die Augen zusammen. »Es braucht nur eine Sekunde der Unaufmerksamkeit, einen einzigen Fehler, damit es völlig außer Kontrolle gerät. Und dann ist das neue Atlantis kein Witz mehr.«

»Reid …« Ich legte ihm die Hand auf den Arm. Er schien von innen heraus zu glühen, und ich fragte mich, wie viel Kraft es ihn kostete, in diesem Moment nicht die Beherrschung zu verlieren und seine Feuermagie auf uns alle loszulassen. »Es ist unsere einzige Chance.«

Einen Moment lang starrte er mich nur an, dann stieß er den Atem zischend aus. »Woher willst du wissen, dass es funktioniert?«

»Ich weiß es nicht«, erwiderte ich ehrlich und ließ ihn los. »Aber wenn wir es nicht versuchen, haben wir schon verloren. Es ist meine Schuld. Ich muss es wieder in Ordnung bringen.« Bevor er etwas sagen oder tun konnte, nickte ich Brianna und Lance zu.

»Das ist Wahnsinn«, stieß Reid hervor. »Wenn es schiefgeht,

beschwört ihr eine hundertfach schlimmere Naturkatastrophe herauf.«

»Und wenn sie es nicht versuchen, haben wir schon eine.« Juliana griff jetzt nach seinem Arm und zog daran. »Komm. Wenn sie es nicht schaffen, sind wir die Einzigen, die die Inselbewohner noch retten können.«

Ich wusste nicht, was sie vorhatte, aber Juliana wirkte so ruhig und entschlossen, dass ich ihr ein dankbares Lächeln zuwarf. Sie hatte mir in Edinburgh das Leben gerettet, ohne mich zu kennen oder zu wissen, warum ich vor den Sturmkriegern weggerannt war. Ich zweifelte keine Sekunde daran, dass sie alles tun würde, um auch die Menschen auf Skye zu retten.

Lance sah von mir zu Brianna und wieder zurück. »Bereit?«

»Nein.« Ich atmete tief durch. »Lasst es uns trotzdem durchziehen.«

KAPITEL 23

Wir teilten uns auf. Und obwohl mir dabei mulmig zumute war, ahnte ich, dass es so das Beste war. Denn in einem Punkt hatte Reid recht: Niemand wusste, was passierte, wenn wir unsere Kräfte gemeinsam einsetzten. Wir würden ein Verbot der Clans brechen. Aber wenn wir es nicht taten, waren die Konsequenzen noch viel schlimmer.

Lance rannte zurück zur Schule, um mit seinem Wagen zu einer der Klippen hinaufzufahren. Von dort aus hatte er einen besseren Überblick und konnte die Energien, die er dem Wasser entzog, auch wieder abgeben. Irgendwann, wenn wir nicht gerade miteinander herumdiskutierten oder unser aller Leben in Gefahr war, musste ich ihn fragen, wie seine Fähigkeiten genau funktionierten. Doch jetzt war nicht der richtige Zeitpunkt.

Brianna entfernte sich so weit wie möglich von mir und blieb am Strand, während ich durch den schlammigen Grund auf die Flutwelle zuging. Mit etwas Glück konnte ich aus der Nähe mehr bewirken. Am Himmel ballten sich Wolken zusammen und schoben sich vor die Sonne.

Es war ein seltsames Gefühl, an rostigen Booten und Schiffen vorbeizugehen. Manche davon kannte ich vom Namen her, hatte ihnen schon als kleines Mädchen nachgewunken, als sie für eine

Angeltour oder mit einer Gruppe Touristen aufbrachen. Jetzt lagen sie alle hier wie in einer postapokalyptischen Welt, durch die ich schritt. Und wenn wir es nicht schafften, die Welle aufzuhalten, würde dieses Szenario bald Realität werden.

Ich schluckte hart, kämpfte gegen meine Panik an. Ich wollte nicht für all das verantwortlich sein. Auf keinen Fall wollte ich der Grund dafür sein, dass all diese Menschen ihr Zuhause oder ihr Leben verloren. Aber neben der leisen Panik war da noch etwas anderes in mir. Etwas, was sich mit jedem Schritt verstärkte: Wut. Wut darüber, dass die Elementare vor mir einfach meine Magie nutzten, um eine Katastrophe zu verursachen. Wut auf die Wasserwesen, die Schuld am Tod meiner Mutter hatten.

Der Zorn flackerte in mir auf und ließ die kleinen Pfützen im Sand brodeln. Ich bemerkte es aus den Augenwinkeln, ignorierte es aber. Für Zögern war keine Zeit. Wir hatten nur einen Versuch und der musste gelingen.

Wind kam auf und trieb mir ein paar Haarsträhnen ins Gesicht. Ich schob sie mir hinters Ohr und starrte in den Himmel. Wolkenberge türmten sich über uns auf und hingen so tief über der Insel, als wollten sie sie gleich verschlingen. Sie bewegten sich, näherten sich Briannas Position am Strand. Verdammt. Ich musste mich beeilen.

Ich ignorierte das schmerzhafte Pochen im linken Knöchel und beschleunigte meine Schritte. Steine, Algen und Muscheln bedeckten den Boden, und ich entdeckte sogar ein paar Fische, die hilflos mit den Flossen wedelten, weil sie ohne Wasser nicht vom Fleck kamen. Meine Stiefel versanken im Schlamm, aber ich kämpfte mich weiter voran.

Das Rauschen des Meeres wurde immer lauter. Es fügte sich

nahtlos in das Rauschen meines Blutes in meinen Ohren ein, bis ich das Gefühl hatte, das wir eins waren. Die Luft wurde klarer. Ich konnte das Salz beinahe schmecken. Gischt benetzte mein Haar und die Schuluniform. Aber erst als ich wenige Schritte vor der Wellenwand stehen blieb, erkannte ich das Ausmaß dessen, was wir da bekämpfen wollten.

Ich musste den Kopf in den Nacken legen, aber die Welle bedeckte den Himmel über mir, nahm ihn ganz für sich ein. Angst flackerte in mir auf, Erinnerungen erschienen vor meinem inneren Auge, aber ich rang sie nieder. Jetzt war nicht die Zeit, um mich meinem ganz persönlichen Trauma hinzugeben. Nicht wenn dies das Trauma von so vielen anderen werden konnte. Vor mir ragte die riesige Welle auf. Links und rechts begann sich das Wasser bereits auszubreiten. Ich hörte es brodeln, hörte die Elementare wispern und konnte ihre Macht spüren. Doch diesmal würde ich sie nicht gewinnen lassen.

Ich sah zur Seite, kniff die Augen zusammen, um mehr erkennen zu können, und atmete erleichtert auf, als ich Lance an der Klippe entdeckte. Ich war nicht allein. Ich musste nicht allein dagegen ankämpfen. Wir würden es zusammen schaffen. Wir *mussten* es schaffen.

Ein letztes tiefes Luftholen, dann schloss ich die Augen und ließ mich ganz auf die Macht des Meeres ein. Die Brandung spritzte auf, kaltes Wasser kroch über meine Stiefel und stieg mir bis zu den Knöcheln. Ich stemmte mich in den Boden und hielt die Stellung. Das Tosen wurde lauter, dröhnte in meinen Ohren. Elementare fauchten und zischten. Ich konnte ihre Klauen beinahe auf der Haut fühlen, aber ich wich nicht zurück. Mein Herz raste. Meine Brust schmerzte, weil ich den Atem anhielt.

Eine Windböe wirbelte um mich herum, ließ mein Haar wehen und gab mir den nötigen Rückhalt. Ich lächelte. *Brianna.*

Ich riss die Arme hoch und drückte die Flut mit aller Kraft zurück. Das Meer sträubte sich, die Elementare darin kämpften gegen mich an. Wasser spitzte in alle Richtungen auf und flutete den Boden neben mir. Schweißtropfen traten mir auf die Stirn und meine Muskeln begannen zu zittern. Doch dann spürte ich etwas Neues. Der Druck ließ plötzlich nach, die Welle wurde schwächer.

Lance. Im selben Moment, in dem sein Name in meinem Kopf auftauchte, spürte ich das Knistern in der Luft. Er tat es. Er entzog dem Wasser tatsächlich Energie, auch wenn ich keine Ahnung hatte, wie das überhaupt möglich war. Ich stemmte mich noch mehr gegen die Flut, hielt sie zurück, auch wenn das Meer wie eine zornige Kreatur um mich herum wütete. Die Gischt spritzte meterhoch auf, fiel auf mich herab, wollte mich mit sich reißen, aber ich rührte mich keinen Zentimeter. Wir konnten es schaffen. Ich wusste, dass wir es schaffen konnten.

Blitze zuckten über den Himmel und krachten ins Meer. Der Wind hinter mir nahm zu, wuchs zu einem Sturm heran und trieb das Wasser zurück. Donner krachte über uns, als unsere Kräfte aufeinanderprallten. So laut, dass die Erde bebte und es in meinen Ohren widerhallte.

Das Atmen fiel mir schwer. Da war zu viel Wasser und zu viel Wind. Ich riss den Mund auf, sog gierig die Luft ein, und doch war es nicht genug. Jeder Muskel meines Körpers schien zu protestieren, als würde die Flutwelle an mir zerren und mich auseinanderreißen wollen. Ich schüttelte den Kopf, schloss die Augen und versuchte, mich an das zu erinnern, was Reid mir beigebracht hatte. Ich konnte diese Kraft beherrschen. Diese Wesen waren nicht stärker als ich. Sie würden mich nicht genauso mit sich in die Tiefe ziehen wie Mum.

Mum … Ich riss die Augen auf. Ich konnte nicht mehr denken, nur noch handeln. Ich riss die Arme zurück, dann stieß ich sie wieder nach vorn, begleitet von einem Schrei, der durch die Flutwelle hindurchbrach. Ein letztes Mal bäumte sie sich vor mir auf, begleitet vom Kreischen der Elementare, dann brach sie zusammen.

Ich rechnete damit, dass sie mich überschwemmen, mich mit sich zerren würde, aber sie prallte wie an einem unsichtbaren Schild vor mir ab. Ich warf einen Blick zurück. Das Meer rollte wieder auf den Strand zu. Die Wellen waren noch immer erschreckend hoch, sodass sich nicht mal erfahrene Fischer hinaustrauen würden, aber es war keine Monsterflut mehr. Kein Tsunami, der Skye und alle Menschen auf der Insel vernichten würde.

Erleichterung mischte sich unter die Wut in meinem Inneren, aber ich gestattete es mir noch nicht, mich ganz darauf einzulassen. Nicht solange ich noch immer mitten im Meer stand. Doch der Horizont war wieder sichtbar, auch wenn der Himmel nach wie vor voller dunkler Wolken war und Blitze über uns hinwegzuckten.

Ich drehte mich um und ging Richtung Strand zurück. Vor mir tat sich kein trockener Weg auf, aber ich lief lediglich durch knöcheltiefes Wasser. Trotzdem verhedderte ich mich in Algen, rutschte mehr als einmal aus und hörte das Tosen der Wellen hinter mir. Es folgte mir, bis ich wieder festen Boden unter den Füßen hatte und wusste, dass mich das Meer nicht überwältigen würde. Zumindest nicht heute.

»Ava!« Mein Name wurde vom Wind zu mir getragen. Brianna rannte auf mich zu. »Geht es dir gut?«

Ich nickte und breitete die Arme aus, um sie fest an mich zu drücken. »Bist du okay? Sind alle okay?«

»Alles gut.« Sie löste sich von mir und lachte auf. »Wir haben es geschafft! Wir haben eine verdammte Flutwelle gestoppt!«

Es passierte nur selten, dass meine beste Freundin fluchte, aber es hatte keinen besseren Zeitpunkt dafür geben können, als diesen hier. Ich fiel in ihr ungläubiges Lachen mit ein. Wir hatten es tatsächlich geschafft. Diesmal kämpfte ich nicht gegen die Erleichterung an, die sich in mir ausbreitete.

Etwas leuchtete neben uns auf. Gleich darauf tauchte Reid auf und die Flammen verschwanden. »Ich hätte nicht gedacht, dass dieser irrsinnige Plan funktioniert.« Seine Mundwinkel zuckten. »Respekt, Ladys.«

»Das war nicht nur unser Verdienst.« Brianna deutete auf die Klippe, an der Lance noch immer stand. Ein letzter Blitz zuckte über den Himmel, dann wurde es wieder ruhiger. Die Wolken verzogen sich und Sonnenstrahlen erhellten den Strand.

Während Reid und Brianna bereits den Weg zurück zur Schule einschlugen, schaute ich ein letztes Mal aufs Meer hinaus. Die Gefahr war noch immer da, lauerte in ihren Tiefen in Form von Elementarwesen, aber wir konnten dagegen ankämpfen. Wir hatten Skye heute vor ihnen gerettet und wir konnten es wieder tun. Davon war ich überzeugt.

Ich wandte den Wellen den Rücken zu und beeilte mich, zu den anderen aufzuschließen. Juliana wartete bereits neben dem Eingang auf uns und kurz darauf fuhr auch Lance auf den Parkplatz und stieg aus. Ich hatte keine Ahnung, wie spät es war oder wie der weitere Plan aussah. Unsere Sachen lagen noch immer in dem Klassenzimmer. Wir mussten uns überlegen, wie es jetzt weiterging und was wir wegen der Elementare in Quiraing und den Cuillin Hills unternehmen woll…

»Avalee Coleman!«

Ich zuckte zusammen und blieb stehen, eine Hand bereits am Türgriff.

Schritte näherten sich. »Lance Campbell! Und … Brianna Dundas! Was fällt Ihnen ein, hier draußen herumzulungern, wenn es eine Sturmwarnung gibt!«

Scheiße. Ich kannte diese Stimme, kannte sie viel zu gut. Für einen Moment schloss ich die Augen und fluchte innerlich, dann drehte ich mich um.

»Das wollten wir gar nicht. Es gab einen … Notfall, Miss …« Reid suchte vergeblich nach einem Namensschild an Mrs Albertsons Bluse.

»Tatsächlich?« Die füllige Frau stemmte die Hände in die Hüften. Ich zweifelte keine Sekunde daran, dass sie es auch ohne jedes Kampftraining schaffen würde, uns alle zu überwältigen. Unsere Hauswirtschaftslehrerin war zwar nicht besonders groß, aber ihr Auftreten so einschüchternd, dass sogar unser Direktor regelmäßig vor ihr einknickte. »Und welcher Notfall verlangt nach der Anwesenheit von euch … fünf?« Sie blinzelte, als sie Juliana bemerkte. »Ich glaube nicht, dass wir uns kennen.«

»Ich … ähm …« Hilfe suchend sah sie in unsere Richtung. »Ich bin nur zu Besuch.«

»Sie ist eine Austauschschülerin«, warf ich ein.

Brianna nickte heftig. »Aus … Portugal! Wir haben ihr die Gegend gezeigt und die Zeit vergessen.«

»Und die Sturmsirene überhört?«, warf Mrs Albertson mit schneidender Stimme ein. »In diesem Fall freue ich mich, Sie mit den

Regeln unserer Schule vertraut machen zu dürfen. Rein mit Ihnen! Alle! Und nach der siebten Stunde dürfen Sie bei mir nachsitzen.« Mit ausgestrecktem Arm deutete sie auf das Gebäude hinter uns.

Jeder von uns besaß magische Kräfte und die Macht über ein Naturelement. Wir könnten die Schule fluten, die Massen an Flyern an den Pinnwänden entzünden, Blitze einschlagen lassen, einen Sturm heraufbeschwören oder den Erdboden erzittern lassen. Stattdessen tauschten wir nur ein paar Blicke aus, senkten den Kopf und betraten seufzend die High School.

Stunden später zog ich die Tür meines Zimmers hinter mir zu und lehnte mich mit geschlossenen Augen dagegen. Dieser Tag hatte es wirklich in sich gehabt. Erst die Diskussion in der Schule, nachdem Juliana aufgetaucht war, und dann ein gottverdammter Tsunami. Ein Tsunami! Vor der Küste Skyes. Das Internet war bereits voll mit Schlagzeilen, Fotos und Videos von der Welle, aber bisher schien niemand gesehen zu haben, wie wir sie aufgehalten hatten. Und hoffentlich blieb das auch so.

Bei der Erinnerung daran meldete sich mein Körper. Meine Muskeln schmerzten, mein Handgelenk brannte und der Knöchel fühlte sich fast schon taub an, weil ich ihn so überlastet hatte. Seufzend schlug ich die Augen auf. Mein Blick wanderte durchs Zimmer, über das Bett mit dem Lichternetz und den Fotos an der Wand, über meine Wanderschuhe, die ich dringend reinigen musste, bis hin zu den Bücherregalen und blieb schließlich an Juliana auf dem schmalen Sofa hängen. Sie war nach der Schule mit zu mir gekommen und hatte sich nach dem Essen hingelegt, während ich gebadet und, um den Kopf freizukriegen, Shortbread gebacken hatte. Eine neue Kreation mit Marzipan.

Juliana setzte sich auf. Ein zurückhaltendes Lächeln umspielte ihre Lippen.

»Wie fühlst du dich?«, fragte ich, während ich zum Schreibtisch hinüberhumpelte und das Tablett mit dem Gebäck und einer Teekanne darauf abstellte.

»Besser. Ich weiß gar nicht mehr, wann ich das letzte Mal richtig geschlafen habe. Danke«, fügte sie hinzu, als ich ihr eine dampfende Tasse und einen kleinen Teller reichte. »Ich kann dir helfen.«

Ich hob den Kopf. »Wie bitte?«

Sie deutete auf mein bandagiertes Handgelenk, dann auf meinen Fuß. »Du bist verletzt.«

Da ich mir nach dem Baden eine bequeme Hose angezogen hatte und barfuß herumlief, war der Verband an meinem Knöchel deutlich sichtbar.

»Nicht so schlimm«, erwiderte ich automatisch. »Die letzten Tage waren nur etwas … viel.«

»Du lässt mich hier unterkommen, obwohl du mich kaum kennst – also lass mich dir helfen, damit ich mich wenigstens ein bisschen revanchieren kann.«

Sie hatte mir bereits geholfen, als ich um mein Leben gerannt war, und auch heute hatte sie uns zur Seite gestanden. Dass ich sie hier übernachten ließ, war das Mindeste. Dennoch ging ich zu ihr hinüber und setzte mich neben sie aufs Sofa. Während ich zuerst die Bandage vom Handgelenk abmachte, holte Juliana wie in dem geheimen Garten bei der Royal Mile einen Stoffbeutel und ein Erste-Hilfe-Set aus ihren tiefen Manteltaschen. Ohne sich von meinen skeptischen Blicken stören zu lassen, mischte sie eine Salbe an und rührte mehrere getrocknete Pflanzen unter. Als sie fertig war, nahm sie meine Hand und strich die Paste vorsichtig auf das Gelenk. Sofort spürte ich den angenehm kühlenden Effekt.

»Was ist da drin?«

»Verschiedene Kräuter. Sie ziehen die Entzündung aus deinem Körper und lindern die Schmerzen«, erklärte sie und begann damit, mir einen frischen Verband anzulegen. Ihre Bewegungen waren sicher und geübt. »Morgen früh wiederholen wir das, dann solltest du bis abends wieder fit sein. Jeder mit Erdmagie in meiner Familie hat unterschiedliche Talente«, fügte sie hinzu. »Zu meinen gehört es, mit Pflanzen zu heilen.«

»Auch offene Wunden?«

Sie nickte, ohne aufzusehen. »Mit den richtigen Zutaten heilen sie innerhalb weniger Minuten bis Stunden.«

»Was ist mit Knochenbrüchen?«

»Ein bis zwei Wochen. Je nachdem, an welcher Stelle und wie schlimm der Bruch ist. Mein ältester Bruder Caleb ist mal von einem Baum gefallen und hat es geschafft, sich jeden Knochen in seinem Arm zu brechen und sich die Schulter auszurenken. Da hat die Heilung ein bisschen länger gedauert.«

»Wow.« Ich ließ mich gegen die Rückenlehne sinken. »Also bist du … was? Eine Kräuterhexe?«

Schmunzelnd befestigte sie den Verband mit zwei kleinen Klammern. »Ja, so etwas in der Art. Aber eine Heilung für Ausgestoßene konnte ich nicht finden …«

»Noch nicht.«

Sie deutete mir an, den verstauchten Knöchel hochzulegen, dann behandelte sie diesen ebenfalls mit der Salbe. Erst als sie fertig war und ich auch hier die kühlende Wirkung spürte, ergriff sie wieder das Wort. »Glaubst du das wirklich? Dass ich eine Heilung für Ausgestoßene finden kann …?«

»Ganz ehrlich?« Ich stieß die Luft aus. »Ich weiß es nicht. Bis vor Kurzem wusste ich ja nicht mal, dass diese Wesen früher Menschen waren. Aber wenn es jemanden gibt, dem ich es zutraue, die Transformation aufzuhalten, dann bist du es.«

Sie lächelte, auch wenn sie nicht überzeugt wirkte. »Du hast Probleme damit, nicht wahr? Mit deinen Kräften?«

Ich versteifte mich, zuckte jedoch mit den Schultern. »Es ist normal, sie am Anfang nicht unter Kontrolle zu haben. Das habe ich mir zumindest sagen lassen.«

Juliana zögerte, nickte dann aber. »Es dauert eine Weile, bis man lernt, die Magie zu beherrschen und bis sich die eigenen Kräfte so stabilisieren, dass man nicht mehr *alles* beeinflusst, was mit dem entsprechenden Element zu tun hat. In deinem Fall mit Wasser«, fügte sie hinzu. »Und Eis. Aber du solltest wirklich damit aufhören, Eis einzusetzen. Es ist zu gefährlich, Ava. Auch wenn es sich vielleicht gut anfühlt, das Gefühl von Kontrolle dabei ist nur eine Illusion. Über kurz oder lang wird es dein Herz erkalten lassen und dann gibt es kein Zurück mehr.«

Ich senkte den Blick. Es war ja nicht so, dass ich ganz bewusst alles einfror oder es plötzlich schneien ließ. Es passierte einfach. Und im Kampf gegen Elementare hatte sich Eis als wesentlich bessere Waffe erwiesen. Aber ich konnte Julianas Warnung auch nicht einfach ignorieren. Nicht nachdem ich nun wusste, was aus mir werden konnte, wenn ich diese Kräfte nicht bald in den Griff bekam.

Juliana betrachtete mich von der Seite. »Bei schwierigen Fällen werden die heiligen Waffen der Clans als Hilfsmittel benutzt, aber ich schätze, das fällt hier weg, weil es außer dir keinen mehr mit Wassermagie gibt und niemand weiß, wo sie sein könnte.«

Ich setzte mich auf. »Welche heiligen Waffen?«

»Es heißt, kurz nachdem die Feen uns die Macht über die Elemente geschenkt haben, kam es zu Schwierigkeiten. Die ersten Clanmitglieder wurden von ihren Kräften übermannt und zu Ausgestoßenen. Darum gab es ein neues Abkommen mit den Feen. Sie halfen jedem Clan dabei, eine Waffe zu schmieden, die ihren Träger dabei unterstützen sollte, die Magie zu kanalisieren und zu beherrschen. Ein Schwert für die Dundas, einen Stab für die Kelvins, ein Chakram für die Campbells, einen Schild für die MacKays und ein Dolch für die MacLeods. Im Gegenzug versprachen die Clans, dass sie den Feen kriegerisch zur Seite stehen würden, wann immer diese danach verlangen würden.«

Wow. Bislang hätte ich das vielleicht als Sage abgetan. Aber es gab zu viele seltsame Dinge auf der Welt, zu viele Zufälle und zu viele Elementare, als dass ich die Existenz der sagenumwobenen Feen völlig ausschließen konnte. Genauso wenig wie das Abkommen und die Waffen für die Clans. Automatisch musste ich an das Chakram denken, das Lance manchmal im Kampf benutzte. War es die heilige Waffe seines Clans? Hatte er seine Kräfte deswegen so perfekt unter Kontrolle?

»Wer trägt diese Waffen?«, hakte ich nach, während Juliana ihre Pflanzenbeutel und Verbände wieder einpackte.

»Immer das letzte Mitglied der Familie, das seine Kräfte erhalten hat. Außer in meinem Clan. Der Schild ist tief unter der Erde, wo ihn jeder herbeirufen kann, in dessen Adern das Blut der MacKays und die Magie der Feen fließt.«

»Beeindruckend.«

Sie lächelte, aber es erreichte ihre Augen nicht. Welche Kraft auch immer in diesem Schild stecken mochte, es schien Julianas Familie nicht geholfen zu haben, als ihre Macht zu stark geworden war.

»Was ist dann passiert?«

»Was denkst du?« Julianas Lächeln wurde bedauernd. »Es gab Kriege und endlose Schlachten, Verrat untereinander, Morde und Kämpfe, bis die Clans offiziell zerschlagen wurden. Das ist die Version, die du in den Geschichtsbüchern findest. Aber die fünf ersten Clans haben nie aufgehört zu existieren, genauso wenig wie unsere Macht über die Elemente. Nur jetzt scheint es so, als würden die Familien zugrunde gehen. Eine nach der anderen …«

»Angefangen mit den MacLeods …«, sinnierte ich und warf ihr einen mitfühlenden Blick zu. »Ihr seid die Nächsten, nicht wahr?«

Sie presste die Lippen aufeinander und nickte. »Außer mir gibt es vielleicht noch ein Dutzend Leute mit Kräften. Der Grund, warum unser Clan-Chief in letzter Zeit ständig wechselt, ist, dass der vorherige die Kontrolle über seine Macht verliert. Alle außer uns sind entweder tot, zu Elementaren geworden oder auf dem besten Weg dorthin. Bald wird es niemanden mehr geben.« Die letzten Worte waren nur ein Flüstern, das bittere Eingeständnis einer Wahrheit, die sie nicht akzeptieren wollte.

»Aber wenn du ein Heilmittel oder irgendetwas findest, um die Transformation zumindest zeitweise zu verzögern«, begann ich nachdenklich, »dann können wir das verhindern, oder?«

Juliana seufzte tief. »Bisher ist es niemandem gelungen, etwas Derartiges zu finden. Meine Familie setzt sich seit Jahren für Umweltschutz, Aufforstung und tierversuchsfreie Medizin und Kosmetik ein. Aber wir drängen nicht so in die Wissenschaft wie die Kelvins. Vielleicht war das ein Fehler. Vielleicht hätten wir schon längst eine Lösung, wenn …«

»Nein.« Ich konnte nicht anders, als sie zu unterbrechen. »Ihr tut Gutes. Für die Natur, die Menschen und die Tiere. Das kann kein falscher Weg sein.«

»Du hast recht. Aber das rettet meine Familie leider nicht.«

Ich rutschte zu ihr rüber und legte die Arme um sie. Im ersten Moment erstarrte Juliana, doch dann fielen ihre Schultern herab und sie erwiderte die Umarmung. »Wir werden alles tun, um sie zu retten. Das verspreche ich dir.«

»Danke«, flüsterte sie kaum hörbar. »Du weißt gar nicht, wie viel mir das bedeutet.«

Vielleicht nicht. Aber wenn es um meine Familie gehen würde, dann würde ich auch alles tun, um sie zu retten. So wie ich alles dafür tun würde, um Skye vor der Bedrohung durch die Elementare zu bewahren.

KAPITEL 24

Ich wich der Attacke aus, ging in die Hocke und verpasste meinem Gegner einen Tritt gegen die Knöchel. Zu spät. Zu langsam. Ich warf mich ins Gras, rollte über den Boden und sprang wieder auf. Im selben Atemzug riss ich meinen Kampfstab aus der Erde und wehrte den nächsten Angriff ab. Holz prallte auf Holz. Die Wucht jagte ein Zittern durch meine Arme und dann durch meinen ganzen Körper, aber ich wich keinen Zentimeter zurück.

»Du bist gut geworden.« Mein Vater wirbelte seinen eigenen Kampfstab durch die Luft und brachte sich wieder in Position. »Aber du neigst immer noch dazu, dich zu überschätzen.«

Ich lächelte, auch wenn mir das Shirt bereits am Körper klebte und meine Muskeln von dem intensiven Training brannten. »Vielleicht unterschätzt du mich einfach nur.«

Wir standen auf einer Wiese auf halbem Weg zwischen unserem Cottage und der Destillerie. Um uns herum nur Hügel, Berge, eine einsame gewundene Straße und das Meer am Horizont. Die letzten Strahlen der Sonne fielen auf uns herab, während die Nacht bereits hereinbrach.

Es war Monate her, seit wir das letzte Mal miteinander trainiert hatten. Dad hatte mich ausgebildet, hatte mir alle Angriffs- und Verteidigungstechniken beigebracht, die ich kannte. Danach hatten wir geübt und geübt, bis die Einheiten irgendwann immer seltener wurden. Doch nun, da es feststand, dass ich eine MacLeod war und über Wassermagie verfügte, schien Dad wieder mehr Wert auf das gemeinsame Training zu legen. Vielleicht hatte es auch mit der Riesenwelle zu tun, die ich ungewollt vor der Küste Skyes herbeigerufen hatte, und von der er in den Nachrichten gehört hatte. Oder mit der Tatsache, dass ich trotzdem auf die Jagd ging und er es aufgegeben hatte, es mir zu verbieten. Oder dass ich Elementare mit meiner Wassermagie anzog, ganz egal, ob ich wollte oder nicht. Zumindest hatte er mir heute Morgen beim Frühstück gesagt, dass er mich hier treffen wolle und ich meine Sportsachen mitbringen solle. Selbst wenn ich nicht aktiv auf die Jagd nach Elementaren ginge – diese Wesen würden mich nicht schonen, nur weil ich gerade nicht in Form war.

»Bereit?« Dad wartete meine Antwort nicht ab, sondern griff an.

Das war eine seiner wichtigsten Lektionen gewesen: Ein Kampf ist niemals fair. Ich musste genauso unfair sein wie meine Gegner und mit allem rechnen. Auch jetzt ging mein Vater nicht zimperlich mit mir um. Ich duckte mich unter einem Hieb, der ziemlich böse hätte ausgehen können, und wehrte den nächsten mit meinem Stab ab. Meine Schuhe glitten über das feuchte Gras, aber ich rutschte nicht aus, knickte nicht ein. Julianas Salbe hatte wahre Wunder bewirkt. Kaum vierundzwanzig Stunden nach ihrer Behandlung hatte ich keine Schmerzen mehr, weder im Knöchel noch im Handgelenk.

Ich wirbelte herum und ging zum Angriff über. Mit jedem Schlag drängte ich Dad weiter zurück, bis er dem letzten auswich und ich ins Straucheln geriet. In der nächsten Sekunde spürte ich ein scharfes Brennen an der Seite, direkt unter den Rippen.

»Wie gesagt«, wiederholte er unbeeindruckt. »Du überschätzt dich immer noch.«

Ich biss die Zähne zusammen und verdrängte den Schmerz. Entschlossen packte ich meinen Kampfstab und drehte ihn in den Händen. »Noch mal.«

Seine Brauen schossen in die Höhe. »Es wird langsam dunkel …«

»Hast du nicht gesagt, ich muss mit allem rechnen?«

Kurz wirkte er überrascht, dann hallte sein tiefes Lachen über die Wiese. »Wie du willst.«

Dad schaltete die Autoscheinwerfer ein, damit wir zumindest stellenweise Licht hatten, während wir weitermachten. Das Training gab mir nicht nur die Möglichkeit, mich auszupowern und die kreisenden Gedanken in meinem Kopf für einen Moment zu vergessen, sondern zeigte mir auch, dass zwischen uns wieder alles in Ordnung war. Ich verstand, warum er entschieden hatte, mir nichts von meinem potenziellen Erbe zu sagen. Es gefiel mir immer noch nicht, aber ich konnte damit umgehen, solange mein Dad immer noch mein Dad war und mich akzeptierte. Und dass er das tat, zeigte er mir mit dieser Trainingseinheit.

Sehr viel später hielt er mir die Hand hin und half mir hoch. »Du hast gut gekämpft. Und das sage ich nicht nur, weil du meine Tochter bist.«

Ich lächelte, denn Lob verteilte er nicht leichtfertig. »Danke, Dad.«

Ohne ein weiteres Wort zog er mich an sich und ich schlang die Arme um ihn. »Versprich mir nur, dass du auf dich aufpasst, Kleines. Da draußen gibt es Menschen und Wesen, die dir schaden wollen. Und das nicht nur, weil du Kräfte hast.«

»Ich weiß«, erwiderte ich genauso leise. »Ich passe auf mich auf.«

Er schob mich auf Armeslänge von sich und tätschelte mir die Schulter, dann wandte er sich abrupt ab. »Lass uns nach Hause fahren. Ich bin am Verhungern.«

Ich grinste.

Wir packten die Ausrüstung in den Kofferraum, dann ließ ich mich auf den Beifahrersitz fallen. Wie so oft in letzter Zeit tat mir alles weh, aber diesmal war es eine gute Art von Schmerz. Das Zittern in meinen Muskeln zeigte mir, wie viel ich heute geschafft hatte. Und wie viel ich noch erreichen konnte. Das nächste Training mit Reid stand bereits an – diesmal hoffentlich ohne Riesenwellen.

Schweigend fuhren wir zum Cottage, in dem Licht brannte. Neal arbeitete wie fast jeden Abend im Pub, aber Juliana war noch da. Und als wir das Haus betraten, duftete es erstaunlicherweise nach Essen. Mein Magen reagierte mit einem Knurren darauf.

Dad und ich sahen uns an. »Ich mag deinen Gast«, stellte er fest und zog sich die Schuhe aus.

Ich tat es ihm nach und folgte ihm in die Küche, wo wir Juliana vor einem riesigen Topf vorfanden, in dem sie herumrührte.

»Willkommen zurück«, begrüßte sie uns lächelnd. »Ihr kommt genau richtig. Die Suppe ist gerade fertig geworden.«

Wenn sie auch nur halb so gut schmeckte, wie sie roch, würde in wenigen Minuten nichts mehr davon übrig sein, da war ich sicher. Ich wollte mich gerade abwenden und nach oben gehen, um vor dem Abendessen zu duschen, als mein Blick auf einen weißen Umschlag auf dem Tisch fiel. Ein Umschlag mit meinem Namen darauf.

»Was ist das?«

Juliana hielt einen Herzschlag lang im Rühren inne. »Der wurde heute Nachmittag für dich abgegeben. Sieht wie eine formelle Einladung aus.«

»Von wem?« Die Frage lag mir auf den Lippen, doch sie erstarb in dem Moment, in dem ich den Umschlag in die Hand nahm und umdrehte. Er war nicht auf herkömmliche Weise zugeklebt und hatte weder einen Poststempel noch eine Briefmarke. Dafür prangte ein Siegel auf der Rückseite. Mit einem Wappen, auf dem neben einem Stierkopf auch das Symbol für Wasser zu sehen war.

Die MacLeods hatten von mir erfahren.

Und sie wollten mich sehen.

»Du musst das nicht tun, wenn du nicht willst«, erinnerte Dad mich am darauffolgenden Nachmittag. In den letzten Stunden hatte er das so oft gesagt, dass ich mich mittlerweile fragte, ob er derjenige war, der nicht wollte, dass ich zu diesem Treffen ging.

»Schon okay«, versicherte ich ihm und setzte ein Lächeln auf, auch wenn mir nicht danach zumute war. »Es wird Zeit, dass ich sie kennenlerne. Ich *will* sie kennenlernen«, korrigierte ich mich, aber vor allem wollte ich mehr über meine Mutter erfahren. Über ihre Familie. Meinen Clan.

Seufzend fuhr mein Vater sich durch das rötliche Haar, dann hielt er mir die Tür zum Jeep auf. »Melde dich, wenn du irgendetwas brauchst oder ich dich abholen soll, aye.«

Lächelnd tastete ich nach dem Türgriff. »Musst du nicht. Fahr ruhig zu Neal in den Pub.«

»Und was ist mit unserem Gast?«

Die letzte Nacht hatte Juliana auf meinem Sofa verbracht. Ich hatte ihr Bettzeug geliehen, und obwohl sie sofort eingeschlafen war, schienen Albträume sie gequält zu haben. Zumindest hatte ich sie nachts im Schlaf reden gehört und am nächsten Tag hatte sie noch erschöpfter gewirkt als zuvor.

»Ich glaube, ein bisschen Ruhe wird ihr guttun«, erwiderte ich und dachte an den erleichterten Ausdruck in ihren Augen zurück, als ich ihr gesagt hatte, dass sie gern noch länger bei uns bleiben konnte, aber nicht mit zur Schule oder zu meinem Besuch bei den MacLeods kommen musste. Auch Dad und Neal hatten sie herzlich aufgenommen, ohne weitere Fragen zu stellen. Ich hatte nicht die geringste Ahnung, was Juliana durchgemacht hatte und noch immer durchmachen musste, aber wenn ich ein bisschen dazu beitragen konnte, dass es ihr besser ging, indem ich mein Zimmer mit ihr teilte, dann tat ich das.

Dad nickte. Er wirkte nicht glücklich, als er meinen Blick suchte und festhielt. »Pass auf dich auf, Ava. Diese Leute sind zwar mit dir verwandt, aber sie sind nicht deine Familie.«

Ich schluckte hart. »Ich weiß.«

Er drückte die Fahrertür zu und trat einen Schritt zurück, während ich den Motor startete. Ich winkte ihm zum Abschied zu, dann wendete ich den Wagen und machte mich auf den Weg nach Dunvegan, zum Stammsitz der MacLeods.

Obwohl ich seit gestern wusste, was mir heute Nachmittag bevorstand, war ich den Tag über nicht nervös gewesen. Ich war zur Schule gegangen, hatte mich mit weiteren Plänen und Ideen rund um das Elementarproblem auseinandergesetzt, war nach Hause gekommen und jetzt fuhr ich zum Schloss. Doch mit jedem Kilometer, den ich hinter mich brachte, wuchs die Nervosität. Wer waren diese Leute? Wie hatten sie von mir erfahren? Was wollten sie von mir? Und warum meldeten sie sich erst jetzt?

Zumindest eine dieser Fragen konnte ich mit ziemlicher Sicherheit beantworten. Wahrscheinlich hatte das Tribunal die MacLeods darüber informiert, dass es ein verlorenes Familienmitglied gab. Eines mit Wassermagie. Ich atmete tief ein und aus, dann bog ich auf den Parkplatz vor dem Schloss und stellte den Wagen auf einer freien Fläche ab. Erleichtert registrierte ich, dass von den üblichen Touristenmassen und Reisebussen nichts zu sehen war. Und als ich auf das Tor zuging, erfuhr ich auch, warum: Dunvegan Castle war für den Rest der Woche nicht für die Öffentlichkeit zugänglich. So musste ich meine nächsten Verwandten wenigstens nicht zwischen Besuchergruppen kennenlernen, die durch das Haus wanderten.

Nervös rieb ich mir die Handflächen an meinem Kleid trocken. Ich hatte die Schuluniform gegen ein langärmliges Kleid in einem kühlen Aquamarin eingetauscht, das ein paar Zentimeter über den Knien endete. Nicht meine Lieblingsfarbe, da sie die Sommersprossen auf meiner Nase betonte, die jedes Jahr aufs Neue wie aus dem Nichts auftauchten. Trotzdem fühlte ich mich mit den Stiefeln und Mums Lederjacke genug wie ich selbst, um jetzt die Schultern zu straffen und die Klingel zu betätigen.

Es dauerte ein paar Sekunden, dann öffnete sich das Tor wie durch Zauberhand vor mir. Erstaunt sah ich mich um und entdeckte eine Überwachungskamera in einem der Bäume. Der Kies knirschte bei jedem meiner Schritte, als ich auf das Haus zuging. Aus der Ferne hörte ich das Rauschen des Wasserfalls im Park. Ich war schon so oft dort gewesen, hätte mir aber niemals ausmalen können, eines Tages von den Besitzern aufs Schloss eingeladen zu werden. Schon gar nicht unter diesen Umständen.

Bevor ich den Haupteingang erreicht hatte, ging die Tür auf und eine Frau mittleren Alters kam heraus. Sie trug ein knielanges

Etuikleid in einem angenehmen Violettton, dazu einen schmalen Gürtel und einen Blazer, der tailliert geschnitten war und ihre schmale Figur betonte. Ihr Haar war kinnlang und blond, aber ich meinte, einen dunklen Ansatz zu erkennen, als sie näher kam. Sie war nur dezent geschminkt, und als sie mich sah, breitete sich ein Lächeln auf ihrem Gesicht aus. »Avalee!« Sie umarmte mich zur Begrüßung. Sofort wurde ich in einen warmen, blumigen Duft gehüllt, der auch dann noch in der Luft lag, als sie sich wieder von mir löste. »Wie schön, dass du hier bist und wir uns endlich kennenlernen. Ich bin Edith.«

»Freut mich, Edith«, erwiderte ich ein kleines bisschen überrumpelt. »Und Ava reicht.«

»Du siehst deiner Mutter so ähnlich …«, murmelte sie mit einer Wehmut in der Stimme, die ein Ziehen in meiner Brust auslöste.

»Kanntest du sie?«

»Sie war meine Schwester.«

Ich starrte sie mit hämmerndem Herzen an. Diese Frau … war meine Tante? Und ich hatte mein ganzes Leben lang nichts von ihr gewusst?

»Na, wen haben wir denn da?«, ertönte auf einmal eine tiefe Stimme von der Tür her.

Ich riss den Kopf herum und starrte in das Gesicht eines weiteren Fremden. Er schien in meinem Alter zu sein, höchstens ein, zwei Jahre älter. Sein Haar war so dunkel wie Tinte, seine Augen von einem so hellen Blau, dass es beinahe Grau wirkte, und er stellte ein strahlendes Lächeln zur Schau. Zu einem dunkelblauen Hemd, bei dem die obersten zwei Knöpfe geöffnet waren, trug er eine zerschlissene Jeans.

»Komm erst mal rein …«, sagte er und machte den Weg frei. Dann fügte er mit einem Augenzwinkern hinzu: »Cousinchen.«

»Finn …«, kam es tadelnd von Edith. »Benimm dich.«

»Ich benehme mich immer«, behauptete er, doch der amüsierte Ausdruck in seinem Gesicht verriet mir, dass er es faustdick hinter den Ohren hatte.

»Seid ihr Mutter und Sohn?«, fragte ich, als wir das Schloss betraten. Wie in meiner Erinnerung tat sich vor mir eine breite Treppe auf. Darüber hing das Wappen der MacLeods mit dem Stierkopf und dem darin versteckten Symbol für das Element Wasser.

Edith blickte von mir zu Finn und wieder zurück, dann lachte sie auf. »Oh Gott, nein. Sosehr ich diesen Herzensbrecher schätze, ihn großzuziehen hätte mir graue Haare beschert.« Sie fasste sich an ihre perfekt geföhnte Frisur.

»Danke, Tante Edith«, kam es trocken von Finn, der hinter uns die Stufen hinaufstieg. Oben angekommen deutete er zwischen mir und sich selbst hin und her. »Wir sind Cousin und Cousine vierten oder fünften Grades. Frag mich nicht nach Details, ich habe es schon lange aufgegeben, aus unserem Stammbaum schlau zu werden.«

Wenigstens war ich da nicht die Einzige.

»Komm.« Edith führte uns den Gang hinunter, vorbei an hell erleuchteten und prachtvoll eingerichteten Räumen und einem Zeichenzimmer mit riesigen Porträts, durch ein Esszimmer bis in eine Bibliothek. »Setz dich.« Sie deutete auf die Sessel und das Sofa, die wie Ausstellungsstücke aussahen und auf denen vermutlich schon seit Ewigkeiten niemand mehr gesessen hatte.

»Keine Sorge.« Ohne zu zögern, ließ sich Finn in einen der Sessel fallen. »Sie werden benutzt. Zwar nicht oft, aber die Familie kommt hier ein-, zweimal im Jahr an irgendwelchen Feiertagen zusammen.«

»Weihnachten und Silvester«, erklärte Edith und wandte sich dann wieder an mich. »Was möchtest du trinken? Tee? Kaffee? Wasser? Limonade? Wir haben auch Muffins und Scones.«

Ich konnte gar nicht anders, als zu lächeln. »Einen Tee, bitte. Und einen Scone.«

»Kommt sofort.« Ihre Absätze klapperten auf dem Holzfußboden.

»Ich nehme auch einen Tee!«, rief Finn ihr nach, dann schüttelte er den Kopf. »So übereifrig habe ich sie nicht mehr erlebt, seit Natascha auf die Welt gekommen ist. Unsere jüngste Cousine«, fügte er hinzu und lehnte sich zurück. Sein Blick wanderte kurz durch den Raum und blieb dann an mir hängen. »Das muss ganz schön seltsam sein, oder? Plötzlich zu einer Familie zu gehören, von der du nichts geahnt hast?«

Ein lauernder Unterton schwang in dieser Frage mit. Glaubte er etwa, ich hätte von alledem gewusst und mich absichtlich versteckt gehalten?

»Stimmt«, antwortete ich und nahm mir ein paar Sekunden, um mich umzusehen. Ein massiver Schreibtisch stand vor dem Fenster und auch hier waren die Wände, wenn nicht von Bücherregalen, dann von Porträts bedeckt. So viele Menschen, die alle ein Teil dieses Clans gewesen waren. Wie viele davon hatten dieselben Kräfte besessen wie ich? Und warum gab es heute außer mir niemanden mehr davon? Ich sah zurück zu Finn, der mich noch immer beobachtete. Aber er zeigte keine Ungeduld, sondern schien ruhig abzuwarten, was ich zu sagen hatte. »Kanntest du meine Mutter?«

Er schien erst nicken zu wollen, schüttelte dann aber den Kopf.

»Nicht wirklich, um ehrlich zu sein. Sie war eine meiner vielen Tanten. Wir haben uns vielleicht zwei-, dreimal gesehen, als ich klein war, dann ist sie verschwunden.«

»Kannten wir beide uns?« Er konnte nicht viel älter sein als ich. Vielleicht war es also ganz normal, dass er sich nicht an meine Mum erinnerte.

Als er lächelte, erschienen kleine Fältchen rund um die Augen. »Leider nicht. Bis vor Kurzem wusste ich nicht mal, dass Tante Eloise eine Tochter hatte. Meine Eltern leben zwar noch in Schottland, aber meine Brüder und ich sind auf der ganzen Welt verteilt und nicht mehr so oft hier, wie wir es gern wären.«

Ich nickte langsam. »Wie kommt es, dass du jetzt hier bist? Und Edith?«

»Das ist reiner Zufall. Dad hatte einen Herzinfarkt und ich war von uns Kindern am nächsten dran, darum bin ich sofort hergeflogen.«

»Tut mir leid, das zu hören.«

Er winkte ab. »Schon gut. Er ist hart im Nehmen. Was auch sein Problem ist. Er kann nicht akzeptieren, dass er nicht mehr der Jüngste ist und die Dinge langsamer angehen muss.«

Automatisch musste ich an meinen eigenen Vater denken. Irgendwann würde die Zeit kommen, in der Dad es auch langsamer angehen sollte, auch wenn ich mir nicht vorstellen konnte, dass er die Destillerie je aufgeben würde. Genauso wenig wie Neal seinen Pub. Wahrscheinlich würden die beiden selbst mit hundert noch dort arbeiten, wenn sie konnten.

»Hier kommt der Tee.« Edith betrat die Bibliothek mit einem Tablett in den Händen, das sie auf dem kleinen Tisch zwischen uns abstellte. Dann goss sie den Tee in die filigranen Tassen mit Goldrand und schob mir einen Teller mit einem Scone, Clotted Cream und etwas Konfitüre hin. »Ich hoffe, schwarz ist in Ordnung?«

»Perfekt.« Ich griff nach der Tasse und lehnte Zucker und Milch dankend ab. Der erste Schluck wärmte meinen Bauch ebenso wie das Porzellan meine Hände. Einen Moment lang starrte ich auf die Flüssigkeit und betete innerlich, dass sie ruhig blieb. Das Letzte, was ich wollte, war, ausgerechnet jetzt ein Wasserunglück heraufzubeschwören.

»Also …«, begann Edith und unterbrach damit das Schweigen, das sich zwischen uns auszubreiten begann.

Ich lächelte verkrampft. Wie unterhielt man sich mit Fremden, die plötzlich deine Familie waren? Betrieb man Small Talk und redete über das Wetter? Oder ging man gleich in die Vollen und teilte sich Geheimnisse mit?

Mit der Tasse in der Hand wechselte Finn einen Blick mit seiner – korrigiere, *unserer* – Tante, dann räusperte er sich. »Nachdem wir eine Nachricht vom Tribunal bekommen haben, haben meine Eltern auf Befehl des Clan-Chiefs deine Herkunft überprüft. Und es scheint alles seine Richtigkeit zu haben. Allein die Tatsache, dass du über Wassermagie verfügst, bestätigt das. Aber wie hast du das überhaupt bemerkt?«

Ich seufzte tief und erzählte ihnen von meiner Begegnung mit Reid an der Klippe, aber auch von Mums Tod vor so vielen Jahren. Finn lauschte mir mit unbewegter Miene, aber Ediths Augen wurden feucht, als ich ihr erzählte, wie ihre Schwester gestorben war.

»Ich wusste ja, dass sie bei einem Schiffsunglück ums Leben gekommen ist«, wisperte sie und wischte sich über die Augenwinkel. »Aber es jetzt noch mal in allen Details von jemandem zu hören, der dabei war … Ach, was rede ich denn da? Entschuldige bitte.« Sie stieß ein heiseres Lachen aus. »Da mache ich eine Szene, obwohl du so viel mehr verloren hast und damals selbst beinahe gestorben wärst.«

Wortlos reichte Finn ihr ein Taschentuch, das sie benutzte und dann zusammenknüllte.

»Schon gut«, antwortete ich verspätet und zwang mich zu einem Lächeln. »Du hast sie auch verloren.«

Wieder füllten sich ihre Augen mit Tränen. »Gott, du bist ihr so ähnlich …«

»Wie war sie denn?«, hakte ich leise nach. »Also, nur wenn es für dich in Ordnung ist, darüber zu sprechen.«

Edith nickte. »Natürlich. Ich habe deine Mum geliebt, so wie alle meine Geschwister. Aber Eloise war etwas Besonderes für mich, weil wir nur ein Jahr auseinander waren. Als Kinder haben wir immer behauptet, wir wären Zwillinge. Natürlich wusste jeder in unserem Clan, dass dem nicht so war, aber sie haben uns trotzdem so tun lassen. Es hat mir das Herz gebrochen, als sie sich damals von uns abgewandt hat. Sie war sehr fokussiert, weißt du? Wenn sie sich etwas in den Kopf gesetzt hatte, war sie kaum davon abzubringen. Sie hätte jeden Gegner allein niederwalzen können, aber sie war auch eine Teamplayerin. Und mitfühlend, obwohl sie sich nie davor gescheut hat, jemandem die Meinung zu sagen.«

»Warum hat sie sich von der Familie abgewandt?«

»Ich weiß es nicht.« Ediths Hände zitterten, als sie nach ihrer Tasse griff und einen Schluck Tee trank. »Es muss irgendetwas mit der Elementesache zu tun gehabt haben. Sie hat nie viel mit mir darüber gesprochen, weil ich keine Kräfte entwickelt habe. Sie hat deinen Vater kennengelernt und kurz darauf …« Sie zog die Schulter hoch. »… kurz darauf ist unser Bruder Lachlan im Kampf gegen Elementare gestorben. Danach hat sie den Kontakt zu uns abgebrochen. Sie ist nicht mehr zu Familienfesten gekommen und hat sich zurückgezogen. Ich habe mehrmals versucht, sie zu erreichen und mit ihr zu reden, aber sie hat mich ignoriert. Der Verlust von Lachlan hat sie am härtesten getroffen, weil er neben ihr der Einzige mit Kräften war. Der Einzige, mit dem sie darüber reden konnte. Das Nächste, was wir gehört haben, war, dass sie bei einem Schiffsunglück auf dem Weg nach Harris ums Leben gekommen sei.«

Ich runzelte die Stirn. »Sie hat den Kontakt zu euch komplett abgebrochen? Einfach so?«

Finn rutschte bis an den Rand des Sessels und fixierte mich mit seinem Blick. »Es gab damals schon kaum noch Verwandte mit diesen Fähigkeiten. Eloise und Lachlan waren die Letzten. Und dann gab es nur noch deine Mutter.«

»Sie wollte nicht mit uns darüber reden. Ich habe es probiert, habe sie danach gefragt, aber keine Chance.«

»Und als sie sich von euch abgewandt hat … da hat niemand versucht herauszufinden, was los ist?«, fragte ich ungläubig. »Warum hat niemand versucht, wieder Kontakt aufzunehmen?«

»Ava …«, warnte Finn leise.

Ich folgte seinem Blick zu meiner Tasse, in der es gluckerte und sprudelte, und stellte sie so schnell auf den Tisch, als hätte ich mich daran verbrannt. »Tut mir leid. I-ich …«

»Schon gut.« Edith legte ihre Hand auf meinen Arm und lächelte mir aufmunternd zu. »Ich kenne das. Hier musst du keine Angst haben.«

Dennoch musste ich vorsichtig sein. Auch wenn sie nicht zum ersten Mal jemanden mit Wassermagie trafen, so besaßen sie die

Fähigkeit nicht selbst. Sie wussten nicht, wie es sich anfühlte, keine Kontrolle über seine Emotionen und damit auch nicht über seine Kräfte zu haben. Plötzlich konnte ich Mum verstehen. Nicht die Tatsache, dass sie sich völlig von ihrem Clan losgesagt hatte, sondern dass sie sich zurückgezogen hatte. Denn wenn sie nicht mal ihre eigene Familie verstehen konnte, wer dann? Ich holte Luft, um etwas zu sagen, wurde jedoch von einem hellen Klingeln unterbrochen. Edith und Finn wirkten genauso überrascht wie ich.

»Entschuldigt mich.« Finn stand auf und entfernte sich mit schnellen Schritten.

Irritiert sah ich ihm nach. »Erwartet ihr Besuch?«

Edith winkte ab. »Wahrscheinlich nur politischer Kram, Landverwaltung, Denkmalschutz und so weiter. Sobald ein Clanmitglied in greifbarer Nähe ist, stürzen sie sich wie die Geier auf uns, weil jeder etwas von uns will. Das wirst du auch noch erleben.«

Da kam Freude auf … Wenigstens schien sich mein Tee beruhigt zu haben, sodass ich ihn wieder gefahrlos trinken und etwas von meinem Scone essen konnte.

»Tut mir leid, dass ich euch unterbrechen muss, aber unser Gast ist hartnäckig.« Finn stand in der Tür, ein angespannter Zug um den Mund. »Er will mit dem Clan-Chief reden.«

Edith zog die Brauen so weit hoch, dass Falten auf ihrer Stirn erschienen. »Er ist nicht hier. Hast du ihm das nicht gesagt?«

»Doch, aber er will mit demjenigen sprechen, der den nächsthöheren Rang im Clan einnimmt und anwesend ist. Und das wärst du, Tantchen.«

Seufzend stellte sie die Tasse ab und schien etwas erwidern zu wollen, betrachtete mich dann aber aus leicht zusammengekniffenen Augen. »Ava, Liebes, würde es dir etwas ausmachen, wenn wir das schnell regeln? Hast du noch so viel Zeit? Es wird auch nicht lange dauern.«

Blinzelnd starrte ich von einem zum anderen. »Natürlich. Auch wenn ich keine Ahnung von alldem habe.«

Edith winkte ab. »Ich auch nicht.« Ihre Miene hellte sich auf und sie wandte sich an Finn. »Hol ihn herein. Und wenn du so lieb wärst …«

»Noch eine Tasse für unseren Gast«, unterbrach Finn sie mit einem belustigten Schmunzeln. »Bin schon unterwegs.«

»Du bist mein Lieblingsneffe!«

»Aber auch nur, weil ich der einzige bin, der gerade da ist!«, rief er aus dem Gang zurück.

Sie lachte.

»Ihr zwei scheint euch nahezustehen«, stellte ich lächelnd fest.

»Das kann man so sagen. Ich habe früher oft auf Finn und seine Brüder aufgepasst, wenn ihre Eltern mal ein freies Wochenende haben wollten oder geschäftlich unterwegs waren.« Sie lehnte sich zu mir und senkte die Stimme. »Ich weiß *alles*, was die Jungs damals angestellt haben.«

Dankbar für die Ablenkung stellte ich meine Tasse ab und wandte mich ihr ganz zu. »Was denn zum Beispiel?«

»Oh, einmal haben sie sich Sprühdosen gekauft und die ganzen Schafe auf einer Weide damit angemalt. Am Ende des Tages wussten die armen Besitzer nicht mehr, welche Tiere wem gehörten. Und einmal haben sie die Haarbürste ihrer kleinen Cousine in der Toilette versenkt. Du glaubst gar nicht, was das für eine Sauerei war.«

Ich gluckste. Gleichzeitig begannen meine Augen aus irgendeinem Grund zu brennen. Wie wäre es wohl gewesen, mit Finn und allen anderen aufzuwachsen? Wäre ich auch das Opfer solcher

Streiche geworden? Nein, entschied ich. Ich wäre ganz vorn mit dabei gewesen, vor allem bei dieser Aktion mit den Schafen. Das war einfach zu gut.

Schritte näherten sich. Wir setzten uns auf und sahen beide zur Tür.

Ich wusste nicht, wen oder was ich erwartet hatte. Vielleicht jemanden aus Portree oder Uig, der mit den MacLeods über ihre Ländereien oder die Wasserversorgung sprechen wollte. Vielleicht auch jemanden, der von den Elementaren wusste und sich besorgt an den vorherrschenden Clan wandte. Womit ich eindeutig nicht gerechnet hatte, war die Person, die hinter Finn den Raum betrat.

KAPITEL 25

»Danke für den Tee, Edith.« Ich zwang mich zu einem Lächeln, als Edith und Finn uns zur Eingangstür des Castles begleiteten, auch wenn ich zehn Minuten nach Eintreten des unangemeldeten Gasts noch immer innerlich kochte. Es grenzte an ein Wunder, dass alles um uns herum trocken geblieben war.

»Nichts zu danken.« Edith lächelte mich an. Dann heftete sich ihr Blick kurz auf die Person hinter mir, bevor sie sich wieder an mich wandte. »Du bist hier jederzeit herzlich willkommen. Ich hoffe, wir haben noch mal die Gelegenheit, uns zu sehen, bevor ich am Sonntag abreise.«

»Das hoffe ich auch.« Ich umarmte sie zum Abschied und trat dann einen Schritt zurück. »Finn …«

»Cousinchen.« Auch er zog mich in seine Arme. »Was auch immer du vorhast, sei vorsichtig«, warnte er leise.

Ich nickte nur und löste mich von ihm. »Das werde ich. Danke. Bis bald.«

Erst als sie die Tür schlossen, wirbelte ich herum und packte den unerwarteten Besuch am Ärmel, um ihn mit mir zu ziehen. »Was zum Teufel sollte das!?«

Lance wehrte sich nicht, riss sich aber nach ein paar Schritten los. »Wonach sieht es denn aus?«

»Oh, das kann ich dir sagen.« Ich wirbelte zu ihm herum. »Es sieht so aus, als würdest du hinter meinem Rücken zu meiner Familie gehen, weil du bei unserer Diskussion in der Schule nicht deinen Willen bekommen hast. Nur dass ich zufällig auch hier war. Was wolltest du überhaupt damit erreichen? Ihre Erlaubnis einholen, um hier mit den Sturmkriegern der Campbells einzumarschieren?«

Ein Muskel begann in seinem Kiefer zu zucken. Ein, zwei Sekunden lang schwieg er, genau wie im Schloss, doch als er weitersprach, brachte er die Worte ruhig und bestimmt hervor. »Du hast gesehen, was da draußen los ist. Skye braucht Sturmkrieger. Jetzt mehr als je zuvor.«

»Also fällt dir nichts Besseres ein, als uns alle zu ignorieren und zu meiner Familie zu gehen?«

»Das war keine spontane Entscheidung«, erklärte er geduldig. »Ich stehe bereits seit über einem Jahr mit den MacLeods in Verhandlungen.«

»Was?!«

»Deine Mutter und dein Onkel waren die letzten Sturmkrieger deines Clans.«

»Ich … was?«

Mum war eine Sturmtochter gewesen? Sie hatte die Insel vor Elementaren geschützt? Und Dad? Ich wusste ja aus eigener Erfahrung, dass er hervorragend kämpfte. Bedeutete das etwa, dass er an ihrer Seite gekämpft hatte? Und trotzdem hatte er mir die Jagd auf die Ausgestoßenen verbieten wollen?

Bevor ich diese neue Information verdaut hatte, redete Lance schon weiter. »Dein Clan hat schon seit über einem Jahrzehnt keine Sturmkrieger mehr ausgebildet.«

»Oh, ich kann mir keinen Grund vorstellen, warum nicht. Vielleicht, weil es niemanden mehr mit Wassermagie gab?«, stieß ich bissig hervor.

»Man braucht keine magischen Kräfte, um Elementare zu jagen oder die Geschichte eines ganzen Clans weiterzugeben. Du solltest das von allen am besten wissen. Sie wollen es einfach nicht. Es ist ihnen egal, wenn hier alles zugrunde geht.«

Mit diesen Worten ließ er mich stehen. Er ging einfach weiter und ließ mich stehen.

Oh nein, nicht mit mir. Kies knirschte unter meinen Stiefeln, als ich den Weg hinunterlief, der vom Schloss wegführte. Nach ein paar Metern hatte ich Lance eingeholt.

»Das ist nicht wahr.«

Ganz in der Nähe hörte ich den Wasserfall ebenso wie das Plätschern des Flusses, der im Loch Dunvegan mündete. Vögel zwitscherten in den Bäumen. Es hätte idyllisch wirken können, würde nicht so viel Anspannung in der Luft liegen.

»Ach nein?« Lance fixierte mich. »Warum weigern sie sich dann bis heute, neue Sturmkrieger auszubilden? Warum will niemand von deinem Clan hier leben? Warum hat es sie einen Dreck interessiert, dass es da draußen noch Nachfahren mit Wassermagie geben könnte? Warum haben sie nie nach dir gesucht?«

Ich konnte spüren, wie mir jedes bisschen Blut aus dem Gesicht wich. »Hör auf …«

»Nein. Es wird höchste Zeit, dass du erkennst, was hier wirklich abgeht. Dein Clan? Deine sogenannte Familie? Sie interessieren sich nicht für Skye, nicht für die Sicherheit der Menschen hier und schon gar nicht für Elementare. Der einzige Grund, warum du ihnen nicht mehr egal bist, ist, dass du Kräfte besitzt und sie plötzlich wieder eine Chance haben, an Macht und Ansehen zu gewinnen.«

Ich schüttelte den Kopf. Nein. Ich weigerte mich, das zu glauben. »Du hast keine Ahnung, wovon du da redest. Du kennst diese Leute ja nicht mal!«

»Aber du kennst sie, oder was?« Er kam einen halben Schritt näher und senkte die Stimme, doch das nahm seinen Worten nicht die Schärfe. »Du warst im Archiv deines Clans. Was hast du dort gefunden?«

Ich presste die Lippen aufeinander, nicht weil ich es ihm nicht verraten wollte, sondern weil ich mich weigerte, ihm noch mehr Munition gegen mich zu geben.

»Was hast du gefunden?«, wiederholte er gefährlich leise.

»Den Stammbaum der MacLeods, meine Geburtsurkunde ... und den Totenschein meiner Mum.« Mit beiden Händen stieß ich ihn zurück, weil ich verdammt noch mal nicht atmen konnte, wenn er mir so nahe war. »Ist es das, was du wissen wolltest? Bist du jetzt zufrieden?«

Etwas flackerte in seinen Augen auf, und für einen kurzen Moment glaubte ich, fast so etwas wie Bedauern, wie Mitgefühl in seiner Miene lesen zu können. Aber ich musste mich geirrt haben. Denn was es auch war, es verschwand so schnell wieder, als wäre es nie da gewesen.

»Nein, Ava. Denn das bedeutet nur, dass ich recht habe.«

Ich ging weiter, blieb aber erneut stehen, als ich diese leisen Worte hinter mir hörte. Inzwischen standen wir nicht mehr vor dem Schloss. Irgendwann musste einer von uns abgebogen sein, denn wir waren in den Gärten angelangt. Bäume umgaben uns, der Duft von Blumen lag in der Luft und das Rauschen des Wasserfalls schien näher zu sein als zuvor.

Langsam drehte ich mich zu Lance um. Mein Herz hämmerte, meine Hände waren zu Fäusten geballt. »Was soll das heißen?«

»Sie wussten von dir. Irgendjemand in dieser Familie wusste von deiner Existenz, sonst würdest du nicht im Stammbaum stehen und sie hätten deine Geburtsurkunde nicht.«

Ich biss die Zähne zusammen, zwang mich dazu, ruhig zu bleiben, aber Lance machte weiter.

»Sie wussten von dir«, wiederholte er. »Und jetzt, kurz nachdem du deine Kräfte entwickelt hast, suchen sie zum ersten Mal den Kontakt zu dir? Komm schon, Ava! Du bist nicht so naiv. Das muss dir komisch vorkommen.«

»Weißt du, was mir komisch vorkommt?« Langsam, einen Finger nach dem anderen, löste ich meine zu Fäusten geballten Hände wieder, ohne den Blick von Lance zu nehmen. »Dass du mich gegen sie aufhetzen willst. Ausgerechnet du! Sie haben vielleicht jahrelang meine Existenz ignoriert, aber sie haben mich wenigstens nie angelogen.«

Ein humorloses Lächeln erschien auf seinem Gesicht. »Du hast mich genauso angelogen.«

»Weil ich dir nichts von diesen Kräften erzählt habe? Ich wusste nichts davon!« Das Rauschen wurde lauter. Wütender. »Wie oft soll ich das noch sagen?«

»Ach wirklich?« Mit zwei großen Schritten war Lance bei mir und blieb so dicht vor mir stehen, dass ich wieder den Kopf in den Nacken legen musste, um seinem durchdringenden Blick standzuhalten. »An dem Nachmittag am Strand wusstest du nichts davon? Als ich dir von der Wetteranomalie erzählt habe, wusstest du nichts davon? Und als wir schwimmen gegangen sind und …«

»Ich habe es erst an diesem Tag herausgefunden«, presste ich hervor. »Und ich hatte keine Ahnung, was das überhaupt für mich bedeuten würde. Also entschuldige bitte, dass ich dir nicht sofort brühwarm erzählt habe, dass ich auf einmal ähnliche Kräfte habe wie die Elementare, die wir jagen.«

»Du vertraust mir nicht.«

»Und das zu Recht! Du bist doch derjenige, der Geheimnisse hat und hinter unser aller Rücken zu den MacLeods geht, um die Sturmkrieger deines Clans hierher zu bringen!«

Ein Blitz zuckte über uns und erhellte den Garten. Erst jetzt bemerkte ich, wie dunkel es geworden war. Im selben Atemzug begann es zu regnen.

Keiner von uns rührte sich. Keiner sagte ein Wort. Die Tropfen prasselten so laut und mit so viel Gewalt auf uns herab, dass sie sogar den Wasserfall übertönten. Innerhalb von Sekunden war mein Kleid durchnässt und Lance' schwarzes T-Shirt klebte an seiner Brust.

»Warum?«, stieß ich hervor. »Warum diese ganze Geheimnistuerei?«

Er atmete tief durch. Tropfen fielen aus seinen Haaren, blieben in seinen Wimpern hängen, rollten über seinen Hals bis zum Kragen seines Shirts. Vielleicht sollten wir Schutz vor dem Wetter suchen, doch irgendetwas sagte mir, dass wir nirgendwo sicher waren. Nicht wenn das Trommeln des Regens in meinem Körper nachhallte und wieder dieses elektrische Knistern in der Luft lag.

»Ich habe dir all das verschwiegen, weil ich dachte, du wärst ein ganz normaler Mensch. Ein Mädchen, das Elementare jagt, nachdem diese ihre Mutter getötet hatten.« Er hielt inne, zögerte, und brachte die letzten Worte mit so viel unterdrückter Wut hervor, dass sich alles in mir zusammenzog. »Nicht die Letzte eines Clans, der seit Anbeginn der Zeit mit meinem verfeindet ist.«

»Das ist es? Das ist der Grund?« Als er sich abwenden wollte, stellte ich mich ihm in den Weg. Mein Körper zitterte vor Kälte. Mein Puls raste, aber nicht nur vor Zorn. Etwas anderes war hinzugekommen, etwas, was schon länger unter allem anderen geschwelt und nur darauf gewartet hatte, einen Weg an die Oberfläche zu finden. Ich kannte das Gefühl, hatte es schon damals am Strand verspürt, doch diesmal war es so viel stärker: Angst. Die Angst davor, etwas zu verlieren, was ich längst verloren geglaubt hatte. »Das zwischen dir und mir hat absolut nichts mit unseren Clans zu tun, also hör gefälligst auf, das als Entschuldigung vorzuschieben.«

»Ava …«

»Nein.« Wieder stellte ich mich ihm in den Weg, als er vorbeiwollte.

Seufzend fuhr er sich mit der Hand durchs Haar und starrte auf einen Punkt zwischen den Bäumen. Dabei trat ein so gequälter Ausdruck in seinen Augen, dass ich für einen kurzen Moment vergaß, was ich sagen wollte.

»Wir waren mal so etwas wie ein Team …«, erinnerte ich ihn leise.

Sein Blick zuckte zu mir zurück. »Wir waren mehr als das.«

Mein Herz setzte einen Schlag lang aus, nur um dann umso heftiger weiterzutrommeln. Seine Worte brannten in der Luft, aber er nahm sie nicht zurück. Unbewusst befeuchtete ich mir die Lippen. In derselben Sekunde senkte sich sein Blick auf meinen Mund und mir wurde heiß.

»Und jetzt sind wir Feinde?«, stieß ich kaum hörbar hervor. »Nur weil sich deine und meine Vorfahren den Krieg erklärt haben?«

»Es ist so viel komplizierter als das …«

»Dann erklär es mir, verdammt noch mal! Erklär mir, warum wir nicht … warum wir …« Meine Stimme brach. Vielleicht, weil ich selbst nicht wusste, was ich eigentlich sagen wollte. Oder weil ich es wusste, es aber nicht herausbrachte.

»Warum wir nicht … was?«

Ich schüttelte den Kopf, suchte nach Worten – und sprach dann das Erstbeste aus, das mir einfiel: »Warum es nicht wieder so wie früher sein kann.«

Wieder zuckte ein Blitz über uns, während der Regen mit all seinem Zorn auf die Welt herabdonnerte.

»Vergiss es.« Lance kniff die Augen zusammen und ballte die Hände zu Fäusten. Ich hatte ihn nie zuvor so wütend erlebt. »So einfach kommst du nicht davon. Das ist nicht das, was du sagen wolltest. Du möchtest doch gar nicht, dass es wieder wie früher ist.«

»Woher willst du das wissen?«

»Weil es nicht das ist, was *ich* will.«

»Ich …«

Bevor ich auch nur einen einzigen Ton hervorbringen konnte, machte er einen Schritt auf mich zu, legte die Hände an mein Gesicht und küsste mich. Im ersten Moment war ich zu überrumpelt, um zu reagieren, dann stieß ich ihn reflexartig von mir weg. Sekundenlang starrten wir einander schwer atmend an, völlig durchnässt, während um uns herum noch immer die Welt unterging.

Seine Worte hallten in mir nach. *Weil es nicht das ist, was ich will.* Und gleich darauf hatte er mir gezeigt, was er wollte. Was *ich* wollte, seit er mir das erste Mal bei einer Jagd in die Quere gekommen und den Elementar vor meinen Augen vernichtet hatte. Damals hatte ich nicht gewusst, ob ich ihm eine reinhauen oder ihn küssen wollte, weil der Auftritt, den er hingelegt hatte, wirklich beeindruckend gewesen war. Und nervig. Und gefährlich. Und all meine Pläne durcheinandergebracht hatte. Genau wie dieser Kuss.

Bevor ich darüber nachdenken konnte, packte ich ihn am Shirt und zog ihn zu mir heran. Seine Augen weiteten sich vor Überraschung, aber er zahlte es mir nicht mit gleicher Münze heim, stieß mich nicht von sich, sondern schlang die Arme um meinen Körper und zog mich an sich. Einen Moment lang verharrten wir so, sein Mund ganz nahe an meinem, sein warmer Atem in meinem Gesicht.

»Deshalb«, knurrte er dicht vor meinen Lippen. »Deshalb kann es nie mehr wie früher zwischen uns sein. Ich kann nicht klar denken, wenn du in der Nähe bist. Ich habe keine Kontrolle über meine Fähigkeiten und das kann andere Menschen verletzen. Das kann *dich* verletzen.«

»Ich kann auf mich selbst aufpassen.«

»Du kannst dich nicht schützen. Nicht vor mir. Meine Kräfte sind …«

»Wer sagt, dass ich Schutz vor dir will?«, unterbrach ich ihn und schob die Finger in sein nasses Haar.

Ich konnte ihm ansehen, dass er etwas darauf erwidern und weitere Argumente anbringen wollte, warum das hier eine ganze schlechte Idee war. Warum es unmöglich war. Aber er schüttelte nur knapp den Kopf.

»Du wirst es noch bereuen«, raunte er und presste seine Lippen erneut auf meine.

Definitiv nicht. Die Worte tauchten in meinem Kopf auf, aber ich brachte sie nicht mehr hervor. Stattdessen vergrub ich die Finger tiefer in seinem Haar, presste mich an ihn und erwiderte den Kuss.

Nichts daran war sanft. Nicht wie unsere Hände zupackten, nicht sein Mund auf meinem. Wir kämpften gegeneinander, trugen ein stummes Gefecht aus, weil Worte nicht einmal ansatzweise ausdrücken konnten, was gerade in uns beiden vor sich ging.

Lance bewegte sich, schob mich vorwärts, und obwohl ich keine Ahnung hatte, was er vorhatte, ließ ich es zu und vertraute darauf, dass wir nicht beide gleich im Fluss landen würden. Wir kamen vom Weg ab, meine Stiefel versanken im Gras und gleich darauf stieß ich mit dem Rücken gegen etwas Hartes. Ein Baumstamm. Es musste ein Baumstamm sein, denn hier gab es keine so hohen Mauern.

Kaum, dass mir der Gedanke kam, verflüchtigte er sich bereits wieder, weil denken überhaupt nicht möglich war, wenn ich Lance küsste. Er presste sich mit seinem ganzen Körper an mich, schob die Hand unter meine Lederjacke und strich über meine Seite. Auf und ab. Immer wieder, bis es mich schier wahnsinnig machte, wenn ich nicht mehr von ihm spüren konnte. Meine Finger verkrallten sich in seinem Shirt. Ich biss ihm in die Unterlippe und erntete ein atemloses Grinsen von ihm. Gleich darauf öffnete er die Lippen und kam meiner Zunge mit seiner entgegen. Die Berührung war wie ein Stromschlag, wie eine riesige Welle, die über uns hereinbrach und uns beide mit sich fortriss. Ich vergaß, wer wir waren, wo wir uns befanden und warum das hier eine schlechte Idee sein sollte. Denn dafür fühlte es sich viel zu gut an.

Meine Hände machten sich selbstständig, strichen seinen Rücken hinab, packten den Saum seines feuchten Shirts und fanden einen Weg darunter, bis ich seine warme Haut unter meinen Fingern spüren konnte.

»Ava …«, raunte er warnend an meinen Lippen.

Ich lächelte und schob die Hände nur noch höher, folgte den Muskeln, die sich unter meiner Berührung zusammenzogen.

Ruckartig hob Lance den Kopf und starrte mich an, löste sich aber nicht von mir. Sein Atem ging mindestens so schwer wie meiner. Blitze erhellten den Himmel und Donner krachte über uns, so laut, als wollte er die ganze Welt erschüttern. Keiner von uns zuckte zurück, weder vor dem Donner, noch vor dem Regen, der nur noch stärker wurde. Unter dem Baum waren wir einigermaßen vor dem Regen geschützt, auch wenn wir beide ohnehin völlig durchnässt waren. Aber im Moment spürte ich den klammen Stoff meines Kleids ebenso wenig wie mein Haar, das mir feucht im Nacken klebte. Ich spürte nur die Hitze, die von Lance ausging und die Reibung, wenn er sein Gewicht verlagerte.

So wie jetzt. Er schob sein Knie zwischen meine Beine, stützte sich mit dem Arm über meinem Kopf auf und kam noch näher. Ich konnte nicht anders, ich reagierte instinktiv. Meine Fingernägel bohrten sich in seinen Rücken und ich schlang ein Bein um seine Hüfte, weil es in diesen Sekunden nichts gab, was ich mehr wollte, als mehr von ihm zu spüren.

Seine Augen waren stürmischer als je zuvor, sein Blick so durchdringend, dass sich das Kribbeln in meinem Bauch in alle Richtungen ausbreitete. Ich wusste nicht mehr, worüber wir vorhin geredet, weswegen wir uns gestritten hatten. All das schien weit entfernt zu sein. Hier und jetzt gab es nur ihn und mich und diese Nähe, nach der ich mich schon so lange gesehnt hatte, auch wenn ich es mir nicht hatte eingestehen wollen. Ich lehnte mich etwas vor, strich mit meinen Lippen über seine und machte das Denken für uns beide unmöglich.

Wieder glitt seine Hand an meiner Seite hinab, diesmal jedoch bis zu meiner Hüfte, verharrte dort einen Moment lang und packte dann mein Bein. Er musste den Saum meines Kleids nur ein bisschen hochschieben, nur ein paar Zentimeter, damit ich seine Hand auf meiner Haut spüren konnte. Sie war warm und rau, und ich reagierte mit einem heißkalten Schauer auf die Berührung. Er lächelte in den Kuss hinein und ich konnte gar nicht anders, als ebenfalls zu lächeln.

Das hier war verrückt – aber auch so, so gut. Ich wollte nicht aufhören. Nein, das stimmte nicht. Ich *konnte* nicht aufhören. Nicht wenn es sich so berauschend anfühlte und mein Herz so schnell hämmerte, dass ich kaum hinterherkam.

Ich schlang die Arme um seinen Hals und schmiegte mich an ihn, während ich den Kuss erwiderte. Sein Griff an meinem Bein und an meiner Seite verfestigte sich, dann erstarrte er plötzlich und riss den Kopf hoch. Einen Herzschlag lang hielt er meinen Blick fest, dann sackte er in sich zusammen.

»Lance!« Ich versuchte, ihn festzuhalten, aber wir fielen beide auf die Knie. Meine Hand zitterte, als ich sie von seinem Rücken nahm. Etwas Warmes, Dunkelrotes klebte an meinen Fingern und wurde gleich darauf vom Regen fortgewaschen.

Blut. Wieso blutete er?

Doch als ich aufsah, hatte ich meine Antwort. Zwischen den Bäumen standen drei Elementare.

KAPITEL 26

Zuerst kam die Panik. Danach die Wut. Und dann fühlte ich gar nichts mehr. Mein Atem wurde sichtbar und ein Knistern erfüllte die Luft. Ich vergaß jede Warnung, jedes Verbot. Eis begann sich über den Boden auszubreiten, befiel Steine und Sträucher und kletterte an den Baumstämmen hinauf. Die Kreaturen wichen zurück, ergriffen aber nicht die Flucht. Zwei von ihnen gehörten zum Element Erde. Das eine Wesen bestand nur aus Ranken und Wurzeln, die sich schlangenartig um seinen schmalen Körper wanden. Das andere war von den Baumschatten verdeckt, hatte aber die Statur und Größe eines Mannes. Nummer drei war ein Feuerwesen, das von rotgoldenen Flammen umrahmt wurde und wie ein riesiger Salamander einen Baumstamm entlangkroch. Noch während ich ausholte, formte sich ein riesiger Eiszapfen in meiner Hand. Ich dachte nicht mehr nach, ich reagierte nur noch.

Sekunden später durchbohrte das Eis den Feuerelementar. Sein heiseres Brüllen erfüllte die Luft, übertönte den Regen und das Rauschen von Bach und Wasserfall. Ich machte einen Schritt nach vorn – und zuckte zurück, als Ranken durch die Luft sausten und mich beinahe erwischten.

Verdammt.

Das Eis begann sich aufzulösen. Ich spürte meinen hämmernden

Herzschlag und ging direkt vor Lance in Deckung. Er lag halb am Boden, halb gegen den Baumstamm gelehnt, einen Arm um sich geschlungen und erschreckend weiß im Gesicht.

»Nein …«, flüsterte ich. Dann etwas lauter: »Halt durch!«

Ohne die Elementare aus den Augen zu lassen, zog ich meinen Dolch aus dem Stiefelschaft. Das Feuerwesen schien sich inzwischen wieder erholt zu haben, denn es begann, mich zusammen mit den anderen beiden Kreaturen einzukreisen.

Mein Puls raste. Meine Hände zitterten. Ich wollte meine Kräfte einsetzen, wollte das Wasser um mich herum beeinflussen, aber die Erinnerung daran, was beim letzten Mal passiert war, schob sich immer wieder in meine Gedanken. Ich hatte einen Tsunami heraufbeschwört, der beinahe ganz Skye unter sich begraben hätte.

Was würde diesmal passieren? Würde ich das Schloss mit einer Flutwelle dem Erdboden gleichmachen? Würde ich nicht nur mein eigenes, sondern auch das Leben von Lance, meiner Familie und allen Menschen gefährden, die zufällig in der Nähe waren? Aber was, wenn ich es nicht tat? Wenn ich ganz ohne Magie kämpfte? Konnte ich es mit drei von diesen Monstern auf einmal aufnehmen?

Wieder rasten die Schlingpflanzen auf mich zu. Ich kickte sie weg, machte eine Rolle über den Boden und sprang gerade rechtzeitig auf, um daraufzutreten und sie mit meinem Messer zu zerschneiden. Ein Kreischen ertönte. Es war nur ein kleiner Sieg, aber es war ein Fortschritt. Ich konnte das. Ich hatte es schon früher geschafft.

Mit dem Rücken zu Lance wehrte ich den nächsten Angriff ab. Ich trat und schlug um mich, bis ich den Dolch in die Brust des Wesens bohrte. Schweiß brach mir aus und jeder Atemzug brannte.

Ein Elementar hatte ich vernichten können. Zwei standen noch aus. Ich hob den Dolch auf und wirbelte herum.

Blitze zuckten an mir vorbei. Ich sah sie, noch bevor ich das elektrische Knistern wahrnahm. Gleich darauf brüllte der Feuerelementar auf, der sich von hinten an mich herangeschlichen hatte. Ich machte eine Drehung und kickte ihn weg, dann rannte ich zu Lance.

Er lehnte noch immer am Stamm und ließ gerade den ausgestreckten Arm sinken. In den letzten Minuten war er noch blasser geworden, die Ringe unter seinen Augen noch dunkler. Sein Gesicht war schmerzverzerrt und sein Atem ging nur schleppend.

»Nicht …«, begann ich, hielt aber inne, als sich sein zorniger Blick auf mich richtete.

»Setz deine Kräfte ein.«

Ich schüttelte den Kopf. Wir konnten es ohne hier rausschaffen. Es musste einfach möglich sein.

Der Boden unter uns begann zu beben. Ein stärker werdendes Vibrieren, das jeden Grashalm erzittern ließ.

»Tu es«, verlangte Lance keuchend.

»Ich kann nicht …«

»Doch, du kannst! Du beherrschst jedes Gewässer um dich herum und kannst es aus eigener Kraft herbeirufen. Du musst nicht …« Er hustete und drückte sich mit beiden Armen hoch, rutschte aber wieder am Stamm hinab. Wegen des Regens und seiner dunklen Kleidung konnte ich nicht erkennen, wo und wie schlimm er verletzt war. Aber als er sich jetzt über den Mundwinkel wischte und ich das Blut darin sah, verkrampfte sich mein Magen. Das hier erinnerte zu sehr an die Attacke hinter dem Pub. Es erinnerte mich zu sehr daran, wie wir den alten MacDonald fast verloren hätten. Und jetzt auch noch Lance? Weil wir nicht aufgepasst und unsere Kräfte miteinander vermischt hatten? Weil wir dadurch Elementare angelockt hatten?

Nein. Ich weigerte mich, das zu glauben. Aber noch mehr weigerte ich mich, ihn einfach sterben zu lassen. Ich wollte etwas sagen, wollte diese Worte aussprechen, als die nächste Attacke auf uns zuraste. Reflexartig warf ich mich zur Seite und zog Lance mit mir, bis wir hinter einem anderen Baum in Deckung gehen konnten. Erst als der Feuerstrahl über unseren Köpfen verschwunden war, wagte ich es aufzusehen.

Ich wollte mich auf dieses Mistding stürzen, aber Lance packte mein Handgelenk und hielt mich fest.

»Setz deine Kräfte ein. Du musst nicht wie ich anderen Energie abziehen, um Macht zu haben. Du hast sie schon.«

Wieder duckten wir uns unter den Flammen hinweg. Instinktiv beugte ich mich dabei schützend über Lance. Ich spürte seinen keuchenden Atem an meinem Hals. Er kämpfte. Er kämpfte gegen den Schmerz und den immer größer werdenden Blutverlust an. Und ich war ein verdammter Feigling, wenn ich nicht ebenfalls kämpfte.

»Bleib in Deckung.« Ich wartete seine Antwort nicht ab, sondern richtete mich auf.

Panik ließ meine Muskeln zittern, aber ich unterdrückte sie nicht länger. In meinem Clan wurde die Magie durch Gefühle gesteuert, also wehrte ich mich nicht länger dagegen. Ich ließ die Panik zu, ließ Wut und Angst über mir hereinbrechen, aber mich nicht davon fortreißen. Denn ich war stärker als sie. Ich war stärker als die Furcht, stärker als der Zorn. Es musste schnell gehen. Ich hatte keine Ahnung, wie schlimm Lance verletzt war, und wir waren Kilometer von einem Krankenhaus entfernt.

Mit dem Dolch in der Hand sprang ich auf. Die nächste Feuerattacke raste auf mich zu, doch diesmal brachte ich mich nicht in Sicherheit. Ein Knistern drang an mein Ohr. Vor meinen Augen baute sich eine Wand aus Eis auf. Die Flammen prallten dagegen. Risse zogen sich durch das Eis. Winzige Splitter flogen durch die Luft. Aber die Mauer hielt stand. Sie schützte nicht nur mich, sondern auch Lance. Zumindest für den Moment.

Ranken sausten daran vorbei und auf mich zu. Ich warf mich zu Boden, sprang wieder auf und wehrte die Pflanzen mit meinem Messer ab. Diesmal schaffte ich es jedoch nicht, sie zu zerschneiden. Eine davon wickelte sich um meinen Unterarm. In der einen Sekunde starrte ich noch darauf und in Richtung des Elementars, in der nächsten riss es mich von den Füßen. Hart landete ich auf dem Boden und rammte die Klinge in die Ranke, um mich zu befreien. Als ich mich wieder hochhievte, stand das Wesen plötzlich vor mir. Nur dass es kein Wesen, kein Monster war, sondern ein … Mensch? Ich starrte in das Gesicht eines jungen Mannes mit Bart und dunklen Haaren. Er trug einen dunkelgrünen Mantel mit Kapuze und in seinen Augen schimmerte es geisterhaft grün.

»Ich kenne dich …« Noch bevor ich die Worte zu Ende brachte, spürte ich einen harten Schlag im Gesicht und ging zu Boden. Mein Atem ging keuchend, aber das Rauschen in meinen Ohren wurde lauter.

Wie konnte das sein? Wie konnte Julianas Bruder hier sein? Die Szene in Edinburgh tauchte vor meinem inneren Auge auf. Julianas Erklärungen. Die Art, wie sie mit ihm umging, wie sie ihn verteidigte. Ich zögerte, tastete dann aber doch nach meinem Dolch und rappelte mich wieder hoch.

Elijah musterte mich einen Moment lang ausdruckslos, dann

streckte er die Hand aus, spreizte die Finger und ballte sie zur Faust. Im selben Moment zerfiel mein Dolch zu Staub.

»Heilige Scheiße!« Ich stolperte zurück. Nie zuvor hatte ich einen Elementar seine Macht so einsetzen gesehen. Aber ich war auch noch keinem begegnet, der wie ein Mensch wirkte. Wie jemand, den ich schon mal gesehen hatte.

Hektisch blickte ich mich um. Es regnete noch immer in Strömen und zwischen den Bäumen entdeckte ich den Fluss. Ich konzentrierte mich auf das Gewässer, bis ich das Gefühl hatte, eins damit zu werden. Bis ich die Kälte in meinen Adern ebenso wie jeden Stein und jede Pflanze im Bachbett spüren konnte. Als ich die Augen aufriss, sausten Dornen auf mich zu. Automatisch streckte ich die Hand aus – und das Wasser folgte meiner Bewegung. Aus dem Bach wurde eine Sturmflut, aus den Regentropfen Pfeilspitzen, die auf den Erdelementar zielten.

Eis splitterte durch die Luft. Ich wirbelte herum. Der Feuerelementar hatte die Barrikade vernichtet. Aber statt mich anzugreifen, wandte er sich Lance zu. Wieder streckte ich den Arm aus, rief das Wasser zurück und schleuderte es der Kreatur entgegen. Blitze bohrten sich in das Wasser und trafen das Feuerwesen, noch bevor es von der Welle mitgerissen wurde.

Ich drehte mich um, suchte nach Elijah, konnte ihn aber nirgendwo entdecken. Nicht zwischen den Bäumen, nicht auf dem Boden, nicht hinter ein paar Büschen oder am Ufer. Er musste die Flucht ergriffen haben. Oder er bereitete sich auf den nächsten Angriff vor. Was es auch war, ich durfte keine Zeit mehr verschwenden. Mit wenigen Schritten war ich bei Lance, schlang den Arm um ihn und half ihm auf die Beine.

Er ächzte, schaffte es aber, sich aufzurappeln. Es gewitterte noch immer, während wir uns durch die Gärten bis zu meinem Auto kämpften. Mit jedem Meter schien Lance sich etwas mehr auf mich zu stützen, als würde ihn die Kraft verlassen. Er konnte unmöglich noch für die Blitze verantwortlich sein, die den Himmel bedeckten und um uns herum einschlugen. Genauso wenig wie ich noch den Regen beherrschte, der auf uns herabprasselte. Unsere Kräfte mussten sich verbündet und verselbstständigt haben. Jetzt entluden sie sich über Dunvegan.

Als wir den Jeep erreichten, entglitt Lance mir beinahe. Ich konnte ihn gerade noch festhalten, bevor wir beide neben den Reifen zu Boden sanken.

»Halt durch, okay?« Ich drückte auf seine Wunde und versuchte, die Blutung zu stoppen. Die Ranken mussten direkt durch ihn hindurchgeschossen sein, denn er hatte eine Eintritts- und eine kleine Austrittswunde auf Rücken und Oberkörper. »Du musst durchhalten. Ich weiß nicht, wie ich es erklären soll, wenn du mir jetzt einfach wegstirbst.«

Er hustete, was verdächtig nach einem unterdrückten Lachen klang, doch sein Gesicht verzog sich in derselben Sekunde vor Schmerz.

»Bitte halt durch«, flüsterte ich.

Er nickte, aber seine Lider begannen zu flattern, als würde er gleich das Bewusstsein verlieren.

Nein. Ich schüttelte den Kopf, weigerte mich, das zu akzeptieren. Es musste eine Lösung geben. Bis ein Krankenwagen hier ankam, wäre es längst zu spät. Ich musste einen anderen Weg finden.

Eis- und Blutmagie waren in meiner Familie verboten. Reids und Julianas Worte tauchten in meinem Bewusstsein auf, als hätten sie sich tief in mir verankert, aber ich ignorierte die Warnung. Mit beiden Händen presste ich gegen die Wunden und schloss die Augen. Ich hatte keine Ahnung, wie das hier funktionierte oder ob ich damit nicht noch mehr Schaden anrichten würde, aber ich musste es versuchen. Ich musste etwas tun. Zittrig atmete ich ein und langsam wieder aus. Das Dröhnen in meinen Ohren verebbte, dafür mischte sich ein Pochen dazu. Schnell und gleichmäßig wie mein eigener Herzschlag. Nur dass es nicht meiner war, wie ich nach wenigen Sekunden feststellte, sondern *seiner.*

Ich riss die Augen auf und starrte Lance an. Sein Herz raste. Kalter Schweiß bedeckte die Stirn. Aber sein Blick war erstaunlich klar. Seine Finger umklammerten mein Handgelenk. Zuerst glaubte ich, er wollte mich stoppen, doch dann nickte er beinahe unmerklich.

»Ich vertraue dir.« Die Worte waren nicht mehr als ein Wispern und gingen im Trommeln des Regens unter, aber ich nahm sie trotzdem wahr.

Er vertraute mir, obwohl noch immer so viel zwischen uns stand. Obwohl ich eine MacLeod und er ein Campbell war. Obwohl unsere Clans einander den Krieg erklärt hatten.

Ich presste die Lippen aufeinander und konzentrierte mich ganz auf das Pochen in meinen Ohren. Meine Finger waren von seinem Blut bedeckt, aber schon bald konnte ich es nicht mehr nur sehen, sondern auch fühlen. Als würde sich ein Teil von mir damit verbinden wie zuvor mit dem Wasser. Vor meinem inneren Auge konnte ich das Netz aus Adern und Venen erkennen, die das Blut durch den Körper transportierten. Und ich wusste, dass ich die Macht darüber hatte. Ich konnte es schneller oder langsamer hindurchfließen lassen, konnte es verdicken, verdünnen – oder stoppen. Die

Möglichkeiten schienen unendlich zu sein und die Entscheidung lag ganz allein bei mir.

Ich spürte, wie mir diese Macht zu Kopf stieg, als hätte ich zu viel getrunken. Sie breitete sich in mir aus, wollte meinen Verstand trüben. Nur ein bisschen … Nur ein bisschen ausprobieren. Bloß ein klein wenig austesten, wie weit ich gehen konnte. Wie es sich anfühlte, wenn ich das Blut nach Belieben beeinflussen konnte. Wärme breitete sich in mir aus und hüllte mich ein. Das Pulsieren des Blutes hallte in meinen Ohren wider, wurde langsamer, dann rasend schnell – weil ich es so wollte. Weil ich es ihm befahl. Ich könnte sogar so weit gehen und …

Ein Schrei. Finger packten mein Handgelenk. Ich zuckte zurück und riss die Augen auf. Lance hielt meinen Blick fest, aber er war totenbleich geworden. Trotzdem sah er mich so intensiv und durchdringend an, als wüsste er genau, was gerade passiert war. Welchen Kampf ich gegen mich selbst ausfechten musste, um diesem Machtgefühl zu widerstehen. Aber das war nichts im Vergleich zu dem, was er gerade durchmachen musste.

Ich drückte fester auf seine Wunden und lenkte meine ganze Konzentration auf diese beiden Stellen. Ich wollte mich nicht ausprobieren, wollte ihm keinen Schaden zufügen. Ich wollte nur, dass die Blutung aufhörte. Das Pochen in meinen Ohren wurde wieder lauter, schneller, dann nahm es einen normalen Rhythmus an. Vorsichtig zog ich meine Hände zurück. Die Wunden hatten sich nicht geschlossen, aber sie bluteten kaum noch.

Erstickt atmete ich aus und half Lance auf die Beine. Schwindel machte sich in mir breit, aber ich biss die Zähne zusammen und half ihm ins Auto, dann schlug ich die Tür zu und rannte zur Fahrerseite. Irgendwie schaffte ich es trotz meiner zitternden Finger, den Motor zu starten und loszufahren. Sobald wir einigermaßen sicher auf der Straße waren und mir kein Fahrzeug entgegenkam, tastete ich nach meinem Handy und drückte auf den Lautsprechermodus. Dann rief ich zu Hause an.

Es klingelte und klingelte – falls Juliana da war, ging sie nicht ran.

»Verdammt!« Ich probierte es noch einmal auf ihrem Handy, aber auch hier nahm niemand ab.

Hastig sah ich zu Lance hinüber. Er hatte die Augen geschlossen und seine Atmung war flach, aber er schien bei Bewusstsein zu sein. Seine Finger krallten sich in den Sicherheitsgurt, als müsste er sich irgendwo festhalten, um wach zu bleiben.

Okay. Planänderung. Ich nahm den Fuß vom Gas, um uns nicht in den nächsten Graben zu fahren, während ich in meinen Kontakten nach Reids Nummer suchte. Er konnte meines Wissens nach zwar nicht heilen, aber er beamte sich von Ort zu Ort. Vielleicht konnte er Juliana herbringen oder Lance zu ihr schaffen. Doch auch Reid nahm nicht ab.

»Was zum Teufel?«, stieß ich hervor.

Lance reagierte nicht. Ich ging wieder aufs Gas und brach jede erdenkliche Verkehrsregel, aber irgendwie schaffte ich es, uns heil und in Rekordzeit zurück zum Cottage zu bringen.

»Juliana!«, schrie ich, als ich ausstieg und zur Beifahrerseite hinüberlief.

Die Haustür flog auf und sie kam herausgelaufen. Ihr Blick zuckte zu mir und landete dann auf Lance. »Was ist passiert?«

»Erst heilen, dann Fragen stellen!« Ich half Lance aus dem Wagen, und wir stützten ihn zu zweit auf dem Weg ins Wohnzimmer, wo wir ihn vorsichtig auf der Couch ablegten, und ich Juliana knapp schilderte, was passiert war.

»Hilf mir. Dreh ihn auf die Seite und halt ihn fest.« Noch während sie sprach, rannte sie aus dem Zimmer, die Treppe hinauf und kam gleich darauf mit dem Stoffbeutel und ihrem Erste-Hilfe-Set wieder. »Ich habe eine Notfalltinktur für diese Art von Wunden. Ich hoffe nur, sie wird ausreichen.«

Während ich noch immer am ganzen Körper zitterte, waren ihre Hände völlig ruhig, als sie Lance das Shirt hochschob und seinen Oberkörper entblößte. Die Wunden sahen übel aus, aber sie bluteten nicht mehr. Juliana warf mir einen überraschten Blick zu, aber ich schüttelte nur den Kopf. Dafür hatten wir jetzt keine Zeit.

Behutsam verteilte sie die bräunlich orangefarbene Tinktur auf den offenen Stellen. Lance verkrampfte sich, schien sich instinktiv zur Wehr setzen zu wollen, aber er blieb dennoch ruhig liegen.

»Gleich ist es geschafft«, murmelte Juliana beruhigend und träufelte die letzten Tropfen auf seine Haut. Als Nächstes nahm sie eine Tube und schmierte eine silbrige Creme auf die Verletzungen. »Die Tinktur wird seine Wunden schließen«, erklärte sie und griff nach einer Kompresse, die sie mit Tape befestigte. »Die Salbe hilft gegen Entzündungen.«

Vorsichtig drehten wir ihn wieder auf den Rücken und sie bedeckte auch die vordere Wunde mit dem Verbandsmaterial. Lance reagierte nicht mehr. Er hatte das Bewusstsein verloren. Ihn so daliegen zu sehen, weiß im Gesicht, verletzt und blutverschmiert, ließ mein Herz ein paar Schläge aussetzen. Mein Magen verkrampfte sich. Ich beugte mich über ihn, prüfte seine Atmung und legte ihm die Hand an die Wange. Seine Haut war warm, aber nicht fiebrig.

Erleichterung breitete sich in mir aus. Dann wurden meine Knie weich und ich ließ mich vor dem Sofa zu Boden sinken. Irgendwo im Haus tickte eine Uhr, während ich bewegungslos dasaß und mich nur darauf konzentrierte, meinen rasenden Puls wieder unter Kontrolle zu bekommen.

»Danke«, brachte ich schließlich hervor und sah zu Juliana hoch.

Sie lächelte, aber das ließ die Sorgenfalten nicht von ihrer Stirn verschwinden. »Bei dieser Art von Attacke hätte er längst verbluten müssen, auch wenn keine inneren Organe verletzt wurden.« Ihre Miene wurde ernst. »Warum hat er kaum geblutet, als ihr hier ankamt?«

Ich schwieg, aber wir kannten beide die Antwort.

Entsetzen zeichnete ihr Gesicht. »Blutmagie ist in deinem Clan verboten …«, flüsterte sie.

»Ich weiß.« Ich fuhr mir mit beiden Händen durch das feuchte Haar und blieb an einem Knoten hängen. »Hätte ich ihn einfach sterben lassen sollen?«

»Nein, natürlich nicht. Aber du hattest keine Ahnung, was das mit ihm anrichten könnte. Oder mit dir. Es ist schon schwer genug zu lernen, seine Kräfte zu beherrschen, aber wenn du anfängst, mit verbotenen Arten von Magie herumzuexperimentieren, dann …«

»Dann was? Werde ich zu einem von ihnen? Zu einer Ausgestoßenen?«

Sie presste die Lippen aufeinander, wich aber nicht von ihrem Standpunkt ab. »Das Risiko ist zu groß. Es ist …«

»Warum sagst du das nicht deinem Bruder, hm?« Obwohl meine Muskeln protestierten, hievte ich mich wieder hoch.

»Was?« Sie wurde blass. »Was soll das heißen?«

»Das soll heißen, dass dein ach so geliebter Bruder bei dem Angriff dabei war.«

»Nein.« Entschieden schüttelte sie den Kopf. »Das kann nicht sein. Das glaube ich nicht!«

»Glaub es besser, denn er war einer der drei Elementare, die uns in Dunvegan attackiert haben.«

Noch immer schüttelte sie den Kopf, doch ihre Entschlossenheit begann zu bröckeln. »Das würde er niemals tun …«

»Erzähl das Lance, der seinetwegen fast draufgegangen wäre.«

Ihr Blick senkte sich auf Lance, der noch immer reglos und mit geschlossenen Augen auf dem Sofa lag. Sein Shirt war noch hochgeschoben und Blutspuren zeichneten seine Haut.

»Er war dabei«, wiederholte ich eindringlich, damit ihr klar wurde, was das bedeutete. Elijah war nicht mehr zu retten. Er mochte gegen die Veränderung angekämpft und das letzte Mal, als sie ihn gesehen hatte, noch so etwas wie Menschlichkeit besessen haben, doch das war jetzt vorbei. Der Bruder, den sie gekannt und geliebt hatte, existierte nicht mehr. »Er ist ein Elementar.«

»Nein!« Die Wände begannen zu zittern. Die Bilderrahmen auf dem Kaminsims klirrten, genau wie Dads Whiskeyflaschen in der Vitrine. Einen Wimpernschlag später war es vorbei und Juliana schien noch blasser geworden zu sein. Immer wieder schüttelte sie den Kopf, während sie vor mir zurückwich, als wäre ich diejenige, die ihr wehtat. »Das kann nicht sein. Es kann noch nicht zu spät sein.«

»Juliana …«

»Sag mir nur eins …« Sie hatte die Hände an den Seiten zu Fäusten geballt. Obwohl es sie all ihre Selbstbeherrschung kosten musste, war ihre Stimme völlig ruhig, als sie sprach. »Lebt er noch?«

Es sollte mich nicht treffen, dass sie davon ausging, ich hätte ihren Bruder ermordet, nachdem sie mir in Edinburgh mit ziemlicher Sicherheit das Leben gerettet hatte. Aber das tat es. Ich presste die Lippen aufeinander und zwang mich zu einer Antwort, die nichts als die Wahrheit war. »Ja. Er lebt.«

Und das, obwohl Lance an diesem Abend beinahe getötet worden war …

Juliana nickte knapp, dann machte sie auf dem Absatz kehrt und lief aus dem Raum. Wenige Sekunden später hörte ich die Haustür zufallen. Seufzend rieb ich mir über das Gesicht.

»Das war nicht sehr nett von dir«, ertönte auf einmal eine leise Stimme.

Ich starrte aufs Sofa hinab, wo Lance sich gerade langsam aufrichtete und dabei das Gesicht vor Schmerz verzog.

»Hey, bleib liegen.« Sofort war ich bei ihm und drückte ihn zurück in die Polster. »Und du weißt doch von allen am besten, dass ich nicht nett bin.«

Seine Mundwinkel zuckten, als er sich zurücksinken ließ. »Zu mir warst du vorhin ziemlich nett. Teilweise zumindest.«

Hitze strömte mir in die Wangen und ich konnte nicht anders als ungläubig aufzulachen. »Das war etwas anderes …«

Trotzdem wusste ich, dass er recht hatte. Ich hätte mitfühlender sein und es Juliana nicht so an den Kopf werfen sollen. Nicht nachdem ich erst vor zwei Tagen versprochen hatte, ihr und ihrem Bruder zu helfen. Aber da hatte er uns noch nicht angegriffen. Da hatte Lance noch nicht in meinen Armen gelegen, schwer verwundet und kurz davor zu sterben.

Ich schaute in Richtung Haustür, aber Juliana blieb verschwunden. Grübelnd nagte ich an meiner Unterlippe, dann stand ich auf. »Ich sollte ihr besser nachgehen, bevor sie noch etwas Dummes tut.«

»Das solltest du …« Er hielt meinen Blick fest, als wollte er noch etwas hinzufügen, tat es aber nicht. Stattdessen sah er mich nur stumm an und ich wusste, dass auch er an das dachte, was im Schlossgarten zwischen uns passiert war.

Letzten Endes war ich es, die den Blickkontakt abbrach, kurz zur Seite schaute und tief durchatmete. Als ich mich ihm zuwandte, hatte ich mich wieder im Griff. Zumindest nach außen hin. Ich brachte sogar so etwas wie ein Lächeln zustande. »Ruh dich aus, Lancelot.«

»Ava?«, rief er, als ich schon fast bei der Tür war.

Ich drehte mich mit klopfendem Herzen zu ihm um. Wir waren beide durchnässt und von dem Kampf gezeichnet. Auf seltsame Weise fühlte es sich an wie ein Déjà-vu von jenem Abend, als er mich von Edinburgh zurück nach Hause gefahren hatte. Nur dass ich diesmal kein Bedauern in seinen Augen lesen konnte.

»Danke.«

Ich nickte lächelnd, dann folgte ich Juliana nach draußen.

KAPITEL 27

Eine kühle Brise erfasste mich, als ich aus dem Haus trat, und presste das klamme Kleid gegen meinen Körper. Fröstelnd schlang ich die Arme um mich. Der Himmel hatte sich geklärt. Es regnete nicht länger, aber freundlich wirkten die dunklen Wolken über uns auch nicht gerade.

Es dauerte nur Sekunden, bis ich Juliana entdeckte. Sie war nicht weggerannt, hatte sich auch nicht meinen Wagen geschnappt, in dem noch der Schlüssel steckte, um von hier zu verschwinden, sondern lief vor dem Cottage auf und ab.

»Juliana …?«

Sie blieb stehen und drehte sich zu mir um. Kurz zögerte sie, dann kam sie entschlossen auf mich zu. »Du musst dich geirrt haben. Das war er nicht. Elijah würde so etwas niemals tun!«

Ich atmete tief durch und zwang mich zur Ruhe. »Ich habe nur einen kurzen Blick auf ihn werfen können«, gab ich zu. »Aber er hatte eindeutig Ähnlichkeit mit deinem Bruder und trug den gleichen Mantel wie du.«

Ich konnte sehen, wie es in ihr arbeitete, wie sie mit sich rang und erneut vehement den Kopf schüttelte. »Elijah würde sich eher von einer Klippe stürzen, als einem Menschen zu schaden.«

Ich seufzte. Nicht weil ich ihr nicht glaubte, sondern weil ich sicher war, dass es die Wahrheit war. Der Mann, den sie gekannt hatte, musste ein wunderbarer Bruder gewesen sein. Ich war ohne Geschwister aufgewachsen, also konnte ich mir nicht mal ansatzweise vorstellen, wie es für sie sein musste, ihn zu verlieren. Aber ich wusste auch, was ich gesehen hatte.

Gerade als ich etwas sagen wollte, leuchtete es neben uns auf und Reid trat aus einer Flammensäule. »Was ist los?«

Ich blinzelte irritiert. »Woher …?«

Er hielt sein Handy hoch. Oh. Richtig. Ich hatte ihn angerufen.

Doch jetzt winkte ich ab. »Schon gut. Lance wurde verletzt, aber er schafft es. Krise überwunden.«

»Das sehe ich.« Er schob das Handy zurück in seine Jeanstasche. »Verratet ihr mir trotzdem, was passiert ist? Warte mal …«, fügte er hinzu und kniff die Augen zusammen. »Dieses mordsmäßige Gewitter vorhin … Waren das Elementare? Oder du und Campbell?«

Ich schwieg, doch das schien ihm Antwort genug zu sein.

»Gott verdammt noch mal! Hat keiner von euch auch nur einen Funken Verstand? Es ist lebensgefährlich, unterschiedliche Kräfte zu verbinden. Für euch und für alle um euch herum.«

»Ich weiß. Es war keine Absicht.«

»Wie ist es überhaupt dazu gekommen?«, klinkte sich nun auch Juliana ein.

Och, das war keine große Sache. Lance und ich hatten uns gestritten, herumgeknutscht und mit unseren Kräften Elementare angelockt, die uns beide fast getötet und ihn schwer verletzt hatten. Ein ganz normaler Tag auf Skye.

Ich schüttelte den Kopf. »Unwichtig. Was wichtig ist, ist die Tatsache, dass dein Bruder einer von den Angreifern war.«

Juliana schien widersprechen zu wollen, doch diesmal hielt sie sich zurück. Sekundenlang musterte sie mich, studierte mein Gesicht, als suchte sie nach der Wahrheit, dann fragte sie schließlich flüsternd: »Bist du sicher, dass er es war?« In ihren Augen lag ein so gequälter Ausdruck, dass ich mit der Antwort zögerte. Denn ich wusste, was ich auch sagte, ich würde ihr damit wehtun. Noch mehr, als sie ohnehin schon litt.

»Er sah aus wie der Kerl, mit dem du in Edinburgh geredet hast. Seine Augen haben geleuchtet und er hatte denselben Mantel an. Aber ob es wirklich Elijah war …«

»Ich war es.«

Wir drehten uns zu der fremden Stimme um. Aus dem Schatten des Hauses trat eine leicht gebeugte Gestalt in einem dunklen Mantel mit goldenen Stickereien an den Ärmeln und einer Kapuze, die er sich tief ins Gesicht gezogen hatte – bis er sie zurückschob.

Es war dasselbe Gesicht, das ich in Edinburgh gesehen hatte. Dasselbe Gesicht, das in Dunvegan aufgetaucht war, nur schimmerten seine Augen diesmal nicht mehr neongrün. Dennoch war seine Macht selbst auf die Entfernung von drei, vier Metern spürbar. Er strahlte sie mit jedem Atemzug aus, wie etwas, was ihn von innen heraus auffraß und nur darauf wartete, jeden Moment aus ihm herausbrechen zu können.

Instinktiv brachte ich mich in Kampfstellung, genau wie Reid, in dessen Hand plötzlich Flammen züngelten.

»Nicht!« Juliana stellte sich schützend vor ihren Bruder. »Bitte …«

»Jules …«, warnte er seine Schwester leise. Dann wandte er sich an den Rest von uns: »Was vorhin in Dunvegan passiert ist … Ich kann es erklären.«

»Wirklich?« Reids Stimme triefte nur so vor Sarkasmus. »Da bin ich aber mal gespannt.«

Juliana funkelte ihn an. »Wenn du auch nur daran denkst …«

Er ließ Elijah nicht aus den Augen. »Was dann, hm?«

»Ich würde ja damit drohen, dass du einen Krieg zwischen unseren Clans riskierst, aber wir wissen beide, dass meine Familie deiner unterlegen ist«, erwiderte Juliana ruhig und machte einen Schritt auf Reid zu. »Aber wenn du meinen Bruder angreifst, verspreche ich dir, dass du diese Insel nicht mehr lebend verlassen wirst. Und mir ist es egal, ob ich damit einen Krieg heraufbeschwöre.«

»Wie wär's, wenn einfach niemand einen Krieg anzettelt?« Ich legte Juliana die Hand auf den Arm und zog sie behutsam von Reid weg.

Sie zitterte vor Wut, genau wie der Boden unter unseren Füßen, der zu vibrieren begonnen hatte. Ihre Drohung machte mir weniger Sorgen, als dass wir noch immer nicht genau wussten, über welche Kräfte sie verfügte. Heilen mit Pflanzen war definitiv eine davon, aber sie konnte auch den Erdboden beeinflussen. Und Erdbeben verursachen? Erdrisse herbeiführen? Erdrutsche? Schlingpflanzen herbeirufen?

»Es ist nicht so, wie ihr denkt.« Elijah hob die Hände in einer beschwichtigenden Geste. »Ich bin hier, um euch zu helfen.«

»Du willst uns helfen?« Ich zog eine Braue hoch. »Nachdem oder bevor du uns getötet hast?«

»Ich habe nicht …« Er unterbrach sich, rieb sich mit der Hand über die Stirn und murmelte etwas, was nur er hören konnte.

Aber selbst wenn ich es gehört hätte, hätte ich seinen Worten keine Beachtung geschenkt. Meine ganze Aufmerksamkeit wurde von der grünbraun leuchtenden Macht angezogen, die unter seiner Haut schimmerte. Die Adern hatten sich dunkel verfärbt und Risse zogen sich über den ganzen Arm. Darunter kam die Magie des Erdclans zum Vorschein, die er kaum noch in sich halten konnte.

Zum ersten Mal wurde mir bewusst, dass Elijah und ich uns gar nicht so unähnlich waren. Er mochte seine Kräfte schon vor Jahren beherrschen gelernt haben, trotzdem musste er jetzt dagegen ankämpfen. Ich erinnerte mich an die verführerische leise Stimme in meinem Kopf, die mir geraten hatte, meine Kräfte auszuprobieren und herauszufinden, wie weit ich die Blutmagie gegen Lance einsetzen konnte. Ein Schauder kroch mein Rückgrat hinab und ließ mich frösteln. Ich würde alles tun, um nicht zu so einem Monster zu werden. Und vielleicht ging es Elijah ebenso.

Ich atmete tief durch. »Wie willst du uns helfen?«

»Was?«, rief Reid irritiert. »Sag mir, dass das nicht dein verdammter Ernst ist.«

Ich drehte mich nicht zu ihm um, sondern behielt Julianas Bruder im Auge. »Wir können uns wenigstens anhören, was er zu sagen hat.«

»Bin ich der Einzige, der mitbekommen hat, dass Campbell vorhin fast draufgegangen wäre?« Reid schnaubte.

»Ich habe die Kontrolle verloren«, gestand Elijah und räusperte sich, aber das Raue blieb an seiner Stimme haften. Sie klang nicht mehr menschlich, sondern … anders. »Es fällt mir immer schwerer, die Macht zurückzudrängen. Die Momente, in denen ich klar im Kopf bin, werden immer seltener.« Hilfe suchend schaute er zu Juliana.

»Ich kann dir mehr Kräuter geben, aber du nimmst schon eine Dosis, die jeden normalen Menschen töten würde. Wenn du mehr auf einmal zu dir nimmst …« Sie brach ab. »Du könntest sterben«, wisperte sie.

Er presste die aufgesprungenen Lippen aufeinander und neigte den Kopf leicht zur Seite. Erst jetzt fiel mir auf, dass auch seine linke Gesichtshälfte bereits von dunklen Adern und aufgerissener Haut überzogen war. Er sah krank aus. Wie ein Mann, der an einem Virus oder unter einem Gift litt, das sich unaufhörlich in seinem Körper ausbreitete. Nur gab es kein Heilmittel. Nichts, was den Prozess endgültig aufhalten konnte.

»Wir wissen beide, dass ich sterben werde, Jules.« Ein zögerliches Lächeln erschien auf seinen Lippen. »Aber bis es so weit ist, will ich etwas Gutes tun. Ich will das Richtige tun.« Sein Blick heftete sich wieder auf mich. »Ich weiß, wo ihr den Großteil der Elementare auf der Insel finden könnt. Sie versammeln sich.«

»Was?«, stieß Juliana hervor. »Das ist unmöglich. Das ist bisher nie passiert.«

»Doch«, kam es von der Tür her. Lance lehnte im Rahmen, einen Arm um sich geschlungen, tiefe Falten auf der Stirn. Sein Blick wanderte von einem zum anderen, blieb einen Herzschlag lang an mir hängen und heftete sich dann auf Elijah. »Die Sturmkrieger aller Clans kennen Fälle, in denen sich Elementare zusammengetan haben. Meist ging es darum, ein Gebiet zu erobern. Wenn die Chancen gut genug stehen, verbünden sie sich und schlagen gemeinsam zu.«

Mir wurde schlagartig kalt. »Es ist viel schlimmer, als wir dachten, oder …?«

Er nickte.

»Wie viel Zeit bleibt uns noch?«

Die Frage war an niemand Bestimmtes gerichtet, aber es war Elijah, der sie beantwortete. »Vierundzwanzig Stunden. Achtundvierzig maximal. Diese Wesen haben nicht dasselbe Zeitgefühl wie wir.

In der Regel spielt es für sie keine Rolle, ob sie in einer Stunde oder einer Woche aktiv werden, aber wenn so viele von ihnen zusammentreffen, werden sie schnell unruhig.«

Reid stemmte die Hände in die Hüften. »Von wie vielen reden wir hier?«

»Zwanzig. Dreißig. Vielleicht mehr.«

Ich biss die Zähne zusammen. Das waren zu viele für uns. Selbst wenn wir es irgendwie schaffen sollten, uns zu verbünden, ohne uns gegenseitig den Kopf abzureißen, waren das noch immer zu viele. Nachdenklich wandte ich mich an Lance. »Wie schnell könnten eure Sturmkrieger hier sein?«

»Nicht schnell genug. Ich kann sie alarmieren, aber sie sind über das ganze Land verteilt. Und bevor überhaupt eine Gruppe von Sturmkriegern offiziell agieren darf, braucht sie den Befehl eines Clan-Chiefs oder des Tribunals.«

»Wenn die MacLeods …«

Doch er schüttelte bereits den Kopf. »Eines agierenden Clans mit Magie.«

Reid räusperte sich. »Darum kann ich mich kümmern.«

»Hast du die Befugnis, im Namen des Clan-Chiefs zu sprechen?«

Er versteifte sich. »Ich bin sein erstgeborener Sohn.«

»Also nicht.«

Ich seufzte tief und schritt ein, bevor das Ganze zu einer weiteren Diskussion ausarten konnte. »Lance, kannst du deinen Leuten irgendwie Bescheid geben, ohne dass wir diese ganze Bürokratie befolgen müssen? Uns rennt die Zeit davon.«

Er hielt meinen Blick einen Moment lang fest, dann stieß er sich vom Türrahmen ab. »Es gibt ein paar Sturmkrieger, die mir noch einen Gefallen schuldig sind. Ich werde sie kontaktieren.«

»Danke.« Ich drehte mich wieder zu Elijah um, der den Austausch schweigend mitverfolgt hatte. Inzwischen war Juliana an seiner Seite und stützte ihren Bruder. »Kannst du uns sagen, wo die Elementare sind?«

Er nickte knapp. »Ich kann euch hinführen. Und euch dabei helfen, sie zu besiegen.«

»Nein«, widersprach Juliana sofort. »Je mehr du deine Kräfte einsetzt, desto früher …«

»Ich weiß.« Sein Lächeln wirkte gezwungen, aber auch völlig aufrichtig. Er wusste genau, was auf ihn zukommen würde. »Aber ich muss es tun. Ich will als jemand sterben, der etwas bewirkt hat. Nicht als Monster.«

»Eli …«

»Es ist okay.« Er zog sie in eine feste Umarmung und flüsterte ihr etwas zu, was nur für Julianas Ohren bestimmt war. Was es auch war, sie schüttelte heftig den Kopf, aber er redete weiter auf sie ein, bis sie schließlich nickte.

Ich drehte mich zu Reid um. Er stand noch immer breitbeinig da, die Hände in die Hüften gestemmt und erwiderte meinen Blick finster.

»Du weißt, wie verrückt und lebensmüde das ist?«

Ich schnaubte. »Erzähl mir etwas Neues.«

Er fluchte leise. »Ich sage es nicht gern, aber der Plan könnte funktionieren. Wir haben einen verdammten Tsunami gestoppt! Mit seiner Hilfe können wir vielleicht auch die Elementare aufhalten.«

»Vielleicht?«

Reid zuckte mit den Schultern. »Wenn nicht, sind wir alle tot und es spielt keine Rolle mehr.«

Ich konnte nicht anders, als zu grinsen. »Wow, danke für dein Vertrauen.«

Nichts war anstrengender, als in den nächsten zwei Tagen in der Schule zu sitzen und darauf zu warten, dass es endlich klingelte. Womöglich hätte ich schwänzen sollen, aber für Dad war nicht mal das mögliche Ende von Skye ein guter Grund, um den Unterricht zu verpassen. Die Nachricht der sich versammelnden Elementare hatte ihn alarmiert. Zunächst hatte er uns jedes eigenmächtige Handeln verbieten wollen, doch dann war auch ihm klar geworden, dass es nicht möglich war, das Tribunal in dieser Sache um Hilfe zu bitten. Denn dies wäre das Eingeständnis dafür gewesen, dass die MacLeods ihre Inseln nicht mehr allein verteidigen konnten – und der Wasserclan würde jeglichen Gebietsanspruch verlieren. Völlig egal, ob sie mit mir jetzt wieder ein Mitglied mit Kräften hatten oder nicht. Letzten Endes hatte Dad unter der Bedingung zugestimmt, dass er uns helfen würde. Allerdings war Schuleschwänzen selbst in einer Situation wie dieser keine Option für ihn. Also harrte ich den Vormittag und die beiden Stunden am Nachmittag aus, während Dad, Neal und die nach und nach eintreffenden Sturmkrieger alles vorbereiteten. Als das erlösende Schrillen endlich ertönte, konnte ich meine Sachen gar nicht schnell genug zusammenpacken.

Wir hatten das Zeitfenster, das Elijah uns gegeben hatte, bis aufs Äußerste ausgereizt. Reid war die letzten beiden Tage nicht in der Schule gewesen, sondern hatte die Lage erkundet. Zusammen mit Lance und den vier Sturmkriegern, die mittlerweile zu uns gestoßen waren, hatte er eine Karte erstellt, die uns die Möglichkeit gab, eine Strategie zu erarbeiten. Heute sollte es losgehen.

Gestern waren wir bis spätabends in Neals Pub geblieben, etwas abseits von allen anderen Gästen, und waren Taktiken und mögliche Angriffspunkte durchgegangen. Obwohl ich den drei Sturmsöhnen und der Sturmtochter noch immer nicht wirklich vertraute, musste ich zugeben, dass sie wussten, wovon sie sprachen. Und vielleicht hatte auch die Tatsache, dass meine Mutter eine von ihnen gewesen war, etwas damit zu tun, dass ich mich auf ihre Vorschläge einließ, statt sie sofort abzuwehren.

Als ich auf den Parkplatz hinter der Schule hinaustrat, tauchte Brianna an meiner Seite auf. Ich hatte sie und ihre Eltern als Erstes informiert. Gestern waren sie im Pub dabei gewesen, als wir alles geplant hatten.

»Ich traue diesem Elijah nicht«, sagte sie geradeheraus, während wir auf meinen Jeep zusteuerten.

»Da bist du nicht die Einzige.« Ich warf den Rucksack auf die Rückbank und stieg ein. »Aber du kennst den Plan. Wir brauchen ihn. Außerdem wirst du doch gar nicht an vorderster Front sein.«

Sie ließ den Sicherheitsgurt mit einem Klicken einrasten und richtete sich wieder auf. »Genau das ist es ja. Wenn ich dabei wäre, könnte ich …«

»Stopp.« Ich legte ihr die Hand auf den Arm. »Das hatten wir doch schon. Außerdem brauchen wir dich und deine Mum für den Fall, dass unser Plan nicht funktioniert. Mach dich nicht verrückt, nur weil wir ein paar Probleme haben.«

»*Ein paar* Probleme ist gut …« Sie schnaubte ungläubig.

»Ach komm«, murmelte ich und startete den Motor. »Wir haben Pyro und Sparky auf unserer Seite. Was soll da schon schiefgehen?«

Der Blick, den sie mir zuwarf, sprach Bände. Ich lachte auf.

»Okay, und ein paar Sturmkrieger und meinen Dad. Wir regeln

das. Und wenn nicht, haben wir einen fantastischen Plan B mit dir und deiner Mum.«

»Wenn ihr alle versagt, weiß ich ehrlich gesagt nicht, was wir noch ausrichten können.«

»Du kannst einen verdammten Sturm heraufbeschwören und ihr könnt die Menschen in Sicherheit bringen«, erinnerte ich sie und bog auf die Hauptstraße ab. Oder sie konnten es zumindest versuchen. Keiner von uns wusste, wie schnell und aggressiv die Elementare waren. Aber wenn wir an vorderster Front versagten, brauchten die Menschen auf Skye jemanden, der für sie kämpfen würde. Und wer sollte das besser können als meine beste Freundin und ihre Mutter, für die diese Insel ebenso ein Zuhause war wie für mich?

Brianna runzelte die Stirn. »Willst du deshalb, dass ich heute Abend auf das Date mit Rick gehe? Damit ich schon mal unter Menschen bin, wenn alles schiefgeht?«

»Zum Teil, ja. Aber vor allem will ich, dass du hingehst, damit du später nicht bereust, es nicht getan zu haben. Und weil wenigstens eine von uns ein normales Leben verdient hat.«

Sie starrte mich an. »Du hast das genauso verdient.«

Ich lächelte, antwortete aber nicht darauf. Vielleicht weil ich selbst nicht mehr wusste, was normal für mich bedeutete. Oder ob ich das überhaupt noch wollte.

Ich lieferte Brianna zu Hause ab und umarmte sie zum Abschied, dann fuhr ich zum Cottage und tauschte meine Schuluniform gegen eine enge schwarze Hose, ein Tanktop und die verstärkten Lederarmbänder für meine Unterarme. Vor dem Bett ging ich in die Hocke und zog die Schublade heraus. Darin befand sich neben frischer Bettwäsche meine gesamte Ausrüstung. Die Unterarmklinge, ein zweiter Silberdolch, da mein letzter im wahrsten Sinne des Worts zu Staub zerfallen war, und die Edelstahlkette mit dem feuerfesten Griff. Ich schob mir das Feuerzeug in die Hosentasche, legte die Waffen an und band mir das Haar zu einem hohen Pferdeschwanz zusammen. Dann lief ich die Treppe wieder hinunter, stieg in den Jeep und machte mich auf den Weg.

Rund zwanzig Minuten später parkte ich den Wagen hinter dem Pub. Sonnenstrahlen fielen auf das Gebäude, und erst als ich ausstieg, wurde mir bewusst, wie warm es war. Kaum eine Wolke war am Himmel und es schien ein sonniger Frühsommertag zu werden. Zumindest solange niemand mit Elementarkräften am Wetter herumspielte.

Lance lehnte neben der Eingangstür an der Mauer und sah mir entgegen. Julianas Tinktur hatte Wunder bewirkt, denn er war nicht bloß wieder auf den Beinen, sondern wirkte wieder ganz wie der Alte. Entschlossen, selbstbewusst und auf alles vorbereitet. Er trug eine dunkle Cargohose mit vielen Taschen und ein graues, bedrucktes T-Shirt. Seine beiden Schwerter hatte er sich noch nicht umgeschnallt, aber wenn mir die Ausbuchtungen in seinen Hosentaschen etwas verrieten, dann, dass er ebenfalls schon bewaffnet war.

»Hey«, begrüßte er mich und stieß sich von der Hauswand ab.

»Hey …« Ich konnte nicht anders, als ihn von oben bis unten zu mustern und länger an der Stelle zu verharren, an der er verletzt worden war. Ich hatte die Wunde nicht mehr gesehen, aber Juliana zufolge, heilte sie im Rekordtempo. Heute Morgen hatte er ihre Tinkturen und Salben schon gar nicht mehr gebraucht. Als ich den Kopf hob, trafen sich unsere Blicke. Ich räusperte mich. »Bin ich zu spät?«

Er schüttelte den Kopf. »Wir haben noch etwas Zeit, also …«

»Also …?«

Für einen Moment wirkte er genauso unschlüssig, wie ich mich gerade fühlte, doch dann verschwand der Ausdruck aus seinem Gesicht und wurde von etwas Neuem ersetzt. »Danke«, sagte er leise. »Du hast mir vor zwei Tagen das Leben gerettet, und ich hatte noch keine Chance, mich richtig dafür zu bedanken.«

Ich zog die Schultern hoch. »Das war nicht das erste Mal.«

Allerdings war es nie zuvor so schlimm gewesen. Nie zuvor hatte ich tatsächlich Angst gehabt, ihn auf diese Weise zu verlieren. Allein die Erinnerung daran, wie ich zusammen mit ihm zu Boden gegangen war und sein Blut plötzlich an meinen Fingern geklebt hatte, schnürte mir die Kehle zu.

»Und es wird auch nicht das letzte Mal gewesen sein.« Lance ließ mich keine Sekunde lang aus den Augen.

»Wird es nicht?«

»Nein«, bestätigte er und atmete tief durch. »Falls wir das heute überleben … dann gehen wir miteinander aus.«

»Ach wirklich?« Ich biss mir auf die Lippen, um mein Lächeln zu unterdrücken, doch gegen das Hämmern in meiner Brust kam ich nicht an.

Er legte die Hände an meine Taille und zog mich näher. »Ja, wirklich. Es sei denn, du hast etwas dagegen einzuwenden?«

»Nicht solange ich den Ort auswählen kann.«

Er kniff die Augen zusammen. »Nirgendwo, wo es Elementare gibt.«

»Nur einen oder zwei?«

»Ava …«, knurrte er gespielt warnend, aber ich bemerkte das Zucken in seinen Mundwinkeln.

»Ach, komm schon!«, rief ich lachend und legte die Arme um seinen Hals.

Lance schüttelte den Kopf, als könnte er nicht fassen, was er sich da eingehandelt hatte, aber das Leuchten in seinen Augen strafte sein Verhalten Lügen. »Ich suche den Ort aus«, bestimmte er und strich mit den Daumen über meine Seiten. »Beim ersten Mal. Danach darfst du.«

Kurzzeitig war ich abgelenkt von der Berührung, die meinen Puls nur noch weiter in die Höhe trieb. »Also wird es mehr als ein Date geben?«, neckte ich ihn spielerisch.

Er antwortete nicht darauf, sondern betrachtete mein Gesicht. Nach und nach wurde er ernst, ganz so, als würde er sich der Lage erst jetzt richtig bewusst werden. Und auch ich war mir klar, wie gefährlich es war, was wir heute vorhatten. Ob bewusst oder unbewusst, Lance hatte nicht ohne Grund von *falls* gesprochen. *Falls* wir es überlebten. Aber jetzt, da ich wusste, wie es danach weitergehen würde, würde ich noch mehr dafür geben, dass wir es schafften.

Sein Blick senkte sich auf meinen Mund und mit einem Mal waren alle Gedanken, alle Sorgen und Bedenken aus meinem Kopf verschwunden. Es spielte keine Rolle mehr, wo oder wer wir waren. Genauso wenig wie die Tatsache, wer unsere Familien waren. Nur weil sie einen jahrhundertealten Krieg führten, bedeutete das nicht, dass wir das auch tun mussten.

Ich konnte seinen Atem auf meinen Lippen fühlen und schloss die Augen. Mein Herz raste. Jeder Muskel in meinem Körper war angespannt, als würde ich mich gleich in den Kampf stürzen. Gleichzeitig hatte ich mich nie sicherer gefühlt als in diesem Augenblick.

Ein Knirschen drang an mein Ohr.

»Oh, ups. Entschuldigung!«

Ich zuckte zurück und löste mich von Lance. In der Tür stand Rachael, die Sturmtochter mit den schulterlangen rotblonden Haaren, die sie seitlich am Kopf geflochten trug. Dazu eine schwarze Lederhose und ein Oberteil mit wallenden Ärmeln, das auch von einem mittelalterlichen Kostüm hätte stammen können. Irgendwann musste ich sie fragen, wie sie damit kämpfen konnte.

»Ich wollte euch nicht stören, sondern nur schauen, wo ihr bleibt.« Sie gab sich keine Mühe, reumütig zu wirken, sondern grinste uns offen an.

»Klar.« Lance räusperte sich. »Wir kommen schon.«

»Das sehe ich.« Sie zwinkerte uns zu, dann machte sie auf dem Absatz kehrt und ging wieder hinein.

»Ihr kennt euch ziemlich gut, oder?«

»Sie ist eine Campbell.« Seufzend fuhr er sich durch das Haar. »Cousine zweiten Grades. Eine Nervensäge, aber auch eine der besten Kämpferinnen, die ich kenne.«

Ich musste schmunzeln. »Du magst sie.«

»Falsch. Ich hasse sie, seit sie mir auf einer Familienfeier das letzte Stück Kuchen vor der Nase weggeschnappt hat.«

»Uh, das ist wirklich ein guter Grund, um jemanden zu hassen.«

»Absolut.« Lance warf mir einen bösen Blick zu. »Lass uns reingehen. Und, Ava?«

»Ja?«, fragte ich an der Tür.

Er kam einen Schritt näher, bis er so dicht bei mir stand, dass ich seine Worte hören konnte, obwohl er sie nur leise raunte. »Wir sind noch nicht fertig.«

Lächelnd öffnete ich die Tür und betrat den Pub.

»Da seid ihr ja endlich.« Dads Blick wanderte zwischen Lance und mir hin und her. Eine Falte erschien zwischen seinen Augenbrauen, aber er sagte nichts weiter dazu. Stattdessen gesellte er sich zu den anderen aus unserer Truppe, die an zwei zusammengeschobenen Tischen saßen. Auf den anderen ringsherum standen Getränke, halb leere Teller, Messer, Armbrüste, Schusswaffen und andere Ausrüstung.

»Okay.« Arthur sah in die Runde. Mit seiner riesigen Statur machte er sogar meinem Vater Konkurrenz. Er nahm den ganzen Raum für sich ein, und als er sprach, richteten sich alle Blicke auf ihn. Lance zufolge war er zwar nicht Anführer der Sturmkrieger der Kelvins, hatte aber sehr gute Chancen, der nächste zu werden. Seine Haut war so dunkel wie die Asche und Glut, die seine Feuerkräfte hinterließen, und seine Augen von einem hellen Blau. Er war ein paar Jahre älter als ich und hatte deutlich sichtbare Narben an Händen und Hals. »Jeder kennt seine Aufgabe. Wir greifen hier, hier und hier an.« Er deutete auf drei Markierungen auf der Karte, die er vor sich ausgebreitet hatte. »Elijah führt Juliana und mich hierhin. Reid, Coleman und Rachael beginnen an diesem Punkt.« Er hob den Kopf und nickte schließlich Lance und mir zu. »Ihr beide startet zusammen mit Danny und Oliver auf der anderen Seite. Keine Kräfte, solange es nicht zwingend notwendig ist.«

»Keine Sorge.« Lance schnallte sich seine beiden Schwerter um. »Wir kommen beide sehr gut ohne Magie aus.«

Ich nickte ihm zu. Wir hatten alles offengelegt. Meine Herkunft ebenso wie Elijahs Zustand. Er und ich, wir waren die Risikofaktoren in unserem Plan. Uns war es untersagt, bei dieser Mission unsere Fähigkeiten einzusetzen – außer es handelte sich um einen Notfall. Reid und die Sturmkrieger würden offensiv zuschlagen, während Lance, Dad und ich uns auf den Nahkampf konzentrierten und Elijah sich im Hintergrund halten sollte. Was die Magie anging, waren Lance und Juliana unsere Geheimwaffen. Im Zweifelsfall konnte er den Elementaren Energie abziehen und sie gegen die restlichen in Form von Blitzen einsetzen, während Juliana – wie ich seit vorgestern wusste – die Wurzeln unter der Erde beeinflussen und nach ihrem Willen lenken konnte.

Wir packten unsere Sachen zusammen, ich nahm meine Kletterausrüstung, die Neal mir mitgebracht hatte, und umarmte ihn zum Abschied, dann folgte ich den anderen nach draußen hinter den Pub.

»Avalee.«

Ich drehte mich zu meinem Vater um. Es war lange her, seit ich ihn so gesehen hatte. In Tarnfarben, mit einem Schwert an seiner Seite, einem Dolch am Knöchel und verstärkten Lederarmbändern, die seine Unterarme beim Blocken von Angriffen schützen sollten.

Er legte mir die Hand auf die Schulter und schob mich etwas von den anderen weg. »Sei vorsichtig. Versprich mir das, ja?«

Ich nickte. »Das werde ich. Du aber auch. Und … Dad?«

»Aye?«

»Ich bin froh, dass du dabei bist.«

Wortlos zog er mich an sich und ich versank in seinen Armen. Für einen kurzen Moment war alles andere weit weg, aber wir wussten beide, dass wir uns nicht allzu lang vor der drohenden Gefahr verstecken konnten. Abgesehen davon waren wir beide nicht der Typ dafür.

»Wenn das hier vorbei ist«, begann ich und suchte seinen Blick. »Dann will ich alles über deine und Mums gemeinsame Zeit wissen. Und wie sie zur Sturmtochter wurde.«

Er lachte auf, dann rieb er sich seufzend über den Bart. »Das habe ich befürchtet.«

»Dad …«

»Schon gut. Ich erzähle dir alles, was du wissen willst, wenn wir zurück sind.«

Ich stellte mich auf die Zehenspitzen und drückte ihm einen Kuss auf die Wange. »Danke.«

»Und jetzt geh und zeig, was du gelernt hast.«

Ich nickte und steuerte auf den Wagen zu, neben dem Lance bereits wartete, während die anderen schon eingestiegen waren. In diesem Moment hörte ich Schritte und blieb abrupt stehen.

Juliana war mit ihrem Bruder an der Seite hinter dem Pub aufgetaucht. Stille breitete sich aus. Misstrauische Blicke flogen in ihre Richtung, aber niemand unternahm etwas, niemand griff Elijah an, als er die Kapuze seines Umhangs zurückschob und sein Gesicht enthüllte. Die dunklen Adern waren deutlicher geworden, jetzt erreichten sie schon fast Augen und Mund. Inzwischen übersäten die Risse auch seine Hände, und das Schimmern der Magie war nicht zu übersehen. Doch sein Blick war erstaunlich klar, die Augen von einem warmen Braun, genau wie die von Juliana.

Ich schauderte, als ich daran zurückdachte, wie sie neongrün aufgeleuchtet hatten, als wir in den Gärten von Dunvegan gegeneinander gekämpft hatten. Juliana würde ihm ihr Leben anvertrauen, daran bestand kein Zweifel. Aber ich hoffte, dass Arthur und die anderen ihn im Auge behalten würden, da ich ihm nicht über den Weg traute. Oder vielmehr seiner Magie. Denn wenn es darauf ankam, konnte er uns alle vernichten.

KAPITEL 28

Die Landschaft von Quiraing wirkte bei Tag völlig anders als bei Nacht. Selten hatte ich mehr verschiedene Grüntöne auf einmal gesehen als hier. Die raue Landschaft erhob sich vor uns, als wäre sie Teil einer anderen Welt. Gewundene Wege führten zwischen den Hügeln hindurch, ein paar kaum sichtbare Quellen sprudelten aus dem Gestein hervor und in den Weiten von Quiraing waren mehrere Lochs zu sehen, auf deren Oberfläche sich die Sonnenstrahlen spiegelten.

Unsere Gruppe hatte sich aufgeteilt. Als ich jetzt mit Danny, Oliver und Lance aus dem Wagen stieg, packte mich eine Windböe und schob mich Richtung Abgrund. Ich stemmte mich dagegen und atmete tief durch. Das letzte Mal, dass ich hier gewesen war, war schon Wochen her. Damals hatte ich noch keine Kräfte gehabt. Ich hatte geglaubt, alles über Elementare und diese Welt zu wissen, dabei hatte ich so gut wie gar nichts gewusst. Nichts über die Clans, nichts über die blutigen Kriege zwischen unseren Familien, nichts über die MacLeods oder die Sturmkrieger. Nichts über meine wahre Herkunft.

Lance trat neben mich. Ich folgte seinem Blick auf die Szenerie, die sich vor uns auftat. Irgendwo zwischen all diesen grünen Hügeln und den Klippen hielten sich die Elementare auf. Wenn Elijah recht behielt, würden wir die meisten von ihnen mit diesem Angriff auslöschen. Dann würde es nur noch ein paar vereinzelte auf Skye geben, aber nicht mehr genug, um eine ganze Armee zu bilden und die Insel einzunehmen.

»Bereit?«, fragte er leise.

Ich nickte, ohne den Blick von der Ebene vor uns abzuwenden. »Lass es uns hinter uns bringen.«

Mehrere Wanderwege führten durch das zerklüftete Gebiet von Quiraing. Wir hatten uns für drei Stellen entschieden, von denen wir die Elementare einkreisen und von allen Seiten angreifen konnten. Dad, Reid und Rachael begannen am untersten, tief gelegenen Punkt, von wo aus sie zunächst eine Felswand hochklettern mussten, während wir weit oben parkten und einen Weg nach unten finden mussten.

Da Internet und Empfang hier draußen so schlecht waren, hielten die Sturmkrieger über Funk miteinander Kontakt und gaben sich ihre Positionen alle paar Minuten durch.

Ich übernahm die Führung unserer kleinen Gruppe, weil ich die Gegend von uns vieren am besten kannte und um die Hindernisse und Stolperfallen wusste, die uns auf dem Weg begegnen konnten. Von unerwarteten Löchern im Boden über plötzlich auftauchende Klippen, bis hin zu herabrutschenden Steinen oder auch nur den Zeltschnüren von Campern, die ihr Quartier hier draußen aufgeschlagen hatten.

Hinter mir hörte ich ein Ächzen und Fluchen. Danny schien sich in der wilden Natur Skyes wohlzufühlen, aber Oliver stöhnte in einer Tour. Er erinnerte mich ein bisschen an Reid, der als Stadtjunge gerade vermutlich ebenso viel fluchte wie der Sturmsohn aus dem Hause Dundas.

»Alles klar?«, rief Danny nach hinten. Die Belustigung in seinen Worten war nicht zu überhören.

»Alles klar, alles klar«, brummte Oliver und schob seine Mütze zurück, die ihm in die Augen gerutscht war. »Ich zeig dir gleich, wie klar alles ist, sobald wir wieder in der verdammten Zivilisation sind!«

»Hör auf zu jammern, Dundas. Dann lade ich dich nachher auch auf einen Whisky ein.«

Das brachte Oliver sofort zum Schweigen. Er beschleunigte sogar seine Schritte und überholte uns fast.

Lance und ich wechselten einen Blick. Ich presste die Lippen aufeinander, kam aber nicht gegen mein Grinsen an. Gut möglich, dass wir schneller vorankommen würden, wenn sich diejenigen unter uns, die über diese Fähigkeit verfügten, einfach an ihre Position gebeamt hätten. Doch abgesehen davon, dass wir uns nicht in noch mehr Grüppchen aufspalten wollten, hätten die Elementare die Magie sofort gespürt und wären vorgewarnt gewesen. Genau aus diesem Grund gingen wir zu Fuß, kletterten über Schluchten, sprangen an einem kleinen Wasserfall vorbei, liefen einen Hügel hinauf und auf der anderen Seite wieder hinunter, nur damit sich eine weitere Anhebung vor uns auftat.

»Rachael und die anderen sind fast auf Position«, gab Oliver von hinten durch, als wir den höchsten Punkt des Hügels erreicht hatten. Unter uns breitete sich die grüne Landschaft mit den blauschwarzen Lochs aus. Am Horizont sammelten sich dunkle Wolken über dem Meer. Ich hob die Hand als Zeichen zum Stehenbleiben und ging in die Hocke.

»Du spürst es auch, nicht wahr?« Lance tauchte neben mir auf, die Augen zu Schlitzen zusammengekniffen, um besser sehen zu können. »Sie müssen ganz in der Nähe sein.«

Wenn er damit die Gänsehaut auf meinem ganzen Körper meinte, als würde sich ein Teil von mir gegen die Magie der Elementare sträuben, dann hatte er recht. Nur mit Mühe unterdrückte ich ein Schaudern, das nichts mit dem Wind zu tun hatte, der an Kleidung und Haaren zerrte. Vielleicht hätte ich einen Pullover anziehen sollen, aber der hätte mich nur im Kampf behindert. Außerdem würde mir spätestens im Gefecht sowieso warm genug werden.

»Könnt ihr etwas erkennen?« Danny nahm den Platz auf meiner anderen Seite ein. Mit seiner grünen Mütze, der braunen Hose und dem kakifarbenen T-Shirt verschmolz er perfekt mit der Umgebung.

Ich wollte bereits verneinen, als Lance den Arm ausstreckte und auf einen Punkt in der Ferne deutete. Ich lehnte mich weiter vor, stützte mich mit den Händen auf dem Boden ab, konnte aber nichts erkennen. Keine Bewegungen und schon gar keine Elementare.

»Gut, dass Campbell in unserem Team ist.« Oliver klopfte ihm auf den Rücken. Auf meinen fragenden Blick hin, fügte er hinzu: »Durch ihre Energiekräfte fällt es den meisten Campbells leichter, Elementarmagie wahrzunehmen als Mitgliedern anderer Clans. Du spürst das Kribbeln auf deiner Haut? Das unangenehme Ziehen im Nacken?« Mit dem Kinn deutete er auf Lance, der sich nicht von der Stelle gerührt hatte. »Stell es dir zehnmal stärker bei ihm vor. Aus diesem Grund sind die meisten Campbells … heilige Scheiße!«

Ich riss den Kopf herum. Am anderen Ende des Tals schoss eine Flammensäule in den Himmel. Gleich darauf erschütterte ein Rumoren die Landschaft.

»Wir wurden entdeckt!«, ertönte Arthurs verzerrte Stimme aus dem Funkgerät in Olivers Hand. »Scheiße! Wir sind …«

Rauschen.

Stille.

»Wir müssen da runter.« Lance sah von einem zum anderen. »Sofort.« Er drückte Oliver seine Kletterausrüstung in die Hand und erklärte ihm knapp, wie er sie zu benutzen hatte.

In der Zwischenzeit löste ich die Kletteraxt vom Gürtel und rammte sie an einer festen Stelle in den Boden. Ich hatte das Seil gerade befestigt, als Lance zu mir kam, während er den beiden Sturmkriegern weitere Anweisungen zurief. Dann seilten wir uns gemeinsam von der Klippe ab.

Der Wind zerrte an uns und mein Magen machte einen Hüpfer, so schnell rasten wir in die Tiefe. Aber wir mussten uns beeilen. Zwischen Arthurs Team und uns lag ein ganzes Tal. Sie hatten zwar mit ihm einen Sturmsohn in der Truppe, aber Juliana war keine trainierte Kriegerin. Auch wenn sie als Heilerin unabdingbar für diese Mission war. Und wahrscheinlich die Einzige, die Elijah menschlich halten konnte. Trotzdem war er unberechenbar. Hatte er die Explosion verursacht? Oder war es nur Pech, dass sie so früh schon entdeckt worden waren?

Ich bremste etwas ab, auch wenn das Seil beinahe durch meine Handschuhe schnitt. Ohne uns absprechen zu müssen, stießen Lance und ich uns vom Fels ab, ließen uns ein weiteres Stück nach unten gleiten und wiederholten das Ganze, bis wir wieder festen Boden unter den Füßen hatten. Hastig lösten wir die Knoten und Lance zog zweimal fest am Seil, um den anderen zu signalisieren, dass wir es geschafft hatten.

»Kannst du dich zu ihnen beamen?«, fragte ich und brachte meine Ausrüstung wieder in Ordnung, die beim Abseilen verrutscht war.

Er schüttelte den Kopf, gab aber Oliver ein Zeichen, damit der Reids Team über unseren Standort informierte.

»Okay.« Ich atmete tief durch. »Dann müssen wir uns zu ihnen durchkämpfen.«

»Und die Aufmerksamkeit auf uns lenken, damit sie sich nicht alle auf Arthurs Team stürzen.«

»Nichts leichter als das.« Oliver erreichte den Boden und löste sich und Danny vom Seil. Dann schaute er zwischen uns hin und her. Ein vorfreudiges Glitzern lag in seinen Augen. »Darf ich?«

Lance nickte, während Danny leise schnaubte und auf die offene Landschaft vor uns deutete. »Nur zu. Mach dein Ding.«

Bevor ich fragen konnte, lief Oliver an uns vorbei, bis er knöcheltief im Gras stand. Lance ergriff meinen Arm und zog mich ein paar Schritte zurück.

In der einen Sekunde waren wir noch von einem klaren Himmel und dem typischen Wind hier draußen umgeben, in der nächsten wurde es völlig still und dicke Wolken begannen sich über uns zu formen. Oliver streckte die Arme zu beiden Seiten aus, als wollte er sich gleich in die Luft erheben. Stattdessen stand er breitbeinig da, während die Wolken immer dichter wurden. Ich lehnte mich etwas zur Seite, um ihn besser beobachten zu können. Er hatte die Augen geschlossen und seine Miene war vor Konzentration angespannt.

Plötzlich riss er den Kopf hoch und klatschte in die Hände. Ich zuckte bei dem Knall zusammen. Wie ein Donnerschlag ließ er alles um uns herum erzittern, aber der Wind richtete sich nach vorn, verbog Bäume und Sträucher und tobte wie eine riesige Druckwelle über das Land. Weiter, immer weiter, bis er die ersten Elementare erreichte. Wer von der Wucht nicht zu Boden gedrückt wurde, der wurde in die Luft gewirbelt.

»Wow«, stieß ich hervor und sah von dem Schauspiel zurück zu Oliver, der sich wieder seine Mütze zurechtrückte und den Daumen in die Luft streckte.

»Dieser Angeber«, murmelte Danny, aber das stolze Grinsen in seinem Gesicht strafte seine Worte Lügen. Doch genauso schnell, wie es aufgetaucht war, verschwand es wieder, denn wir hatten unser Ziel erreicht: Das Kreischen kam näher. Gleich mehrere Elementare erhoben sich aus dem Boden, lösten sich von den Bäumen oder tauchten aus der Luft auf und griffen uns an.

Gleich neben mir erschien eine weitere Kreatur auf, die noch entfernt an eine Frau erinnerte. Lange, schmale Gliedmaßen aus Holz und Dornen, von Ranken bedeckt, mit Ästen, die überall herausragten, und Haaren aus Laub in den schillerndsten Herbstfarben. Man hätte sie fast als schön bezeichnen können – wäre sie nicht in diesem Moment auf mich losgegangen.

In den Händen hielt sie einen langen Stab, den sie gekonnt durch die Luft wirbelte. Ich sprang zurück, duckte mich beim nächsten Hieb, war beim dritten Mal aber nicht schnell genug. Hinter mir bebte die Erde und ein weiterer Elementar tauchte auf. Ich konnte den Schlag nur noch abblocken. Ein heißer Schmerz schoss durch meine Unterarme. Ich biss die Zähne zusammen, packte den Stab mit beiden Händen und nutzte ihn, um mich vom Boden abzustoßen und Kreatur Nummer zwei einen Tritt zu verpassen. Erst als ich wieder auf den Füßen landete und den Kopf hob, konnte ich das Wesen für einen kurzen Moment genauer in Augenschein nehmen. Es bestand aus etwas Dunklem, das beinahe wie Stein wirkte, doch durch zahlreiche Risse schillerte es orangerot hindurch. Es war mindestens doppelt so groß wie ich und – oh, es hatte vier Arme.

»Das ist jetzt echt unfair!« Ich wirbelte herum, warf mich ins Gras, um dem Angriff der Herbstfrau zu entgehen, und sprang wieder auf die Beine. Höchste Zeit zurückzuschlagen. Mit einer einzigen Bewegung löste ich die Edelstahlkette von meiner Hüfte, aber mir blieb keine Zeit, den darin eingeflochtenen Stoff anzuzünden. Ich musste bereits den nächsten Angriff abwehren.

Stück für Stück drängten die beiden mich zurück. Ich sah mich hastig um. Lance war inzwischen gut fünfzig Meter entfernt. Aus dem Augenwinkel nahm ich Danny und Oliver wahr, die Rücken an Rücken kämpften. Klingen blitzen auf. Kampfschreie drangen an mein Ohr. Flammen stoben in den Himmel.

Ich nutzte die Tatsache, dass niemand in meiner unmittelbaren Nähe stand, und holte aus. Die Kette wirbelte durch die Luft, dann schleuderte ich sie nach vorn. Einmal. Zweimal. Beim dritten Versuch wickelten sich die einzelnen Glieder um den Kampfstab der Herbstfrau. Sie war so überrascht, dass sie zunächst nicht reagierte. Mit einem festen Ruck entriss ich ihr die Waffe und warf sie weit hinter mich ins Gras.

Einen Wimpernschlag später musste ich selbst zu Boden hechten, denn die vierarmige Kreatur stieß ihren Feueratem über uns hinweg. Ich hielt die Arme schützend über den Kopf und wartete, bis es vorbei war. Das Blut dröhnte mir in den Ohren. Mein Herz hämmerte. Jeder Muskel meines Körpers war angespannt. Als die Feuerattacke endete, hievte ich mich wieder hoch – gerade rechtzeitig, um den Krallen meiner Gegnerin auszuweichen. Trotzdem erwischte sie mich am Arm, zerkratzte meine Lederarmbänder und hinterließ einen Schnitt knapp unterhalb der Schulter.

Ich spürte die Hitze, aber keinen Schmerz. Mit der unverletzten Hand packte ich das Mistding am Arm, verpasste ihm erst einen

Kopfstoß, dann rammte ich mein Knie in seine Eingeweide. Die Äste und Ranken gaben nach, aber ihrem Brüllen nach zu urteilen, tat es trotzdem weh. Gut so.

»Ava!« Reids Stimme drang an mein Ohr.

Ich kickte die Kreatur weg und rannte über den Platz, um Eisenkette und Kampfstab wieder aufzuheben. Letzteren warf ich Reid zu, der es gerade mit drei Monstern zu tun bekam. Zwei davon vom Element Wasser. Nur dass sie fast vollständig aus Eis zu bestehen schienen.

MacLeods. Das sind ehemalige Mitglieder der MacLeods …

Der Gedanke schoss mir durch den Kopf, löste sich aber in der Sekunde wieder auf, in der eines dieser Wesen seine zu einem riesigen Eisklotz geformte Hand in Reid hineinrammte. In letzter Sekunde löste er sich in Flammen auf und erschien neben mir.

»Scheiße«, keuchte er und wischte sich etwas Blut aus dem Mundwinkel. »In der Theorie hat das mehr Spaß gemacht.«

Ich peitschte mit der Kette durch die Luft und hielt die Elementare so auf Abstand. »Alles okay?«

Er nickte und richtete sich zur vollen Größe auf. Flammen züngelten zwischen seinen Fingern.

»Was ist mit meinem Dad?«

»Ihm geht's gut.« Er stieß die Hand nach vorn. Sofort schoss ein Feuerball durch die Luft und auf das Eiswesen zu. »Ich würde mir eher Sorgen um uns machen.«

»Warum?« Ich schob mich hinter ihn, bis wir Rücken an Rücken standen. Auf seiner Seite zwei Eiselementare, auf meiner die Herbstfrau und das vierarmige Monster und … verdammt, wo war Nummer fünf hin?

Ich legte den Kopf in den Nacken – und hatte meine Antwort.

Ein Wirbelsturm tobte über uns. Fast meinte ich, menschliche Formen darin erkennen zu können, aber dann verschoben sich die Luftwirbel und nahmen die Form einer Tierfratze an, um sich gleich darauf wieder zu verändern.

»Reid! Die Kette!« Ich ließ sie durch die Luft knallen.

Er verstand sofort. Der nächste Feuerball traf keinen unserer Gegner, sondern meine Waffe. Sofort entzündete sich der Stoff und kleine Flammen tanzten über das Metall. Wir wechselten die Position. Plötzlich fand ich mich den beiden Eiswesen gegenüber, während er das Feuerungetüm und die Laubfrau übernahm. Ich konnte nicht sehen, was er tat, aber als der Geruch von verbranntem Holz in die Luft stieg, wusste ich, dass er erfolgreich war.

Eis splitterte durch die Luft, wann immer die Feuerkette eine der beiden Kreaturen traf. Sie kreischten auf, wollten sich auf mich stürzen, trauten sich aber nicht näher zu kommen. Schweiß trat mir auf die Stirn. Mein Arm begann vor Erschöpfung zu schmerzen. Viel länger konnte ich das hier nicht durchhalten.

Links von mir bemerkte ich etwas Dunkles, was zwischen den Hügeln im Licht schimmerte. Wasser. Mein Herzschlag beschleunigte sich.

»Reid …«

Er antwortete nicht. Ein letztes Mal ließ ich die Kette durch die Luft knallen. Die Flammen in den Gliedern begannen bereits zu erlöschen.

»Reid!«

Ein Fluchen hinter mir. »Ich bin gerade *etwas* beschäftigt!«

»Übernimm kurz.«

»Was!?«

Bevor er protestieren konnte, brach ich aus unserer Formation aus, duckte mich unter dem Hieb eines Eiswesens hinweg und rannte auf den kleinen See zu. Je näher ich kam, desto deutlich konnte ich das Wasser wahrnehmen. Jedes Lebewesen unter der Oberfläche. Jede noch so kleine Welle. Das Wasser pulsierte in meinem Körper, strömte durch meine Adern, bis wir eins waren. Ich bremste ab und riss die Arme hoch. Sofort schoss eine riesige Fontäne in den Himmel. Ich nahm all meine Konzentration zusammen und lenkte sie ins Landesinnere. Dorthin, von wo ich gekommen war.

Der Strudel schoss über das Gras und direkt auf Reid zu, der sich wacker gegen die Elementare hielt. Als hätte er das Rauschen gehört, warf er sich zur Seite. Eine Sekunde später und er wäre genauso davon mitgerissen worden wie die Elementare. Die Eiskreaturen schmolzen in der Wasserattacke und lösten sich kreischend auf. Das Luftwesen erhob sich im letzten Moment in die Höhe. Die Herbstfrau wurde von den Fluten fortgespült. Und das Feuerwesen brüllte vor Wut, schaffte es aber, den Wassermassen auszuweichen.

Ich rannte zurück, kam aber nur ein paar Schritte weit, als mich ein heftiger Windstoß zu Boden drückte. Im ersten Moment war ich zu überrascht, um etwas anderes zu tun, als mich an einem Stein festzuklammern und zu versuchen, wieder zu Atem zu kommen. Dann kehrte mein Kampfgeist zurück und ich stand auf. Oder versuchte es zumindest. Jede Bewegung war ein Kraftakt. Der Wind blies mir so heftig ins Gesicht, dass ich kaum etwas sehen konnte. Panik begann sich in mir auszubreiten, als ich keine Luft mehr bekam. Irgendwo ganz in der Nähe hörte ich Schreie. Reid musste sich dem riesigen Feuerelementar ganz allein entgegenstellen. Ich hatte keine Ahnung, wo Dad und Lance waren. Ob ihnen etwas zugestoßen war. Ob sie meine Hilfe brauchten. Doch statt mich noch mehr in Panik verfallen zu lassen, gaben mir diese Gedanken neue Kraft. Ich würde nicht aufgeben. Nicht im Kampf gegen einen verdammten Elementar, der aus nichts weiter als Luft zu bestehen schien.

Ächzend kam ich wieder auf die Beine und hielt mir die Arme schützend vors Gesicht, während ich mich vorwärtskämpfte. Gierig schnappte ich nach Luft. Ich musste mir etwas einfallen lassen, um dieses Wesen zu besiegen. Waffen würden nicht helfen, da sie durch den kaum sichtbaren Körper einfach hindurchfliegen würden, und für eine Wasserattacke war es zu schnell.

Etwas leuchtete in der Ferne auf. Einmal. Zweimal. Dann so oft, als würde ein Blitzlichtgewitter stattfinden. *Blitze.* Lance musste seine Kräfte im Kampf eingesetzt haben. Shit. Dann steckten wir wirklich in Schwierigkeiten.

Aber das Leuchten lenkte nicht nur mich ab. Auch der Luftelementar schien verwirrt und hörte kurzzeitig auf, mich anzugreifen. Ich nutzte die Chance und sprintete los. Kurz darauf erreichte ich Reid, der sich vor einer Flammenattacke wegbeamte. Ich stoppte sie mit Eis, das plötzlich aus meinen Händen herausschoss und sich in das Monster bohrte. Es sah an sich hinab, als wäre es selbst überrascht über die Attacke, doch dann schmolz das Eis und das verbliebene Wasser löste sich zischend an der heißen Oberfläche auf.

Reid erschien neben mir und riss mich in derselben Sekunde zu Boden, als ein Flammenstrahl über uns hinwegschoss.

»Mir reicht's langsam«, knurrte er und sprang wieder auf. Doch seine Feuerattacke machte dem Elementar nichts aus. Genauso wenig dem Luftwesen, das sich sofort wieder auf uns stürzte.

Ich sah mich nach meinen Waffen um. Den Dolch und das Klappmesser an meinem Unterarm trug ich noch bei mir, nicht aber die Edelstahlkette oder den Kampfstab, den ich der Herbstfrau abgenommen hatte. Letzteren entdeckte ich zwischen den Sträuchern, ganz in der Nähe von Arthur, der es mit drei Gegnern auf einmal aufnahm.

Ein weiteres Mal warf ich mich ins Gras, um einem Angriff auszuweichen, doch diesmal stand ich nicht sofort wieder auf. Ich atmete tief durch, nahm meine ganze Konzentration zusammen und richtete die Aufmerksamkeit auf den Luftelementar, der mich mit einem Wirbelwind erneut zu Boden drücken wollte. Kälte kroch über meine Haut. Ein leises Knistern drang an mein Ohr. Mein Atem wurde sichtbar. Als ich den Kopf hob, erstarrte das Wesen.

Das war meine Chance. Ich holte aus und packte all meine Wut in diese Attacke. Etwas bläulich Weißes schoss ihm entgegen. In der einen Sekunde schwebte der Elementar noch in der Luft, in der anderen gefror er vor meinen Augen zu Eis. Wie ein Stein fiel es zu Boden und zersplitterte in tausend Stücke. Na also. Mistviech.

Ich hievte mich hoch und wollte Reid auf dieselbe Weise gegen seinen Gegner helfen. Feuer und Wasser machten dem vierarmigen Monster nichts aus, aber vielleicht Eis. Verdammt viel Eis. Es war mir egal, dass diese Art von Magie in meinem Clan verboten war. Sie war das Einzige, was im Moment half. Und wenn ich die Wahl hatte, zwischen sterben und etwas Verbotenes tun, fiel meine Wahl immer auf das Zweite. Wieder holte ich aus, doch diesmal flog kein Eis auf die Kreatur zu. Schneeflocken tanzten fröhlich durch die Luft. Sowohl Reid als auch der Elementar starrten mich perplex an.

Zum Teufel, ich war ja selbst überrascht. Wieso funktionierte es auf einmal nicht mehr?

Das Monster holte mit seinen Pranken aus. Reid konnte sich wegbeamen, aber mir blieb nur, zur Seite zu hechten und über den Boden zu rollen. Ich spürte den Luftzug über meinem Kopf, hatte den Geruch von Asche in der Nase – aber nichts passierte. Als ich mich wieder aufrichtete, erkannte ich auch, warum.

Wurzeln hatten sich um Arme und Beine des Elementars geschlungen und hielten es fest. Zumindest für ein paar Sekunden, da sie sogleich selbst Feuer fingen. Ich blinzelte überrascht. Bevor einer von uns reagieren konnte, tauchte Juliana in meinem Blickfeld auf. Langsam ging sie um das Wesen herum und blieb vor uns stehen. Sie hatte die Hände gehoben und bewegte die Finger, als würde sie die Wurzeln damit lenken. Immer wieder schossen neue auf das Monster zu und hielten es fest. Der Elementar wehrte sich, zerrte an den Fesseln, kam aber nicht dagegen an. Zentimeter für Zentimeter wurde es in den Erdboden hinabgezogen.

»Es funktioniert!« Ich sprang auf, zog meinen Dolch und warf ihn auf einen Erdelementar, der sich Juliana von hinten genähert hatte. Die Klinge schnitt in seinen Hals und zwang ihn in die Knie.

»Ich kann ihn nicht lange halten!«, presste Juliana hervor. Ihre Arme zitterten. Schweiß glänzte auf ihrer Stirn.

»Das wird auch nicht nötig sein.« In Reids Händen erschienen Flammen. Er hielt sie aneinander, um ein noch größeres Feuer zu erschaffen.

Doch bevor er es auf unseren Gegner schleudern konnte, riss das Wesen seinen Kopf hoch. Funken und Asche flogen durch die Luft. Ich sah die Feuerattacke auf uns zurasen, noch bevor ich das Brüllen hörte. Und als es so weit war, riss es mich bereits von den Füßen. Hart landete ich auf dem Boden. Meine linke Schulter pochte vor Schmerz und für einen kurzen Moment blieb mir die Luft weg. Ich riss die Augen auf. Der Himmel war seltsam gefärbt. Teils hellblau und in den ersten rotgoldenen Tönen der untergehenden Sonne getaucht, teils dunkel und voller Wolken. Keuchend stand ich auf. Die Knie gaben unter mir nach, aber ich fing mich mit den Händen ab.

Juliana lag nur ein paar Schritte von mir entfernt und versuchte, sich ebenfalls aufzurappeln. Rußspuren zeichneten ihr Gesicht und ihre Kleidung. Vermutlich sah ich selbst nicht besser aus. Mein Blick glitt über die Ebene, suchte nach Reid. Ihn hatte es am weitesten fortgeschleudert. Er war jetzt in der Nähe des kleinen Sees und kam gerade wieder auf die Beine. Offenbar hielt der Feuerelementar ihn für die größte Gefahr, denn er rannte trotz seiner Größe in einem unglaublichen Tempo auf ihn zu. Ich wollte schreien, wollte ihn warnen, aber meine Stimme versagte.

Plötzlich schoss ein Blitz hervor und bohrte sich direkt vor dem Wesen in den Boden. Wenige Sekunden später tauchte Lance am See auf und kam Reid zu Hilfe. Sie kämpften Seite an Seite. Der eine mit Feuerbällen in den Händen, der andere mit seinen beiden Schwertern.

Irgendwie schaffte ich es aufzustehen und lief zu Juliana hinüber, um auch ihr hoch zu helfen. »Alles okay?«

»Ja.« Sie stützte sich mit beiden Händen auf den Oberschenkeln ab und atmete mehrmals tief durch. »Wir müssen …«

Ein elektrisches Knacken. Ich erstarrte, denn ich war mir ziemlich sicher, dass das nicht von den Blitzen herrührte, die Lance heraufbeschwört hatte.

Juliana richtete sich auf. »Was war … Oh mein Gott!«

Ich stolperte zurück. »Ist das ein Wolf …?« Unbewusst grub ich die Finger in ihren Arm. Mein Herz begann zu rasen. Direkt vor uns, keinen Steinwurf entfernt, stand etwas, was wie ein riesiger Wolf aussah. Nur dass dieser Wolf schwarzgraues Fell hatte, unnatürlich silbern leuchtende Augen und dass Funken zwischen den einzelnen Haaren seines Pelzes hin- und herflogen.

»Eher eine Hyäne …«

Ich wich noch einen Schritt zurück. »Für mich sieht das wie ein verdammter Wolf aus, der uns gleich fressen wird!«

Die Funken wurden mehr, bildeten kleine Blitze, die in seinem Fell zuckten. Eine einzige Berührung und es wäre, als würde man in eine Steckdose fassen. Oder schlimmer. Viel schlimmer. Der Wolf fletschte die Zähne. Ein tiefes Knurren, das mehr wie ein Donnern klang, verließ seine Kehle.

»Dein Element ist Erde«, stieß ich hervor und klammerte mich noch immer an Juliana fest. »Du magst doch bestimmt Tiere.«

»Nicht diese Art von Tieren!«

Gemeinsam wichen wir vor dem Elementar zurück, aber das schien das Biest nur noch aggressiver zu machen. Donner krachte über uns. Sein Zähnefletschen wurde grimmiger. Speichel tropfte auf den Boden.

»Was ist mit deiner Wurzelattacke?«, wisperte ich.

Juliana schüttelte den Kopf. »Dafür ist das Viech zu schnell. Wasser? Eis?«

»Willst du mich umbringen?« Wenn ich Wasser auf das Wolfswesen schleuderte, könnte ich genauso gut bei Regen auf einen Strommast klettern. Die Wirkung wäre dieselbe.

»Irgendjemand, der uns vielleicht helfen kann?« Juliana atmete flach. Sie sah sich hektisch um. Doch die anderen waren allesamt beschäftigt. Lance und Reid nahmen es noch immer mit dem Feuermonster auf. Arthur wich gerade einem Elementar aus. Dad kämpfte gegen ein Erdwesen. Oliver, Rachael und Danny waren umzingelt. Sogar Elijah kämpfte auf unserer Seite. Er war von allen Seiten von Wasserkreaturen umgeben.

»Wir müssen uns selbst helfen.« Mein Blick fiel auf den Kampfstab, der plötzlich in greifbarer Nähe war.

Der Wolf sah in dieselbe Richtung. Als würde er ahnen, was ich vorhatte, senkte er knurrend den Kopf. Die Blitze auf seinem Rücken leuchteten heller auf, zischten lauter.

Er setzte zum Sprung an.

Jetzt oder nie.

Ich hechtete auf den Stab zu, rollte über den Boden und sprang auf. Gerade rechtzeitig, denn der Wolf griff mich an. Blitze loderten auf. Die Luft war so aufgeladen, dass ich kaum atmen konnte. Trotzdem holte ich aus und schlug das Mistviech mit dem Stab zurück.

Es jaulte auf und landete mehrere Meter entfernt auf dem Boden.

»Jetzt!«

Wurzeln schossen aus der Erde und schlangen sich um den Körper des Elementars. Donner krachte. Blitze zuckten in alle Richtungen. Ein wütendes Grollen. Aber es funktionierte. Juliana zog das Biest in die Erde hinunter. Doch es wand sich in der Umklammerung. Seine Energie schlug immer wieder in die Wurzeln ein, bis dünne Rauchfäden in die Höhe stiegen.

Ich umklammerte den Stab fester. Machte mich bereit.

Ein letztes Aufbäumen, dann entkam der Wolf seinen Fesseln.

Noch wütender als zuvor sprang er auf uns zu. Ich machte einen Schritt nach vorn, holte aus und – traf ins Leere.

Das Wesen erstarrte. Wie aus dem Nichts brauste Wind auf, ein wahrer Sturm, der an Haaren und Kleidung zerrte. Er packte den Wolf, ließ ihn höher, immer höher steigen, dann schleuderte die Böe ihn so weit weg, dass ich nicht mal erkennen konnte, wo er zu Boden fiel. Falls er das überhaupt überlebt hatte. Als ich zurücksah, entdeckte ich eine vertraute Gestalt.

»Bri!«

Was zum Teufel machte sie hier? Sie sollte doch weit weg bei ihrem Date mit Rick sein. Stattdessen war sie hier, mitten auf dem Schlachtfeld und beschwor einen Sturm herauf, der zwei weitere Elementare packte und von ihr wegschleuderte.

»Alles okay?«, rief sie in unsere Richtung.

Ich nickte und ließ meinen Blick über die Ebene wandern. Lance und Reid bezwangen gerade das Feuermonster. Es sackte vor ihnen auf die Knie, bis eine letzte Attacke es zu Staub zerfallen ließ. Dad kickte seinen Gegner weg, wirbelte herum und enthauptete die Kreatur, die sich gleich darauf auflöste. Ein Knall zuckte über die Wiese. Olivers Windkraft raste über die verbliebenen Wesen hinweg und warf sie zu Boden. Den Rest erledigten die Sturmkrieger, allen voran Rachael, die die bewegungslosen Elementare einen nach dem anderen mit Energiestößen ins Jenseits beförderte.

»Wir haben es geschafft …« Juliana rannte los, über die Wiese, am See und an den letzten Biestern vorbei, bis sie ihren Bruder erreicht hatte.

Der richtete sich gerade auf, nachdem er einen Elementar in einem Riss im Erdboden versenkt hatte. Ich wollte mich schon abwenden und den Sturmkriegern mit den verbliebenen Wesen helfen, als mir das leuchtend grüne Schimmern in Elijahs Augen auffiel.

Ich umklammerte den Kampfstab fester. »Juliana!«

Sie schien meine Warnung nicht zu hören, sondern fiel Elijah um den Hals. Im ersten Moment reagierte er nicht, dann legte er die Arme um sie und flüsterte ihr etwas zu.

Mein Puls begann wieder zu rasen. Die Härchen auf meinen Armen stellten sich auf.

»Was ist los?« Brianna kam zu mir. Sie trug noch das Kleid, das sie für ihre Verabredung angezogen haben musste, bevor sie sich dazu entschieden hatte hierherzukommen.

Elijah und Juliana lösten sich voneinander. Das grüne Schimmern war aus seinen Augen verschwunden, und obwohl seine Magie noch immer durch die Risse in seiner Haut schillerte, schien er sich wieder im Griff zu haben. Einen Moment lang beobachtete ich die beiden noch, dann sackten meine Schultern herab und Erleichterung breitete sich in mir aus.

Wir hatten es geschafft. Wir hatten es wirklich geschafft. Ich musste mich nicht nur bei Brianna, Reid, Juliana und allen anderen bedanken, sondern mich auch bei Lance für mein Misstrauen den Sturmkriegern gegenüber entschuldigen. Sie wussten, was sie taten, und sie arbeiteten zusammen, obwohl sie zu verschiedenen Clans gehörten. Inzwischen hatten sie sich aufgeteilt und liefen die Ebene systematisch ab. Arthur im Nordwesten, Oliver und Danny im Südosten, während Rachael nacheinander die letzten Elementare im Zentrum ausschaltete und Reid sich diejenigen schnappte, die zu fliehen versuchten.

»Es hat funktioniert.« Ich sah zu Brianna und umarmte sie.

Sie lachte auf. »Das war gutes Teamwork.«

Ich schob sie auf Armlänge von mir. »Wieso bist du überhaupt hier? Du solltest doch …«

»Ich weiß«, fiel sie mir ins Wort. »Aber ich konnte nicht einfach herumsitzen und nichts tun, während ihr hier euer Leben riskiert. Pläne werden überbewertet. Ich bin lieber hier mit dir und den anderen, als auf irgendeinem Date.«

Ich konnte gar nicht anders, als sie noch mal zu umarmen. So verschieden wir auch sein mochten, Bri war einer der wenigen Menschen, auf die ich mich immer verlassen konnte. Wir mochten nicht denselben Nachnamen oder denselben Clan haben, aber sie war in jeder Hinsicht meine Schwester.

»Wie sieht's aus?«, rief Oliver, der gerade zu uns zurückjoggte, und nickte meinem Vater zu. »Bekommen wir als Belohnung ein Bier im Pub?«

Dad schüttelte grinsend den Kopf. »Ihr kriegt alles, was ihr wollt. Auf meine Kosten.«

»Hört, hört«, kam es jetzt auch von Rachael. »Dann sollten wir …«

Sie kam nicht mehr dazu, den Satz zu beenden. Dornenranken schossen aus dem Boden und geradewegs in ihr rechtes Bein. Sie schrie auf, fiel auf die Knie – und direkt in weitere Ranken hinein. Bevor sie ganz zu Boden ging, tauchte Oliver in einem Wirbelwind neben ihr auf und stieß sie zur Seite. Nur um im selben Moment selbst von den Dornen erfasst zu werden.

»Nein!« Dannys Schrei hallte über den Platz. Er war sofort bei ihm, während alle anderen zu ihren Waffen griffen.

Instinktiv schob ich Brianna hinter mich und sah zu Dad. Er nickte mir mit grimmigem Ausdruck zu. Ich umklammerte den Holzstab fester und zog mit der anderen Hand das Messer aus meinem Stiefel. Jeder von uns sah sich nach weiteren Angreifern um, nach Erdelementaren, die wir übersehen hatten, aber bis auf die wabernden Dornenranken rührte sich nichts. Es waren keine Kreaturen mehr zu sehen. Das Tal war völlig leer.

Bis auf einen.

Elijah packte seine Schwester. »Tut mir leid, Jules.«

KAPITEL 29

»Was tust du da?« Juliana versuchte sich gegen seinen Griff zu wehren, aber Elijah hielt sie unbarmherzig fest. Mit einem Ruck zog er sie vor sich. Als Schutzschild.

Ich hob warnend die Hand, damit niemand die beiden angriff. Aber das wäre gar nicht nötig gewesen. Überraschte Schreie und Flüche erfüllten die Luft. Bevor ich michs versah, schlangen sich auch um meine Knöchel die ersten Stachelranken. Ich stolperte zurück, versuchte auszuweichen, aber es war schon zu spät. Ich strauchelte und sank auf ein Knie. Schräg hinter mir erging es Brianna nicht besser. Sie zerrte an den Fesseln, ein panischer, verständnisloser Ausdruck im Gesicht, kam aber nicht frei.

»Was soll das?«, rief Reid. »Du wolltest uns helfen!«

Langsam ging Elijah rückwärts und zerrte Juliana mit sich. Sein Blick irrte wild umher. In seinen Augen schimmerte es wieder Grün und seine Magie pulsierte unter der Haut. Das war es also? Das war der Moment, in dem er den letzten Funken Menschlichkeit verlor und sich ausgerechnet gegen seine eigene Schwester wandte?

Mein Blick traf den von Lance. Er verzog keine Miene, kämpfte nicht gegen die Ranken an, sondern ließ zu, dass sie sich um seine Gliedmaßen schlangen und ihre Dornen in seine Haut bohrten. Einzig die zusammengepressten Lippen zeigten mir, welche

Schmerzen er haben musste, aber auch, dass er einen Plan hatte. Einen, der beinhalten musste, Energie von den Schlingpflanzen und damit auch von Elijah zu absorbieren.

»Du Mistkerl!« Danny befreite sich als Erster von den Fesseln und stürzte sich auf Elijah.

Der hob eine Hand und spreizte die Finger. Im selben Moment blieb Danny abrupt stehen – dann zerfiel er vor unseren Augen zu Staub.

Stille. Schock.

Wind kam auf und trug seine Überreste fort, verteilte sie über Skye, während wir noch immer wie erstarrt waren.

»Nein!« Oliver riss sich von den Ranken los, nur um eine Sekunde später wieder von ihnen gefangen zu werden. »Wir hätten dich von Anfang an töten sollen!«, brüllte er und versuchte, seine Hände zusammenzubringen, um eine Luftattacke einzusetzen, aber die Schlingpflanzen zogen seine Arme auseinander, bis er vor Schmerz aufschrie.

»Das hättet ihr«, erwiderte Elijah ungerührt. »Aber ihr wart so dumm, es nicht zu tun.« Stück für Stück wich er zurück und hielt Juliana weiterhin schützend vor sich.

»Elijah, bitte!«, stieß sie hervor. Verzweiflung und blanke Panik schwangen in ihrer Stimme mit. Tränen schimmerten in ihren Augen. »Ich weiß, dass du immer noch irgendwo da drinnen bist. Hör auf damit!«

»Sorry, Sis. Aber das ist der einzige Weg für mich, lebend hier rauszukommen. Oder dachtest du etwa, deine neuen Freunde wollten mich einfach laufen lassen?«

Für einen Moment vergaß ich die dornigen Schlingpflanzen und sah von ihm zu Arthur, dann zu Lance. Keiner von ihnen wirkte überrascht. Also hatten die Sturmkrieger tatsächlich vorgehabt, Elijah auszulöschen, sobald dieser Kampf vorüber war? Obwohl er uns gegen die Elementare geholfen hatte?

»Bitte tu das nicht …« Julianas Worte waren kaum mehr als ein Wispern, das der Wind zu uns herübertrug. Sie waren schon zu weit entfernt, um noch ein Messer nach ihnen zu werfen oder sie direkt anzugreifen. Und wenn wir nicht handelten, wären sie gleich ganz verschwunden.

Ich starrte auf die Stelle, an der Danny gestorben war. Nichts war mehr von ihm übrig und uns würde es ebenso ergehen, wenn wir nicht handelten. Oliver war beinahe vollständig von den Ranken umgeben, Rachael krallte die Finger in die Erde, bevor sie ganz darin unterging, Arthur schlug die Schlingpflanzen mit seinem Dolch kaputt, aber sie kehrten sofort zurück. Und Dad … oh Gott. Er lag am Boden, während sich die Ranken um seinen Körper schlangen. Sie würden ihn ebenfalls unter die Erde ziehen. Sie würden ihn töten.

Nein. Das würde ich nicht zulassen.

Kälte füllte meine Lunge mit jedem Atemzug. Ein Knirschen drang an mein Ohr, dann zerbrachen die Ranken im Eis. Beinahe gleichzeitig fielen sie wie tot von Lance ab. Kleine elektrische Blitze sprangen zwischen seinen Fingern hin und her, aber er griff Elijah nicht an. Noch nicht.

»Juliana!«, rief ich, aber sie reagierte nicht. Sie versuchte gar nicht mehr, sich zu befreien, schüttelte nur den Kopf. Ihr Gesicht war blass, die Augen so riesig, als könnte sie nicht fassen, was gerade geschah. Als könnte sie nicht begreifen, dass ihr eigener Bruder sie so verraten hatte. Dass sie Elijah endgültig an die Elementarmagie verloren hatte.

Seine Miene verzerrte sich vor Wut. »Denkt ihr wirklich, ihr könnt es mit mir aufnehmen?« Er stieß sie beiseite.

Ein zorniges Beben ließ die Erde erzittern. Ich schwankte, versuchte, auf den Beinen zu bleiben, aber die Erschütterung war zu stark. Es warf uns alle zu Boden. Steine und Geröll lösten sich. Risse bahnten sich einen Weg durch den Untergrund. Aus dem Augenwinkel bemerkte ich, wie sich die Landschaft von Quiraing ein weiteres Mal veränderte, als es zu einem Erdrutsch kam.

»In Deckung!« Reids Stimme hallte über den Platz.

Ich konnte ihn nicht sehen, weil ich meinen Kopf mit den Armen schützte, aber ich spürte die Hitze des Feuers. Er schien gegen die Attacke anzukämpfen und zu versuchen, das Schlimmste zu verhindern. Staub und Hitze stoben über uns hinweg, dann legte sich eine geisterhafte Stille über das Tal. Ich hob den Kopf, sprang auf die Beine. Dad und Rachael lagen bewusstlos unter Ranken und Steinen begraben. Von Reid und Lance war weit und breit nichts zu sehen. Brianna setzte sich hustend neben mir auf.

»Du hättest bei deiner Verabredung bleiben sollen«, murmelte ich und half ihr hoch, während mein Blick die Ebene absuchte. Wo zum Teufel steckte Elijah? Er konnte sich nicht einfach aufgelöst haben. Oder?

»Nächstes Mal«, erwiderte Brianna keuchend und wischte sich den Staub aus dem Gesicht.

Ein kaum wahrnehmbarer Luftzug war die einzige Warnung. Ich wirbelte herum, die Arme in Angriffsstellung gehoben. Aber es war zu spät. Dicke Wurzeln schossen aus der Erde geradewegs auf uns zu.

Ein vertrautes Zischen und blauweiße Funken zerschnitten die Luft – und plötzlich blieb die Welt stehen.

Wie in Zeitlupe sah ich die Ranken durch die Kraft eines Blitzes zersplittern. Keinen Schritt vor mir zerfielen sie zu Staub. Doch die anderen Wurzeln, nur ein, zwei Meter von mir entfernt, fanden ihr Ziel. Alles passierte so langsam und gleichzeitig so schnell, dass ich nicht reagieren konnte. In der einen Sekunde sausten die Schlingpflanzen noch durch die Luft, in der nächsten bohrten sie sich in den Körper meiner besten Freundin.

Brianna erstarrte, schaute fassungslos auf die Wurzeln und die immer größer werdenden Blutflecken auf ihrem Kleid, dann gaben ihre Beine nach.

»Bri!« Ich rannte zu ihr, während um uns herum noch immer Blitze zuckten und Feuerbälle den Himmel erhellten. Nichts davon spielte eine Rolle.

Als ich Brianna erreichte, lag sie bereits auf dem Boden. Die Ranken steckten noch immer in ihr, bewegten sich, mussten ihr unmenschliche Schmerzen zufügen. Ich packte die Schlingpflanzen mit beiden Händen, versuchte sie einzufrieren und auf diese Weise zersplittern zu lassen. Aber nichts passierte. In dem Moment, in dem ich meine Kräfte am dringendsten brauchte, ließen sie mich im Stich.

»Halt durch«, wiederholte ich immer wieder. »Halt durch, Bri!«

»Du hattest recht …« Ein gequältes Lächeln trat auf ihr Gesicht. Oh Gott, wieso war sie so blass? Kalter Schweiß glänzte auf ihrer Stirn und die Lippen begannen zu zittern. »I-ich hätte … hätte bei meinem Date bleiben sollen.«

»Brianna!« Ich legte die Hände an ihre Wangen, versuchte, ihren Blick festzuhalten. »Wag es ja nicht, mich jetzt allein zu lassen. Hörst du? Wag es ja nicht!«

Stille.

»Bri!« Ich schüttelte sie, begann mit der Herz-Lungen-Massage. Meine Hände zitterten. Ich rutschte ab, versuchte es erneut, hielt ihr die Nase zu und beatmete sie.

Keine Reaktion. Kein Blinzeln. Kein Fingerzucken. Kein Herzschlag. Nur ein leerer Ausdruck in den graublauen Augen.

Sie war tot. Meine beste Freundin war tot.

Noch während ich diese Tatsache zu begreifen versuchte, wurde es kalt um mich herum. Mein Atem wurde sichtbar und eine dünne Eisschicht begann sich über Briannas Körper auszubreiten. Angefangen an der Stelle, wo ich sie noch immer berührte, zogen sich Eisblumen über ihre Kleidung, ihre Haut, ihr Gesicht und ihr Haar, bis sie vollständig davon eingehüllt war.

Schreie. Kampfgeräusche. Gebrüllte Befehle. Das Surren von Magie in der Luft. Die Wurzeln in Brianna befreiten sich aus der Eisschicht und zogen sich rasselnd zu demjenigen zurück, der sie befehligte.

Zu Elijah.

Langsam stand ich auf und drehte mich um. Niemand schien bemerkt zu haben, was passiert war. Diejenigen, die nicht bewusstlos waren, stellten sich Elijah entgegen. Nur Juliana stand völlig reglos etwas abseits, als wüsste sie nicht, was sie tun sollte. Aber diese Entscheidung konnte ich ihr abnehmen.

Das Gras gefror um mich herum und knisterte bei jedem Schritt unter meinen Stiefeln. Wut pochte in meinem Inneren, aber sie war nicht länger heiß und alles verschlingend, sondern wurde mehr und mehr zu einem Teil von mir. Genau wie die Kälte.

Lance, Reid, Arthur, Oliver – sie alle attackierten Elijah mit der Magie ihrer Clans. Doch nicht einmal Energie, Feuer und Luft vereint konnten etwas gegen ihn ausrichten. Aber ich konnte es.

Ich riss die Arme in die Höhe. Wie Geysire schoss das Wasser aus der Erde – und riss ausgerechnet Lance und die anderen mit sich. Ich erstarrte vor Schreck.

Elijah wich in letzter Sekunde aus. Seine Augen weiteten sich. Jetzt erst bemerkte er mich? Nachdem er meine beste Freundin vor meinen Augen ermordet hatte? Eine weitere Fontäne schoss aus dem Boden und direkt auf ihn zu. Sofort bauten sich Äste und Wurzeln wie eine schützende Wand vor ihm auf, aber er war nicht schnell genug. Die Wucht des Wassers zerstörte seine Barrikade und schleuderte ihn von den Füßen.

Er stand auf und klopfte sich den Dreck vom dunkelgrünen Mantel. Seine Augen leuchteten grell auf. »Du glaubst, du kannst es mit mir aufnehmen?« Elijahs Stimme ließ alles ringsum erzittern. »Ich bin der Einzige, dem es gelungen ist, in diesem Zustand zu bleiben. Ich bin der Erste mit dem gesamten Machtspektrum meines Elements, der gleichzeitig bei Verstand geblieben ist.«

Bei Verstand? Darüber ließ sich streiten.

»Mach dich drauf gefasst, der Letzte zu sein.«

Es war mir egal, was ich anrichtete. Es war mir egal, was mit mir passierte. Eis überzog meine Unterarme und sammelte sich in den Händen. Ich spürte es durch meine Adern fließen, fühlte, wie es mein Blut erkalten ließ.

»Ava …« Eine warnende Stimme drang an mein Ohr. Sie war … vertraut. Aber ich konnte mich nicht daran erinnern, warum mir ihr Besitzer so wichtig war. Es spielte keine Rolle mehr. Das Einzige, was noch zählte, war Briannas Mörder zu bestrafen, bevor er noch mehr Menschen wehtat, die mir wichtig waren.

Elijah hob die Arme zu beiden Seiten. Metallbesetzte Wurzeln, Ranken voller Dornen, tödlich spitze Äste umgaben ihn, während die Erde unter seinen Füßen erzitterte. Sein Lächeln war gnadenlos. »Das wagst du nicht, kleine MacLeod. Um mich zu besiegen, müsstest du selbst zur Ausgestoßenen werden.«

Ich lächelte. Meine Worte waren nur ein Flüstern, aber ich wusste, dass er sie trotzdem verstand. Ich wusste es, weil er mit einem Mal blass wurde. »Das ist mir egal.«

Ich legte die Hände aneinander und ließ die Eisattacke auf ihn los. Gleichzeitig rasten seine Geschütze auf mich zu. Wurzeln prallten am Eis ab, Ranken und Metallstücke fielen eingefroren zu Boden, aber ich verspürte kein Triumphgefühl, als ich ihn traf und die Wucht ihn durch die Luft schleuderte. Da war keine Genugtuung. Keine Zufriedenheit. Gar nichts.

Mit jedem Schritt breitete sich mehr Eis um mich herum aus. Elijah wich nicht vor mir zurück, sondern rammte seine Finger in den Boden. Die Erde begann immer stärker zu beben. Bäume stürzten um, Steine lösten sich von den Hügeln. In der Ferne hörte ich Stimmen, Schreie, die verängstigten Laute von Tieren. Ich geriet ins Straucheln, kämpfte um mein Gleichgewicht und landete auf Händen und Knien. Vor mir tat sich ein riesiger Riss auf. Er spaltete die Erde und reichte so tief, dass ein Fall tödlich enden würde.

Irgendwo in meinem Hinterkopf wusste ich, dass ich mich festhalten musste, dass ich fliehen und die anderen in Sicherheit bringen sollte. Aber ich tat es nicht. Ich schloss die Augen, konzentrierte mich auf die Kälte und ließ mich von ihrer tröstenden Umarmung einhüllen. Keine Gedanken mehr. Keine Gefühle. Nur ewige Stille.

Als ich die Augen wieder öffnete, bedeckte eine dicke Eisschicht den Boden und schloss den Riss. Die Erde bebte noch immer, als würde sie gegen die Gewalt protestieren, die ihr angetan wurde.

Langsam stand ich auf, knickte ein und kämpfte mich wieder hoch. Ranken schossen aus allen Richtungen auf mich zu, schlangen sich um meine Arme, meine Beine und zwangen mich in die Knie. Ich wand mich, versuchte, mich zu befreien, aber sie schlossen sich auch um meine Taille und den Hals. Ich schnappte nach Luft, aber es schien kaum noch etwas davon in meine Lunge zu dringen.

Aus dem Augenwinkel nahm ich Flammen wahr. Gleich darauf tauchte jemand an meiner Seite auf und zerschnitt die Schlingpflanzen mit zwei Schwertern. Keuchend rang ich nach Atem. Doch bevor ich mich wieder aufrichten konnte, stand Elijah schon vor mir, in seiner Hand etwas, was aussah wie eine spitz zulaufende Metallstange.

»Elijah! Nein!«, schrie eine junge Frau.

Er hielt eine Sekunde inne, als hätte die Stimme einen Teil in ihm erreicht, den er längst vergessen hatte, dann sauste sein Arm herab.

Da war kein Schmerz. Kein Geräusch. Nur das plötzliche Knirschen von Eis.

Elijahs Arm stoppte mitten in der Luft. Der Speer fiel ihm aus der Hand und er wich zurück. Ein riesiger Eiszapfen steckte in seinem Bauch. Mit roher Gewalt riss er ihn sich heraus und warf ihn neben sich zu Boden. »Das wirst du noch bereuen …«

Statt einer Antwort formte sich ein weiterer Eiszapfen in meiner Hand.

»Nicht!« Juliana stellte sich zwischen uns, ihrem Bruder das Gesicht und mir den Rücken zugewandt. »Bitte! Ihr bringt euch noch um.«

Das grelle Grün in seinen Augen flackerte auf, dann erlosch das Schimmern wieder. *Dieser Idiot.* Ich holte aus und warf einen weiteren Eispfeil auf ihn. Er wirbelte durch die Luft, flog an Juliana vorbei und direkt auf sein Ziel zu. Doch bevor die Attacke ihn traf, löste sich Elijah in einem Strudel aus Blättern und Ästen auf, und das Eis zerschellte an einem Felsen.

Ich wirbelte herum, sah mich hektisch nach ihm um, aber er war fort. Er war abgehauen, bevor ich mit ihm fertig war. Bevor ich …

»Das reicht!« Ein Mann stellte sich mir in den Weg und breitete die Arme aus. In der Hand hielt er ein Schwert. »Wir haben es geschafft. Komm wieder zu dir.«

Ich musterte ihn mit schief gelegtem Kopf. Dunkle Haut, blaue Augen, in denen sich pure Willenskraft widerspiegelte, und ein feuriges Wesen. Arthur. Ich lächelte und hob die Hand. Ich musste nicht mal genau wissen, was ich tat, es geschah ganz von selbst. Es war so leicht, die Finger zur Faust zu ballen und das Blut in seinen Adern zu verlangsamen. Tropfen. Für. Tropfen.

»Avalee! Stopp!« Die dröhnende Stimme eines anderen Mannes hallte über die Wiese. Sie berührte etwas in mir, ließ mich für einen winzigen Moment innehalten. Dann schüttelte ich sie ab. Sie war nicht wichtig. Gar nichts war noch wichtig.

Arthur sank auf die Knie. Seine Gliedmaßen begannen zu zucken. Oh. So sah es also aus, wenn das Blut nicht mehr richtig durch die Adern floss. Was passierte, wenn es ganz stoppte? Wieder war da diese leise Stimme in meinem Kopf, das Wispern, das mich dazu ermutigte, es herauszufinden. Diesmal wehrte ich mich nicht dagegen.

Schneeflocken tanzten um mich herum. Regen und Hagel donnerten vom Himmel herab. Ich legte den Kopf in den Nacken und lächelte. Ich konnte die See in meinen Adern spüren, hörte das Tosen, als stünde ich mitten im Ozean. Nur noch ein paar Momente und sie würde sich erheben, würde alles hinwegspülen und Brianna und mich mitnehmen. Und dann gäbe es nur noch Stille und Dunkelheit.

Etwas flammte neben mir auf, dann riss mich jemand zu Boden. Ich trat um mich, kickte den Fremden weg, der mich ansah, als würde er mich kennen. Aber das konnte nicht sein. Er streckte den Arm aus, aber ich packte sein Handgelenk. Eis kroch über seine Haut und umschloss seine Fingergelenke eines nach dem anderen. Er schrie vor Schmerz auf.

Ein Zischen in der Luft, dann traf mich etwas Heißes in der Seite. Ich rollte über den Boden und versuchte aufzustehen, aber das Brennen verschwand nicht, es bohrte sich in mich hinein. Instinktiv tastete ich an meine Seite und starrte auf das Blut, das meine Finger benetzte. Es war genauso rot und dunkel wie das von Brianna. Wieso hatte ich ihre Blutung nicht stoppen können? Wieso hatte ich sie nicht retten können?

Jemand ging vor mir in die Hocke. In seiner Hand zuckten winzige blauweiße Blitze.

»Zwing mich nicht dazu«, raunte er. Schmerz lag in seinen Augen, aber er wirkte wild entschlossen. Wenn es sein musste, würde er es tun. Er würde die Blitze erneut auf mich loslassen.

Ich senkte den Kopf, atmete tief durch und sammelte mich, während immer mehr Schneeflocken um mich herum durch die Luft wirbelten. Als sich unsere Blicke dieses Mal trafen, schossen sie auf ihn zu und schleuderten ihn weg.

Hagelkörner, so groß wie Tennisbälle, fielen vom Himmel herab, prallten auf den Boden und bedeckten ihn mit einer weißen Schicht. Es war ein Sturm aus Chaos und Zerstörung. Mit jeder Sekunde sanken die Temperaturen. Die Lochs in Quiraing liefen über, fluteten das Land und das Meer peitschte mit aller Macht gegen die Klippen.

»Ava!«

Flammen blendeten mich. Schützend hielt ich mir die Hand vors Gesicht. Als ich sie wieder senkte, erkannte ich einen Kerl mit rotblonden Haaren vor mir. Schnitte zeichneten seine Arme und eine dünne Blutspur lief über seine Wange. Wenn ich wollte, könnte ich die Gerinnung stoppen – oder sie innerhalb von Sekunden beschleunigen.

Als ich die Hand hob, packte er sie und drückte sie nach unten. Seine Augen schimmerten in einem kräftigen Bernstein. »Du bist nicht du selbst. Komm zurück«, stieß er hervor und packte fester zu, als ich mich gegen seinen Griff wehrte. »Erinnere dich daran, wer du bist! Denk an die Menschen, die dir wichtig sind! Denk an deinen Dad und an Brianna.«

Ein Bild zuckte durch meine Gedanken. Ein Mädchen. Blondes Haar. Blasse Haut. Von Eis überzogen.

»Brianna ist tot!«

Der Sturm wurde stärker. Bäume bogen sich ächzend unter Regen und Hagel.

Reid schüttelte mich. »Das hätte sie nicht gewollt! Brianna hätte nicht gewollt, dass du die Kontrolle verlierst.«

Ich stieß ihn zurück. »Du hast keine Ahnung, was sie gewollt hätte.«

Ich riss den Arm hoch. Regen, Schneeflocken und Hagelkörner kamen zu mir, warteten nur auf meinen Befehl – und ich entlud alles davon auf Reid. Er wich nicht aus, beamte sich nicht weg. Stattdessen schoss eine Feuersbrunst auf mich zu, ließ jedes bisschen Eis schmelzen und den Regen zischend verdampfen.

»Komm schon!«, schrie er. »Erinnere dich, sonst wirst du zu einem von ihnen! Sonst wirst du genauso wie Elijah! Willst du das?«

Elijah ... Er hatte Brianna getötet. In meinem Kopf spielten sich die letzten Minuten wie in Zeitlupe ab. Die Ranken, die auf uns zuschossen – und der Blitz, der sie gestoppt hatte. Aber er hatte nur mich gerettet, nicht sie. Lance hatte mich gerettet, aber er hatte Brianna sterben lassen.

Wir hatten sie beide sterben lassen.

Da war eine Berührung an meinem Arm und mit einem Mal schien es, als würde mich all meine Energie verlassen. Das Eis schmolz in meinen Händen. Der donnernde Hagel verstummte. Die Schneeflocken sanken lautlos zu Boden. Ich wirbelte herum, starrte in das Gesicht von Lance und wich vor ihm zurück. Meine Beine versagten mir den Dienst, aber da war jemand, um mich aufzufangen.

Ich nahm einen vertrauten Geruch wahr, dann schloss Dad mich in seine Arme.

»Ist schon gut.« Beruhigend strich er mir über den Kopf. »Schon gut, Kleines ...«

Ich schüttelte den Kopf, brachte aber kein Wort hervor. Blitze zuckten am Himmel und bohrten sich in die Erde. Ich riss den Blick von Lance los und fand Briannas leblose Gestalt im Gras liegend. Ihre Kleidung war durchtränkt, das Blut vom Regen fortgewaschen. Ich starrte sie an, als könnte ich sie wieder zurückholen, wenn ich es mir nur stark genug wünschte, wenn ich es nicht akzeptierte, dass sie von uns gegangen war.

Aber meine beste Freundin würde nie mehr zurückkehren.

KAPITEL 30

Ich saß auf dem Bett und starrte auf meine Hände herab. Die Geschehnisse in Quiraing waren vier Tage her und die Schlacht war nicht spurlos an uns vorbeigegangen. An keinem von uns. Nicht an Skye und seinen Bewohnern. Das stürmische Wetter und die Erdbeben in Quiraing hatten es sogar in die Nachrichten geschafft. Als würden die Leute ahnen, dass etwas Übernatürliches im Gange war, tauchten die wildesten Gerüchte auf. Es konnte nicht mehr allzu lange dauern, bis das Tribunal erneut einberufen wurde und die Entscheidung traf, dass die Inseln des Westens einen Clan brauchten, der sie beschützen konnte. Denn die MacLeods waren dazu nicht in der Lage. *Ich* war dazu nicht in der Lage.

Wir hatten die Elementare besiegt und ich hatte Elijah vertrieben, der seither untergetaucht war. Aber beinahe wäre es auch für mich zu spät gewesen. Wenn Lance und Reid mich nicht zurückgeholt hätten … Ich wollte mir nicht mal vorstellen, was dann passiert wäre. Sie hatten sich Erfrierungen zugezogen und Arthur hatte unzählige Blutergüsse und Gerinnungsstörungen davongetragen. Rachael lag im Krankenhaus und Dad lief auf Krücken, weil herabfallendes Geröll sein linkes Bein zerquetscht hatte. Ausgerechnet das Bein, das er sich schon mal im Kampf gegen Elementare verletzt hatte.

Von Juliana hatten wir seit der Schlacht von Quiraing weder etwas gesehen noch gehört. Sie war genauso verschwunden wie ihr Bruder. Beim Gedanken an ihn ballte ich die Hände zu Fäusten. Wut brodelte in mir auf, gepaart mit eiskaltem Hass. Aber ich würde diesen Gefühlen nicht nachgeben. Diesmal nicht. Seit jenem Abend hatte ich meine Kräfte nicht mehr benutzt und sie waren auch nicht ohne mein Zutun ausgebrochen. Vielleicht war es vorbei. Ich wusste, dass ich mir damit etwas vormachte, aber ich klammerte mich trotzdem an diese winzige Hoffnung.

Unten hörte ich Neal und Dad. Sie warteten auf mich. Ich atmete tief durch und strich ein letztes Mal über mein schwarzes Kleid. Es reichte mir nicht ganz bis zu den Knien, aber ich trug eine blickdichte dunkle Strumpfhose und meine Stiefel dazu. Gleich war es an der Zeit, aber ich wollte nicht aufstehen und losgehen. Wenn ich das Haus verließ und mich zu meinen Vätern in den Wagen setzte, würde es zu real werden.

Der Friedhof. Die Beerdigung. Briannas Tod.

All das wäre plötzlich wahr. Dann könnte ich mir nicht mehr einreden, dass meine beste Freundin einen wundervollen Abend mit ihrem Schwarm verbracht hatte und weiterhin Pläne für ihr Studium in Edinburgh und das Auslandssemester in Paris schmiedete.

Einen Tag vor Quiraing hatte sie mir die ersten Links zu Cafés und Museen geschickt, die sie unbedingt besuchen wollte, wenn sie erst einmal dort war. Jetzt würde sie nichts mehr davon sehen. Sie würde nicht mehr durch die Straßen von Frankreichs Hauptstadt laufen, würde ihre Französischkenntnisse nicht aufbessern, nie den Eiffelturm sehen, ihren Abschluss machen, Lehrerin werden, sich ein Cottage kaufen und Rick heiraten. Ihr Leben war so perfekt geplant gewesen. Wie konnte es jetzt einfach vorbei sein?

Ich legte den Kopf in den Nacken, trotzdem liefen mir heiße Tränen über die Wangen. Zum wiederholten Mal wischte ich mir darüber und tastete nach dem Taschentuch. Es lag zusammengeknüllt neben mir auf dem Bett. Ich wusste nicht, wie lange ich schon hier saß. Minuten bestimmt. Vielleicht auch Stunden. Zeit, die ich, ohne zu zögern, für ein paar Augenblicke mit meiner besten Freundin eintauschen würde. Zum Teufel, ich würde mein Leben gegen ihres eintauschen. Lance hätte nicht mich retten sollen. Er hätte *sie* retten sollen, weil sie die Beste von uns gewesen war. Weil sie ihr ganzes Leben vor sich gehabt hatte, während ich nicht mal mehr wusste, wer ich eigentlich war.

Mein Blick blieb an den Fotos auf dem Schreibtisch hängen. Sie zeigten Mum, Dad und mich bei einem Ausflug, an den ich mich kaum noch erinnern konnte. Daneben standen Brianna und ich Seite an Seite an unserem ersten Schultag mit einem riesigen Grinsen im Gesicht und jeweils einer Zahnlücke. Ein ersticktes Lachen kam mir bei der Erinnerung über die Lippen. Wir waren so aufgeregt gewesen, weil wir beide am selben Tag einen Zahn verloren hatten.

Ich sah auf das nächste Bild. Es war von einem Fechtturnier, an dem wir beide teilgenommen hatten. Kurz nach der Aufnahme hatte ich mich disqualifiziert, weil ich die Regeln einmal zu oft ignoriert hatte, aber Brianna hatte es bis in die Endrunde geschafft. Das vierte Foto war mein Lieblingsbild von Neal und mir. Ich wusste gar nicht mehr, wer es geschossen hatte. Wir waren beide im Pub gewesen und an dem Tag war einfach alles schiefgegangen, trotzdem hatten wir uns über irgendetwas kaputtgelacht. Diesen Moment fing der Schnappschuss ein.

Das letzte Foto klebte an meinem Spiegel und war nur ein paar

Wochen alt. Brianna und ich waren an die Küste gefahren, hatten uns an die Klippen gesetzt und die Beine über den Rand baumeln lassen. Das Bild zeigte uns lachend und furchtlos am Abgrund, während auf der einen Seite das Meer und auf der anderen die grünen Hügel Skyes zu sehen waren.

Erst als ich das kühle Glas unter meinen Fingerkuppen spürte, bemerkte ich, dass ich aufgestanden und vor den großen Spiegel getreten war. Meine Haut war geisterhaft blass, die Ringe unter den dunkel geschminkten Augen trotz Abdeckstift und Make-up noch immer sichtbar. Dafür waren die Male an Hals, Armen und Beinen, wo mich die Ranken gepackt hatten, kaum noch zu erkennen. Die hellroten Linien verblassten von Tag zu Tag, aber meine Erinnerungen daran würden das niemals. Denn wie sollte ich jemanden vergessen, der wie eine Schwester für mich gewesen war? Wie sollte ich vergessen können, dass Brianna und ich morgens nie wieder gemeinsam zur Schule fahren oder nachmittags miteinander fechten würden? Dass ich sie nie mehr mit ihrer Schwärmerei aufziehen konnte, obwohl ich sie insgeheim darum beneidete, dass sie so für ihre Gefühle einstand und diese auch noch erwidert wurden?

Der Kloß in meinem Hals war zurück. Ein Schauder kroch mein Rückgrat hinab. Aber es passierte nichts. Kein plötzlicher Regen, keine Schneeflocken und die unangetastete Tasse Tee, die Neal mir gebracht hatte, blieb völlig ruhig. Wären die Umstände nicht so beschissen, hätte ich vielleicht so etwas wie Stolz empfinden können. Ich hatte meine Kräfte im Griff. Ich musste sie im Griff haben, wenn ich Elijah zur Strecke bringen wollte. Denn genau das war mein Ziel. Er war vielleicht einmal Julianas großer Bruder gewesen, doch jetzt war er nur noch ein Monster. Eine Kreatur ohne einen Hauch von Menschlichkeit. Ein Mörder. Ein Elementar, den ich jagen und töten würde, völlig egal, wie lange es dauerte und was ich dafür tun musste. Er durfte nicht ungestraft davonkommen. Nicht so. Nicht nach allem, was …

Ein Knistern drang an mein Ohr. Frost lag in der Luft und Eis begann den Spiegel zu überziehen. Angefangen bei der unteren rechten Ecke, von wo es sich Zentimeter für Zentimeter ausbreitete. Als ich den Kopf hob, blickte mir eine Fremde entgegen. Schneeweiße Haut, rötlich schimmerndes dunkles Haar, winzige Eiskristalle, die an den Wimpern klebten, und Augen von einem eisigen Blau, so hell und intensiv, dass es unnatürlich wirkte. Geradezu kalt. Gefühllos.

Blinzelnd wich ich vor meinem Abbild zurück, zwang mich dazu, die Augen zu schließen und mehrmals tief durchzuatmen. Mein Puls raste, aber mit jedem weiteren Herzschlag verschwand die Kälte aus meinem Körper. Als ich wieder in den Spiegel sah, war alles beim Alten. Kein Eis. Keine leuchtenden Augen. Keine Kälte in der Luft. Hatte ich es mir nur eingebildet?

»Avalee!« Die Stimme meines Vaters dröhnte durch das Haus.

Ich zuckte zusammen.

Es war so weit. Ich musste meiner besten Freundin Lebewohl sagen.

KAPITEL 31

JULIANA

Juliana zitterte am ganzen Körper, als sie der Beerdigung von Weitem beiwohnte. Sie verschränkte die Arme vor der Brust, um es zu verbergen, auch wenn das nicht mal nötig gewesen wäre. Niemand sah in ihre Richtung. Niemand nahm von ihr Notiz. Alle standen mit gesenktem Kopf um den Sarg und starrten auf das cremefarbene Holz und die Blumen, die darauflagen.

Juliana schluckte hart. Wahrscheinlich war sie von allen Menschen auf der Welt am wenigsten hier erwünscht, aber sie konnte der Zeremonie nicht einfach fernbleiben. Nicht wenn sie genauso viel Schuld traf wie Elijah. Sie hätte merken müssen, was in ihm vorging, schließlich kannte sie ihn doch schon ihr ganzes Leben. Sie hätte ihn aufhalten und einen Weg finden müssen, ihn zu heilen. Jetzt schien er endgültig verloren, schien ihr genauso entglitten zu sein wie der Rest ihrer Familie.

Mit einer wütenden Bewegung wischte sie sich die Tränen aus den Augenwinkeln. Was für eine Heuchlerin war sie, auf der Beerdigung eines Mädchens um dessen Mörder zu weinen? Denn genau das hatten diese Kräfte aus ihrem Bruder gemacht. Einen Mörder. Der Elijah, den sie gekannt hatte, seit sie denken konnte, hätte so etwas niemals getan. Er hätte sich eher selbst geopfert, als einem anderen Leid zuzufügen. Er war nicht diese Bestie, das war die unkontrollierte Magie in ihm. Magie, wie auch sie sie in sich trug. Genau wie Ava. Ihr Blick heftete sich auf die junge Frau, die zwischen ihren Vätern am Grab stand, den Rücken durchgedrückt, die Hände vor sich gefaltet, als würde sie beten. Oder die Fassung bewahren wollen.

In Quiraing hatte Ava die Kontrolle über ihre Fähigkeiten verloren. Sie war nicht mehr sie selbst, sondern in einem Machtrausch gewesen, den sich niemand vorstellen konnte, der so etwas nicht selbst erlebt hatte. Juliana hatte die Erfahrung nicht gemacht. Aber sie kannte die Anzeichen und hatte jahrelang recherchiert. In der gesamten Geschichte der Clans hatte es nur eine Person gegeben, der es gelungen war, aus der Transformationsphase auszubrechen und einen Weg zurück zu finden: ihren Bruder.

Und Avalee MacLeod.

Sicher hatte es etwas damit zu tun gehabt, dass Reid auf sie eingeredet und ihre Attacke abgewehrt hatte, damit Lance genügend Energie absorbieren konnte, bis sie zu schwach war, um ihre Kräfte weiter einzusetzen. Aber da musste auch ein Teil von ihr selbst gewesen sein, der zurückwollte. Genau wie bei Elijah. Er hatte so hart gekämpft, hatte sie immer nur zu schützen versucht. Und als die ersten Symptome bei ihm aufgetreten waren, hatte er sich von ihr ferngehalten, um sie nicht zu gefährden.

Juliana glaubte nicht daran, dass er verloren war. Nicht nach dem, was sie bei Ava in Quiraing gesehen hatte. Sie weigerte sich, es zu glauben. Aber vor allem weigerte sie sich, ihren Bruder aufzugeben.

Sie würde einen Weg finden, ihn zurückzuholen. Jetzt erst recht.

EPILOG

REID

GLASGOW, SCHOTTLAND

Er trat aus dem Feuer und fand sich in der großen Halle in Kelvingrove wieder. Im Vergleich zu dem kühlen Wind auf Skye kam es Reid hier drinnen fast schon stickig vor. Aber er hatte keine andere Wahl, als zurückzukehren. Sein Vater hatte ihn herzitiert und was der Clan-Chief der Kelvins verlangte, das bekam er auch.

Mit beiden Händen stieß Reid die riesige Doppeltür mit den Verzierungen auf, die ins Besprechungszimmer führte. Normalerweise saßen Arran und Reids Onkel, der Chieftain und Arrans Stellvertreter sowie einige Sturmkrieger, Wachen und Politiker am langen Tisch und diskutierten, schmiedeten Pläne oder stießen auf einen ihrer Erfolge an. Heute war Arran jedoch allein. Er saß auch nicht an seinem Platz am Kopfende des Tischs, sondern in einem der Sessel vor dem Kamin. Flammen fraßen sich knisternd durch die Holzscheite und tanzten im Luftzug, den Reids Eintreten verursacht hatte.

Arran sah nicht mal auf, als Reid sich ihm näherte, sondern blickte weiter gedankenverloren ins Feuer. »Und?«, fragte er schließlich.

Obwohl es nur ein Wort war, ruhig und beinahe leise ausgesprochen, schienen seine Stimme und seine Präsenz den ganzen Raum auszufüllen.

Reid räusperte sich. »Sie hat zum ersten Mal vollständig die Kontrolle über ihre Kräfte verloren.« Er zögerte kurz, berichtete seinem Vater dann aber in derselben gefassten Tonlage von dem Kampf in Quiraing. Bis heute hatte er sich davor drücken können, Bericht zu erstatten, obwohl Arran ihn mehrmals dazu aufgefordert hatte, nach Hause zurückkehren. Reid hatte sich Ausreden einfallen lassen, weil er nicht gewusst hatte, was er tun sollte. Das wusste er noch immer nicht. Er hatte Brianna kaum gekannt, trotzdem traf ihn der Verlust mehr, als er dürfte. Seine Familie hatte ihn nicht nach Skye geschickt, um neue Freundschaften zu schließen, sondern um herauszufinden, ob ihre Pläne trotz Avas Auftauchen noch funktionieren konnten. Und falls nicht, wie sie die Schwächen der MacLeods ausnutzen konnten, um ihre Ziele zu erreichen.

»Und weiter?«, hakte Arran nach und nippte an seinem Glas.

»Lance Campbell und ich konnten sie nur mit vereinten Kräften zurückbringen und so verhindern, dass sie zu einer Ausgestoßenen wurde.«

Der Clan-Chief nickte und ließ die Worte auf sich wirken. Sekunden später hob er die freie Hand und deutete auf eine Stelle hinter Reid. »Was hast du dazu zu sagen?«

Reid erstarrte, dann drehte er sich um.

Arthur trat aus den Schatten und deutete eine Verbeugung an. Erst als Arran ihm zunickte, erhob er das Wort. »Das kann ich bestätigen. Sie hat keine Kontrolle über ihre Fähigkeiten und hätte uns alle fast umgebracht. Mich selbst eingeschlossen. Es ist nur noch eine Frage der Zeit, bis sie den Kampf gegen sich selbst verliert und von ihrer Magie beherrscht wird. Wie alle anderen MacLeods vor ihr.«

Reid biss die Zähne zusammen. Heiße Wut ballte sich in seinem Bauch zusammen. Er hatte nichts beschönigt, aber Ava dennoch nicht auf diese Weise ausgeliefert. Arthur hingegen gab den Kelvins mit seiner Aussage einen Freifahrtschein, um alles zu tun, was sie als notwendig erachteten. Wenn sie es dem Tribunal auf diese Weise darlegten, würden die anderen Clan-Chiefs die Kelvins geradezu darum bitten, Skye und die anderen Inseln in ihren Herrschaftsbereich einzugliedern und für Ordnung zu sorgen.

Arthur verriet Ava ohne das geringste Zögern. Und tat damit im Grunde genau dasselbe wie Reid. Wem wollte er hier etwas vormachen? Auch er hatte sie verraten. Ausgeliefert. Und sobald das Tribunal von den Geschehnissen in Quiraing und davon, wie sehr Ava die Kontrolle über ihre Kräfte verloren hatte, erfuhr, konnte ihr nichts und niemand noch helfen.

»Sehr gut.« Arran schwenkte den Whisky in seinem Glas und betrachtete die goldene Flüssigkeit mit ausdrucksloser Miene. Dann trank er sie in einem Zug aus. Als er den Kopf hob, umspielte ein Lächeln seine Lippen. »Dann können wir jetzt mit der Ausführung des Plans beginnen.«

DANKSAGUNG

Glaubt ihr an Schicksal? Ich spätestens seit *Sturmtochter* schon. Denn die Geschichte von Ava und den anderen begleitet mich seit mehr als zehn Jahren. Es gab so viele verschiedene Fassungen und keine war die richtige, also habe ich das Projekt 2012 wieder in die Schublade gelegt, nachdem ich eine dieser Fassungen endlich fertiggeschrieben hatte. Übrigens das allererste Manuskript, das ich tatsächlich beendet habe. Irgendwann wollte ich es neu schreiben, aber ich hatte noch keine konkreten Pläne, was mit dieser Geschichte geschehen sollte, und so ist sie jahrelang in der Schublade geblieben.

Als ich dann mit meiner Lektorin Nadja Korthals vom Ravensburger Buchverlag telefoniert habe und wir über neue Projekte geredet haben, kam sie mit einer ganz wunderbaren Beschreibung auf: Ein Mädchen an der Küste, Wind in ihren Haaren und sie beeinflusst das Meer durch ihre Gefühle. Und ich musste so lachen, denn Ava hatte in meinem Kopf schon immer die Macht über das Element Wasser. Ohne uns abzusprechen, hatten wir ein ähnliches Bild, eine ähnliche Idee und den Wunsch nach diesem Projekt. Und so habe ich *Sturmtochter*, damals noch unter dem Arbeitstitel *Elementar*, wieder herausgeholt und habe mich ein weiteres Mal in die Charaktere verliebt, als ich ihre Geschichte völlig neu erzählt habe.

Diesmal mit einem anderen Setting, anderen Umständen und Konflikten, dem richtigen Ende und der Gewissheit, dass ich dieses Manuskript schon bald mit euch teilen kann.

Und jetzt ist es so weit. Während ihr diese Zeilen lest, habe ich den zweiten Band schon geschrieben (wenn nicht, habe ich gerade ein echtes Zeitproblem), und freue mich riesig auf das Finale in Band 3.

Eine ganze Reihe an wundervollen Menschen hat dazu beigetragen, all das möglich zu machen. Deshalb geht mein von Herzen kommender Dank an:

Kristina Langenbuch Gerez und Gesa Weiß, meine großartigen Agentinnen. Ich wüsste nicht, was ich ohne euch tun würde. Aber eines ist sicher: Ohne euch wäre ich heute ganz sicher nicht hier und würde diese Danksagung tippen. Danke für alles!

Ada, die von Anfang an dabei war und so viele Versionen dieser Geschichte kennt. Endlich kann ich dir die endgültige Fassung zeigen. Ich hoffe, du bist heute noch so begeistert davon wie damals. Danke für deine Unterstützung und dass du immer an mich geglaubt hast!

Bobby, die, ohne ein Wort gelesen zu haben, zu einem großen Fan von Ava und Co. geworden ist, und die sich genauso über die Veröffentlichung im Ravensburger Buchverlag gefreut hat wie ich.

Melanie, weil du einfach SO GUT bist und für jedes Problem eine Lösung weißt. Ohne dich kann ich mir keines meiner Bücher mehr vorstellen. Ich kann dir gar nicht genug danken.

Verena, weil du die Kapitel so unglaublich schnell gelesen hast. Danke für deine Anmerkungen, deine Begeisterung und dafür, dass du Avalee genauso feierst wie ich. Nur deinetwegen wird sie in der Geschichte öfter bei ihrem vollen Vornamen genannt.

Xenia, die das Manuskript in Schottland gelesen und auf Schottlandtauglichkeit geprüft hat. Danke für deine hilfreichen Anmerkungen, deine Recherche und deinen Elan für den Feuerclan in Glasgow. Die Kelvins wären stolz auf dich!

Nadja Korthals, meine wunderbare Lektorin, die mir beim Plotten und Schreiben freie Hand gelassen hat, sodass ich mich austoben konnte. Danke für dein Vertrauen und deine Geduld.

Das ganze Team vom Ravensburger Buchverlag, das genauso begeistert von *Sturmtochter* ist wie ich. Danke für euren Einsatz, euren Elan und eure kreativen Ideen!

Ramona und Mina, die mir auf Twitter für die Beantwortung medizinischer Fragen zur Verfügung standen. Ebenso wie Nina und Dorina, die mich beim Chemie-Experiment beraten und den Part mehrmals gegengelesen haben.

Tanja, für die immerwährende Begeisterung und Motivation. Und dafür, dass du *Sturmtochter* so gefeiert, geliebt, gehasst (du weißt genau, wen ich meine!) und diese Geschichte nicht gelesen, sondern praktisch inhaliert hast.

Laura, die mich auf allen Abenteuern in Schottland begleitet hat. Beste Autoren-WG in Edinburgh ever!

Alex, die ich am Küchentisch mit meinem Plot zutexten durfte und die mir gut zugeredet hat, als ich selbst noch völlig planlos war. Du hast mir bestätigt, dass meine Ideen tatsächlich Sinn ergeben. Danke!

Caro, weil du einfach der zauberhafte Mensch bist, der du bist. Danke für alles!

Mona, für die Motivation und das gemeinsame Arbeiten an den letzten Lektoratsdurchgängen. Wir haben das gerockt!

Und schließlich ein großes Dankeschön an alle, die ich hier

eventuell vergessen habe. Fühlt euch trotzdem angesprochen, insbesondere als Leserinnen und Leser dieses Romans. Ohne euch wäre all das nicht möglich. Danke, dass ihr es mir ermöglicht, meinen Traum zu leben und meine Geschichten mit euch zu teilen. Ich hoffe, ihr freut euch genauso sehr darauf, wie es mit Ava, Lance, Reid und den anderen weitergeht, wie ich!

WENN DIE **WELLEN** TOSEN,

BLITZE, WIND, ERDE UND

FEUER AUFBEGEHREN,

WENN EINE URALTE **FEHDE** SICH

NEU ENTFACHT

UND JEDER **KUSS** EINEN WIRBELSTURM

HERBEIRUFT –

DANN IST DIE ZEIT DER **STURMKRIEGER**

GEKOMMEN.

Ravensburger Bücher

Zwei Seelen begegnen sich nie zufällig …

Bianca Iosivoni

Flüstern des Lichts

Soul Mates, Band 1

Wer ist der attraktive Typ mit der düster-gefährlichen Ausstrahlung, der Rayne abends auf der Straße vor einem Angreifer rettet? Wider Willen fühlt sich Rayne zu dem undurchschaubaren Colt hingezogen, und auch er sucht ihre Nähe. Immer wieder. Denn die beiden sind Seelenpartner. Doch die Licht- und Schattenwelt ist im Aufruhr, und während Colt auf der Seite der Lichtseelen steht, weiß Rayne nicht, zu wem sie gehört.

ISBN 978-3-473-**58514**-4

Bianca Iosivoni

Ruf der Dunkelheit

Soul Mates, Band 2

Rayne und Colt sind Seelenpartner – und ihre Liebe bringt sie in größte Gefahr. Denn Lauren, die Anführerin der Dunkelseelen, hat Rayne auf ihre Seite gezogen und versucht auf jede erdenkliche Weise, ihren Willen zu brechen. Doch Colt kämpft weiterhin für die Lichtseelen und würde alles dafür tun, um Rayne zurückzugewinnen.

ISBN 978-3-473-**58520**-5

HC_15_209

www.ravensburger.de

Ravensburger

LESEPROBE

Soul Mates – Flüstern des Lichts

von Bianca Iosivoni

ISBN 978-3-473-58514-4

Die Stimmen waren zurück. Sie flüsterten Worte, die ich nicht verstand, stöhnten und schrien ihren Schmerz in die Welt hinaus. Nur war ich die Einzige, die sie hören konnte. Binnen weniger Sekunden steigerten sie sich zu einem Kreischen, das in meinen Ohren klingelte und sich wie eine glühende Nadel hinter meiner Stirn anfühlte.

»Alles in Ordnung, Rayne?« Mrs Bowens' Stimme drang nur verzerrt zu mir durch.

Ich biss die Zähne zusammen, öffnete die Augen und zwang ein Lächeln auf mein Gesicht. »Ja«, behauptete ich, während ich mich so fest an den Verkaufstresen klammerte, dass die Kanten in meine Haut schnitten. Das Gefühl lenkte mich zumindest ein wenig von dem Kreischen ab, das niemand außer mir wahrzunehmen schien.

Manchmal half Schmerz kurzzeitig gegen die Schreie, doch wenn ich ehrlich war, hatte ich nicht die geringste Ahnung, wie ich sie loswerden sollte. Oder warum ich sie hörte. Schon wieder. Das letzte Mal war Monate her und die Panik darüber, dass die Stimmen zurück waren, drohte mir die Luft abzuschnüren.

»Das macht zwanzig Dollar.« Irgendwie brachte ich die Worte hervor und überreichte Mrs Bowens ihre Büchertasche.

»Danke, Liebes.« Die besorgten Falten auf ihrer Stirn glätteten sich. »Komm doch nächste Woche in der Bäckerei vorbei, wenn ich die neuen Rezepte ausprobiert habe. Hab einen schönen Feierabend und grüß deine Mom von mir.«

»Danke, das werde ich. Auch Ihnen noch einen schönen Abend.« Ich begleitete Mrs Bowens zum Ausgang, drückte die Tür hinter ihr ins Schloss und drehte das metallene Schild um. Mein Atem hinterließ eine kleine Spur Kondenswasser auf dem Glas und die schwache Spiegelung verriet mir, dass ich furchtbar aussah. Vermutlich genauso, wie ich mich gerade fühlte.

Das Läuten der Kirchenglocken durchbrach den Lärm in meinen Gedanken. Ich schloss die Augen und atmete tief durch. Einmal. Zweimal. Dreimal. Mit jedem Heben und Senken meiner Brust beruhigte sich mein Herzschlag ein bisschen mehr. Das Hämmern meines Pulses wurde weniger und die Schreie leiser. Aber sie waren noch immer da, versteckt in den hintersten Winkeln meines Bewusstseins. Bereit, jederzeit wieder hervorzukriechen.

Erst jetzt nahm ich die anderen Geräusche um mich herum wieder wahr. Vorbeifahrende Autos und Stimmen von draußen, gedämpfte Musik aus dem Verkaufsraum und ein Rumoren aus dem Lager. Alle paar Wochen sortierte meine Chefin die Bestände neu, wenn ihr wieder einmal ein besseres Ordnungssystem eingefallen war. Bücher waren Mariellas Leben und sie widmete ihnen jede Minute ihrer Zeit.

Ich warf einen Blick auf die antike Wanduhr, die eingebettet zwischen zwei Regalen stand. Kurz nach sieben. Feierabend. Im Vorbeigehen griff ich nach meiner Umhängetasche und schob mein Handy hinein.

»Mariella?« Ich blieb an der Tür zum Lager stehen. Zwischen den Regalreihen konnte ich sie nicht entdecken. »Ich mache Schluss für heute. Soll ich abschließen?«

»Nein. Ich bin gleich fertig und kümmere mich darum.« Ihre tiefe, kratzige Stimme kam von der anderen Seite des Lagers und warf ein Echo an die Wände.

»Alles klar. Bis morgen!« Meine eigene Stimme hallte zurück. Hell und weich, mit einer rauen Note.

Ohne eine Antwort abzuwarten, ging ich zur Kaffeemaschine im Hinterzimmer und befüllte zwei Becher. Damit verließ ich das *Butterfly Books* und zog die Tür zum Klingeln des Glöckchens hinter mir zu.

Draußen ging gerade die Sonne unter. Die Wärme des Septembertages hing noch in der Luft und machte eine Jacke unnötig. Die Blätter an den Bäumen begannen sich gerade erst zu verfärben, doch der Himmel war klar und das strahlende Blau schien im Orangerot der untergehenden Sonne zu brennen. Mit jedem Atemzug drang etwas Würziges und Feuchtes in meine Lunge, als wollte sich der herannahende Herbst bereits ankündigen.

Ich ging an den Autos vorbei, die neben dem Bürgersteig parkten, überquerte die Hauptstraße und folgte dem Weg bis zum Comicshop an der Ecke. Mit seinem quietschbunten Logo und der modernen Aufmachung stach er aus der breiten Masse der Läden heraus. Statt einer Klingel über der Tür kündigte die Titelmelodie von Batman mein Eintreten an.

Barry stand hinter dem Tresen, beide Ellbogen aufgestützt, das Kinn in der Hand und sah auf, als ich eintrat. Bei meinem Anblick hellte sich sein Gesicht auf und ich hätte schwören können, dass er mit einem Mal um zwanzig Jahre jünger wirkte.

»Na endlich«, brummte er und streckte die Hand nach dem Kaffee aus, als wäre es sein rettendes Lebenselixier.

»Ich freue mich auch, dich zu sehen«, sagte ich trocken und

stellte seinen Becher vor ihm auf der Glasplatte ab. Darunter befanden sich die ältesten und wertvollsten Ausgaben seiner geliebten Comics. »Wie geht's dir?«

»Ach, das Übliche. Die Hüfte ziept und meine Knie wollen auch nicht mehr so richtig, aber solange die Sonne scheint …« Über den Rand des Bechers hinweg schenkte er mir eines seiner berühmten Lächeln. Vor einem halben Jahrhundert hatte er damit sicher unzählige Mädchenherzen gebrochen. »Danke für den Kaffee.«

»Immer wieder gern.« Seit Barry eines Tages im *Butterfly Books* aufgetaucht war und mehr Bücher gekauft hatte, als er tragen konnte, hatten wir uns angefreundet. Obwohl er mit seinen sechsundsiebzig Jahren viermal so alt war wie ich, teilten wir denselben Büchergeschmack.

»Mariella lässt dich herzlich grüßen.«

Barry kniff die Augen hinter seiner schmalen Brille zusammen. »Lügnerin«, brummte er und sah zur Seite, doch das kurze Zucken in seinen Mundwinkeln verriet ihn. Genauso wie die Tatsache, dass eine gesunde Röte in seine Wangen schoss. »Was liest du gerade?«, wechselte er abrupt das Thema.

Diese Frage stellte er mir öfter, als es meine Englischlehrerin in der Highschool jemals getan hatte. Ich hatte schon immer gern gelesen, aber dank Barrys Empfehlungen hatte sich mein Konsum fast verdoppelt. Genau wie mein Stapel ungelesener Bücher, der sich bald bis an die Decke meines Zimmers türmte.

»Immer noch den dritten Band dieser neuen Fantasy-Reihe«, antwortete ich zwischen zwei Schlucken von meinem Kaffee.

Er begann zu strahlen, aber ich hob warnend die Hand. »Wehe, du verrätst mir, wie es ausgeht oder wer stirbt. Lass es mich allein rausfinden.«

»Die ganze Welt wird wissen, wie es ausgeht, wenn der Film erscheint.« Er rieb sich über das bärtige Kinn. »Na schön, wie du willst. Aber das Ende ist gut.«

Natürlich war es gut. Barry selbst hatte mir die Reihe in die Hand gedrückt. Inzwischen war ich süchtig und verbrachte jede freie Minute damit, meine Nase in den aktuellen Band zu stecken, statt die Regale in der Buchhandlung aufzuräumen oder das Schaufenster zu dekorieren. Von der Buchhaltung ganz zu schweigen.

Mein Handy vibrierte in meiner Tasche. Ich zog es hervor und las die eingegangene Textnachricht. »Nora steht im Stau. Ich soll Emma von der Schule abholen«, informierte ich Barry und trank meinen Kaffee aus.

»Grüß die Kleine von mir. Und pass auf dich auf.« Ein seltsamer Unterton schwang in seinen Worten mit.

An der Tür angekommen, drehte ich mich zu ihm um. »Wieso?«

Umringt von unzähligen Daredevil-, Wonder-Woman- und Batman-Sammelfiguren runzelte Barry die Stirn. »Es ist wieder jemand verschwunden.«

»In Chicago? Dort verschwinden doch ständig Leute und tauchen ein paar Tage später wieder auf«, erinnerte ich ihn. Solche Dinge geschahen in einer Großstadt nun mal, aber nicht in einem kleinen Städtchen wie Divine Creek.

»Das ist die vierte Person in den letzten zwei Wochen. Und ich rede nicht nur von Chicago. Pass einfach auf dich auf, Rayne. Besonders im Dunkeln.«

Es lag mir auf der Zunge, seine Bedenken erneut abzutun. Doch die Besorgnis in seinem Gesicht ließ mich innehalten. Das hier war nicht nur irgendeine seiner Verschwörungstheorien. Er meinte es ernst.

»Ich laufe nur über die Straße zu meinem Wagen. Mach dir keine Sorgen.«

»Gut.« Er nickte knapp. »Wir sehen uns morgen?«

Ich lächelte. »Selbe Zeit, selber Ort, frischer Kaffee.«

Als ich den Laden verließ, begleitete mich das scheppernde *Nananana*, das auch beim Hereinkommen ertönt war.

Inzwischen war die Sonne untergegangen und Kälte begann sich in der Stadt auszubreiten. Mit ihr kam der Nebel vom Fluss, der durch die Straßen kroch. Die Härchen auf meinen nackten Armen stellten sich auf.

Ich hatte Barry nicht belogen. Mein alter Hyundai Tucson wartete auf dem Parkplatz hinter der Buchhandlung auf mich. Doch noch bevor ich einen Schritt getan hatte, vibrierte es erneut in meiner Tasche. Verwundert zog ich mein Handy hervor. Auf dem Display war das Bild meiner kleinen Schwester zu sehen. Brauner Lockenkopf und rote Pausbacken. »Emma? Was ist los, Liebes?«

»Rayne!« Aus irgendeinem Grund klang sie atemlos. »Miss Miller war heute krank und wir hatten früher Schluss. Ich bin schon losgegangen.«

Ich schloss die Augen und unterdrückte ein Fluchen. Wie oft hatten Nora und ich ihr eingeschärft, uns in einem solchen Fall sofort anzurufen und in der Schule auf uns zu warten? Es war nicht das erste Mal, dass sich Emma selbst auf den Weg machte. Und vermutlich würde es auch nicht das letzte Mal sein. Allein der Gedanke daran, dass sie in der Abenddämmerung allein durch die Straßen lief, ließ mich schaudern.

»Emma, wo steckst du? Bleib, wo du bist, und ich hole dich dort ab.« Ich überquerte die Hauptstraße und hob entschuldigend den freien Arm, als ein Auto meinetwegen bremsen musste.

»Aber ich bin fast beim Buchladen!«, protestierte sie am anderen Ende der Leitung. »Ich bin …« Doch ihre Worte gingen in einem plötzlichen Rascheln unter.

Mit hämmerndem Herzen blieb ich neben der Bäckerei stehen. »Emma?«

Rauschen.

»Emma!«

Stille. Die Verbindung war abgebrochen.

Ich starrte auf mein Smartphone. Der Akku war zwar wie immer fast leer, aber noch war mein Handy nicht tot. Dafür war der Empfang miserabel. Ich setzte mich wieder in Bewegung und rief Emma zurück. Mit angehaltenem Atem lauschte ich, wurde jedoch sofort zur Mailbox weitergeleitet. »Verdammt!«

Emma hatte behauptet, in der Nähe zu sein, doch in Divine Creek war *alles* in der Nähe. Zumal ich der Entfernungseinschätzung einer Siebenjährigen nicht ganz traute.

Ein Klirren links von mir ließ mich zusammenfahren. Das Geräusch war aus einer kleinen Gasse gekommen, in der es außer Lieferanteneingängen und Müllcontainern nicht viel gab. Die Einheimischen nutzten solche Seitenstraßen als Abkürzungen; Touristen wussten vermutlich nicht einmal, dass sie existierten – und wenn, hätten sie sich wohl kaum hierher verirrt.

Ich machte einen Schritt in Richtung der Gasse. Das Licht der Straßenlampen reichte nur ein paar Meter weit.

»Emma?«

Meine Schwester kannte die Stadt sehr gut. Es würde zu ihr passen, durch die dunkelsten Straßen zu laufen, um so schnell wie möglich hier zu sein. Stirnrunzelnd sah ich auf mein Smartphone hinunter. Keine neue Nachricht. Kein Anruf.

Ein leises Wimmern drang an mein Ohr. Ich riss den Kopf hoch. Es könnte von einem Tier stammen, vielleicht von einer heimatlosen Katze oder einem Hundewelpen. Oder von einem kleinen Mädchen.

Innerlich verfluchte ich Barry und seine Warnungen. Hatte ich vorhin nichts darauf gegeben, jagten sie mir jetzt eine höllische Angst ein.

Allerdings nicht um mich selbst, sondern um meine kleine Schwester.

Ich sah die Straße hinunter. Ein Laden reihte sich an den nächsten, dazwischen Cafés und Restaurants, in denen es tagsüber von Touristen und Einheimischen nur so wimmelte. Divine Creek mochte zwar nur eine Kleinstadt von vielen sein, doch die pittoresken Häuser im Stadtkern, die roten Backsteinbauten mit den weißen Balkonen und Zierfassaden sowie die Geschichte der Stadt zogen regelmäßig Besucher an.

Die Innenbeleuchtung im *Butterfly Books* war ausgeschaltet, also war Mariella bereits nach Hause gefahren. Auf der anderen Straßenseite schlenderte ein Paar Arm in Arm an den Schaufenstern vorbei und blieb unter einem Schild mit der geschwungenen Aufschrift *Töpferei* stehen, um sich die Auslage anzusehen. Ein Radfahrer bog in halsbrecherischem Tempo an der Kreuzung ab. Davon abgesehen war alles ruhig. Von meiner Schwester weit und breit keine Spur.

Langsam betrat ich die Gasse. Jedes bisschen Vernunft in meinem Inneren schrie mich an, auf der Stelle umzukehren. Nach mehr als genug Horrorfilmen, die ich mit meinem besten Freund angeschaut hatte, wusste ich nur zu gut, was mit leichtsinnigen Frauen passierte, die allein in eine dunkle Gasse gingen und auch noch Hallo riefen. Als ob der Mörder mit einem freundlichen Hier-bin-ich antworten würde.

Aber wenn Emma etwas zugestoßen war und sie nur wenige Schritte von mir entfernt verletzt in der Dunkelheit lag, würde ich es mir nie verzeihen, nicht den Mut aufgebracht zu haben, nach ihr zu suchen.

»Emma?«, rief ich ein weiteres Mal. Meine Stimme verlor sich zwischen den Hausmauern, doch ich erhielt keine Antwort. Wäre sie tatsächlich hier, würde sie sich bemerkbar machen, oder? Aber was, wenn sie bewusstlos war? Möglicherweise war sie auf dem Kopfsteinpflaster gestolpert, hingefallen und hatte sich den Kopf angeschlagen. Vor drei Wochen war genau das einem Jungen in ihrer Klasse passiert, der bei Regen durch die Straßen gelaufen war.

Wieder hielt ich mir das Handy ans Ohr, während ich tiefer in die Gasse vordrang. Kein Klingeln am anderen Ende der Leitung. Das Klackern meiner Stiefelabsätze auf den Steinen und mein unruhiger Atem waren das Einzige, was ich hörte. Ich zuckte zusammen, als die Computerstimme mich erneut dazu aufforderte, eine Nachricht zu hinterlassen.

Nach etwa der Hälfte der Strecke blieb ich stehen. Hinter mir waren zwei Lieferanteneingänge, vor mir mindestens ein Dutzend grauer Müllcontainer. Daneben standen alte Kartons und ein Lattenrost. Etwas Kleines, Pelziges huschte an mir vorbei und stieß eine zerbrochene Flasche beiseite. Einen Moment lang klirrte das Glas auf den Steinen, dann wurde es wieder still.

Ich könnte weiterlaufen und am Ende der Gasse abbiegen, den Block umrunden und zur Hauptstraße zurückkehren. Aus dieser Richtung würde auch Emma kommen, ganz egal, welche Abkürzung sie nahm. Doch jede Faser meines Körpers warnte mich mit einem kalten Prickeln davor weiterzugehen.

Obwohl der Mond den Nachthimmel erhellte, schien es mit jeder Sekunde unaufhaltsam dunkler zu werden. Die Schatten wirkten tiefer, undurchdringlicher und krochen wie Nebelschwaden über die Wände. Ich blinzelte mehrmals, aber das Bild vor meinen Augen blieb dasselbe. Die Schatten bewegten sich tatsächlich.

Kopfschüttelnd wich ich zurück. Das musste ich mir einbilden. Ich sollte zur Buchhandlung gehen und dort auf Emma warten, um ihr anschließend eine Standpauke darüber zu halten, nicht allein durch die Straßen zu laufen.

Ich drehte mich um – und starrte in ein fremdes Gesicht.

Ich wich zurück. Stolperte. Strauchelte. Stützte mich an der vor Kälte feuchten Mauer ab.

Der Mann, der plötzlich hinter mir aufgetaucht war, war mindestens anderthalb Kopf größer als ich. Dabei gehörte ich mit meinen knapp ein Meter siebzig nicht gerade zur kleinsten Sorte Frau. Er hatte die Hände in die Hüften gestemmt und trug ein schwarzes T-Shirt, das wie eine zweite Haut an seinem Oberkörper klebte. Direkt über dem Kragen war eine wulstige Narbe zu erkennen. Als hätte jemand versucht, ihm die Kehle durchzuschneiden.

Bei der Vorstellung drehte sich mir der Magen um.

Langsam erschien ein Lächeln auf seinem Gesicht. Es wirkte schief wie ein Fratze, denn auch die Lippen waren von einer Narbe gezeichnet. Doch das war es nicht, was jede Alarmsirene in meinem Inneren zum Schrillen brachte, sondern der Ausdruck in seinen Augen. Absolute Leere, in der nur ein einziger Instinkt, ein einziger Daseinszweck schimmerte: Gier.

Panik machte sich in mir breit. Ich kannte diesen Ausdruck, wusste nur zu gut, was er zu bedeuten hatte.

Bewusst langsam stieß ich mich von der Wand ab und stellte mich breitbeinig hin. Meine Knie zitterten genau wie meine Hände, doch ich tat alles, um mir nichts davon anmerken zu lassen. Ich hatte schon früh gelernt, nach außen hin unbeteiligt zu wirken, obwohl ich innerlich Todesängste ausstand. Es war die einzige Möglichkeit zu überleben.

»Sie haben mich erschreckt«, brachte ich hervor, krampfhaft darum bemüht, die Fassung zu wahren, obwohl alles in mir wegrennen wollte. Aber davonzulaufen wäre wie eine Einladung für ihn gewesen, mich zu jagen.

Ich straffte meine Schultern und versuchte, an dem Mann vorbeizugehen, doch er stellte sich mir in den Weg. Langsam hob ich den Blick von seiner Brust und richtete ihn auf sein Gesicht.

Was ich dort sah, erschütterte mich noch immer, aber diesmal zuckte ich mit keiner Wimper.

»Lassen Sie mich vorbei.« Vier Worte, klar und deutlich ausgesprochen.

Statt meiner Bitte nachzukommen, kräuselte er die Lippen und schnitt mir ein weiteres Mal den Weg ab, als ich an ihm vorbeigehen wollte.

Das Atmen fiel mir plötzlich schwer und mein Herz begann so laut zu pochen, dass ich sicher war, er konnte es hören. Ich zwang die Panik zurück. Irgendwo dort draußen irrte meine kleine Schwester herum und ich musste sie finden.

Statt dem Kerl die Genugtuung zu geben, es noch einmal zu versuchen, drehte ich mich auf dem Absatz um – und erstarrte.

Wie aus dem Nichts stand er auf einmal wieder vor mir. Derselbe Mann im schwarzen T-Shirt. Dieselben Narben an Hals und Mund.

Ich stolperte zurück. »Was zum …?«

Seine Hand schnellte so plötzlich vor wie der Kopf einer Kobra. Reflexartig wich ich aus. Die Panik drohte wieder hervorzubrechen, versuchte, mich zu lähmen und an Ort und Stelle festzuhalten. Ich wollte weglaufen, doch meine Füße bewegten sich nicht, sondern schienen unter dem hypnotischen Blick des Fremden wie festgewachsen zu sein. Er fixierte mich unablässig und kam Zentimeter für Zentimeter näher. Mein Körper erstarrte, als hätte der Unbekannte einen Schalter in mir umgelegt. Ich wollte rennen, schreien, um mich schlagen, aber er ließ es nicht zu.

Instinktiv versuchte ich, mich so klein wie möglich zu machen, bis ich mit meiner Umgebung verschmolz, nicht mehr gesehen, nicht mehr wahrgenommen werden konnte. Es war die verzweifelte Vorstellung eines Kindes, das sich nicht anders zu helfen wusste. Als könnte sie mich vor jedem Leid beschützen, wenn ich nur fest genug daran glaubte. Und manchmal hatte es tatsächlich geklappt. Aber das würde es diesmal nicht. Nicht wenn mich dieser Mann so anstarrte, wenn er genau wusste, wo ich war. Dennoch versuchte ich es. Es war wie ein Reflex, auf den ich keinen Einfluss hatte.

Der Mann blieb abrupt stehen. Etwas veränderte sich in seiner Mimik. Verwirrung und Feindseligkeit gruben Falten in sein Gesicht. Ich sollte das Überraschungsmoment nutzen, um mich an ihm vorbeizuschieben und von hier zu verschwinden. Besser noch, umzudrehen und in die andere Richtung zu sprinten, doch meine Glieder schienen weiterhin wie festgefroren.

Hinter mir blitzte etwas auf. Die Scheinwerfer eines vorbeifahrenden Autos? Wahrscheinlich niemand, der sich die Mühe machen würde anzuhalten. Niemand, der auch nur ahnte, was in dieser kleinen Gasse mitten in Divine Creek passierte. Barrys Worte kamen mir wieder in den Sinn. Vier verschwundene Menschen. War ich im Begriff, Nummer fünf zu werden? Konnte das Grauen, von dem man täglich in den Nachrichten las, tatsächlich hinter der nächsten Ecke lauern?

Bevor ich realisierte, was ich tat, war meine Hand bereits in meine Handtasche geglitten und tastete nach dem Pfefferspray. Der Mann vor mir rührte sich noch immer nicht. Er taxierte mich, als würde er meine nächste Bewegung abwarten. Warum griff er nicht an?

Meine Finger streiften die kühle Metalldose in meiner Tasche. Im selben Moment spürte ich einen Luftzug hinter mir, dicht gefolgt von dem Geruch nach Wald und Regen.

»Vergehen wir uns wieder an unschuldigen Frauen?«

Die tiefe Stimme verursachte einen Riss in meinem imaginären Schutzschild. Einen Herzschlag lang blieb mir die Luft weg. Meine Aufmerksamkeit löste sich von dem Angreifer vor mir und richtete sich allein auf diese Stimme. Irgendetwas an der Art, wie er die Worte aussprach, löste ein Gefühl in mir aus, das ich nicht zuordnen konnte. Ich nahm all meine Willenskraft zusammen, holte mir die Kontrolle über meinen erstarrten Körper zurück und wirbelte herum.

Ohne ein einziges Geräusch verursacht zu haben, standen plötzlich zwei weitere Personen in der engen Gasse. Der hintere fiel mir als Erstes auf, weil er so groß und breit gebaut war. Mit dem sandfarbenen Haar, der grimmigen Miene und den massiven Oberarmen war er ein Schrank von einem Mann. Dennoch wusste ich intuitiv, dass sein Begleiter der Gefährlichere von ihnen war. Schwarzes Haar umrahmte sein Gesicht und fiel ihm in die Stirn. Er stand näher bei mir und war ein Stück kleiner als der andere Mann. Dennoch reichte ich ihm wohl gerade bis zur Nasenspitze.

Er beachtete mich nicht, schien mich nicht einmal wahrzunehmen. Seine Aufmerksamkeit war voll und ganz auf meinen Angreifer gerichtet, den ich noch immer hinter mir spürte. Doch als der Dunkelhaarige an mir vorbei- und auf ihn losgehen wollte, blieb er plötzlich auf gleicher Höhe mit mir stehen, als würde ihn eine unsichtbare Barriere zurückhalten.

Ich hielt den Atem an, als sich unsere Blicke trafen. Wie seine Stimme wenige Sekunden zuvor, schienen nun seine Augen etwas in mir auszulösen, von dem ich nichts gewusst hatte. Es hatte unzählige Momente in meinem Leben gegeben, in denen ich mich verloren gefühlt hatte. Allein. Dieses Gefühl war mir so vertraut wie das Gesicht, das mir morgens aus dem Spiegel entgegensah. Doch jetzt spürte ich etwas anderes. Etwas, was so neu und ungewohnt war, dass ich es zunächst nicht zuordnen konnte. Ich fühlte mich nicht verloren, nicht fehl am Platz – sondern angekommen.

Vielleicht benebelte aber auch nur das Adrenalin meinen Verstand.

Mein Herz hämmerte so laut, dass es jeder hier hören müsste. Ich umklammerte mein Pfefferspray und zog es aus der Tasche. Ich kannte keinen dieser Männer und jeder Einzelne von ihnen wirkte bedrohlich.

Ein Grollen zog meine Aufmerksamkeit auf sich und ich drehte mich wieder um. Die Schatten, die ich mir zuvor zwischen den Mauern eingebildet hatte, waren zurück und umgaben den Mann mit den Narben wie einen schützenden Mantel. Sie krochen über seine Schultern, wanderten seine Arme hinunter und schienen mit ihm zu verschmelzen.

Ich riss die Hand hoch, doch als er mich ansah, erstarb jeder Gedanke in meinem Kopf. Wie zuvor schien ein einziger Blick aus seinen Augen meinen Willen zu lähmen, denn sosehr ich es wollte, ich konnte den Knopf nicht drücken, um das Pfefferspray einzusetzen. Als wüsste er genau, was mit mir geschah, zog er einen Mundwinkel in die Höhe.

»Oh nein, das wirst du nicht tun!«, knurrte der Schwarzhaarige neben mir. Seine Stimme besaß ein dunkles Timbre, das in meinem Kopf widerhallte und auf meiner Haut pulsierte.

Mein Blick klebte noch immer an meinem Angreifer. Inzwischen sah ich nicht einmal mehr die Narbe an seinem Hals, denn er schien mehr und mehr mit den Schatten zu verschmelzen. Die Dunkelheit waberte über sein Gesicht und umschloss ihn wie ein schützender Kokon. Blitzschnell sprang der schwarzhaarige Mann an mir vorbei und rammte seinen Gegner so fest gegen die Hauswand, dass ich zusammenzuckte. Putz rieselte herab und einzelne Gesteinsbrocken fielen zu Boden.

Der Narbige kam mit unmenschlicher Geschwindigkeit wieder auf die Beine und holte aus. Ich sah die Bewegung nicht, hörte nur das Knacken, als seine Faust auf den Kiefer des Dunkelhaarigen traf. Dessen Kopf flog zurück, einen Sekundenbruchteil später folgte sein restlicher Körper. Wie sein Gegner kurz zuvor, krachte er in eine Hauswand, landete dann jedoch auf den Füßen. Ein dunkles Rinnsal floss aus seinem Mundwinkel, das er sich mit dem Handrücken wegwischte.

Ich folgte seinem Blick, sah aber statt meines Angreifers nur noch Dunkelheit.

»Verschwinde.« Eine fremde Stimme meldete sich zu Wort. Sie musste dem dritten Mann gehören, dem großen Kerl mit dem sandfarbenen kurzen Haar, der jetzt an mir vorbei- und seinem Freund zu Hilfe eilte.

Ohne Vorwarnung kam wieder Leben in meine Glieder und mein Arm fiel herab. Ich hatte mit einer Prügelei gerechnet, mit blutigen Nasen und zersplitternden Knochen. Vielleicht mit Messern, die gezückt wurden. Im schlimmsten Fall Schusswaffen. Womit ich nicht gerechnet hatte, war der Schatten, der über die Mauer kroch.

Oder mit dem plötzlichen Aufleuchten direkt vor mir. Reflexartig wandte ich mich ab, um mein Gesicht vor der Helligkeit zu schützen. Als ich mich wieder aufrichtete, erfüllte gleißendes Licht die Gasse. Und auch die beiden anderen Männer waren verschwunden.

Plötzlich bohrte sich der Schatten in das Licht, als wollte er es zum Bersten bringen. Doch das Licht bäumte sich auf und drängte die Dunkelheit zurück. Kurzzeitig sah ich so etwas wie Gestalten aufblitzen, bevor sie wieder in Licht und Dunkelheit untertauchten. Sie bewegten sich so schnell, dass ich ihnen mit bloßem Auge kaum folgen konnte. Ein Luftzug ließ mich herumwirbeln.

Der Schatten am Boden hinter mir nahm Konturen an, wurde zu derselben Person, die mich wenige Augenblicke zuvor angestarrt hatte, als wäre er die Schlange und ich das Kaninchen, das sich in sein Jagdrevier verirrt hatte. Über ihm kniete jemand. Das Licht wurde schwächer und ich erkannte wieder die schlanke Gestalt des Typs mit den dunklen Haaren. Er hob den Arm, als wollte er auf den unter ihm Liegenden einschlagen.

In diesem Moment blitzte die Klinge auf. Innerhalb von Sekunden geschahen mehrere Dinge gleichzeitig: Das Messer in seiner Hand sauste herab und ein Schrei erfüllte die Gasse. Erst als ich mir die Hand vor den Mund schlug, realisierte ich, dass ich es war, die geschrien hatte.

Der Schwarzhaarige zögerte nur für einen Sekundenbruchteil, irritiert von meiner Einmischung, doch das war genug. Der narbige Kerl rammte ihm seine Faust in die Rippen. Die Wucht warf ihn zu Boden, während der Narbige im selben Atemzug erneut in der Dunkelheit untertauchte. Wie Nebelschwaden glitt er über den Boden und verschwand in der Nacht.

Als ich den Blick hob, war ich allein mit den beiden Männern, die vor meinen Augen mit dem Licht verschmolzen waren.

Plötzlich stand der Dunkelhaarige vor mir und stieß mich mit dem Rücken voran gegen die Mauer. Bevor ich reagieren konnte, drückte er seinen Unterarm an meine Kehle. »Was zum Teufel sollte das?«

Ich starrte in das Gesicht meines Retters, der gerade fast einen Mann getötet hätte. Ein Mörder, der sich in Licht verwandelte?

Sein Blick bohrte sich in meinen, als wollte er mich allein damit an der Wand festnageln. »Warum hast du dich eingemischt, statt wegzulaufen? Hast du Todessehnsucht oder bist du einfach nur dämlich?«

Ich brachte kein Wort hervor, sondern konnte ihn nur anstarren. Seine Augen waren eine Mischung aus Grün und Braun, wie ich jetzt erkannte. Eine warme, strahlende Farbe, die nicht zu seinem markanten Gesicht mit den hohen Wangenknochen und dem ausgeprägten Kinn passen wollte. Ein Kinn, das von einem Bartschatten bedeckt wurde und ihm etwas Düsteres verlieh. Genau wie seine Brauen, die tief über den Augen saßen und zwischen denen sich eine Falte gebildet hatte.

Trotz dieser Lichtsache haftete etwas Dunkles an ihm. Etwas Gnadenloses. Doch obwohl alles an ihm hart und unnahbar wirkte, waren seine Lippen überraschend voll und sinnlich.

Großer Gott. Voll und sinnlich? Litt ich bereits unter Sauerstoffmangel oder was? Ich packte seinen Arm, konnte ihn jedoch keinen Zentimeter wegdrücken.

»Dachtest du, in einer unscheinbaren kleinen Stadt wie dieser würde dir nichts passieren?«, knurrte er so dicht vor meinem Gesicht, dass ich seinen Atem auf meiner Haut spürte. »Falsch gedacht.«